戲曲學（四）

「戲曲歌樂基礎」之建構

曾永義 著

三民書局

國家圖書館出版品預行編目資料

「戲曲歌樂基礎」之建構　戲曲學(四) / 曾永義著.－
－初版一刷.－－臺北市: 三民, 2017
面;　公分.－－(國學大叢書)

ISBN 978-957-14-6312-4　(第四冊: 平裝)

1. 戲曲

824　　　106010431

© 「戲曲歌樂基礎」之建構　戲曲學(四)

著作人　曾永義
責任編輯　朱家儀
美術設計　郭雅萍
發行人　劉振強
著作財產權人　三民書局股份有限公司
發行所　三民書局股份有限公司
地址　臺北市復興北路386號
電話　(02)25006600
郵撥帳號　0009998-5
門市部　(復北店) 臺北市復興北路386號
(重南店) 臺北市重慶南路一段61號
出版日期　初版一刷　2017年8月
編號　S 980130
行政院新聞局登記證局版臺業字第〇二〇〇號

ISBN　978-957-14-6312-4　(第四冊:平裝)

http://www.sanmin.com.tw　三民網路書店
※本書如有缺頁、破損或裝訂錯誤,請寄回本公司更換。

本書為科技部（人文行遠計畫）獎助之專書著作，特此致謝。

自序

我們都知道《史記・孔子世家》說「三百五篇，孔子皆絃歌之。」從這句話可以分析出這樣的訊息：《詩經》三百首都可以作為歌詞，孔子配合像琴瑟那樣的絃樂伴奏，用他自己的唱腔來歌唱。這其間就包含韻文學四言詩的載體形式，歌詞本身的詞情，亦即其語言之意義情境思想，以及歌詞本身的聲情，亦即其語言旋律。如此再加上琴瑟演奏之襯托配搭，運用孔子個人特殊之音色、咬字吐音之口法，而以詮釋詞情之高低強弱快慢頓挫……等行腔技法，終於以唱腔將他對詩篇所體會的情味呈現出來。即此已可見歌樂的關係是多麼的複雜。

由先秦典籍，我們可以整理出古人對「歌樂」間源生與發展完成的觀念理路，那就是：心→志→詩→歌→聲→音→踏→舞→樂。其源生之「志」是心靈感物而動之所趨向；「詩」指韻文學，作為歌唱的載體；「聲」為滿心而發，肆口而成的自然語言旋律；「音」為有規律制約的人工語言旋律；「踏」為肢體應節奏的自然律動；「舞」為講究詮釋意義情境的肢體語言；而「樂」則是最後以配器合律的音，結合手執羽旄干戚文武之舞所完成的表演。即此更可見古人歌樂的觀念是多麼的細密。

至於本書所論述的「歌樂」，很遺憾的，由於個人修為淺薄，無法絲絲入扣的達成其中全面結構有機互應的「精緻」，只能就歌樂之根本基礎來作個人體會的探討，所以譬如如何就詞打譜，化詩為歌；如何配器襯托，渲染歌唱氛圍；乃至如何以肢體語言詮釋唱詞情境；都非本人能力所及。也因此所探討建構的基礎只在於「歌」之唱詞及其載體之所以構成語言旋律之要素；「樂」則止於其構成之基本元素，尤其是方音以方言為載體所形成之語言旋律，亦即地方腔調，簡稱「土腔」；以及歌者如何以一己之音色、口法與行腔、收音所形成之「唱腔」為主要。而由於唱詞之載體以「曲牌」最為精緻複雜；「腔調」之載體文學形式影響其語言旋律之精粗，其本身又因流播而變化多端；凡此皆特別詳加探索。而於篇首則序論「歌樂之關係」，由其創作與呈現兩方面剖析，庶幾能較諸古今學者所論稍加精審；更於篇末論歌樂結合之雅俗兩大類型，即詩讚系板腔體與詞曲系曲牌體之源生、成立、演化、破解，及其各自之音樂特色，作為論題之總結；亦為庶幾較諸學者所論稍加周延。

建構歌樂之基礎元素頗為繁複，其歌、樂間之互動關係尤其精微；何況戲曲為韻文學講求歌樂關係之極致，欲面面俱到的深入探索剖析尤其艱難。所以相關經典專著頗難尋覓。

然而由於本人長年以「韻文學」作為講授之範圍，又以戲曲為主體，對於「戲曲歌樂」之探究，便成為不可逃避之課題。於是本人從中摸索，循序漸進而有：

一九七六〈影響詩詞曲節奏的要素〉
一九七七〈北曲格式變化的因素〉
一九八五〈中國詩歌中的語言旋律〉
一九八六〈舊詩的體製規律及其原理（上）、（下）〉
一九八七〈聲情與詞情〉
一九九二〈《九宮大成北詞宮譜》的又一體〉
一九九二〈論說「拗折天下人嗓子」〉

二〇〇二〈論說「腔調」〉
二〇〇二〈從「腔調」說到「崑劇」〉
二〇〇四〈再說「拗折天下人嗓子」〉
二〇〇六〈溫州腔再探〉
二〇〇六〈弋陽腔及其流派考述〉
二〇〇六〈皮黃腔系考述〉
二〇〇六〈從腔調說到「四平腔」的名義〉
二〇〇六〈餘姚腔新探〉
二〇〇七〈梆子腔系新探〉
二〇〇七〈海鹽腔新探〉
二〇〇九〈地方戲曲腔系及其特色〉
二〇一〇〈崑山腔系及其聲情特色〉
二〇一一〈論說「建構曲牌格律之要素」〉
二〇一四〈論說「歌樂之關係」〉
二〇一四〈戲曲歌樂雅俗的兩大類型——詩讚系板腔體與詞曲系曲牌體〉
二〇一四—二〇一六〈論說「曲牌」〉（之一、二、三）
二〇一六〈魏良輔之「水磨調」及其《南詞引正》與《曲律》〉❶

❶ 〈影響詩詞曲節奏的要素〉，《中外文學》第四卷第八期（一九七六年一月），頁四—二九。〈北曲格式變化的因素〉，《古

典文學》第一輯（臺北：臺灣學生書局，一九七七），頁二一一—二三二。〈中國詩歌中的語言旋律〉，《鄭因百先生八十壽慶論文集》（臺北，臺灣商務印書館，一九八五），頁八七五—九一五。〈舊詩的體製規律及其原理（上）、（下）〉，《國文天地》第二卷第二期總號一四（一九八六年七月），頁五六—六一；第二卷第三期總號一五（一九八六年八月），頁五八—六三。〈聲情與詞情〉，《中外文學》第一六卷第一期（一九八七年六月），頁一二六—一三三。《九宮大成北詞宮譜》的又一體〉，《陳奇祿院士七秩榮慶論文集》（臺北：陳奇祿出版，一九九二），頁一三九—一五二。〈論說〈拗折天下人嗓子〉〉，發表於一九九二年「湯顯祖與崑曲國際研討會」。〈論說「腔調」〉，《中國文哲研究集刊》第二〇期（二〇〇二年三月），頁一一一—一二二。《從「腔調」說到「崑劇」》（臺北：國家出版社，二〇〇二）。〈再說「拗折天下人嗓子」〉，發表於二〇〇四年「湯顯祖與《牡丹亭》國際學術研討會」。〈溫州腔再探〉，《中國非物質文化遺產》第一〇輯（二〇〇六年六月），頁一一九—一二四。〈弋陽腔及其流派考述〉，《臺大文史哲學報》第六五期（二〇〇六年十一月），頁三九—七二。〈皮黃腔系考述〉，《臺大中文學報》第二五期（二〇〇六年十二月），頁一九九—二三七。〈從腔調說到〈四平腔〉的名義〉，發表於二〇〇六年「中國四平腔學術研討會」。〈餘姚腔新探〉，發表於二〇〇六年「國科會中文學門九〇—九四研究成果發表會」。〈梆子腔系新探〉，《中國文哲研究集刊》第三〇期（二〇〇七年三月），頁一四三—一七八。〈海鹽腔新探〉，《戲曲學報》第一期（二〇〇七年六月），頁三—二七。〈地方戲曲腔系及其特色〉，《孔德成先生學術與薪傳研討會論文集》（臺北：臺灣大學中文系，二〇〇九），頁四七五—五〇一。〈崑山腔系及其聲情特色〉，發表於二〇一〇年「地方戲崑腔學術研討會」。〈論說「建構曲牌格律之要素」〉，《中華戲曲》第四四期（二〇一一年十二月），頁九八—一三七。〈論說〈歌樂之關係〉〉，《戲劇研究》第一三期（二〇一四年一月），頁一—六〇。〈戲曲歌樂雅俗的兩大類型——詩讚系板腔體與詞曲系曲牌體〉，《曲學》第二卷（二〇一四年十月），頁二三一—二八〇。〈論說「曲牌」（之一）——曲牌之來源、類型、發展與北曲聯套〉，《劇作家》二〇一四年第二期（二〇一四年四月），頁九九—一一三。〈論說「曲牌」（之二）——曲牌之建構與格律之變化〉，《劇作家》二〇一五年第一期（二〇一五年二月），頁九一—一〇七。〈論說「曲牌」（之三）——宋樂曲對南北曲聯套之影響〉，《劇作家》二〇一六年第一期（二〇一六年五月），頁一〇三—一一四。〈魏良輔之「水磨調」及其《南詞引正》與《曲律》〉，《文學遺產》二〇一六年第四期，頁一三五—一五二。

等二十七篇論文，歷時四十年，可見我對這問題探討的「鍥而不舍」。而近三年來，在科技部「人文行遠專書寫作計畫」的獎助下，更將長年研究成果分綱分目，刪其繁瑣、補其不足、創為新論，使之在新體系之下，貫串成書。對此非常感謝科技部的支持。又及門顏秀青、吳佩熏擔任研究助理，不辭辛勞，亦併此致謝。

現在本書即將面世，我明知戲曲歌樂的問題深奧難解，其罅漏之處，尤其見仁見智，必然不少。譬如我對「腔調」的看法和友人王耀華教授的敘說，由於切入點不同，以致論述之角度、基準與範圍便有差別，從而導致「名異實同」和「名同實異」的現象。所幸及門施德玉教授已有專文比較說明，均附於本書之末。相信類似情況還有很多。只是一得之愚、野人獻曝之誠，不敢藏拙，還望海內外方家不吝教我。

二〇一七年五月十八日晨四時曾永義序於臺北森觀寓所

戲曲學（四）

「戲曲歌樂基礎」之建構　目次

第四冊

第參章　戲曲腔調的語言基礎及其載體

第肆章　論說戲曲「曲牌」(之一)曲牌之來源、類型、發展與北曲聯套

第五章　論說戲曲「曲牌」（之二）曲牌之建構與格律之變化

緒論

小引

自從清道光二十二年（一八四二）七月中英鴉片戰爭訂下中國史上第一個喪權辱國的《南京條約》以後，百數十年來，中國人喪失民族自尊心，無論政治、經濟、科技、文化皆以洋人為標竿，因而往往數典忘祖，即就音樂而言，亦復如此。但是如果我們稍微回顧一下中國的音樂史，則中國八千年前已有骨笛；更有非常蓬勃完整的音樂思想，見於諸子百家。

一、先秦音樂論

從先秦文獻看來，影響「戲曲學」最大的是音樂方面的觀念。《尚書・堯典》云：

詩言志，歌永言，聲依永，律和聲。八音克諧，無相奪倫，神人以和。❶

《毛詩・大序》：

詩者，志之所之也，在心為志，發言為詩，情動於中而形於言，言之不足，故嗟歎之，嗟歎之不足，故詠歌之，詠歌之不足，不知手之舞之足之蹈之也。❷

《禮記・樂記》：

凡音之起，由人心生也。人心之動，物使之然也。感於物而動，故形於聲。聲相應故生變，變成方謂之音。比音而樂之，及干戚羽旄謂之樂。樂者，音之所由生也，其本在人心之感於物也。是故其哀心感者，其聲噍以殺；其樂心感者，其聲嘽以緩；其喜心感者，其聲發以散；其怒心感者，其聲粗以厲；其敬心感者，其聲直以廉；其愛心感者，其聲和以柔。六者非性也，感於物而后動。是故先王慎所以感之者。……凡音者，生人心者也。情動於中，故形於聲。聲成文，謂之音。是故，治世之音安以樂，其政和。亂世之音怨以怒，其政乖。亡國之音哀以思，其民困。聲音之道，與政通矣。❸

---

❶〔漢〕孔安國傳：《尚書》，〔唐〕孔穎達疏：《尚書正義》，〔清〕阮元校刻：《重刊宋本十三經注疏附校勘記》第二冊（臺北：藝文印書館，一九五五年據清嘉慶二十年江西南昌府學開雕本影印），總頁四六。

❷〔漢〕毛亨傳，鄭玄箋：《毛詩傳箋》，〔唐〕孔穎達疏：《毛詩正義》，〔清〕阮元校刻：《重刊宋本十三經注疏附校勘記》第三冊（臺北：藝文印書館，一九五五年據清嘉慶二十年江西南昌府學開雕本影印），總頁一三。

❸〔漢〕鄭玄注：《禮記注》，〔唐〕孔穎達疏：《禮記正義》，收入〔清〕阮元校刻：《重刊宋本十三經注疏附校勘記》第八冊，卷三七（臺北：藝文印書館，一九五五年據清嘉慶二十年江西南昌府學開雕本影印），頁一，總頁六六二。

《尚書・堯典》說的是詩歌聲律的命義，兼及「八音克諧，神人以和」的作用。《毛詩・大序》雖為漢初毛亨說《詩》之作，但以其實發揮「詩言志」之說，故附見於此，他說的是詩歌舞蹈源生的自然道理。《禮記・樂記》則在〈大序〉的基礎上，進一步闡發了六心與六聲互相感發，乃至治世、亂世、亡國與聲音融通呈現的關係。像這樣對於詩歌樂舞的基本理念和看法，可以說影響著此後中國的每一個讀書人，所以我們也就不厭其煩的抄錄原典如上。

而從這幾段話，又可以整理出古人對「歌樂」間源生與發展完成的觀念理路，那就是：心→志→詩→歌→聲→音→踏→舞→樂，也就是說在「歌」之前，已因感物「心動」而用「詩」的語言形式來表達內心情志的感覺，因此說「詩言志」、「詩者，志之所之也，在心為志，發言為詩，情動於中而形於言。」

而「歌」則是以「詩」為載體，從心中自然流露出來的嗟嘆和吟詠，所謂「滿心而發，肆口而成。」這樣的嗟嘆和吟詠就是「聲」，因此說「歌永言，聲依永」，「言之不足，故嗟歎之，嗟歎之不足，故詠歌之。」

而「音」則是「聲」的進一步藝術化，是指配器合律而彼此和諧的「聲」，因此「八音克諧，無相奪倫」，「聲相應故生變，變成方謂之音」，「聲成文，謂之音。」

而「樂」的完成，有時是要加入「舞蹈」的，因此「詠歌之不足，不知手之舞之足之蹈之也。」但這種「舞」應當只是配合「歌謠」的「踏舞」，即所謂「踏謠」之「踏」；如果是「配器合律」的「音」，就應當是手執干戚羽旄的儀式之舞，因此，「比音而樂之，及干戚羽旄謂之樂。」

以上可以說是古人由心而志、而詩、而歌、而聲、而音、而踏、而舞、而樂系列連鎖演進的「歌樂」觀念。

又〈堯典〉：

夔曰：於！予擊石拊石，百獸率舞。❹

《尚書．益稷》：

夔曰：「戛擊鳴球、搏拊，琴、瑟以詠。祖考來格，虞賓在位，群后德讓。下管鼗鼓，合止柷敔，笙鏞以閒。鳥獸蹌蹌；〈簫韶〉九成，鳳皇來儀。」❺

由此可見樂官夔在堯舜時敲擊磬石，打擊玉磬，撫按琴瑟來協和詠歌。堂下樂有鼗鼓，演奏時始柷終敔，中間以笙配合編鐘，化妝的鳥獸蹌蹌然跳起舞來，用簫吹奏的〈韶〉樂，更使妝扮的鳳凰飛舞，翩翩然而有致。從中可見舞樂、歌樂相和應襯的現象。

又《論語．八佾》：

子曰：「〈關雎〉樂而不淫，哀而不傷。」❻

又云：

子謂〈韶〉：盡美矣，又盡善矣。謂〈武〉：盡美矣，未盡善也。❼

❹ 同前註，總頁四六。
❺ 同前註，總頁七三。
❻ 〔三國〕何晏集解：《論語集解》，〔宋〕邢昺疏：《論語義疏》，收入〔清〕阮元校刻：《重刊宋本十三經注疏附校勘記》第八冊，卷三（臺北：藝文印書館，二〇一一年據清嘉慶二十年江西南昌府學開雕本影印），頁一一，總頁三〇。

〈陽貨〉：

子曰：「小子何莫學夫《詩》？詩可以興，可以觀，可以群，可以怨；邇之事父，遠之事君；多識於鳥獸草木之名。」❽

〈述而〉：

子曰：「志于道，據于德，依于仁，游于藝。」

子在齊，聞〈韶〉，三月不知肉味，曰：「不圖為樂之至於斯也。」❾

由此可見孔子對於詩樂、樂舞、《詩經》、藝術的看法和主張。他聞〈韶〉可以「三月不知肉味」，對音樂的欣賞感染可以到如此境界。因為孔子認為詩樂可以樂可以哀以發人情之常，但不可過度的浸淫和悲哀。孔子批評虞舜之〈韶〉樂和周武王〈大武〉之樂，顯然他是主張「盡善盡美」為音樂的最高境界。孔子認為《詩經》之作用，真是「大矣哉！」而最重要的是興觀群怨。孔子不是刻板的道德家；因為他認為藝術是和道、德、仁、義並重的。但孔子對於當時俗樂的所謂「鄭聲」非常排斥。《論語．衛靈公》云：

放鄭聲，遠佞人。鄭聲淫，佞人殆。❿

❼ 同前註，卷三，頁一五，總頁三二。
❽ 同前註，卷一七，頁五，總頁一五六。
❾ 同前註，卷七，頁二、四，總頁六〇、六一。

又〈陽貨〉云：

惡紫之奪朱也，惡鄭聲之亂雅樂也。⓫

可見孔子對於音樂的立場是崇雅惡俗的。這些音樂的觀念對後人影響也都很大。

又《論語．子路》記載子路問政，孔子回答：

名不正，則言不順；言不順，則事不成；事不成，則禮樂不興；禮樂不興，則刑罰不中；刑罰不中，則民無所措手足。⓬

可見孔子是把「禮」和「樂」擺在一起，同時更彰顯了「禮樂」在為政上的重要性。

又《左傳．襄公十一年》：

晉侯以樂之半賜魏絳。……辭曰：「夫樂以安德，義以處之，禮以行之，信以守之，仁以厲之，而後可以殿邦國、同福祿、來遠人，所謂樂也。」⓭

---

❿ 同前註，卷一五，頁四，總頁一三八。

⓫ 同前註，卷一七，頁七，總頁一五七。

⓬ 同前註，卷一三，頁一－二，總頁一一五。

⓭ 〔晉〕杜預注：《春秋經傳集解》，〔唐〕孔穎達疏：《春秋左傳正義》，〔清〕阮元校刻：《重刊宋本十三經注疏附校勘記》第一〇冊（臺北：藝文印書館，一九五五年據清嘉慶二十年江西南昌府學開雕本影印），總頁五四七。

又《國語・周語下》云：

（伶州鳩云）夫政象樂，樂從和，和從平。聲以和樂，律以平聲。⓮

像這樣把「樂」和德義禮信仁掛鉤，而用在安邦定國和音樂對政治具有象徵作用的觀念，就使得後世的戲曲也走上倫理道德教化的道路。又我們從《左傳・襄公二十九年》季札聘魯觀於周樂所作的批語，也同樣可以看出他認為「樂」與政風、民俗間有互動影響的關係。

又《荀子・樂論》：

夫聲樂之入人也深，其化人也速，故先王謹為之文。樂中平則民和而不流；樂肅莊，則民齊而不亂。……樂姚冶以險，則民流僈鄙賤矣。……故禮樂廢而邪音起者，危削侮辱之本也。故先王貴禮樂而賤邪音。⓯

又云：

君子以鐘鼓道志，以琴瑟樂心。動以干戚，飾以羽旄，從以磬管。故其清明象天，其廣大象地，其俯仰周旋有似于四時。故樂行而志清，禮修而行成。耳目聰明，血氣和平，移風易俗，天下皆寧，美善相樂。⓰

⓮〔三國〕韋昭註：《國語》，卷第三〈周語下〉（臺北：藝文印書館，一九七四），頁九三。

⓯〔戰國〕荀子：《荀子集解》（臺北：世界書局，一九九一），頁二五三。

⓰同前註，總頁二五三。

鐘鼓、琴瑟、干戚、羽旄、磬管都是音樂的羽翼和憑籍，可以象天象地象四時，而且可以「移風易俗，天下皆寧，美善相樂」。足見音樂在儒家心目中的重要。

又《禮記．郊特牲》：

奠酬而工升歌，發德也。歌者在上，匏竹在下，貴人聲也。⑰

音樂以人聲為貴，而淫靡之音樂則在殺不赦。這種殺不赦的淫聲，也就是下文的「鄭衛之音」。

又《禮記．王制》：

做淫聲、異服、奇技、奇器以疑眾，殺。⑱

又《禮記．樂記．魏文侯》：

魏文侯問於子夏曰：「吾端冕而聽古樂，則唯恐臥；聽鄭衛之音，則不知倦。敢問古樂之如彼，何也？新樂之如此何也？」子夏對曰：「今夫古樂，進旅退旅，和正以廣，弦匏笙簧，會守拊鼓。始奏以文，復亂以武，治亂以相，訊疾以雅。君子於是語，於是道古，脩身及家，平均天下，此古樂之發也。今夫新樂，進俯退俯，姦聲以濫，溺而不止，及優侏儒，獶雜子女，不知父子，樂終，不可以語，不可以道古。此新樂之發也。」⑲

⑰ 同前註，總頁四八四。
⑱ 同前註，總頁二六〇。

對於音樂亦有貴古賤今之觀念，所謂古在儀式在文雅；所謂今在謔浪淫亂。於是古樂便被崇為遵禮順德，而今樂便被貼上違禮背德的標籤從此難於翻身。

總而言之，先秦論歌樂已及歌樂之源生、命義與作用，再由人心與歌樂之感發而有輕俗樂而重雅樂之觀念，並進而論及歌樂與政教風俗、世道之關係，儒家更將歌樂與仁義道德掛鉤。此等觀念，大抵為後世論歌樂「寓教於樂」者所依循。

此外，如老子《道德經》「大音希聲」之論，⑳《莊子・齊物論》「天籟、地籟、人籟」之說，㉑《孟子・梁惠王下》「與民同樂」之主張，㉒《禮記・樂記》、《史記・樂書》之樂論，亦皆可觀。降及魏晉，歌樂理論由於道家思想的影響，方才突破了先秦儒家政教道德觀念的束縛。如阮籍〈樂論〉：

> 八音有本體，五聲有自然。……聲相宜也。故必有常處。……應黃鐘之氣，故必有常數。㉓

又如嵇康〈聲無哀樂論〉：

> 天地合德，萬物資生。寒暑代往，五行以成。章為五色，發為五音。音聲之作，其猶臭味在於天地之間，

---

⑲ 同前註，總頁六八六。

⑳ 〔晉〕王弼註：《老子道德經・第四十一章》（上海：上海書店，一九八六），頁二六。

㉑ 〔晉〕郭象註：《莊子》，卷一內篇〈齊物論〉（上海：上海古籍出版社，一九八九），頁八－一〇。

㉒ 〔漢〕趙岐注，〔宋〕孫奭疏：《孟子注疏》，收於〔清〕阮元校刻：《重刊宋本十三經注疏附校勘記》第一四冊，卷一下（臺北：藝文印書館，一九五五年據清嘉慶二十年江西南昌府學開雕本影印），頁一－一二。

㉓ 陳伯君校注：《阮籍集校注》（北京：中華書局，一九八七），頁八五－八六。

> 其善與不善，雖遭遇濁亂，其體自若而無變也，豈以愛憎易操，哀樂改度哉！㉔

可見阮、嵇二氏都認為音樂有其自然不變的本體，其與政教之良窳和人心之哀樂是無關的。東晉時陶淵明與桓溫樂論所謂「絲不如竹，竹不如肉」，以其漸近自然也，㉕也都是值得重視的音樂觀念。上述都是別有妙悟的音樂思想。

此後歷代正史〈樂志〉以及《會典》之文獻，私家著作如唐末段安節《樂府雜錄》，宋朱長文《琴史》，陳暘《樂書》，㉖以及下文論及之元明清人著作，更發揮了各自的音樂見解。

二、元明清曲家有關戲曲歌樂的重要著作

中國戲曲的完成而為「大戲」，雖然晚至金元之「北曲雜劇」與宋元之「南曲戲文」；但實為中國韻文學之

㉔〔魏〕嵇康：《嵇中散集》，卷五（臺北：臺灣中華書局，一九八七），頁二一。

㉕陶淵明〈晉故征西大將軍長史孟府君傳〉云：「（桓）溫嘗問君：『酒有何好？而卿嗜之。』君笑而答曰：『明公但不得酒中趣爾。』又問：『聽妓，絲不如竹，竹不如肉？』答曰：『漸近自然。』」詳見〔晉〕陶淵明：《陶淵明集》，卷六（宋刻遞修本），頁二〇八。

㉖〔唐〕段安節：《樂府雜錄》，收入俞為民、孫蓉蓉主編：《歷代曲話彙編・唐宋元編》（安徽：黃山書社，二〇〇六）。〔宋〕朱長文：《琴史》，《文淵閣四庫全書》第八三九冊（臺北：臺灣商務印書館，一九八三年據國立故宮博物院藏本影印）。〔宋〕陳暘：《樂書》，《四庫全書珍本》第九集經部樂類一六五－一八八冊（臺北：臺灣商務印書館，一九七九）。

極至，實為表演藝術之精髓。而「戲曲」可說是「戲」與「曲」所構成，戲曲之「戲」即包含唱念做打之綜合表演藝術，「曲」則為唱念之歌樂融合，而曲之「歌樂」堪稱為戲曲表演藝術之主體；因之歌樂之關係及其藝術現象為元明清曲家所論及。其見於元代者有芝庵《唱論》與周德清《中原音韻》。

《唱論》為第一部戲曲聲樂論著，雖然只有三十餘條，但論述金元兩代戲曲理論與歌唱方法，極為深入而完備，可是由於其立論言簡意賅，又用許多術語與方言，使得意義晦澀，頗令學者捉風捕影，難於破解。

《中原音韻》為歸納元曲名家之用韻，分北曲十九韻部，每韻有陰平、陽平、上聲、去聲，南曲之入聲悉派入平上去三聲，從此不止北曲用韻有所準繩，即明萬曆以後之南曲用韻亦多數以此為依據。《中原音韻》另有〈正語作詞起例〉，其〈作詞十法〉中「務頭」一項與歌樂頗具密切關係，但也由於周氏對「務頭」語焉不詳，弄得學者各有解說各有看法，迄今尚未定論。而由其論「尾聲」與「定格」則明白可見周氏非常重視聲調與歌樂之關係，且「定格」可說是北曲曲譜的「雛型」。

明清人論歌樂之專書，多為講究「唱法」，有明人魏良輔之《曲律》（另本題《南詞引正》）；沈寵綏《絃索辨訛》和《度曲須知》；清人徐大椿《樂府傳聲》；以及王德輝、徐沅澂《顧誤錄》。

魏良輔《曲律》僅千餘言，而簡明扼要的提供崑曲歌唱的正確途徑和歌唱藝術的關鍵性技法，可以說是魏氏創發崑山水磨調改良崑腔的心得總結。

沈寵綏《絃索辨訛》專門為絃索歌唱北曲指明正確的字音和口法。列舉《西廂》與時曲十餘套，逐字音注以示軌範。

其《度曲須知》主要在解說南北戲曲歌唱之念字格律與技法。沈氏為歌唱藝術家，從豐富的經驗中發為獨到的見解。

徐大椿《樂府傳聲》，繼魏良輔、沈寵綏之後，對於崑曲唱法之分析和運用，更加深入發揮而詳密。可以說是戲曲歌唱藝術論最為經典性的著作。

王德輝、徐沅澂《顧誤錄》，其中三分之二篇幅論說度曲方法，大體為綜合沈寵綏《度曲須知》與徐大椿《樂府傳聲》兩書之要義而成。但對於發聲、出字、收韻等技法，則有所發明。

其他署為朱權的《太和正音譜》，其曲譜部分為全書之主要，依據北曲黃鍾、正宮、大石調、小石調、仙呂宮、中呂宮、南呂宮、雙調、越調、商調、商角調、般涉調等十二宮分類，引舉每一宮調之每一曲牌之句格譜式，注明四聲平仄，標清正字襯字；並選錄元人或明初雜劇、散曲作品為曲牌範例，共收三百三十五支曲牌，以作為北曲填製之典範。其後明人范文若《博山堂北曲譜》、清初李玉《北詞廣正譜》、王奕清等《欽定曲譜》，以及周祥鈺等之《九宮大成南北詞宮譜》北曲部分，莫不取材於此稍加增訂而成。

又王驥德《曲律》從宮調、音韻，乃至科諢腳色論南曲作法，但其音律之論平仄、陰陽、韻協、腔調、板眼等亦皆與歌樂有密切關係。同樣的，李漁《閒情偶寄》之〈詞曲部〉、〈演習部〉，專論他從事戲曲編劇、評論乃至於教育的心得，其中從〈恪守詞韻〉、〈凜尊曲譜〉、〈魚模當分〉、〈廉監宜避〉、〈拗句難好〉、〈合韻易重〉、〈慎用上聲〉、〈少填入韻〉、〈別解務頭〉等方面論音律，則和戲曲歌樂的講求有很大的關聯。

綜觀以上諸家論歌樂，最為可觀者莫過於解說分析歌唱之方法，而至多亦止得一斑，難於從中窺其全豹。因為戲曲歌樂之「歌」包括歌詞語句之意義形式所產生之詞情與歌詞音節旋律形式所蘊涵之聲情，而其詞情與聲情又必須相得益彰。而歌詞又依存於作為文學形式之號子、歌謠、小調、詩讚、曲牌、曲套等載體之中。於是戲曲之「樂」的作曲家，乃憑此等不同之載體形式及其所依存之歌詞譜上音符用樂音來予以詮釋而呈現；而演奏家又憑仗其樂器之伴奏來詮釋和呈現作曲家之音符。最後乃由歌唱者之先天音色，運用其後天之口法修為與行腔藝術所發出之「唱腔」來呈現，戲曲之歌樂至此才真正講求而終於完成。可見戲曲歌樂之構成因素繁多，而且是錯綜複雜的有機體。因此也難怪千古迷離，難於探索。

而我們既然對戲曲歌樂之關係與形成已有相當的認知，則不妨透過縝密的邏輯理念和準確的科學方法，一一來解析和突破。

三、現代戲曲歌樂論的重要著作

戲曲之主體既然在歌樂，那麼現在從事戲曲研究的學者，又如何看待這問題呢？

一九七七年七月楊蔭瀏在其《中國古代音樂史稿・自序》中說：「中國音樂史的研究，開始很遲。」㉗鄭覲文《中國音樂史》（一九二九）㉘、許之衡《中國音樂小史》（一九三〇初版）㉙、王光祈《中國音樂史》（一九三四）㉚等可議之處不少。而楊氏此鉅著，真正為中國音樂史研究開了新紀元，他不止讓我們知道古人在音樂藝術上已經創作不少優秀作品，而且也使我國音樂藝術的優秀傳統，發潛德幽光。此後中國大難平息，逐漸崛起，民族自尊心復甦，中國音樂的研究，多了起來。其以「史」為稱者，如吳釗、劉東升《中國音樂史略》（一九八三）㉛，既自名「略」，自不能與楊著相提並論。而蔡仲德《中國音樂美學史》（一九九五）㉜，則以

㉗ 楊蔭瀏：《中國古代音樂史稿》第一冊〈自序〉（臺北：丹青圖書公司，一九八六），原引文未標注頁碼。

㉘ 鄭覲文：《中國音樂史》（上海：大同樂會，一九二九）。

㉙ 許之衡：《中國音樂小史》（長沙：商務印書館，一九三九），頁一九一。

㉚ 王光祈：《中國音樂史》（上海：中華書局，一九三四），頁一一五。

歷代音樂思想理論為主軸論述，堪稱體大思精。

其次，論述歌樂關係者有：武俊達《崑曲唱腔研究》（一九九三）㉝、洛地《詞樂曲唱》（一九九五）㉞、鄭西村《崑曲音樂與填詞》（甲稿一九九九）㉟、俞為民《曲體研究》（二〇〇五）㊱、于會泳《腔詞關係研究》（二〇〇八）㊲等。

其三，論述地方戲曲音樂者有：時白林《黃梅戲音樂概論》（一九九三）㊳、劉吉典《京劇音樂概論》（一九九三）㊴、徐麗紗《莆仙戲音樂之探究》（一九九三）㊵、周大風《越劇音樂概論》（一九九五）㊶、王正強《秦腔音樂概論》（一九九五）㊷、宋運超《戲曲樂譚》（一九九七）㊸等。

㉛ 吳釗、劉東升：《中國音樂史略》（北京：人民音樂出版社，一九八三），頁四〇八。

㉜ 蔡仲德：《中國音樂美學史》（北京：人民音樂出版社，一九九五），頁八三四。

㉝ 武俊達：《崑曲唱腔研究》（北京：人民音樂出版社，一九九三），頁四〇〇。

㉞ 洛地：《詞樂曲唱》（北京：人民音樂出版社，一九九五），頁三七四。

㉟ 鄭西村：《崑曲音樂與填詞》（臺北：學海出版社，一九九九），頁五四四。

㊱ 俞為民：《曲體研究》（北京：中華書局，二〇〇五），頁四四七。

㊲ 于會泳：《腔詞關係研究》（北京：中央音樂學院，二〇〇八），頁二六八。

㊳ 時白林：《黃梅戲音樂概論》（北京：人民音樂出版社，一九九三），頁五三三。

㊴ 劉吉典：《京劇音樂概論》（北京：人民音樂出版社，一九九三），頁五八〇。

㊵ 徐麗紗：《莆仙戲音樂之探究》（臺中：國立師範學院，一九九三），頁三一八。

㊶ 周大風：《越劇音樂概論》（北京：人民音樂出版社，一九九五），頁四九五。

㊷ 王正強：《秦腔音樂概論》（北京：人民音樂出版社，一九九五），頁五〇九。

其四，論述戲曲音樂者有：余從《戲曲聲腔劇種研究》（一九八八）[44]、莊永平《戲曲音樂史概述》（一九九〇）[45]、廖奔《中國戲曲聲腔源流史》（一九九二）[46]、蔣青《中國戲曲音樂》（一九九五）[47]、何為《何為戲曲音樂論》（一九九八）[48]、周志芬、趙一萍《戲曲與音樂》（一九九八）[49]、武俊達《戲曲音樂概論》（一九九九）[50]、常靜之《中國近代戲曲音樂研究》（二〇〇〇）[51]、許德寶《戲曲音樂思辨》（二〇〇二）[52]、浙江藝術研究所《戲曲音樂種類》（二〇〇二）[53]、海震《戲曲音樂史》（二〇〇三）[54]、劉正維《二十世紀戲曲音樂發展的多視角研究》[55]，以及俞為民《中國古代曲體文學格律研究》（二〇一二）、白寧近著《元明唱論研究》

---

[43] 宋運超：《戲曲樂譚》（貴陽：貴州民族出版社，一九九七），頁五二九。

[44] 余從：《戲曲聲腔劇種研究》（北京：人民音樂出版社，一九八八），頁四一〇。

[45] 莊永平：《戲曲音樂史概述》（上海：上海音樂出版社，一九九〇），頁四八〇。

[46] 廖奔：《中國戲曲聲腔源流史》（臺北：貫雅文化公司，一九九二），頁二八〇。

[47] 蔣青：《中國戲曲音樂》（北京：人民音樂出版社，一九九五），頁四八二。

[48] 何為：《何為戲曲音樂論》（北京：文化藝術出版社，一九九八），頁六一三。

[49] 周志芬、趙一萍：《戲曲與音樂》（北京：科學普及出版社，一九九八），頁四九二。

[50] 武俊達：《戲曲音樂概論》（北京：人民音樂出版社，一九九九），頁三九二。

[51] 常靜之：《中國近代戲曲音樂研究》（北京：人民音樂出版社，二〇〇〇），頁四三八。

[52] 許德寶：《戲曲音樂思辨》（西安：陝西旅遊出版社，二〇〇二），頁三三六。

[53] 浙江藝術研究所：《戲曲音樂種類》（杭州：藝術與人文科學出版社，二〇〇二），頁三二六。

[54] 海震：《戲曲音樂史》（北京：文化藝術出版社，二〇〇三），頁二八三。

[55] 劉正維：《二十世紀戲曲音樂發展的多視角研究》（北京：中央音樂學院出版社，二〇〇四），頁四一五。

（二〇一四）[56]等。

以上是著者所知見研究戲曲音樂乃至中國音樂較為重要的著作。就戲曲音樂而言，晚近的海震《戲曲音樂史》，從南戲北劇之音樂淵源、唱腔結構和演唱形式，論宋元時期之戲曲音樂；以崑腔、高腔淵源、形成、質性與唱腔結構論明代及清前期之戲曲音樂；以梆子、皮簧及地方小戲之淵源、形成、演變與唱腔結構論清代及民國時期之戲曲音樂，最後以戲曲音樂改革及京劇「樣板戲」音樂，論中華人民共和國成立以來的戲曲音樂。其中最可議者恐怕是所謂「唱腔結構」。莊永平《戲曲音樂史概述》堪稱「名副其實」，是簡要的入門之書。

余從和廖奔之書主要在說戲曲腔調劇種，著者在〈論說「戲曲劇種」〉和〈論說「腔調」〉[57]中已有所評論。常靜之和周志芬都只在舉例說明一些腔調音樂。《何為戲曲音樂論》只是雜集與戲曲音樂相關的通俗性論文。蔣青《中國戲曲音樂》也只在以崑腔系和高腔系論曲牌體戲曲音樂，以梆子腔系和皮黃腔系論板腔體戲曲音樂，堪稱頗具眼識。而《戲曲音樂種類》，則只就高腔、崑腔、亂彈諸腔和灘簧、越劇論其文體結構和音樂結構。也就是說，以上論戲曲音樂之總體概念者，均難謂之周延而深入；至於單論某地方腔調劇種者，自以分析呈現該

[56] 俞為民：《中國古代曲體文學格律研究》（北京：中華書局，二〇一二），頁六四三。白寧：《元明唱論研究》（上海：上海音樂出版社，二〇一四），頁三八三。

[57] 拙作：〈論說「戲曲劇種」〉，原載《語文、情性、義理：中國文學的多層面探討國際學術會議論文集》（臺北：國立臺灣大學中國文學系，一九九六），頁三一五—三四八；收入《論說戲曲》（臺北：聯經出版社，一九九七），頁二三九—二八五，又收入《曾永義學術論文自選集・甲編》（北京：中華書局，二〇〇八），頁一六三—一九三。拙作：〈論說「腔調」〉，《中國文哲研究集刊》第二〇期（二〇〇二年三月），頁一一—一一二；後收入《從腔調說到崑劇》（臺北：國家出版社，二〇〇二），頁二一—一八〇。

地方腔調音樂為主要內容，像周大風之論越劇音樂、王正強之論秦腔音樂，皆能注意其與方言之密切關係，已屬難得。

而若論崑曲唱法，則俞振飛《粟廬曲譜．習曲要解》58、王守泰主編《崑曲曲牌及套數範例集》（南套）59皆為令人奉為圭臬之作。

鄙意以為若武俊達之《戲曲音樂概論》（一九九九）與許德寶之《戲曲音樂思辨》皆能深入淺出，層次分明，全面論述，雖於歌樂關係之際，稍遜於語言，而大抵已堪供作初學之津梁，學者之參考。

但最後值得一提的專題研究，莫過於二〇一二年三月北京中華書局出版的俞為民《中國古代曲體文學格律研究》，和二〇一四年六月由上海音樂出版社出版的白寧《元明唱論研究》。白氏之該書論戲曲之歌唱，不攬和西方音樂學，純粹由中國文獻作縝密之論述分析。對於文獻之解讀頗為精確，對於中國韻文學之修為亦有高明之造詣，以故能得論題之周延，而條理分明，每能言人所未能言而發人所未嘗發。譬如所云古代唱論的基本內涵：

1. 正確表達字聲，包括字的平仄四聲、四聲與五音的關係。
2. 行腔的概念，包括腔的形成、運用與腔調的理正。
3. 板的概念，包括行腔的速度、腔與板的關係、如何運用板的起落巧妙行腔等內容。
4. 氣息的運用，包括氣息要求、氣口掌握、氣息運用技巧等。

58 俞振飛編：《粟廬曲譜》（上海：上海辭書出版社，二〇一一），頁一－二四。
59 王守泰主編：《崑曲曲牌及套數範例集》（南套）（上海：上海文藝出版社，一九九四）。

5. 演唱所表現出的意蘊、格調、風格、特色。
6. 演唱聲音之禁忌，包括避免聲病，隨意添加襯字、雜腔、方言等。
7. 演唱音樂格範。演唱所依據形式是元明唱論所涉及的重要方面，包括宮調、曲牌、套數、小令等內容。
8. 與演唱相關的其他內容。如演唱代表人物、典範性演唱之作品、演唱場所、演唱之作品題材，以及學習演唱的有關問題等。60

據此可見白氏之書是直指論題、探其核心，為體大思精之作。就中第二條之所謂「腔」、「腔調」到底指歌者之唱腔，還是如崑山腔、弋陽腔之為方音以方言為載體之地方性語言旋律，看來是單指前者而有之所謂「行腔」。又第七條所論，當指唱詞聲情之載體，亦指方音方言之腔調由粗到精的載體，應包括號子、歌謠、小調、詩讚、曲牌、套式等不同體式。至於「宮調」當與曲牌、板眼同觀才是。

而俞氏之書更是全面且深入的探討曲調的產生與曲體的變異，而且縝密的研究宮調、曲調字聲、句式、組合、襯字，乃至犯調、曲韻、格律譜等，充分彰顯其對曲體格律之見解與心得。雖然不盡與本人所論相同，但無疑的是一部很值得參考的論著。

四、著者論戲曲歌樂的關係

而著者以為，若論「戲曲歌樂」的內涵及其所以建構完成之元素，上文已作簡述，這裡進一步補充說明。

60 詳見白寧：《元明唱論研究》，頁二一—四。

就內涵而言，可以分作劇作家運用語言所創作的各種歌詞形式和音樂家運用音符和樂器伴奏所創作的各種樂曲形式兩大部分。

其歌詞形式有歌謠、小調、詩讚、詞曲等，其樂曲形式有土腔體、板腔體、曲牌體三種。而歌詞與樂曲必須配搭融合、相得益彰，最後由充任腳色扮飾人物的演員以其一己之「唱腔」傳達出來，然後「戲曲歌樂」才算完成。

因之若論其建構完成「戲曲歌樂」之元素，則：其屬於歌詞形式者，有語言本身之內在質素：含字音結構、聲調組合、韻協布置、音節形式、韻長攤破、複詞結構、語句結構、意象情趣之感染力等。亦即此構成語言本身之八質素皆含有音樂性之語言旋律，亦稱「聲情」；而語言所具之意義情趣思想，亦稱「詞情」；「詞情」、「聲情」之間，自以「詞情」為主，亦即「聲情」是用來描述、渲染、襯托、強化「詞情」；兩者必須相為融合，相得益彰，以此為基礎，然後音樂家才能譜上最切當的音符，順應其「聲情」，彰顯其「詞情」，並配合器樂來詮釋歌詞，達到真正的歌樂融合。也因此語言旋律（聲情）可以說是「戲曲歌樂」的根本，而歌樂的相得益彰，實有賴於「聲情」、「詞情」首先的融合無間。而方音土語之語言旋律，即所謂腔調。腔調之載體，即含歌謠、小調、詩讚、詞曲牌調等。

這裡要特別說明的是，「語言旋律」在齊梁以前，大抵憑作家之體悟；可以稱之為「自然音律」，齊梁以後開始講究「四聲八病」，而後唐有詩律，宋有詞律，元明有曲律，語言旋律講求人為的制約，可稱之為「人工音律」。再說「戲曲歌樂」，其屬於樂曲形式者，有音樂本身之內在質素，含宮調、管色、板眼等，其音樂本身之外在質素，含音符與擊樂、管樂、絃樂三種形式之器樂。

而最後將「戲曲歌樂」完成之「唱腔」，實由歌者將一己之音色之質性融入腔調之語言旋律，再憑藉個人口法之修為，行腔運轉其高低、長短、強弱、頓挫、力氣，並對歌詞意義情境思想之感染力同時融會而傳達於所唱出的歌聲之中。

對於著者的「歌樂概念」，加上戲曲之為「戲」與「曲」之關係，且再以表格標示如下：

- 戲
  - 打（雜技）
  - 做（身段）
    - 打、做 → 無動不舞
  - 念（賓白）
    - 敘事代言（偏於戲）
    - 無聲不歌（偏於曲）
- 曲
  - 念（賓白）
  - 唱
    - 歌
      - 唱詞
        - 詞情（意義境界思想情感）
        - 聲情（語言旋律喜怒哀樂）
        - 詞情、聲情 → 相得益彰
      - 腔調（方音以方言為載體之語言旋律）
      - 載體（唱詞、腔調所共依存）
        - 號子、歌謠、小調 → 小戲
        - 詩讚 → 詩讚系板腔體
        - 曲牌、套曲 → 詞曲系曲牌體
        - 詩讚系板腔體、詞曲系曲牌體 → 大戲
    - 樂
      - 載體
      - 音符（作曲家詮釋載體）
      - 伴奏（器樂家詮釋音符）
- 念、小戲、大戲 → 劇作家 劇作
- 劇作、音符、伴奏 → 歌者唱腔 呈現歌樂（音色、口法、行腔、音符、伴奏）
- 戲、歌者唱腔 → 演員 搬演 戲曲

製表者：曾永義

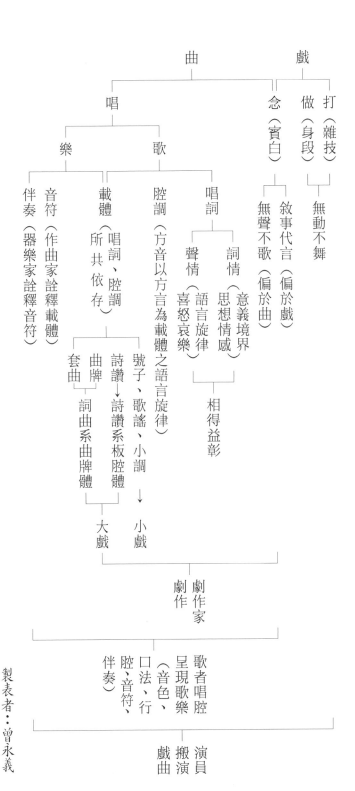

然而在這裡要補充說明的是：戲曲之「曲」，其中亦可別為「曲體」與「曲詞」，「曲體」為「曲詞」之載體，以歌謠、小調、詩讚、曲牌諸形式，承載相對應之曲詞語言；其語言旋律即為「聲情」，其語言所涵之思想情感即為「詞情」；聲情與詞情必須相得益彰。其中音符對歌詞之詮釋與器樂之演奏襯托，為音樂家之專業修為，非著者能力所及，因之下文論述避而不論，讀者鑑之。

以下據此「概念」，論述「戲曲歌樂之建構」。首先論述歌詞與樂曲之配搭乃至融合關係之歷程，可以簡約之為「歌樂之關係」。

對此，古人所論述到的，大概只有「選詞配樂」和「倚聲填詞」兩種情形。但若仔細分析思考，而從「創作」和「呈現」兩方面加以觀察，那麼就「創作」而言，「歌樂之關係」就應當有以下九種情況：

1. 從群體創作而源生之號子、歌謠。
2. 以新詞套入號子、歌謠之腔型。
3. 民間音樂家創作之小調。
4. 采詩訂譜、選詞配樂。
5. 倚譜配詞。
6. 倚聲填詞。
7. 摘遍。
8. 自度曲。
9. 詞調之令引近慢。

這九種情況，其「詞調之令引近慢」較為特殊，而且迄今難得其解，可以別出，另行討論。而若就「呈現」而言，那麼「歌樂之關係」，依其密切之程度序列，就應當有以下五種情形：

1. 誦讀。
2. 吟詠。
3. 依腔型傳字。
4. 依聲調行腔。
5. 依字音定腔。

以下謹就創作和呈現這兩方面的不同情況舉例說明歌樂的各種關係，而聲情詞情的融合諧美，才是戲曲音樂極致的基礎，所以又舉周德清「務頭論」以見其先見之明，並以數例論述歌樂相得益彰之主要基礎，亦即一般韻文中講求「聲情」、「詞情」融合而相得的情況。然而歌樂融合，實有賴於個人「唱腔」的呈現。只是學者對於所謂「唱腔」，各說各話，難有交集，因之，本文特予以辨明，使之名義相符。

歌樂關係既明之後，續論戲曲音樂本身的構成元素：宮調、管色、板眼與腔調，而腔調實為戲曲音樂的基本元素，為詞曲系曲牌體與詩讚系板腔體所共有；故特立一章論其生成之語言基礎與其所以憑藉之載體。而腔調之載體，其作為詞曲系曲牌體，使戲曲音樂臻於極致之主要成分，則為「曲牌」；而有關曲牌之來龍去脈、建構變化、聚眾成群，及其與戲曲排場之關係，堪稱錯綜複雜，而此卻為學者所鮮於論及者，故詳為論述而闢為四章。其後又進一步歸結於戲曲歌樂兩大類型，「詩讚系板腔體與詞曲系曲牌體」之論述，此亦為學者所知而未明、論而未的之課題，乃既論其源生與成立、音樂特色、兩體系間之演化與破解，更由兩體系之藝術質性說明何以詩讚系板腔體可以形成流派藝術，而詞曲系曲牌體難於產生之緣由。最後再拈出戲曲批評史上湯顯祖《牡丹亭》「拗折天下人嗓子」之「公案」，而以本書所建構「戲曲歌樂基礎」為論述依據，庶幾可以使此「公案」

獲得最平正通達的看法。

小結

希望本書所探討之內容、所呈現之見解，已足以說明「戲曲歌樂之建構基礎」，編劇家據此可以使書面上創作之戲曲劇本「合規中律」，譜曲家藉此可以使用音符所詮釋之戲曲歌樂「相得益彰」，而演員在舞臺上的唱腔可以字正腔圓，可以發詞情之意趣風華。若能如此，那麼本書就不負使命了。

第壹章　歌樂之關係

引言：古今賢哲論歌樂之關係

上文說過，先秦對「歌樂」間源生與發展完成的觀念理路是：心→志→詩→歌→聲→音→踏→舞→樂。而對於歌樂間的直接結構關係，古人也有所論述，似乎以劉勰《文心雕龍・樂府》最古：

> 凡樂辭曰詩，詩聲曰歌，聲來被辭，辭繁難節。故陳思稱「李延年閒於增損古辭，多者則宜減之」，明貴約也。❶

劉氏把配樂的唱詞叫「詩」，把經由配詞唱出來的樂譜叫「歌」；而由「聲來被辭，辭繁難節」，可見是以樂譜為主來選用唱詞的，因為唱詞與樂譜繁簡不同，難於配搭調節，所以就必須增損唱詞來適應。從郭茂倩《樂府詩集》五言古詩配樂為「樂府詩」唱詞，皆變為「長短句」看來，正說明這種現象，而這正是所謂「選詞以

---

❶〔梁〕劉勰著，〔清〕范文瀾註：《文心雕龍註》，卷二〈樂府第七〉（北京：人民文學出版社，一九五八），頁一〇二—一〇三。

配樂」。

歌樂的相配並非容易，《文心雕龍》卷七〈聲律第三十三〉云：

> 今操琴不調，必知改張，摛文乖張，而不識所調。響在彼絃，乃得克諧，聲萌我心，更失和律，其故何哉？良由內聽難為聰也。故外聽之易，絃以手定，內聽之難，聲與心紛，可以數求，難以辭逐。（頁五五二）

這裡的操琴指「音樂」，摛文指「唱詞」。劉氏認為音樂演奏為外在技法，即所謂「外聽」；而唱詞的旋律緣於內心的感悟，即所謂「內聽」。由於技法經由手定，感悟發自內心，因此手定易於將扞格調適，感悟難於把諧和掌握。可見劉氏對於歌樂的配搭完美，深知其非容易。

其後沈約《晉書・樂志》將歌樂關係分析為兩種，一是「始皆徒歌，既而被之管絃」，一是「因絲竹金石，造歌以被之」。❷其後者即「選詞配樂」，前者即所謂「采詩訂譜」。

其後如宋趙令時《侯鯖錄》卷七引王安石之語云：

> 古之歌者，皆先有詞，後有聲，故曰：「詩言志，歌永言，聲依永，律和聲」；如今先撰腔子，後填詞，卻是「永依聲」也。❸

---

❷〔唐〕房玄齡等撰，楊家駱主編：《新校本晉書并附編六種》第一冊，卷二三〈樂志下〉，頁七一七。

❸〔宋〕趙令時著，孔凡禮點校：《侯鯖錄》，《唐宋史料筆記叢刊》第三七冊，卷七（北京：中華書局，二〇〇四），頁一八四。

王安石所謂的古，即「采詩訂譜」；今即「倚聲填詞」，為「選詞配樂」的進一步發展。

又《宋史》卷一三〇〈樂志第八十三〉記載紹興四年國子丞王普批評當時詞作云：

> 自歷朝至於本朝，雅樂皆先製樂章，而後成譜。崇寧以後，乃先製譜，後命詞，於是詞律不相諧協，且與俗樂無異。❹

王普所說的是「采詩訂譜」與「選詞配樂」，「選詞配樂」常造成衝突，有如劉勰所云。

王灼《碧雞漫志》卷一云：

> 古人初不定聲律，因所感發為歌，而聲律從之；唐、虞三代以來是也，餘波至西漢末始絕。西漢時，今之所謂古樂府者漸興，晉魏為盛，隋氏取漢以來樂器、歌章、古調，併入清樂，餘波至李唐始絕。唐中葉雖有古樂府，而播在聲律則鮮矣。士大夫作者，不過以詩一體自名耳。蓋隋以來，今之所謂曲子者漸興，至唐稍盛，今則繁聲淫奏，殆不可數。古歌變為古樂府，古樂府變為今曲子，其本一也。❺

王氏將他所生存的宋代以前之「歌樂」分作三個時期：其一是西漢以前「古歌」，由其「因所感發為歌，而聲律從之。」可見他認為歌詩唱詞是「滿心而發，肆口而成。」音樂聲律的配搭也是自然天成，但明顯是以詩為主而樂為從。孔子所謂「詩三百皆絃歌之」，應當即是如此。其二是魏晉至唐代以前的「古樂府」，由其「隋氏」以下諸語，可以概見「古樂府」如上文劉勰所云，是「選詞配樂」，應以樂為主而詩為從。其三所云之「今曲

❹〔元〕脫脫等撰，楊家駱主編：《新校本宋史并附編三種》（臺北：鼎文書局，一九八〇），頁三〇三〇。

❺〔宋〕王灼：《碧雞漫志》，俞為民、孫蓉蓉主編：《歷代曲話彙編・唐宋元編》，頁五二。

子」指的就是元明以後所謂的「宋詞」，而我們知道「宋詞」是「倚聲填詞」的，講求的是詞律的融合與歌樂的相得益彰。

王灼《碧雞漫志》卷一又云：

> 元微之序《樂府古題》云：「操、引、謠、謳、歌、曲、詞、調八名，起於郊祭、軍賓、吉凶、苦樂之際。在音聲者，因聲以度詞，審調以節唱，句度長短之數，聲韻平上之差，莫不由之準度。而又別其在琴瑟者，為操、引；採民甿者，為謳、謠；備曲度者，總得謂之歌、曲、詞、調。斯皆由樂以定詞，非選詞以配樂也。詩、行、詠、吟、題、怨、嘆、章、篇九名，皆屬事而作，雖題號不同，而悉謂之為詩可也。後之審樂者，往往取其詞，度為歌曲，蓋選詞以配樂，非由樂以定詞也。」微之分詩與樂府作兩科，固不知事始，又不知後世俗變。凡十七名，皆詩也。詩即可歌、可被之管絃也。元以八名者近樂府，故謂由樂以定詞；九名者本諸詩，故謂選詞以配樂。今《樂府古題》具在，當時或由樂定詞，或選詞配樂，初無常法。習俗之變，安能齊一？❻

元微之所謂的「由樂以定詞」和「選詞以配樂」，其論「選詞以配樂」謂「取其詞度為歌曲」，則以詞為主樂為從；反之「由樂以定詞」，則以樂為主詞為從；其解釋之主從，似與劉勰、王灼相反，很明顯的，王灼認為這兩種方式，隨時都可酌取運用。

沈寵綏《度曲須知．絃律存亡》云：

❻〔宋〕王灼：《碧雞漫志》，俞為民、孫蓉蓉主編：《歷代曲話彙編．唐宋元編》，頁五六－五七。

凡種種牌名，皆從未有曲文之先，預定工尺之譜，夫其以工尺譜詞曲，即如琴之以鈎剔度詩歌，又如唱家簫譜，所為【浪淘沙】、【沽美酒】之類，則皆有音無文，立為譜式者也。❼

沈寵綏也認為先有樂（工尺譜），然後配上詞，其觀念正是元微之之「由樂以定詞」。以上古人論「歌樂之關係」，無論其命義為何，皆不出元微之所云，「由樂定詞」和「選詞配樂」兩種類型。

再就今人來觀察：

洛地《詞樂曲唱》云：

我國的唱分為兩類，一類是「以（定）腔傳辭」——以穩定或基本穩定的旋律，傳唱（不拘其平仄聲調的）文辭。一類是「以字聲行腔」——以文辭句字的字讀語音的平仄聲調，化為樂音進行，構成旋律。❽

鄭西村《崑曲音樂與填詞》云：

「倚定律填詞」、「依定腔度曲」曾經有過輝煌的過去。❾

俞為民《曲體研究》云：

魏良輔對崑山腔所作的改革，就是將原來「依腔傳字」的演唱方式，改為用「依字定腔」的方法來演

---

❼〔明〕沈寵綏：《度曲須知》，《中國古典戲曲論著集成》第五冊，頁二四〇。

❽ 洛地：《詞樂曲唱》，頁二一。

❾ 鄭西村：《崑曲音樂與填詞》（臺北：學海出版社，二〇〇〇），頁六。

唱。⑩

這三家，洛氏所云，即是我們下文所云，歌樂就呈現關係而言的「依腔型傳字」和「依聲調行腔」。鄭氏所云，則混歌樂之創作關係與呈現關係而言；其所謂「倚定律填詞」，即我們下文所說的歌樂創作關係之「倚聲填詞」，而「依定腔度曲」，即下文我們所說的歌樂呈現關係之「依腔型傳字」。而俞氏所云魏良輔對崑山腔所作的改革，如果能在其「依腔傳字」與「依字定腔」之間補上「依聲調行腔」似乎會更好。而即此三名家已可見，今人對歌樂關係之分析講究與認知，一般說來，尚承古人所見，未盡精細與清楚。也因此著者擬就由創作與呈現兩方面，重新來探討這個問題。

一、從創作觀戲曲歌樂之關係

首先從創作觀察歌樂之關係。

㈠從群體創作而源生之號子、歌謠

號子、歌謠，都是方音以方言為載體所產生的土腔土曲，也可以說是最初級最自然的歌樂結合，它們皆因生活中情感抒發之所需，經由集體創作而自然產生，流播山野。所以它們既創作於庶民之手，也流行於庶民之口。此即王灼所謂之「古樂歌」。

⑩ 俞為民：《曲體研究》（北京：中華書局，二〇〇五），頁六三。

㈡以新詞套入號子、歌謠之腔型

號子、歌謠，形式簡易，所以能騰播眾口，而流傳山野既久，其腔型漸趨穩定。於是民間歌者，乃以即興歌詞套入，以口法運轉腔型，傳達聲情詞情，以抒一時感懷，也就是說死腔活調，能別有生發。這種情形，往往表現在山歌之男女對口。此種情形以唱詞為主，而樂腔相從。

㈢民間音樂家創作之小調

小調與號子、歌謠同樣滿心而發，肆口而成，不同的是號子、歌謠流播在山野，小調流播在里巷；歌謠為齊言，小調為長短句；歌謠四句、句句押韻、韻腳上仄下平，小調有其參差之協韻律。

㈣采詩訂譜、選詞配樂

采詩訂譜亦稱緣詞以訂譜，即將採來的民歌加以整理，與文人所作詩頌，配上歌譜，依譜行腔而歌，這種情形已見於漢武帝之時。《漢書・禮樂志》云：

至漢武帝定郊祀之禮……乃立樂府。采詩夜誦，有趙、代、秦、楚之謳，以李延年為協律都尉，多舉司馬相如等數十人造為詩賦，略論律呂，以合八音之調，作〈十九章之歌〉。[11]

---

[11] 〔漢〕班固撰，〔唐〕顏師古注：《漢書・禮樂志》，收於楊家駱主編：《新校本漢書集注并附編二種》（臺北：鼎文書局，一九八一），頁一〇四五。

又《漢書・李延年傳》云：

李延年善歌，為新變聲。是時上方興天地諸祠，欲造樂，令司馬相如等作詩頌，延年輒承意弦歌所造詩，為之新聲曲。⓬

由這兩段資料可知音樂家李延年一方面依據各地採集來的歌謠加以整理吟誦，二方面根據司馬相如等作家所作的詩加以譜曲，有新聲曲〈十九章之歌〉。這樣一來，文學家所作的詩詞，就成了音樂家用音符來詮釋的歌詞。這種情形是歌樂創作很普遍的現象，直到現在尚且如此。只是這時的歌詞，大抵尚採自然音律。但這裡的「采詩夜誦」很可能就是上文劉勰論古樂府之增損唱詞以就音樂的情況，亦即「選詞配樂」，以樂為主而詩為從。若此，則漢樂府歌樂配搭之關係，就兩種情況，一是選詞譜曲，以詩為主樂為從；一是選詞以配樂，以樂為主而詩為從。

(五)倚譜配詞

「倚譜配詞」即對於有樂譜無歌詞的曲子，根據它的音樂旋律，在對應的語言旋律之制約下，配上歌詞。

沈約《宋書・樂志一》：

凡此諸曲，始皆徒哥，既而披之弦管。又有因弦管金石，造哥以披之，魏世三調哥詞之類也。⓭

⓬ 同前註，頁三七二五。

⓭ 〔梁〕沈約：《宋書》，卷一九（臺北：北京書局，一九七四），頁五五〇。

所述是指樂府詩配樂的兩種方式。其前者有如漢樂府之「采詩訂譜」或「選詞配樂」；其後者即此之所謂「倚譜配詞」。

又《新唐書・劉禹錫傳》云：

> 禹錫謂屈原居沅湘間作《九歌》……乃倚其聲，作〈竹枝詞〉十餘篇。⑭

又姜夔【霓裳中序第一】序云：

> 又於樂工故書中得商調【霓裳曲】十八闋，皆虛譜無辭。……然音節閒雅，不類今曲。予不暇盡作，作【中序】一闋傳於世。⑮

又周密【醉語花】序云：

> 羽調【醉語花】，音韻婉麗，有譜而無辭，連日春晴，風景韶媚，芳思撩人，醉擷花枝，倚聲成句。⑯

以上劉禹錫所「倚」之聲，應是指沅湘方言旋律所形成的當地土腔調；而姜夔、周密兩家，都是在有樂譜無歌詞的情況下，根據原有的音樂旋律，配上對應的歌詞。如果所配歌詞的語言旋律，能與原譜的音樂旋律不

---

⑭〔宋〕歐陽脩、宋祁撰：《新唐書・劉禹錫傳》，收於楊家駱主編：《新校本新唐書附索引》（臺北：鼎文書局，一九八二），頁五一二九。

⑮唐圭璋編：《全宋詞》，第三冊（北京：中華書局，一九九八），頁二一七五。

⑯〔宋〕周密：《蘋洲漁笛譜》（上海：上海古籍出版社，一九八五），頁二一。

扞格而相得益彰；如果所配歌詞的詞情能與原譜的聲情融而為一，那就能傳唱了。民國五十年代（一九六〇），臺灣從日語歌曲配詞，成為當時的臺灣流行歌曲，論其創作方法，也屬「倚譜配詞」。而這種情況也就是樂府「選詞配樂」的方式。

(六) 倚聲填詞

這是對「選詞以配樂」的進一步發展，亦稱按譜填詞。即樂曲流行既久，格律穩定，後人按照格律文字譜填上新詞，作為創作新曲的方法。很顯然的，這時候的語言旋律，已由自然轉向人工。譬如〈渭城曲〉，即王維〈送元二使安西〉這首詩：

> 渭城朝雨浥輕塵，客舍青青柳色新。勸君更進一杯酒，西出陽關無故人。⑰

東坡擬作的三首⑱，其一〈贈張繼愿〉云：

> 受降城下紫髯郎，戲馬臺前古戰場。恨君不取契丹首，金甲牙旗歸故鄉。

其二〈答李公擇〉云：

---

⑰ 〔唐〕王維著，〔明〕顧起經注：《王右丞詩集》，收於《四庫全書薈要》集部第一二一冊，總三五九冊，卷一〇（臺北：世界書局，一九八六，景印摛藻堂本），頁七，總頁一九〇。

⑱ 蘇東坡於【陽關曲】下注云：「中秋作，本名【小秦王】，入腔即【陽關曲】」。

濟南春好雪初晴，行到龍山馬足輕。使君莫忘霅溪女，時作陽關腸斷聲。

其三〈中秋月〉云：

暮雲收盡溢清寒，銀漢無聲轉玉盤。此生此夜不長好，明月明年何處看。⑲

此詩不屬絕句律法，事實上就是一首詞曲。明李攀龍選、日本森大來評釋、花縣江俠菴譯述的《唐詩選評釋》卷八〈渭城曲〉，有這樣的話語：

此詩平仄尤關音律之處：第一句「渭城朝雨」四字，必用「仄平平仄」。若如一般之詩律，將其第一字及第三字，拗轉其平仄，作「平平仄仄」或作「仄平仄仄」時，則斷不諧陽關之調。第二句之「柳色新」三字，「柳」字必用上聲，若用他之仄聲，則失律矣。第三句「勸君更盡一杯酒」，當為「仄平仄仄仄仄平仄」，一字不容出入，而「一杯」之「一」字必用「入聲」，「酒」字必用上聲。至第四句之平仄為「平仄平平平仄平」，亦決一字不可淆亂。若不如此，則不得謂之〈陽關曲〉。⑳

可見〈渭城曲〉的格律多麼嚴密，而東坡之擬作，竟無一處不合；尤有進者：首句首字摩詰「渭」字作去聲；而東坡三首「受」字、「濟」字、「暮」字亦然。末句摩詰「出」字作入聲、「故」字作去聲；而東坡三首「甲」

⑲ 此三首詩見〔宋〕蘇軾：《東坡集》卷八，收於《四庫備要》集部第五一二冊（臺北：臺灣中華書局，一九六六，聚珍仿宋版影印本），頁七。明成化本《蘇文忠公全集》卷八題名為〈陽關詞三首〉，頁八四。

⑳ 〔明〕李攀龍編選，〔日本〕森大來評釋：《唐詩選評釋》（臺北：河洛圖書出版社，一九七四）。

字、「故」字，「作」字、「斷」字，「月」字、「處」字，無不皆然。東坡謹守律法如此之嚴，尚能說其詞：「多不協音律」，為「長短句中詩」嗎？據我看來，東坡「曲子中縛不住者」不是「格律」，而是他「橫放傑出」、「指出向上一路，新天下耳目」的境界。

則王維〈送元二使安西〉詩中的定式規律，就成了〈渭城曲〉的詞曲規律。

到了晚唐五代曲子詞，尤其是宋詞詞牌，便都是「按譜填詞」也就是「倚聲填詞」了。宋張耒〈賀方回樂府〉云：

> 予友賀方回，博學業文，而樂府之詞，高絕一世，攜一編示予，大抵倚聲而為之詞，皆可歌也。㉑

又黃庭堅〈漁家傲・序〉云：

> 或請以此意倚聲律作詞，使人歌之，為作【漁家傲】。㉒

又劉辰翁〈酹江月・自注〉云：

> 同舍延平林府教製新詞祝我初度，依聲依韻，還祝當家。㉓

㉑〔宋〕張耒：《張右史文集》，收於《四部叢刊初編縮本》第五五冊，卷五一（臺北：臺灣商務印書館，一九六五年據上海商務印書館縮印舊鈔本影印），頁三七八。

㉒唐圭璋編：《全宋詞》第一冊，頁三九八。

㉓唐圭璋編：《全宋詞》第五冊，頁三二二一。

以上張耒所云「倚聲而為之詞」、黃庭堅所云「倚聲律作詞」、劉辰翁所云「依聲依韻」，都是指按照詞牌的人工格律填詞。這也叫「倚聲之學」。清張爾田《詞莂》序文云：

> 倚聲之學，導源晚唐，播而為五季，衍而為北宋，流波競響，南渡極矣！㉔

這種「倚聲之學」，也就是按譜填詞，每闋都有由人工造設的所屬牌調，它也成了兩宋文學的代表，即所謂宋詞。

宋詞詞牌的人工格律，到了南宋講究得非常謹嚴。張炎《詞源》卷下云：

> 先人曉暢音律，有《寄閒集》，旁綴音譜，刊行於世。每作一詞，必使歌者按之，稍有不協，隨即改正。曾賦〈瑞鶴仙〉一詞云：（詞略）此詞按之歌譜，聲字皆協，惟「撲」字稍不協，遂改為「守」字，迺協。始知雅詞協音，雖一字亦不放過，信乎協音之不易也。又作〈惜花春〉起早云「鎖窗深」，「深」字音不協，改為「幽」字，又不協，改為「明」字，歌之始協。此三字皆平聲，胡為如是。蓋五音有脣、齒、喉、舌、鼻，所以有輕清重濁之分，故平聲字可為上、入者，此也。聽者不知宛轉遷就之聲，以為合律，不詳一定不易之譜，則曰失律。矧歌者豈特忘其律，抑且忘其聲字矣。㉕

可見「倚聲填詞」，此時已到了寧捨義而不可舛音的程度。因為填詞要依循「一定不易之譜」，「雅詞協音，雖一字亦不放過」。所以張炎先人寄閒翁不惜將「鎖窗深」之陰平聲「深」改作語意相反之陽平聲「明」字，以求協

㉔〔清〕張爾田：〈《詞莂》序〉，收於《遯堪文集》，卷二（民國間抄本，一九四八年鉛印本），頁一九上。

㉕〔宋〕張炎：《詞源》，收於唐圭璋編：《詞話叢編》第一冊（北京：中華書局，一九九三），頁二五六。

音。

而如果像南宋姜夔那樣，既是詞人又是音樂家，就會對不協律的詞牌加以改正，甚至於自製曲，創為新調。姜夔〈滿江紅〉序文云：

〈滿江紅〉舊調用仄韻，多不協律。如末句云「無心撲」三字，歌者將「心」字融入去聲，方協音律。予欲以平韻為之，久不能成。因泛巢湖，聞遠岸簫鼓聲，問之舟師，云：「居人為此湖神姥壽也。」予因祝曰：「得一席風徑至居巢，當以平韻〈滿江紅〉為迎送神曲。」言訖，風與筆俱駛，頃刻而成。末句云「聞佩環」，則協律矣。㉖

因為詞牌、曲牌的規律是以腔傳字，腔定而如果字聲不相應，就要不協音律。舊調仄韻〈滿江紅〉末句的平仄律應作「平去平」，而詞卻作「平平入」（無心撲）；所以姜氏既改作平韻又易其平聲「心」字為去聲「佩」字，使之和諧。後來清人李漁和楊恩壽，都道出了「倚聲填詞」的艱難和苦處，李氏《閒情偶寄・詞曲部・音律第三》云：

至於填詞一道，則句之長短，字之多寡，聲之平上去入，韻之清濁陰陽，皆有一定不移之格。長者短一線不能，少者增一字不得，又復忽長忽短，時少時多，令人把握不定。當平者平，用一仄字不得；當陰者陰，換一陽字不能。調得平仄成文，又慮陰陽反覆；分得陰陽清楚，又與聲韻乖張。令人攪斷肺腸，煩苦欲絕。此等苛法，盡勾磨人。作者處此，但能布置得宜，安頓極妥，便是千幸萬幸之事，尚能計其

㉖ 唐圭璋編：《全宋詞》第三冊，頁二一七六。

詞品之低昂，文情之工拙乎？[27]

楊氏也有類同的話語，[28]由他們所論，可見「倚聲填詞」是不容易的，但是對於名家或行家，有時格律的束縛反而能夠填出奇文妙句。而這種謹嚴的格律，即是人工格律。

(七)摘遍

「摘遍」是說摘取「大曲」大遍中的一遍所製的詞牌。宋沈括《夢溪筆談・樂律一》云：

所謂大遍者……凡數十解，每解有數疊者，裁截用之，則謂之摘遍。[29]

王國維《宋元戲曲考・宋之樂曲》云：

---

[27] 〔清〕李漁：《閒情偶寄》，《中國古典戲曲論著集成》第七冊（北京：中國戲劇出版社，一九五九），頁二二一。

[28] 〔清〕楊恩壽《續詞餘叢話》：「音律之難，不難於鏗鏘順口之句，而難於倔強聱牙之句。鏗鏘順口者，如此字聲韻不合，隨取一字換之，縱橫順逆，皆可成文；至於倔強聱牙之句，即不拘音律，任意揮寫，尚難妥貼，況有清濁、陰陽及明用韻、暗用韻又斷不可用韻之成格，一定而不可移乎？詞牌之最易填者，如……至其韻中之字，隨部而誤者，十之八；以古人兩韻混併為一而誤者，十之二，是以審音之士，談及入聲，便茫然不解，而以意為之，遂不勝其舛互矣。茲既本之五經，參之傳說，而亦略取《說文》形聲之指，不惟通其本音，而又可轉之於平、上、去。三代之音久絕而復存，其必自今日始乎？」《中國古典戲曲論著集成》第九冊（北京：中國戲劇出版社，一九五九），頁二九七－二九八。

[29] 〔宋〕沈括著，胡道靜等譯注：《夢溪筆談全譯》卷五〈樂律一〉（貴陽：貴州人民出版社，一九九八），頁一六三。

大曲遍數，往往至於數十，唯宋人多裁截用之。即其所用者，亦以聲與樂為主，而不以詞為主，故多有聲無詞者。[30]

摘遍用為宋詞詞牌亦稱「摘調」。「摘調」因起初多有聲（譜）無詞，故其先亦多「倚聲（譜）配詞」，待格律穩定後，亦已進入「倚聲填詞」。如【水調歌頭】、【薄媚摘遍】、【念奴嬌序】、【霓裳中序】、【鶯啼序】、【泛清波摘遍】、【歌頭】、【哨遍】等。

(八)自度曲

自度曲是指作家自創的歌詞自己譜曲，如果其曲流傳而成定式，即為新詞牌。姜夔【長亭怨慢】序云：

> 予頗喜自製曲，初率意為長短句，然後協以律，故前後闋多不同。[31]

又在其【暗香】序中說：「使工妓隸習之，音節諧婉，乃名之曰【暗香】、【疏影】。[32]」也在【醉吟商小品】、【霓裳中序第一】、【角招】、【徵招】的序中說其所創新調的音樂性。他自創的新詞牌共有十七調：

> 【暗香】、【杏花天】、【惜紅衣】、【秋宵吟】、【疏影】、【揚州慢】、【淡黃柳】、【鬲溪梅令】、【角招】、【淒涼犯】、【翠樓吟】、【長亭怨慢】、【徵招】、【玉梅令】、【石湖仙】、【醉

---

[30] 王國維：《宋元戲曲考》，收於《王國維遺書》第九冊（上海：上海古籍出版社，一九九六），頁三〇，總頁五五三。

[31] 唐圭璋編：《全宋詞》第三冊，頁二一八一。

[32] 同前註。

姜氏這十七調是傳至今日曲牌最多最完整的宋詞音樂譜。

吟商小品】、【霓裳中序第一】㉝

二、談詞調之令引近慢

詞牌中有以「令」、「引」、「近」、「慢」為名者，南宋初王灼《碧雞漫志》對其名義即語焉不詳。學者或加考索，終不得其解。雖然，林玫儀〈令引近慢考〉，創見獨多，著者在林氏基礎上進一步考索，認為那是由詞牌之重頭變奏演為「大曲」，於其「排遍」中又翻轉出來的四種音樂類型，也是一種歌樂的創作手法，以其論題頗為繁重，故特為別出，論述如下：

(一)林玫儀之〈令引近慢考〉

請先錄林氏〈令引近慢考〉之結語：

令引近慢本為樂曲之類別，表明詞調之來源，與破、序等性質並同。大多源自大曲，亦有因舊曲造新聲，或逕出於時人自度者。四者之旋律結構各異，節奏韻拍不一，並其適用之樂器、演奏之方式乃至流行之場合，均與其他曲類有別。至於小令、中調、長調則為字數上之分類，此名目仿自明刻本《草堂詩餘》，

㉝ 參見唐圭璋編：《全宋詞》第三冊，頁二一七〇、二一七三、二一七五、二一八〇－二一八四。

顯為後起之觀念；而按篇幅長短將詞作概分為三，蓋基於使用上之方便（猶今日之分小說為短篇、中篇、長篇），並不涉及詞調之來源或類別，與令引近慢之為音樂上之分類，可謂南轅北轍，迴不相關。唯自詞樂放絕之後，令引近慢之本義湮沒不彰，迨宋翔鳳提出令為短調、引近為中調、慢為長調之說，此二觀念遂混淆合一。後人不察，紛紛援用宋說，遂至風行草偃，百餘年來，幾已積非成是矣。唯宋說實不可從，尤其以長調為慢詞之說，更為舛謬。蓋因慢調節拍舒緩，曲度自當較長，字數因之亦較多，是以慢詞泰半為長調，唯長調卻非必盡屬慢詞。宋氏單以字數為標準，謂篇幅長者即是慢詞，影響所及，「破」亦是慢、「序」亦是慢，「中腔」、「摘遍」只要字數足多，無不可稱之為慢，完全抹煞詞為音樂文學之本來面目。且以長調為慢詞之代稱，以大量出現長調之時代作為慢詞之產生時代，並由此推衍令引近慢之間有先後之衍生關係，尤其嚴重蒙混詞調發展之歷史。故筆者撰作本文，一則就字數上推翻令引近慢在於字數多寡之觀念；再則綴拾零星文獻以考察令引近慢之音樂特色，此無他，期能還令引近慢之真面目而已。34

可見林氏此文之成就有三：其一，考述「令引近慢」為樂曲之類別。其二，破除宋翔鳳《樂府餘論》以令為短調，引近為中調，慢為長調附會之說。其三，考述令引近慢之音樂特色。

此三說以第二說最為可據。林氏云：

先就字數言之，令未必最短，慢亦未必最長，試以下列三組詞調分別比較：

34 林玫儀：〈令引近慢考〉，《詞學考詮》（臺北：聯經出版社，一九八七），頁一六六、一六七。

(1)婆羅門令　八十六字
婆羅門引　七十六字
(2)醜奴兒近　一百四十六字
醜奴兒慢　九十字
(3)卓牌子近　七十一字
卓牌子慢　五十六字

此三組詞調，其血緣關係皆各自相近，如【婆羅門令】與【婆羅門引】、【卓牌子近】與【卓牌子慢】、【醜奴兒近】與【醜奴兒慢】，由其詞牌名字，可推想當初必衍自同一樂調。唯以字數覘之，則有令多於引者，亦有近多於慢者，然則，宋氏令詞最短、引近次之、慢詞最長之說，不攻自破矣！

若再分別統計「令」、「引」、「近」、「慢」之字數，亦可發現令未必最短，引、近未必次短，慢亦未必最長。如：

令——	且坐令　七十字	婆羅門令　八十六字	師師令　七十三字
	采蓮令　九十一字	韻令　七十六字	六么令　九十四字
	甘州令　七十八字	折桂令　一百字	有有令　八十一字
	勝州令　二百十五字	兀令　八十四字	
引——	漁父引　十八字	太常引　四十九字	柘枝引　二十四字
	雲仙引　九十八字	華清引　四十五字	迷神引　九十九字
	琴調相思引　四十六字		

近——好事近　四十五字　醜奴兒近　一百四十六字　劍氣近　九十六字

慢——卓牌子慢　五十六字　卜算子慢　八十九字　少年遊慢　八十四字

自上列資料觀之，令詞超過七十字以上者甚夥，【采蓮令】、【六么令】、【折桂令】、【勝州令】等且超過九十字，較【卓牌子慢】、【少年遊慢】、【卜算子慢】之字數為多，而【勝州令】二百一十五字，更遠較一般慢詞為長。至於引、近，字數亦甚懸殊：字數少者，如【漁父引】、【柘枝引】等，均較一般令詞為短，其字數多者，如【雲仙引】、【迷神引】、【劍氣近】等，則皆較【卓牌子慢】、【少年遊慢】、【卜算子慢】等慢詞為多，而【醜奴兒近】長達一百四十六字，更較一般慢詞為長。可見令、引、近、慢四者，其字數皆有多寡，其間並無必然之長短關係，然則四者之分別非在於字數也明矣！[35]

林氏之論，可謂證據確鑿，則明人以字數定詞調令、引、近、慢為長、中、短之論，真是「不攻自破」矣。

又其論「令引近慢」為「樂曲之類別」，林氏云：

現有文獻中，最早將令、引、近、慢四者連稱者，乃王灼之《碧雞漫志》，其卷三云：「【甘州】，世不見，今仙呂調有曲破、有八聲慢，有令，而中呂調有【象甘州八聲】，他宮調不見也。凡大曲，就本宮調制引、序、慢、近、令，蓋度曲者常態。若【象甘州八聲】，即是用其法于中呂調，此例甚廣。偽蜀毛文錫有【甘州遍】，顧瓊、李珣有【倒排甘州】，顧瓊又有【甘州子】，皆不著宮調。」其旨乃在說明，引序近慢令五者，常是出於同一大曲。王氏書中此類記載甚多，如：「唐時安公子在太簇角，今已

---

35 同前註，頁一三〇—一三一。

不傳，其見于世者，中呂調有近、般涉調有令。（卷四）」、「【雨淋鈴】……今【雙調雨淋鈴慢】頗極哀怨，真本曲遺聲。（卷五）」上述三例中，王氏所謂之令引近慢，即指【甘州令】、【甘州慢】、【安公子近】、【安公子令】、【雨淋鈴慢】而言，可知所謂之令，應指詞牌名末一字為「令」者，如【折桂令】、【惜春令】之類；所謂引，指詞牌名末一字為「引」者，如【迷神引】、【華胥引】之類；所謂近，指詞牌名末一字為「近」（或近拍）者，如【祝英臺近】、【劍氣近】之類；所謂慢，指詞牌名末一字為「慢」者，如【上林春慢】、【卜算子慢】之類。其末尾之「令」、「引」、「近」、「慢」諸字乃音樂之分類，故此四類之別在於彼此音樂上之結構不同。㊱

林氏之分析推論頗為正確，但可進一步觀察推衍。

㈡著者的進一步考察

王灼《漫志》中「凡大曲就本宮調制（一作轉）引、序、慢、近、令」一句很重要，唯頗疑此處之「制」字作「轉」更為合適。因為宋大曲實為宋詞牌之重頭變奏所形成，其重頭之多寡不定，而拍板之形式則分三類型，即「散序」，為散板曲；「排遍」，始有拍板；「入破」，舞者入場。故知「散序」為器樂曲，「排遍」實為歌唱曲，「入破」實為舞蹈曲。前二者今泉州南音，臺灣南管猶有餘緒。又因宋大曲為許多遍數所構成，故或稱「大遍」，其遍數因變奏，拍法自有不同。宋沈括（一〇三一－一〇九四）《夢溪筆談》卷五：

㊱ 同前註，頁一三八。

所謂「大遍」者，有序、引、歌、歙、嗺、哨、催、攧、衮、破、行、中腔、踏歌之類，凡數十解；每解有數疊者，裁截用之，則謂之「摘遍」。今人大曲皆是裁用，悉非「大遍」也。[37]

又史浩（一一〇六—一一九四）大曲〈採蓮・壽鄉詞〉，其「曲破」結構是：

【入破】【衮遍】【實催】【衮】【歇拍】【煞衮】[38]

又王灼（一一六二年前後）《碧雞漫志》，卷三〈涼州曲〉條云：

凡大曲有散序、靸、排遍、攧、正攧、入破、虛催、實催、衮遍、歇拍、殺衮，始成一曲，此謂大遍。[39]

又《永樂大典戲文三種・張協狀元》第十六齣中間一場套數：

【菊花新】、【後衮】、【歇拍】、【終衮】。[40]

又陸貽典影鈔元刊本《琵琶記》第十五段演〈丹陛陳情〉一場，套數作：

---

[37] 〔宋〕沈括著，胡道靜等譯注：《夢溪筆談全譯》，卷五〈樂律一〉（貴陽：貴州人民出版社，一九九八），頁一六三。

[38] 唐圭璋編：《全宋詞》，第二冊，頁一二五一—一二五四。

[39] 〔宋〕王灼：《碧雞漫志》，收入俞為民、孫蓉蓉主編：《歷代曲話彙編・唐宋元編》（安徽：黃山書社，二〇〇六），頁一〇〇。

[40] 錢南揚：《永樂大典戲文三種》（臺北：華正書局，二〇〇三），頁八四、八五。

【入破第一】、【破第二】、【袞第三】、【歌拍】、【中袞第四】、【煞尾】、【出破】。[41]由這五段資料，可見大曲遍名，顯然皆由其拍法而定。也就是說大曲的結構是由不同的拍法編組而成的，它與用曲牌聯綴而成的諸宮調、唱賺和南北套數不同。由沈括《夢溪筆談》可知所云之「大遍」為北宋大曲之現象，可達數十解，且每解有數疊者；而至南宋高宗紹興末，大曲止餘十二遍；而史浩〈採蓮．壽鄉詞〉與《張協狀元》、《琵琶記》等戲文所用套數，顯然如沈括所云，皆自大曲中裁截摘用。而前引王氏《碧雞漫志》卷三之論仙呂調【甘州】，於令、引、近、慢之外，又有「曲破」與「序」並列，則亦可見令、引、近、慢與「曲破」、「序」類同，當指其在大曲中之「拍法」而言。

若就大曲對於「詞調」之源生而言，鄙意以為有兩方面，一是自大曲中摘出一遍以為「詞調」（詞牌調之「摘遍」），如【水調歌頭】、【薄媚摘遍】、【念奴嬌序】、【霓裳中序】、【鶯啼序】、【泛清波摘遍】、【歌頭】、【哨遍】等。

其二即如王灼《碧雞漫志》所云「就本宮調轉（為）引、序、慢、近、令」，意即在大曲詞牌所屬之宮調內，以此詞牌翻轉為引、序、慢、近、令五種類型的樂曲，令引近慢之音樂特色和作用，亦因之而有別。茲就《碧雞漫志》所見資料稍做說明：

1. 政和間，李方叔在陽翟，有攜善謳老翁過之者，方叔戲作【品令】。（卷一）

---

[41] 〔元〕高則誠：《新刊元本蔡伯喈琵琶記》，收入《古本戲曲叢刊初集》，卷上（上海：上海商務印書館影印本，一九五四），頁二〇b—二三a。又《南九宮十三調曲譜》、《南曲九宮正始》、《南詞定律》等引錄戲文。《董秀英花月東牆記》、《賽金蓮》兩套佚曲皆與《琵琶記》此套相同。

2.今越調【蘭陵王】，凡三段二十四拍，或曰遺聲也。……又有大石調【蘭陵王慢】，殊非舊曲，周齊之際，未有前後十六拍慢曲子耳。（卷四）

3.【河傳】，唐詞存者二……以此知煬帝所製【河傳】，不傳已久。然歐陽永叔所集詞內【河傳】，附越調，亦【怨王孫】曲。今世【河傳】乃仙呂調，皆令也。（卷四）

4.【夜半樂】……今黃鍾宮有【三臺夜半樂】，中呂調有慢、有近拍、有序不知何者為正。（卷四）

5.【荔枝香】……今歇指、大石兩調皆有近拍，不知何者為本曲。（卷四）

6.今黃鍾宮、大石調、林鍾商、歇指調，皆有十拍令，未知孰是。（卷五）

7.始教坊家人市鹽，於紙角中得一曲譜，翻之，遂以名，今雙調【鹽角兒令】是也。歐陽永叔嘗製詞。（卷五）

8.偽蜀時，孫光憲、毛熙震、李珣有【後庭花】曲，皆賦後主故事，不著宮調，兩段各四句，似令也。今曲在，兩段各六句，亦令也。（卷五）

9.【西河長命女】……近世有【長命女令】，前七拍，後九拍，屬仙呂調，宮調、句讀並非舊曲；又別出大石調【西河慢】，聲犯正平，極奇古。蓋【西河長命女】本林鍾羽，而近世所分二曲在仙呂、正平兩調，亦羽調也。（卷五）42

由以上九條資料，可知「令、引、近、慢」經由知音者，確實有被翻轉在詞牌宮調之中的情形。由第一條

42 王灼：《碧雞漫志》，俞為民、孫蓉蓉主編：《歷代曲話彙編・唐宋元編》，頁五七、八三、八六、八七、九〇、九四、九六、九七。

可知製曲者，可為善謳者翻轉新曲。由第二條可知被翻轉之新曲，必須填詞乃能歌唱。由第三、四、七、八、九條可知詞牌被翻為令、引、近、慢、序，每因時代不同或翻轉者不同而新曲有所屬宮調不同的現象。又由第六條可知同一詞牌，可被翻轉為不同類型，如【夜半樂】之新曲。張源《詞源》：「美成諸人又復增衍慢曲、引、近。」所謂「增衍」，在此與「翻轉」類同。也就是說「令、引、近、慢、序」是音樂家翻轉詞牌為新曲的五種方法，也因此成為宋詞詞牌音樂的五種類型，並進而用作詞牌的名稱。

這裡所謂的翻轉或增衍，鄙意以為有如從西皮原板可以變化出西皮慢板、西皮快三眼、西皮二六、西皮快二六、西皮流水、西皮快板、西皮散板、西皮搖板、西皮滾板、西皮倒板……那樣，它們再怎麼變化也不出是西皮的一種板式，這也好像詞調再怎麼翻轉增衍，也都是詞調的一種音樂形式一般。

林玫儀〈令引近慢考〉對於其音樂結構，亦作了頗為詳密之考述，其要點如下：

> 論及令詞韻拍者，唯《碧雞漫志》一條：「【西河長命女】……按此曲起開元以前，大曆間樂工加減節奏，紅紅又正一聲而已。《花間集》和凝有【長命女】曲，偽蜀李珣《瓊瑤集》亦有之，句讀各異，然皆今曲子，不知孰為古製林鍾羽併大曆加減者。近世有【西河長命女令】，前七拍，後九拍，屬仙呂調，宮調句讀並非舊曲；又別出大石調【西河慢】，聲犯正平，極奇古。蓋【西河長命女】本林鍾羽，而近世所分二曲在仙呂、正平兩調，亦羽調也。[43]（卷五）」此蓋為唯一論及令詞節拍之資料。由此可知令詞有前七拍後九拍，共計十六拍者。[44]

---

[43] 同前註，頁九七。

[44] 林玫儀：〈令引近慢考〉，頁一五五。

由現存文獻觀之，引之起源較早。《教坊記》已列【柘枝引】及【漁父引】二名，但全唐五代均未見存詞；近詞則以柳永【訴衷情近】、【過澗歇近】、【郭郎兒近】為最早。引、近之韻拍相同，張炎《詞源》云：「引、近則用六韻拍。」《謳曲旨要》云：「破、近六韻慢八韻。」是則引、近皆六韻拍。《謳曲旨要》又云：「慢近曲子頓不疊，歌颯連珠疊頓聲。」頓指頓聲，有大頓、小頓之別，可見近詞乃用頓法而不用疊法。由於文獻難徵，近詞整體之結構無法詳知，於此亦聊窺其一斑而已。45

以慢曲配詞則成「慢」，其詞牌可稱為「某某慢」，其詞亦即所謂「慢詞」。由敦煌琵琶譜，可證唐時慢曲已甚發達。由於慢曲結構複雜，一曲之中有丁、抗、掣、拽、頓、住、打、揹等變化，極盡聲律頓挫之妙，故以器樂演奏，固然抑揚抗墜，旋律優美；按拍而歌，尤其委曲宛轉，曼妙動人。是以一旦流行，即備受時人賞愛。試觀天基節所奏五十五曲中，慢曲即有二十六曲，以及兩宋詞集中慢詞之夥，不難推知其備受歡迎之程度。46

(三)從文獻推測令引近慢之名義

據前引王灼《碧雞漫志》卷三所云令、引、近、慢與曲破、序並列，而已知大曲「三部曲」為散序、排遍、入破，散序為器樂曲，排遍為歌唱曲亦稱「中序」，入破為舞曲，47則「令、引、近、慢」當屬「排遍」，亦即為大曲詞調所翻轉之歌唱曲遍，其翻轉可就宮調所須而為「令、引、近、慢」之樂遍類名。至於令、引、近、慢之名義，林氏以資料短缺，未敢妄加蠡測，本人斗膽嘗試說解。本人以為，宋人既以「令、引、近、慢、序」

45 同前註，頁一五九。

46 同前註，頁一六〇。

47 參見楊蔭瀏：《中國古代音樂史稿》第二冊，第五編第九章〈繁盛的燕樂與衰微的雅樂〉，頁三一一—三一六。

名其由詞牌轉翻之新曲在音樂上之類型，則其各自之特色必有在於「令、引、近、慢」本身之字義中。

1.令：在宋詞前後應有兩種意義，一作美善，用以指稱由詞牌翻轉之新曲「令、引、近、慢」，其作「令」者，實指其樂曲之美善也。《詩・小雅・角弓》：「此令兄弟，綽綽有裕；不令兄弟，交相為瘉。」鄭玄箋：「令，善也。」[48]可見「令」作美善解，由來已久。

另一義則由酒令而來，此「令」已不能等同「令、引、近、慢」之「令」之原義為「美善」。唐韓愈〈人日城南登高〉詩：「盤蔬冬春雜，罇酒清濁共。令徵前事為，觴詠新詩送。」朱熹注引劉貢父曰：「唐人飲酒喜以令為罰，今人以絲管歌謳為令。」[49]則宋詞令曲出自唐人酒令。蓋唐人喜於酒宴上即席填詞，其製短小，故亦稱「小令」。白居易〈就花枝〉：「醉翻衫袖拋小令，笑擲骰盤呼大采。」[50]宋陳鵠《耆舊續聞》卷二：「唐人詞多令曲，後人增為大拍，又況屋下架屋，陳腐冗長，所以全篇難得好語也。」[51]則唐人酒令已發展為「令曲」，亦稱「小令」。其特點是樂調短，字數少。明人顧從敬編刻《草堂詩餘》，乃在宋代《草堂詩餘》的基礎

---

48 〔漢〕毛亨傳，鄭玄箋：《毛詩傳箋》，〔唐〕孔穎達疏：《毛詩正義》，〔清〕阮元校刻：《重刊宋本十三經注疏附校勘記》第四冊，卷一五之一，頁一一，總頁五〇四。

49 〔唐〕韓愈撰，〔北宋〕宋景文公等撰集傳，〔清〕陳景雲撰點勘：《韓昌黎集》（《朱子校昌黎先生集傳》），收入《萬有文庫薈要四百種》第一三九冊，第二冊第六卷（臺北：臺灣商務印書館，一九六五），頁六三。〈人日城南登高〉詩注：劉貢父（宋人）云：唐人飲酒，喜以令為罰，今人以絲管歌謳為令，即白傳所謂「醉翻襴衫拋小令」是也。

50 《御定全唐詩》卷四四四，收錄於《景印文淵閣四庫全書》第一四二七冊（臺北：臺灣商務印書館，一九八三），頁一七，總頁四三四。

51 〔宋〕陳鵠：《耆舊續聞》，收錄於《宋元筆記叢書》（上海：上海古籍出版社，一九九三），卷二，頁一〇。

上，以「小令」、「中調」、「長調」分卷，[52]清人毛先舒《填詞名解》援用此法，並予以界說：「凡填詞五十八字以內為小令，自五十九字始，至九十字止為中調，九十一字以外者俱長調也，此古人定例也。[53]」若承毛氏字數之說，如【十六字令】、【如夢令】三十三字，故為小令；但【六么令】九十六字、【百字令】又當如何。故朱彝尊《詞綜・發凡》：「宋人編集歌詞，長者曰慢，短者曰令，初無中調、長調之目，自顧從敬編《草堂詩餘》，以臆分之，後遂相沿，殊屬草率。」[54]清徐釚《詞苑叢談・體製》[55]亦謂不能以字數分小令、中調、長調（此說林玫儀論文已詳）。

而降及金元，芝庵《唱論》云：「成文章曰『樂府』，有尾聲名『套數』，時行小令喚『葉兒』。」[56]則芝庵以文人所作有文采之散曲稱為「樂府」，以流行民間之雜曲小調當時稱作「葉兒」者等同「小令」。元周德清《中原音韻》：「樂府、小令兩途，樂府語可入小令，小令語不可入樂府。」[57]明王驥德《曲律・論小令》：「渠（指周德清）所謂小令，蓋市井所唱小曲也。」[58]清何琇《樵香小記・鄭風》：「其間男女狎邪之詩，亦如近

[52] 〔明〕顧從敬編：《草堂詩餘》，《四部叢刊初編集部》第一一〇冊（臺北：臺灣商務印書館，一九六五年據上海商務印書館縮印杭州葉氏藏明本影印）。

[53] 〔清〕毛先舒：《填詞名解》，收入查培繼輯：《詞學全書》（臺北：廣文書局，一九七一），頁二九。

[54] 〔明〕朱彝尊：《詞綜・發凡》，收入《四庫薈要》（臺北：世界書局，一九八八），頁二六三—二六四。

[55] 〔清〕徐釚：《詞苑叢談・體製》（上海：上海古籍出版社，一九八一），頁二四。

[56] 〔金元〕芝庵：《唱論》，俞為民、孫蓉蓉主編：《歷代曲話彙編・唐宋元編》，頁四六一。

[57] 〔元〕周德清：《中原音韻》，俞為民、孫蓉蓉主編：《歷代曲話彙編・唐宋元編》，頁二八九。

[58] 〔明〕王驥德：《曲律》，《中國古典戲曲論著集成》第四冊（北京：中國戲劇出版社，一九五九），頁一三三。

代之雜曲小令，多懸擬想像，摹寫豔情，不必實有其事。」59則可見金元以後「小令」已和文人「樂府」對稱，轉為流行民間雜曲小調之專稱。則詞曲中之「令」，名義凡三變。亦即由「美善之曲」而為「酒令短曲」而為「雜曲小調」。

2.引：馬融〈長笛賦〉：「故聆曲引者，觀法於節奏，察變於句股。」李善注：「引，亦曲也。」60則引曲必有節奏可觀其法，必有句股可察其度。又謝靈運〈會吟行〉：「六引緩清唱，三調佇繁音。」劉良注：「六引，古歌曲名。」61則六引之曲唱時緩而清。唐李宣古〈杜司空席上賦〉詩：「能歌姹女顏如玉，解引蕭郎眼似刀。」62此詩「歌」、「引」互文。清杜文瀾《古謠諺》卷一〇〇引宋張素臣《珊瑚鉤詩話》卷三：「徒歌謂之『謠』，品秩先後，序而推之謂之『引』。」63按詞牌有「法駕導引」、「導引」，正可與張氏之說相發明。則曼引散序使之進入有板有眼之樂章，謂之「引」。宋張先有〈青門引〉詞，俞平伯《唐宋詞選釋・前言》：「南唐之變花間，變其作風，不變其體，仍為令、引之類。」64所以總起來看，「引」是指「序而推之」的樂曲，是由

59〔清〕何琇：《樵香小記》，收入《文淵閣四庫全書》（香港：迪志文化出版有限公司，二〇〇七），頁七八四。

60〔梁〕蕭統輯，〔唐〕李善注：《文選》第二冊，卷一八〈音樂下〉（臺北：文津出版社，一九八七），頁八一六－八一七。

61〔梁〕蕭統輯，〔唐〕李善注：《文選》第三冊，卷二八〈詩戊・樂府下〉，頁一三二六。

62《御定全唐詩》卷五五二，《景印文淵閣四庫全書》第一四二八冊，頁七，總頁五〇八。

63〔宋〕張素臣：《珊瑚鉤詩話》，收入〔清〕何文煥編：《歷代詩話統編》第一冊，卷三（北京：北京圖書館出版社，二〇〇三），頁一二，總頁二九二。〔清〕杜文瀾輯，周紹良校點：《古謠諺》，卷一〇〇（北京：中華書局，一九五八），頁一〇六八。

64俞平伯：《唐宋詞選釋》（北京：人民文學出版社，一九七九），頁一一。

散板曲「序」曼引其聲，而導入「排遍」中，而為有板有眼的樂曲。

3. 近、慢：宋張炎《詞源》卷下：「而美成諸人又復增演慢曲、引、近，或移宮換羽，為三犯、四犯之曲。」[65]按元天曆間（一三二八—一三三〇）有《十三調譜》、《九宮譜》為所知最早之南曲譜。《十三調譜》將曲牌分為「慢詞」、「近詞」兩類，仍沿宋人詞牌之分類法。王驥德《曲律・論調名》：「引子曰慢詞，過曲曰近詞。」[66]而南曲套數有引子、過曲、尾聲。可是王氏並未說明何以詞中慢詞變為南曲引子，近詞變為南曲過曲的緣故，也沒有說明詞中令曲與引曲，在南曲中除正宮【梁州令】、小石【如夢令】外，所有的「令曲」皆為過曲；而「引曲」只有正宮【長生導引】一曲為過曲外，不見其他的現象。按明楊慎《升庵詩話》卷一二〈慢字為樂曲名〉：「陳後山詩：『吳吟未至慢，楚語不假些。』任淵注云：『慢謂南朝慢體，如徐庾之作。』」[67]《禮記・樂記第十九》云：「五音（宮商角徵羽）皆亂，迭相陵，謂之慢。」又曰：「鄭衛之音，亂世之音也，比於慢矣。」[68]按宋詞有〈聲聲慢〉、〈石州慢〉。而南曲曲調舒緩者稱慢曲，如仙呂宮【八聲甘州】、商調【山坡羊】等。其聯套方法，大抵慢詞在前，急曲在後。《水滸傳》第二十四回：「便是唱慢曲兒的張惜惜，我見他是路岐人，不喜歡。」[69]清李漁《閒情偶寄・演期・授曲》：「字頭字尾及餘音，皆為慢曲而設。」[70]則南曲

---

[65] 〔宋〕張炎：《詞源》，收入唐圭璋編：《詞話叢編》第一冊，頁二五五。

[66] 〔明〕王驥德：《曲律》，《中國古典戲曲論著集成》第四冊，頁六〇。

[67] 〔明〕楊慎：《升庵詩話》，收入周維德集校：《全明詩話》第二冊（濟南：齊魯書社，二〇〇五），頁一〇四八。

[68] 〔漢〕鄭玄注：《禮記注》，〔唐〕孔穎達疏：《禮記正義》，收入〔清〕阮元校刻：《重刊宋本十三經注疏附校勘記》第八冊，卷三七，頁五、七，總頁六六四、六六五。

[69] 〔元〕施耐庵、羅貫中著，收入林峻校點：《水滸傳》（上海：上海古籍出版社，二〇〇四年），第二十四回〈王婆貪賄

中之「慢曲」已不自稱「慢」矣，又當如何！而南曲之以「序」為名者皆為過曲，此「序」當指大曲「中序」之「序」，亦即「排遍」中之樂章。

由以上對於宋詞「令」、「引」、「近」、「慢」、「序」的考述，「序」為大曲開首之樂曲，亦即「散序」，殆無疑義，而「令」有二義，其取「美善」者，謂所翻轉之新曲為美善；只是其取「酒令」者，乃源於唐人飲酒喜以「令」罰飲，凡不能即席填短詞謳歌者，即要以飲酒為罰。這種與酒令關係密切的「令曲」樂調短、字數少，適於即席發揮和謳歌，因此也叫小令，傳到五代宋初還是如此，此種「酒令」之「令」曲，與由詞調翻轉增衍之「令」曲，本為名同實異，但後來混同為一，就擾亂名實了。而由散序導引使之進入有板有眼的樂章，謂之「引」；而講究拍法近於「入破」者為「過度曲」，則為「近」或「近拍」；最後又發展為精緻緩慢之散板曲，則為「慢」。而南曲有有板無眼之粗曲、一板一眼之可粗可細之曲、一板三眼之細曲、散板無眼之引子。若律以宋人詞調之令、引、近、慢、序、破，則「序」為「散序」，「破」為「入破」，而與之鼎立為「三部曲」之「排遍」，自然包含「令、引、近、慢」四種不同拍法而言。其「令」原指曲子之美善者而言，與由酒令源生之小令無關。唯宋詞已有取其小令之命義者，而元明南北小令等同雜曲小調為粗曲。其「引」既為由「散序」而推之則多為南曲一板三眼之過曲；其「近」既為近於「入破」則多為一板一眼之過曲；而「慢」既為五音皆亂相陵之自由節奏，則為散板之引子。未知是否。

總而言之，「令、引、近、慢」之疑義仍多，著者以之為大曲「排遍」中不同拍法類型之樂曲，亦不過為個人之「臆測」而已。雖然，即此一得之愚，若能對讀者有所觸發，則亦不失「拋磚引玉」矣！

說風情　鄆哥不忿鬧茶肆〉，頁四二六。

⑩〔清〕李漁：《閒情偶寄》，《中國古典戲曲論著集成》第七冊，頁一〇〇。

三、從呈現觀戲曲歌樂之關係

其次再從呈現來觀察歌樂之關係。

任何一種語言，只要發出最簡單的一個字音，就包含了音長、音高、音強、音色等四個構成因素。音色取決於發音器官的特質，因人而異，可以不論。音長起於音波震動時間的久暫，久生長音，暫生短音；音高起於音波震動的快慢，快則音高，慢則音低；音強起於音波震幅的大小，大就強，小就弱。另外，就中國的語言來說，還有所謂「聲調」，這是中國語言獨有的特質，它是起於音波運行時路線的或曲折或平直或可展延或被阻塞。所以就中國語言而言，每發一字音，就含有長短、高低、強弱、聲調等四個因素。然而單字不能構成文學，文學必須累字成詞，累詞成句，累句成章，累章成篇，然後才能表達豐富的內容思想和情趣；而由於字詞章句的累增，其間的語言旋律，也就變化多端、騰挪有致起來。

而音樂有音樂的旋律，語言也有語言的旋律。音樂旋律可以用樂器傳達出來，語言旋律則非體現在發音的器官不可。當我們說哼著曲子，那只是用人聲來傳達音樂旋律；當我們說唱著歌，則已是語言與音樂的結合。唐詩講平仄，宋詞分上去，元曲別陰陽，而崑曲一字三聲字頭、字腹、字尾。這是什麼緣故呢？原來其間的演進與發展，就是語言與音樂逐次配合乃至融合的歷程。中國語言本身，含有很豐富的旋律感，韻文學的體製規律更予以美化，這種美化了的語言旋律和音樂旋律結合得越密切、融合得越無間，其聲情詞情也就越達到相得益彰的境地。

而語言旋律的呈現，有賴於口法的精準和對於語言所蘊含意義思想情感的敏銳領悟。音樂旋律的呈現，主體在音樂家以音符詮釋歌詞語言旋律能力的高低，其次在伴奏者使用樂器襯托技法的良窳。

前文所舉歌樂呈現關係的五種類型，前三種的誦讀、吟詠、依腔傳字而歌唱三者，可以說只在講求語言旋律的準確呈現，並未及歌樂的配搭關係。這時的聲情即語言所傳達的旋律，詞情即語言所蘊含的意義思想情感。它們之間自然要相得益彰。

而後兩種依聲調行腔與依字音定腔，則語言旋律已加上音樂家音符的詮釋，事實上已在運用音符配搭音樂旋律與語言旋律的密切關係，高明者可以使之天衣無縫，拙劣者可以為之不堪入耳。而歌者之「唱腔」，既要將就音符，也要掌握語言，如果其間有所扞格，豈不要拗折天下人嗓子。

茲就歌樂所呈現的五種關係，說明如下：

(一)誦讀

將文學語言朗聲誦讀，是呈現語言旋律最基本的工夫，如果運用精準的口法咬字吐音，又能將對詞情意義思想情感的體悟，流露在聲音長短高低強弱的錯縱變化、抑揚頓挫中，使其間之「聲情」、「詞情」相得益彰，那麼庶幾可以說已經掌握誦讀之三昧了。

(二)吟詠

由誦讀之一字一音曼引其聲而吟詠，可以說是語言旋律向音樂旋律配搭的路途前進。其吟調可以因個人之感發而自由曼引，亦可以在一方吟調之制約下運轉語言旋律而自我開展。其聲情和朗讀一樣，都是用來詮釋詞情的。所以「吟詠」可以說是「誦讀」的進一步開展，其「聲情」、「詞情」的相得益彰更加的明顯。

㈢依腔型傳字

凡方言都可以產生一地之腔調，未經流播者為當地土腔，一經流播則冠上原生地地名的腔調。所以腔調是方言的語言旋律。土腔以方言及當地民歌為載體，依腔型而歌，其為齊言者謂之歌謠，其為長短句者謂之雜曲小調。歌謠小調的歌詞往往滿心而發，肆口而成，因之它大抵在既定的腔型中傳達字詞的音義。當然，其間的聲情和詞情還是要相得益彰的。

㈣依聲調行腔

語言旋律，也就是腔調，其載體發展到牌調時，由於要具備正字律、正句律、長短律、音節單雙律、平仄聲調律、協韻律、對偶律，乃至語法律等八個律則，而牌調之精粗也端看其律則之多寡與繁簡。大抵精細之牌調性格明顯、粗拙之牌調曲情簡略。

精細牌調必有主腔旋律，製譜者要在主腔規律之制約下，依循歌詞之四聲配上音符，而歌者之咬字吐音亦以四聲為主要準則，施展其唱腔。此所謂「依聲調行腔」也；也就是說，五音是依循四聲為基準的。

而由前引之姜夔〈滿江紅〉音律，可知其所講求之譜律已超出平仄而論四聲；又據前文所敘，張炎之先人寄閒翁則更進一步分辨陰陽矣。

這種由唐詩將平仄律發展出來的宋詞聲調律現象，看來在南宋已經到達極致。《全宋詞》載宋末張炎《山中白雲詞》卷五〈滿江紅〉詞題云：

《醞玉傳奇》，惟吳中子弟為第一流；所謂識拍、道字、正聲、清韻、不狂，俱得之矣。作平聲〈滿江紅〉贈之。[71]

按明葉盛《菉竹堂書目》作《東嘉醞玉傳奇》。由「東嘉」二字冠於「傳奇」名「醞玉」之前，明其來自永嘉。而此南曲戲文以「吳中子弟」所演出者為第一流，因為他們的技藝已達到「識拍、道字、正聲、清韻、不狂」的境地，可見其歌唱講究節奏有致，咬字吐音純正，四聲精準，韻協不亂的藝術技法。

(五)依字音定腔

而到了魏良輔《曲律》云：

> 五音以四聲為主，四聲不得其宜，則五音廢矣。平上去入逐一考究，務得中正，如或苟且舛誤，聲調自乖，雖具繞梁，終不足取。其或上聲扭做平聲，去聲混作入聲，交付不明，皆做腔賣弄之故，知者辨之。[72]

「五音」指宮商角徵羽，亦指喉牙唇齒舌；前者構成音樂旋律，後者係聲母之發音部位為語言旋律所由生。魏氏特別重視平上去入四聲的準確性，方能字清意明，方能確實做到語言旋律與音樂旋律的融合無間。

魏氏這裡所謂「五音以四聲為主」，明白的指出音樂宮商角徵羽的旋律，是由語言的四個聲調來決定的。也

---

[71] 唐圭璋編：《全宋詞》第五冊，頁三四九五。

[72] 〔明〕魏良輔：《曲律》，收入《中國古典戲曲論著集成》第五冊（北京：中國戲劇出版社，一九五九），頁五。

就是說魏氏認為詞樂配合的關係，不再是「依腔型傳字」，亦即按照腔調來傳達字音。這也是何以許多譜律家斤斤計較平仄四聲乃至於聲調之陰陽的緣故。就中沈寵綏《度曲須知》卷上〈四聲批窾〉就說得很仔細。[73]也就因為以四聲陰陽來作為行腔的基礎，所以四聲陰陽便和「腔格」有極密切的關係。王季烈《螾廬曲談》卷三〈論四聲陰陽與腔格之關係〉云：

> 同一曲牌之曲，而宮譜彼此歧異，不能一致者，因其曲中各字之四聲陰陽，彼此不同故也。故分別四聲陰陽，為製譜者最要之事。[74]

於是王氏接著詳細列舉四聲陰陽腔格南北曲之工尺譜法，以見四聲陰陽與腔格之密切關係。[75]

但不止如此，沈寵綏《度曲須知．曲運隆衰》：

> 嘉隆間有豫章魏良輔者，流寓婁東鹿城之間。生而審音，憤南曲之訛陋也，盡洗乖聲，別開堂奧，調用水磨，拍捱冷板。聲則平上去入之婉協，字則頭腹尾音之畢勻，功深鎔琢，氣無煙火，啟口輕圓，收音純細。所度之曲，則皆「折梅逢使」、「昨夜春歸」諸名筆；採之傳奇，則「拜星月」、「花陰夜靜」等詞。要皆別有唱法，絕非戲場聲口。腔曰崑腔，曲名時曲。聲場稟為曲聖，後世依為鼻祖。蓋自有良輔，而南詞音理已極細密逞妍矣。[76]

[73] 參見〔明〕沈寵綏：《度曲須知》，《中國古典戲曲論著集成》第五冊，頁二〇〇。

[74] 王季烈：《螾廬曲談》（臺北：臺灣商務印書館，一九七一），頁一六上。

[75] 同前註，頁一六下－一九上。

沈氏又於〈絃索題評〉裡有云：

我吳自魏良輔為「崑腔」之祖，而南詞之布調收音，既經創闢，所謂「水磨腔」、「冷板曲」，數十年來，遐邇遜為獨步。[77]

可見這種「水磨調」的特質是「聲則平上去入之婉協，字則頭腹尾音之畢勻，功深鎔琢，氣無煙火，啟口輕圓，收音純細」。因為魏氏創闢布調收音之法，又「拍捱冷板」，所以也叫「冷板曲」；因為它「調用水磨」，所以也叫「水磨調」。

像這樣的「水磨調」，豈不是在講究「字音」的整體結構嗎？亦即一字之音的聲調平上去入和一字之音的聲母、介音、母音、韻尾的字頭、字腹、字尾嗎？所以魏良輔的「水磨調」，事實上是在「以字音定腔」，如此一來，就將音樂旋律與語言旋律完全融合起來，不止是成就了最精緻優美的歌唱藝術，而且充分發揮了我中華民族語言的優美質性。而此際，其作為腔調載體的曲牌，其建構也到了最細緻嚴苛的程度，亦即正字律、正句律、長短律、平仄聲調律、音節單雙律、協韻律、對偶律、句中語法律等「八律」俱全，缺一不可。[78]

---

[76]〔明〕沈寵綏：《度曲須知》，《中國古典戲曲論著集成》第五冊，頁一九八。

[77] 同前註，頁二〇二。

[78] 拙作：〈論說「建構曲牌格律之要素」〉，《中華戲曲》二〇一一年二期，頁九八－一三七。

四、戲曲歌樂的相得益彰

最後說到歌樂的相得益彰。這裡先論其主要之基礎，即「聲情」、「詞情」的互動生發，再論「唱腔」如何呈現歌樂之融合；而不及如何譜曲如何配樂器，因為這是著者能力所不及的。

眾所周知，韻文學形式之美，大抵依存於體製規律之中，其於旋律與情趣之美，固然也有交感的作用，但若論關係之密切與影響之重大，則未若旋律美之於情趣美，具有襯托、渲染、強化乃至於描述的多重功能。情趣之美見於詞情，旋律之美寓於聲情；聲情與詞情必須相得益彰，然後其間引人的興會才能真正圓滿無遺。

也因此本文在〈緒論〉中已首先強調，文學中各種形式中的「聲情」與「詞情」的融合無間，是為「戲曲歌樂」相得益彰的主要基礎。而這「基礎」首由唱詞之語言旋律及其載體所具之聲律相應所生發。以下謹先舉周德清的「務頭論」，論述其對此理論的「先見之明」，並舉數實例，分析韻文學語言中，其講求「聲情」、「詞情」之相得益彰，縱使一字一音或一詞一音節，亦必講求之必然性與重要性。最後再論「唱腔」之於歌樂融合的呈現。

㈠周德清的「務頭論」

古人對於歌樂間相得益彰的考究，應當以周德清的「務頭論」為先驅。「務頭論」在元人周德清《中原音韻・作詞十法》中，最為學者爭論不休，而其實周氏解釋和舉例已是很清楚：

> 要知某調、某句、某字是「務頭」，可施俊語於其上，後注於定格各調內。[79]

即此可知所謂「務頭」，包含以下三種情況：其一，是套曲中之某一調；其二，是一支曲子中之某一句；其三，是某句中的某一字。這樣之某調、某句、某字皆應配合俊語；則「務頭」當為或句中之句眼，或調中之警句，或套數中之主曲。而所謂「務頭」者，就複詞結構而言，實為帶詞尾之複詞，「頭」者，詞尾也，有如子、兒等，本身並無意義。而「務」者，「必」也，意謂於此必須講究聲、韻、律，亦即此處或為此句、或為此調、或為此套最為美聲者，曲中之主腔性格即由此而發，故亦必須配搭俊語，方能使聲情、詞情相得益彰。[80]

以下再從周氏〈定格〉四十首所標示之「務頭」來進一步觀察，茲錄其「評曰」中語如下。其所言及之字句，則補錄其中。

1. 仙呂【寄生草】：「虹蜺志」、「陶潛」是務頭。
2. 仙呂【醉中天】：第四句「美臉風流殺」、末句「酒松烟點破桃腮」是務頭。
3. 仙呂【醉扶歸】：第四句「揉痒天生鈍」、末句「索把拳頭揾」是務頭。
4. 仙呂【金盞兒】：妙在七字「黃鶴送酒仙人唱」，俊語也。況「酒」字上聲以轉其音，務頭在其上。
5. 中呂【迎仙客】：妙在「倚」字上聲起音，一篇之中，唱此一字，況務頭在其上。
6. 中呂【朝天子】：務頭在「人」字。
7. 中呂【紅繡鞋】：妙在「口」字上聲，務頭在其上。

---

[79] 〔元〕周德清：《中原音韻》，俞為民、孫蓉蓉主編：《歷代曲話彙編・唐宋元編》，頁二九二。

[80] 本人對「務頭」之解說，於臺大課堂上數十年來如此，若有人偶然與鄙說不謀而合，幸勿以「竊襲」相嘲。

8.中呂【普天樂】：妙在「芙」字屬陽，取務頭、造語、音律、對偶、平仄皆好。又第八句「怕離別又早別離」是務頭。

9.中呂【十二月、堯民歌】：務頭在【堯民歌】起句「怕黃昏忽地又黃昏」。

10.中呂【四邊靜】：務頭在第二句「軟弱鶯鶯可曾慣經」及尾「好殺無乾淨」。「可曾」，俊語也。

11.中呂【醉高歌】：妙在「點」、「節」二字上聲起音。務頭在第二句「幾點吳霜鬢影」及尾「晚節桑榆暮景」。

12.南呂【罵玉郎、感皇恩、採茶歌】：妙在【罵玉郎】「長」字屬陽，「紙」字上聲起音，務頭在上，及【感皇恩】起句「織錦回文」至「斷腸人憶斷腸人」句上。按：據周氏語意，則此三支帶過曲之「務頭」，除【罵玉郎】之「長」字、「紙」字外，尚有【感皇恩】全支並跨越過【採茶歌】首三句為止，於理不合。疑「至」當作「與」，其下又脫漏【採茶歌】，亦即末句當作「及【感皇恩】起句與【採茶歌】『斷腸』句上。」

13.正宮【醉太平】：務頭在三對「文章糊了盛錢囤，門庭改做迷魂陣，清廉貶入睡餛飩。」

14.正宮【塞鴻秋】：貴在「卻」、「濕」二字上聲，音從上轉，取務頭也。

15.商調【山坡羊】：務頭在第七句至尾「把團圓夢兒生喚起。誰？不做美。呸！卻是你！」

16.商調【梧葉兒】：第六句「這其間」止用三字，歌至此，音促急，欲過聲以聽末句「殃及殺愁眉淚眼」，不可加也。兼三字是務頭，字有顯對展才之調。

17.越調【凭闌人】：妙在「小」字上聲，務頭在上。

18.雙調【沉醉東風】：妙在「楊」字屬陽，以起其音，取務頭。

19.雙調【撥不斷】：務頭在三對「紅塵不向門前惹，綠樹偏宜屋上遮，青山正補牆頭缺。」

20.雙調【慶東原】：「冷」字上聲，妙，務頭在上。

21.雙調【雁兒落、德勝令】：務頭在【德勝令】起句「宜操七絃琴」。

22.雙調【賣花聲】：俊詞也。務頭在對起「細研片腦梅花粉，新剝真珠豆蔻仁」及尾「這孩兒那些風韻」。

23.雙調【折桂令】：「安排」上「天地」二字，若得「去上」為上，「上去」次之，餘無用矣，蓋務頭在上。[81]

從周氏定格四十曲評中所述及之「務頭」，可觀察到以下諸種現象：

1.四十首定格有二十三曲論及「務頭」，十八首未涉及，可見「務頭」並非曲中定格所必備。

2.「務頭」一曲為一字者，有【金盞兒】、【迎仙客】、【朝天子】、【紅繡鞋】、【凭闌人】、【沉醉東風】、【慶東原】等七例。其所以為務頭，皆因聲調起音。

3.務頭一曲為二、三字者：【寄生草】有兩處各三字；【罵玉郎】與【塞鴻秋】皆有兩處各一字；【梧葉兒】有一處三字；【折桂令】有一處二字。此五例亦皆因聲調安置得體而為之「務頭」。

4.務頭一曲為一句者：有【堯民歌】、【德勝令】、【感皇恩】、【採茶歌】四例。

5.務頭一曲為一字一句者：有【普天樂】一例。

6.務頭一曲為二句者：有【醉中天】、【醉扶歸】、【四邊靜】、【醉高歌】等四例。

[81] 同前註，頁二九六－三〇九。

7.務頭一曲為三句者：有【醉太平】、【山坡羊】、【撥不斷】等三例。

以上4.至7.務頭在句者，皆為曲中警句。

8.務頭在帶過曲中為一整支曲者：疑似有【感皇恩】一曲。

由以上八條看來，曲中務頭，果然在某調某句之某字、在某調之某句。某字者實為句眼，某句者實為警句。周氏〈造語・全句語〉云：

> 短章樂府，務頭上不可多用全句，還是自立一家言語為上；全句語者，惟傳奇中務頭上用此法耳。[82]

所謂「全句語」是指引用前人成句。今觀其定格諸例，亦果然如此。而由於周氏所舉套數止一套馬致遠〈秋思〉雙調【夜行船】，並未言及套中務頭，如有必是其中某調。而如欲就【夜行船】套舉一調為「務頭」，則必是【離亭宴揭指煞】，蓋其為彰明題旨之主曲也。據此，則周氏本人和王驥德對「務頭」之解釋，可證其不差。

定格四十例〈評曰〉中有「務頭在某某」、「某某是務頭」與「某某取務頭」三種用語。蓋前二者但指出「務頭」所在之位置，而後者如「妙在『芙』字屬陽，取務頭。」「妙在『紙』字上聲起音，『扇』字去聲取務頭。」「妙在『楊』字屬陽，以起其音，取務頭。」則皆說明其所以為「務頭」之故。

而若再進一步觀察此定格四十首的批評取向，除其務頭所重視的起音發調和俊語警句外，其〈評曰〉所用的術語，主要還是聲調陰陽上去的運用配搭是否得體，和語言的造就是否俊逸，其他也還涉及一些命意、對偶，以及難得一見的章句承轉，也就是說，不出他〈作詞十法〉的主張。但無論如何，周德清已開啟了曲調分析批

---

[82] 同前註，頁二八九。

評的先河，他所運用的兩把主要鑰匙是音律與造語。

以上是就周德清《中原音韻》之內容而論述。其有關「務頭」者，尚有四段資料。其一見於百二十回本《水滸傳》第五十一回〈插翅虎枷打白秀英　美髯公誤失小衙內〉云：

〔雷橫〕便和那李小二逕到构欄裏來看。只見門首掛著許多金字帳額，旗桿吊著等身靠背。入到裏面，便去青龍頭上第一位坐了。看戲臺上，卻做《笑樂院本》。……院本下來，只見一箇老兒裹著磕腦兒頭巾，穿著一領茶褐羅衫，繫一條皂縧，拿把扇子上來，開呵道：「老漢是東京人氏，白玉喬的便是。如今年邁，只憑女兒秀英，歌舞吹彈，普天下伏侍看官。」鑼聲響處，那白秀英早上戲臺，參拜四方。拈起鑼棒，如撒豆般點動，拍下一聲界方，念了四句七言詩，便說道：「今日秀英招牌上，明寫著這場話本，是一段風流蘊籍的格範，喚作《豫章城雙漸趕蘇卿》。」說了，開話又唱，唱了又說。合棚價眾人喝采不絕。雷橫坐在上面，看那婦人時，果然是色藝雙絕。但見……那白秀英唱到務頭，這白玉喬按喝道：「雖無買馬博金藝，要動聰明鑑事人。看官喝采是過去了。我兒！且回一回，下來便是《襯交鼓兒院本》。」[83]

由這段文字可見《水滸傳》在其成書的元末明初江湖說唱藝人做場的情形。白秀英做場時，顯然是以說唱《豫章城雙漸趕蘇卿》為主，前面做一段《笑樂院本》招徠觀眾引場，後面做一段《襯交鼓兒院本》，可能作為散場。在白秀英「唱到務頭」時，她父親便出來「按喝」，「按喝（呵）」對「開呵」、「收呵」而言，三者各用於開

[83]〔明〕施耐庵：《水滸傳》，上冊（臺北：聯經出版社，一九八七年），頁六八八－六九〇。

場、場中、收場。場中「按喝」於「唱到務頭」之時，顯然那是唱到最精采最高潮動聽的地方。而由此也可見，所謂「務頭」皆見於歌唱，無論其載體為清曲、為說唱、為戲曲。

其二，王驥德《曲律．論務頭第九》云：

> 務頭之說，《中原音韻》於北曲臚列甚詳，南曲則絕無人語及之者。然南北一法。係是調中最緊要句子，凡曲遇揭起其音，而宛轉其調，如俗之所謂「做腔」處，每調或一句、或二三句，每句或一字、或二三字，即是務頭。《墨娥小錄》載務頭調侃曰「喝采」。又詞隱先生嘗為余言：「吳中有『唱了這高務』語，意可想矣」。舊傳【黃鶯兒】第一七字句是務頭，以此類推，餘可想見。古人凡遇務頭，輒施俊語，或古人成語一句其上，否則詆為不分務頭，非曲所貴，周氏所謂如眾星中顯一月之孤明也。涵虛子有《務頭集韻》三卷，全摘古人好語，輯以成之者。弇州嗤楊用脩謂務頭為「部頭」，蓋其時已絕此法。余嘗謂詞隱南譜中，不斟酌此一項事，故是缺典。今大略令善歌者，取人間合律腔好曲，反覆歌唱，諦其曲折，以詳定其句字，此取務頭一法也。[84]

分析這段話，可知：其一，周德清之後、王驥德之前，論及「務頭」者有：

1. 涵虛子（朱權）的《務頭集韻》，因為它是「摘古人好語輯以成之者」，顯然合乎周氏「要知某調、某句、某字是『務頭』，可施俊語於其上」之說，亦應就北曲而言。
2. 「弇州嗤楊用脩謂務頭為『部頭』」，見王世貞《曲藻》，[85]可知明嘉靖間，時人如楊慎者，已不知「務

84 〔明〕王驥德：《曲律》，《中國古典戲曲論著集成》第四冊，頁一一四。

85 〔明〕王世貞：「楊用脩乃謂務頭為部頭，可發一笑。」參見王世貞：《曲藻》，收入《中國古典戲曲論著集成》第四

頭」為何物。

3. 詞隱先生沈璟雖向王氏說過「吳中有『唱了這高務』語」，意謂南曲中也有揭高其腔的「務頭」，但其《南曲譜》並未論及，可見沈璟對務頭並不很在行。

4. 《墨娥小錄》不知何人所著，謂務頭為聽眾「喝采」處，可見指曲調做腔動聽之處。

5. 王氏對於「務頭」的說法，應是揣摩周氏語意而來，亦大抵不差，但他忽略了套中或帶過曲中某調亦可以為務頭；至其為南曲調中判斷「取務頭」的方法，也是從其「腔律」之最講究處揣摩而來。而無論如何，王氏是認為南曲有如北曲，同樣有「務頭」。

其三，李漁《閒情偶寄・詞曲部・音律第三》「別解務頭」云：

> 填詞者，必講「務頭」。然「務頭」二字，千古難明。……予謂「務頭」二字，既然不得其解，只當以不解解之。曲中有「務頭」，猶棋中有眼，有此則活，無此則死。進不可戰，退不可守者，無眼之棋，死棋也；看不動情，唱不發調者，無「務頭」之曲，死曲也。一曲有一曲之「務頭」，一句有一句之「務頭」。字不聱牙，音不泛調，一曲中得此一句即全曲皆靈，一句中得此一二字，即使全句皆健者，「務頭」也。由此推之，則不特曲有「務頭」，詩詞歌賦以及舉子業，無一不有「務頭」矣。[86]

笠翁李漁認為周德清對「務頭」的解釋已是不清不楚，已經不得其解，使得「千古難明」，但它又是填詞者所必須講求的，所以他嘗試以棋中的「活眼」來比喻它、解釋它；並由此而推及詩詞歌賦乃至八股文都應當有「務

冊，頁二八。

86 〔清〕李漁：《閒情偶寄》，《中國古典戲曲論著集成》第七冊，頁四七。

頭」。

其四，孔尚任《桃花扇》第二齣〈傳歌〉云：

（淨旦對坐唱介）【皂羅袍】原來奼紫嫣紅開遍，似這般都付與斷井頹垣。良辰美景奈何天，（淨）錯了錯了！美字一板，奈字一板，不可連下去。另來！另來！良辰美景奈何天，賞心樂事誰家院。朝飛暮卷，雲霞翠軒，雨絲風片，（淨）又不是了，絲字是務頭，要在嗓子內唱。雨絲風片，烟波畫船，錦屏人，忒看得韶光賤。（淨）妙妙，是得狠了，往下來。87

此齣為明末清初曲家蘇崑生教秦淮名妓李香君唱崑曲《牡丹亭》。據此可見當時唱南曲，果然是講究「務頭」的。但清初精於傳奇的李漁，已說「務頭」不得其解，只好揣摩別解，則在他之後，縱使尚有人論說其事，至多也是「揣摩」而已，似乎可以置之不論矣。

然而綜合上面的論述，其實對「務頭」已可得其解：從字面看，所謂「務頭」是指曲中必須講究的地方；從內涵實質說，亦即聲情、詞情必須練達，使之務必相得益彰的地方。

(二)歌樂相得益彰是必須講求的技法和境界

其實歌樂間聲情詞情的相得益彰固然有務必講求的「務頭」所在，但歌樂既然要配搭，就應當求其嚴絲合縫。所以古人在周德清之前，縱使沒有「務頭」之說，但「務頭」美聲俊語的考究，其實在作品中已經俯拾即

87 〔清〕孔尚任：《桃花扇》（臺北：臺灣商務印書館，一九六八），頁一二。

是。以下且舉杜牧的〈清明〉、王勃的〈滕王閣序〉以及〈延陵季子歌〉三例來說明縱使一字一音或一詞一音節，其聲情與詞情亦必要相得益彰的關係：

1. 杜牧的〈清明〉

首先看看晚唐杜牧的一首〈清明〉：

清明時節雨紛紛，路上行人欲斷魂，借問酒家何處有，牧童遙指杏花村。88

這是一首七言絕句，描寫時值清明，杜牧行路郊野，細雨濛濛，春寒料峭，不禁惆悵之感；因思三杯兩盞淡酒用以祛寒消愁，而牧童指出賣酒的地方，正是春光洋溢的杏花村，則又不禁油然喜悅之情。

七言詩的音節形式是二二二一四個音步，可以達成嫋娜曲折的韻致，這種韻致和此詩詩境客子寒雨的惆悵與春光淡蕩的喜悅正可以相得益彰，於是乎全詩就充分的傳達出那分緜遠柔長的情味了。

這首詩因為句中藏韻，可以給它另作這樣的斷句：

清明時節雨，紛紛路上行人，欲斷魂。借問酒家何處？有牧童、遙指杏花村。

如此一來，就成了長短句的「詞」，不止句中所謂意義形式的意象語和情趣語的結構發生變化，就是音節形式的音步結構也由純單式變為單雙兩式遞用，而且語言長度由整齊的七言變為參差的三五六八言，聲情因此也發生很大的變化。像這樣的聲情，對於詩人所要表達的意境，不止無益，而且有害。因為像兩個六言句「紛紛路上

88 〔唐〕杜牧：〈清明〉，《杜牧詩選》（臺南：王家出版社，一九八八），頁一三二。

行人」和「借問酒家何處」都作二二一的三截式雙式音節，聲情顯得勁切而刻板；即使「欲斷魂」三言句之作一二雙式音節，也不免短促平板；凡此對於詩中所要傳達的那分「緜遠柔長的情味」，就都有損無益了。

有人更認為這首詩其實作得並不好，因為詩既然是精金美玉的文學，就不可以有半個浮言浪詞。這首詩的題目已經自稱「清明」，那麼首句「清明時節雨紛紛」的「清明」就是多餘的了；次句開頭的「路上」也是廢話，因為那有行人不在路上走的？三句起首的「借問」也沒有必要，因為「酒家何處有」就是個疑問句，何須再多煩「借問」；末句的「牧童」也可以省略，因為只要有人回答就可以了，管他牧童不牧童，樵夫漁父、丈人稚子有何不可，所以這首詩如果刪去每句開首兩個字一個音節，就顯得更加明淨了。請看：

時節雨紛紛，行人欲斷魂；酒家何處有？遙指杏花村。

像這樣的五言絕句，較之原詩，雖然意義情境沒什麼變化，但是韻味興會就差別很大了。因為少了一個音節，語言長度縮短，聲情旋律曲折嬝娜的韻致就減低很多，如此一來與詞情所要表達的緜遠柔長，也就無法相得益彰了。再就意義情境來說，此詩每句開首二字，並非毫無作用，可以輕易省去。「清明」雖與題目重複，但「清明時節」給人油然的節令之感，必然比單用「時節」要來得鮮明；何況美好或感人的事物，並不忌重複，反有強化之作用。次句「路上」正說明「行人」漂泊天涯；「借問」於人情何其溫煦；而「牧童」之天真以及與春光田野又復相得益彰；也就是說每句開首的兩個字，即就意義情境來說，也是有其分量的。由此可見杜牧這首詩是增一分則太長，減一分則太短，在聲情詞情兼顧的情況下，是極自然圓融而渾成的。

這樣聲情、詞情配搭得天衣無縫的一首詩，如果譜曲配樂，也同樣可以取得歌樂間的自然高妙。

2. 王勃的〈滕王閣序〉

再來看看初唐王勃〈滕王閣序〉中的一對警句：

落霞與孤鶩齊飛，秋水共長天一色。89

這兩句之所以傳誦千古，是因為把鄱陽湖的一幅景色寫得美極了。黃昏落日，霞光燦然，一隻野鴨閃灼著金黃的絢爛，在那長空澄碧，秋水靛藍，玻璃也似的世界中，飛向那無際與無垠。這一幅畫以秋水長天，天連水水連天的渾然澄碧作為野鴨飛翔的大背景，再染上西天光芒四射的明霞，顏色的鮮明教人為之眼清目亮，而整幅畫的焦點，則集中在那隻孤飛的野鴨身上，孤飛的野鴨所以成為焦點，是因為牠背上反映的霞光，使得明霞也似乎跟著飛翔一般。如此一來，廣大無邊而美麗的安寧，更增添無盡的生趣了。

也因為這兩句美得教人難忘，所以就有了這樣的傳說：唐高宗上元二年（六七五），那時王勃的父親任交趾令，他前往省覲，路過南昌，正值都督閻公九月九日重陽佳節大會賓客於「滕王閣」。閻公原想教自己的女婿作序，好能當眾炫耀文才，而且草稿已打好。但表面上還是以紙筆巡讓賓客，賓客無人敢當，而王勃卻毫不客氣的接下來。閻公很不高興，拂著衣袖就離席而去，命人向他報告王勃寫下的文句，第一報說：「南昌故郡，洪都新府。」閻公笑著說：「不過是老生常談。」接著報說：「星分翼軫，地接衡廬。」閻公說：「用用典故罷了。」又報說：「襟三江而帶五湖，控蠻荊而引甌越。」閻公沉吟不語。不久接連報來，閻公頻頻點頭，到了「落霞與孤鶩齊飛，秋水共長天一色。」閻公不禁驚異道：「這真是天才啊！可以永垂不朽了！」不久，文章作成，閻公非常高興，宴會也因此甚為歡樂，閻公還以五百縑厚贈王勃。

89 〔唐〕王勃：〈秋日登洪府滕王閣餞別序〉，收入〔清〕蔣清翊注：《王子安集注》，卷八（上海：上海古籍出版社，一九九五），頁二三一。

那年的十一月，王勃到達南海，就是現在的廣州，渡海時不幸溺水，因此驚悸致病而死，年紀不過二十八九歲。

王勃死後，據說每逢風清月朗的夜晚，他的鬼魂就出現在他溺水的附近徘徊，口中高吟著「落霞與孤鶩齊飛，秋水共長天一色。」久而久之，被一位三家村老聽見了，因為擾他清眠，頗為不悅，乃向王勃呵叱道：「你有什麼了不起！自以為憑著一篇序文就可以不朽！你認為那兩句好得不得了嗎？落霞、孤鶩既然齊飛了，還要個『與』字做什麼？秋水、長天既然一色了，還要個『共』字做什麼？文貴簡潔，連這點道理都不懂，還連夜嘮嘮叨叨做什麼？」據說王勃的鬼魂因此很羞慚，再也不敢出來吟吟哦哦了。

這鬼魂吟哦的傳說自然是子虛烏有，那顯然是人們所造設，用此批評王勃這一對警句尚且有可訾議的地方。然而這一對教都督閻公嘆服的警句，如果真刪掉「與」字「共」字會更好嗎？如果刪掉這兩個連接詞，句子就成為這樣：

落霞孤鶩齊飛，秋水長天一色。

就意義情境來說，刪去連接詞後，好像沒什麼多大的變化；但聲調韻味就很有差別了。像上邊這沒有「與」和「共」字的六字句，成為二二二兩字一頓的音節形式，如上文所云，「一波三折」，旋律顯得勁切而刻板。這樣的「聲情」，對於那天連水水連天，霞光爛漫，「鶩背夕陽紅欲暮」，朝向無盡無垠的「詞情」不止不相貼切，甚至於扞格難入；然而原文在「落霞」和「孤鶩」之間加了個「與」字，在「秋水」和「長天」之間加了個「共」字，整個「聲情」就大大不同的曲折騰挪起來了，這種曲折騰挪的「聲情」和那朝向無盡無垠展延的「詞情」也就「相得益彰」起來了。

不只如此，保有「與」、「共」兩個字，在意義情境上也有它的作用。三四十年前我曾經看到臺大歷史系的退休教授劉崇鋐先生，在和平東路的紅磚道上，牽著他夫人的手沐著夕陽的餘暉散步著。我深深受到感動。因為這一對滿首皤然的老夫妻一輩子那麼的形神契合，他們的「形神契合」就流露在他們相互牽挽的手。為此不禁使我想到，「落霞」和「孤鶩」之間加個「與」字，「秋水」和「長天」之間加個「共」字，不止使下文的「齊飛」和「一色」更加落實，而且在情境上，豈不也教人更明顯的感到它們之間的「形神契合」嗎？請再看看以下這三組句子：

風儀與秋月齊明，音徽共春雲等潤。❾⓿
落花與芝蓋齊飛，楊柳共春旗一色。❾❶
浮雲共嶺松張蓋，明月與巖桂分叢。❾❷

右邊第一組見南齊王儉的〈褚淵碑文〉，第二組見北周庾信的〈馬射賦〉，第三組見隋代長壽寺的〈舍利碑〉；由此可見王勃之所本。這些辭賦家都用同樣的造句法，都捨不得「與」、「共」兩字，何以故呢？因為司馬相如

❾⓿〔南齊〕王仲寶：〈褚淵碑文并序〉，收入〔唐〕李善注：《文選》，卷五八（臺北：文津出版社，一九八七），〈碑文上〉，頁二五一〇。
❾❶〔北周〕庾信：〈三月三日華林園馬射賦并序〉，〔清〕倪璠注：《庾子山集》，收入《景印摛藻堂四庫全書薈要．集部別集類第三五七冊，卷一（臺北：世界書局，一九八六年據摛藻堂本影印），頁五，總頁一九三。
❾❷〔隋〕無名氏：〈德州長壽寺舍利碑〉，〔宋〕謝采伯：《密齋筆記》，《筆記小說大觀．三十編》第一〇冊，卷三（臺北：新興書局，一九七九），頁七，總頁六〇〇六。

說作賦要「一經一緯，一宮一商」，93陸機也說「暨音聲之迭代，若五色之相宣」，94如果不如此，就無法達成鍾嶸所說的「清濁通流，口吻調利」了。95

3.〈延陵季子歌〉

又辭賦當中不止一個「與」字「共」字關涉聲情詞情如許之大，即使騷體中的「兮」字也「不同凡響」。譬如〈延陵季子歌〉：

> 延陵季子兮不忘故，脫千金之劍兮帶丘木。96

延陵季子就是季札，春秋時代吳王壽夢的少子，很有賢名，壽夢要立他為太子，他推辭不受，被封於延陵（今江蘇武進縣），號為「延陵季子」。他歷聘列國，遍交當世賢士大夫。曾經聘魯觀周樂，由此而了解列國的治亂與興衰。當他路過徐國時，徐君很喜歡他身上的配劍，但嘴裡不敢說出來，他心裡也已經明白，只是為了

---

93 〔漢〕劉歆撰，〔西晉〕葛洪集，向新陽、劉克任校注：《西京雜記校注》，卷二「百日成賦」條（上海：上海古籍出版社，一九九一），頁九一。

94 〔西晉〕陸機：〈文賦〉，〔明〕汪士賢校：《陸士衡集》，收入《四庫備要》集部第四五一冊，卷之一（臺北：臺灣中華書局，一九六五年據二十名家集本校刊），頁三。

95 〔梁〕鍾嶸著，曹旭集注：《詩品集注》（上海：上海古籍出版社，一九九四），頁三四〇。

96 〔漢〕劉向編著：《新序・延陵季子將西聘晉章》，收入〔清〕石光瑛校釋，陳新整理：《新序校釋》，卷七〈節士〉（北京：中華書局，一九七五），頁八六九。據石光瑛考釋，《史記》、《藝文類聚》、《太平御覽》皆有記述此事，以《新序》所錄最詳。

要周遊列國，隨身所需，一時無法奉送。而當他返國再度路過徐國時，徐君已死，他就把寶劍解下來，掛在徐君墳前的樹木，然後離去。

這首〈延陵季子歌〉就是徐國的百姓用來歌頌他的。這首歌如果去掉「兮」字，就表面的意義來觀察，非常的簡單，只是在說延陵季子不因死生而忘記友情而忽略心中已經許下的諾言，他解下了千金貴重的寶劍，掛在徐君墳前的樹木。但如果加上那句中的「兮」字仔細品會的話，那麼徐國人對季札的讚嘆，以及季札的義氣人格則都涵蘊而流露其間了。也就是說如果沒有這個「兮」字，「延陵季子不忘故，脫千金之劍帶丘木」的聲情非常順溜，很容易使意義情境變得相當浮滑；但是中間加了「兮」字，則聲情千迴萬折，讚嘆也就百出了：「延陵季子」，稱其封號，稱其排行，加美稱而不名，已足以顯示徐人對他的崇敬愛戴；他何以能如此受到愛戴稱頌呢？就是因為他「不忘故」。人情淺薄，世態炎涼是人們所共同感嘆的，必須「一死一生，乃知交情；一貧一富，乃知交態；一貴一賤，交情乃見。」[97]延陵季子正是這麼一個超越世俗不以死生改變交情的人。而延陵季子的「不忘故」，究竟表現在哪裡呢？那就是「脫千金之劍兮帶丘木」。前面一句「延陵季子兮不忘故」，由於「兮」字的緣故，已使「延陵季子」的愛戴之情與「不忘故」的讚頌之義，在迂迴頓挫中產生並列而強力的關合；而此句的「脫千金之劍」與「帶丘木」之間的兩個舉動，也由於「兮」字的作用，而使其間產生絕然強烈的對比，從而使人感動深刻。試想：「千金之劍」是多麼的寶重，而那一「脫」是那麼的無所吝惜；「丘木」是多麼的輕微而不言不語，而那一「帶」是多麼的殷勤致意！我們如果將這兩句的「兮」字去掉，就真的是情味大減了。楚騷的這一個「兮」字竟是如此的富有魅力！它雖終究是個語氣辭，但它助長「聲情」，其所產生的

[97] 〔漢〕司馬遷著，〔日本〕瀧川龜太郎考證：《史記會注考證》，卷一二〇〈汲鄭列傳〉第六〇（臺北：大安出版社，二〇〇七），頁一八，總頁一二五二。

絃外之音竟是如此的豐厚，由此也可見「聲情」對「詞情」的重要及其所以相得益彰的情況。

由以上三例已可概見，唱詞及其載體相應生發的詞情與聲情必須相得益彰的重要性。這也是明代萬曆間吳江沈璟等人期期以講求詞律斤斤三尺的緣故。而也因為此基礎如果不穩，則遑論其整體歌樂之完美，然而歌樂之完美，則有待於歌者「唱腔」之融合呈現。

(三)唱腔是「歌樂融合」的呈現

1.何謂「唱腔」

「腔調」既然是方言的語言旋律，則共同使用某一方言的人，便也有共同的「腔調」；但「腔調」一經某人通過載體運轉，便有其人音色與口法修為以及融入情感思想的色彩，如此這般，經由某人唱出的歌聲，謂之「唱腔」。所以「腔調」與「唱腔」之間關係密切，不過仍有共性與個性的分別。而這種深具個性的「唱腔」也實為「歌樂」融合的總體呈現。它應當是以人聲的歌唱為主體，器樂伴奏作為襯托、渲染、強化而完成。

如徐遲《牡丹》八云：

> 整個懷仁堂上寂若無人，沒有一點聲音，只有她的唱腔，安祥，徐疾，穿行在大紅廊柱間，繚繞在金碧輝煌的畫梁上。98

以前也作「唱口」。如清李斗《揚州畫舫錄・草河錄下》：

98 轉引自《漢語大詞典》，第三冊（上海：漢語大詞典出版社出版發行，一九八六－一九九三），頁三八一。

丹陽蔣璋……善謌，城中唱口宗之，謂蔣派，又呼之為蔣胯子。[99]

那麼，「唱腔」是如何構成的呢？又是如何講究其藝術呢？

余從《戲曲聲腔劇種研究．戲曲聲腔》論及聲腔與唱腔的差別：

> 戲曲的聲腔概念，也不能與唱腔概念混同使用。劇種採用的聲腔，並不就等於該劇種演員用以表達人物感情和情緒的唱腔曲調，彼此的涵蓋和所指是有所區別的。何況，戲曲史上聲腔構成和產生的情況比較複雜，一種聲腔所包括的曲調（或者曲牌）也不就是一個，而且還有其演唱方式、結構體製以及演出劇目等方面的特殊狀況，所以簡單地把唱腔等同於聲腔，或者把演員的唱腔藝術等同於聲腔藝術，都是不準確的，值得商榷。下面，以京劇劇種為例說明我的認識。京劇吸收、採用的腔調，是可以按照演唱使用的曲調和聲腔兩種情況分類的。按唱腔曲調排列，有二黃、反二黃、四平調（平板二黃）、反四平、西皮、反西皮、南梆子、吹腔、高撥子，以及屬於崑腔的具體曲牌（如【點絳唇】、【黃龍袞】、【粉蝶兒】等）和屬於明清俗曲的【耍孩兒】（【娃娃】）、【羅羅腔】（【南羅】）、【銀紐絲】等。其中屬於板腔體的曲調，還有板式上的不同變化。若按聲腔分，則上述唱腔曲調可以分屬於不同的聲腔，而聲腔概念則不是指具體演唱使用的曲調。[100]

余氏雖然努力在分辨「聲腔」與「唱腔」，但是他有兩個盲點，其一是「腔調系統」亦即「腔系」才是「聲腔」，

---

99 〔清〕李斗撰，汪北平、塗雨公點校：《揚州畫舫錄》，卷二，〈草河錄下第二〉，頁四三。

100 余從：《戲曲聲腔劇種研究》，頁一〇七－一〇八。

如其所舉二黃、西皮、梆子、吹腔、高撥子等都是「腔調」，余氏於此卻以「腔調」為「唱腔」；其二是腔調必有所以呈現的載體如前文所述之語言、號子、山歌、小調、曲牌、套數等，而如係板腔體，則其載體即為詩讚形式的語言結構；也就是說歌者必依循此載體乃能將「腔調」運轉出來，此被歌者以一己之音色、口法運轉出來的「腔調」才稱作「唱腔」。余氏未顧及腔調載體的存在與作用，因此未能將唱腔、腔調、聲腔的關係論說清楚。

又武俊達《戲曲音樂概論》第五章〈戲曲唱腔是劇詩和曲調的有機結合〉第一節〈戲曲是語言文字符號和音樂曲譜符號「異質同構」的結合〉，云：

> 戲曲唱腔是曲詞和曲調的直接結合：曲詞是唱腔音樂形象的基礎，曲調是唱腔音樂形象的體現與充實，通過演員的演唱同時表達了詞義和曲情，使二者融為一體，互襯互補，集中而充分地發揮了二者之所長。[101]

可見武氏對於戲曲音樂的所謂「唱腔」，是由曲詞、曲調和歌者三元素所構成。他所謂的「曲詞」與「曲調」就是著者所謂的「載體」，而他忽略了載體有各種類型，其所依存的曲詞、曲調因類型不同而所要表達的方言共性的「腔調」因而有雅俗精粗之別；他更忽略了「歌者」這一因素，以其有個人天生之「音色」和後天修為的「口法」可以將其對曲詞之意義情境感悟後，用自己的聲音傳達出來；這時通過歌者所傳達出來的「腔調」，就有明顯的個性，這種具有歌者個性的「腔調」，就是所謂的「唱腔」。

---

[101] 武俊達：《戲曲音樂概論》，頁一一五。武氏另有《崑曲唱腔研究》，論述曲牌、板式、調式、腔格、曲調、曲式、套式等，其所謂「唱腔」之概念，尚不及此書之明白。

又海震《戲曲音樂史》首章第二節第三小節「單曲連用、『換頭』、南北合套——戲文唱腔的結構形式」，第二章第二節第二小節「字腔、過腔和腔句、曲牌——崑曲的唱腔結構」，第三節第三小節「『幫腔』、『滾唱』及『樂匯拼組』——高腔的唱腔結構」，第三章第二節第三小節「上下句、過門及『花音』、『苦音』——梆子腔的唱腔結構」，[102]由這些章節中揣摩海氏之所謂「唱腔」，如所指「戲文唱腔」，顯然就腔調之載體而言；所指「崑曲唱腔」也以腔調載體「曲牌」為主；所指「高腔唱腔」，乃就歌唱中某些方式而言；所指「梆子唱腔」，則實為行腔的某些方式。而海氏論皮黃派才較為接近「唱腔」的命義。[103]

又劉正維《二十世紀戲曲音樂發展的多視角研究》第四篇第六節第三小節以「板式變化體」與「曲牌聯綴體」為「唱腔結構的兩種體例」，[104]也是混淆了宮調、腔調載體與唱腔三個應當分別的概念。

以上余、武、海、劉四氏實為名家，但以四家之所見，尚有混淆與不足，則並世學者之迷亂於「唱腔」之名義就不足為奇了。

則循著載體將「腔調」運轉出來的「唱腔」，乃由歌者一人之音色、口法所為與所成；其所為乃是歌者用自己的音色口法將「腔調」融入並呈現於載體之中；而其所成乃將一己對載體唱詞之意義情境透過自家音色與口法所運轉的聲音流露出來。則「唱腔」也必為歌者一人所有。而「唱腔」既由「腔調」加上歌者之音色和口法所組成。音色是聲音的天然質性，因人而異，難於論說；口法指咬字吐音與行腔的能力，雖因人天分而有高下之別，但亦可由力學而致。蓋咬字吐音在唱字，行腔在唱情，必須兩相結合、相得益彰，然後「唱腔」始克完

[102] 海震：《戲曲音樂史》，頁四三—四八、九四—一〇〇、一二〇—一二五、一七一—一七八。

[103] 海震：《戲曲音樂史》，第三章第三節〈皮黃腔的淵源、形成及演變〉，頁一七九—二一三。

[104] 劉正維：《二十世紀戲曲音樂發展的多視角研究》，頁二九〇—三〇六。

成。

由此也可見「唱腔」基本上是由咬字吐音的「口法」和用以傳情達意的「行腔」為主體所形成；因此，若論其修為，也應當從這兩方面來論述。茲就歷代諸家觀點簡述如下：

2.「唱腔」之口法修為

明代中葉，魏良輔改良崑山腔為「水磨調」，很重視「唱腔」。魏氏《曲律》提出「曲之三絕」：「字清為一絕，腔純為二絕，板正為三絕」。[105]三絕中以「字清」為優先。對此，上文論「依聲調行腔」已述及。魏氏在「字清」裡所謂「五音以四聲為主」，[106]誠如上文所云，已明白的指出音樂宮商角徵羽的旋律，是由語言的四個聲調來決定的。也就是說魏氏認為詞樂配合的關係，不再是「依腔型傳字」，亦即按照腔型來傳達字音。

而由此也可見，魏氏認為要「腔純」的先決條件，是要咬字準確，吐音清晰，絲毫不可苟且。因為四聲平上去入為構成語言旋律之主要基礎，如果四聲不清唱「倒字」，就要「交付不明」而導致音樂、語言扞格而不諧的弊病。

潘之恆在其《鸞嘯小品》對於「正字取音」更有他的看法，其〈正字〉條云：

> 夫曲先正字，而後取音。字訛則意不真，音澀則態不極。……吐字如串珠，於意義自會；寫音如霏屑，於態度愈工。令聽者淒然感泣訴之情，愋然見離合之景，咸於曲中呈露。……奏曲而無音，非病音也，

[105]〔明〕魏良輔：《曲律》，《中國古典戲曲論著集成》第五冊，頁七。

[106]同前註，頁五。

態不浹也。同音而無字，非病字也，意不融也。故欲尚意態之微，必先字音之辨。[107]

可見潘氏認為字、音、態三者之間有密切的關係，字義認識不清，就表意不真；字音之選擇不清亮則神態表現不佳。所以辨別字義字音實是歌唱藝術的最根本。

明崇禎間，沈寵綏有《絃索辨訛》與《度曲須知》二書。前者為絃索歌唱北曲者，指明字音和口法的專書，書中列舉《北西廂記》及當時傳奇中習彈之北曲聯套，逐字音注，以示軌範。後者全書二十六章，每章皆標目。沈氏〈凡例〉云：

集中議論有創聞習說之異，意旨有軒豁微渺之殊，故篇目之排列，從淺及深，繇源達委，有序存乎其間。[108]

可見這是一本用心編輯的書。就內容觀之，可分作四大類：

1. 論字音：〈字母堪刪〉、〈翻切當看〉、〈俗訛因革〉、〈陰出陽收考〉、〈同聲異字考〉、〈異聲同字考〉、〈文同解異考〉。
2. 論唱法：〈出字總訣〉、〈字頭辨解〉、〈中秋品曲〉、〈收音總訣〉、〈收音譜式〉、〈收音問答〉、〈鼻音抉隱〉、〈音同收異考〉、〈四聲批窾〉。
3. 論南北曲用韻用字：〈宗韻商疑〉、〈字釐南北〉、〈北曲正訛考〉、〈入聲正訛考〉、〈方音洗冤考〉。

[107] 〔明〕潘之恒：《鸞嘯小品》，收入汪效倚輯注：《潘之恒曲話》（北京：中國戲劇出版社，一九八八），頁二六。
[108] 〔明〕沈寵綏：《度曲須知》，《中國古典戲曲論著集成》第五冊，頁一九三。

4.論南北戲曲聲腔之流變及北曲絃索調之存亡：〈曲運隆衰〉、〈絃索題評〉、〈絃律存亡〉。

即就以上綱目，蓋亦可見沈氏深諳唱曲之理，於唱曲之法出音、收音甚為考究。又其〈字母堪刪〉云：

予嘗考字於頭腹尾音，乃恍然知與切字之理相通也。蓋切法即唱法也。曷言之？切者，以兩字貼切一字之音，而此兩字中，上邊一字，即可以字頭為之，下邊一字，即可以字腹、字尾為之。如「東」字之頭為「多」音，腹為「翁」音，而「多」、「翁」兩字，非即「東」字之切乎？「簫」字之頭為「西」音，腹為「鏖」音，而「西」、「鏖」兩字，非即「簫」字之切乎？「翁」本收鼻，「鏖」本收嗚，則舉一腹音，尾音自寓，然恐淺人猶有未察，不若以頭、腹、尾三音共切一字，更為圓穩找捷。[109]

即此可見水磨調頭腹尾一字三音之竅門。

王驥德《曲律・論平仄》說到四聲的特性：

平聲聲尚含蓄，上聲促而未舒，去聲往而不返，入聲則逼側而調不得自轉矣。[110]

王氏又引沈璟〈詞隱〉論南曲四聲唱法：

詞隱謂：遇去聲當高唱，遇上聲當低唱，平聲、入聲，又當斟酌其高低，不可令混。或又謂：平有提音，上有頓音，去有送音。蓋大略平、去、入啟口便是其字，而獨上聲字，須從平聲起音，漸揭而重以轉入，

[109] 同前註，頁二二三－二二四。

[110] 〔明〕王驥德：《曲律》，《中國古典戲曲論著集成》第四冊，頁一〇五。

此自然之理。[111]

對此，沈寵綏《度曲須知・四聲批窾》及「附四聲宜忌總訣」中有所補充，謂：去聲當高唱是指陰聲字，如係去聲陽字則出口之後再拔高一音。總之，送音是唱去聲字的特色；取其音調直送不返、一去不回之意。而上聲一出口便往下落一音，謂之頓腔，俗謂落嗓，是低沉短促之音。平聲陽則字端低出而轉聲唱高。至於入聲則出口即須唱斷。[112]

王驥德《曲律・論平仄》又說到入聲的妙處：

大抵詞曲之有入聲，正如藥中甘草，一遇缺乏，或平、上、去三聲字面不妥，無可奈何之際，得一入聲，便可通融打諢過去，是故可作平，可作上，可作去；而其作平也，可作陰，又可作陽，不得以北音為拘；此則世之唱者由而不知，而論者又未敢拈而筆之紙上故耳。[113]

這種將入聲說成甘草型的聲調，蓋本自沈璟商調【二郎神】套「倘平音窘處，須巧將入韻埋藏」的進一步發揮。

清乾隆間徐大椿著《樂府傳聲》三十五章，每章各有標題，其〈自序〉云：

惟宮調、字音、口法，則唱曲者不可不知。然宮調大端難越，即有失傳，而一為更換，即能循板歸腔；至字音亦一改即能正其讀；惟口法則字句各別，長唱有長唱之法，短唱有短唱之法；在此調為一法，在

[111] 同前註，頁一〇七。

[112] 〔明〕沈寵綏：《度曲須知》，《中國古典戲曲論著集成》第五冊，頁二〇〇。

[113] 〔明〕王驥德：《曲律》，《中國古典戲曲論著集成》第四冊，頁一〇六。

彼調又為一法;接此字一法,接彼字又一法,千變萬殊。……全在發聲吐字之際,理融神悟,口到音隨。[114]

他在《樂府傳聲》中論及口法之技法相關者有〈五音〉、〈四呼〉、〈陰調陽調〉、〈出聲口訣〉、〈聲各有形〉、〈喉有中旁上下〉、〈鼻音閉口音〉、〈歸韻〉、〈收聲〉、〈交代〉、〈出音必純〉等十一章;其論及唱腔傳情者有〈曲情〉、〈起調〉、〈斷腔〉、〈頓挫〉、〈輕重〉、〈徐疾〉、〈重音疊字〉、〈高腔輕過〉、〈低腔重煞〉、〈一字高低不一〉、〈句韻必清〉等十一章。

其〈出聲口訣〉云:

> 喉舌齒牙唇,謂之五音;開齊撮合,謂之四呼。欲正五音而不從喉舌齒牙唇處著力,則其音必不真;欲準四呼而不習開齊撮合之勢,則其呼必不清。所以欲辯真音,先學口法。口法真,則其字無不真矣。[115]

關於發音部位與發音方法,下文將敘及;而據此也可見「度曲家」對於「口法」的重視,因為惟有「口法」準確,吐咬出來的字音才能正而且清。嘗一臠以知全鼎,即此已可見徐氏強調「傳聲」之法。

由以上可見論唱腔者無不講求口法之發音部位與方法,亦即咬字吐音之精準。如果不精準,那麼像「保衛大臺灣」,就可能被唱成「包圍打臺灣」而倒字連連。

3.「唱腔」之行腔修為

[114]〔清〕徐大椿:《樂府傳聲》,《中國古典戲曲論著集成》第七冊,頁一五二—一五三。

[115]同前註,頁一五九。

魏氏唱曲行腔之第二絕為「腔純」，有長腔、短腔、過腔之別：

生曲貴虛心玩味，如長腔要圓活流動，不可太長；短腔要簡徑找絕，不可太短；至如過腔接字，乃關鎖之地，有遲速不同，要穩重嚴肅，如見大賓之狀。[116]

長腔要圓活流動，短腔要簡徑找絕，過腔要穩重嚴肅，這是三腔的區別和各自的要義。他又舉出行腔之際有五難：「開口難，出字難，過腔難，低難，轉收入鼻音難。」[117]這五難應予以克服。

魏氏其第三絕「板正」，曲中用以節奏者為板眼，必須講究分明：

拍，迺曲之餘，全在板眼分明。如迎頭板，隨字而下；徹板，隨腔而下；絕板，腔盡而下。有迎頭慣打徹板、絕板、混連下一字迎頭者，此皆不能調平仄之故也。[118]

按迎頭板又稱實板或正板，徹板又稱掣板、腰板，絕板又稱底板、截板。之所以要講究「板正」，乃因為板正，然後咬字、行腔才能更為準確。

魏氏認為歌者之唱腔，如能掌握字清、腔純、板正，就可以唱出各曲牌之「曲名理趣」：

曲須要唱出各樣曲名理趣，宋元人自有體式。如，【玉芙蓉】、【玉交枝】、【玉山供】、【不是路】

[116]〔明〕魏良輔：《曲律》，《中國古典戲曲論著集成》第四冊，頁五。

[117]同前註，頁七。

[118]同前註，頁五。

要馳驟。【針線箱】、【黃鶯兒】、【江頭金桂】要規矩。【二郎神】、【集賢賓】、【月雲高】、【念奴嬌序】、【刷子序】要抑揚。【撲燈蛾】、【紅繡鞋】、【麻婆子】雖急而無腔，然而板眼自在，妙在下得匀淨。⑪⑲

曲牌旋律是正字律、正句律、長短律、音節單雙律、平仄聲調律、協韻律、對偶律、語法律等八律則所構成，而由於曲牌所具之律則各有繁簡，因之曲牌之旋律自有性格，其所產生之曲情亦有所差別；亦即其各具調性也是自然的現象。而如果歌者同時能用自己的聲音將唱詞的意義情境詮釋到最恰當的地步，那麼其「唱腔」必然出類拔萃了。

清代晚葉有王德輝、徐沅澂合著之《顧誤錄》。此書論度曲方法。採自《唱論》、《度曲須知》、《閒情偶寄・演習部》與《樂府傳聲》諸書，少有發明，然其〈度曲十病〉、〈度曲八法〉、〈學曲六戒〉等，基本上以字音、板眼、腔調為論題；要求唱曲者之腔圓、板正、字真，則與魏良輔《曲律》「字清、腔純、板正」相侔而有所發揮。

而潘之恆更指出崑曲的聲腔特色，其《鸞嘯小品・敘曲》云：

> 甚矣，吳音之微而婉，易以移情而動魄也。音尚清而忌重，尚亮而忌澀，尚潤而忌纇，尚簡捷而忌漫衍，尚節奏而忌平鋪。有新腔而無定板，有緣聲而無轉字，有飛度而無稽留。⑫⓪

---

⑪⑲ 同前註，頁六。

⑫⓪ 〔明〕潘之恆：《鸞嘯小品》，汪效倚輯注：《潘之恆曲話》，頁八。

則彼時之崑山水磨調在聲腔質性上是微而婉，其音則尚清、尚亮、尚潤、尚簡潔、尚節奏。歌者如以曲牌為載體歌之，則其唱腔中亦應充分展現這些他聲腔所未有的特殊質性。

而誠如陳幼韓《戲曲表演美學探索・關於行腔的藝術實踐》云：

> 「起調、斷腔、頓挫、輕重、徐疾、重音迭字、高低過腔、低腔重煞、一字高低不一、出音必純、句韻必清、定板、底板唱法」，這是清李漁在《閒情偶寄・曲情篇》裡的總結。崑曲更把它概括為行腔技巧的「二十字訣」，即「氣字滑帶斷，輕重疾徐連，起收頓抗墊，情賣接嗽板。」其實，總起來說，除去吐字技巧以外，主要是音色變化、節奏對比、力度對比和氣口這幾個方面。[121]

可見陳氏所謂「行腔」是包括「口法」而言的。而無論「口法」或「行腔」，其最終目的，都是要以最切當的「聲情」來詮釋「詞情」，使彼此之間相得益彰。陳氏又在《戲曲表演概論》第三章〈戲曲表演體系的藝術方法與技巧・念與唱的方法與技巧〉有相關論述，可以參閱。[122]

又及門李惠綿在其博士論文《元明清戲曲搬演論研究》之第二、三、四章均論「度曲」，每章各分三節論行腔原理與技法、務頭與唱曲、三教所唱與心物交感；唱曲三絕、審音致曲、字學與曲理；論四聲唱法、傳聲與傳情、度曲學曲論；[123]可以概見元明清三代曲家對北曲雜劇與傳奇崑腔水磨調所持之歌唱理論，讀者亦可參閱。

---

[121] 陳幼韓：《戲曲表演美學探索》（北京：中國戲劇出版社，一九八五），頁一一二。

[122] 陳幼韓：《戲曲表演概論》（北京：文化藝術出版社，一九九六），頁一七三—二四二。

[123] 李惠綿：《元明清戲曲搬演論研究》（臺北：文史哲出版社，一九九八）。

4. 「唱腔」之各具特色——流派藝術之基礎

由於唱腔之構成在於歌者一己之音色、咬字吐音之口法和達意傳情行腔之修為，再依循音樂之音符，襯托以演奏家之器樂，始克完成。因之唱腔必因人而各具特色。如元末夏庭芝《青樓集》[124]所記述的一百一十七位歌妓中，對唱腔提出批評的有朱錦繡之「歌聲墜梁塵」、龍樓景之「梁塵暗簌」，賽簾秀、陳婆惜之「響遏行雲」，趙真真之「繞梁之聲」，聶檀香、王玉梅、米里哈、李定奴、宋六嫂、和嚐嚐等之「圓潤宛轉」、「累累如貫珠」。

朱權《太和正音譜‧知音善歌者》記載李良辰「其音屬角，如蒼龍之吟秋水」，蔣康之「其音屬宮，如玉磬之擊明堂，溫潤可愛」，[125]也在形容二人唱腔的特色。

而說唱或戲曲之傑出表演藝術家，凡其屬詩讚系曲牌體者，其一己之「唱腔」，亦實為其建構流派藝術之基礎。

以下以「京劇」為例說明此問題。京劇流派藝術建構背景，其寫意程式演員腳色化的表演方式，是作為戲曲劇種之一的「共性」，在此「共性」制約之下，仍有許多由此而自我生發的空間；這空間就可創出自己的特色；其詩讚系板腔體的藝術特質，較諸詞曲系曲牌體有更多的自由可以發揮一己的特殊風格；而京劇藝術如非發展到成熟鼎盛時期，其藝術既未臻堅實，就很難水到渠成的建構其進一步以演員特色為號召的流派藝術，遑論完成獨特的風格為群體風格。所以沒有這三方面作背景、作前提，流派藝術就無法在京劇裡起步建構，那麼在此三背景之下，流派藝術又如何在京劇中發其端作為基礎，然後由此基礎累積能量而逐次建構成立呢？這個

[124]〔元〕夏庭芝：《青樓集》，《中國古典戲曲論著集成》第二冊（北京：中國戲劇出版社，一九五九）。

[125]〔明〕朱權：《太和正音譜》，《中國古典戲曲論著集成》第三冊（北京：中國戲劇出版社，一九五九），頁四五。

「端」就是「唱腔」。

戲曲藝術「唱念做打」，唱曲為重，所以前文說過，一般人也就以「唱腔」作為京劇流派藝術分野的基礎。著者曾有〈中國詩歌中的語言旋律〉[126]與〈論說「腔調」〉[127]，其大要如下：

腔調就是「語言旋律」。腔調有別，乃因方言語言旋律各有特質。

腔調之呈現必借助載體，腔調與載體，猶刀刃之與刀體。刀刃之鋒利與否，取決於刀體之質性為石、鉛、銅、鐵、鋼等。腔調載體依其性質大約有方言、號子、歌謠、小調、詩讚、曲牌、套數等，方言、號子、歌謠三者為自然語言旋律，曲牌、套數則講究人工語言旋律，小調、詩讚則介其間；越偏向人工，對歌者制約越大；越偏向自然，則歌者可發揮的空間越大；因之載體不同，腔調之精粗亦隨之有差；腔調又因伴奏樂器由打擊樂、管樂、絃管、管絃合奏而迭易名稱，其藝術亦因之而有所成長和變化。

腔調借助於載體之音樂化而終於呈現出來，必經由歌者天然嗓音、咬字吐音之口法，運轉能力與技巧而後完成。

咬字吐音口法正確，必能字正腔圓。亦即每發一個字者，必辨明掌握使不失分毫，如發音部位，輔音之為雙唇、唇齒、舌頭、舌根、捲舌，元音之為舌面前中後，及其高、半高、中、半低、低等部位；如發音方法，輔音之為塞、擦、塞擦、鼻、邊、清、濁、送氣、不送氣，元音之開、齊、合、撮。而人發音之器官，主要是喉頭、聲帶、口腔和鼻腔，經由不同的發音器官，所發的音，自然有不同的音色。

---

[126] 拙作：〈中國詩歌中的語言旋律〉，原載《鄭因百先生八十壽慶論文集》（臺北：臺灣商務印書館，一九八五），頁八七五－九一五。收入拙作：《詩歌與戲曲》（臺北：聯經出版事業公司，一九八八），頁一－四七。

[127] 拙作：〈論說「腔調」〉，《從腔調說到崑劇》，頁二二－一八〇。

我國字音的內在構成元素雖有必備的元音、聲調和可有可無的介音、韻尾和聲母，但它作為語言發出聲音來，如上文所言，便和任何語言一樣，一個字音就又包含了音長、音高、音強、音色等四個構成因素。另外，中國語言尚有其音波運行方式之「聲調」不可忽略。所以中國語言每發一字音就會有長短、高低、強弱、平仄和音色等五個因素。這五個因素的交替運作就會產生語言旋律。而歌者就是在運用其音色、口法將歌詞之語言旋律和意趣情韻，藉由腔調傳達出來。而這時的「腔調」，已有許多出諸歌者一已先天與後天的質性，實際上已成為個人的「唱腔」。

而每位京劇藝術家都有自己的嗓音和口法，他們就憑藉這先天的嗓音和後天淬礪的口法的所謂「唱腔」，去提升西皮二黃的藝術質地，創造出自己的藝術特色。

在「前三傑」時代，已能就嗓音特色，講究咬字發音口法。如程長庚嗓音弘亮可「穿雲裂石」，音韻優美能「餘音繞梁」，「熔崑弋聲容於皮黃中」（《萇塵菊影錄》），故其「字眼清楚，極抑揚呑吐之妙。」（《梨園舊話》）[128]

余三勝不僅將徽漢二腔熔於一爐，並且創製「花腔」，一破「喊似雷」的質直。在舞臺語言的字音、聲調上，也將漢調和北京的語言相結合，創造京劇舞臺上的字音、聲音新規範。[129]

張二奎則行腔不喜曲折而字字堅實，顛撲不破，吸收京腔和梆子腔特點，多用北京字音特點，創造出一種重氣噴字的唱法，對一個重點唱句的末一兩個字，以足實的氣息噴出，給人痛快淋漓的感覺。[130]

---

[128] 馬少波等主編，北京藝術研究所、上海藝術研究所組織編著：《中國京劇史》，第一一章〈生行演員〉（北京：中國戲劇出版社，一九九九），頁三九一。

[129] 同前註，頁三八九。

譚鑫培雖名列程門，唱腔實宗余派，程長庚曾對他說：

子唱武小生所以不能得名者，以子貌寢而口大如豬喙也，今懸髯於吻，則疵瑕盡掩，無異易容。更佐以歌喉，當無往不利。惟子聲太甘，近於柔靡，亡國之音也。我死後，子必獨步，然吾恐中國從此無雄風也。[131]

在宗師程長庚的心目中，譚鑫培天生的長短處一覽無餘，而他綜合前三傑菁華，將老生唱腔「花腔化」，改變「直腔直調」、「高音大嗓」的傳統；他不但創造了閃板、耍板技巧，還創造了許多能傳達人物內心深處的花腔巧腔，從而刻畫人物性格與流露思想情感，他在唱念上更統一了京劇聲韻，使之規範化，以湖廣音為聲，以中州音為韻的法則。他為「演人」而運用四功五法的程式，使戲與技密切結合。達到他那個時代，京劇舞臺藝術的最高水平。[132]

在四大名旦中，梅蘭芳很重視腔調板式的創作，除繼承傳統外，還在古裝新戲與傳統劇目中編製過大量新穎的、在藝術上具有獨特個性的腔調板式。某些罕用的傳統腔調板式如【反四平】，由於他的創新而在舞臺上廣為流行。他的演唱風格，咬字清晰，音色明朗圓潤，與宛轉嫵媚的唱腔相互輝映，更顯得流利甜美。[133]梅蘭

---

[130] 同前註，頁三九八。

[131] 穆辰公：《伶史》，卷一〈譚鑫培本紀第五〉，收於《中國語文資料彙刊》第二篇第一卷（東京：不二出版，一九九二年據民國六年何卓然刊初版影印，該資料現藏中央研究院歷史語言研究所傅斯年圖書館），頁九，總頁三六八。

[132] 《中國京劇史》第一一章〈生行演員〉，頁四一七－四一八。

[133] 《中國京劇史》第三一章〈旦行演員〉，頁一二四九。

芳〈悼念王少卿〉云：

> 京劇的各種腔調，雖然有板位嚴謹地管住它，但這裡的快慢分寸，抑揚頓挫，還是要由演員根據劇情的要求來靈活運用，不是千篇一律的。[134]

梅氏正道出了歌者歌唱時，其行腔是有相當自由的空間的。[135]

程硯秋重視吐音的出字、歸韻、收聲諸法，又務使字的頭腹尾過度隱而不顯，發聲則建立在氣息支持的基礎上，以「主音」獲得良好的共鳴位置，因而高低音圓轉自如，上下統一。便更擅長在高音上用「腦後音」將音量控制到如細如絲的程度，以表現人物內心的某些特殊感情。行腔則圓渾含蓄，柔中含剛，一氣呵成，極盡抑揚頓挫之能事。他創腔則堅持傳統「字正腔圓」的原則，用中州韻湖廣音，以字行腔，既要使字音不倒，又必須使旋律流暢而自然傳情。因此他能在悲劇中流露出一股哀怨激越之情，以雄渾氣勢，震撼觀眾心靈。[136]

由以上所舉諸名家，可以概見在西皮二黃腔調板式基礎上，諸家是如何本其嗓音運用與創造出其特殊口法以行腔，從而建構其「唱腔」之獨特風格，有了此獨特風格，所欲開創的流派藝術，就有了頗為穩固的基礎。

由以上所論，可見學者迄今仍迷亂於腔調、聲腔、唱腔之名義，以致討論問題各行其是，難有交集。本節既分辨腔調與唱腔之實質內涵，更明確論述「唱腔」之修為當從咬字吐音之口法與達意傳情之行腔磨礪，使之渾融合一、相得益彰；而唱腔亦實為戲曲表演藝術流派之基礎，以此驗證，以京劇為例，自然絲毫不差。若此，

[134] 中國戲劇家協會編：《梅蘭芳文集》（北京：中國戲劇出版社，一九六二），頁二五九。

[135] 《中國京劇史》第三二章〈旦行演員〉，頁一二四九。

[136] 同前註，頁一二六四—一二六五。

所謂唱腔，若就「歌樂之關係」而言，則實為「歌樂」融合後之總體呈現，亦即歌樂的最後完成。

五、現代戲曲歌樂「跨界」與「跨文化」的現象

小引

由上文之探討，已可知戲曲之歌樂，其「歌」含有方音憑藉方言所產生之地方語言旋律，即為一方之「土腔」，為「腔調」之所由生；而歌者又有一己獨特之音色、咬字吐音之口法，以及用聲音詮釋詞境而以高低、長短、強弱、頓挫等方式呈現之所謂「行腔」，謂之「唱腔」。在同一方音方言之下，「腔調」深具一方群眾之「共性」，而歌者「唱腔」則在此共性下別具一己之「個性」。各地土腔一經流播，若彼此「碰撞交化」，便各自產生質變。其高明之歌者，亦可憑藉其「唱腔」提升所屬「腔調」之藝術性；對此下文專論「腔調」時再詳予討論。

而我們也知道，不同的腔調，其伴隨之主奏樂器亦有所不同。譬如北曲絃索調為絃索，南曲崑山腔為崑笛；臺灣福路為椰胡，西皮為京胡。但自從上世紀中葉以來，臺灣戲曲之歌樂，其「跨界」與「跨文化」之現象便層出不窮，為的是要革新戲曲，使戲曲別開生面。對此予以探討的學者已不乏其人，譬如：林顯源《傳統戲曲在臺灣現代化之過程探討》（一九九八）、王安祈〈傳統與創新的迴旋折衝之路——臺灣京劇五十年〉（一九九九）、倪雅慧《臺灣新編京劇中現代劇場——以「國立臺灣戲專國劇團」為例》（二〇〇〇）、張育華〈試論傳統戲曲的時代走向〉（二〇〇〇）、謝明彧〈領傳統走進時代的傳奇戲曲大師吳興國：從京劇的雙瞳，看見世界的舞臺〉（二〇〇六）、徐煜〈崑曲步入當代的斷想〉（二〇〇七）、施德玉〈形變質不變——戲曲音樂在當代因應

之道〉（二〇〇九）、王德威〈新世紀，新京劇——國光京劇十五年〉（二〇一一）、吳岳霖《擺蕩於創新與傳統之間：重探「當代傳奇劇場」（一九八六—二〇一一）》（二〇一二）、陳靜儀〈文化匯流：以臺灣三個公部門國樂團的音樂現象為例〉（二〇一三）、施德玉〈論客家戲《霸王虞姬》之「三下鍋」腔調〉（二〇一六）等，[137]以上為著者所知見。

（一）現代戲曲歌樂與「跨界」、「跨文化」之現象

而今臺灣藝術大學表演藝術研究所博士生王學彥，正以《文化匯流：臺灣戲曲音樂的跨文化研究》為論題

[137] 林顯源：《傳統戲曲在臺灣現代化之過程探討》（臺北：中國文化大學藝術研究所碩士論文，一九九八）。王安祈：〈傳統與創新的迴旋折衝之路——臺灣京劇五十年〉，《國文天地》卷一五第七期總一七五期（一九九九年十二月），頁四—一一。倪雅慧：《臺灣新編京劇中現代劇場——以「國立臺灣戲專國劇團」為例》（臺南：國立成功大學藝術研究所碩士論文，二〇〇〇）。張育華：〈試論傳統戲曲的時代走向〉，《臺灣戲專學刊》第二期（二〇〇〇年九月），頁七一—八二。謝明彧：〈領傳統走進時代的傳奇戲曲大師吳興國：從京劇的雙瞳，看見世界的舞臺〉，《經理人月刊》第二五期（二〇〇六年十二月），頁一七二。徐煜：〈崑曲步入當代的斷想〉，《戲曲研究通訊》第四期（二〇〇七年一月），頁一五九—一六七。施德玉：〈形變質不變——戲曲音樂在當代因應之道〉，《戲曲學報》第六期（二〇〇九年十二月），頁二四五—二六六。王德威：〈新世紀，新京劇——國光京劇十五年〉，《中國文哲研究通訊》卷二一第一期總號八一（二〇一一年三月），頁七—一〇。吳岳霖：《擺蕩於創新與傳統之間：重探「當代傳奇劇場」（一九八六—二〇一一）》（嘉義：國立中正大學中國文學系暨研究所碩士論文，二〇一二）。陳靜儀：〈文化匯流：以臺灣三個公部門國樂團的音樂現象為例〉，《臺灣音樂研究》第一七期（二〇一三年十二月），頁三九—六六。施德玉：〈論客家戲《霸王虞姬》之「三下鍋」腔調〉，《戲曲學報》第一四期（二〇一六年六月），頁一四七—一七七。

作博士論文，據其初步觀察，有以下諸現象：[138]

其一，腔調與唱腔從傳統逐漸現代化。京劇、崑劇、歌仔戲都有這種情況，其中歌仔戲還融入當代流行音樂。

其二，文武場加入國樂團、交響樂團。其中崑劇只加入國樂團，歌仔戲亦有加入爵士樂者。京劇、歌仔戲更有捨傳統而改以國樂、西樂為主者。至於其配器更不言可喻。

其三，客家採茶戲於傳統曲腔，融入亂彈、皮黃、歌仔調由來已久，近來也加入京劇文武場、國樂團、交響樂團。二〇一三年十一月八日至十日著者編撰之《霸王虞姬》由榮興客家採茶劇團演出於國家戲劇院，陳霖蒼導演並以皮黃腔飾霸王，江彥瑮以客家調扮虞姬，小咪以歌仔調演烏江亭長，嘗試以皮黃腔、採茶調、歌仔調「三下鍋」，結果頗受好評。

其四，王學彥又舉出某些劇種之「劇目」於演出時，有以下諸現象：

(一)京劇音樂——《八月雪》[139]

1. 「變形」與「異形」
2. 京腔遇上美聲
3. 戲曲碰撞管絃樂
4. 皮黃腔與合唱團
5. 和聲、複調、唱腔交織

[138] 二〇一六年三月二十日，著者擔任王學彥「開題」委員，此為其報告之綱目。

[139] 二〇〇二年十二月十九—二十二日，高行健編導，假國家戲劇院首演。

(二)歌仔戲音樂——《錯魂記》[140]

1.「跨劇種」與「多元」

2.音樂以南管為中心設計

3.大篇幅民樂編寫情境

4.唱曲：(1)傳統曲調 (2)新編曲調 (3)南管曲調

5.歌仔戲音樂元素大量流失

(三)禪風歌仔戲音樂劇——《不負如來不負卿》[141]

1.「轉移」與「多元」

2.西域愛情新劇編寫

3.科技舞美跨領域突破

4.美聲歌唱指導

5.音樂劇形式

6.傳統編腔、西樂作曲配器

(四)客家戲音樂——《霸王虞姬》[142]

1.客家腔（亂彈）、歌仔腔與皮黃「三下鍋」

2.多腔設計

[140] 二〇〇七年九月十三－十六日，唐美雲歌仔戲團假城市舞臺首演。

[141] 二〇一三年六月八－九日，尚和歌仔戲團於二〇一三年高雄春天藝術節，假大東文化藝術中心首演。

[142] 二〇一三年十一月八－十日，榮興客家採茶劇團假國家戲劇院首演。

3. 腔體匯流

4. 主胡捧戲、樂團融合

5. 音樂設計統整、武場統一

(五)跨文化音樂——豫劇《杜蘭朵》[143]

1.「跨界」與「跨文化」

2. 新豫劇主義

3. 河南梆子碰撞通俗歌唱

4. 音樂劇碰撞豫劇

5. 戲曲身段與舞臺劇肢體

6. 歌劇與戲曲跨界思維

(六)戲曲音樂——京崑版《戲說長生殿》[144]

1. 絃樂編制烘托曲笛

2. 穩固曲牌與皮黃

3. 中東音樂跨文化詮釋

4. 通俗歌曲跨界引導

5. 多調性音樂烘托情境

---

[143] 二〇〇〇年八月十一日，國立國光劇團豫劇隊假國家戲劇院首演。

[144] 二〇一六年六月十七－十九日，臺北新劇團假城市舞臺首演。

(七)跨文化——京劇舞臺劇《百年戲樓》[145]

1. 舞臺劇形式
2. 傳統、樣板、現代
3. 一曲(主題元素)貫穿
4. 椰胡、京胡同臺
5. 電子合成樂器混搭傳統四大件
6. 情境、背景音樂與效果

(二)現代戲曲歌樂與「跨界」、「跨文化」之檢討

由學彥所舉劇目看來,可見「跨界」與「跨文化」實為當前臺灣戲曲界不可忽視之現象。學彥所舉者京劇《八月雪》,歌仔戲《錯魂記》、《不負如來不負卿》,豫劇《杜蘭朵》,京崑《戲說長生殿》等五劇或多或少都屬「跨文化」之範圍;只有歌仔戲《錯魂記》、客家戲《霸王虞姬》、京劇舞臺劇《百年戲樓》等三劇尚屬「跨界戲曲」。

所謂「跨界戲曲」,應指在語言腔調上,將戲曲劇種間之分野融於一爐,或擷取其部分以互補有無,以見新意;但其歌舞樂之作為美學基礎,虛擬、象徵、程式之作為呈現之基本原理,則尚大抵相同。這種「跨界」現象,早見於歷代劇種,如南戲北劇之交化而蛻變為傳奇、南雜劇;又如下文所論戲曲腔調之合流與質變等。而

[145] 二〇一一年四月二十二—二十四日,國光劇團假城市舞臺首演。

「跨界戲曲」，及門朱芳慧云：

> 「跨文化劇場」之研究，已成為世界性的學術話題。筆者觀察，有關「跨文化劇場」理論與評論，大部分只見於西方專書。……跨文化改編之劇場實踐，卻也屢見於兩岸，尤其在臺灣的當代劇場，表現得非常活絡且多面貌。而跨文化改編對於戲曲的影響，主要是藉助西方名劇將經典劇目搬上舞臺，是為主題帶來變革的可能性，或許也是新的價值觀與哲學思維，值得深入研究。[146]

朱芳慧於此領域研究頗深，有跨文化之系列著作：〈論析《慾望城國》之改編過程與藝術成果〉、[147]〈臺灣「跨文化」戲曲改編劇目研究——以河洛歌仔戲《彼岸花》為例〉、[148]〈臺灣「跨文化」戲曲改編劇目研究——以《杜蘭朵》為例〉、[149]〈論析歌劇《弄臣》、京劇《弄臣》之改編過程與藝術成果〉[150]。

目前兩岸盛行「跨文化戲曲」，論述雖多；但論其應操持遵守之途徑，則鮮為學者顧及。著者雖早有〈兩岸

---

[146] 朱芳慧：〈論析歌劇《弄臣》、京劇《弄臣》之改編過程與藝術成果〉，《第四屆兩岸韻文學學術研討會論文集——創作與格律》（臺北：世新大學中國文學系，二〇一二），頁三八九。

[147] 朱芳慧：〈論析《慾望城國》之改編過程與藝術成果〉，《藝術論衡》復刊第二期（二〇〇九年十一月），頁一—二〇。

[148] 朱芳慧：〈臺灣「跨文化」戲曲改編劇目研究——以河洛歌仔戲《彼岸花》為例〉，《藝術論衡》復刊第三期（二〇一〇年十一月），頁一—二〇。

[149] 朱芳慧：〈臺灣「跨文化」戲曲改編劇目研究——以《杜蘭朵》為例〉，《戲曲國際學術研討會論文集》（二〇一〇年十一月），頁八九—一〇六。

[150] 朱芳慧：〈論析歌劇《弄臣》、京劇《弄臣》之改編過程與藝術成果〉，《第四屆兩岸韻文學學術研討會論文集——創作與格律》（臺北：世新大學中國文學系，二〇一二），頁三八七—四一六。

戲曲在今日因應之道〉，述其汲取外來元素之原則要義；[151]但未暇舉例論說。而朱教授則近日有〈論「跨文化戲曲」改編四要素〉，將所見說明其就本國現代新編戲曲而言，於汲取西方戲劇滋養之餘，所應堅守而不可流失的四種質性，這四種質性是：㈠寓意新詮：原著題材之新意開發、㈡詞曲聲腔：詞情、聲情之相得益彰、㈢舞臺排場：排場時空之自由流轉、㈣演員演繹：演員表演之創意詮釋。[152]這四種質性是使「戲曲之所以為戲曲」缺一不可的要素，但卻為時賢所輕易忽略。

小結

我們這裡單就戲曲之語言腔調而言，試想西方的美聲唱法，怎能用來歌唱中國的戲曲唱詞，因為其各自語音之發音部位、發音方式頗相懸絕，更何況其間聲調之有無、音質之差異；如此若將美聲唱法強行移用，則口法之吞吐、行腔之技法，又焉能不與我國語音語言扞格而無法相適應？所以用西方美聲唱法來唱中國戲曲，可以說鐵定要失敗。

我曾於二〇〇一年九月率領黃香蓮歌仔戲團至廈門交流演出，演出劇目同為〈梁祝遊西湖〉。廈門劇團由兩位獲得梅花獎的演員擔綱，但用美聲唱法；黃香蓮和小咪則唱歌仔調的原滋原味。結果坐在我身旁的福建文化廳廳長王鳳章先生對我說：「臺灣的歌仔戲我聽明白，也才像歌仔戲。」而這時衝上舞臺，熱情洋溢的向黃香蓮爭索簽名照的廈門觀眾，邊走邊說：「我們的歌仔戲不知唱些什麼？臺灣的歌仔戲又好懂又好聽！」

[151] 見拙著：《戲曲學㈠．導論》（臺北：三民書局，二〇一六），頁八－二七。

[152] 朱芳慧：〈論「跨文化戲曲」改編四要素〉，發表於《曾永義先生學術成就與薪傳國際學術研討會》（臺北：國立臺灣大學中國文學系，二〇一六年四月二十二－二十三日）。

因為「美聲」豈能字正腔圓的傳達閩南方音方言的旋律姿韻！舉此可以類推其餘。倘若要從事「跨文化戲曲」的創作與製作，則絕對須守住「戲曲」必具的質性，如此「跨文化」對戲曲的現代化也才有真正的意義；也因此，朱教授所講求的「四要素」，是很值得令從事者奉為圭臬的。

結語

本章論歌樂之關係，可見古人乃至今人所見尚不夠周延，因此乃另從創作與呈現兩方面加以觀察，認為從創作方面觀察，有從群體創作而源生之號子、歌謠，有以新詞套入號子、歌謠之腔型，有民間音樂家創作之小調，有采詩訂譜、選詞配樂，有倚譜配詞，有倚聲填詞，有摘遍，有自度曲，有詞調之令引近慢等九種。若從呈現方面觀察，則有誦讀、吟詠、依腔型傳字、依聲調行腔、依字音定腔等五種。

而歌樂關係的終極，實在於語言情趣與所承載的旋律之融合。從而使詞情與聲情互為生發，而終於施以音樂旋律的襯托、渲染、描述、強化而更趨於完美。這其間實亦有賴於語言旋律與音樂旋律的相激相盪而相得益彰。對於歌樂由本身之互為生發、相得益彰，到由歌者唱腔之融合呈現，本文先舉周德清「務頭論」，以述其「先見之明」，次舉韻文三例分析其必然性與重要性，最後更論述歌者「唱腔」之融合呈現，從而說明板腔體之流派藝術之所以建構的基礎。蓋因「歌樂關係」實為戲曲文學藝術之至境，故不惜篇幅逐層論述。而即此也可以見諸如詩詞歌賦講求聲韻的文學，在鑑賞之時不能捨「聲情」不論。這也是為什麼古人作詩作詞要講求格律，而於人工音律之外還須顧及自然音律的原因；這也是為什麼偉大的詩人像杜甫要說「晚節漸於詩律細」、「新詩改罷自長吟」，而連元代的趙文也要說「詩之為教，必悠然諷詠乃得之」的原因。詩已如此，則更何況最講究語言、音樂融合無間的戲曲！

但「歌樂融合」則必須經由人聲唱出始能呈現，此即所謂「唱腔」。而唱腔之構成在於一己之音色、咬字吐音之口法，以及其達意傳情行腔之修為，總此而遵循詮釋唱詞之音符，並和以其襯托之樂器，乃始克完成呈現。則唱腔亦實為複雜之有機體。然而學者迄今仍迷亂於腔調、聲腔、唱腔之名義，以致討論問題，雖有交集，這也是本文所以要評論諸家對「唱腔」看法的緣故。

而近年兩岸在戲曲「跨界」之餘，所謂「跨文化戲曲」又為時髦所趨；但無論如何，守住「戲曲」不可或缺之質性，明慧汲取西方可自然融入之所長，實為不二之法門。其就「歌樂」而言，則「腔調」之與「唱腔」雖有語言旋律之群體共性與一己個性之別，但實為戲曲歌樂之根本；倘捨此不由，而採用西方美聲唱法，則其結果必有如A型血液之人而誤輸入B型或AB型血漿一般，其後果是不堪設想的。

第貳章　戲曲音樂本身的構成元素

小引

戲曲既是韻文學的極致，戲曲歌樂之配搭又逐漸演進達到融合無間、相得益彰的境地；那麼戲曲音樂若論其構成元素，應當有哪些呢？應當有以下六個：宮調（管色）、曲牌、腔調、板眼、音色、口法。六者具備，即是詞曲系曲牌體，不用宮調、曲牌者即是詩讚系板腔體。但音色因人而異，口法取決於個人之技巧修為，二者合為個人唱腔。因之，若論其共性之元素，則詞曲系曲牌體有宮調、曲牌、腔調、板眼；詩讚系板腔體則有腔調與板眼。

一、宮調

宮調在戲曲音樂中，迄今仍然具有統攝曲牌，作為聯套構成的單元，同時具有某種聲情的概念。而宮調的來源，據《呂氏春秋》卷五〈古樂〉：

昔黃帝命伶倫作為律。伶倫自大夏之西，乃之阮隃之陰，取竹於嶰谿之谷，以生空竅厚均者，斷兩節間，長三寸九分而吹之，以為黃鍾之宮，吹曰「舍少」。次製十二筒，以之阮隃之下，聽鳳凰之鳴，以別十二律，其雄鳴為六，雌鳴亦六。以此〔比〕黃鍾之宮，適合。黃鍾之宮皆可以生之。故曰：黃鍾之宮，律呂之本。❶

這段記載雖不盡可信，但起碼說明在《呂氏春秋》的戰國時代（成書於西元前二三九年），已經有音樂上定音高的十二律，它是以三寸九分的竹管命名為黃鍾宮，以之為基音，再製成十二種不同音高的律管謂之十二律。十二律據《國語．周語下》所記，依次是：黃鍾、大呂、太簇、夾鍾、姑洗、仲呂、蕤賓、林鍾、夷則、南呂、無射、應鍾。❷這十二律中黃鍾、太簇、姑洗、蕤賓、夷則、無射又稱六律，六律每兩律間為全音關係，其間均有一半音，所以大呂、夾鍾、仲呂、林鍾、南呂、應鍾又稱六呂，律為陽，呂為陰。

與定音高之十二律管相配旋宮的五音和七音，《孟子．離婁上》云：「不以六律，不能正五音。」❸趙岐注：

五音，宮、商、角、徵、羽。❹

❶〔秦〕呂不韋輯，〔清〕畢沅輯校：《呂氏春秋》，《叢書集成初編》第五八二冊，卷五（北京：中華書局，一九九一），頁一四八－一五〇。

❷〔三國〕韋昭註：《國語》，卷三〈周語下〉（臺北：藝文印書館，一九七四），頁九六－九八。

❸〔漢〕趙岐注，〔宋〕孫奭疏：《孟子注疏》，收於〔清〕阮元校刻：《重刊宋本十三經注疏附校勘記》第一四冊，卷第七上，頁二。

《左傳・昭公二十年》云：「聲亦如味，一氣，二體，三類，四物，五聲，六律，七音，八風，九歌，以相成也。」❺陸德明《釋文》：

七音，宮、商、角、徵、羽、變宮、變徵也。❻

可見「五音」指五聲音階，即今簡譜之1 2 3 5 6；陸氏所云「七音」即七聲音階，如將「變徵」置於「角」音之下，「變宮」置於「羽」之下，即是今簡譜之1 2 3 4 5 6 7。

㈠歷代所用之宮調數

據《隋書・音樂志》，北周武帝天和三年（一五六八），龜茲樂工蘇衹婆隨突厥皇后到長安，蘇衹婆「善胡琵琶，聽其所奏，一均之中間有七聲。」鄭譯乃「推演其聲，更立七均，合成十二，以應十二律。律有七音，音立一調，故成七調十二律，合成八十四調，旋轉相交，盡皆和合。」❼鄭譯以「三分損一，三分益一，隔八

❹ 同上註，頁二。

❺ 〔西晉〕杜預注，〔唐〕孔穎達正義：《春秋左傳正義》，收於〔清〕阮元校刻：《重刊宋本十三經注疏附校勘記》第一〇冊，卷四九（臺北：藝文印書館，一九五五年據清嘉慶二十年江西南昌府學開雕本影印），頁一五—一九，總頁八五九—八六一。

❻ 〔唐〕陸德明：《經典釋文》，《叢書集成新編》第三九冊，卷一九〈昭五第二十四　杜氏盡二十二年〉（臺北：新文豐出版社，一九八五），頁一三七，總頁一〇五。

❼ 〔唐〕魏徵等撰：《隋書》，《二十四史》第七冊，卷一四，〈志第九・音樂中〉（北京：中華書局，一九九七），頁三四

相生」所推演出來的「八十四調」，即所謂的「燕樂八十四調」。但八十四調只是樂理的推演，實際非人類聽覺所能及，所以唐段安節《樂府雜錄》所記便只有「燕樂二十八調」：

宮聲七調：正宮、高宮、中呂宮、道宮、南呂宮、仙呂宮、黃鍾宮。

商聲七調：越調、大石調、高大石調、雙調、小石調、歇指調、商調。

角聲七調：越角、大石角、高大石角、雙角、小石角、歇指角、商角。

羽聲七調：中呂調、正平調、高平調、仙呂調、黃鍾羽、般涉調、高般涉調。❽

但唐代燕樂二十八調的名稱，有不少取自當時俗稱，如《唐會要》所記天寶十三年，太樂署對供奉曲名改稱情況：「太簇商時號大食調，太簇羽時號般涉調，……林鍾商時號小石調。……黃鍾商時號越調」等等。❾又如《碧雞漫志》卷第三調「今【六么】行於世者四，曰黃鍾羽，即俗呼般涉調；曰夾鍾羽，即俗呼中呂調；曰林鍾羽，即俗呼高平調；曰夷則羽，即俗呼仙呂調。」❿如此一來，就使得宮調名稱紊亂不堪，望名不知其義。

到了北宋，據《宋史》卷一四二〈樂十七．教坊〉，二十八調中角聲七調和高宮、高大石、高般涉三調均不

五—三四六，總頁九三。

❽〔唐〕段安節：《樂府雜錄》，俞為民、孫蓉蓉主編：《歷代曲話彙編．唐宋元編》「別樂識五音輪二十八調圖」條，頁四三—四四。

❾〔宋〕王溥：《唐會要》，卷三三「諸樂」條（北京：中華書局，一九五五），頁六一五—六一八。

❿〔宋〕王灼：《碧雞漫志》，俞為民、孫蓉蓉主編：《歷代曲話彙編．唐宋元編》，頁八一。

用，教坊所用只剩十八調。⓫南宋張炎《詞源》卷上〈宮調應指譜〉有「七宮十二調」之目，即十八調外又用上「高宮」一調。⓬

降及金代，從《劉知遠諸宮調》殘本中，計得十四宮調：

正宮、南呂宮、黃鍾宮、道宮、商調、仙呂宮、般涉調、歇指調、商角調、中呂調、高平調、雙調、大石調、越調。⓭

再從董解元《西廂記諸宮調》，亦可得十四宮調，但這十四宮調比起《劉知遠諸宮調》來，少了歇指調、商角調，而多了羽調和小石調。其黃鍾宮又作黃鍾調，南呂宮又作南呂調。綜合兩諸宮調計之，共用了十六宮調。而戲曲之南北曲宮調名稱、數目，就是直接承繼了唐宋俗樂和詞樂所用宮調系統而來的，並形成自己獨特的體製。⓮

金元間芝庵《唱論》，對彼時十七宮調，更有聲情說：

大凡聲音，各應於律呂，分於六宮十一調，共計十七宮調：

仙呂宮唱清新綿邈，南呂宮唱感歎傷悲，中呂宮唱高下閃賺，黃鍾宮唱富貴纏綿，正宮唱惆悵雄壯，道

⓫ 詳見〔元〕脫脫等撰：《宋史》，《二十四史》第一四冊（北京：中華書局，一九九七），頁三三四九，總頁八八〇。

⓬ 〔宋〕張炎：《詞源》，唐圭璋編：《詞話叢編》第一冊，頁二五一。

⓭ 參見廖珣英校注：《劉知遠諸宮調校注》（北京：中華書局，一九九三）。

⓮ 詳參周維培：《曲譜研究》（南京：江蘇古籍出版社，一九九九），頁二六〇－二六五。

宮唱飄逸清幽，大石唱風流蘊藉，小石唱旖旎嫵媚，高平唱條物（拗）滉漾，般涉唱拾掇坑塹，歇指唱急併虛歇。商角唱悲傷宛轉，雙調唱健捷激裊，商調唱悽愴怨慕，角調唱嗚咽悠揚，宮調唱典雅沉重，越調唱陶寫冷笑。⓯

這十七宮調較諸金代諸宮調少了羽調而多了宮調、角調。十七宮調中的宮調、角調、商角調三調，商角調應襲自諸宮調，但宮調不見於燕樂二十八調，角調如前文所云，宋代已棄之不用。因此，清代淩廷堪《燕樂考原》卷六〈燕樂二十八調說下第三〉云：

蓋元人不深於燕樂，見中呂、仙呂、黃鍾三調與六宮相復，故去之，妄易以宮調、角調、商角調耳，所以此三調皆無曲也。⓰

宮調、角調尚可以說是「妄易」，但「商角」則有《劉知遠諸宮調》為據，又當如何？《中原音韻》：「自軒轅製律一十七宮調，今之所傳者一十有二。」⓱《太和正音譜》即按此十二宮調編纂而成。故北曲還剩十二宮調，但此為散曲所用，劇曲一般只用仙呂、南呂、黃鍾、正宮、大石調、雙調、商調、越調等九宮調。

⓯〔金元〕芝庵：《唱論》，俞為民、孫蓉蓉主編：《歷代曲話彙編・唐宋元編》（安徽：黃山書社，二〇〇六），頁四六一－四六二。

⓰〔清〕淩廷堪：《燕樂考原》，紀健生校點：《淩廷堪全集》，第二冊（安徽：黃山書社，二〇〇九），頁一二四。

⓱〔元〕周德清：《中原音韻》，《歷代曲話彙編・唐宋元編》「二六　樂府共三百三十五章」條，頁二七九。

㈡宮調聲情說

芝庵的十七宮調聲情說，為後世曲論家所依據，見於元人楊朝英《陽春白雪》、元周德清《中原音韻・正語作詞起例》、元末陶宗儀《輟耕錄》卷二七〈雜劇曲名〉、明初朱權《太和正音譜・詞林須知》、明臧懋循《元曲選》、明王驥德《曲律・論宮調》、清黃旛綽《梨園原》⓲等七家，但王氏對聲情之說已有疑慮，其《曲律》卷二〈論宮調〉云：

> 古調聲之法，黃鍾之管最長，長則極濁；無射之管最短，（應鍾又短於無射，以無調，故不論）短則極清。又五音宮、商宜濁，徵、羽用清。今正宮曰惆悵雄壯，近濁；越調曰陶寫冷笑，近清，似矣。獨無射之黃鍾，是清律也，而曰富貴纏綿，又近濁聲，殊不可解。⓳

可見王氏雖抄錄芝庵「聲情說」於其《曲律》中，但已有所疑慮。其後清初王瑞生《新定十二律崑腔譜》和《新定十二律京腔譜》便盡棄宮調不用，而將曲調分屬於十二律之內；清乾隆間周祥鈺、鄒金生等之《九宮大成南北詞宮譜》雖尚保留十二宮調名，但又將之附會於一年十二月之中。近世學者對芝庵《唱論》「聲情說」有所懷疑批評的如：

⓲〔清〕黃旛綽《梨園原》錄《寶山集六宮十二調》，較之芝庵《唱論》，少越調，多徵調「搖曳閃轉」，羽調「纏綿幽逸」，水調「清幽委婉」。又角調「嗚呼悠揚」，與芝庵之作「嗚咽悠揚」有一字之差。收於《中國古典戲曲論著集成》第九冊（北京：中國戲劇出版社，一九五九），頁二四。

⓳〔明〕王驥德：《曲律》，《中國古典戲曲論著集成》第四冊，頁一〇三。

1. 周貽白《中國戲劇史》、《唱論注釋》⑳
2. 楊蔭瀏《中國古代音樂史稿》㉑
3. 王守泰《崑曲格律》㉒
4. 孫玄齡《元散曲的音樂》㉓
5. 洛地《詞樂曲唱》㉔
6. 徐扶明《元代雜劇藝術》㉕
7. 李昌集《中國古代散曲史》㉖
8. 周維培《曲譜研究》㉗
9. 洪惟助《崑曲宮調與曲牌》㉘

⑳ 周貽白：《中國戲劇史》（上海：中華書局，一九五三），頁二五三－二五五；《唱論注釋》收入《戲曲演唱論著輯釋》（北京：中國戲劇出版社出版，一九六二），頁一－六六。

㉑ 楊蔭瀏：《中國古代音樂史稿》，第三冊第二三章〈雜劇的音樂〉（臺北：丹青圖書公司，一九八六），頁一一五－一二七。

㉒ 王守泰：《崑曲格律》「套數與宮調的關係」（江蘇：江蘇人民出版社，一九八二），頁一九二－一九六。

㉓ 孫玄齡：《元散曲的音樂》（北京：文化藝術出版社，一九八八）。

㉔ 洛地：《詞樂曲唱》，頁三一二－三三二。

㉕ 徐扶明：《元代雜劇藝術》「第八章　聯套」（臺北：學海出版社，一九九七），頁一九一－一九六。

㉖ 李昌集：《中國古代散曲史》（上海：華東師範大學出版社，一九九九），頁一〇五－一一四。

㉗ 周維培：《曲譜研究》，頁二七二－二七六。

10.俞為民《中國古代曲體文學格律研究》㉙

其贊同芝庵《唱論》「聲情說」的如：

1.王季烈《螾廬曲談》㉚

2.童斐《中樂尋源》㉛

3.張庚〈北雜劇聲腔的形成和衰落〉㉜

4.武俊達《崑曲唱腔研究》㉝

5.曾永義《參軍戲與元雜劇》㉞

6.劉德崇《元雜劇樂譜研究與輯釋》㉟

7.龍建國《諸宮調研究》㊱

8.許子漢《元雜劇的聲情與劇情》㊲

㉘ 洪惟助：《崑曲宮調與曲牌》（臺北：國家出版社，二〇一〇），頁九二—一〇八。

㉙ 俞為民：《中國古代曲體文學格律研究》（北京：中華書局，二〇一二），頁五四—六六。

㉚ 王季烈：《螾廬曲談》，卷二，頁二四。

㉛ 童斐：《中樂尋源》，卷下「六宮十一調之聲情說」（上海：上海商務印書館，一九二六），頁四八—六六。

㉜ 張庚：〈北雜劇聲腔的形成和衰落〉，《戲曲研究》第一輯（一九八〇年七月），頁一—三六。

㉝ 武俊達：《崑曲唱腔研究》（北京：人民音樂出版社，一九九三），頁七五。

㉞ 曾永義：《參軍戲與元雜劇》（臺北：聯經出版社，一九九二），頁一六八。

㉟ 劉德崇：《元雜劇樂譜研究與輯釋》第一章〈元雜劇的音樂特點〉（石家莊：河北教育出版社，二〇〇三），頁一—一九。

㊱ 龍建國：《諸宮調研究》（江西：江西人民出版社，二〇〇三），頁六三—六四。

可見芝庵《唱論》「聲情說」的可信度，正反兩面大抵堪稱「旗鼓相當」。周維培《曲譜研究》謂芝庵「聲情論」有三點可以肯定：

第一，每四個字的品評，只是突出其宮調聲情的類別。相對於某一宮調來說，既有劇曲與散曲的不同，又應有長套與小令音樂風格上的差異。

其二，南北曲地氣不同，聲情相反，更不能以宮調聲情制約。

其三，南曲宮調，主要用來確定笛色（調門），許之衡《曲律易知》之說最可據。㊳

周氏同時又肯定宮調在曲譜中的意義與作用：

在戲曲曲譜中，宮調主要有三層涵義。首先，宮調是經緯一部曲譜的結構線索，所有曲牌及曲牌格式，都必須在某一宮調的統轄下，才能組合成譜。其次，宮調又是曲牌聯套的構成單位，任何一種曲譜的套數舉例、譜式分析以及理論總結，都必須在確定宮調的前提下進行。其三，宮調在最本質上又是一個音樂概念，它在曲譜中還標誌著某類音樂風格、某類程式化的戲曲聲情特徵。㊴

則周氏也承認了宮調有其意義和作用，它不是可以輕易抹煞的。而俞為民《中國古代曲體文學格律研究・南北曲宮調的指義》取洛地《詞樂曲唱》之說，謂「諸宮調」之所謂「宮調」，其作用止在標示曲調之韻部轉換。若

㊲ 許子漢：《元雜劇的聲情與劇情》（臺北：里仁書局，二〇〇三）。

㊳ 詳參周維培：《曲譜研究》，頁二七三－二七七。

㊴ 周維培：《曲譜研究》，頁二六〇－二六一。

此，何以說明北曲雜劇四折，首折、末折例用仙呂宮、雙調，次折以南呂、正宮為主，三折以中呂、正宮、越調為多之現象。又何以說明犯調、集曲所組合之曲牌，須以同宮調之曲牌為主要。所以宮調絕不止與韻部轉換有關，應當就其調高、調式、調性考察，庶幾可以得其真諦。而洪惟助《崑曲宮調與曲牌》對許子漢《元雜劇的聲情與劇情》歸納出四點重要見解：

(一)《中原音韻》、《太和正音譜》……等書都引錄，古典曲論未曾有質疑者。

(二)《唱論》除聲情說外，還有許多關於音樂的論述受到音樂學者的重視，則芝庵音樂素養應當沒有問題；如果其說大部分是可信，則聲情說獨獨有誤的可能性就應當不高了。

(三)多數學者質疑《唱論》聲情說，多是任意舉出少數例子，以偏概全。

(四)引證之作應以套曲為證，而非小令，尤應以劇曲為證，而非散曲。因宮調聲情非曲牌聲情。散曲已成詩詞另體，不需顧慮聲情與劇情相應問題。[40]

子漢是我的及門弟子，他的看法與我差不多，都認為芝庵是金元時代的音樂家，以金元人說金元雜劇宮調聲情，何況本身又是個音樂家就應當受到相當的尊重，不應輕易被抹煞。更何況襲其說的周德清、陶宗儀、朱權、臧懋循也都是名家，尤其近世的王季烈更是深諳譜曲學的學者，相信他們不會個個是盲目的白癡。更何況時代變遷，樂製律率等也跟著改異，自然會產生古今的差別，便很難以今來道古。而無論如何，芝庵「聲情說」用語太簡，出諸印象感覺，無法給人以明確的認知，也是不爭的事實。

---

[40] 洪惟助：《崑曲宮調與曲牌》，頁一〇六。

洪惟助除了對許子漢有所反駁外，更說：「我組織兩組碩士、博士生讀元雜劇、崑曲錄影資料，結果亦是不符合聲情說者遠超過符合者。」又在結語說：

我們不反對宮調有其聲情，西方音樂大調（Major Scale，或稱大音階）多表光明、開朗、歡樂的情緒，小調（Minor Scale，或稱小音階）多表陰沉、纏綿、悲傷的情緒。這是沒有人反對的。41

由此可知洪惟助是承認宮調和西方的大小調一樣，有其聲情；但他在說明大小調之聲情現象，也只說「多」而不敢說「都」；因為聲音之道渺乎微茫。要具體必然或盡然的定位是不可能的。所以芝庵「聲情說」縱然如洪惟助所云「可能是芝庵或某人或某些人不經思考，更不經討論的直覺」，也不應遽下結論謂之「這樣沒有意義的聲情說」、「沒有參考價值」。因為即使出諸芝庵的「直覺」，也必是集他對當代音樂的所有修為的「直觀神悟」。他所捕捉到的宮調聲情美感，他是說出來了，我們應當給予起碼的尊重。至於其間是非，還是留待今人或後人繼續爭論下去吧。

下面我且引許之衡《曲律易知》，來作為有關宮調「聲情說」爭論的結束。許氏說：

古人論曲所云：仙呂清新綿邈，南呂感嘆傷悲，中呂高下閃賺，黃鍾富貴纏綿，正宮惆悵雄壯等語（見通行曲譜諸家論說），此專指北曲而言。蓋此為元人論曲語。元人重北曲，故云然。若南曲則微有不同也，茲略為分別言之。仙呂、南呂、仙呂入雙調，慢曲較多，宜於男女言情之作，所謂清新綿邈，宛轉悠揚，均兼而有之。正宮、黃鍾、大石，近於典雅端重，間寓雄壯。越調、商調，多寓悲傷怨慕，商調

41 洪惟助：《崑曲宮調與曲牌》，頁一〇七－一〇八。

尤宛轉。至中呂、雙調，宜用於過脈短套居多。然此但言其大較耳。若細析之，則不惟每套各有性質，且每曲亦有每曲之性質，決不能如北曲以四字形容之，概括其全宮調也。㊷

許氏精研曲律，心得獨多，所云之說應當是最為通達者。

芝庵《唱論》於北曲所提出的十七宮調，到明初朱權《太和正音譜》，其宮調、角調、商角調皆有目無曲牌，故實際只十四宮調。另外歇指調也有目無辭，道宮、小石、般涉、高平等四宮調，曲牌很少，再扣除這五個宮調，剩下的五宮四調黃鍾、正宮、仙呂、南呂、中呂、大石、商調、越調、雙調合為「九宮調」而已。

至於南曲戲文之宮調，就南曲曲譜而言，馮旭《《九宮正始》序》與鈕少雅〈九宮正始自序〉謂以元天曆（一三二八－一三三〇）間《九宮譜》和《十三調譜》為最早，《九宮正始》即據此二譜增訂而成。錢南揚謂「《十三調譜》應遠在《九宮譜》之前」，理由是：「《十三調譜》尚無引子、過曲之名，稱引子曰慢詞，稱過曲曰近詞，直用宋詞名稱。」「曲牌歸宮與宋詞合。」「《十三調譜》有所謂六攝者，明人已不能解。」「宮調隨時在淘汰精簡，十三與九，又減少了四個宮調。」因此錢氏認為「《九宮譜》既是元朝的曲譜，則《十三調譜》自應出於南宋人之手無疑。」㊸

《十三調譜》收有十五個宮調：黃鍾、正宮、大石、仙呂、中呂、南呂、商調、越調、雙調、羽調、道宮、般涉、小石、商黃、高平。其中「商黃」為合商調與黃鍾而成，高平與各宮調皆可出入，二者無專屬之曲牌，

㊷ 許之衡：《曲律易知》（臺北：郁氏印獎會，一九七九，據民國壬戌（十一年，一九二二）飲流齋刊本影印），頁八六－八七。

㊸ 錢南揚：《戲文概論》（上海：上海古籍出版社，一九八一），頁一七九。

故去之而為「十三調」。此「十三調」皆用俗名而非古名。

《九宮譜》則收有十個宮調：黃鍾、正宮、大石、仙呂、中呂、南呂、商調、越調、雙調、仙呂入雙調，即減去《十三調譜》中曲牌很少之羽調、道宮、般涉、小石，而增加仙呂入雙調。仙呂入雙調可說屬於雙調之中，故清人曲譜如《南詞定律》、《九宮大成》等都把它刪去。此亦因之稱「九宮」。

而宮調的作用，錢南揚《戲文概論》說有二，「一規定笛色高下，二標志聲情哀樂。」施德玉教授在我「戲曲史專題」課上講演時謂宮調標示調式、調高、調性，所云調高即錢氏之笛色高下，調性即錢氏之聲情哀樂；而調式則為錢氏所不及。所謂調式即曲中結音落腳相同，如同為5即徵調式，同為6即羽調式。而誠如錢氏所云：「一個宮調統屬許多曲牌，曲牌的性質在隨時發展變化。不但從現在看來，同一宮調中的曲牌，笛色、聲情很不一致；即在古代，各宮調之間往往可以互相通借。」如《十三調譜》中，黃鍾與商調、羽調出入；正宮與大石、中呂出入；仙呂與羽調互用，又與南呂、道宮出入……等，十三宮調莫不如此。「可見古代宮調的界限原不十分嚴格，可以靈活運用；再加曲牌的發展變化，到後來宮調就漸失去它的統轄作用。」「本來同一宮調應笛色相同，而現在卻一般都在兩調以上了。」譬如南曲黃鍾凡字調與六字調，正宮、大石、仙呂、中呂俱小工調與尺字調，北曲黃鍾凡字調、六字調與正工調，正宮小工調與尺字調，仙呂小工調、凡字調、正工調與尺字調。「這種笛色分配法，僅據崑山腔而言，因崑山腔之前，宮譜不傳，無法知道。」㊹則宮調到後來既難於統轄曲牌，又難以完全制約笛色，其音樂上之意義自然逐漸減輕，也難怪終於會產生曲牌體崩解為板腔體的現象。

㊹ 見錢南揚：《戲文概論》，頁一八三—一八五。

二、管色與板眼

宮調雖然肇自先秦，但宋代以後已逐漸淩亂難明。於是取而代之為崑笛所翻轉之「管色」。「管色」又稱「笛色」或「調門」。傳統崑笛開有六孔，可以吹出七音。吳梅《顧曲麈談》云：

> 笛共六孔，計有七音，今人按第一孔作工，第二孔作尺，第三孔作上，第四孔作一，第五孔作四，第六孔作合，而別將第二第三兩孔按住作凡，此世所通行者，曲家謂之小工調。笛色之調有七：曰小工調（即上文所言者）、曰凡字調、曰六字調、曰正工調、曰乙字調、曰尺字調、曰上字調。此七調之分別以小工調作準。所謂凡字調者，以小工調之凡字作工字也，凡作工字，工作尺字，尺作上字，上作一字，一作四字，四作合字，合作凡字是也。所謂六字調者，以小工調之六字作工字也，六作工，凡作尺，工作上，尺作一，上作四，一作合，四作凡是也。所謂正工調者，以小工調之五字作工字也。五作工，六作尺，凡作上，工作一，尺作四，上作合，一作凡是也。所謂乙字調者，以小工調之乙字作工字也，乙作工，五作尺，六作上，凡作一，工作四，尺作合，上作凡是也。所謂尺字調者，以小工調之尺字作工字也，尺作工，上作尺，一作上，四作一，合作四，凡作合，工作凡是也。所謂上字調者，以小工調之上字作工字也，上作工，一作尺，四作上，合作一，凡作四，工作合，尺作凡是也。笛共六孔，而所用有七調，是每字皆可作工。[45]

---

[45] 吳梅：《顧曲麈談》（臺北：臺灣商務印書館，一九七三），頁六－七。

可知崑笛之調門有七，即小工調、凡字調、六字調、正工調、乙字調、尺字調、上字調。學者如吳梅《顧曲塵談》、許之衡《曲律易知》、王季烈《螾廬曲談》、楊蔭瀏《中國古代音樂史稿》、武俊達《崑曲唱腔研究》等都有宮調與管色關係表，不止諸家彼此有出入，而且也未說明彼此何以關係之緣故。有關管色的運用，洪惟助《崑曲宮調與曲牌》中有詳密的觀察，錄其說如下，以供參考：

(一)演唱者音域與體會的差異，使用不同的管色

《顧曲塵談》、《螾廬曲談》等書論各宮調的管色使用及各曲譜的管色標示，但在實際演唱時，往往因為演唱者的音域或對劇情體會的差異，提高或降低調門演唱。

不同曲譜所標示的管色大致相同，但也有部分的差異。如《釵釧記．相約》，《六也曲譜》全齣唱凡字調；《集成曲譜》：【一江風】唱小工調，【賺】及其【前腔】唱正工調，【解三醒】、【光光乍】、【尾聲】又轉凡字調。《療妒羹．題曲》，前半段喬小青詠玩《牡丹亭》，唱【桂枝香】四曲，《遏雲閣曲譜》、《集成曲譜》、《六也曲譜》、《粟廬曲譜》均標示小工調，後半段【長拍】至【尾聲】自述心事，《遏雲閣曲譜》、《粟廬曲譜》標注「轉凡字調」，《六也曲譜》、《集成曲譜》注：「尺或工調」，此蓋由個人體會、詮釋的差異而使用不同的管色。

(二)腳色行當與管色

「行當」是影響管色運用的重要因素，相對來說，小生、小旦所用管色較高，老生、丑、淨較低。如黃鍾【醉花陰】套，小生、小旦演唱多用正工調，老生、丑、淨多用六字調、凡字調。雙調【新水令】套，小生、小旦多用小工調，老生、丑、淨多用尺字調。在一折戲中往往因行當不同而更換管色。如《遏雲

閣曲譜》《繡襦記・勸嫖》，前半付唱，用小工調，後半小生唱，用六字調，六字調較小工調高了兩個調門。又《六也曲譜》《獅吼記・跪池》，前二曲【宜春令】及【前腔】為小生、旦唱，用六字調，後面【梁州序】和三首【前腔】是旦、小生、外輪唱，管色換成凡字調，低一個調門。這兩折戲管色轉換前後情節無太大變化，管色的不同是因為行當的不同。

(三)戲曲引場與主場用不同管色

部分折子在開場腳色自報家門所唱曲牌，與進入戲曲主場所唱曲牌用不同管色，通常引場情緒緩和，用較低管色，主場用較高管色。如：《六也曲譜》《連環記・問探》，呂布上場唱【點絳唇】用凡字調，而進入主場，探兒回報，探兒唱【醉花陰】套，管色換成六字調。《六也曲譜》《永團圓・逼離》蔡文英上場，自抒胸懷，唱【一江風】，用小工調，其後進入主場，同唱、付唱的【畫眉姐姐】五個曲牌（含尾聲）管色轉為六字調。《六也曲譜》《荊釵記・繡房》，錢玉蓮、錢姑出場，唱【一江風】與【青歌兒】，用小工調，進入主場用【梁州序】四曲，錢姑與玉蓮爭執對唱，用凡字調。在我們探究各曲譜管色轉換的一百五十八個折子中，有四十六折有這類情況。

(四)同場曲往往用不同管色

如《集成曲譜》《長生殿・埋玉》，唐玄宗與楊貴妃獨唱或同唱，用小工調，後楊貴妃死，玄宗起駕，眾唱【朝元令】轉乙字調。《六也曲譜》《牧羊記・大逼》，百花元帥出場，眾唱【出隊子】，用乙字調，【泣顏回】以後諸曲，百花元帥勸降，蘇武拒降，用小工調。《六也曲譜》《金印記・金圓》最後眾人和解同唱【大環著】，用凡字調，此前的獨唱用小工調及六字調。《集成曲譜》《滿床笏・祭旗》郭子儀行軍征戰，獨唱【粉蝶兒】、【石榴花】、【鬥鵪鶉】、【上小樓】等曲，用尺字調，過程中穿插三軍唱的同場曲【泣顏回】，用嗩吶凡調。在我們探究各曲譜管色轉換的一百五十八個折子中，有五折有這類情況。

(五)不同管色常隨情節、情緒、情境轉換

如《遏雲閣曲譜》《療妒羹・題曲》，全折都是仙呂宮曲牌，前四支【桂枝香】用小工調，寫喬小青夜讀《牡丹亭》唱罷念道：「《牡丹亭》翻閱已完，不免再看別種」，接著唱的【長拍】、【短拍】，由讀《牡丹亭》轉為自傷未能覓得佳偶，情緒轉為激昂，管色小工調轉為凡字調。《集成曲譜》《風雲會・訪普》，正宮【端正好】套，前七個曲牌述趙匡胤出宮訪趙普，及與趙普之對答，用尺或上調，至【脫布衫】以下四曲，命諸臣攻伐江南、西川等地，情緒轉趨激昂，管色改用六或凡調，提高三個調門歌唱。《遏雲閣曲譜》《西廂記・佳期》全折唱三支仙呂宮曲牌：小生上場唱【臨鏡序】，用小工調，寫張君瑞對崔鶯鶯的思念之情；隨後紅娘引崔鶯鶯上場，與張君瑞見面，唱【賺】，由旦、貼、小生輪唱，用正工調；接著紅娘唱【十二紅】，轉凡字調，述張生與鶯鶯之美眷得諧，紅娘在門外之孤獨難奈。三曲情境不同，演唱腳色改換，故用不同的管色。《集成曲譜》《邯鄲夢・入夢》為南呂宮套，老生（盧生）入夢前，睡不穩，看枕，用六字調唱【懶畫眉】二曲；入夢後，正旦崔氏上場，問盧生何人，正旦、老旦、老生、貼輪唱，此時場域轉換，較為激情，高一個調門，用正工調唱【不是路】二曲；隨後崔氏與盧生成親，正旦、老生對唱或合唱，盧、崔成親，情緒喜悅和緩，改用凡字調唱【賀新郎】等五曲。以上管色轉換的例子，〈題曲〉、〈訪普〉是因為情緒的轉折，〈佳期〉、〈入夢〉不僅情緒改變，還有場景的轉換、演唱腳色、演唱方式的改變。我們探究各曲譜轉換管色的一百五十八個折子（去其重複），一〇七折有這類情況，情緒、情境與劇情的轉換往往改用管色，以加強情緒、劇情的表達。㊻

洪氏說管色之運用，其一、二兩項，就戲曲之宮調曲牌之運用而言，即「生旦有生旦之曲，淨丑有淨丑之腔。」其第二項亦如宮調曲牌之有引子、過曲之不同；其第四項亦如宮調曲牌有宜於獨唱者，有宜於合唱者，有宜於接唱者，有宜於同唱者；其第五項亦有如宮調曲牌排場轉換者，即可移宮換調。蓋管色取宮調而代之，故作用亦趨雷同。

而王季烈《螾廬曲談》卷一〈論度曲・第二章　論七音笛色及板眼〉有言簡意賅之說明：

音樂之悅耳，猶之文采之悅目，五采錯雜而成錦繡，五音迭奏而為和樂。初無二理，惟目之於色，若者為紅，若者為黃，一覽而能舉其名。耳之於音，則非老於審音者，不能一聆即知其為某音，故必用簫笛或其他樂器以度之，乃能確定其為某音焉。

音之高低分為七級，古今中外莫能變易。古之宮、商、角、徵、羽、變宮、變徵；今之凡、工、尺、上、一、四、合；西洋之度、累、米、乏、沙、拉、西。其名雖異，其實則一。今就笛言之，共有六孔，以手指按其第二三兩孔，開其他孔吹之，則為凡字，即古之變徵與西洋之西；以手指按其第一孔，開其他孔吹之，則為工字，即古之角與西洋之拉；以手指按其第一二兩孔，開其他孔吹之，則為尺字，即古之商與西洋之沙；以手指按其第一二三三孔，開其他孔吹之，則為上字，即古之宮與西洋之乏；以手指按其第一二三四四孔，開其他孔吹之，則為一字，即古之變宮與西洋之米；以手指按其上五孔，僅開末一孔吹之，則為四字，即古之羽與西洋之累；以手指盡按六孔而吹之，則為合字，即古之徵與西洋之度。以上所言之七音，凡字最高，合字最低。然歌曲所用之音，尚有高於凡字者，則為六字，其指法與吹合

㊻ 洪惟助：《崑曲宮調與曲牌》，頁八六－九〇。

字同，而吹時須用力，或開第一孔，而按以下五孔力吹之，亦為六字。更高則為五字，其指法與吹四字同；更高則為乙字，其指法與吹一字同；更高則為仩、伬、仜諸字，其指法與上、尺、工諸字皆相同，特吹須用力耳，更高則為仉與伏，其用處甚少。仉之指法，按第一三四之三孔，開他孔；伏之指法，按第二三四之三孔，開他孔，皆須用力吹之，其音始出。

歌曲所用之音，亦有低於合字者，即低凡、低工、低尺、低上等字。通常書作凡、工、尺、上等字，此等低音，在唱者可使其音低落，而吹者祇可仍吹凡、工、尺、上以應之，名之「高吹低唱」。凡曲中遇「高吹低唱」之處，不易相叶。初學每視為畏途，惟以鋼琴或風琴度曲，則其鍵不止一組，遇低音即用下一組之鍵以應之，無此困難焉。

以上所言笛上之各音，僅就小工調言之，笛之小工調者，即古音之姑洗宮與鋼琴、風琴上之A♭調，若度曲時，則七調並用，不僅用小工一調（按古樂有十二宮，即今鋼琴上之十二調。現在度曲僅用七調，不無牽強遷就之病）。度某曲須用某調，謂之某曲之笛色，各有一定，不可易焉。七調者，曰小工調、曰凡調（即古蕤賓宮，與西洋B♭調）、曰六調（即古林鍾宮，與西洋B調）、曰正工調（即古南呂宮，與西洋D♭調）、曰乙調（即古應鍾宮，與西洋E♭調）、曰尺調（即古太簇宮，與西洋F♯調）、曰上調（即古黃鍾宮，與西洋E調）。笛上凡調之指法，以小工調之凡作工，工作尺，尺作上，上作一，一作四，四作合，六作凡是也。六調之指法，以小工調之六作工，凡作尺，工作上，尺作一，上作四，一作合，五作凡是也。正工調之指法，以小工調之五作工，六作尺，凡作上，工作一，尺作四，上作合，乙作凡是也。乙調之指法，以小工調之乙作工，五作尺，六作上，凡作一，工作四，尺作合，仩作凡是也。尺調之指法，以小工調之尺作工，上作尺，一作上，四作一，合作四，凡作合，工作凡是也。上調之指法，以小工調之上作工，一作尺，四作上，合作一，凡作四，工作合，尺作凡是也。此七調中，乙調最高，上調最低，某曲之須用某調，由於曲牌而定。

曲音之高低，以笛音之高低度之；曲音之長短，以拍板之時間節之。度曲者觀曲譜上之工尺等字，可知某字宜唱幾腔，某腔宜高，某腔宜低；更觀工尺等字旁之板眼記號，可知某腔宜速過，某腔宜延長。凡某曲歌幾板，及於第幾句第幾字著板，在南曲規律甚嚴，不可移易。

板有正、贈之別，正板者，曲中所固有之板也，由其在字頭、字腰、字尾，而分三種，一曰頭板，亦曰迎頭板，點於字之頭，其記號為「、」，唱者此字出口，適當拍板之時。二曰腰板，亦曰掣板，點於腔之中間，其記號為「⌊」，唱者此腔須先出口，以待拍板既過，然後換腔。三曰底板，亦曰截板，點於腔盡之處，其記號為「一」，唱者遇截板既下，則腔可盡矣。魏良輔曰：「迎頭板，隨字而下；掣板，隨腔而下；截板，腔盡而下。」可以賅其用法矣。

曲之僅有板而無眼者，謂之急曲，俗名曰流水板。但崑曲之妙處，在曼聲徐度，則必須於板間加眼，於是有一板一眼之曲，歌之之時間為流水板之倍，有一板三眼之曲，歌之之時間又為一板一眼之倍，眼中有中眼、小眼之別，中眼者，即一板三眼曲之第二眼，或一板一眼曲之眼是也。更有正眼、側眼之別，正眼著於字或腔之頭，其記號為「。」，側眼俗曰宕眼，在腔之中間或腔之末，其記號為「△」。蓋正眼與頭板相當，側眼與腰板截板相當也。小眼者，即一板三眼曲之第一眼與第三眼是也。第一眼亦曰頭眼，第三眼亦曰末眼，合而言之，則曰小眼。亦有正眼、側眼之別，與中眼同，惟其正眼之記號為「、」，側眼之記號為「⌊」，以與中眼相區別耳。

比一板三眼之曲唱之更緩者，則為有贈板之曲。贈板者，即於每兩正板之間，各增加一板，則其歌此曲之時間，更加一倍。惟南曲有之，北曲則甚少。蓋南曲字少腔長，故可加贈板，北曲字多調促，不能加贈板也。贈板有二種，曰頭贈板，其記號為「×」，曰腰贈板，其記號為「⋉」，頭贈板與正板之迎頭板相當，但迎頭板必著於字頭，頭贈板著於字頭或腔頭耳。腰贈板與正板之腰板，初無二致也。曲中有僅譜工尺，而不點板眼。僅於每句之末下一截板者，如南曲之引子，及【不是路】、【紅衲襖】等。北曲之第一二支及煞尾等，俗稱之曰散板曲，又有無板之曲，與一板一眼之曲，其中間連點二正板者，曰疊板。惟【不是路】之三字句上及南尾聲之第二句有之。以上所言板之記號計、└一×⋉，、└一×⋉，各有意義，不可相混。然在俗譜則往往正贈不別，腰截不分，以致今之能歌崑曲者，往往不知贈板為何物，故余特詳言之。47

又其卷三第二章〈論板式〉云：

> 板於曲之節奏，關係至重，故製譜者首須點定板式，板式既定，而後可注工尺。總之板疏則工尺宜簡，板密則工尺宜繁，不先定板式，無從定腔也。南曲惟引子、賺（即【不是路】）、入破、出破、【紅衲襖】、【青衲襖】，句中不點板，僅於每句之末，下一截板。此外過曲，則皆一句之中，點有數板。北曲則每折之第一二支、及煞尾，大都不點板，僅於每句末下截板，中間各曲，亦係點板者居多，某曲幾板，某字用頭板，某字用腰板截板。南曲以《南詞定律》為最詳，北曲以《北詞廣正譜》為最密，學者依據二書，以點南北各曲之板，自可無誤。二書不易得，則就《九宮大成》、《欽定曲譜》，與有宮譜之舊

47 王季烈：《螾廬曲談》，卷一，頁一－五。

曲中求之，俱無不可。但《欽定曲譜》北曲不點板，舊曲宮譜具板式正確者，惟《吟香堂》、《納書楹》及本書（指《集成曲譜》）而已。此外俗伶傳抄之宮譜，正贈不別，且多抽板以圖省事，斷不足據也。㊽

又云：「北曲之板式，非特增減移動無一定，且其起板與否，亦無一定。散板之曲，有時亦可點板。」又云：

南詞慢曲於正板之間，加以贈板，贈板有二種，曰頭贈板、曰腰贈板。頭贈板與正板之頭板相當，惟正板之頭板必點在一字之頭（即一字之第一腔上），而頭贈板在板疏之處，雖多點在一字之頭，在板密之處，往往點在第二腔以後之各腔，特其板必點於腔之頭耳。至腰贈板，則必用在中眼或末眼起頭眼上之長腔內，其板必在腔之中間。總之頭贈板大都點在無贈板曲之著正中眼處（即著。之處）。腰板大都點在無贈板曲之著側中眼處（即著△之處），惟亦未可過泥，如曲中之某一字，其上一字點截板，而此字之第一腔，於不用贈板時，應著中眼，則添加贈板，應點在第二腔或第二腔以後之腔上，不可改中眼為贈板也。㊾

以上王氏對笛色、板眼、板式之說明，所以不厭其煩，全文引錄，蓋以王氏精於度曲，所言可以為典範而無疑。

㊽ 王季烈：《螾廬曲談》，卷三，頁二一－三。
㊾ 王季烈：《螾廬曲談》，卷三，頁一五－一六。

三、腔調

一九八六年十二月著者在中央研究院第二屆國際漢學會議發表一篇〈中國地方戲曲形成與發展的徑路〉，有這樣的話語：

所謂「聲腔」、「腔調」、「曲調」都屬戲曲音樂的範疇。中國戲曲音樂是建立在宮調、曲牌、腔調、板眼四個基礎之上。……聲腔或腔調乃因為各地方言都有各自的語言旋律，將此各自特殊的語言旋律予以音樂化，於是就產生各自不同的韻味。也因此原始聲腔或腔調莫不以地域名，如海鹽腔、餘姚腔、弋陽腔、崑山腔等。……這四個因素，在詞曲系的戲曲❺⓪如雜劇、傳奇都具備，因此就音樂而言，也可以稱之為曲牌系戲曲；因為每個曲牌必然有它所屬的宮調和它兼具的腔調和板眼。而詩讚系的戲曲❺①如京劇和多數地方戲曲，則止具腔調和板眼兩個因素，因此就音樂而言，也可以稱之為腔板系戲曲。

「腔調」和「聲腔」其實是一事異名，所以要作分別的緣故是因為「腔調」流傳到某地以後，往往受當地語言的影響而產生某種程度的變化，如果仍以此為劇種的基礎腔調，那麼便產生另一新腔調劇種。譬

❺⓪劇種分類的基礎，如就唱詞而分，其用詞曲長短句者叫「詞曲系戲曲」。說唱文學之唱詞據此亦有「詞曲系說唱文學」，如諸宮調、賺詞、覆賺、牌子曲等。

❺①劇種分類的基礎，如就唱詞而分，其用七言詩或十字讚，就叫「詩讚系戲曲」。詩讚系說唱文詞，據此亦有「詩讚系說唱文學」，如變文、鼓詞、彈詞等。

如陝西梆子流傳到山西便形成山西梆子；流傳到河南，便形成河南梆子；流傳到河北，便形成河北梆子；流傳到山東，便形成山東梆子；於是就把這些新腔調劇種歸入梆子腔的聲腔系統。也就是說，「腔調」是戲曲歌唱時所以顯現方言旋律特殊韻味的基礎，而「聲腔」則是對於那些流播廣遠具有豐富生命力的腔調而言。所以「梆子腔」如在陝西的發祥地而言，就是「腔調」，但一經流布加入流布地的語言因素後就會略有變化，然因本身強勢，百變不離其宗自成體系，就稱之為「聲腔」而為「梆子腔系」。[52]

這是著者對於「腔調」的基本觀念。其後於二〇〇二年三月於中央研究院《中國文哲研究集刊》第二〇期發表〈論說「腔調」〉，[53]文長近十萬言。這裡摘其要點如下：

若給「腔調」下個簡明的定義，可以說就是「方音憑藉方言的語言旋律」。各地的「語言旋律」各自不同，就會有獨具的「腔調」。

「腔調」一詞若不視之為聯合式同義複詞，而以之為詞組式複詞，應當更合乎本義，亦即以「腔」為「口腔」，「調」為聲音的旋律，則「腔調」為口腔發出來的聲音的旋律。既由口腔發聲，則必有人為運轉的成分在其中。所以總起來說，腔調是起於人說話的聲音和語氣，如明吳炳《綠牡丹傳奇》第二十一齣〈談心〉【白鍊序】云：

兒曹，次第高，丟人眼梢，喬妝做許多般內家腔調。[54]

[52] 拙作：〈中國地方戲曲形成與發展的徑路〉，收入《中央研究院第二屆國際漢學會議論文集》（臺北：中央研究院，一九八九），頁一一六－一一八；亦收入拙作：《詩歌與戲曲》（臺北：聯經出版公司，一九八八），頁一一五－一五一。

[53] 拙作：〈論說「腔調」〉，《中國文哲研究集刊》第二〇期（二〇〇二年三月），頁一一－一一二。

《紅樓夢》第八十回云：

兩個人的腔調兒都夠使的了，別打諒誰是傻子。55

這裡的「腔調」和「裝腔作勢」、「打官腔」的「腔」都是指說話的聲口，這種「聲口」含有兩種內在因素，一是說話人所屬的方言旋律，二是說話人運轉方言旋律時的情態。但也因為方言旋律為同一地區說話人的共性，所以俗語有「南腔北調」。清富察敦崇《燕京歲時記・封臺》云：

像聲即口技，能學百鳥音，並能作南腔北調，嬉笑怒罵，以一人而兼之，聽之歷歷也。56

如此則「腔」、「調」互文，南北地域不同，則語言之「腔調」便有差別。清趙翼《檐曝雜記》卷一「慶典」條云：

每數十步間一戲臺，南腔北調，備四方之樂。57

由此也可見戲曲的「腔調」同樣來自方言。

54 〔明〕吳炳：《綠牡丹傳奇》，《古本戲曲叢刊第三集》第二函，卷下（上海：上海商務印書館，一九五七），頁二六。

55 〔清〕曹雪芹撰，護花主人評，大某山民加評：《精批補圖大某山民評本紅樓夢》（臺北：廣文書局，一九七三），頁一六三〇。

56 〔清〕富察敦崇：《燕京歲時記》，《筆記續編》（臺北：廣文書局，一九六九），頁一三四。

57 〔清〕趙翼：《檐曝雜記》，《歷代史料筆記叢刊・清代史料筆記》（北京：中華書局，一九八二），頁一〇。

方音又稱「土音」，由此而有「土語」、「土腔」、「土曲」、「土戲」。唐蕭穎士〈舟中遇陸棣兄，西歸數日，得廣陵二三子書，知遲晚次沙墪西岸，作二首〉云：

> 但見土音異，始知程路長。58

明凌濛初《二刻拍案驚奇》卷二四云：

> 自實急了，走上前去，說了山東土音，把自己姓名，大聲叫喊。59

清和邦額《夜譚隨錄》卷三，「邱生」條云：

> 今與娘子應答，又甚清楚，想前操土音，今說官話也。60

可見「土音」對「官話」而言，為方言所呈現之方音。

明王驥德《曲律．雜論第三十九上》云：

> 北曲方言時用，而南曲不得用者，以北語所被者廣，大略相通，而南則土音各省郡不同，入曲則不能通

---

58 見〔唐〕蕭穎士：《蕭茂挺文集》，嚴一萍選輯：《原刻影印叢書菁華》（臺北：藝文印書館，一九六八），頁三〇。

59 〔明〕凌濛初：《二刻拍案驚奇》，《明清善本小說叢刊》（臺北：天一出版社，一九八五），頁八。

60 〔清〕和邦額：《夜譚隨錄》，史仲文主編：《中國文言小說百部經典》（北京：北京出版社，二〇〇〇），頁一三三〇一。

曉故也。61

明傅一臣《蘇門嘯》卷二《賣情札囤》第三折〈阻約〉云：

（丑）栢亭兄，我和你各把土腔唱一曲，滿浮大白而散何如？62

明淩濛初《譚曲雜劄》云：

況江西弋陽土曲，句調長短，聲音高下，可以隨心入腔，故總不必合調，而總不悟矣。63

明范濂《雲間據目抄》卷二「風俗」云：

戲子在嘉隆交會時，有弋陽人入郡為戲。一時翕然崇尚，弋陽人遂有家於松者。其後漸覺醜惡，弋陽人復學為太平腔、海鹽腔以求佳，而聽者愈覺惡俗。故萬曆四五年來，遂屏跡，仍尚土戲。64

清李聲振〈百戲竹枝詞〉（作於清乾隆二十一年至三十一年，一七五六—一七六六）有〈秦腔〉一首云：

---

61 〔明〕王驥德：《曲律》，《中國古典戲曲論著集成》第四冊，頁一四八。

62 〔明〕傅一臣：《蘇門嘯》卷二《賣情札囤》第三折〈阻約〉（據明崇禎壬午（十五年），三王大年序敲月齋刊本影印，現藏於中央研究院傅斯年圖書館善本書室），頁九。

63 〔明〕淩濛初：《譚曲雜劄》，《中國古典戲曲論著集成》第四冊，頁二五四。

64 〔明〕范濂：《雲間據目鈔》，《筆記小說大觀》（臺北：新興書局，一九八一），第二十二編第五冊，頁三。

耳熱歌呼土語真，那須叩缶說先秦。烏烏若聽函關曙，認是雞鳴抱樸人。（原注：俗名梆子腔，以其擊木若柝形者節歌也，聲嗚嗚然，猶其土音乎？）[65]

元薩都剌〈寄新原林道士〉詩：

我識華陽林道士，步虛空裡帶淮腔。[66]

由以上九條資料，可見「土音」、「土語」與「方言」互文，用來唱曲則為「土腔」，所唱之曲為「土曲」，所演之戲為「土戲」。土曲即為地方歌謠，土戲即為地方戲曲。而像「秦腔」、「淮腔」，就是秦地、淮地的「土腔」。就因為土音、土語、土曲會產生土腔、土戲，所以魏良輔《南詞引正》云：

北曲與南曲大相懸絕，無南腔南字者佳。要頓挫，有數等，五方言語不一，有中州調、冀州調、黃州調，有磨調、絃索調。[67]

又云：

---

[65] 楊米人等著，路工編選：《清代北京竹枝詞（十三種）》（北京：北京古籍出版社，一九八二），頁五〇。

[66] 見〔元〕薩都剌：《薩天錫詩集》，《四部叢刊初編集部》第二四二冊（上海：上海書店印行，一九八九，據上海涵芬樓明弘治癸亥刊本），頁四二一。

[67] 〔明〕魏良輔：《南詞引正》，此為曹含齋於明嘉靖丁未（二十六年，一五四七）所敘記者，見路工：《訪書聞見錄》（上海：上海古籍出版社，一九八五），頁二三六—二四一。

腔有數樣，紛紜不類，各方風氣所限，有崑山、海鹽、餘姚、杭州、弋陽。68

又明王驥德《曲律．論腔調第十》云：

樂之筐格在曲，而色澤在唱。古四方之音不同，而為聲亦異，於是有秦聲，有趙曲，有燕歌，有吳歈，有越唱，有楚調，有蜀音，有蔡謳。69

凡此，皆可見古人已體會到「五方言語不一」、「各方風氣所限」、「四方之音不同」，便會產生不同的樂曲和腔調。明沈德符《顧曲雜言》云：

章邱李中麓太常亦以填詞名，與康、王俱石友，而不嫻度曲，即如所作《寶劍記》，生硬不諧，且不知南曲之有入聲，自以《中原音韻》叶之，以致吳儂見誚。70

可見因為各地方言旋律不同，腔調就有差別，所以如果像李開先（中麓）那樣以北方山東方言來填詞，而欲歌以崑山腔，便會被南方的蘇州人見笑了。

凡此皆可見腔調的根源就是「語言旋律」。劉勰《文心雕龍》卷七〈聲律第三十三〉開頭就說：

夫音律所始，本於人聲者也。聲含宮商，肇自血氣，先王因之，以制樂歌。故知器寫人聲，聲非學器者

68 同前註，頁二三九。

69 〔明〕王驥德：《曲律》，《中國古典戲曲論著集成》第四冊，頁一一五。

70 〔明〕沈德符：《顧曲雜言》，《中國古典戲曲論著集成》第四冊「南北散套」條，頁二〇三。

也。故言語者，文章神明樞機，吐納律呂，脣吻而已。[71]

這段話說得很明白，脣吻之間所說出來的語言，始於血氣的運作，其聲音自然含有宮商旋律，所以歌樂的根源在於人聲，樂器的演奏也止在襯托人聲而已。也因此如果要考究「腔調」相關的種種問題，就應當從語言入手。

而因為方言歧異、各地音殊，其所產生的「腔調」也自然各具品味和風格，此所以有「燕趙悲歌」與「吳儂軟語」之諺。而各具品味和風格的方言腔調，看來是長續持恆其特色的。譬如乾隆中葉嚴長明在《秦雲擷英小譜》云：

至于英英鼓腹，洋洋盈耳；激流波，遶梁塵，聲振林木、響遏行雲，風雲為之變色、星辰為之失度，又皆秦聲，非崑曲也。[72]

像這樣在乾隆間以一女子所歌唱「洋洋盈耳」的秦聲，不止和我們今日聽到的激昂慷慨，高亢粗豪的秦腔如出一轍，也和沈德潛在《清詩別裁》中所云的「車轔馹鐵」[73]相彷彿，也和陸次雲在《圓圓傳》所描寫李自成歌西調時的「繁音激楚，熱耳酸心」[74]宛然相合。我們再把時間推向嬴秦時李斯給秦始皇的上書，其中有云：

---

[71] 〔梁〕劉勰著，〔清〕范文瀾註：《文心雕龍註》，頁五五二。

[72] 〔清〕嚴長明：《秦雲擷英小譜》，嚴一萍選輯：《叢書集成續編》第二五七冊（臺北：新文豐出版社，一九八九年據《雙棣景闇叢書》本長沙葉氏刊本影印），頁一二，總頁六四七。

[73] 〔清〕沈德潛評選：《清詩別裁集》，卷四「李念茲」條（臺北：廣文書局，一九七〇），頁一一二。

[74] 〔清〕陸次雲：《圓圓傳》，《筆記小說大觀》，第五編第七冊，頁四二六六。

擊甕叩缶，彈箏搏髀，而歌呼嗚嗚，快耳目者，真秦之聲也。[75]

這種經由「擊甕叩缶，彈箏搏髀」所伴奏而歌唱的「嗚嗚」可以快耳的「秦聲」，其獷放激越的特點是不難想像的。則「秦聲」、「秦腔」歷經兩千數百年，而風格特色，猶然一脈相傳，沒有任何根本性的改變。可見腔調在方言的基礎上，有其長遠不變易的特質。

(一)從自然語言旋律到人工語言旋律

前人對「腔調」體會和認知的歷程，可以簡約為「從自然語言旋律到人工語言旋律」。所謂「自然」是指純從現象感受體會，所謂「人工」是指分析現象有所認識而產生的共同制約。「語言旋律」可以省稱為「音律」。

1. 齊梁前後的自然音律和人工音律

在齊梁以前，人們對於聲韻的觀念，只是像〈虞書〉所說的「聲依永，律和聲。」[76]和像《禮記・樂記》所說的「凡音者，生人心者也；情動於中，故形於聲，聲成文謂之音。」[77]也就是聲韻是本於情、生於心的自然音律。《西京雜記》卷二載盛覽向司馬相如問作賦的方法，相如說：

[75] 〔秦〕李斯：〈上書秦始皇〉，〔梁〕蕭統輯，〔唐〕李善注：《文選》，卷三九〈上書〉（臺北：文津出版社，一九八七），頁一七五七。

[76] 〔漢〕孔安國傳，〔唐〕孔穎達疏：《尚書正義》，收於〔清〕阮元校刻：《重刊宋本十三經注疏附校勘記》第一冊，卷二，〈舜典第二〉（臺北：藝文印書館，一九五五年據清嘉慶二十年江西南昌府學開雕本影印），頁二六，總頁四六。

[77] 王夢鷗：《禮記校正》（臺北：藝文印書館，一九七六），頁二七八。

合纂組以成文，列錦繡而為質，一經一緯，一宮一商，此賦之跡也。[78]

曹丕《典論・論文》亦云：

文以氣為主，氣之清濁有體，不可力強而致。譬諸音樂，曲度雖均，節奏同檢；至於引氣不齊，巧拙有素，雖在父兄不能以移子弟。[79]

他們都以音樂來說明語言聲韻的節奏。司馬相如認為「賦之跡」，辭藻、音律並重；曹丕則直以為氣勢聲調是文章的主體。陸機《文賦・論文》也非常注重韻調，他說：

其會意也尚巧，其遣言也貴妍；曁音聲之迭代，若五色之相宣。[80]

他雖然用五色的相宣來比喻音聲的迭代，同時主張「賦體物而瀏亮……，箴頓挫而清壯……，論精微而朗暢。」但對於音聲的迭代仍提不出一定的律則可循。曹丕認為文章氣勢聲調的把握，完全在於各人先天才氣、體氣的清濁高下；陸機只是說「苟達變而識次，猶開流以納泉。」後來以作《後漢書》傳名的范曄，也很注重聲韻，在〈獄中與諸甥侄書〉中，論為文必「抽其芬芳，振其金石。」同時還自詡「性別宮商，識清濁。」但對於其

[78] 〔漢〕劉歆撰，〔西晉〕葛洪集，向新陽、劉克任校注：《西京雜記校注》，卷二「百日成賦」條，頁九一。

[79] 見〔三國〕魏文帝撰：《魏文帝集》，〔明〕張溥輯：《漢魏六朝百三名家集》（臺北：文津出版社，一九七九），頁一〇〇四。

[80] 同前註，頁一八八四。以下陸機之語，皆出自此。

中道理，卻只說「斯自然也。」[81]可見在齊梁之前，人們已經體認到聲韻對於文學的重要，可是對於語言聲韻尚沒有分析的能力，因此只能求諸感悟，而認為那是自然的現象。

齊梁之際，由於佛經轉讀梵唄的關係，因而誘導中國文學的音律，並且啟萌了四聲的發現。一時有關聲韻的著作如雨後春筍，從此為詩作文無不講究音律。《南史》卷四八，〈列傳第三十八・陸厥傳〉云：

> 齊永明九年，……時盛為文章，吳興沈約，陳郡謝朓，瑯琊王融，以氣類相推轂，汝南周顒，善識聲韻，約等文皆用宮商，將平上去入四聲，以此制韻，有平頭、上尾、蜂腰、鶴膝。五字之中，音韻悉異；兩句之內，角徵不同；不可增減。世呼為永明體。[82]

又《南齊書》卷五二，〈列傳第三十三・文學・陸厥〉云：

> 永明末，盛為文章。吳興沈約、陳郡謝朓、琅邪王融，以氣類相推轂；汝南周顒善識聲韻。約等文皆用宮商，以平上去入為四聲，以此制韻，不可增減，世呼為「永明體」。[83]

這種以平上去入四聲「制韻」，講究「宮商」的「永明體」，實開唐人「近體詩」格律的先聲。其四聲搭配的原則，沈約《宋書・謝靈運傳論》云：

---

[81] 〔宋〕范曄：〈獄中與諸甥侄書〉，見〔梁〕沈約：《宋書》，卷六九，〈范曄傳〉（臺北：鼎文書局，一九七五），頁一八三〇。

[82] 〔唐〕李延壽：《南史》（臺北：鼎文書局，一九七六），頁一一九五。

[83] 〔梁〕蕭子顯：《南齊書》（臺北：鼎文書局，一九七五），頁八九八。

> 若夫敷衽論心，商摧前藻，工拙之數，如有可言。夫五色相宣，八音協暢，由乎玄黃律呂，各適物宜。欲使宮羽相變，低昂互節，若前有浮聲，則後須切響；一簡之內，音韻盡殊；兩句之中，輕重悉異。妙達此旨，始可言文。[84]

沈約在此，顯然把語言旋律分作兩大類型，一為低、浮聲、輕，一為昂、切響、重。也就是低、昂，浮聲、切響，輕、重，各自正反相對相成。這其實就是以平聲為「平」，「上去入」三聲為「仄」，後來近體詩「平仄律」的基本原理。沈約為了使「一簡之內，音韻盡殊；兩句之中，輕重悉異」，更有所謂「四聲八病」，即「平頭、上尾、蜂腰、鶴膝」之外，尚有「大韻、小韻、旁紐、正紐」之說。其說如日本僧人釋空海《文鏡秘府論》、宋人蔡啟《蔡寬夫詩話》和王應麟《困學紀聞》皆有解釋，但誰是誰非已難辨識真義。

而所謂「五字之中，音韻悉異；兩句之內，角徵不同。」劉勰也有所說明。劉勰《文心雕龍》卷七〈聲律第三十三〉云：

> 是以聲畫妍媸，寄在吟詠；吟詠滋味，流於字句。氣力窮於和韻。異音相從謂之和，同聲相應謂之韻。韻氣一定，故餘聲易遣；和體抑揚，故遺響難契。屬筆易巧，選和至難；綴文難精，而作韻甚易。雖纖意曲變，非可縷言；然振其大綱，不出茲論。[85]

句韻的諧和但求「同聲」（指韻母相同），句中聲調的布置卻要做到抑揚有致，所以「選和至難」，而「作韻甚

---

[84]〔宋〕沈約：《宋書》，卷六七，列傳第二十七〈謝靈運傳〉，頁一七七九。

[85]〔梁〕劉勰著，〔清〕范文瀾註：《文心雕龍註》，頁五五三。

易」。但協韻雖易，劉勰認為仍略有規範。第一是不可雜用方言，否則「訛音之作，甚於枘方。」第二是改韻從調，應順乎辭氣的自然。如果「兩韻輒易，則韻微躁；百句不遷，則脣吻告勞。」至於句中聲調節奏的調和上，則要注意雙聲疊韻的安排。〈聲律篇〉又云：

凡聲有飛沉，響有雙疊：雙聲隔字而每舛，疊韻雜句而必睽；沉則響發而斷，飛則聲颺不還。並轆轤交往，逆鱗相比；迂其際會，則往蹇來連，其為疾病，亦文家之吃也。夫吃文為患，生於好詭，逐新趣異，故喉脣糺紛。將欲解結，務在剛斷。左礙而尋右，末滯而討前，則辭轉於吻，玲玲如振玉；辭靡於耳，纍纍如貫珠矣。86

黃侃《札記》以為彥和之意，謂「一句內如雜用兩同聲之字，或用二同韻之字」；以及「一句純用仄濁，或一句純用平清」，87則必致聲調不和，節奏不順。此說與沈約《宋書‧謝靈運傳論》「若前有浮聲，則後須切響；一簡之內，音韻盡殊；兩句之中，輕重悉異」之說相同。88可見劉、沈二人都有意倡論音韻的人工安排，以達到聲調節奏的目的。可是劉勰似乎感到力不從心，所以只好說「纖意曲變，非可縷言。」所提出的也只是「左礙而尋右，末滯而討前」，含糊其辭的原則。沈約的主張則比較具體細密，如所云「四聲八病」之說，可惜難於稽考，後人解釋，又復人異言殊。但無論如何，從此人工的音律說已經確立，律詩的平仄格式和更加精嚴的詞曲規律，其實都是由此演進的結果。

86 同前註，頁五五二—五五三。
87 黃侃：《文心雕龍札記》（上海：上海古籍出版社，二〇〇〇），頁一一〇。
88 以上劉勰聲律說，詳細請參考廖蔚卿：《六朝文論》（臺北：聯經出版社，一九七八）。

人工音律說盛行的時候，仍舊有反對時代潮流的。鍾嶸《詩品・序》云：

余謂文製本須諷讀，不可蹇礙；但令清濁通流，口吻調利，斯為足矣。[89]

蕭子顯《南齊書》，卷五二，〈列傳第三十三・文學傳論〉云：

言尚易了，文憎過意。吐石含金，滋潤婉切。雜以風謠，輕唇利吻。不雅不俗，獨中胸懷。[90]

他們主張的還是使「口吻調利」、「滋潤婉切」的自然音律。陸厥更執前人的「宮商之辨」以與沈約的「四聲之論」相論難。此後談音律的，也不外自然音律說和人工音律說二派之爭。其實二派之說各有是非：倡自然音律說的，以其運用之妙存乎一心，可以隨意自如；但如果不是涵養功深，則又殊難把握；倡人工音律說的，以其有規則可循，可以避免累氣蕪音，但以其未能盡音韻之理，如果拘泥過甚，反傷真美。兩全之道，莫如兼採其長，以達到聲韻諧美、節奏有致為指歸。

2. 由唐詩看人工規律

上文所談到的齊梁沈約諸人的聲律說，加上初唐上官儀提出「六對」、「八對」，創立「當對律」之說，對於詩體的律化都有莫大的貢獻。所以唐代以後，詩的形式逐漸劃一，平仄、對仗和詩篇的字數，都有嚴格的規定。這種依照嚴格規律來寫出的詩，是唐以前所未有的，所以後世把它叫近體詩，而對於唐以前那些尚沒有一定規律的詩就叫古體詩。

[89] 〔梁〕鍾嶸著，曹旭集注：《詩品集注》，〈詩品下・序〉，頁三四〇。

[90] 〔梁〕蕭子顯：《南齊書》，頁九〇八－九〇九。

近體詩包含律詩、絕句、排律，各有五七言和固定的規律，其平仄律也有構成和變化的原理。[91]

五言律詩：每句五字，每首八句，全首四十字。第一三五七句不押韻，第二四六八句要押韻，這是正格；但首句也有押韻的，這是變格。此外，其平仄格式有一定規律，第三四，五六句必須對偶工整。

七言律詩：每句七字，其首句押韻為正格、不押韻為變格，其餘皆可從五言律詩推得。同理，排律即十句以上之律詩，通常只限於五言，杜甫、白居易、元稹偶然也有幾首七言排律，但究竟少見。

中唐以後「試帖詩」皆五言律詩，而且限定十二句。絕句只有四句，恰好是律詩一半，可以分作四類：

(1)截取律詩首尾兩聯而成的，全首不用對偶。

(2)截取律詩後半首而成的，首聯用對偶。

(3)截取律詩前半首而成的，末聯用對偶。

(4)截取律詩中間兩聯而成的，全首用對偶。

第一類最常見，第二四兩類次之，第三類最少。此外，為什麼不可以截取第一第三兩聯與第二第四兩聯呢？因為依照平仄律，如此便會產生「失黏」的毛病。

近體詩的平仄律是根據以下七個基礎構成的：

(1)兩字為一音節，末字為一字一音節。

(2)單數句末字除首句押韻須用平聲外皆作仄聲。

(3)雙數句末字皆作平聲。

---

[91] 著者有〈舊詩的體製規律及其原理〉一文，原載《國文天地》，第一四、一五期（一九八六年七、八月），頁五六－六一、五八－六三；收入拙作：《詩歌與戲曲》，頁四九－七七。這裡取其大要，但對平仄律原理已有所修正。

(4)音節作——（平平）或||（仄仄）者自相和諧，作—|或|—者自相衝突。

(5)五言上二字作——者，七言上四字作||——者，其下三字如係單數句則作—||（如首句押韻改作||—）；如係雙數句必作|——。反之，五言上二字作||者，七言上四字作——||者，其下三字如係單數句則作——|（如首句押韻改作|——），其下三字如係雙數句必作||—。

(6)音節與音節間必相衝突。

(7)句與句間，採先對後黏遞換方式，亦即首二句平仄相反相衝突謂之「對」，二三句平仄相近相和諧謂之「黏」，如此四五為對，五六為黏、六七為對，首尾為黏的遞換下去。

根據這七個基礎，如以平起首句不押韻之五律為例，分析其「平仄」格式和諧與衝突之情況如下圖：

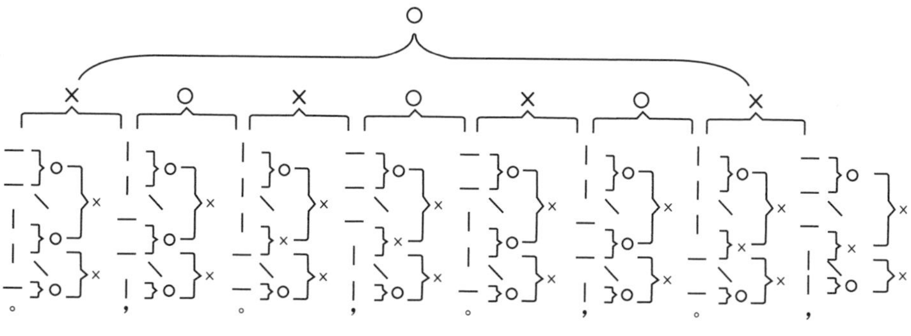

從這樣的五律平仄格式，可以統計出和諧和衝突共計各二十四次，亦即律詩是在音節本身的基本和諧，音節間的必然衝突與句間的對黏遞換的規律中，產生正反平衡、輕重有致的平仄旋律。

而為了維持正反平衡、輕重有致的平仄旋律特色，因此凡是過輕或過重的聲情，如果不加以補救以求平衡的話，都是不被允許的拗句。用以補救的方式，有本句自救和隔句互救兩種。其所以可用隔句互救，乃因為近體詩基本上是隔句押韻，兩句才押一個韻腳，韻腳表示意義和音節的共同完成點，不押韻的句末字，則止是意義完成點而已；也就是說韻腳以上的音節數才是真正的語言長度，可以稱之為「韻長」。所以句句押韻的七言詩，其「韻長」是七音節；而隔句押韻五言詩的「韻長」則有十個音節；以此可以例其餘。就因為詩是隔句押韻，兩句同在一個「韻長」之內，自然可以同時考慮其輕重的平衡。

基於這樣的觀點，近體詩的平仄格式，以七言為例，其可以本句自救的情況，有以下六種：

(1) ×|—||——|↓×|—○—|——|

(2) ×—|———||↓×—|○|——||

(3) ——×—|——|↓○|—×—|——|

(4) ||×|—||—↓||×|—○—|—

(5) ||——×|||↓||——×|○—|

(6) ||———×—|↓||——○|×—|

上面六例，「×」表示該平用仄或該仄用平，「○」表示用以補救者，亦即為補救本句中相應之平仄，若對象係「該平用仄」則應之以「該仄用平」救之，反之亦然。其第一二兩例可救可不救，因係句首，距句末音節重點遙遠，影響聲情不大，故可不救。但第一例高明之詩人均救之，以避免平聲在三仄之間，聲情稍感逼促；第三例亦以救之為宜，因連用三平，聲情不免輕揚；第二例則因第五音節之平在第四音節停頓後之下，不算連三平，故可不救。第四例則非救不可，否則謂之「犯孤平」，因為除句末不可移之韻腳平聲，它在五仄之中，逼促頗甚，非加以補救使之舒坦不可。「犯孤平」自古即為詩家大忌。第五六兩例為第五第六兩字之自救。

其可以隔句互救的情況，有以下四種：

(1) ×○|—||——|，○×—|——||—。

(2) ×○一丨一一一丨丨，○×丨一丨丨丨一一。

(3) 一一丨丨×○丨一丨，丨丨一一○×一丨一。

(4) 一一丨丨一×○丨丨，丨丨一一○×一丨一。

上邊四例，首二例可救可不救，緣故同上所述。三四兩例非互救不可，否則出句就顯得逼促，對句就顯得輕揚；而互救後上逼促下輕揚，在同一韻長中，就正好調述均衡了。

如就五言近體而言，則將右例去其開首兩字即可。因此五律隔句互救的情況就只有兩種。

由近體詩平仄律的構成和其變化原理，已可見前人對於音律由體悟分析而人工化已達到相當精密的程度。宋詞元曲繼唐詩之後，發展為曲牌體的長短句，其句長、韻長、聲調律、協韻律、對偶律、音節形式，雖因牌調不同而各自有別；但其體製規律，實以近體詩為基礎而變化衍生。

詞曲為體格近似的「兄弟」，詞的體製規律雖不及曲變化之多端，但其緊嚴則一。也因此，就人工音律所制定之語言腔調而言，文人欲循規蹈矩來譜寫，也頗見其苦。清楊恩壽《續詞餘叢話》卷二云：

> 填詞誠足樂矣，而其搜索枯腸，撚斷吟髭，其苦其萬倍於詩文者。曲詞一道，句之長短，字之多寡，聲之平上去入，韻之清濁陰陽，皆有一定不移之格，長者短一句不能，少者增一字不可。又復忽長忽短，時少時多，當平者用仄則不諧，當陰者換陽則不協。儘有新奇之句，因一字不合，便當毅然去之；非無捏湊之詞，為格律所拘，亦必隱忍留之。調得平仄成文，又慮陰陽反覆；分得陰陽清楚，又與聲韻乖張。作者處此，但能布置得宜，安頓極安，已是萬幸之事，尚能計詞品之低昂、文情之工拙乎？能於此種艱難文字，顯出奇能，字字在聲音律法之中，言言無資格拘攣之苦，如蓮花生在火上，仙叟奕於橘中，始

為盤根鑿節之才，八面玲瓏之筆，壽名千古，夫復何慚。92

楊氏真是道出了「語言旋律」在人工制限下，要造就其曲牌所要表現的特殊腔格的種種艱難，正與前文論「倚聲填詞」所引李漁《閒情偶寄》所言略同；因為每支曲牌都含有正字律、正句律、長短律、音節單雙律、平仄聲調律、協韻律、對偶律、語法律等八個構成因素，要處處牽就配合，自然不容易。但也因此，曲牌才有自家的腔調性格，有宜於悲、宜於喜、宜於歡、宜於怒、宜於愁，宜於敘事、宜於抒情、宜於遊覽等等的現象。

以下與「腔調」相關的問題尚有：「腔調」構成要素是哪些，「腔調」經由哪些載體呈現出來，歌唱者如何憑藉音色和口法運轉承載腔調的載體而產生「唱腔」，促使腔調變化的緣故有哪些，腔調既經流播會產生哪些現象。對於這些問題，就「戲曲音樂」的觀點來說，構成腔調的內在要素，自然也是構成「戲曲音樂」的語言基礎；而腔調的載體，事實上也是「戲曲音樂」所要表現的各體文學，而歌唱者運轉口法產生的「唱腔」，其實也是「戲曲歌唱音樂」最後所必須要呈現的。因此就將這三項從「腔調」論述中提出，以其第一項作為「戲曲音樂的語言基礎」，其另二項作為構成戲曲音樂的兩個元素，即「唱腔」與「戲曲歌樂的載體」另行論述。這裡只說明腔調本身的種種現象。

(二)促使腔調變化的緣故

腔調的根源既然在語言，而語言隨時空與社會階層的流動與差別而變易，那麼其腔調也自然跟著變化，變化中或者被淘汰而消失，或者被扶持而成長。王驥德《曲律・論腔調第十》云：

92 〔清〕楊恩壽：《續詞餘叢話》，《中國古典戲曲論著集成》第九冊，頁三〇四—三〇五。

夫南曲之始，不知作何腔調。沿至於今，可三百年。世之腔調，每三十年一變，由元迄今，不知經幾變更矣！大都創始之音，初變腔調，定自渾樸；漸變而之婉媚，而今婉媚極矣！舊凡唱南調者，皆曰「海鹽」。今「海鹽」不振，而曰「崑山」。「崑山」之派，以太倉魏良輔為祖。今自蘇州而太倉、松江，以及浙之杭、嘉、湖，聲各小變，腔調略同，惟字泥土音，開閉不辨。反譏越人呼字明確者為「浙氣」，大為詞隱所疵！詳見其所著《正吳編》中。甚至唱火作呵上聲，唱過為箇，尤為可笑！過之不得為箇，已載編中，而火之不可為呵上聲，詞隱猶未之及也。然其腔調，故是南曲正聲。數十年來，又有「弋陽」、「義烏」、「青陽」、「徽州」、「樂平」諸腔之出。今則「石臺」、「太平」梨園，幾遍天下，蘇州不能與角什之二三。其聲淫哇妖靡，不分調名，亦無板眼；又有錯出其間，流而為「兩頭蠻」者，皆鄭聲之最，而世爭羶趨痂，好靡然和之，甘為大雅罪人，世道江河，不知變之所極矣！[93]

王氏這段話說明以下五件事：其一謂南曲之始不知作何腔調，流傳到他寫作《曲律》時約三百年。而據及門李惠綿《王驥德曲律研究》[94]，王氏作〈曲律自序〉在萬曆三十八年（一六一〇），臨終《曲律》始付梓，王氏卒於天啟三年（一六二三），如此上推三百年，約為十四世紀初葉，當元仁宗在位皇慶、延祐年間（一三一二—一三二〇），而我們知道「永嘉戲曲」在南宋光宗紹熙間（一一九〇—一一九四）即已成立的南曲戲文，所用之腔

---

[93] 〔明〕王驥德：《曲律》，《中國古典戲曲論著集成》第四冊，頁一一七—一一八。

[94] 王驥德生於嘉靖三十九年（一五六〇），卒於天啟三年（一六二三），六十三歲。《曲律》自序於萬曆三十八年（一六一〇），時年五十歲，臨終《曲律》始付梓，見李惠綿：《王驥德曲論研究》，《國立臺灣大學文史叢刊》之九十（臺北：臺大出版委員會，一九九二）。

調自是「溫州腔」95。其二，「世之腔調，……定自渾樸；漸變而之婉媚，而今婉媚極矣！」如就崑腔發展史而言，可以說道出其演進規律；如就所有腔調而言，則未必如是。起碼弋陽腔就不是如此，詳下文。其三，王氏已目睹親歷崑山腔（其實他說的是水磨調，詳下文）因流播而「聲各小變，腔調略同。」而不免「字泥土音，開閉不辨」的毛病。其四，在他生活的數十年間，弋陽諸腔紛紛崛起，有壓倒崑腔的現象。則腔調之間有競爭有消長。其五，他是站在文人喜優雅的立場上來批評「不分調名，亦無板眼」靈活而運轉度更大的「石臺」與「太平」的地方腔調。96

1. 余從的觀點和補證

余從《戲曲聲腔劇種研究・戲曲聲腔》中特別說到〈聲腔發展的規律〉，他說：

> 一種聲腔，總是在一定的地域產生或形成的，具有當地語言與音樂的特色，也是一種地方戲。它向外地流傳，才有可能蕃衍發展。它的流傳，要靠戲班和藝人的流動演出；它的蕃衍發展，要靠戲班和藝人在新的地區定居和培養出當地的人材，這是決定性的因素。只有這樣，一種聲腔有可能在新的地區，發生音隨地改，與當地民間藝術的結合，演變為具有當地地方特色的聲腔或地方戲。97

---

95 見拙作：〈也談南戲的名稱、淵源、形成和流播〉，原載《中國文哲研究集刊》第一一期（一九九七年九月），頁一－四一，收入拙作：《戲曲源流新論》（臺北：立緒出版社，二〇〇〇），頁一一五－一八三。

96 王氏《曲律・論曲源第一》論南北曲之消長謂北曲盛於胡元一代，「迨季世入我明又變而為南曲」，對於北曲雜劇與南曲戲文之源生與推移，其見解亦錯誤，請參見拙著《戲曲源流新論》一書。

97 余從：《戲曲聲腔劇種研究》（北京：人民音樂出版社，一九八八），頁一六四。

余氏的觀點大抵言之成理，譬如說腔調的流傳要靠戲班和藝人的流動演出，此點可以胡淦《蜀伶雜志》所記蘇崑在四川的情況加以印證：

> 康熙二年，江蘇善崑曲八人來蜀，俱與宦幕寓成都江南館合和殿內。時總督某亦蘇人，因命凡宦蜀得缺者，酌予捐貲，提倡崑齣，以為流寓生計。蜀有崑曲自此始。然僅此邦宦幕坐唱而已，繼則知音見招漸多，學者略有其人。雍正間，署名曰「來雲班」亦未登臺。及乾隆初，蘇之商於蜀者，返蘇為之製戲箱，喚蘇伶數人來蜀，始登場演戲，正其名曰「舒頭班」，頗極一時之盛，學者亦多。[98]

可見川劇中之所以有「川崑」，實由蘇崑藝人入川演藝所致。然而對余氏所言，若仔細推敲，仍有兩個疑點：其一，余氏這裡所謂的「聲腔」應當指「腔調」而言，它固可用來歌唱地方戲曲，但在戲曲尚未形成小戲以前，它可能只依存在號子、山歌、小調、曲牌、套數和曲藝之中，所以它未必「也是一種地方戲曲」；其二，腔調的變化發展，未必只通過「向外地流傳」不可，譬如「崑山腔」在嘉靖以前止於「吳中」一隅，但也能發展提升為「水磨調」。又如近世越劇幾遍中國，而越劇並未與流傳地有所交化融合。然而他歸納「從戲曲史看聲腔流布外地，落地生根」的四種情況，則是頗為明確的。這四種情況：一是人口遷徙，戲班和藝人也隨之遷往新的地區。二是「戲路隨商路」，如徽商、贛商之帶動皮黃腔，山陝商之流布梆子腔。三是官員之「避籍」與「調遷」各地，其家班或鄉班也隨之而往，如崑腔之傳播，大多與此有關。四是民族民間傳統習俗，給戲班和藝人提供在農村活動的廣闊天地。[99]

---

[98] 轉引自馮光鈺：《戲曲聲腔傳播》（北京：華齡出版社，二〇〇〇），頁七。

[99] 余從：《戲曲聲腔劇種研究》，頁一六四－一六五。

對於余氏觀點，請補充以下資料以為佐證。

其一，就人口遷徙而言，譬如臺灣居民以來自福建、漳泉和廣東客家為主要，於是福建泉州之七子班、白字戲、布袋戲、傀儡戲，漳州之車鼓戲，客家之採茶戲也隨著移民在臺灣落地生根而成為臺灣的地方戲曲。又如清代康熙至嘉慶四個朝代有所謂「湖廣填四川」的大移民運動，以救四川天災人禍，從兩湖、兩廣、陝西、山西、福建、江西、江蘇、浙江等地移民達百餘萬人至四川，以兩湖兩廣為多。於此也促成崑山腔、高腔、皮黃腔、梆子腔、燈戲合而為一爐的「川劇」，亦即今之所謂「崑、高、胡、彈、燈」五腔共成的多腔調劇種。

其二，就戲路隨商路而言，李斗《揚州畫舫錄》卷五有云：

> 郡城自江鶴亭徵本地亂彈，名春臺，為外江班，不能自立門戶。乃徵聘四方名旦，如蘇州楊八官、安慶郝天秀之類；而楊、郝復採長生之秦腔，並京腔中之尤者，如【滾樓】、【抱孩子】、【賣餑餑】、【送枕頭】之類，於是春臺班合京秦二腔矣。[100]

江鶴亭是徽州歙縣的大鹽商，乾隆間在揚州長期擔任兩淮總商，由於他家財雄厚，乃有能力將揚州本地的亂彈使之與京秦二腔合流。又如《中國戲曲志・安徽卷》頁一七云：

> 由於徽商在山東扎根，從大運河北上的徽班就有落腳之靠。……現流行於泰安、萊蕪一帶的萊蕪梆子就是徽調與梆子結合的產物，保留著用吹腔、撥子、二簧、西皮演唱的〈水淹七軍〉、〈舉鼎觀畫〉、〈太白

[100] 〔清〕李斗撰，汪北平、塗雨公點校：《揚州畫舫錄》，收入《清代史料筆記叢刊》，卷五（北京：中華書局，一九六〇），頁一三一。

醉寫〉等一百出徽劇劇目。並有「徽班傳授」的說法世代相傳。又如湖南長沙，由於徽商成為當地商業的主要力量，有的與官員豪紳換帖、聯姻，有財有勢，於是徽班得以立足生根，致使徽調成為長沙湘劇的一部分。長期保存著原唱安慶調、高撥子、嗩吶二黃的〈偷雞〉、〈大長生樂〉、〈水淹七軍〉和〈龍虎鬥〉等劇目。[101]

其三，就官員鄉班而言，《中國戲曲志・湖南卷》頁一六有云：

> 乾隆十五年祁陽人陳大受曾任兩廣總督，後以冢宰入值軍機，其子輝祖（玉亭）乾隆後期又為廣西巡撫，輝祖豪奢，過的是「歌舞叢中酒肉腥」的生活。……因祁陽人在廣西做大官，故湖南一帶戲班去廣西演出者甚多。如郴州藝人劉鳳官於乾隆四十八年前後，名馳兩粵。乾隆以後，祁陽一帶戲班的藝人在桂林收徒傳藝的也很多。……祁陽戲藝人還可以同桂劇藝人同臺演出，至今往來密切。[102]

至於民間習俗對戲曲提供廣闊空間，可以說「迄今猶然」，不煩舉例。

余氏腔調流布外地落地生根的四種促成因素，雖然有其共性的看法，但是腔調流播後所產生的現象，和促使腔調變化的緣故，尚有許多種情況，卻是余氏所未暇顧及的。以下先說促使腔調變化的其他緣故。

促使腔調變化的緣故，雖然主要在於流播他鄉，但此外尚有以下四種情況：

2. 腔調因演唱方式而變化成長

---

[101] 參見《中國戲曲志・安徽卷》（北京：中國 ISBN 中心，一九九三），頁一七。

[102] 《中國戲曲志・湖南卷》（北京：文化美術出版社，一九九〇），頁一六。

清初劉廷璣《在園雜志》，卷三云：

舊弋陽腔，乃一人自行歌唱，原不用眾人幫合，但較之崑腔多帶白作曲，以口滾唱為佳。而每段尾聲仍自收結，不似今之後臺眾和，作喲喲囉囉之聲也。江西弋陽腔，海鹽浙腔，猶存古風，他處絕無矣。[103]

若此，則弋陽腔原來沒有幫腔，後來有了幫腔，腔調自然起了變化。又流沙《明代南戲聲腔源流考辨・四平腔與平調辨》第二節〈由高腔衍變的平調〉所云：

在弋陽腔後期的發展上，其幫腔特點的變化是非常突出的。……如江西青陽腔、浙江新昌調腔及四川川劇高腔等其幫腔都已經變成分段體的形式。以江西青陽腔為例：第一段由演員來唱，第二段由鼓師接腔，第三段才是其他伴奏人員（即司鈸、司鑼者）合幫。這種形式可能是青陽腔首創的。因為弋陽腔、四平腔等至今依然是齊幫形式。為區別於弋陽腔幫腔形式，青陽腔才將這種幫腔名之為「調腔」（或接調），所謂「調腔」就是接調高腔。……弋陽腔在後期產生的許多流派，不僅四平腔是根據幫腔特點來命名，而且諸如調腔和平調等名稱的確立，都和幫腔特點有關。[104]

後期的弋陽腔，其幫腔方式分作三段，由演員、鼓師和伴奏人員接調而唱，就變成了一種新腔調叫「調腔」，則

[103] 〔清〕劉廷璣：《在園雜志》，嚴一萍選輯：《叢書集成續編》之《遼海叢書》，第四集，卷五（臺北：藝文印書館，一九七一），頁一。

[104] 流沙：《明代南戲聲腔源流考辨》，收於王秋桂主編：《民俗曲藝叢書》（臺北：財團法人施合鄭民俗文化基金會，一九九九），頁九〇－九一。

因演唱方式改異，即有使腔調變化成長的情形。

再進一步從弋陽腔與京腔的關係來觀察。京腔是弋陽腔的重要流派，其共性是「金鼓喧闐，一唱眾和」。[105]王正祥《新定十二律京腔譜・凡例》有「三腔三調」[106]之說，流沙《明代南戲聲腔源流考辨・玖、京腔考》第三節〈京腔唱調形成與發展〉，對此「三腔三調」有他的看法：

> 綜觀三腔三調的產生，可以看出明代弋陽腔的發展大體上是經歷以下階段：在弋陽腔階段上，唱腔僅有「三調」並未出現「三腔」。現在江西贛劇所保存的未經改革的弋陽腔舊調，可算是其原始唱腔唯一代表。在符號標記上，弋陽腔只註明翻高調與落下調兩種。因為主要唱腔是流水板唱法，構成了古老弋陽腔的基本特徵。明代傳入北京的弋陽腔，最初必定是這樣的情況，在弋陽腔變成青陽腔的階段，其「三調」仍與弋陽腔相同。但是青陽腔受崑山腔影響較大，在唱腔節奏上開始講究板眼變化，不僅有慢板、緊板之分，而且還出現小板，如實板、漏板、開口板等。豈知這種開口板又分頂板、二字板、三字板、四字板等，而開口板唱法與京腔中的三腔是基本相同。由此可以證明，弋陽腔衍變成京腔的主要標誌就是三腔的形成。王正祥所謂「更為潤色」其腔，正是從板眼上入手，以增加唱腔旋律性，從而改變弋陽腔的流水板唱法。這種變化有可能是以後入京的青陽腔對其影響的結果。[107]

---

[105] 語出李聲振：《百戲竹枝詞》，見楊米人等著，路工編選：《清代北京竹枝詞（十三種）》，「弋陽腔」條小注，頁一五七。

[106] 見〔清〕王正祥：《新定十二律京腔譜・凡例》，收入《歷代曲話彙編：新編中國古典戲曲論著集成・清代編》，第二集（安徽：黃山書社，二〇〇九），頁一一九。

[107] 流沙：《明代南戲聲腔源流考辨》，頁二一五—二一六。

可見弋陽腔之變化而為京腔，主要是其歌唱方式由三調而至三腔的完成。

腔調因演唱方式改變有時會促使曲牌體變為板腔體。流沙《明代南戲聲腔源流考辨・徽池雅調淺談》第四節〈滾調發展與徽池雅調曲體變化〉，對此情況有所說明，他說：青陽腔與徽州腔的結合，進而在皖南形成著名的徽池雅調。徽池雅調是根據聲腔發展的需要，進一步發展了青陽腔滾調，從而創造一種新的曲體形式。和明代弋陽腔一樣，在安徽形成的青陽腔也是長短句體，其曲牌唱腔不僅有固定詞格而且還具有完備的板眼形式。這種唱腔雖然帶有滾調的唱法，但是有限的滾調詞句並不能影響整個曲牌的結構形式。而徽池雅調則大量增加滾調詞句，使青陽腔滾板在唱腔中占重要地位，使其固定的曲牌詞格無法保留而必須打破曲牌體結構，從而創造一種新的曲體有點類似板腔體的音樂形式：套板—（鑼鼓）—起調—疊板（正曲）—合頭或尾聲。事實上這種新的曲體只有起調和合頭（或尾聲）還保留原有曲牌的唱腔；也因此徽池雅調對於青陽腔原有曲牌名稱沒有保留的必要，有些出於徽池雅調的劇種，後來乾脆就用「青陽腔」作為曲牌的名稱，如山東柳子戲、大絃戲及山西萬泉清戲等，就有【大青陽】、【青陽】、【青陽死板】和【三板青陽】的名稱在劇本中出現。這顯然是高腔戲曲向板腔體發展的必然結果。108

3. 腔調由鄉村進入城市而發生變化

流沙《明代南戲聲腔源流考辨・四平腔與平調辨》第一節〈四平腔命名由來〉云：

現在贛劇弋陽腔俗名為「八平高腔」，實際上就是八個韻頭的高腔；而浙江婺劇中西安高腔（流行於衢州一帶）俗名為「四平高腔」，則是四個韻頭的高腔。……韻頭愈多，特色就愈強烈；反之，高亢激越的特

108 同上註，頁一六九—一七八。

色就被沖淡了。而弋陽腔為適應城市觀眾需要，在演唱風格上削弱其高亢激越的特色，最有效的辨法就是減少幫腔句的韻頭。所以稍變弋陽的四平腔，才能夠「令人可通」。[109]

可見弋陽腔由鄉村進入城市。為適應城市觀眾，乃減少幫腔句的韻頭以削弱其原本高亢激越的特色，乃謂之「四平腔」。

4. 腔調因藝術家唱腔改良而變化提升

著者在〈從崑腔說到崑劇〉一文中，有這樣的結論：

就崑山腔而言，其源生必與當地人群相源起。記載中的「顧堅」乃元末之聲樂家，曾以其「唱腔」改良過崑山腔；而「周壽誼」所歌的「月子彎彎照九州」，正以歌謠為載體所呈現的崑山土腔，所以明太祖視之為「村老兒」，而他既生於宋代，則可視此「土腔」於宋代即已如此。[110]

崑山腔在明代正德之前，和海鹽、餘姚、弋陽等腔調一樣，都只有打擊樂，祝允明甚為不滿，由於他是長洲人，所以對崑山腔「度新聲」，有所改革；他的改革應當偏向散曲清唱。另外陸采更作《王仙客無雙傳奇》從戲曲上提升崑山腔的藝術。這時的崑山腔在嘉靖間已經有了笛、管、笙、琶等管絃樂的伴奏，而且在邵燦《香

---

[109] 同上註，頁八六。

[110] 此文於二〇〇〇年十一月二十三日至二十四日，已在國立臺灣大學中國文學系所舉辦「臺靜農先生百歲冥誕學術研討會」上發表，收入《臺靜農先生百歲冥誕學術研討會論文集》（臺北：國立臺灣大學中國文學系，二〇〇一），頁一〇三—一五七。後收入拙作：《從腔調說到崑劇》，頁一七九—二六〇。

囊記》的影響之下，如沈采、鄭若庸、陸采等也附庸而興起駢儷化的風氣來。於是崑山腔在與海鹽、餘姚、弋陽並列為南戲四大腔調之餘，用崑山腔來演唱的明代「新南戲」劇本，被呂天成改稱作「舊傳奇」而著錄在他所著的《曲品》就有二十七本之多。這時的「崑劇」或「舊傳奇」劇本都已趨向優雅化了。

到了嘉靖晚葉魏良輔和梁辰魚更衣缽相傳的作為領導人，為崑腔曲劇更進一步的改革，創為「水磨調」；我們現在所謂的「崑曲」、「崑劇」，其實指的就是「水磨調」的嫡裔。

魏良輔創發「水磨調」是通過與同道切磋和對樂器添加改良而來的。那時過雲適、袁髯、尤駝三人是他的前輩。他自嘆不如過，而袁、尤二人則對他折服。和他同時的吳中善歌者有陶九官、周夢谷、滕全拙、朱南川、張小泉、季敬坡、戴梅川、包郎郎、陸九疇、宋美、黃問琴、周夢山、潘荊南、張梅谷、謝林泉，以及他的女婿張野塘，他的弟子安撝吉、周似虞、張新、吳芍溪、任小泉、張懷仙等，不是和他切磋，就是作為他的羽翼；他可以說是博取眾長而成就新猷的一代宗師。

崑山腔的樂器，在魏良輔之前已有笛、簫、笙、琶，他創發「水磨調」時又和他的同道加入了三絃、箏、阮等絃樂器，使之成為以笛為主的管絃眾樂合奏，一方面強化了「水磨調」的音樂功能，一方面也解決了「北曲崑唱」的扞格，從而成就了「聲則平上去入之婉協，字則頭腹尾音之畢勻；功深鎔琢，氣無煙火，啟口輕圓，收音純細」⑪，傳衍至今而最為高尚的中國傳統藝術歌曲「水磨調」。

梁辰魚直接繼承魏良輔衣缽，由於他為人風流豪舉，精於度曲，一絲不苟，名聲非常大；雖然同時的汪廷訥《獅吼記》、張鳳翼《紅拂記》、高濂《玉簪記》等也都以「水磨調」演唱；但終被梁氏所創作的散曲《江東

⑪〔明〕沈寵綏：《度曲須知》，《中國古典戲曲論著集成》第五冊，頁一九八。

白苧》和戲曲《浣紗記》所淹，而梁氏獨享「崑劇開山」之名。

5. 腔調也有由曲牌逐漸發展蛻化而形成者

腔調也有由曲牌逐漸發展蛻化而形成者，如流行於山西大同及雁北的「咳咳腔」，據說是由金元北曲【耍孩兒】蛻化而來；又如流行於河南及湖北東部、河北南部的「越調」，相傳為元明時北曲越調中的曲牌，結合當地民間小調並吸收弋陽諸腔曲調而形成。又如流行於山東、江蘇、河南、河北的「柳子腔」，一說是由明代絃索小曲【山坡羊】、【鎖南枝】、【黃鶯兒】、【駐雲飛】、【柳子】等發展而形成。

(三) 腔調流播所產生的現象

其次腔調也會因為流播而產生種種現象，那是因為腔調流播至某地與某地方言歌謠為載體的腔調，亦即土腔結合所引起的變化，其變化現象，據著者觀察，有以下九端：

1. 腔調流播至某地與某地腔調結合而本身為強勢者：

這種現象如徐渭《南詞敘錄》所云謂弋陽腔出於江西，兩京、湖南、閩廣用之；餘姚腔出於會稽，常、潤、池、太、揚、徐諸州用之；海鹽腔出於海鹽，嘉、湖、溫、台諸州用之。[112] 其所謂「用之」的地方，就是弋陽腔、餘姚腔、海鹽腔從其源生地流播的地方，而這些地方猶然「用之」，則可見三腔「勢力」雄於流播地的方言「土腔」，雖或因之略有變化，但總體仍在三腔體系之中。又如潘之恆在《鸞嘯小品》卷二〈敘曲〉（又見潘氏《亙史抄》）亦云：

112 〔明〕徐渭：《南詞敘錄》，《中國古典戲曲論著集成》第三冊，頁二四二。

魏良輔其曲之正宗乎？張小泉、朱美、黃問琴，其羽翼而接武者乎？長洲、太倉、崑山，中原之音也，名曰崑腔；以長洲、太倉皆崑所分而旁出者也。無錫媚而繁，吳江柔而清，上海勁而疏。三方者猶或鄙之；而毗陵以北達於江，嘉禾以南濱於浙，皆逾淮之橘，入谷之鶯矣。遠而夷之，勿論矣。間有絲竹相和，徒令聽熒焉；適足混其真耳，知音無取也。[113]

可見崑山腔流播到無錫、吳江、上海，雖然仍較強勢，但與當地方言歌謠之土腔融合之後就產生了「媚而繁」、「柔而清」、「勁而疏」的地方性特色，至於流播至更遠的「毗陵以北達於江，嘉禾以南濱於浙」等地方，則較諸長洲、崑山、太倉等蘇州核心的吳語地區，其情味又要更隔一層了。又譬如作為梆子腔源頭的秦腔，流播至陝西而有蒲州梆子（亦稱蒲劇）、中路梆子（亦稱晉劇，在太原）、北路梆子（亦稱代州梆子），又流播到河南而有河南梆子（亦稱豫劇）、南陽梆子、懷梆，亦流播到河北而有河北梆子，更流播到山東而有山東梆子、萊蕪梆子、東路梆子，而其往南流播於四川者則被稱作「亂彈」。

由以上所舉的例子，可以看出生命力強的腔調流播到各地，雖不免被當地方言土腔所影響，但皆能保持原本之特色，亦即均有構成「腔系」的能力。

2. 腔調流播至某地與某地腔調結合而本身為弱勢者：

這種情況，譬如魏良輔《南詞引正》云：

腔有數樣，紛紜不類。各方風氣所限，有崑山、海鹽、餘姚、杭州、弋陽。[114]

---

[113] 〔明〕潘之恆：《鸞嘯小品》，汪效倚輯注：《潘之恆曲話》（北京：中國戲劇出版社，一九八八），頁八。

[114] 此段引文未見於魏良輔《曲律》，獨見於吳崑麓校正、文徵明抄寫：《婁江尚泉魏良輔南詞引正》，轉引自路工：《訪書

魏氏所舉的這五種聲腔都用來歌唱南曲戲文，南曲戲文形成於南宋光宗紹熙間（一一九〇至一一九四）的溫州，自然用溫州腔演唱，後來流播到崑山、海鹽、餘姚、杭州、弋陽等地，由於溫州腔本身較諸流播地的腔調為弱勢，便被當地腔調所涵融而消失了。但溫州腔於宋度宗咸淳間（一二六五至一二七四）流播到江西南豐，仍稱「永嘉戲曲」，明指溫州腔較諸南豐土腔為強勢。[115]又如湯顯祖〈宜黃縣戲神清源師廟記〉云：

> 至嘉靖而弋陽之調絕，變為樂平，為徽、青陽。[116]

可見嘉靖年間弋陽腔流傳到樂平變為樂平腔，到徽州變為徽州腔，到青陽變為青陽腔。亦即弋陽腔被流播地所涵融而成為當地腔調的滋養和成分，其緣故亦因弋陽腔較諸為弱勢腔調。又清劉廷璣《在園雜志》云：

> 近今且變弋陽腔為四平腔、京腔、衛（當作「徽」）腔，甚且等而下之，為梆子腔、亂彈腔、巫娘腔、瑣哪腔、囉囉腔矣。[117]

看來弋陽腔雖然流播力強，但被涵融的情況也不少。

3. 腔調流播至某地與某地腔調結合而本身與之勢均力敵者：

聞見錄》，頁二三九。

[115] 見〔元〕劉壎：〈詞人吳用章傳〉，《水雲村稿》，《四庫全書珍本・四集》（臺北：臺灣商務印書館，一九七三），第二八九冊，別集類卷四，頁四－五。文中云：「至咸淳永嘉戲曲出，潑少年化之，而後淫哇盛，正音歇然。」

[116] 〔明〕湯顯祖：〈宜黃縣戲神清源師廟記〉，《明代文論選》（北京：人民文學出版社，一九九三），頁二八一。

[117] 〔清〕劉廷璣：《在園雜志》，嚴一萍選輯：《叢書集成續編》之《遼海叢書》，卷三，頁一。

如天柱外史《皖優譜》云：

> 降及盛清，安慶迺取二黃腔創製新聲，由石牌腔或樅陽腔之高撥子腔，成為徽調。[118]

可見石牌腔和高撥子在「徽調」中是並立的兩種腔調。又明嘉靖丙寅年（四十五，一五三五）刊刻有《重刊五色潮泉插科增入詩詞北曲勾欄荔鏡記戲文》，[119]則潮州調與泉州調可並用於戲文之中。又如巴陵戲以彈腔為主，兼唱崑腔。又眾所周知的西皮腔與二黃腔合流勢均力敵而稱為「皮黃腔」，以「皮黃腔」為重要腔調的劇種有京劇、徽劇、宜黃戲、漢劇、婺劇、安慶彈腔、湘劇、祁劇、贛劇、粵劇、廣東漢劇、閩西漢劇、桂劇、絲絃戲、川劇、滇劇、陝西漢調二黃、山西上黨二黃等，可見其西皮、二黃結合後之「複合腔」亦是強勢腔調，故可流播廣遠而自成腔系。

另外亦有三種以上腔調結合為一劇種而並存者，是為多腔調劇種，如衡陽湘劇、贛劇、荊河戲、祁劇皆兼容高腔、崑腔、彈腔三種腔調，辰河戲兼容高腔、低腔、崑腔、彈腔四種腔調，武陵戲兼容高腔、崑腔、彈腔（南北路）和雜腔小調，川劇兼容崑腔、高腔、胡琴腔、彈腔、燈戲五種腔調。

4.腔調雖經流播而仍保持原汁原味，亦即不被亦不受流播地語言腔調所影響者：

如越劇、黃梅戲、評劇等。

5.腔調有因受流播地影響而發生重大質變者：

---

118 程演生（別號天柱外史）：《皖優譜》（安徽：安徽省文化局劇目研究室翻印，一九三九年春撰者識於上海）。

119 〔明〕《重刊五色潮泉插科增入詩詞北曲勾欄荔鏡記戲文》，收入泉州地方戲曲研究社編：《荔鏡記荔枝記四種》（北京：中國戲劇出版社，二〇一〇）。

如明代中葉以後，由於南戲雅俗兩派聲腔的競爭，處在崑山腔前沿各地並且受其影響的弋陽腔，都發生不同的變化。此時，在浙江西部流傳的「弋陽武班」，唱的是變調的弋陽腔。這個腔調劇種，經過崑山腔的陶冶，採用海笛為伴奏並廢除人聲幫腔，在演唱風格上帶有濃厚的崑曲韻味，惟其唱調決不是崑山腔。[120]

又如湯顯祖〈宜黃縣戲神清源師廟記〉云：

> 我宜黃譚大司馬綸聞而惡之。自喜得治兵於浙，以浙人歸教其鄉子弟，能為海鹽聲。大司馬死二十餘年矣，食其技者殆千餘人。[121]

又明清間鄭仲夔《冷賞》卷四，「聲歌」條云：

> 宜黃譚司馬綸，殫心經濟，兼好聲歌。凡梨園度曲，皆親為教演，務窮其巧妙，舊腔一變為新調。[122]

可見譚綸帶到宜黃的「海鹽腔」，在譚綸的琢磨提升和宜黃本地腔調的影響下，「一變」而為「新調」，這「新調」雖未知名稱，但必是以海鹽腔為基礎引發頗大質變的新腔調，它當然就是曲牌體的「宜黃腔」，也就是湯顯祖「四夢」的原始腔調。[123]

---

[120] 見流沙：〈弋陽武班與低牌子考〉，《明代南戲聲腔源流考辨》，頁二六七。

[121] 〔明〕湯顯祖：〈宜黃縣戲神清源師廟記〉，《明代文論選》，頁二八一。

[122] 〔明〕鄭仲夔：《冷賞》，嚴一萍選輯：《原刻影印百部叢書集成》，第五一五冊（臺北：藝文印書館，一九六六年據清道光蔡氏紫黎華館重雕乾隆金忠淳輯刊《硯雲甲乙編》本影印），頁四。

[123] 見拙作：〈海鹽腔新探〉，《戲曲學報》第一期（二〇〇七年六月），頁三—二七；收入《戲曲腔調新探》（北京：文化藝

又如清初形成的宜黃腔，流行於撫州、饒州、贛州和閩西一帶。其曲調源於明末的西秦腔，曲調有嗩吶二犯和笛子吹腔，流傳到宜黃時，又受亂彈腔的影響，在板式和調式上都發生變化，二犯改徵調式，吹腔仍用宮調式，定調時都用凡字調，形成了自成一格的聲腔，故又稱二犯或二凡。康熙十八年（一六七九）徐治公《香草吟》傳〈綱目〉眉批已有「宜黃諸腔」的記載，乾隆年間一度易名為「胡琴腔」，又名「二黃腔」；這也就是西皮二黃中板腔體「二黃」的來源。[124]

6. 腔調也有因管絃樂器加入伴奏而變化易名者：

腔調初起，一般只有打擊樂節奏，沒有管絃樂伴奏，南戲五大聲腔溫州腔、海鹽腔、餘姚腔、弋陽腔、崑山腔都是如此。[125]等到加入管絃樂器後必然發生質變而提升藝術水準，如崑山腔在魏良輔之前已運用笛、簫、笙、琶，使之走上雅化的道路；到了魏氏又加入三絃、箏、阮而創發了「水磨調」。（見拙作〈從崑腔說到崑劇〉）

又及門陳芳〈「梆子腔」釋名〉云：

> 梆子腔之命名，係來自其特殊之擊節樂器——梆子。……梆子腔最早只使用打擊樂器，後來其主奏樂器加入吹管，「唱時不吹，吹時不唱」，又因受皮影戲等影響，再加入弦樂器。任光偉〈梆子聲腔探源——

術出版社，二〇〇九），頁一〇三—一一三。

[124] 見流沙：〈宜黃腔與二黃探源．宜黃腔三考〉，《宜黃諸腔源流播：清代戲曲聲腔研究》（北京：人民音樂出版社，一九九三），頁二九—七一。

[125] 見葉德均：《戲曲小說叢考》（北京：中華書局，一九七九），頁一—六七。

兼談戲曲板腔體製之形成與發展〉一文[126]研究指出，此後管樂（牌子曲）部分形成吹腔，弦樂部分則形成琴腔。[127]

可見原來只有打擊樂「梆子」的「梆子腔」，加入管樂而形成「吹腔」，加入絃樂而形成「琴腔」。

7. 腔調也有因合流而產生新腔者：

《綴白裘》第六集〈凡例〉云：

> 梆子秧腔即崑弋腔，與梆子亂彈腔，俗皆稱梆子腔。是編中凡梆子秧腔，則簡稱梆子腔；梆子亂彈腔，則簡稱亂彈腔。[128]

又李聲振《百戲竹枝詞》（作於乾隆二十一年至三十一年，一七五六－一七六六）〈亂彈腔〉云：

> 渭城新譜說崑梆，雅俗如何占號雙？縵調誰聽箏笛耳，任他擊節亂彈腔。[129]

原注云：「秦聲之縵調者，倚以絲竹，俗名崑梆，夫崑也而梆云哉？亦任夫人崑梆之而已。」據孟繁樹〈論乾、嘉時期長江流域的梆子腔〉一文[130]研究指出：出自弋陽腔之徽州腔，經由四平腔之過渡，開始削減原屬弋陽腔

[126] 此文見《中華戲曲》第四輯（一九八七年十二月），頁一五－二九。

[127] 陳芳：〈「梆子腔」釋名〉，《輔仁國文學報》第十四集（一九九九年三月），頁二二七。

[128] 鴻文堂《綴白裘》六集無〈凡例〉，此據寒聲：〈關於山陝梆子聲腔史研究中的一些問題〉，《中華戲曲》第二輯（一九八六年十月），頁一三二－一四五。

[129] 見楊米人等著，路工編選：《清代北京竹枝詞（十三種）》，頁一五七。

特點之人聲幫腔和靠腔鑼鼓，並採用笛子或嗩吶伴奏，逐漸產生一種新聲腔——崑弋腔。明末清初，南下的秦腔與崑弋腔在安慶附近同臺演唱，遂孕育了「梆子腔」。其結合方式有二種：一是以崑弋腔為主體，吸收秦腔的某些特點，形成「梆子秧腔」；二是以秦腔為主體，吸收崑弋腔的某些特點，形成梆子亂彈腔。所以梆子秧腔和梆子亂彈腔，都是秦腔往南流播後，與崑、弋二腔交流所產生的過渡性、綜合性聲腔。由於其偏重主體不同，故有秧腔與亂彈腔之區別。又因為其均為安慶班子所使用的聲腔，故訛音為「安慶梆子」以致合稱「梆子腔」。孟氏的研究可以說對這兩條資料作了最好的解釋。而由此可見秦腔（梆子腔）與崑弋合流因主客不同會產生綜合性新腔「梆子秧腔」和「梆子亂彈腔」，就好像崑腔、弋陽腔合流也會產生「崑弋腔」，崑腔、梆子腔合流會產生「崑梆腔」一般。

8. 腔調有因流播而導致名義混亂者：

對此，上文所引《綴白裘》六集〈凡例〉已可見出。李調元《雨村劇話》卷上（成書於乾隆四十年（一七七五）左右）云：

> 弋腔始弋陽，即今高腔，所唱皆南曲。又謂秧腔，秧即弋之轉聲。京謂京腔，粵俗謂之高腔，楚、蜀之間謂之清戲。向無曲譜，祇沿土俗，以一人唱而眾和之，亦有緊板、慢板。[131]

可見弋陽腔因流播地不同而有高腔、秧腔、京腔、清戲等異名同實的稱呼。陳芳〈「梆子腔」釋名〉一文，有這樣的結論：

[130] 此文見《中華戲曲》第九輯（一九九〇年三月），頁一四七－一六三。

[131] 〔清〕李調元：《雨村劇話》，《中國古典戲曲論著集成》，第八冊（北京：中國戲劇出版社，一九五九），頁四六。

「梆子腔」是明末清初新興的戲曲聲腔，乃以特殊之打擊樂器——梆子而得名。其音樂特質是高亢激昂。因產生於山陝豫之三角地帶，為古秦地，故又稱為「秦腔」。其最早形成之腔調劇種亦稱「秦腔」（陝西梆子）。後「秦腔」乃成為山陝梆子之專稱。至於「西秦腔」，又名「甘肅調」，則是以秦吹腔為基礎，產生於甘肅東部、陝西西部之戲曲聲腔。而魏長生第二次入京，風靡一時的「秦腔」，其實應是「琴腔」，即西秦腔傳入四川後，改吹管為弦樂者。此「琴腔」經由研究發現，乃係吹腔詞格所構成者。故琴腔與秦吹腔實為同一種音樂成分，只是伴奏樂器有弦樂與吹管之異，因此名稱不同。而清初所謂之「西調」，可能也就是這種秦吹腔所演唱的民歌小曲。所以，其與「琴腔」均為曲牌體長短句形式，非板腔體上下句形式之陝西梆子。又《綴白裘》中的「梆子腔」，顯然是江、浙劇壇地方戲曲之具體呈現，或為安慶班子流行時所搬演的劇目。其所使用之聲腔，皆為綜合性聲腔，又名「吹腔」（即石牌腔、樅陽腔）。正反映出秦腔（含西秦腔）南傳後，與崑弋腔交流的結果。以上花部諸腔，俱可以「亂彈」一詞作為代稱或統稱。因此，對於清人著作中的「梆子腔」，實應視上下文而予以適當之解讀，庶幾能透視「同名異義」或「同義異名」的真相。[132]

可見梆子腔之又名有秦腔、西秦腔、甘肅調、琴腔、吹腔、樅陽腔、石牌腔、梆子秧腔、梆子亂彈腔、安慶梆子、西調、亂彈等，如果不考證名實，真要使人如墜五里霧中。

9. 腔調流播既廣，其用自殊；流播既久，不免為新興腔調所取代：

前者如梆子腔流播的結果：

[132] 陳芳：〈「梆子腔」釋名〉，《輔仁國文學報》第十四集（一九九九年三月），頁二四四－二四五。

(1)作為單一梆子聲腔：如河南梆子。

(2)在多腔調劇種中，作為一個獨立腔調，有獨立之演出與傳統劇目：如川劇彈腔。

(3)與其他腔調結合，仍保有其特性：如浙江紹劇之二凡。

(4)與其他腔調結合，仍保有某些梆子因素：西皮。

(5)在一個劇種裡，雖作為一種腔調單獨使用，但未保留劇目與獨立演出形式：如京劇中之南梆子。

以上五點是陳芳於二〇〇〇年在本人所開設「戲曲史專題」課上報告〈「梆子腔」釋名〉，進一步對梆子腔被運用情況的分析和歸納。其他重要腔系應當也可以比照觀察。至於後者，則以顧起元《客座贅語》卷九所載〈戲劇〉條最為典型：

> 南都萬曆以前，公侯與縉紳及富家，凡有讌會、小集多用散樂：或三四人，或多人唱大套北曲，樂器用箏篆、琵琶、三絃子、拍板。若大席，則用教坊打院本：乃北曲大四套者，中間錯以撮墊圈、舞觀音，或百丈旗，或跳隊子。後乃變而用南唱：歌者祇用一小拍板，或以扇子代之；間有用鼓板者。今則吳人益以洞簫及月琴，聲調屢變，益發悽惋，聽者殆欲墮淚矣。大會則用南戲：其始止二腔，一為弋陽，一為海鹽。弋陽則錯用鄉語，四方士客喜閱之；海鹽多官語，兩京人用之。後則又有四平，乃稍變弋陽，而令人可通者。今又有崑山，較海鹽又為清柔而婉折，一字之長，延至數息；士大夫稟心房之精，靡然從好，見海鹽等腔，已白日欲睡，至院本北曲，不啻吹篪擊缶，甚且厭而唾之矣。[133]

[133]〔明〕顧起元：《客座贅語》，《四庫全書存目叢書》，子部小說家類第二四三冊，「戲劇」條（臺南：莊嚴文化事業有限公司，一九九五年據清華大學圖書館藏明萬曆四十六年自刻本），頁二四三—四三四。

據此可見明萬曆前後以南京為中心的南北曲與弋陽、海鹽、四平、崑山諸腔消長的情形。

由以上九項情況的說明，可以概見腔調一經流播，所產生的現象是頗為多樣而複雜的。

(四)古今重要腔系

近年著者留意「腔調」研究，有〈論說「腔調」〉、〈溫州腔新探〉、〈海鹽腔新探〉、〈餘姚腔新探〉、〈弋陽腔及其流派考述〉、〈梆子腔系新探〉、〈從崑腔說到崑劇〉（附錄：崑腔曲劇在臺灣）、〈皮黃腔系考述〉、〈四平腔的名義〉等九篇論文，實以〈論說「腔調」〉為基礎觀念。在臺北國家出版社分為《從腔調說到崑劇》[134]和《戲曲本質與腔調新探》[135]兩書出版，又在北京文化藝術出版社，將此二書之「腔調」部分合為一書，題作《戲曲腔調新探》[136]。本章即以其結論為根據，補充相關資料來說明四大腔系及其音樂特色，讀者鑑之。

1.古代重要腔系

文獻上可見之重要腔系，而今日已衰落者有溫州腔系、海鹽腔系、餘姚腔系。

(1)溫州腔系：

腔調是方音以方言為載體的語言旋律，只要一群人久居某一地方，就會形成方音、方言，而有該地特殊的「腔調」，即「土腔」。溫州之永嘉是南曲戲文的發祥地和形成地，如果說不用當地的方音、方言腔調歌唱，是不可能的。何況從許多資料可以看出這種號稱「戲文」或「戲曲」的大戲體製劇種，在成立之後，仍以「永嘉」

[134]《從腔調說到崑劇》（臺北：國家出版社，二〇〇二），共三百一十四頁。

[135]《戲曲本質與腔調新探》（臺北：國家出版社，二〇〇七），共三百四十四頁。

[136]《戲曲腔調新探》（北京：文化藝術出版社，二〇〇九），共三百五十頁。

為大本營。但學者除葉德均《戲曲小說叢考・明代南戲五大腔調及其支流》主張有溫州腔獲得少數人贊同外，均因為文獻無徵，不承認有溫州腔；連明萬曆間的王驥德於《曲律》卷二〈論腔調第十〉也說「夫南曲之始，不知作何腔調，沿至於今，可三百年。」137其故皆因不明腔調源生之故，以及腔調向外流播之方。

祝允明所說「溫浙戲文之調」，其實證實了有溫州腔調的存在。就文獻證據而言，事實上更進一步說明了溫州腔在祝允明的時代（明英宗天順四年至世宗嘉靖五年，一四六〇－一五二六），還流播在外；溫州與永嘉，或為郡名，或為府名，古今地名之異，其實相同。故稱溫州腔或永嘉腔，其實不殊。而我們知道南曲戲文初起時是號稱「鶻伶聲嗽」的永嘉鄉土歌舞小戲，時在北宋徽宗宣和間（一一一九－一一二五），用的自然是永嘉土腔；北宋南渡之際（一一二七）汲取「官本雜劇」，益以詞樂，稱「永嘉雜劇」；既冠以「永嘉」，可見已有流播在外的能力，而被流播地之人稱作「永嘉腔」。到了南宋光宗紹熙間（一一九〇－一一九四），永嘉雜劇又汲取說唱文學如說話、唱賺、覆賺等，發展為大戲，或稱戲文，或稱戲曲。永嘉腔即以之為載體，有流播到福建莆田、泉州、漳州等地的跡象，於度宗咸淳間（一二六五－一二七四）有流播到浙江杭州、江西南豐、江蘇吳中的記載。流播到莆田的為莆仙戲，到泉州的為泉州梨園戲，流播到杭州的後來有杭州腔，到蘇州的後來有崑山腔。依腔調流播與當地土腔接觸後的慣例，顯然永嘉腔比起莆田、泉州、杭州、蘇州等地的土腔，「生命力」薄弱些，故被當地土腔涵容者，則稱「莆仙戲」、「泉州梨園戲」；被當地土腔涵容而又進一步由此再傳播他處者，則稱「杭州腔」、「崑山腔」。永嘉腔傳播到江西南豐仍稱作「永嘉戲曲」，可見永嘉腔之「生命力」強於南豐土腔而將之涵容。

137 〔明〕王驥德：《曲律》，《中國戲曲論著集成》第四冊，頁一一七。

戲文用永嘉腔演唱，大致保存到憲宗成化間。而今日之「永嘉崑」，則尚保存頗為濃厚的溫州戲文之面貌。

(2)海鹽腔系：

海鹽腔之見於記載，早在戲文初成的南宋中晚葉，亦即寧宗時音樂家循王張鎡曾到海鹽，由他和他的家樂以唱腔提升過，又於元代中晚葉被海鹽人楊梓父子以唱腔提升過；其載體前者為詞調或戲文，後者為南北散曲或戲文。海鹽腔在明憲宗成化至世宗嘉靖間（一四六五－一五六六）最為盛行；其流行地有浙江之嘉興、湖州、溫州、台州；江西之宜黃、南昌；江蘇之蘇州、松江；湖北之襄陽；安徽之徽州，以及山東之蘭陵，乃至於雲南永昌衛。由於其聲情清柔婉折，又向官話靠攏，故也流播兩京，為士大夫所喜愛，每用於宴會中之戲文演出，伴奏則但用鑼鼓板等打擊樂而無管絃幫襯，此時的海鹽腔也出現了一些名演員，如金鳳、順妹、彩鳳、金娘子等，也有一些劇目如《鳴鳳記》、《玉環記》、《雙忠記》、《韓熙載夜宴》、《四節記》等。萬曆（一五七三）以後雖遺響猶存，但已逐漸被魏良輔等所創發的崑山水磨調所取而代之了。今日雖尚有蛛絲馬跡可尋，但不似水磨調之一脈薪火，綿延不絕。

(3)餘姚腔系：

餘姚腔自然也有餘姚土腔，而其見於記載者，最早為成化間（一四六五－一四八七）陸容《菽園雜記》卷一〇謂「紹興之餘姚……有習為倡優者，名曰『戲文子弟』，唯良家子不恥為之。」❶❸❽則成化間，餘姚已與浙江之海鹽、慈溪、黃巖、永嘉等地，皆為戲文之流播地，自然起碼以餘姚土腔歌唱戲文。

另祝允明《猥談》「歌曲」條，❶❸❾已可見孝宗弘治至武宗正德間（一四八八－一五二一），餘姚腔已與海鹽

❶❸❽〔明〕陸容：《菽園雜記》（北京：中華書局，一九八五），頁一二四。

❶❸❾參見〔明〕祝允明：《猥談》，收入〔明〕陶珽編：《說郛續》，見《說郛三種》，第十冊「歌曲」條（上海：上海古籍

腔、弋陽腔、崑山腔並列為四大聲腔。

而嘉靖三十八年（一五五九）之徐渭《南詞敘錄》，已可見彼時「稱餘姚腔者」，出於浙江會稽（今紹興），而流播於江蘇常州（今武進）、潤州（今鎮江）、揚州（今江都）、徐州（今銅山），安徽池州（今貴池）、太平州（今當塗）。[140]可見餘姚腔除發祥地浙江紹興府外，嘉靖間（一五二二－一五六六）已風行於皖南、蘇南和蘇北；若較諸尚囿於吳中之崑山腔而言，實已偉然蔚為大國。

此外，只能從一些資料考察其跡象。戴不凡之「餘姚腔」說[141]以及周大風「調腔為餘姚腔」說，[142]皆可商榷，難以令人信服。

2. 現代重要腔系

(1)崑山腔系：

對於崑山腔系，有如上文所述：

只要崑山有居民有語言就會產生具有一方特色的「腔調」，但一般只稱作「土音」或「土腔」，必等到具有流播他方之能力，才會被冠上源生地作為稱呼；至若見諸記載者，則其聲名與影響力必已相當顯著可觀。而腔調之載體又必須通過口腔傳達其語言旋律，則腔調之提升也必須經由某聲樂家「唱腔」之琢磨。因此，就崑山

出版社，一九八八），頁五，總頁二〇九九。

[140] 〔明〕徐渭：《南詞敘錄》，《中國古典戲曲論著集成》第三冊，頁二四二。

[141] 參見戴不凡：〈論「迷失了的」餘姚腔——從四個餘姚腔劇本的發現談起〉，《戲曲研究》第一輯（一九八〇年七月），頁二七一－七八。

[142] 參見周大風：〈實事求是地對待劇種源流問題〉，《藝術研究資料》第一輯（杭州：浙江省藝術研究所，一九八一）。

腔而言，其源生必與當地人群相源起。記載中的「顧堅」乃元末之音樂家，曾以其「唱腔」改良過崑山腔；而「周壽誼」所歌之「月子彎彎照九州」，正是以歌謠為載體所呈現的崑山土腔，所以明太祖視之為「村老兒」，而他既生於宋代，則可視此「土腔」於宋代即已如此。明正德（一五〇六－一五二一）之前，祝允明和陸采都改革崑腔「度新聲」，嘉靖（一五二二－一五六六）晚葉魏良輔和梁辰魚更衣缽相承，領導崑腔曲劇進一步改革，創為「水磨調」；我們現在所謂的「崑曲」、「崑劇」，其實指的就是以「水磨調」為腔調的嫡裔。而魏氏功在曲，梁氏功在劇。梁氏之「崑劇」，就戲曲體製劇種而言，至此已完成「北曲化」、「文士化」、「水磨調化」等三化，乃由南戲蛻變而為「傳奇」。所以，我們必須弄清楚「崑山土腔」、「崑山腔」、「水磨調」、「崑曲」、「崑劇」、「傳奇」等學術名詞的命義和內涵，然後才能明確的探討「從崑腔到崑劇」的發展過程；尤其要弄清楚所謂「崑腔」，就其廣義而言，實包括「崑山土腔」、「崑山腔」、「水磨調」三個演進階段，即就「崑劇」而言，亦有廣狹二義，廣義指「水磨調」創發之前用崑山腔歌唱的「南戲」和其後用「水磨調」歌唱的戲曲；其狹義自是今日專指用「水磨調」歌唱的戲曲。

崑山水磨調在魏、梁之後，為之改良和薪傳的仍大有人在，譬如有「青出於藍」之譽的「南馬頭曲」就是張新、趙瞻雲、雷敷民三人所改革的成果；他們和小泉翁、顧茂仁、顧靖甫、陳元瑜、謝含之、李季膺、思笠等人都是魏氏嫡派。

崑山「水磨調」流傳至今已有四百幾十年，經歷不同時空，自然有所發展流播和盛衰變化。早在魏良輔改革崑山腔為水磨調之後不久，就因為流播地域不同，而有變異的聲情氣格。如上文如云，潘之恆《鸞嘯小品》卷二〈敘曲〉（又見潘氏《亙史抄》）可見崑山腔流播到無錫、吳江、上海，雖然仍較強勢，但與當地方言歌謠土腔融合之後就產生了「媚而繁」、「柔而清」、「勁而疏」的地方性特色，至於流播至更遠的「毗陵以北達於江，嘉禾以南濱於浙」等地方，則較諸長洲、崑山、太倉等蘇州核心的吳語地區，其情味又要更隔一層了。

而時至今日，其以「水磨調」（一般仍稱作崑腔）為單腔調劇種者，仍有江南蘇州、南京、上海、杭州的「南崑」，北京和河北的「北崑」，浙江溫州的「永崑」，浙江金華的「金崑」，浙江寧波的「甬崑」，浙江宣平的「宣崑」，浙江台州的「台州崑」，湖南郴州的「湘崑」等，另外還有晉崑、滇崑、徽崑、贛崑、郴崑諸名號。其以之結合其他腔調而為多腔調劇種者，則有四川省的川劇，湖南省的衡陽湘劇、祁陽戲（亦稱祁劇）、辰河戲、武陵戲、荊河戲、巴陵戲，山西省的四大梆子中路、蒲州、北路、上黨，江西省的贛劇，廣西省的桂劇，廣東省的粵劇、正字戲，浙江省的婺劇等等劇種中所具有的崑腔，以及京劇中的崑曲；可見崑腔尚能與高腔、梆子、皮黃三腔並立為我國近現代四大腔系。而當前大陸六大崑劇團衣缽已渡海東傳，崑劇在臺灣已扎根播種成立劇團，有「水磨劇團」、「臺灣崑劇團」、「蘭庭崑劇團」、「台北崑劇團」、「絲竹京崑劇團」、「曾韻清京崑劇團」、「賞樂坊」、「詠風劇坊」、「1/2Q 劇場」等九個與崑劇相關的業餘劇團。以下簡介崑腔腔系之支派腔調及其載體劇種。

1. 南崑：相對於「北崑」而言。原指中國南方以蘇州為中心的吳語地區，即江蘇省、上海市和浙江省杭州、嘉興、湖州，以及紹興一帶的崑曲演唱風格。今以在上海的崑劇團為「上崑」，以在杭州的為「浙崑」，在蘇州的為「蘇崑」，而在南京的「江蘇崑劇院」獨得「南崑」之名。

2. 北崑：相對於「南崑」而言，原指中國北方以天津、北京為中心，所流行的各種崑腔流派的總稱。今專指「北方（京）崑劇院」的簡稱。

3. 湘崑：蘇崑自蘇州傳入湖南長沙、常德、衡陽、郴州、桂陽，約自明隆慶萬曆間，一九五七年正式定名為「湘崑」。今以在郴州的「湖南崑劇團」為代表。

4.甬崑：約在明末清初崑腔流入杭、嘉、湖州以後，向浙東甬江之濱（寧波地區）發展所形成。一九三四年散班消亡。

5.金崑：亦稱「婺州崑腔」、「金華草崑」，流行於婺州（金華）、處州（麗水）、衢州、嚴州（建德）等地。一九五一年解散湮沒。

6.永崑：即「永嘉崑」之簡稱，又稱「溫州崑」、「溫崑」。崑腔傳入永嘉，約在明萬曆間。今以《張協狀元》名聞遐邇。

7.台州崑：台州位於浙江沿海中部，現轄椒江市和臨海、天台、仙居、黃岩、溫嶺、三門、玉環七縣。今尚能於台州亂彈中覓其餘緒。

8.宣崑：為金華草崑之支脈。金華崑衰落後，卻在宣平縣保存其最後一脈，故稱「宣崑」，一九六九年消亡，保留餘緒於武義婺劇團中。

9.晉崑：原指流傳在山西的崑腔體系，今指山西四大梆子上黨、蒲州、中路（晉劇）、北路（代州梆子）之崑劇劇目、腔調和演藝。

10.川崑：原指流播於四川省的崑腔體系，約在清康熙間傳入。今用指川劇中的崑曲。

11.滇崑：原指流播於雲南的崑腔體系，明永樂間已傳入。今用指滇劇中的崑曲。

12.贛崑：原指流播於江西省的崑腔體系，清順治間已傳入。今謂以「東河戲」為例，其腔調含崑、高、亂，就中之「崑」，即可謂之「贛崑」。

13.徽崑：原指流播於安徽省之崑腔體系。明萬曆間，崑腔自蘇州南京傳入宣城、徽州、青陽、池州、安慶一帶，與當地土腔合流，產生「時調青崑」、「徽池雅調」、「崑池新調」、「南北官腔」等，道光末，徽班終於「盡變崑曲」而改唱亂彈，只在徽劇和京劇中保留一些崑劇劇目。

崑山腔自魏良輔改良創製水磨調後流播地方，或為單腔調新劇種，或與其他腔調並為多腔調劇種；雖然腔調聲情特色因之而有所質變，但「講究口法，輕柔婉約」才是崑山水磨調的基本質性，據此也才能名副其實的稱作中國戲曲藝術的「精緻歌曲」，也只有這樣的精緻歌曲，才能在臺灣衍生出多采多姿的崑腔戲曲文化。

聯合國教科文組織於二〇〇一年五月十八日公布「人類口述和非物質遺產代表作」十九項中，中國崑曲亦被列入其中。這些獲選的冷僻文化遺產，將可向聯合國申請經費，協助保存，並振興這些傳統，以免消失在時代潮流之中。143 則崑腔曲劇已被人類列為必須保存的共同文化遺產，我們作為中國人的，焉能不予以重視而努力薪傳。

而本人已有新編崑劇《梁祝》、《孟姜女》、《李香君》、《曲聖魏良輔》、《蔡文姬》、《韓非、李斯、秦始皇》等六種，由臺灣國光劇團、戲曲學院京劇團、南京江蘇省崑劇院、北京北方崑劇院、崑山崑劇團委託創作演出，或巡迴公演於臺北、北京、上海、鄭州、蘇州、杭州、廈門、佛山、崑山等城市；又本人亦以中華民俗藝術基金會執行長、董事長之身分，大力辦理傳習計畫十年，錄製六大崑劇團經典劇目一百三十五齣，撰文三十五篇，學術專書一種《從腔調說到崑劇》；則本人對於崑腔曲劇之維護、推廣與提升，蓋亦可謂「不遺餘力」矣。

(2)皮黃腔系：

皮黃腔是西皮、二黃兩腔結合並存的複合腔調。

西皮腔與襄陽調、楚調為同實異名。論其根源則為山陝梆子流入湖北襄陽，與襄陽土腔結合，山陝梆子腔

143 見美聯社巴黎十八日電，《聯合報》民國九十年五月二十日，「文化版」。

被襄陽土腔所吸收涵容，其流播他方時，因楚為湖北之簡稱與古稱乃名之為「楚調」，又因其實際形成於襄陽，故又被稱作「襄陽調」；而湖北人習慣稱唱詞為「皮」，經常說「唱一段皮」、「很長的一段皮」，乃因其襄陽調實質上含有濃厚的山陝梆子成分，實由西方傳入，所以簡稱之為「西皮」。「西皮調」最早的記載見諸明崇禎間（一六二八－一六四四）刊本《梅雨記》，那時已流行大江南北。此外西皮腔之流播，從文獻考察可知康熙間（一六六二－一七二二）流入江蘇、福建，乾隆間（一七三六－一七九五）又擴及廣東、浙江、四川、雲南、貴州、江西等省。

二黃腔實出江西宜黃，為明萬曆（一五七三－一六一九）間向外流播的西秦腔二犯傳至宜黃，為宜黃土腔所吸收涵容而再向外流播，於康熙間至北京被稱作「宜黃腔」[144]；但流播至江浙，由於當地方言音轉訛變之關係，其稱呼乃有「宜黃」、「宜王」、「二黃」、「二王」四種寫法，終於以「二黃」最為流行，乃失本來名義，而有種種附會的說法。宜黃腔在康乾（一六六二－一七九五）之際，已在北京和花部諸腔並嶄頭角。康熙十七年（一六七八）前後，宜黃腔早已流播到江浙，也應當在乾隆之前流入安徽和湖北。

西皮二黃兩腔的合流，在乾隆間應是首先在湖北襄陽，其次在北京和揚州。

乾隆五十五年（一七九〇）為慶祝皇帝八十大壽，高朗亭率三慶徽班晉京，合京秦二腔於班中；其後又有四喜、和春、春臺入京，合稱四大徽班。乾隆末至嘉慶初（一七九六），徽班主要仍以皮黃合京秦二腔演出，其後逐漸側重皮黃，終以皮黃為主，並吸收四平調、崑腔、羅羅腔以及諸腔小調，演員於是達成「文武崑亂不擋」的境地，更打破由旦腳擔綱的格局改由以生行為主，於道光二十年（一八四〇）前後，皮黃在北京京化完成，

[144] 這裡的「宜黃腔」是西秦腔系，為詩讚板腔體；與萬曆以前由海鹽傳到宜黃而質變的「宜黃腔」之為詞曲曲牌體有別。詳見拙作：〈海鹽腔新探〉，《戲曲腔調新探》，頁一〇三－一一三。

出現程長庚、余三勝、張二奎「老三鼎甲」標誌著皮黃戲的成立；又經過咸豐、同治至光緒（一八五一－一九〇八）之提升與流播而有譚鑫培、汪桂芬、孫菊仙「新三鼎甲」使京劇達到成熟的時期。

皮黃合流在北京形成京化的皮黃並以之為主腔的京劇外，也向全國各地流播：其為單純之皮黃劇種者有：湖北漢劇、鄂北山二黃、湖北荊河戲、湖南常德漢劇、江西宜黃戲、江西九江亂彈、福建閩西漢劇、閩東北北路戲（福建亂彈）、福建南平南劍戲（亂彈）、福建三明小腔戲（土京劇）、廣東廣州粵劇、廣東潮州漢劇、廣西桂林桂劇、廣西南寧邕劇、廣西賓陽馬山一帶絲絃戲、陝西安康漢調二黃、山西上黨皮黃、山東鄆城等地棗梆等十八種。

其與諸腔雜奏者有：徽戲、江蘇高淳徽戲、江蘇揚州徽戲、江蘇里下河徽戲、浙江金華徽戲、浙江溫州亂彈、浙江平陽和調班、浙江黃岩亂彈、浙江諸暨亂彈、湖北鄂西南劇、湖北崇陽堂劇、湖南長沙湘劇、湖南祁陽祁劇、湖南岳陽巴陵戲、湖南瀘溪等地辰河戲、湖南衡陽湘劇、江西贛劇、江西廣昌盱河戲、江西東河戲、江西修水寧河戲、江西星子九江亂彈、江西吉安戲、閩西北梅林戲、廣東海陸豐西秦戲、廣東潮州戲、廣東瓊州瓊劇與排樓戲、臺灣亂彈戲、川劇、雲南滇劇、貴州本地梆子、貴州興義布儂戲、陝西安康漢調二黃、陝西安康漢陽等地大筒戲、山西晉城上黨梆子、山東章丘梆子、山東萊蕪梆子、山東魯西南等地柳子戲等卅七種。

由此可見皮黃腔系對近代地方戲曲影響之大。

西皮、二黃這兩種腔調在襄陽、揚州與北京合流，而誠如張民〈從京劇聲腔的構成看戲曲風格的統一〉所云，京劇的成立必須由皮黃的合流到統一才算完成。他說：

京劇是個多聲腔的劇種，包括西皮、二黃、南梆子、四平調、高撥子、崑曲、吹腔、羅羅腔（南鑼）以及其他雜腔小調，真可謂兼收並蓄。……京劇的各種聲腔，由於來源不同，風格不同，因而經歷了一個由不統一到統一的漫長歷程。乾隆五十五年（一七九〇）徽班進京，帶來二黃諸腔，又吸收京腔、秦腔，為京劇的成形奠定了基礎。道光二十年（一八四〇）前後，出現程長庚、余三勝、張二奎「老三鼎甲」，標誌著京劇的形成。又經過咸豐、同治到光緒（一八五一—一九〇八），出現譚鑫培、汪桂芬、孫菊仙「新三鼎甲」，京劇達到成熟時期。京劇的各種聲腔，就是在這漫長的歲月裡，互相影響，互相吸收，逐漸融合起來的。……二黃和西皮，一南一北，原本也是不統一的。為什麼原來不統一的西皮、二黃能夠統一起來呢？這是因為經過長期合演，互相影響，互相吸收，它們有許多共通之處。例如，它們的音樂體製相同為板式變化體（板腔體），板式的種類大體相同（二黃比西皮少些），同類板式的性能也相同（如原板、慢板等）。唱腔的結構大體相同，都是以上、下為一組（結構單位），每句包含三個分句，有過門連接。唱腔的旋法相同，某些曲調可以說是西皮、二黃共有的。正因為如此，從總體上來說，它們的風格是諧調的。但是它們畢竟是一南一北，情調有所不同，風格有所差異，一般來說，西皮剛勁明快，二黃柔和深沉。京劇在腔調的使用上，很注意這個特點。凡是表現悲傷、感嘆、深沉的感情，多用二黃，如《搜孤救孤》、《桑園寄子》等戲全用二黃。凡是表現慷慨激昂、歡快活潑的感情，多用西皮，如《穆柯寨》、《轅門斬子》、《白門樓》等戲全用西皮。根據內容的需要，一出戲也可以一半西皮，一半二黃，如《捉放曹》、《逍遙津》等戲。當然我們不能機械地規定一出戲一定西皮到底或二黃到底，或各占一半，而是要從內容出發選擇腔調，同時注意風格問題，不能隨便亂用。皮黃的統一，形成了京劇的基本風格，包括音韻、唱法、旋法、伴奏等因素，其他聲腔都按照這個基本風格向皮黃戲靠攏。145

可見西皮、二黃能成為複合腔調，主要因為論其根源同屬梆子腔系，質性基本相近，而西皮剛勁明快，二黃柔和深沉，又可以互補有無，相得益彰。如此再進一步兼容並蓄而成為多腔調劇種，並從中調和京音與湖廣音，乃終於成為近代中國的代表劇種京劇。

(3)高腔腔系：

說到高腔腔系，就必須由弋陽腔談起，因為乾隆間，弋陽腔改稱高腔。

弋陽腔在明代五大腔系中，流播最廣，以其俚俗「其調喧」而最為撼動人心，最為廣大群眾所喜愛；也因此始終為士大夫所倡導的崑山水磨調所欲抗衡而實質上望塵莫及。而也由於其庶民的活力非常強大，所以也往青陽腔、徽池雅調、高腔、京腔不斷的發展，迄今猶然潛伏流播於各地方劇種之中。

弋陽腔的流播，據林鶴宜《晚明戲曲劇種及聲腔研究》[146]，謂江西弋陽腔在晚明所形成的龐大聲腔群包括：江西本地的樂平腔、贛劇高腔、撫河戲、盱河戲、寧河戲和袁河戲高腔，安徽徽州腔、四平腔、太平腔、青陽腔，浙江松陽高腔、西吳高腔、侯陽高腔、瑞安高腔，湖南湘劇、祁劇、常德漢劇、衡陽湘劇和巴陵戲的高腔，以及福建大腔戲、詞明戲，廣東瓊劇，河北京腔，山東藍關戲等。

而乾隆間，弋陽腔既然改稱「高腔」，則其後名為高腔者，自有可能為弋陽腔之流派。流沙〈高腔與弋陽腔考〉[147]認為以下皆為高腔劇種：

一、與青陽高腔有關的，有山東柳子戲青陽高腔、安徽南陵目連戲高腔和岳西高腔、江西都昌湖口高腔、

---

[145] 張民：〈從京劇聲腔的構成看戲曲風格的統一〉，《戲曲研究》第十二輯（一九八四年六月），頁二四八－二五〇。

[146] 見林鶴宜：《晚明戲曲劇種及聲腔研究》（臺北：學海出版社，一九九四），頁七一。

[147] 流沙：〈高腔與弋陽腔考〉，收入於《明代南戲聲腔源流考辨》，頁七八－七九。

湖北大冶麻城高腔和四川川劇高腔等。

二、與四平高腔有關的，有浙江婺劇西安高腔、新昌調腔四平腔、福建閩北四平戲高腔等。

三、與徽池雅調有關的，有浙江新昌調腔、福建詞明戲、廣東正音戲、湖北襄陽鍾祥清戲（亦名高腔）。

四、與義烏腔有關的，有浙江婺劇侯陽高腔、西吳高腔等。

五、與弋陽腔有關的，有江西贛劇、東河戲高腔、安徽徽州湖南辰河祁劇之目連戲高腔等。

此外還有湖南長沙高腔、北京京腔。合林、流二氏之說觀之，可見弋陽腔雖係俚俗，但扎根鄉土，與廣大群眾生活息息相關，故流播廣遠，雖百變而不失其宗。

那麼，高腔的名稱又是從何而來的呢？對此，陸小秋、王錦琦〈論高腔的源流〉更有詳細的解釋：

入清以後，由於多種原因使宮廷、皇族及士大夫階層所蓄的崑劇家班先後遭到解體，崑劇藝人不斷流入民間，並開始與「弋腔」藝人合班同臺演出，到乾隆時這種情況愈見普遍。在一般人看來，崑、弋兩種同屬曲牌體的唱腔其最明顯的差別便是腔調有高、低之分（這裡所說的「高」、「低」，並非物理學範疇聲音頻率的高、低，而是屬於戲曲觀眾審美概念範疇的習慣用語。「高」實指「金鼓喧闐，一唱眾和，其調喧」，即音量很大的意思），於是在藝人和廣大觀眾中便出現了「高腔」、「低腔」（辰河戲稱崑腔為低腔）這兩種俗稱。李聲振於乾隆二十一年至三十一年間寫成的《百戲竹枝詞》在第一首「吳音」及第二首「弋陽腔」這兩個名目之後均作了注解，對「吳音」的注解是：「俗名崑腔、又名低腔，以其低於弋陽也。……」對「弋陽腔」的注解是：「俗名高腔，視崑調甚高也。金鼓喧闐，一唱數和。……」這兩條注解非常形象地說明了「高腔」這一名稱的由來。後來，高腔這個稱呼日益普遍，至乾隆末期，幾乎完全取代了「弋陽腔」這個名稱而成為南戲系統除崑腔以外所有腔調劇種的泛稱。[148]

這樣的解釋不止有憑有據，而且是合乎歷史事實的。但是陸王二氏費了很大的篇幅考述高腔源自南曲，其實應當說「高腔的載體以南曲為最主要」；因為二氏不明腔調源生之道，與腔調之呈現可以憑藉多種載體，乃有此疏誤；可是二氏批評周、洛二氏觀點的錯誤，卻是言而可據的。[149]

高腔所以為名，及其聲情特色，誠如陸、王二氏所云，而著者在〈弋陽腔及其流派考述〉已舉出其前身弋陽腔的特色如下：

其一，鑼鼓幫襯，不入管絃。

其二，一唱眾和。

其三，音調高亢。

其四，無須曲譜。

---

148 陸小秋、王錦琦：〈論高腔的源流〉，《戲曲研究》第四十八輯（一九九四年三月），頁一六四－一六五。

149 周、洛二氏觀點如下：⑴「所有高腔劇種多是沿用宋元南戲及雜劇腳本，但在唱時挂南北曲曲牌原名，而實質上已是當地民間歌謠『隨心入腔』，是南北曲『改調歌之』的產物」；「全國各高腔只不過受弋陽腔形式上的影響，並無什麼源流繼承的實質。」（見周大風：《浙江地方戲曲聲腔脈絡》）⑵「元曲到明中葉以後，『曲』『腔』進一步分野，一支進一步『曲』化而入崑曲，更普遍地是在民間較多地保存其結構形式進一步『腔』化而為『高腔』」、「北曲與高腔之間在音樂結構上十分相似」、「只要我們擺脫那種所謂『劇種』的觀念，不斤斤於型態表現那幾個音符上的差異，而從結構上去分析，會看到『北曲』與『高腔』之間的血緣關係的。」（見洛地：《戲曲及其唱腔縱橫觀》）詳見陸小秋、王錦琦：〈論高腔的源流〉，《戲曲研究》第四十八輯（一九九四年三月），頁一五〇－一五七。

其五，鄙俚無文。

其六，曲牌聯套多雜綴而少套式。

其七，曲中發展出滾白和滾唱。

以上這七點弋陽腔的特色，可以說都是因為它保持了戲文初起時，運用里巷歌謠、村坊小曲為載體，以鑼鼓為節、不和管絃所衍生出來的現象；但也由於它又吸收了北曲曲牌為載體，從中又生發了滾白和滾唱，為後來的青陽腔提供了極為開闊的天地。而若即與崑山水磨調比較，則兩者判若兩途。也難怪一為文人雅士所賞心悅目，一為廣大群眾所喜聞樂見。

乾隆間弋陽腔改名稱高腔，又進入北京京化而「更為潤色」，是為「京腔」，逐漸與原本世俗的弋陽腔大異其趣。乾隆末京腔也傳到揚州。李斗《揚州畫舫錄》[150]卷五所云「花部為京腔、秦腔、弋陽腔、梆子腔、羅羅腔、二簧調，統謂之亂彈。」[151]可見乾隆間，京腔與弋陽腔已判然有別，同為花部亂彈諸腔之一。但無論如何，京腔畢竟源自弋腔，所以京腔的腔板，也要講究弋腔的菁華。王正祥《新定十二律京腔譜．總論》云：

嘗閱《樂志》之書，有唱、和、嘆之三義。一人發其聲曰唱，眾人成其聲曰和，字句聯絡，純如繹如，而相雜於唱和之間者曰嘆。兼此三者，乃成弋曲。由此觀之，則唱者即起調之謂也，和者即世俗所謂接腔也，嘆者即今之有滾白也。精於弋曲者，猶存其意於腔板之中，固泠然善也。[152]

[150] 其序署乾隆。

[151] 見〔清〕李斗撰，汪北平、塗雨公點校：《揚州畫舫錄》，卷五，〈新城北錄下〉，頁一〇七。

[152] 〔清〕王正祥：《新定十二律京腔譜》，收入《歷代曲話彙編：新編中國古典戲曲論著集成．清代編》，第二集，頁二

則京腔同樣要在腔板中守住唱、和、嘆三義，也就是起調、接腔、滾白的歌唱技法，以達到「泠然善也」的境地。然而這在北京從弋腔京化產生的新「京腔」是更要講究「三腔三調」的。王正祥《新定十二律京腔譜・凡例》第十條云：

> 板既有定，則腔調亦當區別，而曲乃大成。茲將腔分三種：曰行腔，曰緩轉，曰急轉；調分三種：曰翻高，曰落下，曰平高。行腔者，句頭之中，下餘兩三字，則於其間頓挫成聲，故謂之行腔也。緩轉腔者，曲文句頭，止餘一字，勢在難行，而其腔又纍纍乎如貫珠者，然於斯時也，必擊鼓二聲以諧音調，故謂之緩轉腔也。急轉腔者，曲文句頭，止餘一字，而其腔亦僅不絕如縷，腔宜急轉乃可收聲。二聲之鼓可以不擊，故謂之急轉腔也。翻高調者，從低唱而至高之謂也。落下調者，從高唱而至低之謂也。平高調者，從高唱而至本句之終之謂也。[153]

從現在江西贛劇所保存之弋陽腔舊調，可見其符號標記，止「翻高調」與「落下調」兩種，加上其主要唱腔為流水板唱法，為原始弋陽腔之特徵；也由此可知弋陽腔之蛻變為京腔，實因「三調」之外又加入「三腔」而「更為潤色其腔」的結果，這可能是受崑山腔影響頗大的青陽腔入京以後產生的。王氏《京腔譜・凡例》第十一條又云：

> 論滾白，乃京腔所必須也。蓋崑曲之悅耳也，全憑絲竹相助而成聲。京腔若非滾白，則曲情豈能發揚盡

九。

[153] 俞氏所編之書，於「茲將腔分三種：曰行」，今依下文文義，修訂為「茲將腔分三種：曰行腔」。同前註，頁二九。

善？但滾有二種，不可不辨。有某句曲文之下加滾已畢，然後接唱下句曲文者，謂之「加滾」；亦有滾白之下重唱滾前一句曲文者，謂之「合滾」；然而曲文之中何處不可用滾？是在乎填詞慣家用之得其道耳。如係寫景、傳情、過文等劇，原可不滾；如係閨怨、離情、死節、悼亡一切悲哀之事，必須「暢滾」一二段，則情文接洽，排場愈覺可觀矣。[154]

可見京腔相當重視滾白，而有「加滾」、「合滾」、「暢滾」三種形式，這種「滾白」即是繼承弋陽腔加滾的傳統；而對於青陽腔和徽池雅調所發展的五七言詩的「滾唱」，京腔則並未予以接納。也因此京腔保持了弋陽腔「鐃鈸喧闐，唱口囂雜」[155]，不用絲竹但有鑼鼓的特色。

京腔除了弋陽腔京化之外，也還從弋陽腔那裡兼唱北曲唱調，對北曲有所吸收。孔尚任《桃花扇》續四十齣〈餘韻〉中有北雙調【新水令】等九支曲牌組成的套曲〈哀江南〉有云：

（淨）那時疾忙回首，一路傷心，編成一套北曲，名【哀江南】，待我唱來。（敲板唱弋陽腔介）[156]

這裡明白說出在清康熙間，弋陽腔可以用來唱北曲。而王正祥在《新定十二律京腔譜》之外，另有《新定宗北歸音京腔譜》云：

北曲盛行于元，通行及今，字句混淆，罕有一定。予為分歸五音，摘清曲體，配合曲格，新點京腔板數，

---

[154] 同上註，頁三三〇。

[155] 〔清〕昭槤撰：《嘯亭雜錄》，收入《清代史料筆記叢刊》，卷八「秦腔」條（北京：中華書局，一九八〇），頁二三六。

[156] 〔清〕孔尚任：《桃花扇》，卷四（臺北：學海出版社，一九八〇），頁二六四。

裁成允當，殊堪豁目賞心。[157]

可見在清初京腔也用來唱北曲。這種情形和崑山水磨調也能唱北曲是如出一轍的。

(4)梆子腔系：

對於梆子腔系，著者有〈梆子腔新探〉[158]。獲得以下七點結論：

其一，從嬴秦時李斯〈上秦始皇書〉、陸次雲《圓圓傳》、嚴長明《秦雲擷英小譜》等，可見由方音方言為基礎形成的「秦聲、秦腔」歷經兩千數百年，而其激昂慷慨、高亢悲涼之風格特色，迄今猶然一脈相傳。[159]

---

[157] 〔清〕王正祥：《新定宗北歸音京腔譜》，《續修四庫全書》第一七五三冊（上海：上海古籍出版社，二〇〇二），頁四七一。

[158] 〈梆子腔新探〉，收入《戲曲本質與腔調新探》，頁二一八—二七二。又收入《戲曲腔調新探》，頁一六九—二〇一。

[159] 有關梆子腔源生之說，劉文峰在〈多源合流・分支發展——梆子戲源流考〉（刊於《中華戲曲》第九輯（一九九〇年三月），頁一六四—一七四）舉諸家源流之說如下：1.先秦燕趙悲歌之遺響：持此說者有清人楊靜亭《都門紀略・詞場門序》、徐慕雲《中國戲劇史》、王紹猷《秦腔記聞》、焦文彬《秦聲初探》等四家。2.唐代梨園樂曲：持此說者有清嚴長明《秦雲擷英小譜》、田益榮〈秦腔史探源〉、范紫東〈法曲之源流〉等三家。3.由民間俗曲說唱發展而成：持此說者有墨遺萍〈蒲劇小史〉、張庚、郭漢城《中國戲曲通史》、寒聲〈論梆子戲的產生〉、楊志烈〈秦腔源流淺識〉等四家。4.由鐃鼓雜劇孕育而成：持此說者有劉鑒三〈蒲劇源流簡介〉一家。5.由元雜劇發展而成：持此說者有焦循《花部農譚・序》、張守中〈試論蒲劇的形成〉、王澤慶〈從河東文物探蒲劇源流〉等三家。6.由弋陽腔衍變而成：持此說者有劉廷璣《在園雜志》、周貽白《中國戲曲史長編》二家。7.由西秦腔發展而來，而西秦腔則出自吹腔（隴東調）：持此說者有流沙〈西秦腔與秦腔考〉一家。8.劉文峰本人之意見：土戲→亂彈→梆子腔→山陝梆子→秦腔。以上諸家皆不明「腔調」源生之理，及其與載體之關係、流播所產生之種種變化，對此拙著〈論說「腔調」〉（刊於《中國文哲研究集刊》第

其二，秦腔以地名，最古者稱西秦腔，於萬曆年間即已傳播至江南，其有能力自源生地「秦」流播至江南，起碼應在晚明中葉之前；又有甘肅調、隴東腔、隴州腔、隴西梆子等異名同實之名稱。秦腔原本以雜曲小調之所謂「西調」為歌唱載體，乃至由此發展而用南北曲、套數、合腔、合套，而以北曲為主，是為曲牌體；也可以從俗講詞話或從鑼鼓雜戲取材，用七字十字之詩讚作為載體歌唱，是為板腔體；因但以梆子為節拍，故稱「梆子腔」；康熙間，秦腔有以笛為伴奏者稱「吹腔」，有以胡琴、月琴或月琴、箏、渾不似為伴奏者稱「琴腔」，其載體似仍為西調等詞曲系。至乾隆末，秦腔與崑弋合流，其與弋陽腔結合者稱梆子秧腔（秧為弋陽合音），其與崑弋腔合者稱梆子亂彈腔或崑梆；其樂器管絃並用，為笛、箏；而安慶班子用此二腔演唱，又訛「班」為「梆」，而稱「安慶梆子」，因之《綴白裘》乃合此二腔並稱「梆子腔」，以致訛亂名目，致使梆子腔有同名異實的現象。

其三，臺灣亂彈之古路戲源自西秦戲，其腔自為西秦腔。我們由古路戲所用曲牌體和板腔體合奏的情形，應可以看出西秦腔曾經運用曲牌和詩讚作為載體的現象，正是所謂「禮失而求諸野」。

其四，臺灣亂彈戲中之「梆子腔」實為秦吹腔未板式化之前的「原型」，而安慶彈腔之「吹腔原板」、徽劇之「吹腔正板」，則亦可證明秦吹腔板式化的現象。

其五，秦腔晚近之載體一方面發展原有之詩讚，一方面將詞曲系西調之長短句雜曲小調演變為三五七字之體式；又由此合併三字五字兩句而成上下兩句七言或十言為單元之詩讚板腔體，而將雜曲小調乃至曲牌套數變為器樂曲，伴奏樂器也由吹奏樂改為絃樂。而若論其完全改為板腔體的時間，應當始於乾、嘉之世。

二〇期（二〇〇二年三月），頁一一一－一一二）論之已詳，因之，除第一說差可探得根本外，其餘皆置之可也。該文亦收入前揭二書《戲曲腔調新探》，頁一－九三；《從腔調說到崑劇》，頁二一－一八〇。

其六，秦腔生命力非常強大，向外流播至京、津、冀、魯、豫、皖、浙、贛、湘、鄂、粵、桂、川、滇、青、寧、新、藏等中國十八行政區，以及臺灣，所到之處必與當地方言腔調融合，或略有變化，或產生新腔。因此山西、河北、河南、山東的梆子，均尚名「梆子」，是為梆子腔系或梆子聲腔。而樅陽腔（石牌調）、梆子秧腔、梆子亂彈腔（崑梆）、襄陽調（西皮）、高撥子，乃至浙江亂彈等皆可稱之為梆子腔衍生的新腔。所以若說秦腔是近代中國地方系腔調劇種之母，並不為過。

其七，今日秦腔尚與崑、高、皮黃合稱中國四大腔系，而若論秦腔在劇種中與其他腔調運用的類型，則有上文所舉陳芳所歸納的五種類型，由於梆子腔流播廣遠，滋生變異繁多，其聲情特色亦因之有所不同。梆子腔的源頭是西秦腔，亦稱甘肅調，東傳入陝西隴西縣，位在甘肅隴山以東，古為隴州，故其腔調謂之「隴東調」或「隴州調」，亦即今之陝西「西府秦腔」。

(5)絃索腔系：

齊如山《國劇漫談・國劇中五種大戲之盛衰》「柳子腔的盛衰」云：

> 清初尚無二黃，只有四種大戲，名南崑、北弋、東柳、西梆。……東柳者，原名柳子腔。[160]

當今戲曲界所謂清初「南崑北弋東柳西梆」便是據此而來。

但是「柳子腔」，何以名「柳子」，它與「絃子腔」有何關係，學者各說各話，莫衷一是。蓋因學者均不明腔調之源生實由方音以方言為載體所形成之「語言旋律」，而腔調之命名有時不以源生地而代之以主奏樂器，如

---

160 該文詳見齊如山：《國劇漫談》，收入梁燕主編：《齊如山文集》第五卷（石家莊：河北教育出版社，二〇一〇），頁二五一—二三〇。

秦腔又稱「梆子腔」便是眾所周知的例子；161 而學者又未探究「腔調」與其「載體」的關係；因之對於柳子腔、柳子戲及其與絃索腔系諸劇種自然難於說其來龍去脈。據著者綜合觀察其相關文獻，所得的初步概念是：

以中原地區方音方言所產生的腔調，稱作「河南調」，其載體起先為明清以來之雜曲小調，如明萬曆間沈德符（一五七八—一六四二）在《萬曆野獲編・時尚小令》所記載之【瑣南枝】、【傍妝臺】、【山坡羊】、【駐雲飛】、【黃鶯兒】、【耍孩兒】和清初劉廷璣（生卒不詳）《在園雜志》卷三所記載之【掛枝兒】、【節節高】等等；162 因其以三絃、琵琶、箏、蓁、渾不似等絃索類樂器伴奏，又將其腔調稱之為「絃索腔（調）」。後經流播，用此腔調歌唱之劇種就有柳子戲、大絃子戲、羅子戲、卷戲、絲絃戲、羅羅腔、老調、耍孩兒、河南越調、湖北月調、河南曲劇、眉戶戲等，是為絃索腔系諸劇種，而以「柳子戲」為主要。

考「絃索」之名，源始頗古：如金人董解元《西廂記諸宮調》就被稱為《絃索西廂》，明沈寵綏（？—約一六四五）著有《絃索辨訛》，用指崑化之北曲；而蘇州老郎廟嘉慶三年（一七九八）〈翼宿神祠碑記〉中尚有「絃索……等戲，概不准再行演唱」163 之語。凡此皆用指以絃索伴唱之曲牌體戲曲而言。

至於柳子戲，近年尚流播於山東、河南、河北、江蘇、安徽五省交界三十餘縣，東到山東泰安、曲阜，並遠及莒縣、沂南、臨沂等地；西到河南商丘、開封；北至黃河北岸的臨清、大名、清豐、濮陽；南到蘇北、皖北的徐州、豐縣、沛縣、蕭縣、碭山等地。區域雖不及崑、弋、梆之廣，但亦堪稱蔚然大國，可以與三腔並踞

---

161 腔調之命名，詳見拙作：〈論說「腔調」〉，收入《從腔調說到崑劇》，頁二一—一八〇。

162 〔明〕沈德符：《萬曆野獲編》，卷二五〈時尚小令〉（北京：中華書局，一九五九），頁六四七。〔清〕劉廷璣撰，張守謙點校：《在園雜志》，卷三「小曲」條（北京：中華書局，二〇〇五），頁九四。

163 江蘇省博物館編：《江蘇省明清以來碑刻資料選集》（北京：三聯書店，一九五九），頁二九六。

一方。

早期柳子戲應屬雜曲小調體之劇種，清康熙間以名著《聊齋志異》不朽之山東淄川人蒲松齡（一六四〇—一七一五），其劇作《鍾妹慶壽》、《闈窨》、《鬧館》三齣及其通俗俚曲《牆頭記》、《姑婦曲》、《慈悲曲》、《翻魘殃》、《寒森曲》、《琴瑟樂》、《蓬萊宴》、《俊夜叉》、《窮漢詞》、《醜俊巴》、《快曲》、《禳妒咒》、《富貴神仙複變磨難曲》、《增補幸雲曲》等十四種可以為證。164

後來由於吸收以歌謠四句七言為載體之「柳枝腔」板腔化而喧賓奪主稱作「柳子戲」。王芷章《腔調考原》云：

> 柳枝腔俗稱柳子腔，亦為乾隆中由吳下傳來者，其源蓋出古樂之〈柳枝曲〉。現存僅《補缸》一出，取材《鉢中蓮傳奇》。吳太初《燕蘭小譜》有詩詠之，……「吳下傳來補破缸，低低打打柳枝腔。……。」165

「柳枝腔」與「柳子腔」為一音之轉，當源出〈楊柳枝〉，《樂府詩集》卷八一云：「〈楊柳枝〉，白居易洛中所製也。」166劉禹錫有詞云：「楊柳青青江水平，聞郎江上踏歌聲。東邊日出西邊雨，道是無晴還有晴。」167可見〈楊柳枝〉係屬「踏謠」，為七言四句體，與唐代之〈竹枝〉相同。168也因此，柳子戲中既有長短句的曲牌

164 〔清〕蒲松齡：《戲三出》、《聊齋俚曲集》，收入路大荒整理：《蒲松齡集》（上海：上海古籍出版社，一九八六）。

165 王芷章：《腔調考原》，附於《中國京劇編年史》下冊（北京：中國戲劇出版社，二〇〇二），頁一二九九。

166 〔宋〕郭茂倩：《樂府詩集》，卷八一（臺北：里仁書局，一九八〇），頁一一四二。

167 〔唐〕劉禹錫：〈竹枝〉，〔清〕彭定求等編：《全唐詩》，卷二八（北京：中華書局，一九六〇），頁三九六。

體，也有七言四句的歌謠板腔體，兼具了戲曲歌樂的兩大類型。

總結上述，可見五大腔系之流播，除絃索腔拘於豫、齊、冀、皖、蘇五省交界外，均幾遍全國，可以說是近代中國地方戲曲劇種的骨幹基礎，而且流播後所形成的新地方劇種，大抵都為地方上的重要劇種，不可謂其滋生之能力及藝術之影響不大。

大抵說來，崑山水磨調腔系之特色是講究字音口法，輕柔婉約，是中國戲曲藝術的「精緻歌曲」；但其流播地方化後，受土音土腔之影響，每向通俗質俚方面質變，大失本來性格。高腔腔系之特色是鑼鼓幫襯，無須曲譜，不入管絃，音調高亢，一唱眾和，好用滾白滾唱，鄙俚無文。相對於崑山水磨調腔系而言，它是「通俗歌曲」。梆子腔之特色，原是以梆子節奏，其聲嗚嗚然、節節高，令人熱耳酸心，即今之山陝梆子，猶存粗獷之風，發音要求必自丹田，音密而亮，人稱「滿口音」，高亢而圓潤。但蜀人魏長生所傳之四川梆子，將伴奏樂器以胡琴為之、月琴為副，名為「琴腔」之後，則其聲「工尺咿唔如話」，「節奏鏗鏘，歌聲清越，真堪沁人心脾。」而皮黃腔系則為複合腔系，因為西皮剛勁明快，二黃柔和深沉，可以互補有無，相得益彰。所以成了近代中國戲曲代表劇種「京劇」的主要腔調。至於絃索腔系雖然流播不如四腔之廣，但於清初已能與崑、弋、梆並距一方，為中原周邊庶民所喜聞樂道，自亦不可忽視。可見五大腔系，因原本之地方語言旋律不同，就產生了情味品調不相侔的腔調；而五大腔所以能夠流播廣遠，豐富眾多群眾的心靈生活，也是因為其腔調特質最能撼動人心。

---

168 〔唐〕劉禹錫〈踏歌行〉：「日暮江南聞竹枝，南人行樂北人悲。自從雪裡唱新曲，直至三春花盡時。」〔清〕彭定求等編：《全唐詩》，卷二八，頁四一一。

小結

以上對於「腔調」的論說，大抵出自本人研究之心得。但是並世學者，或者因觀點不同，或者因所用關鍵詞因命義有別，便有各說各話的現象，對於前者可以論辯定其是非；對於後者則每每異同易致混淆，譬如友人王耀華為當今音樂界泰斗，其〈戲曲「腔」論——從音樂結構學的視野〉，比較著者的「腔調論」，便有這種現象。因之，乃請具有傳統音樂素養之及門施德玉教授將讀後觀感，撰為〈曾王二氏「腔調論」之要義及其同異之比較〉，將之與王教授之大文置為本書附錄二、三，以供讀者參考。

第參章　戲曲腔調的語言基礎及其載體

一、戲曲腔調的語言基礎

小引

戲曲音樂必須與歌唱結合，其「曲」才算完成，這也就是論戲曲音樂必先論其歌樂關係之故。而歌之基礎在語言，語言旋律即是「腔調」，「腔調」可以說是構成戲曲音樂的主體內涵，而腔調既然就是「語言旋律」，所以構成腔調的元素，其實也就是構成戲曲音樂的語言基礎。前人對於語言旋律的體會雖然已由自然的感悟到人工的美化，但尚無暇分析其構成與影響的要素。而由於語言旋律本身是極精微的有機體，其構成要素之間又緊密互動，所以其構成要素實質上又是互為影響的要素。而若論其要素，就應當從最基本的字音談起。

(一)字音的內在要素

我國文字是單形體、語言是單音節，所以是一字一音。音有元音（又稱母音、韻母）、輔音（又稱子音、聲母)、聲調，有發音部位、發音方法。

元音指聲帶顫動，氣流在口腔的通路上不受到阻礙而發出的聲音，如國語語音的 a、o、e、i、ü。

輔音指發音時，氣流通路有阻礙的音，如國語語音的 b、t、s、m、l 等。

聲調是指音波運行的方式，由其高低升降而古代有平上去入，現在國語有陰平陽平上去。

發音部位是指發輔音時，發音器官形成阻礙的部分。如 b、p、m 的發音部位是雙唇，f 是下唇和上齒。按發音部位，輔音分雙唇音、唇齒音、舌尖音、舌面音、舌根音、捲舌音等。若就元音而言，則有舌面前、中、後。

發音方法是指發輔音時，構成阻礙和除去阻礙的方式。如 b、p、m 發音部位都是雙唇，它們的分別就在發音方法不同：b 是不送氣的塞音，p 是送氣的塞音，m 是鼻音。按發音方法，輔音分塞音、擦音、塞擦音、鼻音、邊音、清音、濁音、送氣音、不送氣音等。若就元音而言則有開、齊、合、撮，而形成高、半高、不高不低、半低、低等五個層次。人類的發音器官，主要是喉頭、聲帶、口腔和鼻腔。

字音就是以此而形成，譬如「天」字，就國語而言，音作 tiān，即由聲母送氣的舌尖清塞音「t」、介音舌面前高元音「i」、主要元音舌面前低元音「a」、韻尾舌尖鼻音「n」、平聲調「一」等五個元素構成。其必備者為元音和聲調，其餘聲母、介音、韻尾三元素則可有可無。而這五個元素，如果時空不同往往會發生變異，尤其「音隨地轉」，地域產生的音變比古今音變要來得大而明顯，何況同音同調，各地又有音質和調質的不同。清劉禧延《中州切音譜贅論》「江陽韻」條云：

弋陽土音，於寒山、桓歡、先天韻中字，或混入此韻。如關、官作「光」；丹、端作「當」；班、般作

「幫」；蠻、瞞作「茫」；蘭、鸞作「郎」；山作「傷」，音似「桑」；安作「唊」；難作「囊」；完作「王」；年作匿杭切之類。明人傳奇中，盛行如《鳴鳳記》用韻，亦且混此土音，而並雜入他韻。❶可見如以《中原音韻》為標準，那麼弋陽腔的寒山、桓歡、先天三韻中的某些字，便會和江陽韻混用。也因此，前引之魏良輔《南詞引正》要說「北曲與南曲大相懸絕，無南腔南字者佳。」意思是告誡人北曲是用北方的語音腔調，不可雜入南方的語音腔調。明人王世貞《曲藻》嘲笑李開先所作《寶劍》、《登壇》二記，也是因為他雜用山東方言，必須吳中教師隨字改妥方可。❷明人范文若《夢花酣・自序》裡批評湯顯祖「未免拗折人嗓子」，其原因之一是「多宜黃土音」。❸元人虞集《中原音韻・序》云：

> 五方言語又復不類，吳楚傷於輕浮，燕冀失於重濁，秦隴去聲為入，梁益平聲似去，河北河東取韻尤遠；吳人呼「饒」為「堯」，讀「武」為「姥」，說「如」近「魚」，切「珍」為「丁心」之類，正音豈不誤哉！❹

---

❶〔清〕劉禧延：《中州切音譜贅論》，任仲敏編：《新曲苑》，第二冊（臺北：臺灣中華書局，一九七〇），頁四四七—四四八。

❷〔明〕王世貞《曲藻》云：「北人自王、康後，惟山東李伯華。……所為南劇《寶劍》、《登壇記》，亦是改其鄉前輩之作。二記余見之，尚在《拜月》、《荊釵》之下耳，而自負不淺。一日問余：『何如《琵琶記》乎？』余謂：『公辭之美，不必言。第令吳中教師十人唱過，隨唱字改妥，乃可傳耳。』李怫然不樂罷。」見《曲藻》，《中國古典戲曲論著集成》第四冊，頁三六。

❸見〔明〕范文若：《夢花酣》，《古本戲曲叢刊第二集》第十函（上海：上海商務印書館，一九五五），上冊，頁一。

可見方言腔調各有其特質，字音每有歧異。所以王驥德在其《曲律》卷二〈論須識字第十二〉裡，但認為「蓋四方土音不同，其呼字亦異，故須本之中州。」❺也就是說在方言歧異、各地殊音的情況下，應當以「中州」音，亦即開封、洛陽、鄭州一帶的語音為標準。

上文〈從呈現觀戲曲歌樂之關係〉時說過，我國字音的內在構成元素雖有必備的元音、聲調和可有可無的介音、韻尾和聲母，但它作為語言發出聲音來，便和任何語言一樣，一個字音就又包含了音長、音高、音強、音色等四個構成因素。音色取決於發音器官的特質，因人而異；音長起於音波震動時間的久暫，久生長音，暫生短音；音高起於音波震動的快慢，快則音高，慢則音低；音強起於音波震動幅度的大小，大就強，小就弱。另外，就中國語言來說，還有「聲調」不可忽略。所以中國語言每發一字音就含有長短、高低、強弱、平仄和音色等五個因素。這五個因素的交替運作就會產生語言旋律。

那麼構成豐富的語言旋律並產生影響的要素又有那些呢？著者有〈中國詩歌中的語言旋律〉❻一文，詳論其事，認為構成並影響韻文學豐富語言旋律的要素應當有：聲調的組合、韻協的布置、語言的長度、音節的形式、詞句的結構、意象情趣的感染等六項。所論述的雖然就韻文學來觀察，但韻文學較散文學規律多，所以可以涵括所有構成和影響語言旋律的現象。以下撮其大要。並輔以前人看法以相發明。

❹〔元〕周德清：《中原音韻》，俞為民、孫蓉蓉主編：《歷代曲話彙編‧唐宋元編‧中原音韻序》，頁二二七。

❺〔明〕王驥德：《曲律》，《中國古典戲曲論著集成》第四冊，頁一一九。

❻〈中國詩歌中的語言旋律〉，原載《鄭因百先生八十壽慶論文集》（臺北：臺灣商務印書館，一九八五），頁八七五－九一五。收入拙著：《詩歌與戲曲》，頁一－四七。

(二)聲調的組合

平上去入四聲，拿它發聲的方法和現象來觀察，具有三項特質：其一，有平與不平兩類，平為平聲，不平即仄，含上去入三聲；其二，有長短之別，平上去三聲為長音，入聲為短音；其三，有強弱之分，上去入三聲屬強，平聲屬弱。

就因為四聲具有這樣的三個特質，所以四聲間的組合，由其音波運行時升降幅度大小的變化和發聲時無礙與阻塞的長短異同，便會產生不同的旋律感。所以唐代的近體詩，其所講求的平仄律，基本上只是運用聲調的平與不平，使之產生抑揚曲直的旋律感。但仄聲中的上去入三聲，其升降幅度其實頗為懸殊，併為一類，不免粗疏。所以謹嚴的詩人，便在仄聲中又講究上去入的調配，有所謂「四聲遞換」❼。而杜甫「晚節漸於詩律細」❽，除了在恪守格律中更求精緻外，也從突破格律中更求精緻。崔顥和李白也都擅長於此。

就因為四聲各具特質，不止關係聲情，而且兼顧詞情，所以詩以後的詞曲便明白的規定某句某字該上該去該入，而四聲的精緻便也完全納入體製格律的範疇。凡是這些嚴守四聲的句子，都是音律最諧美，足以表現該詞調該曲調特色的地方，即所謂「務頭」，高明的作家都能在此施以警句，使之達到聲情詞情穩稱的地步。

這裡要特別說明的是，就曲的聲調來說，南曲尚保有四聲，北曲則入聲消失，但平聲分陰陽。也就是說北

❼ 著者有〈舊詩的體製規律及其原理〉一文，原載《國文天地》，第一四、一五期（一九八六年七、八月），頁五六－六一、五八－六三；收入拙著：《詩歌與戲曲》，頁四九－七七。這裡取其大要，但對平仄律原理已有所修正。

❽ 〔唐〕杜甫：〈遣悶戲呈路十九曹長〉，〔清〕楊倫箋注：《杜詩鏡銓》，卷一五（臺北：華正書局，一九八六），頁七四〇。

曲的聲調是：陰平、陽平、上、去「四聲」，這「四聲」和唐詩宋詞南曲的「四聲」不完全相同，然而卻和今日國語的四聲完全相同。保存唐宋「平聲」不升不降之特質的，事實上只是「陰平」，「陽平」已有升揚之趨勢；而「入聲」則分派到平上去三聲中，已自然消失，所以北曲中已無逼促之調。

四聲自從齊梁以來，在中國韻文學上便有舉足輕重的地位，詞曲尤其重視。譬如元人周德清《中原音韻．正語作詞起例》云：

> 夫平仄者，平者平聲，仄者上、去聲也。如云「上」者，必要上；「去」者，必要去；「上去」者，必要上去；「去上」者，必要去上；「仄仄」者，上去、去上皆可。上上、去去，若得迴避尤妙；若是造句且熟，亦無害。❾

又云：

> 【點絳唇】首句韻腳必用陰字，試以「天地玄黃」為句歌之，則歌「黃」字為「荒」字，非也；若以「宇宙洪荒」為句，協矣。蓋「荒」字屬於陰，「黃」字屬陽也。❿

由周氏這兩段話看來，足見元曲講究聲調的地方，不止該上不能用去、該去不能用上，上去的配合顛倒不得，即陰陽亦不可假借，否則語言旋律與音樂旋律不能相合，便會影響腔調的純正。

對此，王驥德在《曲律．論平仄第五》說得更詳細，他說：

❾ 〔元〕周德清：《中原音韻》，《歷代曲話彙編．唐宋元編》「末句」條，頁二九三。

❿ 〔元〕周德清：《中原音韻》，《歷代曲話彙編．唐宋元編》「用陰字法」條，頁二九二。

今之平仄，韻書所謂四聲也。……四聲者，平上去入也。平謂之平，上去入總謂之仄。曲有宜於平者，而平有陰陽；有宜於仄者，而仄有上去入。乖其法，則曰「拗嗓」。蓋平聲聲尚含蓄，上聲促而未舒，去聲往而不返，入聲則逼側而調不得自轉矣。故均一仄也，上自為上，去自為去，獨入聲可出入互用。北音重濁，故北曲無入聲，轉派入平上去三聲，而南曲不然。詞隱謂入可代平，為獨洩造化之祕。又欲令作南曲者，悉遵《中原音韻》，入聲亦止許代平，餘以上去相間，不知南曲與北曲正自不同，北則入無正音，故派入平上去之三聲，且各有所屬，不得假借；南則入聲自有正音，又施於平上去之三聲，無所不可。大抵詞曲之有入聲，正如藥中甘草，一遇缺乏，或平上去三聲字面不妥，無可奈何之際，得一入聲，便可通融打諢過去，是故可作平，可作上，可作去；而其作平也，可作陰，又可作陽，不得以北音為拘；此則世之唱者由而不知，而論者又未敢拈而筆之紙上故耳。其用法：則宜平不得用仄，宜仄不得用平，宜上不得用去，宜去不得用上，宜上去不得用去上，宜去上不得用上去。上上、去去，不得疊用；單句不得連用四平、四上、四去、四入，雙句合一不合二，合三不合四。押韻有宜平而亦可用仄者，有宜仄而亦可用平者，有宜平不得已而以上聲代之者。韻腳不宜多用入聲代平上去字。一調中有數句連用仄聲者，宜一上一去間用。詞隱謂：遇去聲當高唱，遇上聲當低唱，平聲、入聲，又當斟酌其高低，不可令混。或又謂：平有提音，上有頓音，去有送音。蓋大略平去入啟口便是其字，而獨上聲字，須從平聲起音，漸揭而重以轉入，此自然之理。至調其清濁，叶其高下，使律呂相宣，金石錯應，此握管者之責，故作詞第一喫緊義也。⑪

⑪〔明〕王驥德：《曲律》，《中國古典戲曲論著集成》第四冊，頁一〇五－一〇六。

王氏這一大段話可以說把平仄四聲在南北曲中運用的要義大大的發揮。他提出運用不得當就會「拗嗓」，也說明了四聲各自的特質，可以和《康熙字典》卷首教人分辨四聲「平聲平道莫低昂，上聲高呼猛烈強，去聲分明哀遠道，入聲短促急收藏」⑫相發明。而入聲之所以可以派入三聲，乃因為祛除其韻尾之故，譬如「集合」、「特質」、「北極」三詞皆為入聲構成，而分別收雙唇清塞音韻尾「p」、舌尖清塞音韻尾「t」、喉塞音韻尾「k」，一旦祛除，則集、合、質、極四字派入陽平聲，北字派入上聲，特字派入去聲。而沈璟（詞隱）與王氏既然都主張南北曲「悉遵《中原音韻》」，未知又何以有「入聲正如藥中甘草」之說。又其說「上上」不得疊用，乃因上聲曲折頗甚，疊用必致變調，變調則走音，譬如「李總統」三字，如不將「總」字改為陽平聲，則無人能以連用三上發聲。而兩去聲疊用並無此問題，只是聲情較強烈而已，其實疊用何妨。又其說單句不能同聲四疊用，乃因所顯現之聲調特質過分強烈且毫無變化之故；若雙句可合一合三用同聲調而不可合二合四之故，乃因第一三兩字不在音步點上，可以同平仄；若第二四兩字，則在音步點上，必須平仄相反。至其說韻腳四聲之法，以及引詞隱說明歌唱四聲之道，皆可見其聲律三昧，足供吾人參考；而所謂「調其清濁，叶其高下，使律呂相宣，金石錯應」，則是「腔調」，亦即語言旋律與音樂旋律相得益彰的妙境，而這分修為則是製曲者所必備，亦即其根基首在於對四聲平仄認識與運用的能力，則四聲平仄之重要，於此蓋可見矣！

王氏不止暢論「四聲平仄」，對聲調之「陰陽」也有他獨到的見解，其《曲律．論陰陽第六》云：

> 古之論曲者曰：聲分平仄，字別陰陽。陰陽之說，北曲《中原音韻》論之甚詳；南曲則久廢不講，其法亦淹沒不傳矣。近孫比部始發其義，蓋得之其諸父大司馬月峰先生者。夫自五聲之有清濁也，清則輕揚，

⑫〔清〕張玉書等奉敕編撰：《康熙字典》（臺北：啟明書局，一九六一年據殿刻銅版影印），頁三一。

濁則沈鬱。周氏以清者為陰，濁者為陽，故於北曲中，凡揭起字皆曰陽，抑下字皆曰陰；而南曲正爾相反。南曲凡清聲字皆揭而起，凡濁聲字皆抑而下。今借其所謂陰陽二字而言，則曲之篇章句字，既播之聲音，必高下抑揚，參差相錯，引如貫珠，而後可入律呂，可和管絃。倘宜揭也而或用陰字，則聲必欺字；宜抑也而或用陽字，則字必欺聲。陰陽一欺，則調必不和。欲詘調以就字，則聲非其聲；欲易字以就調，則字非其字矣！毋論聽者迕耳，抑亦歌者棘喉。⑬

「陰陽」不可「相欺」，相欺則調必不和，以致聲非其聲、字非其字，其道理與四聲平仄實際相同，對於腔調語言旋律之重要性不言可喻，只是何以南曲之陰陽正好和北曲相反，是否正如上文所云，因地域不同而調質有別乃至於「相反」呢？對此，著者不敏，請留待「知音」論定。

又自從周德清將北曲平聲分陰陽之後，明清的戲曲聲律對於南曲平上去入四聲是否也分陰陽，便也有不同的看法：沈寵綏《度曲須知．四聲批窾》認為去聲也有陰陽，陰去聲重且濁，陽去聲輕且清。⑭王驥德《曲律．論陰陽》和清王德輝、徐沅澄《顧誤錄．聲調論》以及徐大椿《樂府傳聲．四聲各有陰陽》則都認為四聲皆當分陰陽。⑮吳梅《顧曲麈談．論音韻》云：

---

⑬〔明〕王驥德：《曲律》，《中國古典戲曲論著集成》第四冊，頁一〇七。

⑭〔明〕沈寵綏：《度曲須知》，《中國古典戲曲論著集成》第五冊，頁二〇〇－二〇一。

⑮〔明〕王驥德：《曲律》，《中國古典戲曲論著集成》第四冊，頁一〇七－一〇八。〔清〕王德輝、徐沅澄：《顧誤錄》，《中國古典戲曲論著集成》第九冊，頁六七－六八、七一。〔清〕徐大椿：《樂府傳聲》，《中國古典戲曲論著集成》第七冊，頁一六三－一六四。

韻之陰陽在平聲，入聲至易辨別，所難者上、去二聲耳。上聲之陽，類乎去聲，而去聲之陰，又類乎上聲，此周挺齋《中原音韻》但分平聲陰陽，不及上、去聲者，蓋亦畏其難也。迨後明范善溱撰《中州全韻》，清初王鵕撰《音韻輯要》，始將上、去二聲分別陰陽，而度曲家乃有所準繩矣。[16]

吳氏所云，正說明周德清上去聲不分陰陽的緣故，而後世曲家所以要四聲分陰陽，也說明了度曲的講求更為精進，務求聲情與詞情、語言旋律與音樂旋律，更為融合無間。

(三)韻協的布置

上文舉過南朝梁劉勰《文心雕龍》卷七〈聲律第三十三〉所云：「異音相從謂之和，同音相應謂之韻。」范文瀾註：「同音相應謂之韻，指句末所用之韻。」[17]則韻協是運用韻母相同，前後複沓的原理，把易於散漫的音聲，藉著韻的迴響來收束、呼應和貫串，它連續的一呼一應，自然產生規律的節奏；它好比貫珠的串子，有了它，才能將顆顆晶瑩溫潤的珍珠，貫串成一串價值連城的寶物；它又好像竹子的節，將平行的纖維素收束成經耐風霜的長竿，而其嬝娜搖曳的清姿，完全依賴那環節的維繫。也因此，如果該押的韻不押，或韻部混用，便成了詩詞曲家大忌。周德清《中原音韻．正語作詞起例》云：

《廣韻》入聲緝至乏，《中原音韻》無合口，派入三聲亦然。切不可開合同押。《陽春白雪集．水仙子》：「壽陽宮額得魁名，南浦西湖分外清，橫斜疏影窗間印，惹詩人說到今。萬花中先綻瓊英。自古詩人，

---

[16] 吳梅：《顧曲麈談》，頁二〇。

[17] 〔梁〕劉勰著，〔清〕范文瀾註：《文心雕龍註》，註一一，頁五五九。

愛騎驢踏雪，尋凍在前村。」開合同押，用了三韻，大可笑焉。詞之法度全不知，妄亂編集板行，其不知恥者如是，作者緊戒。⑱

因為儘管韻部庚青、真文、侵尋三韻相近，但畢竟收音有 əŋ、ən、əm 之不同，就會影響了迴響的美感，所以古人以此為忌。

作詩協韻必須四聲分押，亦即平聲韻和平聲韻押，上去入三聲也一樣。詞曲則不盡如此：北曲是三聲通押，即平上去三聲的韻字可以押在一起。詞則平聲、入聲獨用，上去兩聲合用、獨用均可，有時平聲也可以和上去押在一起；又有平仄換協之例，即某幾句協平聲韻，某幾句協仄聲韻，平仄聲則彼此不必協韻。南曲起初隨口取協，有如歌謠，後來規矩大致與詞相同，而平上去三聲通押的情形遠較詞為多，則又近於北曲。至於詩讚系大抵兩句為一單元，上句仄聲韻下句協平聲韻。

韻協對於韻文學腔調語言旋律的影響，除了其本身的迴響作用外，韻腳的聲調和音質亦有所關聯。聲調如前文所述，韻部聲情則如王驥德《曲律・雜論第三十九上》所云：

> 凡曲之調，聲各不同……至各韻為聲，亦各不同。如東鍾之洪，江陽、皆來、蕭豪之響，歌戈、家麻之和，韻之最美聽者。寒山、桓歡、先天之雅，庚青之清，尤侯之幽，次之。齊微之弱，魚模之混，真文之緩，車遮之用雜入聲，又次之。支思之萎而不振，聽之令人不爽。至侵尋、監咸、廉纖，開之則非其字，閉之則不宜口吻，勿多用可也。⑲

⑱〔元〕周德清：《中原音韻》，《歷代曲話彙編・唐宋元編》，頁二六六。

⑲〔明〕王驥德：《曲律》，《中國古典戲曲論著集成》第四冊，頁一五三—一五四。

王氏之說自有其道理，但韻部聲情其實受到整體詞情的影響頗大，很難用一兩個形容詞加以範疇。不過如能就詞情而選韻，自可使聲情詞情更加相得益彰。

韻腳對語言旋律的影響，應以其疏密與轉變為主要。

所謂「疏密」是指韻腳的布置有均勻與疏密之分，大抵隔句押韻的可視為均勻，數句才押韻語言長度較長者為疏，句句押韻語言長度較短尤其是所謂「短柱韻」的可視為密。因為韻腳於聲情有收束與呼應之功能，其與非韻腳間之交互作用，有如人體之呼吸；故用韻均勻的一鬆一緊，節奏之疾徐較為合度；用韻過疏的與用韻過密的，鬆緊兩相懸殊，故或較緩慢，或較快速。較緩慢或較快速的情形習見於詞曲，因為詩只有極少數是句句押韻或三句押韻，通常都是隔句押韻。

近體詩和曲都限於一韻到底，古體詩和詞都可以轉韻。一韻到底的，聲情較單純，轉韻越多，聲情越變化曲折。因為韻腳本身各有音質，一韻到底的，始終以此音質迴響，聲情自然單純；而如果轉換韻協，尤其數句即轉換而多次，聲情自然隨之變化曲折而快速。李白樂府詩最擅長運用轉韻以見其豪縱悲涼、澎湃跌宕；詞中〈虞美人〉一調亦是明顯的例子。

韻協由於有收縮迴響聲音的作用，也是「韻文學」與「散文學」最大分野的基礎，所以失韻固然絕對不可，混韻亦是忌諱。如前文所舉周德清《中原音韻・正語作詞起例》所云：【水仙子】一曲，名、清、英三字韻屬「庚青」，印、人、村三字韻屬「真文」，而「今」字韻屬「侵尋」，所以周氏笑他混用三韻；又「庚青」、「真文」為開口韻，「侵尋」為合口韻，所以周氏也笑他開合同押。⑳也因此王驥德《曲律・論曲禁第二十三》也以

⑳〔元〕周德清：《中原音韻》，《歷代曲話彙編・唐宋元編》，頁二六六。

「重韻、借韻、犯韻」㉑為誡。「重韻」即用同一字重複為韻腳，如此聲情沒有變化；「借韻」即鄰韻通押，如支思押齊微；「犯韻」指句中字與韻腳同韻部，如此則因韻字收縮迴響的作用會使句子語氣斷裂，但作為格律的「句中藏韻」如【點絳唇】首句七字，於第四字藏韻則不在此限，因為它反而成為此句聲情的「特色」。

至於南北曲韻之規範，北曲自周德清《中原音韻》後，即以此為準。南曲在戲文時代大抵隨口取協，並無繩墨。魏良輔改良崑腔，創發水磨調，主張「《中州韻》詞意高古，音韻精絕，諸詞之綱領。」㉒梁辰魚《浣紗記》調用水磨，趨向官音，傳奇乃立。其後格律家沈璟乃襲魏氏薪傳，「每製曲，必遵《中原音韻》、《太和正音譜》諸書，欲與金元名家爭長」，㉓又倡導「入可代平，為獨洩造化之祕，又欲令作南曲者，悉遵《中原音韻》。」㉔凌濛初《譚曲雜劄》更云：「以伯英為開山，私相服膺，紛紜競作，非不東鐘、江陽，韻韻不犯，一稟德清。」㉕於是如明陳與郊《詅癡符》凡例：「詞韻不得越周德清，猶詩韻不得越沈約。」㉖卜世臣《冬青記》凡例：「《中原音韻》凡十九，是編上下卷，各用一週。」㉗明范文若《花筵賺》凡例：「韻悉本周德清

㉑〔明〕王驥德：《曲律》，《中國古典戲曲論著集成》第四冊，頁一二九。

㉒此段引文未見於魏良輔《曲律》，獨見於吳崑麓校正，文徵明抄寫：《婁江尚泉魏良輔南詞引正》，轉引自路工：《訪書見聞錄》，頁二四〇。

㉓〔明〕沈德符：《顧曲雜言・張伯起傳考》，《中國古典戲曲論著集成》第四冊，頁二〇八。

㉔〔明〕王驥德：《曲律》，《中國古典戲曲論著集成》第四冊，卷二〈論平仄第五〉，頁一〇五。

㉕〔明〕凌濛初：《譚曲雜劄》，《中國古典戲曲論著集成》第四冊，頁二五四。

㉖〔明〕陳與郊合四齣傳奇《寶靈刀》、《麒麟罽》、《鸚鵡洲》、《櫻桃夢》為《詅癡符》，收於《古本戲曲叢刊第二集》（上海：商務印書館，一九五五）。

㉗〔明〕卜世臣：《冬青記》，收於《古本戲曲叢刊第二集》（上海：商務印書館，一九五五）。

《中原》，不旁借一字。」㉘清孫郁《雙魚珮・凡例記畧》凡例：「德清《中原音韻》原為北曲設，非以律南詞也，……乃近代作者多用周韻，茲仍舊。」㉙清左潢《蘭桂仙》凡例：「今遵照《音韻》。……平聲必分陰陽，凡務頭所在，皆審呼吸填之。」㉚凡此皆可見魏、沈二大曲家後，《中原音韻》亦成南曲曲壇主流。

但是也有主張南北曲畢竟畛域不同，南曲不應以《中原音韻》為依歸，為此說者有王驥德《曲律・雜論下》、㉛施紹莘散套〈夏景閨詞・跋〉、㉜毛奇齡《西河詞話》卷一；㉝沈寵綏《度曲須知・宗韻商疑》則主張「韻腳宗《中原》，字面遵《洪武》。」㉞而綜觀古今主流劇種，若欲普及全國，則必須向官話靠攏，金元北曲雜劇如此，明清傳奇如此，清同治後之京劇又何嘗不如此。

(四)語言長度與音節形式

所謂「語言長度」，就中國語言來說，是指一個句子所含的音節數；但就中國韻文學來說，則是指韻間所含

㉘〔明〕范文若：《花筵賺》，收於《古本戲曲叢刊第二集》（上海：商務印書館，一九五五）。

㉙〔清〕孫郁：《雙魚珮》，朱傳譽主編：《全明傳奇續編》（臺北：天一出版社，一九九六），頁一。

㉚〔清〕左潢：《蘭桂仙》，《傳惜華藏古典戲曲珍本叢刊》第六九輯（北京：學苑出版社，二〇一〇年據清刻本影印），頁二，總頁三〇。

㉛〔明〕王驥德：《曲律》，《中國古典戲曲論著集成》第四冊，頁一八〇－一八一。

㉜〔明〕施紹莘：〈夏景閨詞・跋〉，《秋水庵花影集》，收入《四庫全書存目叢書》集部詞曲類第四二二冊，卷三（臺南：莊嚴文化，一九九七年據北京大學圖書館藏明末刻本影印），頁五七－五八。

㉝〔清〕毛奇齡：《西河詞話》，唐圭璋編：《詞話叢編》第一冊，卷一（北京：中華書局，一九八二），頁五七〇。

㉞〔明〕沈寵綏：《度曲須知》，《中國古典戲曲論著集成》第五冊，頁二三四－二三七。

的音節數，也可以稱之為「韻長」。

中國語言的特質是單音節，亦即一個字一個音節，以此類推，二字句的語言長度就是二音節，三字句就是三音節，四字句就是四音節，五字句就是五音節，六字句就是六音節，七字句就是七音節。韻文學一個句子的音節數，大抵不超過七音節。凡是超過七音節的句子，其間若不是會有帶白或襯字的話，就非「攤破」不可。譬如詞調中【攤破浣溪沙】、【攤破采桑子】、【攤破江城子】等都是。㉟

一言的句子，可以偶然出現，但不能構成韻文學的基本形式。因為這種單音節的句子，內容貧乏、節奏逼促，毫無「韻味」可言。以二言為基本形式的，相傳有【古孝子歌】（一作【彈歌】），它的句子長度仍舊極為短小，本身自成一個語氣上的頓，同樣沒有「韻致」可言。但是三言以上至七言的句子，隨著語言長度的累增，其間音節的騰挪，就益加多姿多韻起來。這是有關音節形成的問題，留待下文討論。

韻文學的語言長度應當指韻間的音節數而言。因為「韻」是散聲的收束，絕然成為一個語言的段落；所以句句押韻的，它的語言長度便只是該句的音節數；隔句押韻的，便是兩句的音節數，以此類推，三句四句亦然。明白了這個道理，那麼也就更加可以明白何以上文談到韻腳布置時，說到韻密者大抵節奏較緊湊，韻疏者則較弛緩的緣故了。

韻文學增加語言長度的方法，可以說就是加襯字。普通都以為「襯字」只有曲中才有，事實上詩詞照樣有很明顯的「遺跡」。譬如漢武帝時李延年〈李夫人歌〉「寧不知傾國與傾城」句中的「寧不知」三字，唐李白〈將

㉟ 曲調中之攤破與詞調有別。〔清〕李漁《閒情偶寄・詞曲上・音律第三》：「以二曲、三曲合為一曲……又有以攤破二字概之者，如本曲【簇御林】、本曲【地錦花】，而串入別曲，則曰【攤破簇御林】、【攤破地錦花】。」見《李漁全集》，第三卷「凜遵曲譜」條（浙江：浙江古籍出版社，一九九一），頁二二三。

進酒〉：「君不見黃河之水天上來，奔流到海不復回」㊱中的「君不見」三字。像這樣附加「襯字」的詩多半是樂府詩，事實上就是古曲子。而詞中如「攤破」較原調多出的字，如柳永〈八聲甘州〉「對瀟瀟暮雨灑江天，一番洗清秋。漸霜風淒緊，關河冷落，殘照當樓」㊲中的「對」、「漸」即是所謂的「領調字」，應當也屬襯字的範圍。至於曲中加襯，那就顯而易見，比比皆是了。例如王實甫《西廂記》正宮【叨叨令】曲：

> 見安排著車兒馬兒不由人熬熬煎煎的氣，有甚心情將花兒靨兒打扮的嬌嬌滴滴的媚。準備著被兒枕兒則索昏昏沈沈的睡，從今後衫兒袖兒都揾濕重重疊疊的淚。兀的不悶殺人也麼哥，兀的不悶殺人也麼哥。久以後書兒信兒索與我悽悽惶惶的寄。㊳

所謂「襯字」是在不妨礙腔格節拍的情形下，於本格正字之外所添加的若干字，因其較之本格正字，只占陪襯、襯托的地位，故稱襯字。上舉【叨叨令】曲是加襯字比較顯著的例子，其首四句正字總共才二十八字，襯字則有四十字，幾為正字的二倍。我們如果去掉襯字，光朗讀正字，則殊覺平板無生氣；但加上襯字之後，則莽爽之氣拂拂然生於齒牙之間，其意義明白顯豁、曲折詳盡，而韻致尤其生動活潑、嬝娜多姿。若推究其故，則襯字多用意義較輕、音節較快的虛字以作轉折、聯續、形容、輔佐之用，故能使凝鍊含蓄的句意化開，變成耳聞即曉的話語；同時它又加長了原有的語言長度，使語勢波浪起伏，造成流利爽快或頓挫曲折的情致。

與「語言長度」密切相關引發出來的是「音節形式」。

㊱《御定全唐詩》，收錄於《景印文淵閣四庫全書》集部三六三，第一四二四冊，卷一六二，頁五，總頁四八一。

㊲〔宋〕柳永：〈八聲甘州〉，見唐圭璋：《宋詞三百首箋注》（臺北：西南書局，一九九二），頁三五。

㊳參見拙作：〈中國詩歌中的語言旋律〉，《詩歌與戲曲》，頁一九。

韻文學的句子中同時含有兩種形式，一種是意義形式，一種是音節形式。意義形式是句中意象語和情趣語的組合方式，意象語為名詞及其修飾語，此外為情趣語。對於意象情趣語的組合方式必須認識清楚，然後對其所要表達的思想情感，才能有正確的體悟；這是欣賞韻文學的意境美首先要弄清楚的。音節形式則是句中音步停頓的方式，停頓的時間尚有久暫之別，必須掌握分明，然後韻文學的旋律感才能正確的傳達；這是欣賞韻文學音樂美第一要弄清楚的。意義形式和音節形式，有時是兩相疊合的；但有時則是頗為分歧的。如果彼此糾纏不清，則不止或傷意境美或傷音樂美，甚至於產生極大的誤解而不自知。為此，請先辨明意義形式與音節形式。

如杜甫〈戲為六絕句〉之三：

> 縱使盧王操翰墨，劣於漢魏近〈風〉〈騷〉。龍文虎脊皆君馭，歷塊過都見爾曹。[39]

這首詩是在評論初唐四傑，其音節形式，七言詩一般組分作「四三」，細分作「二二二一」；但意義形式則此詩第二句如果按照音節形式解作「四三」，那麼意思就成了：「初唐四傑的詩比漢魏詩拙劣，但格調卻接近〈國風〉〈離騷〉。」這種解法表面看好像沒什麼不對，其實文理不通；因為格調接近〈國風〉〈離騷〉的詩，絕不會比漢魏詩來得拙劣，所以它自然不是杜甫的意思。杜甫的意思在意義形式上應當解作「二五」，亦即：「初唐四傑的詩比起那接近〈風〉〈騷〉格調的漢魏詩要來得差些」，如此與首句對偶，意義形式同作「二五」，才能條貫，與下文也自然呼應。三四兩句為對句，意義形式均作「四一二」。所以此詩之意義形式與音節形式完全不同。

---

[39] 〔唐〕杜甫著，〔清〕楊倫箋注：《杜詩鏡銓》，卷九，頁三九八。

音節形式有時會混淆意義形式，同樣的，意義形式有時也會泯沒音節形式。譬如：越調【禿廝兒】末三句，周德清〈不辨珉玒〉套作：

不負我，贈新詩，新詞。❹⓿

《西廂記》第四本第二折作：

何須你，一一問，緣由。❹❶

再如越調【調笑令】首二句，王子一散套作：

得寬，且盤桓。❹❷

《西廂記》第四本第二折作：

你繡幃裡，效綢繆。❹❸

❹⓿ 隋樹森編：《全元散曲》（北京：中華書局，二〇〇〇），頁一三六四。
❹❶ 王季思主編：《全元戲曲》，第二冊（北京：人民文學出版社，一九九九），頁二九〇。
❹❷ 見〔清〕王奕清等奉敕撰：《欽定曲譜》，《景印文淵閣四庫全書》，第一四九六冊，卷四（臺北：臺灣商務印書館，一九八六），頁四五九。
❹❸ 王季思主編：《全元戲曲》，頁二八九。

以上諸例，如果就意義形式而言，都可以合併為一句，那麼在節奏上必然喪失原有的特質。而容易導人誤入歧途的，莫過於《堯山堂曲紀》題為馬致遠所作的一支【天淨沙・秋思】：

枯藤老樹昏鴉，小橋流水人家，古道西風瘦馬。夕陽西下，斷腸人在天涯。㊹

這支曲子的前面四句，音節形式作二二二，意義形式皆作四二；而末句若就意義形式來觀察，則有二四和三三兩種析法，其基本意義無甚分別，但偏於三三的人較多，於是此句在有些選本甚至於教科書裡，便被分作兩句，成為「斷腸人、在天涯」的斷句法，然而這是絕對錯誤的。其致誤的緣由便是因意義形式而泯沒音節形式。我曾經就《全元散曲》加以考察，作【天淨沙】的含無名氏計有五家八十五曲，其末句除了四曲音節形式可以疑似為三三句式外，其餘八十一曲毫無疑問，皆作二二二句式，如白樸一支近似馬氏的曲子：

孤村落日殘霞，輕煙老樹寒鴉，一點飛鴻影下。青山綠水，白草紅葉黃花。㊺

此曲的「白草紅葉黃花」，一看即知其音節形式非讀作「白草、紅葉、黃花」不可。

「斷腸人在天涯」，為什麼不可讀作「斷腸人、在天涯」而非讀作「斷腸、人在、天涯」不可呢？因為這關係到音節單雙形式的問題，單式雙式不可通融假借，否則一句既乖，全篇皆亂。試問將「斷腸人在天涯」讀作「斷腸人、在天涯」和讀作「斷腸、人在、天涯」，其間的聲情和旋律感是否有很大的差別？底下就仔細來談「音節形式」的問題。

㊹〔明〕蔣一葵：《堯山堂曲紀》，任仲敏編：《新曲苑》第二冊，第九種，頁五。

㊺ 隋樹森編：《全元散曲》，〈白樸・小令〉，越調【天淨沙】「秋」條，頁一九七。

五言詩和七言詩的音節形式只有一種頓法，亦即五言細分時為二三，細分時為二二一；七言細分時為四三，細分時為二二二一。這種形式符合語言先抑後揚的通則，屬於順讀，音感顯得流利。以《詩經》為代表的四言詩，如〈秦風・蒹葭〉的首章：

蒹葭蒼蒼，白露為霜。所謂伊人，在水一方。

溯洄從之，道阻且長；溯游從之，宛在水中央。46

其中所有的四言句莫不作二二頓法，而唯一的五言句「宛在、水中央」非作二三頓法不可。可見四言詩的音節形式也只有一種，那就是平分兩截，作為二二的形式。這種形式音感顯得平穩。再看詞曲，二言句太過逼促，請從三言至七言句來觀察：

三言：

(1)二一：狡兔、死，走狗、烹；飛鳥、盡，良弓、藏；敵國、破，謀臣、亡。（《史記・淮陰侯列傳・古謠諺》）

(2)一二：轉、朱閣，低、綺戶，照、無眠。（蘇軾【水調歌頭】）

四言：

46 見〔漢〕毛公傳，鄭玄箋：《毛詩傳箋》，〔唐〕孔穎達疏：《毛詩正義》，收於〔清〕阮元校刻：《重刊宋本十三經注疏附校勘記》第三冊，卷六之四，頁一，總頁二四一。

(1)一三：搵、英雄淚。繫、斜陽纜。（俱辛棄疾【水龍吟】）
(2)二二：翠羽、搖風。淡月、疏篁。（俱貫雲石【折桂令】）

五言：

(1)二三：殷勤、紅葉詩。冷淡、黃花市。（喬吉【雁兒落】）
(2)三二：對人嬌、杏花。撲人飛、柳花。（白樸【慶東原】）

六言：

(1)三三：長醉後、妨何礙。不醒時、有甚思。（白樸【寄生草】）
(2)二二二：蔬圃、蓮池、藥欄。石田、茅屋、柴關。（張養浩【沉醉東風】）

七言：

(1)二二三：朝吟、暮醉、兩相宜。花落、花開、總不知。（孫周卿【水仙子】）
(2)三二二：楚天秋、萬頃、煙霞。（丘士元【折桂令】）
占清高、總是、虛名。（鍾嗣成【水仙子】）

由以上所舉三言至七言的例子看來，每例各有兩種音節形式：第一種形式的最末一個音節都是單數，第二種形式的最末一個音節都是雙數。鄭師因百（騫）先生在〈論北曲之襯字與增字〉一文中謂前者為「單式」，後者為

「雙式」。47並云：

> 單式雙式二者聲響不同，或為健捷激裊，或為平穩舒徐。……詩中五言七言皆用單式，古風拗句偶可通融或故意出奇，近體如用雙式即為失律。詞曲諸調如僅照全句字數填寫而單雙互誤，則一句有失而通篇音節全亂。48

可見音節形式對於詞曲的「旋律」很重要。而音步的停頓處自然形成音節的縫隙，首句的開頭為音節將啟，各句的開頭不是上文的句末就是韻腳，其音節縫隙最大，故詞曲加襯字多半在句子的開頭。其次七言句粗分為四三、三四，六言句為三三、二二二，五言句為二三、三二，四言句為一三、二二，亦即將句子分為大抵相等的兩截，其間之音節亦有相當之縫隙，故亦於此處加襯字；至於上述音節段落，「四」可細分為「二二」，「三」可細分為「二一」，其音節縫隙更為狹小，雖亦可於此加襯字，但已屬少數，尤其「三」之為「二一」其在句末者更是少之又少。為清眉目，茲以起首的兩七言句為例，以符號標示如下：

*	○○	*	○○	*	○○	*	○	*，	○○* ○○* ○○* ○*。
1		4		3		5		2句	4 3 5 1韻

上例有「*」號者皆為音節縫隙，阿拉伯數字即表示其縫隙大小之等級，數字越小者，縫隙越大，可加之襯字

47 鄭師未說明句中音節形式之單雙何以取決於末一音節。鄙意以為因末一音節涵括句末之意義完成點與聲韻完成點，就聲情地位而言，自較其上面音節重要，故以之為音節單雙式之基準。

48 鄭師因百：〈論北曲之襯字與增字〉，《幼獅學誌》第一一卷第二期（一九七三年六月），頁一－一七。後收入鄭師因百：《龍淵述學》（臺北：大安出版社，一九九二），頁一一九－一四四，本文以《龍淵述學》所收為據。

越多；數字越大者，縫隙越小，可加之襯字越少。而由此亦可見，以七言為例，其第三四字間、第五六字間絕不可加襯字，因為其間沒有音節縫隙。但是帶詞尾和疊字衍聲的複詞有如上文所舉的《西廂記》正宮【叨叨令】中的「車兒馬兒」、「熬熬煎煎」等則為例外，因為詞尾本身即為附加成分，與該詞不可分離，而疊字衍聲複詞的下字，事實上等於詞尾。

由上所論，可見韻文學的句子形式含有意義形式和音節形式兩種。意義形式為意象情趣的組合，在詩中由於音節形式單純不變，故意義形式要求變化，結構才靈動活潑，才不致於犯上「合掌」刻板的毛病。而就音節來說，則有單、雙二式。單式健捷激裊，雙式平穩舒徐；以人的行走來比喻：單式猶如獨足，故動作跳躍；雙式猶如雙足，故動作平穩。句式單雙的配合，是詞曲以音步停頓之長短快慢見旋律之抑揚頓挫的要素。一調如純用單式句，則節奏顯得流利快速；如純用雙式句，則節奏顯得平穩緩慢；單雙式配合均勻，則節奏屈伸變化，韻致諧美。兩調字數如果相近，則單式句多者節奏較快；雙式句多者，節奏較緩。凡此皆可推想得知。請就樂府詩和詞曲牌調試驗，必然不爽。茲舉李白古風〈遠別離〉為例：

> 遠別離，古有皇英之二女。乃在洞庭之南，瀟湘之浦。海水直下萬里深，誰人不言此離苦。日慘慘兮雲冥冥，猩猩啼煙兮鬼嘯雨。我縱言之將何補。皇穹竊恐、不照余之忠誠，雲（一作雷）憑憑兮欲吼怒。堯舜當之亦禪禹。君失臣兮龍為魚，權歸臣兮鼠變虎。或言（一作云）堯幽囚，舜野死。九疑聯綿皆相似，重瞳孤墳竟何（一作誰）是，帝子泣兮綠雲間，隨風波兮去無還。慟哭兮遠望，見蒼梧之深山。蒼梧山崩湘水絕，竹上之淚乃可滅。[49]

[49] 《御定全唐詩》，收錄於《景印文淵閣四庫全書》集部三六三，第一四二四冊，卷一六二，頁一，總頁四七九。

這首詩論句法有散文、有騷體、有詩體，論句子長度有三言、四言、五言、六言、七言、八言、十言，真是達到了錯綜複雜的程度，所以聲情也變化多端，將李白憂國憂君一肚皮無可奈何的悲哀跌宕縱橫的流露出來。其開首四句運用散文句法，就音節而言則為雙式，聲情舒緩中有逐漸累積而致雄厚之感，而緊接其後乃連用兩句七言單式，則頗有千里一瀉直下之勢。這種情形就好像加拿大的尼加拉瀑布，其聲勢之所以浩大，乃因上游有款款蘊積而致深厚之水源，至其千仞懸崖一傾直奔的緣故。其後所運用之騷體句法，由於其「兮」字的特殊效用，更使聲情迴盪纏綿其間。李白的樂府古風就因為善於變化語言旋律，所以顯得格外豪縱不羈。

(五)詞句結構與意象情趣的感染

在中國語言的複詞中，有所謂「雙聲詞」、「疊韻詞」、「疊字詞」、「帶詞尾詞」，這四種複詞對語言旋律頗有影響。

1. **雙聲疊韻詞：**雙聲是指凡聲母相同的字，疊韻則指凡韻母相同的字；所以聲韻學上同聲紐的都屬雙聲，同韻部的都屬疊韻。劉勰《文心雕龍》卷七〈聲律第三十三〉所謂「雙聲隔字而每舛，疊韻雜句而必睽。」㊿便是該一句內如雜用兩同聲母的字，則聲情重複，乏於變化；如雜用二同韻之字，則聲情破折，不能和順；所以他主張要避忌。然而如果雙聲、疊韻各構成複詞，則不止無「每舛必睽」的毛病，反而可以增進聲韻美。

雙聲詞聲母相同，如清秋、磊落、黃槐、綠柳；疊韻詞韻母相同，如高鳥、天邊、窈窕、輕盈。雙聲詞由於聲母相同，發聲時順溜，所以給人的感覺是和諧而輕快；疊韻詞由於韻母相同，收聲時迴應，所以給人的感

㊿〔梁〕劉勰著，〔清〕范文瀾註：《文心雕龍註》，頁五五二。

覺是優美而和緩。也因此雙聲疊韻詞的運用，早見於《楚辭》，以及兩漢、魏晉的詩歌。初唐近體詩流行以後，更加受到注意。盛唐老杜尤精此道，神明變化，益增聲韻之美。清人周春著有《杜詩雙聲疊韻譜》[51]，茲據周著舉杜詩中一些雙聲疊韻的對句，以為例證。凡字旁有△△符號者為雙聲，有○○符號者為疊韻。

甲、古詩

差池上舟楫，窈窕入雲漢。（疊韻對疊韻，雙聲對雙聲）

早行石上水，暮宿天邊樹。（雙聲對疊韻）

乙、律詩

聯翩匍匐禮，意氣死生親。（疊韻對疊韻，雙聲對雙聲）

臨老羈孤極，傷時會合疏。（雙聲對雙聲）

鼓角緣邊郡，川原欲夜時。（雙聲對疊韻）

[51]〔清〕周春著：《杜詩雙聲疊韻譜》，嚴一萍選輯：《原刻影印百部叢書集成》，第五六九冊（臺北：藝文印書館，一九六八年據清吳省蘭輯刊《藝海珠塵》本影印），無頁碼。

十年蹴踘將離遠，萬里鞦韆習俗同。（疊韻對疊韻，雙聲對雙聲）

悵望千秋一灑淚，蕭條異代不同時。（疊韻雙聲錯綜對）

像這些詩句所運用的雙聲疊韻，都非常自然，錯落有致，所以益增聲韻之美。可是到了晚唐溫庭筠、陸龜蒙、皮日休諸家，則專意於雙聲疊韻詩的撰作，務求全首每一句、每一字都不越過雙聲疊韻的範圍，其實這已近於韻文學的「俳體」，這種「俳體」在詞曲中頗有其例，如元代梨園黑老五中呂套曲中的【粉蝶兒】：

從東隴風動松呼，聽叮嚀、定睛爭覷，望蒼茫、壙廣黃蘆。卻樵夫，遇漁父。遞知機携物，便盤旋、千轉前湖。看寒山、晚關灘渡。[52]

上例的韻腳協「魚模」韻，除韻腳外，首句各字疊「東鍾」韻，次句疊「庚青」，三句疊「江陽」，四句「恰樵」二字雙聲出格，五句疊「魚模」，六句疊「齊微」，七句疊「先天」，八句疊「寒山」。像這樣，由於拘束太嚴，不免矯揉造作，不止顯現不出聲韻之美，而且表達不出真情感、真思想。如果韻文學務求如此，那真是捨本逐末，不止不能善用天籟，反而有意斲喪天籟了。所幸那只是「俳體」而已。

2. 疊字複詞：疊字是衍聲複詞的一種構造方式，如蕭蕭、瑟瑟、淒淒、冷冷等，因為它是單音節的延續，所以其次一音節的性質有如帶詞尾的複詞（如桌子、好的、馬兒等）之「詞尾」，雖在文字上為一單字，但在音節上則附屬前者，就長度而言，止有半音節，而且發聲要較為輕微；也因此疊字詞和帶詞尾的複詞其音節要比

[52]《全元散曲》，下冊，頁一四〇〇。

兩個異字所構成的複詞來得輕而短。例如杜甫〈登高〉一首在開頭兩句「風急天高猿嘯哀，渚清沙白鳥飛迴」之後，緊接「無邊落木蕭蕭下，不盡長江滾滾來。」53運用「蕭蕭」和「滾滾」兩個疊字詞，借助其快速的節奏強化了秋日空曠悲涼的意味，前半首所顯現的意象情趣，其氣勢也因此奔騰雄渾起來。再如〈曲江二首〉之一的「穿花蛺蝶深深見，點水蜻蜓款款飛。」54更借助了「深深」和「款款」的輕快節奏，將蛺蝶和蜻蜓的穿花和點水寫得鮮活之極。李清照著名的〈聲聲慢〉詞，開首連用七組疊字衍聲複詞「尋尋覓覓，冷冷清清，淒淒慘慘戚戚。」將本來是三句音節雙式、節奏應屬緩慢的句子，變得一層逼進一層逐漸加速起來，而且一氣呵成，把她那沉鬱在胸中的悲秋情緒勃勃然迸發出來。再看喬吉的一支【天淨沙】曲：

鶯鶯燕燕春春，花花柳柳真真，事事風風韻韻，嬌嬌嫩嫩，停停當當人人。55

這支曲子共五句，每句都屬雙式音節，如果運用異字複詞有如馬致遠「枯藤老樹昏鴉」，則聲情一波三折，舒徐款緩；但由於喬氏寫的是春光明媚、郊遊踏青，意屬輕快愉悅，所以全用疊字詞填成，於是聲情、詞情就渾然如一了。而以此來印證上文所云之「音節形式」，亦可知末句非作「二二二」不可。

詞句結構影響旋律，關於複詞者有如上述，關於句子者則皆屬「俳體」，可分以下數類：

1. 頂針體：即後一句之首字用前一句之末字，亦謂聯珠格。如元無名氏【小桃紅】：

---

53 〔唐〕杜甫著，〔清〕楊倫箋注：《杜詩鏡銓》，卷一七，頁八四二。

54 〔唐〕杜甫著，〔清〕楊倫箋注：《杜詩鏡銓》，卷四，頁一八一。

55 《全元散曲》，上冊，頁五九二。

斷腸人寄斷腸詞，詞寫心間事，事到頭來不由自。自尋思，思量往日真誠志，志誠是有，有情誰似？似俺那人兒。[56]

從前歌樓中常用「頂針續麻」行酒令，既風雅而又有情趣。由於兩句間的首末兩字相同，使語意和聲情連貫下來，產生綿延不絕的韻致。

2. 反覆體：即二句中之字面顛倒重複，反覆言之，而且接續之句又用頂針格。如元無名氏【水仙子】云：

「恨重疊，重疊恨」，恨綿綿恨滿晚妝樓。「愁積聚，積聚愁」，愁切切愁斟碧玉甌。「懶梳妝，梳妝懶」，懶設設懶爇黃金獸。「淚珠彈，彈珠淚」，淚汪汪汪汪不住流。「病身軀，身軀病」，病懨懨病在我心頭。「花見我，我見花」，花應消瘦。「月對咱，咱對月」，月更害羞。「與天說，說與天」，天也還愁。[57]

此曲在每句開頭累增襯字成三言二句，而使其字面顛倒重複，且正句用頂針格，以此而強化其聲情與詞情。

3. 重句體：一篇中多同樣口氣之句，小曲中仿此者甚多。如明初湯式【折桂令】：

冷清清、人在西廂，(叫)一聲張郎，「(罵)一聲張郎。」(亂紛紛、)花落東牆，(問)一會紅娘，「(絮)一會紅娘。」枕兒餘衾兒剩，(溫)一半繡床，「(間)一半繡床。」月兒斜風兒細，(開)一扇紗窗，「(掩)一扇紗窗。」(蕩悠悠、)夢繞高唐，(縈)一寸柔腸，「(斷)一寸柔腸。」[58]

---

56 《全元散曲》，下冊，頁一七三一。

57 《全元散曲》，頁一四三三。

58 《全元散曲》，下冊，雙調【蟾宮曲】（一名【折桂令】、【天祥引】），頁一五六六。

上例是用增字、增句的方法，再加上同樣的口氣，使聲情複沓而產生輕快的特殊韻調。

4.連環句：以兩句為單元，次一句即下一單元之首句，如此勾勒，有如連環，如馬致遠《漢宮秋》雜劇第三折之雙調【梅花酒】，此曲有《北詞廣正譜》本與《元曲選》本，此據《廣正》本【梅花酒】第六格：

> 向著這迥野荒涼，塞草添黃。兔色早迎霜。「犬褪的毛蒼，人搠起纓鎗，馬負著行裝，駝運著餱糧，人獵起圍場。」他傷心辭漢主，我攜手上河梁。「他部從、入窮荒。」我前面、早叫擺行。「愁鑾輿，返咸陽。返咸陽，過宮牆。過宮牆，繞迴廊。繞迴廊，近椒房。近椒房，月昏黃。月昏黃，夜生涼。夜生涼，泣寒螿。泣寒螿，綠紗窗。綠紗窗，不思量。」[59]

吳梅《簡譜》謂「連環句，始於馬東籬」[60]，此調正格才七句，此曲又省去首句而為六句，其餘皆為「增句」；所謂「連環句」即指此曲末段之增句，由「愁鑾輿」至「不思量」。由於同句連環勾勒，於是聲情緊密相屬，有如波浪連綿，滉漾生姿。

以上所論述的構成和影響語言旋律的六種因素：字音的內在要素、聲調的組合、韻協的布置、語言長度、音節形式、詞句結構，有些是有律則可循的，有些雖無明確的律則，但亦可通過原理的分析而加以掌握。而「意象情趣的感染」這一因素，有時固然有人同此心，心同此理的情形，感染既同，則對於韻文學的語言旋律，自

---

[59] 見〔明〕李玉：《北詞廣正譜》，收入於王秋桂主編：《善本戲曲叢刊》，第六輯第一冊（臺北：臺灣學生書局，一九八七年據清康熙文靖書院刊本影印），頁六四二－六四三。其格律據鄭師因百：《北曲新譜》，卷一二（臺北：藝文印書館，一九七三），頁三一五。

[60] 吳梅：《南北詞簡譜》，收入王衛民校注：《吳梅全集》，卷三（石家莊：河北教育出版社，二〇〇二），頁一五六。

然產生一致的領會；但是，由於每個人的性情、學養、遭遇有別，對於同一韻文學所表達的意象情趣，所獲得的領悟和感受，難免有高低深淺強弱等層次的不同，而由此所反射出來的語言旋律也自然有別。因為領悟感受的層次不同，則旋律的高低長短強弱也隨之而異；同是一個字，因其所處的地位和所表現意義的分量不同，同樣也會有聲音高低長短強弱的差異。所以「意象情趣的感染」所產生的旋律，恐怕是最玄妙的一環。

然而如果勉強加以分析說明的話，那麼可以這麼說：意象情趣感受鮮明，則注意力集中；其豪放者，聲音自然隨之而高而重而促；其婉約者，聲音自然隨之而低而弱而長。意象感受模糊，則聲音只有自然隨之而低而短而輕。譬如我們讀劉邦〈大風歌〉：

大風起兮雲飛揚，威加海內兮歸故鄉。安得猛士兮守四方。[61]

讀其首句時果然有「帝王氣象」，讀其次句上半截時更是「登峰造極、躊躇滿志」；但讀至次句下半截時，則「落葉歸根、狐死首丘」之思油然而起，至於末句，則英雄的寂寞與對子孫的憂懼，不覺縈滿懷抱矣。所以此詩給我們的感受前半是「豪放」，後半則由過脈而趨於「婉約」；所以其旋律感自然有別。同樣的，我們讀項羽的〈垓下歌〉，「力拔山兮氣蓋世，時不利兮騅不逝」一定和「騅不逝兮可奈何，虞兮虞兮奈若何」氣勢不同。讀曹操〈短歌行〉，「對酒當歌，人生幾何；譬如朝露，去日苦多。慨當以慷，憂思難忘；何以解憂？惟有杜康」一定和「青青子衿，悠悠我心；但為君故，沉吟至今。呦呦鹿鳴，食野之苹；我有嘉賓，鼓瑟吹笙」情調有別。讀杜甫「星臨萬戶動，月傍九霄多」的聲情，就不能同樣拿來讀「細雨魚兒出，微風燕子斜。」讀蘇軾「大江

[61] 〔梁〕蕭統輯，〔唐〕李善注：《文選》，卷第二八〈詩戊・雜歌〉，頁一三三八。

東去，浪淘盡、千古風流人物」也不可和「明月如霜，好風如水」等同視之。讀馬致遠「百歲光陰一夢蝶，重回首、往事堪嗟」也必然和關漢卿「碧紗窗外靜無人，跪在床前忙要親」大大不同。凡此只好有賴「靈犀一點通」了。

小結

對於構成和影響中國韻文學語言旋律的七項因素分別論述之後，這裡再作一次綜合的觀察：

第一，這七個因素雖然同時並存，但有顯隱之別，某個或某些因素呈現特別強烈時，則其語言旋律便受到絕對的左右。例如《長生殿》第三十八齣〈彈詞〉【轉調貨郎兒・六轉】云：

> 恰正好嘔嘔啞啞、霓裳歌舞，不提防撲撲突突、漁陽戰鼓。剗地裡出出律律紛紛攘攘奏邊書，急得個上上下下都無措。早則是喧喧嗾嗾，驚驚遽遽，倉倉卒卒，挨挨拶拶，出延秋西路。（鑾輿後）攜著個嬌嬌滴滴、貴妃同去。又只見密密匝匝的兵，惡惡狠狠的語。鬧鬧吵吵，轟轟剨剨，四下喳呼。生逼散恩恩愛愛，疼疼熱熱，帝王夫婦。（霎時間畫就了這一幅）悽悽慘慘絕代佳人絕命圖。[62]

此曲寫唐明皇時「漁陽鼙鼓動地來」，帝王后妃倉促奔蜀，行次馬嵬驛，六軍不發，逼死楊妃的情景。除了按照曲調的體製規律填詞、以顯現該調的特殊韻致外，作者更運用襯字、帶白以加長語言長度，使氣勢更富於騰挪屈折；而其間倉皇失措之情景，所以能寫得淋漓盡致，乃是能妙用疊字衍聲複詞，使聲情急遽頓挫，有不可收

62 見著者注：《長生殿》（全本），收入《中國古典戲劇選注》（臺北：國家出版社，二〇〇七），頁七五七。

拾之勢。又唱此曲之李龜年彼時流落江南，重彈往事，一股悲痛哀傷，哭訴無門之情也自然流露於其間，因此乃用魚模舒徐嬝繞之韻以與急遽之聲情反襯，以見其嗚嗚然、如泣如訴的情懷。但總的說來，此曲主在寫匆遽情景，疊字衍聲複詞的作用已足以使聲情詞情融合為一，所以疊字衍聲複詞所造成的快速旋律感，便是屬於強烈顯性的因素，其他如語言長度、韻協、音節形式、聲調等，不是成為其次，就是隱藏不彰了。

第二，這七個因素中的「詞句結構」和「意象情趣的感染」二者都在韻文學的體製規律之外。韻文學的體製規律是逐漸體悟然後訂定出來、以便作者遵守的法則；雖然它是存在韻文學之中，而且被多數人認可的美好旋律，但無論如何是經過人為約定的，因此可以稱之為「人工音律」。人工音律講求聲調、韻協、句長的規律，但聲調中的「拗句」、韻協中的「選韻」雖都在規律之外，而對語言旋律仍頗有作用。所以「拗句」、「選韻」、「詞句結構」、「意象情趣的感染」這四項都無法訴諸人為的科範，我們可以合稱之為「自然音律」。丁邦新先生〈從聲韻學看文學〉一文中，稱人工音律為「明律」，自然音律為「暗律」。他對於「暗律」有極其精闢的見解，他說：

> 暗律是潛在字裡行間的一種默契，藉以溝通作者和讀者的感受。不管散文、韻文、不管是詩、是詞，暗律可以說無所不用。它是因人而異的藝術創造的奧祕，每個作家按照自己的造詣與穎悟來探索這一層奧祕。有的人成就高，有的人成就低。[63]

可見自然音律的道理是相當奧祕而不可明確掌握的。本文所論述的，不過是個人的一點體悟而已。

---

[63] 丁邦新：〈從聲韻學看文學〉，《中外文學》卷四第一期（一九七五年六月），頁一三一。

第三，雖然人工音律相當謹嚴，自然音律不易掌握；但中國語言是非常富於旋律美的，倘能體會其神髓和妥善運用其律則，必能創作出高妙的作品。所謂高妙的作品，必是聲情與詞情的密切結合、渾然如一。前人作詩填詞，除了妙手偶得、天衣無縫者外，為了達到此種境地，乃有所謂錘句鍊字的工夫。譬如：

〈齊己〉有〈早梅詩〉曰：「前村深雪裡，昨夜數枝開。」〈鄭〉谷笑謂曰：「數枝非早，不若一枝則佳。」齊己瞿然，不覺斂衣叩地膜拜，自是士林以谷為齊己一字之師。64

王荊公絕句云：「京口瓜洲一水間，鍾山只隔數重山。春風又綠江南岸，明月何時照我還。」吳中士人家藏其草，初云：「又到江南岸」，圈去「到」字，注曰：「不好，改為過。」復圈去而改為「入」；旋改為「滿」，凡如是十許字，始定為「綠」。65

〈賈〉島初赴名場，日常輕於先輩，以八百舉子所業悉不如己，自是往往獨語，傍若無人，或鬧市高吟、或長衢嘯傲。忽一日於驢上吟得「鳥宿池中樹，僧敲月下門」，初欲著「推」字，或欲著「敲」字，煉之未定，遂於驢上作「推」字手勢，又作「敲」字手勢，不覺行半坊，觀者訝之，島似不見。時韓吏部愈權京尹，意氣清嚴，威振紫陌，經第三對呵唱，島但手勢未已，俄為官者推下驢擁至尹前，島方覺悟，顧問，欲責之，島具對：「偶得一聯吟安，一字未定，神遊詩府，致衝大官，非敢取尤，希垂至鑒。」

---

64 見〔宋〕陶岳：《五代史補》，卷三「齊己」條（北京：書目文獻出版社，一九九六，據明末虞山毛氏汲古閣刊本），頁九。

65 〔宋〕洪邁：《容齋續筆》，《四部叢刊續編》，卷八「詩詞改字」條（臺北：臺灣商務印書館，一九六六年據上海涵芬樓影印宋刊本配北平圖書館藏宋刊本），頁一一。

韓立馬良久，思之，謂島曰：「作『敲』字佳矣。」遂與島並轡語笑，同入府署，共論詩道，數日不厭，因與島為布衣之交。66

以上前二例，表面上看似乎只重在意象的錘鍊深厚，但事實上也以聲調見情趣。「一」、「綠」都是短促的入聲；「一枝開」、「又綠江南岸」，都能藉著聲調，把雪地裡梅花乍然開放、春光忽地降臨的情趣，和春風一吹及江南，江南乍然春光明媚的情趣傳達出來；其間出其不意，說時遲那時快、又驚又喜的韻味，完全在於這「一」和「綠」兩個入聲字；如此再加上其意象「一」之切合「早」，「綠」之見春日精神，更是聲情詞情相得益彰了。至於韓愈、賈島的故事是有名的掌故，「推」、「敲」合用已經成為成語。或許有人以為「鳥宿池邊樹」是一種極端沉寂的境界，用「推」字，可以不破壞這種安寧的氣氛，而且可以表達僧人靜穆的涵養，殊不知這種寧靜其實是「死寂」，韓愈選擇「敲」字，乃欲以此見精神。根據董同龢先生所擬的中古音，推的音值是「t'uAi」，敲的音值是「kau」，兩個都屬平聲字。「推」的元音是舌面中低元音，韻尾是開口的細音；而「敲」的元音是舌面前的低元音，韻尾是合口的洪音。其元音相類似，可不論；但韻尾開口而細音者，餘韻不如合口而洪音者之嬝娜不絕；而且「推」字有介音，「敲」字無介音，無介音者開口較有介音者大；總合起來說，則「敲」字較之「推」字聲洪而有餘響，與出句「宿」字之為入聲，更構成鮮明之對比。以此鮮明的對比來寫月夜的寧靜，則更顯其祥和靜謐了。試想深夜於枕上「聽取蛙聲一片」和從長巷裡傳來的數聲犬吠，以及「月出驚山鳥，時鳴深澗中。」「空山不見人，但聞人語響。」是否就會破壞深夜和空山的寧靜？豈不因其鮮明的對比而反襯得更加寧靜嗎？而這種寧靜卻是有生氣的，絕不是一片死寂的。所以古人要說「蟬噪林逾靜，鳥鳴山更幽。」也因此

---

66 見〔五代蜀〕何光遠：《鑑戒錄》（據臺灣大學圖書館藏清嘉慶十年虞山張氏照曠閣刊本），卷八「賈忤旨」條，頁五。

韓愈「立馬良久」，千錘百鍊之後，必有所悟而終於選擇了「敲」字。又如南宋詞人張炎曾說他先人寄閒翁賦〈瑞鶴仙〉一闋，有「粉蝶兒撲定花心不去」句，終覺「撲」字不協，改作「守」字乃協。[67]試想「粉蝶兒」乃翩翩輕巧之物，並非蒼鷹大鵰；花心乃柔弱嬌美之物，亦非高山巨石。「撲」字之為入聲激促直切，其意象又極為凝重迫人；以此施之於粉蝶兒與花心之間，自然不倫不類而「終覺不協」。改作「守」字，則「守定」上去為聲，諧美柔婉，於此也可見出粉蝶兒款款飛舞於姹紫嫣紅之際，經過細心的選擇，終於發現了它可以牢牢守定的「花心」，其間似乎還有情深一往的韻致，較之「撲定」之為莽撞摧折，其高下真不啻霄壤之隔。

上面所舉的例子，就江西詩派所標示的作詩技巧來說，就是所謂「響字」、「句眼」。方回在《瀛奎律髓》中，對於所選錄的詩，特意將所謂「句眼」圈點出來。其卷四二李虛己〈次韻和汝南秀才遊淨土見寄〉一詩之批更云：

> 潘邠老以句中眼為響字，呂居仁又有字字響、句句響之說。朱文公又以二人晚年詩不皆響責備焉。學者當先去其啞可也。亦在乎抑揚頓挫之間，以意為脈，以格為骨，以字為眼，則盡之。[68]

可見講求「以字為眼」的目的，在使「句響」，如此詩的節奏才抑揚有致，否則便成了喑啞的死語。所以前人練字，不止在意象的錘鍊深厚，而且也注意到聲韻對情趣所產生的效果。

第四，中國語言的每一字音，含有五個成分。每個字音由於構成的分子發音部位和發音方法不同，所以每

---

[67] 見〔宋〕張炎：《詞源》，唐圭璋編：《詞話叢編》第一冊，卷下「音譜」條，頁二五六。

[68] 〔元〕方回：《瀛奎律髓》，王雲五主編：《四庫全書珍本‧八集》，第五九九冊（臺北：臺灣商務印書館，一九七八），頁一六一—一七。

個字的音質聲響也就各自不同。因為這是極為精微的現象，難於訂成規律、納入法則，所以一般只好讓它存在於自然體悟的默契之中。但是，明嘉隆間興起的崑山水磨調卻注意及此，而且將此精微的語言旋律融入音樂旋律中。對此，上文論「歌樂之關係」言之已詳。

總上所論，可見中國韻文學有一半的生命是寄託在聲韻也就是語言旋律的腔調之中，以此而烘托意象、激動情感，從而使人觸發多方面的聯想，獲得豐富的情趣。所以韻文學悠然諷詠的正是其中的旋律，從而得之的乃是其中的情趣。對此，王驥德似乎也有所了悟，他在《曲律．論聲調第十五》云：

> 夫曲之不美聽者，以不識聲調故也。蓋曲之調，猶詩之調。詩惟初盛之唐，其音響宏麗圓轉，稱大雅之聲。中晚以後，降及宋元，漸萎薾偏詖，以施於曲，便索然卑下不振。故凡曲調，欲其清，不欲其濁；欲其圓，不欲其滯；欲其響，不欲其沉；欲其俊，不欲其癡；欲其雅，不欲其麤；欲其和，不欲其殺；欲其流利輕滑而易歌，不欲其乖刺艱澁而難吐。其法須先熟讀唐詩，諷其句字，繹其節拍，使長灌注融液於心胸口吻之間，機括既熟，音律自諧，出之詞曲，必無沾唇拗嗓之病。昔人謂孟浩然詩，諷詠之久，有金石宮商之聲；秦少游詩，人謂其可入大石調，惟聲調之美，故也。惟詩尚爾。而矧於曲，是故詩人之曲，與書生之曲、俗人之曲，可望而知其概也。[69]

如此說來，我們欣賞品味韻文學，要掌握其語言腔調所流露的情趣，就應當朗聲誦之、曼聲吟之，乃至於高聲歌之了。

[69] 〔明〕王驥德：《曲律》，《中國古典戲曲論著集成》第四冊，頁一二二－一二三。

二、戲曲腔調的載體

小引

腔調既然是語言的旋律，同時也是戲曲音樂的主體內容，那麼若論腔調或戲曲音樂是憑藉什麼載體呈現出來的，毫無疑問的，自然是語言。而誠如上文所云，中國語言為單音節，一字一音；字音有其構成因素，字音中聲調彼此累積的組合、韻腳布置的疏密，乃至累字成句的音節形式等等都是構成和影響腔調的內在因素。而若將語言引其聲，使旋律趨於樂音，也就是將語言音樂化，由於其音樂化的層級不同，則其腔調便也有粗糙自然與精緻人工之別。大抵說來，號子、山歌、小調、詩讚、曲牌是其音樂層級不同的外在載體。前三者皆屬民歌的範圍，大抵用為小型說唱或小戲音樂之載體，詩讚用於板腔體說唱或戲曲音樂之載體，曲牌指詞牌與南北曲牌，用於曲牌體說唱或戲曲之載體。曲牌本身有其源生、建構與發展，以其為戲曲精緻音樂最重要之載體，因之別出一章單獨論述。

以下號子、山歌、小調參考宋大純《民間歌曲概論》，[70]曲牌參考武俊達《崑曲唱腔研究》，[71]而皆佐證古人言論。

[70] 宋大純：《民間歌曲概論》（北京：人民音樂出版社，一九七九）。

[71] 武俊達：《崑曲唱腔研究》（北京：人民音樂出版社，一九九三）。

(一)號子

號子用於勞動，一般稱「勞動號子」。緊張的勞動動作，沉重的體力負荷，使之以吆喝、吶喊歌唱，音樂性格粗獷豪邁而堅定有力。宋高承《事物紀原》卷九〈博奕嬉戲部〉第四十八「杵歌」條謂魯襄公十七年（西元前六三四年）就有「板築役夫歌以應杵」的情況，72《淮南子・道應訓》稱之為「舉重勸力之歌也」。73可見勞動號子源生的自然和久遠。因為誠如川江船工號子所言「不喊號子悶悶愁不新鮮，不喊號子上下水搬不動船。」號子誠然有鼓舞勞動情緒、調劑精神的作用，也有組織勞動、協調動作的功能。

就因為號子具有這樣的自然作用和功能，所以其演唱方式往往運用「一領眾和」的方式，而無論「領」或「和」，可以說完全是經由勞動的自然聲口的抒發，所以聲多字少。譬如大連碼頭的〈撥糧包號子〉：

（領）一起（那）加油幹（哪），（合）哎喲呵嗨哎喲呵嗨，哎喲呵嗨！

（領）大家加油幹（哪），（合）哎喲呵嗨哎喲呵嗨，哎喲呵嗨！

若論勞動號子，則有以下六類十五目：

1. **搬運號子**：裝卸、挑擔、抬工、板車等四種號子。
2. **工程號子**：打夯、打硪、采石、修建、伐木等五種號子。
3. **農事號子**：車水、打糧等兩種號子。

72〔宋〕高承：《事物紀原》，王雲五主編：《人文文庫》（臺北：臺灣商務印書館，一九七一），頁三五四。

73〔漢〕淮南王劉安：《淮南子・道應訓》，王雲五主編：《萬有文庫》（臺北：臺灣商務印書館，一九三〇），頁九四。

4.作坊號子：鹽場、竹麻等兩種號子。

5.行船號子。

6.捕魚號子。

一般說來號子的音樂節奏源於勞動節奏，具有貫穿始終的基本節奏型，一再的反覆，使之產生一定的律動效果。如果旋律性較強、曲調起伏較大，風格比較優美的號子音樂，大都是在從事比較輕鬆的勞動時唱的；反過來說，若勞動強度增加，節奏就會加強，旋律就會減弱。所以號子的節奏和旋律實受勞動強度的制約，互相取得最好的協調。

而「一領眾和」是勞動號子的基本演唱形式。《淮南子・道應訓》謂「今夫舉大木者，前呼邪許，後亦應之。」[74]高承《事物紀原》亦謂「今人舉重出力者，一人倡，則為號頭，眾皆和之曰打號。」[75]可知由來已久。其領腔與和腔的交替進行，促進了集體勞動者之間的情緒交流，加強了行動的一致，同時由此而出現的間歇，也便於調節勞動和呼吸，利於領唱者的即興編詞。而就領腔與和腔的結合關係來觀察，有以下三種類型：

1.呼應型：領和一呼一應，交替出現。

2.迭置型：領和互相迭置，構成多聲部合唱。

3.綜合型：呼應型和迭置型的綜合運用。

總而言之，號子可以說是最初級的方言音樂化所憑藉產生的腔調。其自由運轉的空間和幅度也最大，也最能展現方言本身的特質。

[74] 〔漢〕淮南王劉安：《淮南子・道應訓》，王雲五主編：《萬有文庫》，頁九四。

[75] 〔宋〕高承：《事物紀原》，王雲五主編：《人文文庫》，頁三五四。

(二)山歌

山歌顧名思義是指勞動號子以外的各種山野歌曲，它是滿心而發、肆口而成用以宣洩內心思想情感的曲子，最為庶民百姓所喜愛和樂聞。如廣西壯族民歌有云：

不車水，稻不長；
不唱山歌心不爽。

又四川民歌云：

雞公打架有客來，剪刀落地有衣裁；
裁衣要從衣襟起，唱歌要從心裡來。

可見「山歌無本句句真」，山歌可以使人舒爽。又如四川山歌所云：

帶唱山歌帶種田，不費功夫不費錢；
自己省得打瞌睡，旁人聽聽也新鮮。

可見山歌也可以解除勞動中的疲勞。

山歌的內容非常廣泛，歌詞每有即興性，也反映時代的新現象、新變革。如杜文瀾《古謠諺》76所載頗多。

我國山歌有因地區或民族習用的不同名稱，如陝北〈信天游〉，山西〈山曲〉，內蒙〈爬山調〉、〈牧歌〉，青海〈花兒〉，湖北〈趕五句〉，四川〈晨歌〉、〈揚歌〉，安徽〈慢趕牛〉，苗族〈飛歌〉，雲南〈調子〉等。

我國山歌非常豐富，若從地理條件來考察，則高原地區比較高吭粗獷，草原上牧歌明朗奔放，江南水鄉明快秀麗，因此分為高腔、平腔、矮腔三種不同類型：

1.高腔山歌：曲調高吭嘹亮、激昂奔放，音域寬，曲調進行跳動大，節奏自由富變化，拖腔較長，襯詞、襯句使用很多，自由延長音頗頻繁，句幅長而大，一般成年男子多用小嗓唱高腔山歌。如藏族〈山歌〉、山西〈山曲〉、青海〈花兒〉、安徽〈掙頸紅〉、湖北〈喊口調〉，以及湖南、陝南、四川的山歌，皆屬「高腔」山歌。

2.平腔山歌：曲調悠長，節奏較為自由，拖腔一般較短，旋律進行較為平穩。如江西興同〈打著山歌過橫排〉，四川〈藍色天上現彩雲〉、〈摘葡萄〉，雲南〈沙街調〉，苗族〈飛歌〉都屬於平腔山歌。

3.矮腔山歌：曲調優美柔和，音域不寬，較少使用大跳音程，節奏較規整，詞曲結合多為一字對一音，結構比較短小精悍，一般極少用拖腔，多用真聲大嗓演唱。如湖北枝江〈鐵樹開花破天荒〉、湖南茶陵〈挑起籮筐唱山歌〉、山西崞縣〈一心叫他帶上我〉、四川東部〈太陽出來照北岩〉等都屬矮腔山歌。

由於唱山歌多在野外，環境空曠，又不受勞動動作的限制，歌唱者可以無所拘束的抒發內心情緒。所以山歌的音樂節奏一般比較自由，音調比較悠長，較多使用自由延長音來運轉語言旋律。許多山歌在曲首加上呼喚性襯詞、襯句，常常給山歌帶來顯著的地區和民族特色。如江西興同「哎呀嘞哎，打著山歌過橫排」、四川巴中「哎！藍色那個天哎上嘞」、四川甘孜〈牛場山歌〉「啊中喲！我走過的地方都會忘掉」等。自由延長音的運用，既從自然語言、語調和表達情緒的重要出發，又要符合歌曲本身的結構規律。

⑯〔清〕杜文瀾輯，周紹良校點：《古謠諺》（北京：中華書局，一九五八）。

山歌唱法多用小嗓，也有大小嗓結合使用的。一些地區、民族在唱山歌時，還具有某些獨特的唱法。如高音區的顫音、吟震音表現在內蒙〈牧歌〉和藏族〈山歌〉中，如湖南高腔山歌中的小三度顫音，如四川東部的「喁山歌」，「喁」也是一種高音區顫音的唱法，它們給山歌增添了地區和民族的特色。

由以上可見山歌因地域不同，語言受環境影響，其運轉語言旋律時乃有高腔、平腔、矮腔之別；又其基本句型為四句，音節形式為二二二一，運轉時掌控腔型即可，可以在句首加襯詞襯句，句間加襯字襯詞，延長音、顫音均可因緣使用，也就是說，歌者自由發揮的空間仍然非常廣大。

(三)小調

相對於「山野之曲」的山歌，小調就是「里巷之曲」。由於有職業藝人傳播和唱本的印行，小調的流傳範圍比較大，它不像山歌只限於一定地區的農民中流傳。又由於職業藝人有較豐富的專業修養，小調經過加工後在藝術上比較提高，其思想內容和藝術也同樣的複雜許多。

小調的題材，大至各種重大政治社會事件，小至日常生活的遊戲和風俗活動，包羅極廣。若就其性質分類，可以分作以下四種：

1. **抒情歌：**以日常生活為主要內容。如〈打櫻桃〉、〈繡荷包〉、〈賣雜貨〉、〈小拜年〉、〈看燈〉、〈補缸〉、〈採茶〉、〈游壽〉，還有傳統戲曲常見的題材，如〈西廂〉、〈白蛇〉。在歌詞寫作上常用「四季」、「五更」、「十二月」來聯綴多段歌詞，構成一種序列寫法。這種手法在《詩經・國風・豳風》的〈七月流火〉就已如此。舉山西〈走西口〉為例：

正月裡娶過門，二月裡就走西口，想起了哥哥你走西口，兩只眼睛淚雙流。走路你走大路，萬不要走小路，大路上行走的人兒多，拉拉活兒解憂愁。坐船你坐船後，萬不要坐船頭，船頭上風大波浪高，怕你掉在水裡頭。

2.詼諧歌：這類小調常常具有生動的情節描述，風趣而詼諧，曲調因之活潑明快。如陝北〈跑旱船〉：

太陽出來這麼（樣樣）高（么喲號），照見（那個）老頭（是）過（呀）來了。身上（喲啊）穿（的）一件爛皮（得兒）襖（喲號），長上兩根鬍子（喲）（奴得兒吊，咦得兒吊得兒，吊得兒喲吊吊）那才是個假的（咦喲號）。

3.兒歌：與兒童遊戲或教育有關的曲子，特色是生動而浪漫，如山東〈簫〉：

一根紫竹直苗苗，送給寶寶做管簫；簫中吹出新時調，小寶寶，嗚的嗚的學會了。

4.風俗歌：有關風俗活動中所唱的曲子，如新娘出嫁之前要邀集親友到家中歌唱，在四川稱作〈坐歌堂〉，有些地方稱作〈哭嫁歌〉或〈伴嫁歌〉。又如侗族村寨中主人迎賓時的〈攔路歌〉，又如喪葬儀式中的〈孝歌〉等。舉四川南充〈坐歌堂〉第二段〈我媽放我路程遠〉為例：

（領）白鶴兒（呀）飛起（呀）尾（呀）巴圓（喲），（齊）（天上烏雲落，梅花落地腳。）（此為幫腔，下同。）

（領）我媽（呀）放我（呀）路（呀）程遠（喲），（齊）

(領)頭月(呀)回來(呀)雞(呀)歇圈(喲),(齊)
(領)二月(呀)回來(呀)媽(呀)點燈(喲),(齊)
(領)三月(呀)回來(呀)月(呀)亮圓(喲),(齊)
(領)四月(呀)回來(呀)打(呀)五更(喲),(齊)
(領)桃葉(呀)青來(呀)柳(呀)葉青(喲),(齊)
(領)眾位(呀)大姊(呀)請(呀)接聲(喲),(齊)

此歌第一段為〈起歌頭〉,第三段為〈罵媒〉,第四段為〈送歌堂〉。可見〈坐歌堂〉採用聯曲體,由多首短小的、各自獨立的歌曲聯綴組成。除〈起歌頭〉和〈送歌堂〉固定在開始結尾時歌唱外,中間部分的歌曲數量不拘,可多可少連接自由。從曲調上看,和當地山歌有密切關係,小調歌曲也有相當數量。從內容上看,包羅萬象,極為廣泛,常常即興編詞來唱和問答。有感謝父母哥嫂的,有表達姊妹依戀難捨之情的,有祝誦新娘今後過幸福生活的;婦女們也有藉此來宣洩幽怨的。

從以上四類小調曲目可以看出,小調與號子、山歌相比較,具有較多藝術加工的成分,在演唱時多半有樂器伴奏。雖然它的伴奏基本上是隨腔伴奏,用來襯托語言旋律,但由於在曲調上加花裝飾和在樂與音間加入托墊的音,以及引子、過門的運用等,也使音樂得到了豐富,加強了協調和連貫的效果。

由於小調反映生活面比較廣,歌詞句式結構比較多樣而富變化,長短句的形式較為普遍,非對偶的三句五句等結構比較常見,所以其曲式結構較山歌多得多。

在小調曲目中,一詞多曲和一曲多詞的情況較常見。演唱者可以按照自己的理解和藝術特長,在一個基本曲調上充分發揮自己的創造性；從而使題材內容基本相同的一首歌詞，因歌者之不同而具有許多不同特點和情趣的唱腔；也使一個基本曲調可能具有許多方面的表現性能，亦即許多歌詞內容不同的小調雖大體同屬一基本曲調，可以根據各自不同的曲詞內容運轉出各自鮮明的音樂情味。其緣故是相同的曲調和歌詞，因歌者對歌詞的意象情趣的感染力不同和運轉曲調的能力修為有別；因之所詮釋的歌聲各自有其韻味乃至藝術之高下。至於調同詞異的情況，則是歌詞的語言旋律本身已有別，加上歌者的感染力和運轉力深淺優劣有差，自然會有各自鮮明的音樂情味。也就是說小調較諸山歌、號子，雖對語言旋律的制約性略高，基本旋律骨架略為穩定，但其自由運轉的空間較諸規律謹嚴的南北曲牌仍舊是大得多的。

以上就今人觀點介紹並說明了號子、山歌、小調在民間的情況及其內涵特色。接著來看看古人的說法。

明人祝允明《猥談．歌曲》以傳統文人觀點看嘉靖以前（一五二一）[77]南戲的音樂腔調，認為「聲樂大亂」，「今遍滿四方，輾轉改益，又不如舊，而歌唱愈謬，極厭觀聽，蓋已略無音律腔調。」又說：

> 愚人蠢工，徇意更變，妄名餘姚腔、海鹽腔、弋陽腔、崑山腔之類，變易喉舌，趁逐抑揚，杜撰百端，真胡說也。若以被之管絃，必至失笑。[78]

我們將祝氏主觀情緒剔除，從中可見當時餘姚等四腔，乃從南戲發祥地的溫州腔「變易喉舌，趁逐抑揚」而來，亦即溫州腔的南戲流傳到餘姚等四地，當地的「愚人蠢工」就運用各自的方言旋律而產生餘姚等四地新腔調，而由其「若以被之管絃」，則可見其唱法尚如山歌一般的就語言旋律各自隨心體會的來運轉歌唱，也就是說但有

---

[77] 祝允明生於明天順四年（一四六〇年），卒於嘉靖五年（一五二六年）；姑以《猥談》成書在嘉靖之前。

[78] 〔明〕祝允明：《猥談》，收入〔明〕陶珽編：《說郛續》，第一〇冊，卷四六，頁五，總頁二〇九九。

打擊樂的節奏，尚無管絃樂的伴奏，否則就會格格不入而令人發笑。對於「山歌」的唱法，蘇軾《東坡志林》卷二也說：

余來黃州，聞黃人二三月皆群聚謳歌，其詞固不可分，而其音亦不中律呂。但宛轉其聲，往返高下，如雞唱爾。與廟堂中所聞雞人傳漏，微有所似。但極鄙野爾。……今土人謂之山歌云。⑲

現在湖北廣濟、黃梅和江西九江、玉山等地都流行一種「高腔山歌」。由東坡之語可見，山歌是無須「律呂」宮調的制約，只要依循語言旋律，往返高下即可。

至於小調的唱法，徐渭《南詞敘錄》：

南戲始於宋光宗朝（紹熙，一一九〇—一一九四），永嘉人所作《趙貞女》、《王魁》二種實首之，故劉後村有「死後是非誰管得，滿村聽唱蔡中郎」之句。或云：「宣和間（一一一九—一一二五）已濫觴，其盛行則自南渡，號曰『永嘉雜劇』，又曰『鶻伶聲嗽』。」其曲則宋人詞而益以里巷歌謠，不叶宮調，故士夫罕有留意者。……永嘉雜劇興，則又即村坊小曲而為之。本無宮調，亦罕節奏，徒取其畸（當作疇）農市女順口可歌而已，諺所謂「隨心令」者，即其技歟？間有一二叶音律，終不可以例其餘，烏有所謂九宮？⑳

⑲〔宋〕蘇軾：《東坡志林》，《景印文淵閣四庫全書》，第八六三冊，卷二（臺北：臺灣商務印書館，一九八三年據國立故宮博物院藏本影印），頁一一，總頁八六三—八六四。

⑳〔明〕徐渭：《南詞敘錄》，《中國古典戲曲論著集成》第三冊，頁二三九—二四〇。

著者在〈也談「南戲」的名稱、淵源、形成和流播〉[81]一文中引述徐渭此段言語，認為戲文初起時稱「鶻伶聲嗽」，文中「即村坊小曲」以下說的正是這種地方戲，沒有宮調節奏的制約，民間歌者但隨心感染，順其語言旋律發聲即可。而「宋人詞而益以里巷歌謠」則是「永嘉雜劇」的「現象」，也就是以歌謠為基礎的鄉土小戲又吸收了宋雜劇的詞調來豐富自己的音樂，而這「詞調」仍是不受宮調制約，其情況當是與小調等同的粗曲，則其歌唱仍與「隨心令」近似。則古今之山歌小調性格不殊。

山歌小調非常久遠，先秦北方的〈國風〉、南方的楚歌，漢魏樂府，南朝西曲吳歌，唐代〈竹枝〉，宋元以下之小令莫不然。

金元燕南芝庵《唱論》云：

> 凡唱曲有地所：東平唱【木蘭花慢】、大名唱【摸魚子】，南京唱【生查子】，彰德唱【木斛沙】、陝西唱【陽關三疊】、【黑漆弩】。[82]

又明沈德符《顧曲雜言》「時尚小令」條云：

> 元人小令行於燕趙後，浸淫日盛。自宣正至化治後，中原又行【瑣南枝】、【傍妝臺】、【山坡羊】之屬。李崆峒先生初自慶陽徙居汴梁，聞之，以為可繼〈國風〉之後。何大復繼至，亦酷愛之。今所傳【泥

[81] 見拙作：〈也談「南戲」的名稱、淵源、形成和流播〉，原載《中國文哲研究集刊》第一一期（一九九七年九月），頁一—四一；收入拙著：《戲曲源流新論》，頁一一五—一八三。

[82] 〔金元〕芝庵：《唱論》，俞為民、孫蓉蓉主編：《歷代曲話彙編・唐宋元編》，頁四六二。

捏人】及【鞋打卦】、【熬䯼髻】三闋，為三牌名之冠，故不虛也。自茲以後，又有【耍孩兒】、【駐雲飛】、【醉太平】諸曲，然不如三曲之盛。嘉隆間乃興【鬧五更】、【寄生草】、【羅江怨】、【哭皇天】、【乾荷葉】、【粉紅蓮】、【桐城歌】、【銀絞絲】之屬，自兩淮以至江南，漸與詞曲相遠，不過寫淫媟情態，略具抑揚而已。比年以來，又有【打棗乾（竿）】、【掛枝兒】二曲，其腔調約略相似，則不問南北，不問男女，不問老幼良賤，人人習之，亦人人喜聽之，以至刊布成帙，舉世傳誦，沁人心腑，其譜不知從何來，真可駭嘆！又【山坡羊】者，李何二公所喜。今南北詞俱有此名。但北方惟盛愛【數落山坡羊】。其曲自宣大遼東三鎮傳來。今京師妓女，慣以此充絃索北調。其語穢褻鄙賤，並桑濮之音亦離去已遠。而羈人遊婿，嗜之獨深，丙夜開尊，爭先招致；而教坊所隸箏纂等色，及九宮十二律，皆不知為何物矣！俗樂中之雅樂，尚不諧里耳如此，況真雅樂乎？[83]

像這樣的「小令」亦可稱之為小曲、雜曲、小調，以其流行一時，亦可謂之時調。著者所主持的「中央研究院所藏俗文學資料的分類整理和編目」[84]，其中徒歌類計有兒歌、喜歌、秧歌、夯歌、叫賣歌、軍歌、山歌七項，三百四十一種，四百一十七目；雜曲類則有八十九調，四千〇七十八種，五千三百五十四目；其調目如下：

濟南調、利津調、湖廣調、福建調、馬頭調、靠山調、蕩湖調、邊關調、五更調、窰調、牌子曲、群曲、岔曲、四川調、琴腔、十朵花、十盃酒、嘆十聲、剪靛花、銀鈕絲、梳妝臺調、紅繡鞋、西江月、對花、

[83] 〔明〕沈德符：《顧曲雜言》，《中國古典戲曲論著集成》第四冊，頁二一三。

[84] 關於此項工作之經過，著者曾寫過〈中央研究院所藏俗文學資料的分類整理和編目〉一篇，茲收錄於《說俗文學》（臺北：聯經出版事業公司，一九八〇），頁一一一一五。底下「雜曲類」調目見於此書，頁四。

十二月、侉侉調、七七調、毛毛雨、和尚採花調、關東調、滿江紅、小情郎調、廣東小調、湖北調、一字調、梅花調、揚州調、刮地風、羅江怨、天津調、楊柳青、京調、毛延壽調、倒板槳、的篤班調、四喜調、國慶調、川心調、月映花調、寧波調、漢陽調、湘江浪調、馬燈調、清淮調、金柳曲調、大四景、俞調、雅調、無錫調、閩南歌、客家調、玉溝調、寄生草、黃歷調、雙黃歷調、南疊落、北疊落、一江風、重疊序、螺絲轉、粉紅蓮、劈破玉、雙劈破玉、起字呀呀喲、北河調、番調、倒番調、重重續、秦吹腔花柳歌、打棗竿、盤香詞、彈黃調、兩句半、八角鼓、嶺頭調、南詞、清江引、老八板、蘇武牧羊可見明清雜曲小調之繁複，而今若就卡拉OK之流行歌曲觀之，又何下於明清之小令！則山歌俚曲生生不絕是可以預期的！

(四) 詩讚

在歌樂配搭組合的說唱和戲曲中，最後發展為詩讚系板腔體和詞曲系曲牌體，為雅俗兩個系統的代表。其詩讚系、詞曲系各指其韻文作為歌的詞情體系，板腔體、曲牌體則各指其音樂作為樂的聲情體系。詩為韻文的七言句，正體作四三的單式音節，變體作三四的雙式音節。讚為韻文的十言句，正體作三三四的雙式音節，變體作三四三或四三三的單式音節。詩體之用於說唱，始見於唐代變文，其後宋陶真、彈詞亦以七言為體；讚體始見於明成化說唱詞話。從此詩讚並用。至於清代彈詞、鼓詞，則詩讚並用習以為常矣。

楊蔭深《中國俗文學概論》第十六章〈鼓詞〉：

鼓詞的體例與彈詞一樣，也以韻散文合組的，大底議論敘事則用散文，記景寫情則用韻文。又因為是敘事體，所以沒有代書中人的說白，只有說書人自己的表白。唱詞通常也分七言與十言兩種，參差互用，其實都是七言，十言中的三言乃是襯字。取材多為歷史與義俠的故事，這大約是北方人性情較烈，特嗜所在的緣故。著名的如《左傳》、《春秋》、《前後七國志》、《三國志》、《北唐傳》、《薛家將》、《粉粧樓》、《綠牡丹》、《楊家將》、《呼家將》、《水滸傳》、《濟公傳》、《包公案》、《英雄大八義》、《小八義》、《大明興隆傳》、《施公案》、《劉公案》等等，或由小說所改編，或為後來小說所由出，都是長篇大幅，有多至一百回以上的，所以全書很長，非唱至幾十天或幾個月不能完的。[85]鼓詞雖多敘這種武勇故事，但也非絕對沒有寫兒女風月故事的，不過這些都比較簡短，主要的如《西廂記》、《二度梅》、《蝴蝶盃》、《三元傳》、《紫金鐲》、《繡鞋記》。

像這樣詩讚系板腔體的說唱文學藝術，用到戲曲裡，就像梆子腔系和皮黃腔系那樣的戲曲劇種了。對此，下文將進一步予以論述。

(五)曲牌

這裡所謂的曲牌雖僅指南北曲的曲牌而言，但詞牌性質相同，可以概括其中。北曲為中州之音調，南曲為大江以南之音調；北曲用於元人雜劇、散曲；南曲用於宋元明南戲，亦施於明清傳奇、雜劇及散曲。其體製規律之謹嚴，若較諸雜曲小調，則小調為曲牌之雛型，而南北曲為曲牌之完成。所以南北曲的曲牌，雖亦有粗細之分，但總體而言，可以視之為精緻歌曲。也因此曲牌各具鮮明之性格，歌者無法再像號子、山歌、小調那樣

---

[85] 楊蔭深：《中國俗文學概論》，楊家駱主編：《中國俗文學叢刊》第一集（臺北：世界書局，一九九五），頁一一六。

有寬廣的空間可以自由的運轉，也就是說號子山歌小調以自然的語言旋律為重，而曲牌則講究人工的語言旋律；越偏向人工則對歌者的制約就會越大，越偏向自然則歌者可發揮的地方就會越多。

就因為「曲牌」用於元明清三代之主流劇種和散曲，職司精緻之戲曲音樂，因之下文別闢四章詳為論述。

小結

以上所敘號子、山歌、小調、詩讚、曲牌等與「腔調」和「唱腔」所依存之載體，其涵蘊之「音樂性」建構元素，可以說依序漸進，也就是說號子、山歌發諸群眾自然，最為初級；曲牌中之細曲制約條件最多，余有「八律」之說，人工化最為嚴苛緊密；而小調、詩讚居其中，小調之被用作南曲曲牌者，即為粗曲；凡此，下文亦將予論及。

第肆章　論說戲曲「曲牌」（之一）
曲牌之來源、類型、發展與北曲聯套

小引

曲牌迄今仍有以下三個意義：其一，象徵一種固定的語言旋律，它是由建構曲牌的「八律」所決定，依據其粗細之音律特性而各取所須構成的。其二，它是套數的基本單元。其三，它具有主腔所產生的音樂性格。

一、曲牌之來源

像這樣具有三個意義質性的曲牌，若考其源生，則王驥德《曲律・論調名第三》云：

曲之調名，今俗曰「牌名」，始於漢之【朱鷺】、【石流】、【艾如張】、【巫山高】，梁、陳之【折楊柳】、【梅花落】、【雞鳴高樹巔】、【玉樹後庭花】等篇，於是詞而為【金荃】、【蘭畹】、【花間】、【草堂】諸調，曲而為金、元劇戲諸調。北調載天台陶九成《輟耕錄》及國朝涵虛子《太和正音譜》，南調載毗陵蔣維忠（名孝，嘉靖中進士）《南九宮十三調詞譜》——今吳江詞隱先生（姓沈名璟，萬曆中進士）又釐正而增益之者——諸書臚列甚備。然詞之與曲，實分兩途。間有采入南、北，則於金而小令如【醉落魄】、【點絳唇】類，長調如【滿江紅】、【沁園春】類，皆仍其調而易其聲。於元而小令如【青玉案】、【搗練子】類，長調如【瑞鶴仙】、【賀新郎】、【滿庭芳】、【念奴嬌】類。或稍易其字句，或止用其名而盡變其詞；南則小令如【卜算子】、【生查子】、【憶秦娥】、【臨江仙】類，長調如【鵲橋仙】、【喜遷鶯】、【稱人心】、【意難忘】類，止用作引曲。過曲如【八聲甘州】、【桂枝香】類，亦止用其名而盡變其調。至南之於北，則如金【玉抱肚】、【豆葉黃】、【剔銀燈】、【繡帶兒】類，如元【普天樂】、【石榴花】、【醉太平】、【節節高】類，名同而調與聲皆絕不同。其名則自宋之詩餘，及金之變宋而為曲，元又變金而一為北曲，一為南曲，皆各立一種名色，視古樂府，不知更幾滄桑矣。❶

可見調名早見於漢代，但曲牌傳播的變化也實在很大。而宋詞源於唐五代，人所共知。

至若南北曲：北曲所用曲牌，根據《中原音韻》與《太和正音譜》，共有三百三十五。王國維《宋元戲曲考》第八章〈元雜劇之淵源〉謂「就此三百三十五章研究之，則其曲為前此所有者幾半。」他進一步分析，則：

出於大曲者十一

❶〔明〕王驥德：《曲律》，《中國古典戲曲論著集成》第四冊，頁五七—五八。

出於唐宋詞者七十有五
出於諸宮調各曲中者二十有八
可證為宋代舊曲者九。

合計一百二十三曲。王氏接著說：

由此推之，則其他二百十餘章，其為宋金舊曲者，當復不鮮；特無由證明之耳。❷

可見元曲與宋金舊曲的傳承是多麼的豐厚。但元曲中顯然也有胡樂的成分，如【忽都白】、【呆骨朵】、【者刺古】、【阿納忽】等即是。宋曾敏行《獨醒雜志》云：

先君嘗言，宣和間客京師時，街巷鄙人多歌番曲，名曰【異國朝】、【四國朝】、【六國朝】、【蠻牌序】、【蓬蓬花】等。其言至俚，一時士大夫亦皆歌之。❸

可見北宋末年在汴京已經流行「番曲」，又金末劉祁《歸潛志》卷一三：

❷ 王國維：《宋元戲曲考》，收於《王國維遺書》第九冊，頁五一－五三，總頁五九五－五九九。筆者按：「可證為宋代舊曲者」，王氏原作「十章」，但其中所舉之【喬捉蛇】一曲已見於所舉之「出於諸宮調各曲中」，當為重出，故應刪作九曲。

❸〔宋〕曾敏行：《獨醒雜志》，嚴一萍選輯：《原刻影印百部叢書集成》，第四五三冊，卷五（臺北：藝文印書館，一九六六年據清乾隆鮑廷傳校刊《知不足齋叢書》本影印），頁八。

> 唐以前詩，在詩；至宋則多在長短句。今之詩，在俗間俚曲也，如所謂【源土令】之類。……今人之詩，惟泥題目事實句法，將以新巧取聲名，雖得人口稱，而動人心者絕少，不若俗話俚曲之見其真情，而反能蕩人血氣也。❹

可見金代俚曲之發達。像這樣的番曲俚歌，應當也給元曲提供了不少的資源。

元曲三百三十五個曲牌，據著者分析統計，計得小令專用曲四十六調，小令散套兼用曲六十八調，小令雜劇兼用曲十一調，帶過曲三十三調，總計散曲用曲一百五十八調，此外之一百七十七調俱為雜劇專用曲，如再合小令雜劇兼用之十一曲，計得雜劇用曲一百八十八調。

何以散曲、雜劇之用曲有所分野？這應當和音樂的性質有密切關係。因為散曲用以清唱，劇曲用以搬演，自然要品味有別。也因此，散曲襯字少而劇曲襯字多，可為窺豹一斑。

南曲所用曲牌，靜安先生《宋元戲曲考・南戲之淵源及時代》考查戲文曲牌之出於古曲者，唐宋大曲有二十四，唐宋詞有一百九十，金諸宮調有十三，南宋唱賺有十，同於元雜劇曲名者有十三，可知其出於古者有十八，❺此外自為時曲。南曲曲牌後來亦有宮調統攝，所以在每一個宮調下，含有所屬之曲牌若干。

周維培《曲譜研究・南北曲的來源及命名》謂南北曲牌之主要來源有三方面，摘錄如下：

> 其一，汲取唐宋燕樂、詞調、諸宮調、唱賺等藝術者。

❹〔金〕劉祁：《歸潛志》，嚴一萍選輯：《原刻影印百部叢書集成》，第四六〇冊，卷一三（臺北：藝文印書館，一九六六年據清乾隆鮑廷傳校刊《知不足齋叢書》本影印），頁四－五。

❺王國維：《宋元戲曲考》，收於《王國維遺書》第九冊，頁八二－八六，總頁六五六－六六四。

其二，來自南北曲聲腔劇種發源地之民歌俗曲，以及佛教道情和少數民族歌曲。

其三，南北曲曲牌中自身衍變的新調如犯調、集曲。❻

至於曲牌命名之由，王驥德《曲律・論調名第三》云：

以下專論南曲：其義則有取古人詩詞句中語而名者，如【滿庭芳】則取吳融「滿庭芳草易黃昏」，【點絳唇】則取江淹「明珠點絳唇」，【鷓鴣天】則取鄭嵎「家在鷓鴣天」，【西江月】則取衛萬「只今惟有西江月，曾照吳王宮裡人」，【浣溪沙】則取少陵詩意，【青玉案】則取〈四愁〉詩語，【粉蝶兒】則取毛澤民「粉蝶兒共花同活」，【人月圓】則用王晉卿「年年此夜，華燈盛照，人月圓時」之類。有以地而名者，如【梁州序】、【八聲甘州】、【伊州令】之類。有以音節而名者，如【步步嬌】、【急板令】、【節節高】、【滴溜子】、【雙聲子】之類。其他無所取義，或以時序，或以人物，或以花鳥，或以寄托，或偶觸所見而名者，紛錯不可勝紀。❼

曲牌名義固然有些可考述而出，如任訥《教坊記箋訂》附錄三「曲名事類」之分析歸納教坊曲名之本事本義；❽如【拜新月】，因民間拜新月之風俗而產生；【送征衣】，緣孟姜女故事送寒衣而作；【菩薩蠻】，因唐大中初，女蠻國入貢，危髻金冠，纓絡被體，號菩薩蠻隊，遂製此曲；【漁歌子】，為唐張志和原創，有「西

❻ 詳參周維培：《曲譜研究》，頁二七八—二八三。

❼ 〔明〕王驥德：《曲律》，《中國古典戲曲論著集成》第四冊，頁五八。

❽ 參看任訥：《教坊記箋訂》（北京：中華書局，一九六二），頁二五五—二六二。

塞山前白鷺飛」之曲；【搗練子】，相傳李後主所創以詠搗練，有「深院靜，小庭空」之曲。此外，又有文人自度曲，如上所舉姜夔之例；或有取自大曲之摘遍，以及自大曲「排遍」中翻轉而成之「令引近慢」，其例亦皆已見前文。又有由唐人近體詩變化其「音節形式」而成長短句者，見下文論「詞曲系曲牌體與詩讚系板腔體」。

但其不可考者終占絕大多數，因之我們但將曲牌視之為曲律之象徵符號可矣！

南北曲牌之數量可以從南北曲譜觀之：

北曲曲牌，周德清《中原音韻》、朱權《太和正音譜》皆收有三百三十五調，李玉《北詞廣正譜》❾收有四百四十七調，莊親王等《九宮大成北詞宮譜》收五百八十一調，吳梅《北詞簡譜》收三百二十二調，鄭師因百（騫）《北曲新譜》收三百八十二調。

南曲曲牌，蔣孝《南九宮譜》收錄戲文三十一種四百一十五支單曲，見所附《音節譜》收輯曲牌四百八十五調。沈璟《南曲全譜》較蔣譜新增二百餘章，合計約六百八十五調。徐于室、鈕少雅《南曲九宮正始》收曲牌一千一百五十三調，呂士雄等《南詞定律》收一千三百四十二調，莊親王等《九宮大成南詞宮譜》收一千五百一十三調。

由諸譜所輯錄之曲譜看來，曲牌因本身之衍生與集曲犯調之創製，自然越來越多，而以《九宮大成南北詞宮譜》集大成。

---

❾ 魏洪洲：《《北詞廣正譜》著作權歸屬研究——兼論《九宮正始》的作者》，謂支持李玉著《北詞廣正譜》之署名吳偉業的序文，為託名之偽作；應歸屬生前曾為鈕少雅編撰《九宮正始》的徐于室。見《古典戲曲辨疑與新說國際學術研討會論文集》（黑龍江：黑龍江大學明清文學與文化研究中心，二〇一二），頁三九三—四〇七。

二、曲牌之類型

在南北曲眾多的曲牌中，含有不同的類型，曲以作用分，有散曲、劇曲。散曲無科白，劇曲有科白。所謂科白即動作和賓白。散曲又大別為散套與小令，劇曲又大別為南戲與北劇。茲先就散曲之體製，表列其名類，而後一一略予說明：

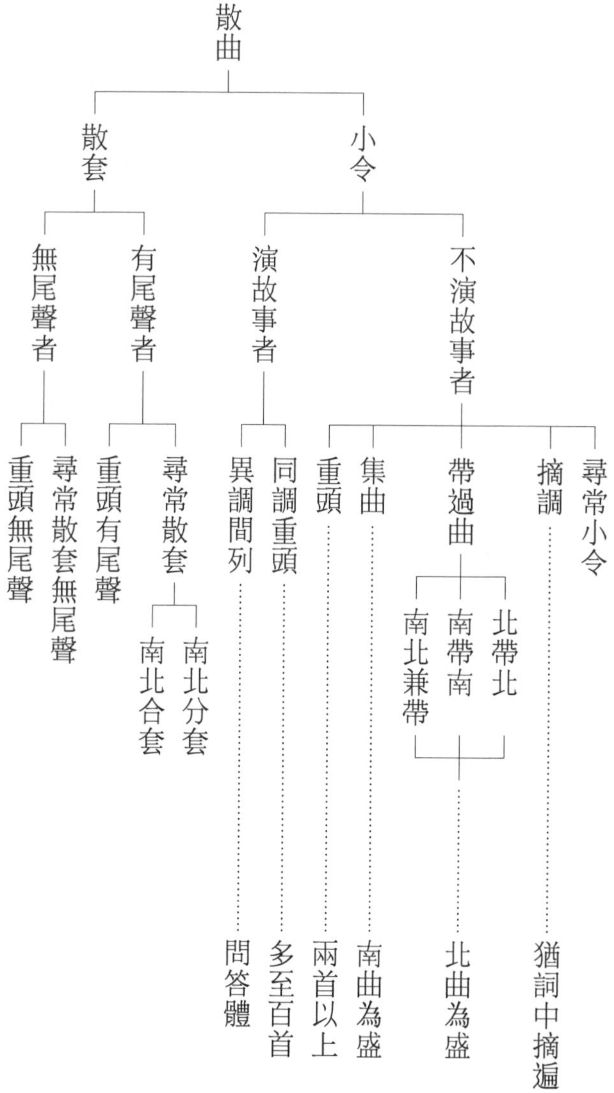

上表係根據任訥《散曲概論》，❿下文說明亦酌取其說：

散套與小令之分：散套聯合同宮調或管色相同之曲而成，首尾一韻；小令大多數為隻曲，每首各自為韻。

尋常小令：指單闋之曲，為曲中之至簡者，與詩一首、詞一闋相當。如黃鍾【節節高】、【賀聖朝】等。

摘調：指從套曲中摘出之曲調，有如詞中之摘遍，所摘之調必是套中精粹者。如《中原音韻．作詞十法》所附定格四十首中之【雁兒落帶得勝令】，題下注一「摘」字，即是。

帶過曲：即作者填一調畢，意猶未盡，再續拈一他調，而此兩調之間，音律又適能銜接。倘兩調猶嫌不足；可以三之，但到三調為止，不能再增。北帶北之例如正宮【脫布衫帶小梁州】、南呂【罵玉郎帶感皇恩、採茶歌】，南帶南之例如雙調【朝元歌帶朝元令】，南北兼帶之例如南中呂【紅繡鞋帶北紅繡鞋】。

集曲：集合數調之美聲而腔板可以銜接者以為一新曲，此南曲為盛，如仙呂【九迴腸】乃集【解三酲】首至七、【三學士】首至合、【急三鎗】四至末而成。北曲亦有之，如黃鍾【刮地風犯】乃集【掛金索】首至四、【刮地風】四至末而成。另一種集曲乃以一曲保留首尾而犯以他調；北曲如《貨郎旦》雜劇正宮【九轉貨郎兒】【二轉】乃合【貨郎兒】首三句、中呂【賣花聲】二至四、【貨郎兒】末句而成，南曲如仙呂【二犯桂枝花】乃合【桂枝香】首至四、【四季花】四至合、【皂羅袍】五至八、【桂枝香】九至末而成。

重頭：即頭尾悉同之調一再重複使用，有如詩詞中之聯章。李開先、王九思之百闋【傍妝臺】即是。

同調重頭演故事者：此對下一類異調而言。如《雍熙樂府》卷一九所載《摘翠百詠小春秋》，用【小桃紅】一百首，從張生離洛陽敘起，直至崔張團圓，一同赴官為止。

❿ 任訥：《散曲概論．體段第四》，《散曲叢刊》第四冊（臺北：臺灣中華書局，一九六四），頁一六－三一。

異調間列演故事之小令：如《樂府群玉》所載朱士凱《雙漸小青問答》用【慶東原】、【天香引】、【鳳引雛】、【凌波仙】、【天香引】、【凌波仙】、【天香引】、【凌波仙】、【天香引】、【凌波仙】、【天香引】、【凌波仙】等十二首。

南北分套：此對下文「南北合套」而言。北套之例如：仙呂【點絳唇】、【混江龍】、【油葫蘆】、【天下樂】、【那吒令】、【鵲踏枝】、【寄生草】、【煞尾】。其中【點絳唇】為首曲、【煞尾】為尾曲、【混江龍】等六曲為正曲。南套之例如：[商調引子]【遶池遊】、[商調過曲]【字字錦】、【不是路】、【滿園春】、【前腔】、【尾聲】。南套有引子、過曲、尾聲。

南北合套：合套之律當一南一北相間不亂；要在南北兩調之聲音恰能銜接而和美。如北中呂【粉蝶兒】、南【泣顏回】、北【石榴花】、南【泣顏回】、北【鬥鵪鶉】、南【撲燈蛾】、北【上小樓】、南【撲燈蛾】、南【尾聲】。

尋常無尾聲之套：北套惟所用之末調可以代替尾聲者，則不再用尾，如商調套曲以【浪來裡】結，變調套曲以【清江引】結者均不用尾。南套尋常無尾聲者在散曲中極少，有之則下列所謂重頭無尾聲者。

重頭無尾聲之套：惟南曲有之。重頭以無尾聲為慣例。如[越調引子]【祝英臺近】、[越調過曲]【祝英臺】、【前腔】、【前腔】、【前腔】。

重頭有尾聲之套：北曲至簡之套有一調一煞者，稍長則為一調一么篇一煞，有如南套中重頭加尾聲。南曲之例如：[黃鍾引子]【西地錦】、[黃鍾過曲]【降黃龍】、【前腔】、【前腔】、【前腔】、【太平令】、【前腔】、【黃龍袞】、【前腔】、【尾聲】。

其次南戲傳奇之曲牌則可從粗細、增板有無、配搭、性格、聯套等方面來觀察。對此，許之衡《曲律易知》

言之已詳，茲撮其要如下。其〈論粗細曲〉云：

> 作曲合律之難者何？非徒難於明宮調、諳節奏也。宮調節奏，猶可玩索舊譜，潛心而考得之。所難者同宮之曲，紛然雜陳，若不知別擇，以為同宮調即可任意聯貫，則或以生旦唱【醉扶歸】之後，接唱【光光乍】；唱【園林好】之後，接唱【普賢歌】，如是之類。於宮調節奏，毫無不合，而實屬笑柄者，則以不知性質故也。曲牌性質之說，各家曲譜，從未細論。惟明人鴛湖逸者所著之《九宮譜定》一書，於各曲牌略注性質用法。然此種祕籍，不易常見，且亦僅得大略而已。性質之別甚繁，今就簡明立論，可分為三類括之。
>
> 一曰細曲，亦名套數曲，謂宜於長套所用，即所謂纏綿文靜之類是也。一曰粗曲，亦名非套數曲，謂宜於短劇過場等所用，即所謂鄙俚噍殺之類也。二者各別部居，不相聯屬，非排場必要時，決無同在一處之理，誤用則成笑柄。又有可粗可細之曲，以便隨人運用。以此三類，可括曲之一切性質。明乎此則握管填詞，成竹在胸，自無支支節節雜亂無章之弊矣。⓫

許氏於是根據沈璟《增定南九宮曲譜》，列舉各宮調之粗曲與可粗可細之曲。如仙呂宮之粗曲為：【光光乍】、【鐵騎兒】、【碧牡丹】、【大齋郎】、【青歌兒】、【五方鬼】、【油核桃】、【十五郎】、【番鼓兒】；可粗可細之曲為：【勝葫蘆】、【上馬踢】、【蠻江令】、【涼草蟲】、【感亭秋】、【喜還京】、【美中美】、【木丫叉】、【皂羅袍】、【羅袍歌】、【一封書】、【一封羅】、【解三酲】。⓬

⓫ 許之衡：《曲律易知》，頁八九－九〇。

⓬ 同上註，頁九一。

許氏之所以沒有列出細曲，因為細曲只要從套曲中即可求得，只要是生旦所唱之套數，其開首三兩支一定是細曲。許氏又說：

粗曲大半兼用之衝場。衝場者，謂上場時即唱此曲，不用賓白或詩句引起。而此曲又非引子之謂也。蓋此種唱時多可不和絃管，謂之乾唱。既不和絃管，即無拘乎宮調矣。若集曲則細曲居多，間有可粗可細之列者。然亦不過三數調而已，若在粗曲之列，則絕無也。⓭

許氏又論及南北曲之「板式」。其〈概論〉云：

散套之律，較寬於傳奇。北曲之律，較寬於南曲。何以故，則以有無贈板之故也。贈板者，專施之南曲。蓋南曲板式，各有一定，某曲應若干板，某處應下板，皆有定程，不可移易。如此曲為十六板，歌者欲其和緩美聽，則可加贈板式，增為三十二板。蓋贈者，增也。但只許增一倍，不許增過於倍，或不及倍也。有贈板之曲，例應在前，無贈板之曲，例應在後，此為南曲第一關鍵。蓋歌者初唱時，第一二三支曲，宜取和緩，必有贈板，入後則漸緊促，概無贈板矣。此為傳奇每折一定之例，散套亦然。若北曲則板式概無一定，與南曲成反比例，亦無贈板之說。⓮

又其〈論過曲節奏〉云：

⓭ 同上註，頁九六。

⓮ 同上註，頁一八一一一九。

> 南曲最重要者，在知節奏之緩急。緩者有贈板，急者無贈板。有贈板之曲當在前，無贈板之曲當在後，此為南曲之金科玉律，第一關鍵也。⑮

於是許氏將各宮調之曲分為細中緊三種，如仙呂宮：【月兒高】、【醉扶歸】、【八聲甘州】、【傍妝臺】、【桂枝香】，以上應有贈板；【二犯月兒高】、【月雲高】、【月照仙】、【月上五更】、【醉羅袍】、【醉羅歌】、【醉歸花月渡】、【醉花雲】、【甘州歌】、【甘州解酲】、【二犯傍妝臺】、【二犯桂枝香】、【香歸羅袖】、【羽調排歌】、【三疊排歌】、【蠻江令】、【涼草蟲】、【望吾鄉】、【上馬踢】、【勝葫蘆】，以上贈板可有可無，【望吾鄉】以下均可作短曲衝場用；【木丫叉】、【感亭秋】、【喜還京】、【美中美】、【油核桃】間可當引子用。【長拍】、【短拍】、【皂羅袍】、【皂羅罩黃鶯】、【羅袍歌】、【一盆花】、【天香滿羅袖】、【一封書】、【一封歌】、【一封羅】、【安樂神犯】、【解三酲】、【解酲甘州】、【解袍歌】、【解酲望鄉】、【掉角兒序】、【掉角望鄉】、【番鼓兒】、【春從天上來】、【三囑咐】，以上無贈板；【光光乍】、【鐵騎兒】、【大齋郎】、【五方鬼】、【上馬踢】、【臘梅花】均可當引子，【賺】、【不是路】、【一封書】，以上不拘宮調。⑯

可見許氏將作為過曲的曲牌節奏之緩急，分作細中緊三類，亦即有贈板、可贈可不贈、無贈板三種。這三種應與曲之粗細相應，亦即有贈板者為細曲，可贈可不贈者為可粗可細之曲，無贈板者為粗曲。

又曲牌就其是否用於聯套而言，又可分應聯套、單用、兼用三類。許氏〈論配搭〉之後，就此三類列舉各

⑮ 同上註，頁六五。

⑯ 同上註，頁六六—六八。

宮調之曲牌已詳，茲不贅。

而曲牌每支有其性格，呈現不同之曲情。許氏〈論排場〉云：

> 劇情雖千變萬化，然大別不外悲歡離合四字。故喜劇、悲劇可分為兩大部分也。所謂歡樂者，如飲宴祝壽、結婚團圓之類均屬之。此種均有一定之套數。宜按成式照填。⑰

於是許氏列舉歡樂類、悲哀類、遊覽類、行動類、訴情類、過場短劇類、急遽短劇類、文靜短劇類、武裝短劇類等九種不同的曲情套式；也可見許氏認為曲牌聯套所產生的類型有這九種。

也因曲牌有性格，所以查繼佐《九宮譜定總論》有「用曲合情」條，云：

> 凡聲情既以宮分，而一宮又有悲歡文武緩急等，各異其致。如燕飲陳訴，道路車馬，酸淒調笑，往往有專曲。⑱

因此過曲就配搭成套而言，有宜於與他曲配搭成套而可疊用者，如【紅衫兒】；有宜於本身重頭疊用成套而不宜與他曲聯套者，如【祝英臺近】；有兩者皆可者，如【鎖南枝】；有宜於與他曲配搭成套而本身不宜疊用者，如【一撮棹】。又由於曲牌隨時空而有所變化，所以戲文曲牌配搭成套的基本原理，雖然也被傳奇所繼承，但卻會發生現象的變異。譬如【江兒水】，戲文如《張協狀元》第十齣和《錯立身》都專用成套，但傳奇則轉為

---

⑰ 同上註，頁九八。

⑱ 〔清〕查繼佐（別號東山釣史）：《九宮譜定總論》，收於《新曲苑三十四種》第一冊（臺北：臺灣中華書局，一九七〇），頁五，總頁一八一。

與他曲相聯成套。

曲牌的另一種類型見於其聯套之中。就北曲而言，其「套式」儘管不同，但基本上都是由首曲、正曲、尾曲三部分組成的。北曲的首曲和尾曲相當固定，茲據鄭師因百《北曲套式彙錄詳解》列舉如下：

1.**黃鍾宮**：首曲【醉花陰】；尾曲【尾聲】（又名隨尾、煞尾、收尾）。

2.**正宮**：首曲【端正好】；尾曲【尾聲】、【煞尾】（有七體，其第二體又名【煞尾】、【隨尾】；其第五體又名【黃鍾尾】、【黃鍾煞】）、【啄木兒煞】（又名【鴛鴦兒煞】）、【收尾】（有二體，一體用於散套，一體用於劇套，俱只見一例）。

3.**仙呂宮**：首曲【點絳唇】、【八聲甘州】；尾曲【賺煞】（又名【賺無尾】、【賺尾】、【煞尾】、【尾聲】）。

4.**南呂宮**：首曲【一枝花】；尾曲【黃鍾尾】（與正宮合用）。

5.**中呂宮**：首曲【粉蝶兒】；尾曲【尾聲】、【隨煞】、【啄木兒煞】（與正宮通用）。

6.**大石調**：首曲【六國朝】；尾曲【雁過南樓煞】、【玉翼蟬煞】、【好觀音煞】。

7.**商調**：首曲【集賢賓】；尾曲【浪來裡煞】（又作【浪裡來煞】、【隨調煞】、【尾聲】）。

8.**越調**：首曲【鬥鵪鶉】、【梅花引】、【耍三臺】；尾曲【收尾】。

9.**雙調**：首曲【新水令】、【五供養】；尾曲【收尾】、【隨煞】、【本調煞】、【煞】、【鴛鴦煞】、【離亭宴煞】、【歇指煞】、【離亭宴帶歇指煞】、【絡絲娘煞尾】、【尾】。

北曲的套數聯曲體，有明顯的首曲、正曲、尾曲，而這種「三部曲」的結構，其實是中國樂曲的傳統，宋郭茂倩《樂府詩集》卷二六云：

又諸調曲皆有辭、有聲。而大曲又有豔、有趨、有亂。辭者，其歌詩也；聲者，若「羊吾夷伊那何」之類也。豔在曲之前，趨與亂在曲之後，亦猶「吳聲」、「西曲」前有和，後有送也。⑲

明方以智《通雅》卷二九〈樂曲〉「樂曲有解有豔有趨有亂」條引南齊王僧虔之語云：

> 大曲有豔有趨有亂，豔在曲前，趨與亂在曲之後，亦猶吳聲西曲，前有和後有送也。⑳

可見《樂府詩集》蓋本王氏之語。按春秋時《論語・泰伯》孔子曾云「師摯之始，〈關雎〉之亂。」戰國時楚辭亦有亂，漢樂府有〈豔歌行〉、〈豔歌羅敷行〉、〈豔歌何嘗行〉等，又如〈婦病行〉、〈孤兒行〉等詩中皆明標「亂曰」。所云之「豔」顯然為曲前之引子，所云之「趨」與「亂」為曲末尾聲之節拍形式，「趨」顯然為快速之義，而「亂」，蓋指曲將結束，板眼之亂其常度也。所云之「辭」既為歌詩，而聲之為「羊吾夷伊那何」，則指泛聲而言。又《樂府詩集》卷四三引《宋書・樂志》所舉大曲十五曲，並云：

> 其〈羅敷〉、〈何嘗〉、〈夏門〉三曲，前有豔，後有趨；〈碣石〉一篇，有豔；〈白鵠〉、〈為樂〉、〈王者布大化〉三曲，有趨；〈白頭吟〉一曲，有亂。㉑

⑲〔宋〕郭茂倩：《樂府詩集》，卷二六，頁三七七。

⑳〔明〕方以智：《通雅》，《文淵閣四庫全書》子部十・雜家類第二八五七冊，卷二九（臺北：臺灣商務印書館，一九八三），頁二一二，總頁五七二。

㉑〔宋〕郭茂倩：《樂府詩集》，卷四三，頁六三五。

又舉〈滿歌行〉為晉樂所奏者分作「四解」並有「趨」。所云「解」，按《樂府詩集》卷二六〈相和歌辭〉云：

> 凡諸調歌辭，並以一章為一解。《古今樂錄》曰：「傖歌以一句為一解，中國以一章為一解。」王僧虔啟云：「古曰章，今曰解。解有多少。當時先詩而後聲；詩敘事，聲成文，必使志盡於詩，音盡於曲。是以作詩有豐約，制解有多少，猶《詩・君子陽陽》兩解，〈南山有臺〉五解之類。」㉒

由此可見一解即一個樂章，㉓於是古樂府的完整結構是：豔——解——趨與亂，而「豔」、「趨」、「亂」似為可有可無，因之《宋書》所舉大曲十五曲，有「豔」、「趨」、「亂」者皆特別指出。這種情形和後來南曲以引子、過曲、尾聲所構成的套式很接近。

又根據劉宏度《宋歌舞劇考・總論》所敘，大曲結構可分成三部分：首為散序；次為排遍，亦名中序，始有拍，其第一遍為歌頭，又名引歌；末為入破，舞者入場，其節拍之變化有虛催、前袞、實催、中袞、歇拍、煞袞。可見大曲亦為「三部曲」，即：散序——排遍——入破。而大曲既前有豔、後有趨，則「散序」即「豔」，而「入破」即「趨」。

綜合以上所述，樂府、大曲、北曲、南曲皆由三部分構成，其關係如下：

㉒〔宋〕郭茂倩：《樂府詩集》，卷二六，頁三七六—三七七。

㉓楊蔭瀏《中國古代音樂史稿》第四編第五章〈解是什麼〉中認為：「漢代的大曲已是歌舞曲，它有歌唱的部分，所以有歌詞，但它又有不須歌唱而只須用器樂演奏或用器樂伴奏著進行跳舞的部分，那就是『解』。『一解』是第一次奏樂或跳舞，『二解』是第二次奏樂或跳舞，餘類推。」（上冊，頁一一六）如果劉氏之說果然，事實上也無妨「一解」即是「一章」之義；因為在歌詩之間插入樂器演奏或舞蹈，就整首樂歌而言，也自然構成「分章」。

豔──解──趨或亂（樂府）

散序──排遍──入破（大曲）

首曲──正曲──尾曲（北曲）

引子──過曲──尾聲（南曲）

就南曲之引子、過曲、尾聲而言，其性格穩定後的「引子」一般都是乾唱，不用笛和，所以可不拘宮調，可以簡省句數，不必全填；蓋以其散板乾唱難於美聽，故以簡省為宜。但戲文發展至傳奇，則第二齣生腳上場，必須全引，以籠罩劇情正式開展之氣象。

一人上場只能用一引子，但一支引子可供一至四人上場使用，一齣戲中至多用三次引子；引子有時也可用作尾聲，也可以簡省句數；一般都用在情節悲哀之時。

腳色上場不一定用引子，可用上場詩代替，可用帶有引子性質的衝場曲代替，這類「衝場曲」一般是「粗曲」，不用笛和，甚至有板無腔，不入套數，故可不拘宮調，也可不拘南北。衝場粗曲多為淨丑所用，末也間用之；生旦所用衝場曲多屬可粗可細之曲。至於以上場詩代引子，多半為配腳如淨末丑上場所用，末色尤多。

上述引子之種種規律，明清傳奇亦相沿襲，然習用曲牌，頗不相同。即如拿引子作尾聲來說，戲文有【臨江仙】、【鷓鴣天】、【滿江紅】、【粉蝶兒】、【胡搗練】、【哭相思】等；而傳奇中只限於【臨江仙】、【鷓鴣天】、【哭相思】三調，且【哭相思】一調簡直已被作尾聲而不再用作引子了。

但是早期戲文卻多有引曲、過曲不分的情形。譬如《張協狀元》第七齣單用〔仙呂引子〕【望遠行】，第九齣將〔雙調引子〕【胡搗練】作過曲用；第二十三齣旦上場唱〔雙調過曲〕【福清歌】，卻接唱〔南呂引子〕【虞美人】。《小孫屠》第十六齣單用〔南呂引子〕【臨江仙】，《錯立身》第三齣單用〔南呂引子〕【梁州令】，《荊釵記》影鈔本第十七齣用【點絳唇】、【步蟾宮】二引而無過曲；《白兔記》富春堂本第十九齣單用引子【齊天樂】，第五齣末上場單唱【菊花新】，《拜月亭》世德堂本第二十四齣淨單唱【臨江仙】組場。也許這些被後世歸為「引子」的曲牌，在早期戲文裡性格未定，尚有「過曲」的作用也未可知。

「過曲」之名大概到元朝才有，蓋取其由引子過度到尾聲之意。而其「過度」如人之生命歷程，生死為起始，歷程為重要，故云。

過曲有粗細，粗曲有板無眼，往往乾念快速不耐聽，細曲一板三眼，則曲折緩慢耐唱耐聽，其間則為可粗可細一板一眼之曲。在明清傳奇，粗曲專供淨丑之用，如【福馬郎】、【四邊靜】、【光光乍】、【吳小四】、【金錢花】、【水底魚兒】、【鏵鍬兒】等，但戲文中則可用作生旦之曲，如《張協狀元》第二十七齣引子【卜算子】後用粗曲正宮【福馬郎】由貼、末唱。《小孫屠》第五齣生唱【光光乍】。《金釵記》第六十二齣外唱【雙勸酒】。《白兔記》汲古閣本第二十七齣生唱【雙勸酒】。《白兔記》富春堂本第十五、五十一齣生、旦唱【金錢花】，第四齣生唱【普賢歌】。《殺狗記》第二十五齣旦唱【光光乍】，第二十八齣生唱【普賢歌】，以上皆粗曲而為生旦等腳色所唱。可能這些傳奇中的「粗曲」，在戲文時代尚屬「一板一眼」可粗可細之曲，所以可以施諸生旦系腳色之口。同樣的情況，淨丑在戲文中也可以唱傳奇中的細曲，譬如《趙氏孤兒》第卅二齣南呂【節節高】由淨丑唱。《白兔記》成化本第八齣淨丑唱中呂【石榴花】。《白兔記》汲古閣本第二十三齣淨丑唱【步步嬌】、【三月海棠】、【紅衲襖】。《白兔記》富春堂本第卅一齣淨唱【玉交枝】四支，第二十三齣淨丑唱【懶畫眉】等。可能傳奇中的這些細曲，在戲文中尚屬粗曲，故可以施諸淨丑之口。

至於「尾聲」，傳奇固定而簡單，不因宮調不同而差別，皆為三句七言十二拍，故謂之【十二紅】。但戲文則一宮調有一宮調之式樣，名目因之亦殊異。《九宮正始》十三調尾聲之名目如下：

黃鍾【喜無窮煞】　正宮【不絕令煞】　大石【尚輕圓煞】

仙呂【情未斷煞】　中呂【三句兒煞】　南呂【尚按節拍煞】

商調【尚遶梁煞】　越調【有餘情煞】　雙調【煞】

羽調【情未斷煞】　道宮【尚按節拍煞】　般涉【尚如縷煞】

小石【好收因煞】㉔

此外尚有【雙煞】、【本音煞】、【就煞】、【隨煞】、【和煞】、【長相憶煞】、【墜飛塵煞】、【凝行雲煞】、【借音煞】等名目，可見其繁複。所幸尾聲格式雖多，但過場短戲不用尾聲，重頭疊用的套數不用尾聲，所以尾聲被用的機會不多，譬如《張協狀元》五十二齣中，用尾聲的只有第十四、二十兩齣；《宦門子弟錯立身》十四齣中用尾聲的僅第五、第九、第十三三齣；《小孫屠》通本無尾聲；《琵琶記》四十二齣中，用尾聲的僅第二、七、九、二十一、二十七、三十六、四十二七齣。

三、曲牌之發展

然而戲曲必須累積曲牌為套數，乃能演出劇情，其累增至為套式又實非一蹴而幾，加上南北曲交流後所產生的現象，以及曲牌與曲牌間的集犯，就顯得多采多姿；大抵說來，同宮調或管色相同之曲牌，按照其板眼音

㉔〔明〕徐于室、鈕少雅：《九宮正始》，收於《善本戲曲叢刊》，第三輯第四冊（臺北：臺灣學生書局，一九八四年據清康熙文靖書院刊本影印）。

程可以相聯成套。所以套數可以說是以宮調、曲牌和板眼為基礎，嚴密的擴大了曲牌的長度和範圍。但在聯套之組織規律趨於嚴密之前，曲之「聚眾成群」由簡單而繁複，已自有其方，有以下諸歷程：（其中重頭、集曲、聯套已見前文。但其說明可與此互參互補）

1.**重頭**：即一曲反覆使用，如宋代鼓子詞；如民歌【四季相思】、【五更調】、【十二月調】。又南北曲用此法者亦多，南曲稱「前腔」，北曲稱「么篇」。詞牌、曲牌之重頭，如開首之「韻長」（即首韻之前所具之字數，超過七言者可攤破為二句或三四句）變化者，則稱換頭；其為南曲稱「前腔換頭」，其為北曲稱「么篇換頭」。

2.**重頭變奏**：如唐宋大曲【梁州】，即以【梁州】一調反覆使用，而以散序、排遍、入破「三部曲」變化其音樂形態，散序為散板的器樂曲，排遍為有板有眼的歌唱曲，入破為節奏加快的舞曲，不僅音樂內容有變奏，速度也不相同。北曲疊用「么篇」、「么篇換頭」者，南曲疊用「前腔」、「前腔換頭」成套者，其節奏亦變化，前慢後快。

3.**子母調**：即兩曲交互反覆使用，如北曲正宮【滾繡球】、【倘秀才】二曲循環交替，如南曲【風入松】必帶【急三鎗】等。此與西洋音樂的迴旋曲有異曲同工之妙。

4.**帶過曲**：結合二至三個曲牌固定連用，形成一新的曲調。見於元人散曲，其曲牌間或曰「帶」；或曰「過」；或曰「兼」，如【雁兒落帶得勝令】、【十二月過堯民歌】、【醉高歌兼攤破喜春來】等，其形式有三種，其一，同宮帶過，如【雁兒落】帶【得勝令】；其二，異宮帶過，如正宮【叨叨令】帶雙調【折桂令】；其三，南北曲帶過，如南【楚江情】帶北【金字經】，北【紅繡鞋】帶南【紅繡鞋】等。

5.**姑舅兄弟**（**曲組**）：此見於芝庵《唱論》，專就北曲聯套中自成「曲組」的數支曲，為套數中的一個段落。北曲聯套即由曲組與單曲，或曲組與曲組聯綴而成。如：

(1)黃鍾宮：【醉花陰】、【喜遷鶯】、【出隊子】、【刮地風】、【四門子】、【古水仙子】六曲照例連用，加尾聲即可成套。

(2)仙呂宮：【點絳唇】、【混江龍】、【油葫蘆】、【天下樂】四曲連用成組；此四曲之後加【那吒令】、【鵲踏枝】、【寄生草】三曲為七曲，亦成組。又【村裏迓鼓】、【元和令】、【上馬嬌】三曲連用成組；此三曲亦可加【遊四門】、【勝葫蘆】為五曲成組。【後庭花】、【青歌兒】、【柳葉兒】亦可三曲連用成組。

(3)南呂宮：【一枝花】、【梁州第七】必連用，【罵玉郎】、【感皇恩】、【採茶歌】為帶過曲。

(4)中呂宮：【粉蝶兒】後接【醉春風】，【石榴花】後接【鬥鵪鶉】，【十二月】後接【堯民歌】，【剔銀燈】後接【蔓菁葉】，【柳青娘】後接【道和】，【上小樓】須連【么篇】，借正宮【白鶴子】須連【么篇】，借正宮【脫布衫】、【小梁州】須連用，般涉【耍孩兒】與煞為連用曲。

(5)越調：首曲【鬥鵪鶉】後須接【紫花兒序】，【綿搭絮】後接【拙魯速】。

(6)雙調：【新水令】、【駐馬聽】、【沉醉東風】、【步步嬌】頗多連用成組者。【雁兒落】、【得勝令】，【沽美酒】、【太平令】，【甜水令】、【折桂令】，【側磚兒】、【竹枝歌】皆兩兩連用為帶過曲。【川撥棹】、【七弟兄】、【梅花酒】、【收江南】則四曲連用成組。

6.民歌小調雜綴：「雜綴」為著者所創，即依情節需要擇取不同的曲調運用，彼此不依宮調或管色相同與板眼相接之基本聯套規律，所以曲調之間各自獨立，如《長生殿》第十五齣〈進果〉用正宮過曲【柳穿魚】、雙調過曲【撼動山】、正宮過曲【十棒鼓】、雙調過曲【蛾郎兒】、黃鍾過曲【小引】、羽調過曲【急急令】、南呂過曲【恁麻郎】三支，皆為各宮調之小曲。南曲戲文早期用「雜綴」者頗多。

7.聯套：有南曲聯套，北曲聯套，即同宮調或管色相同之曲牌，按照音樂曲式板眼銜接的原則，聯綴成一套緊密結合的大型樂曲。諸宮調音樂大多已屬於聯套形式。就北套而言，前有首曲，中有正曲，末有尾曲；就南套而言，有引子、過曲、尾聲。南套之套式如前文所述，有以下四種：其一，引子、過曲、尾聲三者俱備；其二，無引子有過曲有尾聲；其三，有引子、過曲無尾聲；其四，但有過曲，無引子與尾聲。

8.合腔：著者對這裡的「合腔」與《錄鬼簿》用指為「合套」者不同，而是指於一齣戲中，南北曲前後接用或雜用，其形式尚未達到一南一北或一北一南，南北曲相兼為用之整齊。如《長生殿》第廿八齣〈罵賊〉：北仙呂【村裏迓鼓】【元和令】【上馬嬌】【勝葫蘆】南中呂引子【繞紅樓】中呂過曲【尾序犯】【前腔（換頭）】【撲燈蛾】【尾聲】。

9.合套：即南套與北套合用，一北一南或一南一北交相遞進。其結構規範較嚴謹，例如構成合套中的南曲與北曲必須同一宮調。合套的形式有以下三種，其一，由各不相重的北曲與南曲交替出現；其二，在一套北曲裡，反覆插入同一南曲曲牌；其三，在一套北曲裡，插入幾支不同的南曲曲牌等。南戲如《宦門子弟錯立身》，散曲如沈和的《瀟湘八景》都曾使用南北合套，明清時應用更廣。㉕

㉕ 參見周維培《曲譜研究》：「《錄鬼簿》『沈和』條載：『以南北調合腔，自和甫始，如《瀟湘八景》、《歡喜冤家》等曲，極為工巧。』沈和散套《瀟湘八景》，輯入《全元散曲》，其套式為：仙呂北【賞花時】、北【那吒令】、南【排歌】、北【鵲踏枝】、南【桂枝香】、北【寄生草】、南【樂安神】、北【六么序】、南【尾聲】。一北一南相間至尾，非常工整。其實，現存資料表明，南北合套的方法在沈和之前就已出現。北曲方面，元初杜仁傑所撰商調《七夕》散套，就是北南相間的合套樣式：北【集賢賓】、南【集賢賓】、北【鳳鸞吟】、南【鬥雙雞】、北【節節高】、南【耍鮑老】、北【四門子】、【尾】。南曲方面，如《錯立身》第五齣合套：北仙呂【賞花時】、南【排歌】、北【哪

10. 集曲：即採用若干支曲牌，各摘取其中的若干樂句，重新組成一支新的曲牌。因此集曲乃是多首曲調的綜合，為南曲中較為普遍運用的一種曲調變化方法。例如【山桃紅】是【下山虎】與【小桃紅】二曲集成。音樂曲式上，集曲的曲牌應是宮調相同或管色相同。其次集曲的首數句和末數句，必須是原曲的首數句和末數句，集曲的中間各句較為靈活，可依音樂的邏輯性、和諧性與完整性而加以安排。

11. 犯調：源自唐代，宋代陳暘《樂書》云：「唐自天后末，【劍氣】入【渾脫】，始為犯聲之始，【劍氣】宮調，【渾脫】角調；以臣犯君，故有犯聲。明皇時樂人孫處秀善吹笛，好作犯聲；時人以為新意而効之，因有犯調。」㉖犯調在宋詞有兩種意義，一般指幾個不同詞牌的樂句聯結起成為一個新詞牌，如【四犯剪梅花】即由【解連環】、【醉蓬萊】、【雪獅兒】、【醉蓬萊】四調相犯而成；另一個意義是轉調，如【淒涼犯】是仙呂調轉雙調。而曲的犯調有三種意義，其一為轉宮（調高）、轉調（調式）之意，即一曲的音階形式轉換調門或樂曲轉換樂句調式性格，使人有耳目一新或不同的感受。其二指的是南曲中之「集曲」，如【十樣錦】為集結十支曲牌而成；或北曲中之「借宮」，如正宮、中呂之曲牌彼此相聯成套。其三為南曲中狹義之犯調，即一支曲保留首尾，中間插入其他同宮調或同管色（調高）的幾支曲，結合成為一支新曲，插入一支稱「一犯」，插入二

吒令】、南【排歌】、北【鵲踏枝】、南【安樂神】、北【六么令】、南【尾聲】。《小孫屠》一劇中也曾多次使用合套方法。如第九齣套式為：北雙調【新水令】、南【風入松】、北【折桂令】、南【風入松】、北【得勝令】、南【風入松】。《錯立身》的創作年代，錢南揚先生主張為南宋末年，也有論者認為是元人手筆。《小孫屠》為元後期『古杭書會編撰』。但可以肯定它們都要比沈和合套早出。」（頁三一二—三一三）

㉖〔宋〕陳暘：《樂書》，《四庫全書珍本》九集經部樂類一八三冊，卷一六四〈樂圖論〉「犯調」條（臺北：臺灣商務印書館，一九七九），頁八。

支即「二犯」，普通不超過「三犯」。如【二犯傍妝臺】，即在【傍妝臺】第四句下插入【八聲甘州】二句、【掉角兒】二句，後又接本調末句。「犯調」為我國傳統音樂中豐富曲調變化的方法。㉗

這十一種曲牌「聚眾成群」的方式，就南曲而言，戲文中如《張協狀元》以重頭、雜綴為主，異調聯套為次；《宦門子弟錯立身》與《小孫屠》、《荊釵記》、《白兔記》已見合套，《琵琶記》以下始見集曲犯調。

說到這裡，如果將腔調或戲曲音樂之「載體」加以分類，那麼可有以下三種類型：

1. 單一曲體：號子、歌謠、小調、詩讚、曲牌、集曲、犯調。

2. 曲組：子母調、帶過曲、姑舅兄弟。

3. 聯曲體：雜綴、重頭、重頭變奏、套數、合腔、合套。

若此，戲曲音樂之載體，堪稱繽紛多彩了；也因此其音樂內容是多麼的豐富！

四、北曲聯套之構成

而南北曲套數畢竟與南戲北劇演出關係最密切，其套數則由聯套累積而成。因之若論套數的結構方式，鄭師因百在《北曲套式彙錄詳解・序例》中，列舉其分析研究北曲套式所獲致的結論如下：

1. 雜劇、散曲，每有其專用之套式而不相通假。雜劇用者偶可通用於散曲，散曲用者極少用於雜劇。因雜劇所受之限制較多，散曲所受之限制較少。（參閱下第三條）

㉗ 以上諸歷程參見施德玉：《中國地方小戲音樂之探討》（臺北：學海出版社，二〇〇〇），頁三一四。

2.劇套所用首曲，均可用於散套，散套所用首曲，多數不能用於劇套。故劇套可用之首曲甚少，散套可用之首曲較多。

3.雜劇每套所用牌調數量總在七八支至十四五支之間，甚少太短或太長者；散套則短者只二三支，長者可至二三十支。因劇套須與劇情配合，太短不足以發揮，太長則須顧及演唱者之體力與聽眾之興趣；散套係清唱，有時且只供吟味，較可自由支配。

4.雜劇所用套式甚少重複者，散曲則有若干作品，其套式完全相同。此亦因劇套須配合排場，排場變化，套式隨之；散套則抒情寄意，全類詩歌，故一個套式可多次使用，例如「南呂【一枝花】、【梁州第七】、【尾聲】」之一式是也。

5.元初至元中葉為一期，元末及明初為一期，此兩期作品所用套式頗有差別。例如，元末人楊景賢撰《西遊記》雜劇，其中若干套式甚為特殊，顯與關馬諸人作品不同。散曲則前一期大多數為五六曲以下之短套，後一期漸多十曲以上之長套。

6.各種套式中所用牌調數量偶可按一定之法則增減，而次序不容顛倒錯亂。此點觀雜劇各種版本及諸選本所載同一劇之異同情形，可以知之。

7.北曲聯套規律甚嚴，無論雜劇、散曲、前期、後期，守常規者居多，變異者占少數。此蓋由於聯套所根據者為音樂，牌調之組織搭配、位置先後，無一不與樂歌之高下疾徐有關，自不能遠離成規而以意為之。若夫神明變化，自出機杼，雖異常規而不悖樂理，則是專門名家之事矣。㉘

㉘ 鄭師因百：《北曲套式彙錄詳解》，頁三—四。

因百師的「結論」止說明北曲套式的基本現象和原則。而楊蔭瀏在《中國古代音樂史稿》第二十三章〈雜劇的音樂〉則舉例說明劇套的七種類型：

1. 一般的單曲聯接：例如吳昌齡的《唐三藏西天取經・餞送郊關開覺路》一折是由下列七個單曲聯接而成：

仙呂【點絳唇】、【混江龍】、【油葫蘆】、【天下樂】、【後庭花】、【青哥兒】、【煞尾】。

2. 參用兩曲循環相間的手法：例如羅貫中的《風雲會》中第三折用到單曲十六次；對其中的【滾繡球】和【倘秀才】兩曲計循環相間地連用了五次。其各曲的排列次序如下：

正宮【端正好】、【滾繡球】、【倘秀才】、【呆骨朵】、【倘秀才】、【滾繡球】、【倘秀才】、【滾繡球】、【倘秀才】、【滾繡球】、【倘秀才】、【滾繡球】、【脫布衫】、【醉太平】、【二煞】、【收尾】。

3. 【么篇】用曲變體的連用：雜劇或北曲重複連用兩次以上時，從第二曲起稱為【么篇】。在馬致遠《黃粱夢》雜劇的第二折中，曾連用【醋葫蘆】曲十次之多，就是說有九個【醋葫蘆】的【么篇】。其全折中所用各曲的排列次序如下：

商調【集賢賓】、【逍遙樂】、【金菊香】、【醋葫蘆】、【么篇】、【么篇】、【么篇】、【么篇】、【么篇】、【么篇】、【么篇】、【么篇】、【後庭花】、【雙雁兒】、【高過浪裏來】、【隨調煞】。

4. 「煞」——結尾前同曲變體的連用：有時在套曲近尾處連用某曲的幾段變體，由前至後，直至「煞尾」

為止。可以用「煞」或用作引入「煞尾」的樂曲，僅是許多樂曲中的一小部分。如南呂宮的【牧羊關】、【烏夜啼】、【採茶歌】、【菩薩梁州】、【轉青山】等曲，中呂宮的【耍孩兒】等曲，正宮的【耍孩兒】、【滾繡球】、【叨叨令】、【倘秀才】、【醉太平】、【小梁州】、【笑和尚】、【塞鴻秋】等曲，雙調的【太平令】、【太清歌】等曲，都曾有過如此應用之例。茲舉白仁甫《御溝紅葉》劇㉙中所用【耍孩兒】曲的「煞」為例如下：

正宮【端正好】、【滾繡球】、【倘秀才】、【叨叨令】、【白鶴子】、【么篇】、【紅繡鞋】、【快活三】、【鮑老兒】、【古鮑老】、【柳青娘】、【道和】、【耍孩兒】、【三煞】、【二煞】、【一煞】、【煞尾】。

5.「隔尾」——引用「隔尾」之例，只見於南呂宮的套數中，其形式與作為全套尾聲的「收尾」並無兩樣，只是它被用在套數中間，作為劇情轉變的關鍵。茲舉關漢卿《蝴蝶夢》第二折為例：

南呂【一枝花】、【梁州第七】、【賀新郎】、【隔尾】、【草池春】、【牧羊關】、【隔尾】、【牧羊關】、【紅芍藥】、【菩薩梁州】、【水仙子】、【煞尾】。

6.一曲的著重運用：雜劇套數中有一形式，是在相聯的多個曲牌之中，突出運用一個曲牌及其變體，使它多次出現於別的曲牌之間，成為前後貫串的線索。例如馬致遠《黃粱夢》第三折，前後用【歸塞北】

㉙仁甫此劇不見傳本，僅存部分佚文及曲譜，但幸而是全折。《雍熙樂府》、《九宮大成南北詞宮譜》劇名均作《御溝紅葉》，《太和正音譜》、《詞林摘豔》均作《流紅葉》，《北詞廣正譜》作《流紅劇》。所存全折曲詞見《盛世新聲・正宮卷》頁二三－二五、《詞林摘豔》卷六、《雍熙樂府》卷二，頁三一－三四；曲詞見《九宮大成南北詞宮譜》卷三四，頁六四－七〇。

五次。其各曲排列次序如下：

大石調【六國朝】、【歸塞北】、【初問口】、【怨別離】、【歸塞北】、【么篇】、【雁過南樓】、【六國朝】、【歸塞北】、【擂鼓體】、【歸塞北】、【淨瓶兒】、【玉蟬翼煞】。

7. 轉調：譬如【貨郎兒】原是由小販叫賣聲直接發展起來的一支民間歌曲，但後來有許多種變異。僅就《九宮大成南北詞宮譜》卷三十三所引的三個【貨郎兒】體式而言，已有相當的不同：其第一體出於元楊顯之《臨江驛瀟湘秋夜雨》雜劇第四折，由六句構成；其第二體出於散曲〈金殿喜重重〉套，由五句構成；其第三體出於元無名氏《楊氏女殺狗勸夫》雜劇第二折，由六句構成。【貨郎兒】的進一步發展形式是【轉調貨郎兒】。這是將【貨郎兒】曲牌的樂句，前後分成兩個部分，保留首尾數句，在其間插入了另一個或另幾個曲牌，而形成一種新的結構形式。譬如元無名氏《風雨像生貨郎旦》雜劇第四折：

南呂【一枝花】、【梁州第七】、【轉調貨郎兒】（本調）、【二轉】（【貨郎兒】首三句、中呂【賣花聲】二至四、【貨郎兒】末句）、【三轉】（【貨郎兒】首五句、中呂【鬥鵪鶉】首五句、【貨郎兒】末句）、【四轉】（【貨郎兒】首三句、中呂【山坡羊】首至九、【貨郎兒】末句）、【五轉】（【貨郎兒】首三句、中呂【迎仙客】全、中呂【紅繡鞋】首至五、【貨郎兒】末句）、【六轉】（【貨郎兒】首三句、正宮【叨叨令】首句、中呂【上小樓】三至末、【么篇】首至八、【貨郎兒】末句）、【七轉】（【貨郎兒】首三句、雙調【殿前歡】二至七、【貨郎兒】末句）、【八轉】（【貨郎兒】首二句、雙調【快活年】首二句及其疊字、中呂【堯民歌】五至六、正宮【叨叨令】五至六、正宮【倘秀才】第三句、雙調【快活年】首二句及疊字、中呂【堯民歌】五至六、正宮【叨叨令】五至六、【貨

郎兒】末句）、【九轉】（【貨郎兒】首三句、【脫布衫】全、【貨郎兒】末句）、煞尾。㉚

以上所舉七種「套式」儘管不同，但基本上都是由「首曲」、「正曲」、「尾曲」三部分組成的。

而鄭師因百《北曲套式彙錄詳解》於北曲每宮調之套式。皆有其歸納出來之「聯套法則」，擇要錄之於後：

⑴黃鍾宮：【醉花陰】、【喜遷鶯】、【出隊子】、【刮地風】、【四門子】、【古水仙子】：此六曲照例連用，其後綴以【尾聲】，七曲成套，是為黃鍾宮聯套之通用基本形式。其有稍加變化者，皆是於【古水仙子】與【尾聲】之間加用【古寨兒令】、【神仗兒】等牌調，上述六曲仍須依次連用。劇套皆照上述法則，（不遵守者只見《瀟湘雨》一例。）散套亦多如此作，入明以後，尤為通行。僅有少數散套形式各殊，如〈侍香金童〉、〈女冠子〉等套，皆是早期作品，甚少效者。㉛

⑵正宮：正宮套式變化繁多，全部一百十七例，甚少相同者，欲歸納其基本形式，頗多困難。應以朱凱《昊天塔》劇之「【端正好】、【滾繡球】、【倘秀才】、【滾繡球】、【倘秀才】、【滾繡球】、【煞尾】」最為近似。【滾繡球】、【倘秀才】兩調常循環使用，可多至四五次，是為正宮套之特點。欲作較長之套，除多用【滾繡球】、【倘秀才】之外，並宜多用煞曲。正宮可用之煞有兩種，一為正宮煞，一為般涉煞。散套如曾瑞

㉚ 楊蔭瀏：《中國古代音樂史稿》第三冊，第二十三章〈雜劇的音樂〉，頁九五－一一五，又可參第三冊第七編第二十一章〈民歌、小曲、藝術歌曲和說唱音樂〉，「貨郎兒」條，頁二一－四二。所引【九轉貨郎兒】之結構分析，可參拙編：《中國古典戲劇選注》，頁七五五－七六二。【九轉貨郎兒】在《貨郎旦》第四折中作「插曲」用，其「轉調」之方式，其實即【貨郎兒】本調之「犯調」。

㉛ 摘錄自鄭師因百：《北曲套式彙錄詳解》（臺北：藝文印書館，一九七三），頁四。

〈一枕夢魂驚〉、劇套如馬致遠《青衫淚》，乃用正宮煞者；散套如劉時中〈既官府甚清明〉、劇套如無名氏《殺狗勸夫》，乃用般涉煞者。而其較長之套，甚少不借宮者。借宮之套，無論所借為中呂，般涉，或雙調，其次序皆是本宮曲調在前，借用他宮之曲調在後；借宮之後，除尾聲外，不再用本宮之曲。又用【小梁州】者必用其【么篇】。【脫布衫】後常帶用【小梁州】。因百師又歸納正宮套數有以下五類：

一、用基本套式，間以其他曲牌，以求變化發展，而不借用其他宮調者。此類有《竹塢聽琴》至《劉行首》三十一劇。

二、用基本套式，酌加變化，並借用其他宮調者。此類有《藍采和》至《虎頭牌》十三劇；除《虎頭牌》借雙調外，餘十二劇借中呂。此類長套甚少，最長者十二曲。

三、用基本套式，酌加變化，尾聲前用正宮煞者。此類有《十探子》至《漁樵記》二十九劇。此類俱不借宮，破例者僅有《漁樵記》，《貶夜郎》二劇借中呂。此類中十三四曲以上之長套頗多。

四、用基本套式，酌加變化，尾聲前借用般涉【耍孩兒】及煞者。此類有《陳州糶米》至《殺狗勸夫》十二劇。此類多兼借中呂，位於正宮諸曲之後，【耍孩兒】之前。

五、套式較為特殊，或竟不合規律者。此類有《黃鶴樓》至《西遊記》十劇，無尾聲之三劇即歸入此類。㉜

㉜ 摘錄、引用自鄭師因百：《北曲套式彙錄詳解》，頁一一二—一一四。

(3)仙呂宮：仙呂宮聯套，應以鄭廷玉《寃家債主》、楊文奎《兒女團圓》諸劇之「【點絳唇】、【混江龍】、【油葫蘆】、【天下樂】、【那吒令】、【鵲踏枝】、【寄生草】、【賺煞】」為其基本形式。【點絳唇】後，必接【混江龍】。【點絳唇】、【混江龍】、【油葫蘆】、【天下樂】：此四曲連用者甚多，劇套有五十八，散套有一，共五十九例。【點絳唇】、【混江龍】、【油葫蘆】、【天下樂】、【那吒令】、【鵲踏枝】、【寄生草】：此七曲連用者更多，劇套有六十二，散套有八，共七十例。

【村里迓鼓】、【元和令】、【上馬嬌】：此三曲須連用。破例者僅有四劇：無名氏《凍蘇秦》缺【村里迓鼓】，無名氏《謝金吾》缺【上馬嬌】，王實甫《西廂記》第二本及無名氏《隔江鬥智》只用【元和令】。【村里迓鼓】、【元和令】、【上馬嬌】、【遊四門】、【勝葫蘆】：此五曲常接連使用，自成一組，因俱為仙呂與商調兩收之曲也。

【後庭花】後，常接用【青哥兒】或【柳葉兒】，或三曲接連使用。此三曲亦為仙呂與商調兩收者。

仙呂聯套之基本形式，即在上述之【點絳唇】至【天下樂】等四曲、或【點絳唇】至【寄生草】等七曲之後，接用其他曲牌若干，再加【賺煞】，即可成套。而用四曲者較少，七曲者較多；且七曲加【賺煞】即可成套，四曲則不能。故上文以七曲加【賺煞】為仙呂套之基本形式。

上述【村里迓鼓】至【勝葫蘆】諸曲，腔板與仙呂宮其他諸牌調稍異，自成一組。故劇套於【點絳唇】等四曲或七曲之後接用此一組者多在劇情轉變之際。

欲作仙呂短套，用【點絳唇】至【天下樂】四曲，接用其他曲調一兩支，再加【賺煞】，即可成為六七曲之短套。欲作仙呂長套，用【點絳唇】至【寄生草】七曲，【村里迓鼓】至【勝葫蘆】五曲，【後庭花】及【柳葉兒】（或【青哥兒】），諸曲聯貫，再加【賺煞】即可（【點絳唇】可代以【八聲甘州】）。其式如下：【點絳脣】（或【八聲甘州】）、【混江龍】、【油葫蘆】、【天下樂】、【那吒令】、【鵲踏枝】、【寄生草】（或連【么篇】）、【村里迓鼓】、【元和令】、【上馬嬌】、【遊四門】、【勝葫蘆】（或連【么篇】）、【後庭花】、【柳葉兒】（或【青哥兒】）、【賺煞】。

【六么序】必連【么篇】，無例外。

【金盞兒】、【醉中天】、【後庭花】三曲可「迎互循環」。迎互循環之解釋見正宮聯套法則。王國維《宋元戲曲考》第八章云：「《夢粱錄》謂，宋之纏達，引子後只有兩腔迎互循環。今於元劇仙呂宮正宮中曲實有用此體例者。」[33]即謂此三曲及正宮【滾繡球】、【倘秀才】。以【後庭花】、【金盞兒】迎互循環者如鄭廷玉《忍字記》、馬致遠《青衫淚》；以【醉中天】、【金盞兒】迎互循環者如關漢卿《西蜀夢》、白樸《梧桐雨》；以【醉中天】、【金盞兒】、【後庭花】三曲迎互循環者如馬致遠《陳摶高臥》、《黃粱夢》。仙呂劇套可分為以下五類：

一、在【點絳脣】、【混江龍】、【油葫蘆】、【天下樂】等四曲之後，接用其他曲牌若干，再加【賺煞】。此類有《五侯宴》至《黃粱夢》等五十一劇；多係十曲以內較短之套。

二、在【點絳脣】、【混江龍】、【油葫蘆】、【天下樂】、【那吒令】、【鵲踏枝】、【寄生草】等七曲之後，接用其他曲牌若干，再加【賺煞】。此類有《冤家債主》至《貶夜郎》等六十六劇，十三四曲以上之長套多屬此類。

---

[33] 王國維：《宋元戲曲考》，收於《王國維遺書》第九冊，頁五三－五四，總頁五九九－六〇〇。

三、在上述【點絳唇】等四曲或七曲之後，接用【村里迓鼓】、【元和令】、【上馬嬌】三曲，或連用其同一系統諸曲（見上），再加【賺煞】。此類有《伍員吹簫》至《西廂記》第四本等二十三劇。因【村里迓鼓】一系諸曲腔板稍異，故列為獨立之一類。

四、以【八聲甘州】代【點絳唇】為首曲者。此類甚少，僅有《梧桐雨》、《西廂記》第二本、《蕭淑蘭》、《西遊記》第三本等四劇。除首曲用【八聲甘州】外，其餘作法與第一類、或第二類、或第三類相同。

五、套式較為特殊，或竟不合規律者。此類有《翫江亭》至《嘆骷髏》等二十三劇。【點絳唇】、【混江龍】二曲之後，不用【油葫蘆】諸曲而接用其他曲牌者，亦歸入此類。㉞

(4)南呂宮：散套中使用最多之「【一枝花】、【梁州第七】、【尾聲】」為南呂套之基本形式。但劇套無用之者，太短故也。南呂宮所屬曲牌不多，自他宮借來之曲極少，煞曲又只限用兩支，故無論劇散，甚少長套，多數均在十一曲以內。散套套式，上文所述者外，變化無多。劇套法則亦頗簡單：【一枝花】、【梁州第七】之後，不用隔尾而直接【牧羊關】或【賀新郎】諸曲。首曲必用【一枝花】，接用【梁州第七】。【牧羊關】與【隔尾】可使用多次。【罵玉郎】、【感皇恩】、【採茶歌】，此三者在小令中為兼帶曲，在套數中須連用。煞曲只限兩三支，用三支者題「三煞」、「二煞」、「一煞」，用兩支者題「二煞」、「一煞」。北曲用「夾套」者，只南呂宮有之，即《貨郎旦》劇第四折之首尾用南呂宮，中間用正宮【轉調貨郎兒】是也。㉟

㉞ 摘錄、引用自鄭師因百：《北曲套式彙錄詳解》，頁三九—四二。

㉟ 同上註，頁七〇—七一。

(5)中呂宮：首曲【粉蝶兒】後接【醉春風】，【石榴花】接【鬥鵪鶉】，【十二月】接【堯民歌】，【剔銀燈】接【蔓菁菜】，【柳青娘】接【道和】；皆無例外。【上小樓】須連【么篇】。

借正宮【白鶴子】須連【么篇】，且可多用。借正宮【脫布衫】、【小梁州】必須連用，【小梁州】必連【么篇】。

般涉【耍孩兒】與煞為連用曲，但【耍孩兒】後可不用煞，煞前必用【耍孩兒】。【耍孩兒】只用一支者居多，連【么篇】者甚少。煞之數目不拘，有多至十餘煞者。中呂套大致分以下五類：

一、全用本宮曲無借宮者。

二、本宮曲之後接用般涉【耍孩兒】者。

三、【耍孩兒】及煞之外，又借用他曲者。

四、不用【耍孩兒】及煞而有借宮者。

五、套式較為特殊者。

綜觀中呂套數最通用之套式為：【粉蝶兒】、【醉春風】、【迎仙客】及【紅繡鞋】（或只用其一），本宮曲若干，借般涉【耍孩兒】及煞、【尾聲】。㊱

(6)大石調：大石為不常用之調，劇套僅有四套，散套亦不過十八，大致無甚差別。【六國朝】在劇套中，

㊱ 同上註，頁九一－九二。

照例須用兩次，一在首曲，一在套中。

(7)小石調：只有五個曲牌，無劇套；散套亦止白樸〈紅輪西墜〉一套。

(8)般涉調：有曲七章，雜劇不單獨用般涉，但聯入正宮或中呂調，作為借宮之曲。每套所用煞曲數量不拘，故套式雖簡，卻能作成較長之套。

(9)商調：雖有曲二十餘章，聯套常用者為【集賢賓】、【逍遙樂】外，不過【金菊香】、【梧葉兒】、【醋葫蘆】、【掛金索】、【雙雁兒】等數章。

其劇套頗為簡單，大同小異，數量亦不多。大多數有借宮曲，最常用者為仙呂【後庭花】接【柳葉兒】或【青哥兒】，或以【雙雁兒】接【後庭花】。

(10)越調：套式頗為簡單，大同小異。首曲【鬥鵪鶉】例接【紫花兒序】，【麻郎兒】必連【么篇】，【禿厮兒】例接【聖藥王】，【綿搭絮】常接【拙魯速】。

(11)雙調：劇套首曲用【新水令】，多接【駐馬聽】，其次為【沉醉東風】、【步步嬌】。雙調百分之九十以上用在雜劇之第四折，已為強弩之末，故幾為短套，且不用【尾聲】而代以【收江南】、【太平令】、【水仙子】、【得勝令】、【折桂令】等。

【雁兒落】、【得勝令】、【沽美酒】、【太平令】、【甜水令】、【折桂令】、【側磚兒】、【竹枝歌】，以上須連用。【川撥棹】、【七弟兄】、【梅花酒】、【收江南】四曲須連用。

綜觀北曲之聯套有以下之共性：

其一，有明顯的首曲、正曲、尾曲「三部曲」。

其二，首曲幾於固定。

其三，套中以「曲組」與隻曲、尾聲為基本單位，或曲組與曲組之間的聯綴加上尾聲，或曲組之間安排隻曲承接，再加上尾聲。所謂「曲組」是二三或數支聯綴自成單元的曲段，即所謂子母調、帶過曲，或芝庵《唱論》所云之「姑舅兄弟」。以上凡鄭師因百所云須連用之曲皆是。對此俞為民《曲體研究》亦有相同看法，他認為「北曲在串聯曲組、隻曲、尾聲成套曲時，有五種不同的組合形式」：

(1)曲組、隻曲、尾聲的組合。
(2)曲組與曲組、尾聲的組合。
(3)曲組與隻曲的組合。
(4)曲組與曲組的組合。
(5)隻曲與隻曲的組合。[37]

這五種組合方式也可概括北曲聯套的五種體製。

小結

以上論述曲牌四事：其一，調名早見於漢代，南北曲牌來源多方，牌調各譜所收有出入，而以莊親王等《九

[37] 詳參俞為民：《曲體研究》，頁一九三—一九八。

宮大成北詞宮譜》收五百八十一調、《九宮大成南詞宮譜》收一千五百一十三調為最多。其二，曲牌以作用分，有散曲、劇曲；南曲以粗細分有粗曲、可粗可細之曲、細曲；北曲套數結構為首曲、正曲、尾曲，南曲為引子、過曲、尾聲。其三，曲牌之聚眾成群，由簡而繁，依次為重頭、重頭變奏、子母調、帶過曲、姑舅兄弟、民歌小調雜綴、聯套、合腔、合套、集曲、犯調。其四，北曲聯套運用曲組、隻曲、尾聲三元素之組合，計有五種「套式」。

第伍章　論說戲曲「曲牌」（之二）曲牌之建構與格律之變化

一、曲牌之建構

小引

曲牌雖絕大多數已經很難循其名責其實，它大抵可說只是個象徵性的符號，象徵曲類之為細曲、粗曲、可粗可細之曲，之為有增板、無增板、可增可不增之曲。象徵宜用之排場情調：或為普通過場，或為悲傷、歡樂、遊覽、行動、訴情、文靜、武打之場面。那麼，這些象徵性，又是如何形成的呢？鄙意以為在於建構其曲律之元素，建構曲律之元素周備，則曲細而藝術性高，其次則曲可粗可細而藝術居其中，不周備則曲粗而藝術性低。

周備的曲律建構元素，應當有以下八項：

1. 正字律
2. 正句律

3. 長短律
4. 平仄聲調律
5. 句中音節形式律
6. 協韻律
7. 對偶律
8. 詞句特殊語法律

以上八律，其長短律有定格，但三字、四字、五字、六字、七字五種句長，音節形式皆有單雙，可併入「句中音節形式律」一項討論。又其句長所產生之增字變化，其原理亦在音節形式中，亦可不必單獨討論。因之以下雖就其八律逐一說明，但由於正字律、正句律所涉較簡單，故合併一節討論。又其長短律與音節形式關係密切，亦合併探討。

㈠正字律、正句律、長短律

1. 正字律

正字律指曲牌的本格應有之正字數。茲舉曲調北曲南呂【一枝花】為例並作說明。據鄭師因百《北曲新譜》【一枝花】的譜律是這樣子的：

十平十厶平・十仄平平厶。。十平平厶十・十仄仄平平。。十仄平平。。十仄平平厶。。平平十厶平。。

仄十平、十仄平平・十十十、十平去丰。。❶

《北曲新譜》之符號「。。」（協韻之句）、「。」（不協韻之句）、「‧」（在句下者表協否均可）、「△」（句中藏韻）、「∨」（藏否均可）、「*」（增句處）、「平」（平聲）、「上」（上聲）、「去」（去聲）、「十」（平仄不拘）、「仄」（上去不拘）、「丟」（平上不拘）、「丰」（宜上可平）、「卜」（宜上可去）、「厶」（宜去可上）。如遇有連用三個「十」符號時，此三字須以平仄二聲酌為分配。必不得已，寧可全仄，不可全平。❷

茲以關漢卿〈不伏老〉套南呂【一枝花】為例：

（攀）出牆朵朵花‧（折）臨路枝枝柳。。花攀紅蕊嫩‧柳折翠條柔。。浪子風流。。憑著我折柳攀花手。。直煞得花殘柳敗休。。半生來、折柳攀花‧一世裡、眠花臥柳。。❸

這支曲牌，就正字而言，每句依序為5‧5。。5‧5。。4。。5。。5。。7（3、4）‧7（3、4）。。正體字數為四十八。

但正字之外，如前例中「憑著我」、「直煞得」為本格之外的襯字，「攀」字「折」字為本格之外的「增字」。其有關「襯字」、「正字」，詳下一節〈曲牌格律之變化〉。

2. 正句律

正句律指曲牌本格應有之正句數。如上舉之例【一枝花】之正句數有9。另有所謂「增句」和「減句」，詳下節〈曲牌格律之變化〉。

❶ 鄭師因百：《北曲新譜》，頁一一九。

❷ 同上註，頁一。

❸ 見於拙編：《蒙元的新詩：元人散曲》（臺北：時報文化出版企業股份公司，一九九八），頁二八五。

3. 長短律

長短律指曲牌本格之正句數，依次之句長，不可隨意更易。如上舉之【一枝花】，其長短律，即首句為五字，次句為五字……末句為七字者然。

(二)協韻律

如上舉【一枝花】之韻腳為「柳」、「柔」、「手」、「休」、「柳」諸字，於周德清《中原音韻》皆屬「尤侯」韻。

戲曲押韻，無論南戲北劇，一般皆以《中原音韻》為準。《中原音韻》十九韻部，茲列舉，並以國際音標注其每部所含之收音韻母如下：

(1)東鍾韻 -uŋ, -iuŋ
(2)江陽韻 -aŋ, -iaŋ, -uaŋ
(3)支思韻 -ï
(4)齊微韻 -i, -ei, -uei
(5)魚模韻 -u, -iu
(6)皆來韻 -ai, -iai, -uai
(7)真文韻 -ən, -iən, -uən, -iuən
(8)寒山韻 -an, -ian, -uan
(9)桓歡韻 -ɔn

(10) 先天韻 -ien, -iuen
(11) 蕭豪韻 -au, -iau
(12) 歌戈韻 -o, -io, -uo
(13) 家麻韻 -a, -ia, -ua
(14) 車遮韻 -ie, -iue
(15) 庚青韻 -əŋ, -iəŋ, -uəŋ, -iuəŋ
(16) 尤侯韻 -ou, -iou
(17) 侵尋韻 -əm, -iəm
(18) 監咸韻 -am, -iam
(19) 廉纖韻 -iem[4]

韻協對於韻文學腔調語言旋律的影響，除了其本身的迴響作用外，韻腳的聲調和音質亦有所關聯。皆已見上文第參章論〈戲曲腔調的語言基礎及其載體〉。

(三)平仄聲調律

上舉鄭師因百（騫）《北曲新譜》所標示之南呂【一枝花】譜式，即該曲牌所應具備之平仄聲調律。平仄四聲之於語言旋律，已見上文論〈戲曲腔調的語言基礎及其載體〉。

---

[4] 詳見陳新雄編著：《新編中原音韻概要》（臺北：學海出版社，二〇〇一），頁三〇—四二。

詩只講平仄，但詞曲進一步講聲調，凡講聲調之處，蓋皆為務頭之所在，亦即全調聲情最精緻的地方。曲比詞又進一步講陰陽，亦已見前文。《牡丹亭・驚夢》仙呂過曲【步步嬌】首句「(裊)晴絲吹來閒庭院」本為上四下三七字句，增一「裊」字，成為三、二、三音節形式之八字句，雖然其中連用五平聲字不合調法，但因首音節「裊晴絲」為「上、陽平、陰平」，次音節「吹來」為「陰平、陽平」，三音節「閒庭院」為「陽平、陽平、去」，聲調皆有變化，故能傳唱而行歌場。如果平聲不分陰陽，就犯了五平連用的大忌。

再就南北曲之平仄聲調，就其樣式來觀察，《北曲新譜》已清楚標示於每一調之中，如上舉之例，無須更於輯錄。南曲則散見於《南詞簡譜》調後說明之中。茲就所見，錄舉如下：黃鍾【啄木兒】倒第二句，如《奈何天》之「烏紗可使黃金變」之「黃」字必用陽平聲。【黃龍袞】如《荊釵記》之末句「尋宿店」之「店」字必用去聲。【玉漏遲序】末句，如《霞綃記》「且借斟香糯」，「糯」字必用去聲。仙呂【長拍】第六句，如《西樓記》「野渚水滿」必用四上聲字。【一盆花】第四句，如《牧羊記》「月冷權棲蓼花汀」須作「仄仄平平仄平平」。【桂花香】第五句，如「臨川淚流」須作「平平仄平」。【天下樂】第五句，如《白兔記》「山雞怎逐鸞鳳飛」須作「平平仄平平仄平」，「逐」字以入代平。【三屬付】第四句，如《花筵賺》「孤飛常驚恐」應作「平平平平仄」。南呂【節節高】倒第二句，如《琵琶記》「只恐西風又驚秋」須作「仄仄平平仄平平」。【香柳娘】末句，如《雙紅記》「瓊漿似泉」須作「平平仄平」。【女冠子】第五句，如《九九大慶》「蘭子俊英」須作「平仄仄平」。【竹馬兒】第三句、第八句，如《殺狗記》「豈知他，是逃荒的」應作「平平仄、仄仄平平」，而此句欠協；「把骨肉、下得輕棄」應作「平平仄、仄仄平平」，而此句亦欠協。【宜春令】末句，如《玉簪記》「送來佳會」，「會」字須去聲。【香偏滿】倒二句，如散曲「一似紙樣輕」應作「平平仄仄平」，而此句欠協。【浣溪沙】倒二句，如《金丸記》「洞口橋邊遇仙姝」須作「仄仄平平仄平平」。商調【集賢賓】首句，如散曲「西風桂子香韻悠」須作「平平去上平去平」。羽調【金鳳釵】第七、八、十一三七言句，其首四字，如《練囊記》「翩翩粉蝶」、「呢喃燕兒」、「尋芳倦將」三句均須作「平平仄平」。其「蝶」字以入作平。越調【祝英臺近】第二、四兩五字句之下三字，如《浣紗記》「愁病兩眉鎖」、「陰甚閉門臥」須作「仄平仄」。【祝英臺】第三四字句、第六六字句，如《琵琶記》「啼老杜鵑」應作「平仄仄平」，「端不為春閒愁」後四字應作「仄平平平」。

由以上所舉之南曲特別需要講求平仄聲調律的地方，其所講求不可變異之平仄組合，卻幾乎皆是為詩所當避忌者，曲調反而以此來營造其聲情之特色，用以見此調之性格。

(四)對偶律

如所舉【一枝花】例，「出牆朵朵花，臨路枝枝柳。」「花攀紅蕊嫩，柳折翠條柔。」皆為對偶句。曲中大抵逢雙必對，三句句式相同，往往為鼎足對；四句句式相同，亦每為扇面對。

對偶也稱「對仗」，是中國文學單音節單形體所產生的文學特色。《文心雕龍》卷七〈麗辭第三十五〉云：

造化賦形，支體必雙；神理為用，事不孤立。夫心生文辭，運裁百慮，高下相須，自然成對。❺

所以在中國古籍中，運用對偶已屬常見。考對偶的運用，則義先於音，然後音義兼顧。其層次大約有以下六個等級：

第一，意義分量相等。

❺〔梁〕劉勰著，范文瀾註：《文心雕龍註》，頁五八八。

第二，語言長度相同、詞性相同。
第三，平仄相反。
第四，名詞類別相近。
第五，名詞類別相同。
第六，詞句結構形式相同。

以上六個等級，在後之等級俱包含前面等級之條件，也就是說等級越高，對偶越工整。大抵說第一級止見於散文，第二級為一般對偶。第三級就詩而言則為近體詩律詩之基本條件，稱之為「寬對」；其後第四第五則越趨工整，稱之為「鄰對」與「工對」。

對偶的工整程度則依存於名詞類別與詞句的構成形式兩方面。就名詞的分類而言，有天文、時令、地理、地名、宮室、器物、衣飾、飲食、文事、草木、鳥獸、形體、人事、人倫、人名、史事、方位、數字、顏色、干支等二十類；就詞句的構成形式而言，有疊字、連綿字、雙聲、疊韻、巧變、流水、錯綜、倒裝、疑問、問答、句中自對、隔句互對、借義、借音、借字面等十五種。例如杜甫〈曲江二首〉中的兩句：

穿花蛺蝶深深見，點水蜻蜓款款飛。❻

就平仄而言：「平平仄仄平平仄，仄仄平平仄仄平。」正好相反。就詞性而言，穿對點、見對飛都是動詞；花對水，蛺蝶對蜻蜓都是名詞；深深對款款則是副詞。可見這兩句已符合律詩對偶的條件。再進一步觀察：則花

❻〔唐〕杜甫著，〔清〕楊倫箋注：《杜詩鏡銓》，卷四，頁一八一。

屬名詞類中的「草木」，而水屬「地理」，為「寬對」；蛺蝶與蜻蜓同屬「鳥獸蟲魚」類，為工對；深深與款款在詞彙構成形式上同屬疊字衍聲複詞。如此就整個句子說來，可以算是第五級的「工對」。

對偶的運用，除了可以增加韻文學的形式美之外，也可以使意義產生凝重平穩的效果。

「工對」所依存的兩個要件，名詞類別相同容易辨識，但詞句結構形式相同較難，其結構形式有：(1)疊字對 (2)雙聲對 (3)疊韻對 (4)連綿對 (5)巧變對 (6)流水對 (7)錯綜對 (8)倒裝對 (9)疑問對 (10)問答對 (11)句中對 (12)隔句對 (13)借義對 (14)借音對 (15)借字面對 (16)音義相關對 (17)嵌字對 (18)離合對 (19)隱字對 (20)回文對 (21)頂針對。有關「對偶」，著者《俗文學概論》闢有專章詳論其事。❼所幸曲中對偶，沒用到這麼複雜精細。大抵說來，詞和曲一樣，詞曲中鄰句之句長相等的，往往就會對偶，兩句為一般對偶，三句為鼎足對，四句為扇面對。如果必須對偶的，就成了規律，用此以平衡凝練句意，同時使聲情較為厚實。如清人李玉《眉山秀》第十齣黃鍾過曲【侍香金童】首二句「巫峽夢朝行，豐沛占奇氣。」❽徐復祚《紅梨記》第六齣〈赴約〉正宮【普天樂】首二句「只指望撩雲撥雨巫山嶂，誰知道烟迷霧鎖陽臺上。」❾三四句「想姻緣簿、空掛虛名，離恨債、實受賠償。」明人陳鐸仙呂【皂羅袍】六至九四句作隔句對，散曲「惱人階下，凄凄候蟲；驚心樓上，噹噹曉鐘。」❿中呂【駐馬聽】三至五句用鼎足對，如《長生殿》第三十六齣〈看襪〉「歎紅顏斷送，一似青塚

❼ 拙著：《俗文學概論》（臺北：三民書局，二〇〇三），〈參、對聯〉，頁一四五—二〇三。

❽ 〔清〕李玉：《李玉戲曲集》（上海：上海古籍出版社，二〇〇四），中冊，頁九三八。

❾ 〔明〕徐復祚：《紅梨記》，收入〔明〕毛晉編：《六十種曲》第四套第三本（北京：中華書局，一九九〇，據上海開明書店原版重印），頁一六。

❿ 〔明〕陳鐸【南北黃鍾合套・題情】：「翠被今宵寒重，聽蕭蕭落葉，亂走簾櫳。綠雲堆枕鬢鬅鬆，不知溜卻金釵鳳。

荒涼，紫玉銷沉。」⓫

(五)句中音節形式律

韻文學句中同時含有意義形式和音節形式，詩之音樂形式，五七言只有單式音節，詞曲則每個句長皆有單雙式。單式音節健捷激裊，雙式音節平穩舒徐，彼此不可互易。凡此皆已見前論。

南北曲均以音節形式之單雙入律，也就是單式不可改作雙式，反之亦然。這也就是【天淨沙】末句，就音節形式而言，必須讀作「斷腸、人在、天涯」而不可讀作「斷腸人、在天涯」。因為音節單雙一失，全調節奏即亂。

就南曲而言，其必講究音節形式之曲牌，舉例如下：黃鍾【三春柳】末句六字必作三、三，如散曲「早教人、如魚似水」。仙呂【紫蘇兒】次句七字必作三、四，如《幽閨記》「跨青驄、徑臨庭宇。」【似娘兒】次句七字作三、四，三句七字則作四、三，如《勸善金科》「奮鵬程、萬里飛揚，臚傳金殿齊高唱。」【一封書】第一、三五字句作三、二，如《琵琶記》「一從你、去離」、「功名事、怎的」。【惜黃花】末二句五字作三、二，如《南西廂記》「莫再寄、零箋，莫再寫、情詩。」中呂【剔銀燈】末句七字作三、四，如《綵樓記》「莫教我破窯中、眼巴巴望你」。南宮【金蓮子】倒二句五字作三、二，如《幽閨記》「親骨肉、見了」。

惱人階下，淒淒候蟲；驚心樓上，噹噹曉鐘。無端畫角聲三弄。」收入謝伯陽編：《全明散曲》（濟南：齊魯書社，一九九四），頁六六六九－六六七〇。

⓫ 拙著：《中國古典戲劇選注·長生殿》【駐馬聽】「翠輦西臨，古驛千秋遺恨深。歎紅顏斷送，一似青塚荒涼，紫玉銷沉。玉人一去杳難尋，傷心野店留殘錦。且買酒徐斟，暫時把玩端詳審。」（頁七四一）

㈥詞句特殊語法律

詞句特殊結構，就複詞而言有雙聲疊韻複詞、疊字衍生複詞；就句子結構而言，幾為「俳體」，有頂針體、反覆體、重句體、連環句法等，已見前文舉例。

這些詞句特殊結構方式，如果運用到曲牌詞句中而成為定式，便會使此曲牌產生特殊的「聲情」，而成為此曲牌的「性格」。以下舉南曲曲牌為例：

黃鍾【雙聲子】首二句；四、五二句；七、八二句；九、十二句，皆作三字句，且均須疊句，如《琵琶記》第十九齣《強就鸞鳳》【雙聲子】作「郎多福，郎多福」、「娘萬福，娘萬福」、「兩意篤，兩意篤」、「豈非福，豈非福」。⑫仙呂【惜黃花】末四句為連環句，《南西廂》作「畢竟兩無緣，畢竟俱不是。再莫寄雲箋，再莫寫情詩。」中呂【麻婆子】首句與第三句用疊詞格，形容疊字衍聲。《幽閨記》第十三齣〈相泣路岐〉作「路途路途行不慣」、「地冷地冷行不上」。⑬雙調【川撥棹】三、四兩七字句、末二句兩六字折腰句應疊。〈月應承令〉作「遠只挂楊柳樓邊，遠只挂楊柳樓邊」、「也常時、見謫仙，也深宵、見謫仙」。【武陵花】中之疊字疊句不可刪改，《長生殿》作「裊裊旌旗」、「疋馬崎嶇怎暫停，怎暫停。」「兀的不慘殺人也磨哥，兀的不慘殺人也磨哥。」【前腔】作「淅淅零零」、「隔山隔樹」、「一點一滴又一聲，一點一滴又一聲。」「只悔倉皇負了卿，負了

---

⑫〔明〕高明：《琵琶記》，收入〔明〕毛晉編：《六十種曲》第一套第一本，頁七九。再如陳鐸【南北中呂合套・元夜】第九支曲【雙聲子】「人歡慶，人歡慶。預把佳期定。酒謾行，酒謾行。擺列華筵盛。奏錦箏，奏錦箏。和鳳笙，和鳳笙。任醺醺那管，夜闌人靜。」詳見謝伯陽編：《全明散曲》，頁五七二。

⑬〔明〕施惠：《幽閨記》，收入〔明〕毛晉編：《六十種曲》第二套第二本，頁三八。

卿。」【雌雄畫眉】中之疊字，不可更易，如散曲第三、四句「出出出，出出韻過了雲霞。」五、六句「玉關怨，玉關怨」十六、十七句「莫莫莫，莫莫說折莫的長沙。」二十一、二十二句「忽忽忽、忽忽聽鉦轉胡笳。」二十三、二十四句「聲聲慢，聲聲慢。」商調【高陽臺序】第七句句末必用「也」字，《長生殿》作「妖氛幸喜銷盡也。」商調【字字錦】中疊字疊句須頂針續麻，都須遵照，如散曲第十二、十三句「緣何去年，去年人不見。」十四、十五句「空蹙破兩眉尖，空蹙破兩眉尖。」十七、十八兩句「知他在那裡，他在那裡。」二十、二十一兩句「歡歡喜喜，瀟瀟灑灑。」二十二、二十三兩句「咱這裡思思想想，心心念念。」⑭【滿園春】中之疊句倒句均不可移易。如散曲五、六兩句「金風動，金風動。」八、九兩句「想殺人也天，盼殺人也天。」十、十一句「短行冤家，行短冤家。」⑮羽調【四季花】末句須用連環句，如《長生殿》「不由我對你愛你憐你覷你扶你。」【黑麻令】疊字格不可移易，八句中止二字不疊，亦須依從。如《牡丹亭》第二十七齣〈魂遊〉：

　不由俺、無情有情。湊著叫的人、三聲兩聲。冷惺忪、紅淚飄零。怕不是夢人兒、梅卿柳卿。俺記著這花

---

⑭ 商調過曲【字字錦】（散曲）「群芳綻（錦）鮮，香逐東風軟。黃鸝弄巧聲，提起傷春怨。覩名園，只見杏障桃屏，桃屏上，暎着柳眉翠鈿。天天，桃花隱約，可不強似去年。緣何去年，去年人不見。〔合〕空蹙破兩眉尖，空蹙破兩眉翠尖。奈山長水遠，知他在那裡，他在那裡，和誰兩箇，歡歡喜喜，瀟瀟灑灑，咱這裡思思想想，心心念念，欲待見他一面。」詳見〔明〕沈璟：《增定南九宮曲譜》，《善本戲曲叢刊》第三輯第二冊，卷一七（臺北：臺灣學生書局，一九八四年據明末永新龍驤刻本影印），頁六，總頁五五九。

⑮ 【滿園春】「南樓外，鴈翩翩。悄沒箇、信音傳。長空敗葉飄零舞。金風動，金風動，鐵馬兒聲喧，紗窗外透銀蟾。合真箇想殺人也天，盼殺人也天。短行冤家，行短冤家，音稀信杳，莫不是負卻盟言。」詳見〔明〕沈璟：《增定南九宮曲譜》，《善本戲曲叢刊》第三輯第二冊，卷一七，頁六，總頁五六〇。

亭水亭。趁的這風清月清。則這鬼宿前程。盼得上三星四星。⑯

小結

由以上對「曲牌格律建構」所含的八律分析之後，可以了解到曲牌名稱雖然大多已成為象徵性符號，多不可循名責實，但卻有其各自的聲情質性。其聲情質性，毫無疑問，是取決於其所以構成的八個律則。這八個律則所形成的體製規律，也就不可以輕易破壞。如果要創作傳奇、南雜劇那樣的劇體，尤其運用崑山水磨調來歌唱，就非牢牢守住那體製規律不可。否則，便名不符其實而成為「冒牌」了。

然而這曲牌八律並非每一曲牌都要樣樣具備，其所須的條件端賴曲牌本身所具的藝術質性。如果是雜曲小調或粗曲，那麼只具長短律、協韻律即可；若是可粗可細之曲，則無須講求聲調律與詞句中語法律；若是細曲，則句中語法律或可不論；而若是性格鮮明之曲牌，則非八律俱全不可了。

著者近年從事崑劇創作，已有《梁山伯祝英臺》、《孟姜女》、《李香君》、《楊妃夢》、《曲聖魏良輔》、《蔡文姬》、《韓非、李斯、秦始皇》七劇。

《梁山伯祝英臺》：二〇〇四年十二月二十四日至二十五日由國光劇團假臺北國家戲劇院首演，二〇〇五年十一月四日國光劇團參加上海藝術節，假逸夫劇院演出，十一月八日在杭州、十一月十二日在佛山巡迴演出。二〇〇九年十一月八日江蘇崑劇院版在南京首演，二〇一〇年六月三日江蘇崑劇院參加文化部舉辦之「崑劇匯演」，假紫金山大劇院演出修訂版。國光劇團又於二〇一二年元月二日至四日假臺北城市舞臺更行重排重演，二

⑯〔明〕湯顯祖著，〔清〕吳震生、程瓊批評，華瑋、江巨榮點校：《才子牡丹亭》（臺北：臺灣學生書局，二〇〇四），頁三七六。

○一五年十一月十三、十四兩日更在北京國家大劇院盛大公演。

《孟姜女》：二○○七年三月二日至四日臺灣戲曲學院京崑劇團假臺北國家戲劇院首演。四月十一日巡演於北京梅蘭芳劇院，十二日演於北京中國戲曲學院大禮堂，十五日演於上海逸夫劇院，十七日演於蘇州大學，十九日演於廈門大學。

《李香君》：二○○九年十一月十三日至十五日臺灣戲曲學院京崑劇團假臺北城市舞臺首演，十二月五日參加廈門藝術節演出，八日巡演於河南商丘宋城大戲院，十日演於鄭州大戲院，十四日演於北京中國戲曲學院大禮堂，十五日演於北京梅蘭芳劇院。二○一三年三月二十七、二十八日北方崑劇院重新排演，於中國評劇院公演。

《楊妃夢》於二○一一年九月二十一日至二十三日臺灣戲曲學院京崑劇團假臺北城市舞臺首演，並巡迴桃園、苗栗、彰化演出。二○一五年十月十九日下午參加蘇州第六屆崑劇節演出。

《曲聖魏良輔》於二○一五年十月一日首演於南京紫金山大劇院，二○一五年十月十九日參加蘇州第六屆崑劇節作閉幕盛大公演。

《蔡文姬》於二○一七年十二月八至十日由臺灣戲曲學院京崑劇團首演於臺灣戲曲中心。

茲就以上拙編諸劇舉數曲說明如下，以見本人選調填詞之合規中律：

譬如《梁祝．學堂風光》仙呂【皂羅袍】：

（旦唱）放眼春來佳妙，似這般美蛺蝶、醉舞花梢。莊周曉夢盡逍遙，英臺心事誰知道。（貼合）唉呀！撲輕煙曼渺，翻飛又飄，託身靈巧，逞姿媚嬌。羨他成雙作對皆同調。

這支曲牌，次句必作上三下四七字句，其後兩七字句宜對偶，其四字四句應作扇面對。又如《梁祝・十八相送》正宮【普天樂】：

（旦唱）看東風吹動垂楊浪，勸梁兄休把陽關唱。須知我、已斷愁腸，不怨兄、猶置行囊。三載形影相依傍，只合守、蕉窗雨夜梅花帳。卻緣何吞離恨、獨自歸鄉，從今後定難穿、珠淚千丈。終落得孤雁悽楚，兩地彷徨。

此曲句法仍是逢雙須對，「只合守」三字本是襯字，但長久以來均於此點板，只好作正字看待。又如《梁祝・哭蝶化墳》仙呂入雙調【朝元令】：

洋洋快哉，喜氣多驕態。山光蕩開，水色深如黛。迎親的隊伍逶迤，大張光彩。鬧鑼鼓、橫敲豎擺，樂壞文才。今宵得將花燭臺，擁抱美裙釵。哎呀！風雲忽地來，昏昏靉靉。原來是、陰山危隘，陰山危隘。

此曲必用作行動合唱，所以把它作為迎親隊伍繞行時的合唱曲。又此曲末四字句應疊前七字句之末四字，亦為其調法。

又如《孟姜女・邊苦閨寂》越調【小桃紅】：

（小生唱）怎禁得朔風塞雨滾黃沙，都向那羈客心、迤逗耍也。蕭蕭颯颯，恁的不想伊成疾但嗟呀，徹夜苦思家。更那堪繡幃中、貌如花。人憔悴、揾濕了鮫綃帕也。恨無端、轉入悲笳。只剩得節節的骨嶙峋，愣愣的眼、望著天涯。

此曲的特色在詞尾泛聲兩個「也」字，斷不可少。又如《孟姜女・邊苦閨寂》越調【黑麻令】：

(生唱) 則這望不盡、平沙塞沙，恨渺渺、阻著那伊家故家。只聽得颯剌剌、在那山涯水涯。啾唧唧、野鬼遊魂，鬧一座、烏銜鼠銜。哎吔！我的妻呀！貞潔勝梅華月華，怎閃卻、我時差運差。不提防命薄緣慳，翻做了朝霞晚霞。

此曲特色在疊字疊韻，只有二句不疊；其句中自對，亦須依從。此曲照例用在套數末段，其聲情悲切，頗為難唱。本曲連用三疊字衍聲複詞，尤助長其聲情之蕭颯。其中「哎吔！我的妻呀！」係屬帶白。像以上這些規矩，就使得【黑麻令】的「性格」特別明顯。又如《孟姜女・滴血驚髏》正宮【錦纏道】：

(淨唱) 看她怒悲號，霎那間、八方寂寥。全不顧嚇嚇帝王驕。看她淚如濤，無邊憾恨難描。卻教我恍惚上、天台訪道。悽切裏、粉面紅桃，泣訴似燕歸巢。越端詳越覺得俊俏。則這美人雖帶孝，反襯就、天生芳妙。怎地不為她傾倒。

此曲本為闊口悲壯之曲，自宜淨腳協蕭豪韻施唱；而此曲由秦始皇眼中旁觀側寫哭城之孟姜女模樣，充分顯現秦皇之好色憐香與孟姜女素服亂髮之不掩國色，別具韻味。

《李香君・訪翠眠香》越調【祝英臺(換頭)】：

相見，似魂遊、如夢寐，端的在當前。公子王孫，儒雅雄豪，都輸他瀟灑氣含英賢。纏綿，恰臨風、玉樹蹁躚，恍矯龍、蒼天蜿蜒。恁懨懨，卻緣何心坎著意相牽。[17]

此曲「似魂遊、如夢寐」為句中自對，「公子王孫」二句對偶，平仄須作平仄平平。「氣含英賢」須作仄平平平。「恰臨風」二句對偶。

《李香君・卻籢辭院》商調【字字錦】：

（生唱）夜來春媚香，恩在芙蓉帳。仙姿玉體柔，宛在天堂上。茜紗窗，只見那皎月含羞，含羞裡，翻弄交頸鴛鴦。（旦唱）成雙，顛鸞倒鳳，琴瑟同奏宮商。共鳴宮商，宮商自和賞。綢繆處，動心腸；綢繆處，動心蕩腸。（合唱）須念三生情義，得來非容易。得非容易，好相珍惜。甜甜蜜蜜，歡歡喜喜。讓你我，生生世世，思思想想，相偎相依相傍。⑱

此調疊字疊詞疊句皆不可移易，「宮商」必須三用，顯見其高難度，但也因此，其聲情最具「性格」。

《李香君・哭主設朝》北正宮【叨叨令】：

趁荒年縱橫地出沒牛羊野，將雄兵一溜的攻下散落了帝王業。闖得王孫急匆匆流浪漂灑著塗路血。卻逼得煤山訇然生殉了烈哀哀崇禎爺。（哭介）兀的不痛殺人也麼哥！兀的不痛殺人也麼哥！但見得昏天暗地似長夜。⑲

此調為北曲，故襯字多。「兀的不」二句疊為虛字泛聲之「格」，不可移易。前四句必作扇面對偶。

《楊妃夢・錦棚祿兒》雙調【彖水令】：

⑰ 拙著：《李香君》，《戲劇學刊》第一一期（二〇一〇年一月），頁二三四。

⑱ 同前註，頁二三六。

⑲ 同前註，頁二四〇。

愛曲江、景麗花嬌，氣澄和、雙鵲林稍。迎風招展酒旗飄，生民安樂，踏青春郊。盡丰標，遲遲光影門奇巧。卻喜得，卻喜得，徐兒嘴喬。搬弄那，搬弄那，妙語叨叨。[20]

此調前兩句七字作三四雙式音節；調中另兩七字句作四三單式音節。「卻喜得」與「搬弄那」兩三字句須疊用。

《楊妃夢．上陽怨女》越調【黑麻令】：

不由我、愁多憂多，氣夯夯、無何奈何，恨漫漫、東閣西閣。說什麼思念念、雙星密誓，閃灼灼、星河銀河。已分不清、思波淚波，卻多則是、醉呵笑呵。到如今未老紅顏，早被你斗挪柄挪。[21]

此曲調法已見前文，同樣遵守曲律。

《曲聖魏良輔．邂逅奇遇》北仙呂【村裏迓鼓】：

俺雖非世家華胄，金章紫綬。也則是簪纓門第，讀書養性，修身尚友。只這襟抱中，肝腸裏，倒有些情義牢守。今日個逢了禍災，遭了誣衊，值了渠醜。不由人痛切齒、憤悲難剖。[22]

此調為北曲，多用襯字。前五四字句，中間兩三字句，末後三三字句均作對偶。全調因之頗為整飭。

《曲聖魏良輔．衣缽傳梁》雙調【二犯江兒水】：

---

[20] 拙著：《楊妃夢》，《戲劇學刊》第一五期（二〇一二年一月），頁二二二。

[21] 同前註，頁二二六。

[22] 拙著：《魏良輔》，《戲劇學刊》第一四期（二〇一一年七月），頁一九一。

（五馬江兒水首至五）陽關大道，陽關大道，青驄雲路杳。看驚飛宿鳥，一望春郊，牧童兒笛韻好。（金字令十至末）花樹韻多嬌，村姑過小橋。風驟雲飄，燕影斜搖。（朝元歌七至末）忽見得長亭裏，喧鬧吵。手提肩挑，手提肩挑。原來是雞酒魚棗，雞酒魚棗。霎時間熱絡絡地將俺駐馬驕。㉓

此調為集曲，其首二句、「手提」二句、「雞酒」二句俱用疊，「花樹」二句對偶，使之自成韻調。

由以上可見，著者縱使「新編崑劇」，照樣是遵守古人的體製規律。因此充分發揮曲牌所蘊涵的語言旋律，音樂性自然很高，於是蘇州大學的周秦教授和江蘇崑劇院的孫建安先生為我譜曲就能「得心應手」而且崑味十足了。

最後要在這裡補充說明的是，友人俞為民教授《中國古代曲體文學格律研究》第四章〈曲調句式研究〉，其「句式」之觀念，與本人不盡相同。本人認為韻文學之「句式」含有「音節形式」與「意義形式」；音節形式又有「單式」、「雙式」之分，因此而有聲情「健捷激裊」與「平穩舒徐」之不同，凡此，均已見上文，而俞教授則分曲調句字的設置、曲調字節的設定、曲調句段的安排、曲調對偶句式的組合、曲調韻位的確定等五節論述。㉔可見所論，不止包括本人曲調「八律」中之「協韻律」與「對偶律」，尚有古人曲譜所未及之「句段」觀念。請讀者參閱，或可補著者所不及。

㉓ 同前註，頁一九五。

㉔ 俞為民：《中國古代曲體文學格律研究》，頁一二七—二〇六。

二、曲牌格律之變化

小引

曲牌雖然由上面所說的「八律」構成，但是研究北曲的人，都有一種感覺，那就是曲子的格式變化多端，使人混淆不清，難於捉摸，也因此句讀之間，彼此便有歧異。推究其故，實因「曲」對於音樂旋律與語言旋律的融合無間，最為講究。北曲除本格正字之外，尚有襯字、增字、減字、增句、減句、帶白、夾白等現象。這種現象在宋詞中，也已有所謂「減字」和「偷聲」，「偷聲」即曲中之「增字」。對此，著者在《戲曲學》第一冊〈語言論〉中之「戲曲語言格式變化的因素」，㉕已有詳細的論述；但由於其關係歌樂極大，因之這裡又撮要，簡論如下：

鄭師因百（騫）於北曲格律之研究，專著有《北曲新譜》、《北曲套數彙錄詳解》二書，㉖論文有〈北曲格式的變化〉和〈論北曲之襯字與增字〉二篇。㉗這兩篇論文是一個題旨的前後之作，只是範圍和詳略不同而已；目的在探究北曲格式變化的兩大因素，即「襯字」、「增字」的使用及其原則。此外因百師關於減字、增句、減

㉕ 拙著：《戲曲學㈠》（臺北：三民書局，二〇一六），頁六六九－六九二。

㉖ 二書俱藝文印書館出版。

㉗ 〈北曲格式的變化〉載《大陸雜誌》卷一第七期（一九五〇年十月），頁一二－一六；〈論北曲之襯字與增字〉載《幼獅學誌》卷一一第二期（一九七三年六月），頁一－一七，後收入鄭師因百：《龍淵述學》，頁一一九－一四四。

句、帶白、夾白等現象的說明，俱散見於其《北曲新譜》之中。

襯字、增字、減字、增句、減句，固然會使北曲格律產生變化，而著者以為北曲格式變化之諸因素，有其連鎖展延的關係。

所謂「連鎖展延的關係」是曲中原來只有本格的「正字」，其後加「襯字」使曲意流利活潑，「襯字」原為虛字，寖假而易為實字，於是意義分量與「正字」相敵，其地位乃提升而為「增字」；「增字」起初不超出三字，後來也有逐漸累積的情形，因而成句，即所謂「增句」。「夾白」是夾於曲中的賓白，有些與普通賓白不殊，一望即知；有些地位和襯字相近，只是襯字和正字的關係更為密切，用作正字的形容和輔佐，而這一類夾白則用作下文的提端和呼喚，其附有語氣辭的，即所謂「帶白」。也因為這一類夾白的地位和襯字相近，所以往往被誤作襯字，認為是襯字的累增。至於「減字」和「減句」，都是就本格正字和句數稍加損易，雖然也是促成北曲格式變化的因素，但其例不多，影響甚少。

(一)襯字

所謂「襯字」，因百師謂即「在不妨礙腔調節拍情形之下，可於本格正字之外添出若干字，以作轉折、聯續、形容、輔佐之用。此添出之若干字，即所謂襯字，蓋取陪襯、襯托之意。」因百師列舉有關襯字之原則十二條，其第四條云：

襯字只能加於句首及句中。句首襯字，冠於全句之首，如水桶之提梁；句中襯字須加於句子分段之處，如庖丁解牛，在關節縫隙處下刀。前引《蝡盧曲談》云：「句末三字之內不可妄加襯字。」即因此三字

為一整段，不能分開。㉘

其第八條云：

每處所加襯字以三個為度。所謂「襯不過三」，雖為南曲說法，實亦適用於北曲。一句之中所襯字之總數，則可多於三個，但須分布各處。例如前引《西廂記》【叨叨令】曲：「見安排著車兒馬兒不由人熬熬煎煎的氣。」襯字至十個之多，然集中一處者僅「不由人」三字，其餘或一字或兩字，零星分布。（馬兒之「兒」字屬上讀，與「不由人」不算集中一處。）㉙

其第四條說明加襯字之位置，第八條說明加襯字之限度。

王驥德《曲律》卷二〈論襯字第十九〉云：

古詩餘無襯字，襯字自南、北二曲始。北曲配絃索，雖繁聲稍多，不妨引帶。南曲取按拍板，板眼緊慢有數，襯字太多，搶帶不及，則調中正字，反不分明。大凡對口曲，不能不用襯字；各大曲及散套，只是不用為佳。細調板緩，多用二三字，尚不妨；緊調板急，若用多字，便躲閃不迭。凡曲自一字句起，至二字、三字、四字、五字、六字、七字句止。惟【虞美人】調有九字句，然是引曲，又非上二下七，則上四下五；若八字、十字以外，皆是襯字。今人不解，將襯字多處，亦下實板，致主客不分。如古《荊釵記》【錦纏道】「說甚麼晉陶潛認作阮郎」，「說甚麼」三字，襯字也；《紅拂記》卻作「我有屠龍劍

㉘ 句末三字不可妄加襯字，但疊字與詞尾則可。見鄭師因百：〈論北曲之襯字與增字〉，《龍淵述學》，頁一三三。

㉙ 〈不伏老〉套尾曲「【我】翫的是梁園月」句，其中之「我」字可視為提端之「夾白」。同上註，頁一三三。

> 釣鼇鉤射雕寶弓」，增了「屠龍劍」三字，是以「說甚麼」三字作實字也。《拜月亭》【玉芙蓉】末句「望當今聖明天子詔賢書」，本七字句，「望當今」三字係襯字，後人連襯字入句，如「我為你數歸期畫損掠兒梢」，遂成十一字句。……又如散套【越恁好】〈鬧花深處〉一曲，純是襯字，無異纏令，今皆著板，至不可句讀。凡此類，皆襯字太多之故，訛以傳訛，無所底止。[30]

凌濛初《南音三籟・凡例》云：

> 曲每誤於襯字。蓋曲限於調而文義有不屬不暢者，不得不用一二字襯之，然大抵虛字耳。如「這、那、怎、著、的、個」之類。不知者以為句當如此，遂有用實字者，唱者不能搶過而腔戾矣。又有認襯字為實字，而襯外加襯者，唱者又不能搶多字而腔戾矣。固由度曲者懵於律，亦從來刻曲無分別者，遂使後學誤認，徒按舊曲句之長短、字之多寡而倣以填詞；意謂可以不差，而不知虛實音節之實非也。相沿之誤，反見有本調正格，疑其不合者。其弊難以悉數。[31]

王、凌二氏都說出了正襯字不明所產生曲調訛變的現象。而對於襯字問題，明清曲籍加以討論說明的，也只有王、凌二家，而且偏於南曲略於北曲。元人論曲，僅周德清《中原音韻・作詞十法》提出「用字切不可用襯墊字」，並云：

---

[30] 〔明〕王驥德：《曲律》，《中國古典戲曲論著集成》第四冊，頁一二五－一二六。

[31] 〔明〕凌濛初：《南音三籟》，收於《善本戲曲叢刊》，第四輯第七冊（臺北：臺灣學生書局，一九八四年據清康熙文靖書院刊本影印），頁九－一〇。

套數中可摘為樂府者能幾？每調多則無十二三句，每句七字而止，卻用襯字加倍，則刺眼矣。32

他所說的「樂府」是指小令而言。小令文字謹嚴、體製短小，固以少用襯字為佳，若謂切不可用，則過矣。王、凌二氏雖旨在說明南曲之襯字逐漸演變為正字，致使本格訛亂的緣故，但南北曲之曲理其實不殊，故北曲之襯字亦有寖假而與正字不分之現象。

(二)增字

北曲中與正字不易分別之「襯字」，因百師謂之「增字」。其〈論北曲之襯字與增字〉云：

襯字既為專供轉折、聯續、形容、輔佐之「虛字」，似應容易看出。但常有時全句渾然一體，字數雖較本格應有者為多，而諸字勢均力敵，銖兩悉稱，甚難從語氣上或從文法上辨識其孰為正孰為襯。前人每云北曲正襯難分，即謂此種情形。細推其故，實因正字襯字之外，尚有予所謂增字。33

可見「增字」就是指本格正字之外所添加出來的字，它在地位上其實是襯字，但由於其意義分量與正字「勢均力敵、銖兩悉稱」，後人又在其上加上板眼，所以在全句中便有與正字渾然一體的關係。如關漢卿〈不伏老〉套，南呂【一枝花】首二句為上二下三之五字句，故其正字為「出牆朵朵花」、「臨路枝枝柳」，而「攀」、「折」二字地位雖屬襯字，但意義分量與正字渾然一體，故應由襯字而提升為「增字」。【梁州第七】中「更玲瓏又剔

32 〔元〕周德清：《中原音韻》，俞為民、孫蓉蓉主編：《歷代曲話彙編・唐宋元編》，頁二九一。

33 鄭師因百：〈論北曲之襯字與增字〉，《龍淵述學》，頁一三五。

透」之「更」字，隔尾中「老野雞蹅踏的陣馬兒熟」的「雞」字，也都屬於「增」字。至於增字的原理為：增字之後，不能改變原句之音節形式，亦即單式不能變為雙式，雙式不能變為單式。

(三)增句與滾白、滾唱

以下舉例說明增句與滾白、滾唱，其增句之例如：

馬致遠【玄鶴鳴】

你有甚事疾忙奏。。俺無那鼎鑊邊滾熱油。。您文臣合安社稷。武將合定戈矛。。「你子會文武班頭。山呼萬歲。舞蹈揚塵。」道那聲、誠惶頓首。。「如今陽關路上。昭君出塞。當日未央宮裡。女主專權。」我不信你敢差排呂太后。枉已後龍爭虎鬬。都是俺鸞交鳳友。。

【玄鶴鳴】見於《漢宮秋》雜劇，據《廣正譜》所錄。【玄鶴鳴】中「文武班頭」等三句和「陽關路上」等四句，除了「文武班頭」句因係成語而偶然入韻外，皆不協韻，而句式又循環重複，故當為「滾白」式之「增句」。

其次舉協韻的「滾唱」式增句之例如下：

馬致遠【端正好】

(有意)送君行。(無計)留君住。。怕的是君別後、有夢無書。。一尊酒盡青山暮。。「我揾翠袖。淚如珠。。你帶落日。踐長途。。情慘切。意躊躇。」你則身去心休去。。

【端正好】見《青衫淚》雜劇。其「搵翠袖」等六句隔句押韻，成三、三的循環重複，當係「滾唱」式的增句。此屬仙呂宮，句數多少不拘，但必為雙數。

所謂「滾白」或「滾唱」，其實是弋陽腔系（含青陽腔、徽池雅調）的專有名詞。「滾白」之例如《昭代簫韶》第二本卷上第九齣【駐雲飛】闋：

〔楊繼業滾白〕自古弱不攖強，眾寡難當。東西隘口，南北高岡。刀鎗簇簇，鐵騎駠駠。圍如鐵壁，困如銅牆。要進無門，欲退無方。

又如《忠義璇圖》第一本卷下第二十一齣【東甌令】闋：

〔滾白〕我這裡心中思想，暗裡躊躇，一方兒閉門安坐，這平地風波，卻為何來？又不是從天降下，也非關別人釀就。

弋陽腔在明代流布得很廣，而且包容力很大，學者甚至於認為它傳自北方，其來源可以遠溯到金元。[34]也因此著者懷疑北曲中的「增句」應當和弋陽腔的「滾白」和「滾唱」有類似的關係。由上舉的弋陽腔「滾白」二例看來，句子都是同一句式的循環重複，第一例協韻，第二例不協，可見弋陽腔的「滾白」和是否協韻無關。而上文著者釋北曲之增句，所以以不協韻者為「滾白」，以協韻者為「滾唱」的緣故，乃是因為所謂「滾白」與「滾唱」其實很難分別，它們都是屬於「數唱」或「帶唱」的性質，介於賓白與歌唱之間，如果將其偏於賓白

[34] 參見王古魯：《明代徽調戲曲散齣輯佚・引言》（上海：古典文學出版社，一九五六），頁一一－一八。

來說就是「滾白」，如果將其偏於歌唱來說就是「滾唱」。而著者認為不協韻之句比較接近口白，協韻之句比較接近唱詞；故將「滾白」與「滾唱」區分，以利說明。

根據《北曲新譜》，可以增句的曲調有三十支，㉟也就是說，這三十支曲調的增句，都已經成為慣例，而且入了譜律。

(四)夾白、減字、減句、犯調

至於夾白是指夾於曲中的賓白，它有三種類型：一種與普通賓白不殊，一看即知，不致於教人和曲文相混。另兩種則皆附著於曲文，其一往往帶有語氣辭，亦容易與曲文分辨，謂之「帶白」；其一雖作用有如帶白而缺少語氣辭，則每每使人誤以為是襯字。譬如《元曲選》本關漢卿《竇娥冤》【滾繡球】中「天地也」、「天也」、「地也」，便是帶有語氣辭的夾白；但像無名氏《貨郎旦》雜劇【轉調貨郎兒】第六轉《元曲選》本末句「〔倒與他妝就了一幅〕昏昏慘慘瀟湘水墨圖」中的「倒與他妝就了一幅」一語，也應當是「夾白」，但常被誤作襯字。

影響北曲格式變化的主要因素，有如上述。此外尚有減字、減句、曲調之入套與否與犯調等四項，此四項之影響較小，茲簡述如下：

㉟ 即：黃鍾【刮地風】，仙呂【端正好】、【混江龍】、【油葫蘆】、【那吒令】、【元和令】、【上馬嬌】、【遊四門】、【後庭花】、【柳葉兒】、【青哥兒】、【六么序】、【醉扶歸】，南呂【玄鶴鳴】、【草池春】、【鵪鶉兒】、【隔尾】、【黃鍾尾】，中呂【道和】，越調【鬥鵪鶉】、【絡絲娘】、【綿搭絮】、【拙魯速】，雙調【新水令】、【攪箏琶】、【川撥棹】、【梅花酒】、【撥不斷】、【忽都白】、【隨煞】。

減字：因百師〈論北曲之襯字與增字〉云：「北曲減字情形極為少見，不過『六字雙式可減為四字』、『七字單式可減為六乙』等兩三種減法，其影響甚少。」㊱如仙呂【青哥兒】末第二句為七字單式句，而《元曲選》本《竇娥冤》作「母子每、到白頭」為六乙。又如大石調【六國朝】第四句可由五字句變為四字句，無名氏〈冰肌勝雪〉套即作「牛籌相接」。

減句：根據《北曲新譜》，可減句之曲調有：仙呂【那吒令】、【村里迓鼓】、【遊四門】，南呂【賀新郎】、【草池春】、【鵪鶉兒】，越調【小絡絲娘】、【拙魯速】，雙調【新水令】、【攪箏琶】、【亂柳葉】、【忽都白】等十二調，其中側邊加小圈者【那吒令】等八調亦皆可增句，可能此等曲調音律比較靈活。減句最多只減去兩句，不若增句往往不拘，所以影響格式之變化不大。

曲調入套與否則格律不同：如仙呂【後庭花】入套乃可增句，【青哥兒】作小令用者與作套數用者格律有別，【者刺古】作小令、散套、劇套格律各不同，【小梁州】首句之格律小令與散套、雜劇不同，【殿前歡】作小令用則減去第六句。所幸見於《北曲新譜》者僅此五例而已，其影響甚微。

犯調：犯調之曲南曲為多，北曲僅有十調，即：黃鍾【刮地風犯】、【節節高犯】，正宮【轉調貨郎兒】，大石調【催拍子帶賺煞】、【雁過南樓煞】、【好觀音煞】、【玉翼蟬煞】，商調【高平煞】，雙調【離亭宴煞】之又一格、【離亭宴帶歇指煞】。犯調之曲因為是集合諸曲調而成一新曲，故於北曲之格式自然亦產生變化，這種形式可能是受南曲的影響，觀其作者皆為元末明初人可知。

由上所論，可知促成北曲格式變化之因素相當多，也因此其變化的情形頗為錯綜複雜。一支曲中，如果正

㊱ 鄭師因百：〈論北曲之襯字與增字〉，《龍淵述學》，頁一三六。

字之外又包含襯字、增字、增句、夾白，甚至於減字、減句，焉有不教人目眩神迷之感？雖然，如果能掌握其演化的原則和現象，參以譜律之書，多讀元人作品，亦庶幾可以撥雲見日，使「誦讀無棘喉澀舌之苦，寫作不致貽失格舛律之譏。」（見《北曲新譜・自序》）而曲文之為美，尤能得其神髓矣。

(五)又一體

著者曾經以仙呂調隻曲為例，考察《九宮大成北詞宮譜》的「又一體」，論述的根據即以〈北曲格式變化的因素〉為基礎，指出促使北曲格式變化的主要因素是「襯字」、「增字」和「增句」，次要因素是「夾白」、「減字」、「減句」、「犯調」及「曲調之入套與否」。如果能清楚而切實的掌握這八個因素，那麼北曲格式雖如神龍變化，亦百變而不離其宗。而北曲譜自《廣正》或一調列舉數格以來，至《九宮大成》之「又一體」滋生最為繁多。其實這「數格」或眾多的「又一體」，都是在「正格」的基礎上，循著上舉諸因素變化的結果。但是，由於曲譜作者未能完全辨明其理，以致自我混淆，貽誤後學頗多。因舉其最甚者《九宮大成》為例加以說明，然因《大成》卷帙浩繁，姑以其仙呂調隻曲為範圍，藉此蓋可以一斑見其全豹。

經著者考察，其曲牌由「正格」產生的「又一體」有以下數種：

1. 其誤於句式所產生的「又一體」：或混於音節形式與意義形式，或者音節單式雙式彼此誤用。
2. 其誤於正襯所產生的「又一體」：不明曲中加襯之法，以致正襯混亂。
3. 因增減字所產生的「又一體」：不明增減字之原理不可改易句式音節之單雙。
4. 因「攤破」所產生的「又一體」：不明白韻文學以韻間音節數為單元，即韻長，韻長可在不變易音節單雙式的前提下，作不同的「攤破」。譬如東坡〈水調歌頭〉上半闋「不知天上宮闕，今夕是何年。」下半闋「不應有恨，何事長向別時圓。」此調上下片第二韻長的十一音節，上片攤破為六、五，一六字雙式句、一五字單式句；下片則攤破為一四字雙式句、一七字單式句。上下句韻長相同，攤破方式不同，但音節形式之單雙則不可變。

5.其他因素所產生的「又一體」：又可分為以下三類：

(1)合乎本格而誤置的「又一體」

(2)併入么篇而不自知

(3)曲中有增句而不自知㊲

《大成》仙呂調隻曲八十七調列有「又一體」的有五十三調，其中像【賞花時】列「又一體」五曲，【混江龍】六曲，【煞尾】五曲，每教人迷亂其格式之紛擾，好像北曲格式變化多端，無從掌握。其實不然，它的變化是依循著一定原理的。雖然北曲變化的因素不止本文所舉襯字、增字、減字、增句和攤破，但據此以檢驗《大成》譜，已足以說明，其編者於曲理未盡了了，其所謂「又一體」，多數是可以刪除的。其實正變格的基礎，正如周維培《曲譜研究》所謂「從《廣正譜》的整個譜式看，定變格的區別，或在句法上，或在字音平仄上，或於煞尾分辨上，或在特徵性襯字上。」㊳

㊲〈北曲格式變化的因素〉，原載《古典文學》第一集（臺北：學生書局，一九七九）；收入拙著：《說俗文學》，頁三三一五－三四五。

㊳周維培：《曲譜研究》，頁七六。

小結

以上所論，皆以北曲舉例，緣故是北曲格式變化多端較南曲為甚。若就南曲而言，不過襯字、增字為主而已；其減字、減句均偶一為之；帶白、夾白則使用明確，不易混淆正字；至於滾白、滾唱，則是弋陽諸腔的事，正規南曲並未列入規律之中。因之，論曲牌格律之變化，北曲明，則南曲不待論而亦明矣！

三、曲譜與宮譜

小引

曲牌格律定型以後，學者便有撰述用文字來示寫作規範的曲牌格律，簡稱「曲譜」，和用來供作歌唱的工尺音樂譜，簡稱「宮譜」。

(一)曲譜與宮譜之分野

王季烈《螾廬曲談》卷三第一章〈論宮譜〉云：

釐正句讀，分別正襯，附點板式，示作曲家以準繩者，謂之曲譜。分別四聲陰陽、腔格高低，旁注工尺板眼，使度曲家奉為圭臬者，謂之宮譜。自元明以來，若《太和正音譜》、《骷髏格》、《南音三籟》、《南曲譜》、《嘯餘譜》、《九宮譜定》、《九宮正始》、《北詞廣正譜》等，皆取備曲牌格式，詳記詞句之多寡，屬於曲譜一類而不及宮譜；至呂士雄等之《南詞定律》，莊親王之《九宮大成》，則以曲譜而兼及宮譜，特其宮譜，僅就每曲牌舉一二例，在已諳製譜之理者閱之，足資隅反，初學讀之，茫無頭緒。是其書特便於製譜之人，而仍不便於度曲之人。惟《納書楹曲譜》及《吟香堂曲譜》，逐曲填工尺、點板眼，使初學一覽之下，即能依腔歌唱，則純乎為宮譜而非曲譜矣。然習俗相沿，亦稱之曰曲譜，名之不正，已非一日。本書亦以宮譜而襲曲譜之名，蓋從宜從俗，不遽訂正耳。

曲譜之作，由來已久，而宮譜之刊行，則始於康乾之際。《南詞定律》成於康熙末年，《九宮大成》、《納書楹》、《吟香堂》，皆成於乾隆年間，前此未之見也。所以然者，古時崑曲盛行，士大夫多明音律，而梨園中人亦只能通曉文義，與文人相接近，其於製譜一事，士人正其音義，樂工協其宮商，二者交資，不視為難事，是以新詞既就，只須點明板式，即可被之管弦，幾不必有宮譜。自崑曲衰微，作傳奇者，不能自歌，遂多不合律之套數。而梨園子弟，識字者日少，其於四聲陰陽之別，更無從知。於是非有宮譜，不能歌唱矣。其武斷從事者，往往張冠李戴，以致音乖字別。如：陳厚甫《紅樓夢傳奇・凡例》云：此本皆用「四夢」聲調，有《納書楹》可查對。引子以下，大約相倣云云。幾似曲牌相同，即可用同種之宮譜。又同治末年，俞曲園先生自撰新曲，規仿彈詞，令伶人阿掌，強以彈詞之宮譜歌之。光緒壬寅六月，萬壽聖節，張文襄在鄂宴外賓，盛張古樂，有彈琴崑曲等項。其崑曲曲詞，文襄自撰，亦令度曲者強以舊譜之工尺唱之。凡此皆文人不諧音律，好為武斷，歌者不明聲律之原，無從糾正，以致貽此笑柄。總之宮譜一事，在崑曲盛時，可不必有，崑曲衰時，卻賴以保存音節，啟導後學，萬不可廢也。㊴

王氏對於曲譜、宮譜的名義作了定位，而且鳥瞰式的羅列了重要的曲譜和宮譜，及其所以產生的原因，同時也提醒縱使曲牌相同，亦不可「張冠李戴」，即可扭合宮譜來歌唱。而周維培《曲譜研究》第一章〈曲譜源流考述〉更進一步指出現存古代曲譜因為南北曲各有不同的宮調系統與曲牌系統，即使名稱相同的曲牌，其平仄格律、音韻句式以及工尺板眼諸方面，均迥然相異，故而又有了南曲曲譜與北曲曲譜的分野。到了清代康乾之際，戲曲史上又出現了第三類合輯南北曲、兼訂曲律工尺的綜合譜。

周維培又在體製上列述文字譜與音樂譜的內涵、形式、類別與命義。其中前者以宮調為經緯，按照每一宮調所轄曲牌為序列，先列其平仄譜式並附點板眼，圈注開閉口字，指示韻腳；再附以例曲亦綴附小字釋文，縱論該調的格律變化及製譜者的曲學見解，組成格式。同時於正格以外，別列「又一體」，構成一部完整的總譜。戲曲史後期出現的文字譜還兼列南北曲聯套譜式，以供擇用。而後者則除了合譜形式與文字譜相同之外，由於清代中後期大量湧現的私家編訂的音樂譜，則參照吸收了當時折子戲選集的特點，以一整齣戲為單元標注工尺樂譜，便不再以宮調轄曲牌為線索。同時，這些音樂譜還多為梨園舊本的格範，捨棄平仄標注，不做格律解說，而是增添賓白，詳注板眼口法，成為眾多折子戲音樂演出本的集成。另外，戲曲音樂譜主要是南曲譜類，北曲音樂譜除了《九宮大成南北詞宮譜》的兼采並收外，並無單獨訂譜的著述存世。㊵而大抵說來，格律譜所講究的雖有其謹嚴度之演進，但不出本書上文所論之曲牌建構之「八律」；其音樂譜雖亦有精細度之差別，但也不出上文所論之依聲調行腔與依字音定腔之範圍。

㊴ 王季烈：《螾廬曲談》，頁一、二。

㊵ 周維培：《曲譜研究》，頁七、八。

(二)曲譜之來源

至於曲譜之來源，周氏云：

曲譜是為了適應聯套體戲曲體製與格律結構，幫助作家填詞、演員度曲而產生的工具書，它在製作方法與學術傳統上受到唐燕樂譜、宋詞樂譜以及前代歌曲譜的深深影響。曲譜又是傳統曲學實踐技術理論體系的重要著述載體，有著獨特的曲學背景，是戲曲藝術成熟以後的產物。41

周氏更從功用、理論及歷史價值作了中肯的說明：

在功用上，曲譜為古代劇作家、曲作者填詞製曲遵循模批的格律範本；在理論上，曲譜又是傳統曲學的主要著述形態與批評模式；因此曲譜，是戲曲文獻學上重要的遺產之一。不僅推動戲曲創作與演出，普及戲曲文學知識，也凝聚填詞技法、歌唱技法的菁華，而且立體交叉地反映戲曲韻律論、聲樂論的成就，並兼具曲選、曲品、曲目、曲論之作用，其大量輯錄的曲調、曲詞與音樂譜式，一方面能反映一個時代某類聲腔劇種的劇目概況、演出盛景與觀眾審美興趣；另一方面亦成為古曲舊劇輯佚鈎沉的寶庫。同時，曲譜還是音樂工作者破譯解讀宋詞、南戲、元劇、傳奇、散曲音樂語匯的主要途徑與材料。在戲曲校勘學上也有著不可替代的作用，它是我們今天整理古劇時校讀點斷、核文厘律、補缺析疑的主要參考書。42

41 同上註，頁三三三。
42 同上註，頁一、二。

㈢曲譜發展的三階段

周氏將古代曲譜發展的歷程分作三個階段：

1. 宋元萌生期調名譜：

《九宮》、《十三調》二譜完全是南曲調名譜，編排功用上與周德清《中原音韻》所蒐集之北曲宮調曲牌名譜相同。

2. 明初至清康熙間曲譜形成興盛期的曲譜：

北曲有洪武三十一年舊題朱權《太和正音譜》，為第一部北曲文字譜。明末徐于室重加輯集為《北曲譜》三冊，李玉又據《北曲譜》邀集鈕少雅、朱素臣重加修訂，成《北詞廣正譜》。南曲譜現存最早的是明嘉靖二十八年蔣孝《南小令宮調譜》，萬曆二十五年前後，沈璟據蔣譜增補校訂為《南曲全譜》。明末清初有徐于室、鈕少雅《南曲九宮正始》、馮夢龍《墨憨齋詞譜》、沈自晉《南詞新譜》、張彝宣《寒山堂九宮十三攝南曲譜》、查繼佐《九宮譜定》等等，皆為文字譜。

3. 清康熙末至近代音樂譜大量湧現期：

其私家編修較佳者有王正祥《新定十二律崑腔譜》、《新定十二律京腔譜》，其官修大型南北合譜，如康熙五十四年王奕清《欽定詞譜》、乾隆十一年周祥鈺等《九宮大成南北詞宮譜》，其間尚有無名氏《曲譜大成》、呂士雄等《新編南詞定律》。而音樂譜之大量著作乃出自私家，如乾隆五十四年沈起鳳《吟香堂曲譜》，五十七年至六十年葉堂《納書楹曲譜》，同治九年王錫純《遏雲閣曲譜》、晚清問世之《春雨樓曲譜》、《承軒曲譜》。民國以來有王季烈《集成曲譜》、俞粟廬《粟廬曲譜》，以及《蓬瀛曲譜》、《六也曲譜》等。

而民國六十二年四月臺灣藝文印書館出版鄭因百（騫）先生之《北曲新譜》，拙作〈鄭師因百（騫）的曲學及其對我的啟迪〉云：

老師因為研究曲律之書，自明代以來，皆詳於南而略於北；前代北曲譜專著，如《太和正音》、《北詞廣正》、《九宮大成》，及近人吳梅《北詞簡譜》，則或欠詳明，或多誤漏，或傷蕪雜，均未能作誦讀之津梁，示寫作之法則，以致一般學者欲治北曲，每因格律不明而發生種種困難。所以老師乃於民國三十四、五年間開始纂輯此譜，至民國五十七年方才最後完成。二十三年之間再三審核，數易其稿，可以想見其不殫煩瑣、精益求精的辛勤。

老師編撰此書的方法是：遍讀現存元代及明初北曲，包括小令散套與雜劇三者，取每一牌調之全部作品，加以比較歸納，自創體例，用以明句式、辨四聲、定韻協、析正襯，以確立準繩、分別正變，庶幾使誦讀無棘喉澀舌之苦，寫作不致貽失格舛律之譏，於是乎治曲學和習曲藝的人就有了足資信賴的圭臬。[43]

鄭師因百的《北曲新譜》和吳梅的《南詞簡譜》，就南北曲之譜律而言，可以說是兩部最為簡便可信之書。

小結

由於曲譜、宮譜，可以說是戲曲歌樂探討和發展的極致，曲譜提供了戲曲填詞的規律，宮譜製訂了戲曲歌唱的準繩。歷代戲曲歌樂家都將其苦心孤詣呈現於此，因之實有讓我們參考和依循的意義和價值。而對曲譜、

[43] 原收入《鄭因百先生百歲冥誕國際學術研討會論文集》（臺北：國立臺灣大學中國文學系，二〇〇五），頁四三五－四五八；後收入拙著：《戲曲之雅俗、折子、流派》，頁五五〇－五八四，引文見頁五七八、五七九。

宮譜的研究，實以周維培《曲譜研究》最周延最深入，成就最大，因之乃命我所指導的世新大學博士生金雯將其大旨撮要附錄於後，以供讀者參考。倘讀者對此附錄，意猶未盡，則請閱讀周氏原著。又俞為民《中國古代曲體文學格律研究》第九章〈曲調格律譜研究〉亦有精到之論述，足供參閱。

第陸章　論說戲曲「曲牌」（之三）宋樂曲對南北曲聯套之影響

小引

接著來考察宋代樂曲對北曲雜劇套式和南曲戲文套式所產生的影響。

一、宋樂曲對北曲聯套之影響

首先對宋代樂曲作簡單的考述。成書於宋理宗端平二年乙未（一二三五）的耐得翁《都城紀勝》「瓦舍眾伎」條云：

「諸宮調」本京師孔三傳編撰傳奇靈怪、入曲說唱。……「唱叫小唱」，謂執板唱慢曲、曲破，大率重起輕殺，故曰淺斟低唱，與四十大曲舞旋為一體，今瓦市中絕無。「嘌唱」，謂上鼓面唱令曲小詞，驅駕虛聲，縱弄宮調，與叫果子、唱耍曲兒為一體，本只街市，今宅院往往有之。「叫聲」，自京師起撰，因市井諸色歌吟賣物之聲，採合宮調而成也。若加以「嘌唱」為引子，次用四句就入者，謂之「下影帶」。無影帶者，名「散叫」。若不上鼓面，只敲盞者，謂之「打拍」。「唱賺」在京師日，有「纏令」、「纏達」；有引子、尾聲為「纏令」；引子後只以兩腔互迎，循環間用者為「纏達」。中興後，張五牛大夫因聽動鼓板中，又有四片太平令，或賺鼓板——即今拍板大節揚處是也，遂撰為「賺」。賺者，誤賺之義也，令人正堪美聽，不覺已至尾聲，是不宜為片序也。今又有「覆賺」，又且變花前月下之情及鐵騎之類。凡「賺」最難，以其兼慢曲、曲破、大曲、嘌唱、耍令、番曲、叫聲諸家腔譜也。❶

❶〔宋〕耐得翁：《都城紀勝》，周峰點校：《東京夢華錄（外四種）》（北京：文化藝術出版社，一九九八），頁八五－八六。成書於宋度宗咸淳十年甲戌（一二七四）的吳自牧《夢粱錄》卷二〇「妓樂」條亦有相近的記載：「更有小唱、唱叫、執板、慢曲、曲破，大率輕起重殺，正謂之『淺斟低唱』。若舞四十大曲，皆為一體。但唱令曲小詞，須是聲音軟美，與叫果子、唱耍令不犯腔一同也。……說唱諸宮調，昨汴京有孔三傳組成傳奇、靈怪，入曲、說唱；今杭城有女流熊保保及後輩女童皆效此，說唱亦精，於上鼓板無二也。蓋嘌唱為引子四句就入者謂之『下影帶』。無影帶，名為『散呼』，若不上鼓面，止敲響盞兒，謂之『打拍』。唱賺在京時，只有纏令、纏達。有引子、尾聲為纏令。引子後只有兩腔迎互循環，間有纏達。紹興年間，有張五牛大夫，因聽動鼓板中有【太平令】或賺鼓板，即今拍板大節抑揚處是也，進為寫『賺』。賺者，誤賺之義也，正堪美聽中，不覺已至尾聲，是不宜為片序也。又有『覆賺』，其中變花前月下之情及鐵騎之類。今杭城老能唱賺者，如竇四官人……等。凡唱賺最難，兼慢曲、曲破、大曲、嘌唱、耍令、番曲、叫聲，接諸家腔譜也。……今街市與宅院，往往效京師叫聲，以市井諸色歌叫賣物之聲，采合宮商成其詞也。」見周峰點校：《東京夢華錄（外四種）》，卷二〇「妓樂」條，頁三〇二－三〇四。

由此可見宋代之樂曲有諸宮調、唱叫小唱、嘌唱、叫聲、唱賺等五種。其中「唱叫小唱」，張炎《詞源》云：「惟慢曲、引、近則不同，名曰小唱。」❷則是從已有之大曲中，選取其歌遍（亦稱排遍、中序）中慢曲、引、近部分，進行清唱；唱時用板打拍，歌唱中充分運用強弱變化來加強抒情的效果。❸這和元人唱散曲雖相似，但大曲為單調重頭之變奏曲，因此「小唱」之結構必與元曲套式無關，其相關者有下列四種：

1. 嘌唱和叫聲：「嘌唱」，宋程大昌《演繁露》云：「既舊聲而加泛拍者名曰嘌唱。」如此而加上《都城紀勝》所云，可知嘌唱是民間的小型歌曲，如令曲小詞，加上變奏，以鼓聲為節。而「叫聲」，宋高承《事物紀原》卷九〈博奕嬉戲部第四十八〉「吟叫」條云：

> 嘉祐末（一〇六三），仁宗上仙，……然四海方遏密，故市井初有「叫果子」之戲。其本蓋自至和（一〇五四—一〇五五）、嘉祐（一〇五六—一〇六三）之間叫「紫蘇丸」洎樂工杜人經「十叫子」始也。京師凡賣一物，必有聲韻，其吟哦俱不同，故市人採其聲調，間於詞章，以為戲樂也。❹

由此加上《都城紀勝》所云，可知「叫聲」，北宋仁宗時已有，是根據民間各種歌吟和賣物之聲，創造出來的一種歌曲形式。當時所謂「耍曲兒」應屬歌吟，所謂「叫果子」應屬賣物之聲，今存《九宮大成南北詞宮譜》中以「叫聲」題名的曲牌，都相當短小，可見它不是大型的歌曲。「叫聲」與「嘌唱」都可以獨立演唱，但也可以

---

❷〔宋〕張炎：《詞源》，唐圭璋編：《詞話叢編》第一冊，頁二五六。

❸以上對「小唱」之說明，參考楊蔭瀏：《中國古代音樂史稿》第十四章〈藝術歌曲和說唱音樂的發展〉，頁三〇三；下文有關叫聲、嘌唱、唱賺、諸宮調之說明亦然，見頁三〇二—三一〇、三一二—三一五。

❹〔宋〕高承：《事物紀原》，王雲五主編《人文文庫》，卷九，頁三五三。

在「叫聲」前面加「嘌唱」而結合成為有「下影帶」的新曲形式。

上文所述的元雜劇曲套式第七式【轉調貨郎兒】顯然就是在「叫聲」和「嘌唱」的基礎上發展完成的。

2.唱賺：由《都城紀勝》所記，可見在北宋時已流行，當時已有兩種形式，基本形式是「纏令」，即正曲前後有引子、尾聲的套曲；而若將不同形式之正曲改由兩個牌調迎復循環，即所謂「纏達」。到了南宋，張五牛因聽到民間稱為「鼓板」的歌唱藝術，有分為四段的【太平令】從而創造了一種稱為「賺」的新歌曲形式。這種新歌曲的特點，是在聽者津津有味之際，卻不覺已到尾聲。因此它不宜單獨使用，必須聯於「纏令」之中，也因此使得「纏令」有進一步的發展。到了《都城紀勝》成書的時候（一二三五）又有所謂「覆賺」，即一再使用「唱賺」的套曲形式來歌唱愛情和英雄的故事，本身已經是說唱文學，我稱之為「南諸宮調」。

所云「纏令」之套式，如董解元諸宮調之仙呂調【醉落魄纏令】：

仙呂調【醉落魄纏令】、【整金冠】、【風吹荷葉】、【尾】

這種套式和上文所舉元劇七種套式之第一式，即「一般單曲聯接」者相同。而宋大駕鼓吹，但用【導引】、【六州】、【十二時】三曲。梓宮發引，則加【祔陵歌】；虞主回京，則加【虞主歌】，各為四曲。南渡後郊祀，則於大駕鼓吹三曲外，又加【奉禋歌】、【降仙臺】二曲，共為五曲。其【導引】為引子，【十二時】為尾聲：則「纏令」之形式實始於宋大駕鼓吹曲，元劇套曲第一式可謂即源於此。

所云「纏達」，則與上文所舉元劇套曲第二式相同，當為此式之根源。而「纏達」又源自「傳踏」，王灼《碧雞漫志》卷三云：

世有般涉調【拂霓裳】曲，因石曼卿取作傳踏，述開元天寶舊事。曼卿云「本是月宮之音，翻作人間之曲。」近夔帥曾端伯增損其辭為勾遣隊口號，亦云「開、寶遺音」。❺

按曾慥《樂府雅詞》卷上錄有無名氏【調笑集令】及鄭僅與晁補之之【調笑】，又秦觀《淮海長短句》與毛滂《東堂詞》亦均有【調笑】，洪适《盤洲樂章》亦有【番禺調笑】，而其體均謂之「轉踏」。「轉踏」與「傳踏」一音之轉，為同物異名無疑。其體製：首用駢語為勾隊詞，次口號，次以一詩一詞詠一故事。詩共八句，四句為一韻，詞用【調笑令】，故稱「調笑轉踏」詞首二字與詩末二字相疊，有宛轉傳遞之意。郭茂倩《樂府詩集》卷八二〈近代曲辭類〉錄有王建與韋應物之「宮中調笑」各四首與二首，另戴叔倫則謂之「轉應詞」，❻又錄有崔液、謝偃、張說、劉禹錫之「踏歌」各數首。劉禹錫踏歌有〈新詞宛轉遞相傳〉一首，鄭僅調笑曲即全引之為放隊詞，可證此體與唐人調笑詞、轉應詞、踏歌皆有關。❼

由「傳踏」或「轉踏」之體例看來，其勾隊詞與放隊詞即「纏達」之引子與尾聲，而其一詩一詞遞用亦與「纏達」之兩腔迎互循環相當。「纏達」與「傳踏」或「轉踏」更是音近相轉，可見「纏達」其實是「傳踏」或「轉踏」的進一步發展。

至於所云「賺」，王國維於《事林廣記》戊集卷二發現一套〈圓社市語〉中呂宮【圓裡圓】，其構成的曲牌是：

❺〔宋〕王灼：《碧雞漫志》，俞為民、孫蓉蓉主編：《歷代曲話彙編．唐宋元編》，頁七七。
❻〔宋〕郭茂倩：《樂府詩集》，卷八二，頁一一五五－一一五六。
❼可參見劉宏度：《宋歌舞戲曲考．總論》，頁二八－二九。

【紫蘇丸】、【縷縷金】、【好女兒】、【大夫娘】、【好孩兒】、【賺】、【越恁好】、【鶻打兔】、【尾聲】。❽

按董解元《西廂記諸宮調》有〈道宮憑欄人纏令〉一套，其結構如下：

【憑欄人】、【賺】、【美中美】、【大聖樂】、【尾】。

此套有「賺」插入一般單曲聯接的套曲之中，而亦自名為「纏令」，〈圓社市語〉之套式與此既相近，則均可視之為「帶賺的纏令」，此類纏令當即張五牛所創者。從〈圓社市語‧圓裡圓〉之套曲牌名看來，則【縷縷金】、【好孩兒】、【越恁好】三曲均在南曲中呂宮，【紫蘇丸】則在南曲仙呂宮為引子，【鶻打兔】則南北曲皆有，唯皆無【大夫娘】一曲，則帶賺之纏令為南曲所專有，也難怪北曲中無此套式。(又《董西廂‧憑欄人》諸曲亦均非北曲所有)

3. 諸宮調：《都城紀勝》謂諸宮調是北宋孔三傳所創。按王灼《碧雞漫志》卷二云：

熙豐元祐間……澤州孔三傳者，首創諸宮調古傳，士大夫皆能誦之。❾

熙寧、元豐是宋神宗年號，元祐是宋哲宗年號，其時間是西元一〇六八—一〇九三年。澤州即今山西省晉城市。由此可見諸宮調的創始在西元十一世紀中葉以後的北宋時代，創始人孔三傳是澤州人，所以是屬於北方的說唱

❽ 王國維：《宋元戲曲考》，收於《王國維遺書》第九冊，頁三五—三七，總頁五六三—五六七。
❾ 〔宋〕王灼：《碧雞漫志》，俞為民、孫蓉蓉主編：《歷代曲話彙編‧唐宋元編》，頁六一。

文學。

現存宋金諸宮調只剩下一個殘篇、一個殘本和一個整本，殘篇見《永樂大典戲文三種》之《張協狀元》，其中有末色所唱的一段「諸宮調」。《張協狀元》，錢南揚《宋元南戲百一錄》考定為南宋作品，則此段保留在戲文裡的「諸宮調」可以看作是南宋諸宮調，而由此也可見成於北方的諸宮調，事實上已流入南方。殘本即《劉知遠諸宮調》，是在甘肅西部發掘出來的西夏文物之一，大約是十二世紀的作品。全本是《西廂諸宮調》，為金章宗時（一一九〇—一二〇八）董解元所作。

諸宮調是運用各種宮調套曲、曲白相間的一種大型說唱音樂。其套數形式除上文所舉的「纏令」和「帶賺的纏令」之外，尚有單曲或單曲加尾聲，以及纏令帶纏達等三種形式。其單曲之例如：仙呂調【一斛義】，❿其單曲加尾聲者如下：中呂調【牧羊關】、【尾聲】；其纏令帶纏達者如下：仙呂調【六么】、【六么實催】、【六么遍】、【哈哈令】、【瑞蓮兒】、【哈哈令】、【瑞蓮兒】、【尾】。單曲和單曲加尾聲的形式為北劇套式所無，但卻見於南曲套式。而纏令帶纏達的套式，在北曲正宮套中不乏其例，上文所舉元劇套式第二類型即是。至於純粹的「纏達」則沒有，元劇中只有馬致遠《陳摶高臥》第三折和鄭廷玉《看錢奴》次折比較接近。⓫但無論如何，諸宮調與南北曲關係密切，則是不爭的事實。對此，鄭因百師已有專文詳論，⓬大意說諸

❿ 以下所舉之例均見《董西廂》，這種單曲成套的形式很多。

⓫ 《陳摶高臥》第三折套式：【端正好】、【滾繡球】、【倘秀才】、【滾繡球】、【倘秀才】、【叨叨令】、【倘秀才】、【滾繡球】、【倘秀才】、【滾繡球】、【倘秀才】、【滾繡球】、【倘秀才】、【三煞】、【二煞】、【煞尾】。《看錢奴》次折套式：【端正好】、【滾繡球】、【倘秀才】、【滾繡球】、【倘秀才】、【滾繡球】、【倘秀才】、【滾繡球】、【倘秀才】、【塞鴻秋】、【隨煞】。

宮調「是一部從詞到曲蛻變時期的作品，也是南北曲將分未分時的作品。往上說與詞有關；往下說不只為北曲之祖，南曲也有極密切的關係。」⓭有關南曲與諸宮調之關係，詳下文。因百師論〈董西廂與北曲的關係〉是從宮調、曲調、尾聲格式、套式組織、音樂用韻及方言俗語等六方面來說明，從而見出《董西廂》在宮調、曲調、尾格、套式等方面之被北曲所沿用，而在音樂、用韻及方言俗語等方面，兩者又復相同。可見像《董西廂》那樣的諸宮調，與北曲的傳承關係是多麼的密切。

4.鼓子詞：除《都城紀勝》所舉諸樂曲外，宋代尚有一種樂曲叫「鼓子詞」。鼓子詞皆用一調連續歌唱以詠事物。其方式有二，一是並列同性質的事物，以同一詞調來歌詠；一是從頭至尾敘述一個事物，亦以一調反覆歌詠。前者如歐陽脩《六一詞》以【采桑子】十一首分詠潁州西湖景物、楊元素《時賢本事曲子集》載歐陽脩以【漁家傲】十二首詠十二月景物、洪适《盤洲樂章》以【生查子】十四首詠盤洲一年景物；後者如《侯鯖錄》載趙令畤以商調【蝶戀花】十二首敘元微之《會真記》事。⓮可見鼓子詞是連用一調重頭的方式來增加樂曲的長度，這種情形和上文所舉元劇套式第三類型，亦即採用多數「么篇」連用的方式很接近；也就是說，曲中採用多數「么篇」連用的方式，應當是受到鼓子詞的影響。⓯

在上文所舉元劇套式第六類型，亦即一曲的著重使用，似乎也可以看作是對「鼓子詞」同調重頭的師法。

⓬ 鄭師專文題目作〈董西廂與詞及南北曲的關係〉，見所著《景午叢編》下集（臺北：臺灣中華書局，一九七二），頁三七四－四〇一。

⓭ 同上註，頁三七三。

⓮ 〔宋〕趙令畤著，孔凡禮點校：《侯鯖錄》，《唐宋史料筆記叢刊》第三七冊，卷五，頁一三五－一四三。

⓯ 同調重頭的聯套方式在北曲不多見，但南曲卻成了極重要的聯套方式。

若此，則元劇套式七種類型，便一一可以在宋代的大曲、鼓吹曲、唱賺、諸宮調、鼓子詞中找到根源了。

二、宋樂曲對南曲聯套之影響

至於南曲套式，若就引子、過曲、尾聲三者結構而言，如上文所述有四種形式：

(1)引子一支至二支、過曲一支至若干支、尾聲一支

(2)引子、過曲

(3)過曲、尾聲

(4)過曲

可見聯套之主體在過曲，其套式也建立在過曲間聯綴的形式。其聯套之法，凡宮調或管色相同之曲，板眼可以互相銜接者皆可聯綴成套，其方式就以上所云曲牌應用之「性格」來分，有異調聯用與一調單用兩大類。

異調聯用即用不同曲牌聯為一套，又有以下三種情形：

其一為雜綴，「雜綴」之名是著者所創，意即隨意取用曲牌以演述一段情節，其間無須考慮宮調、管色與板眼之協同與連接之規律。這種情形其實談不上「聯套」，也產生不了「套式」，但卻存在於早期之戲文與現代之地方戲中，如《荔鏡記》戲文第六齣〈五娘賞燈〉混用中呂、南呂、仙呂三宮而雜入「里巷歌謠」之【水車歌】，第二十二齣〈梳妝意懶〉雜用商調、仙呂、中呂、南呂四調，而皆與劇情轉換之「移宮換調」無關。《荔鏡記》戲文雖然為明宣正、化治間作品，但由於出諸泉潮，所保留戲文之原始面貌不下於《永樂大典戲文三種》，這是很可注意之現象。即就《張協狀元》而言，其第八齣【生查子】、【復襄陽】二支、【福州歌】四

支，除南呂引子【生查子】外，其他二曲明顯為地方小曲，正合徐渭《南詞敘錄》所謂初起之戲文「其曲，則宋人詞而益以里巷歌謠，不協宮調，故士夫罕有留意者。」⑯又如其第九齣之套式：正宮引子【七娘子】、正宮過曲【普天樂】、仙呂過曲【涼草蟲】、雙調引子【胡搗練】三支、南呂引子【臨江仙】、仙呂引子【唐多令】、仙呂過曲【油核桃】四支，共用正宮、雙調、南呂、仙呂四調，且南呂【臨江仙】之前為一場演「張協被劫」，而用三支引子。類此不煩枚舉。又如長沙花鼓戲《劉海砍樵》運用【採蓮船調】、【八板子】、【西湖調】、【三流】、【梢腔】、【十字調】二支、【比古調】、【望郎調】等八支小曲組成；又如上文所舉《長生殿》第十五齣〈進果〉也還運用這種「雜綴」形式。

這種「雜綴」的形式，在《張協狀元》開場時所唱的《諸宮調張協狀元》用五支曲調構成，考諸曲譜，其所屬宮調如下：

仙呂引子【鳳時春】（協齊微）、雙調引子【小重山】（協江陽）、越調引子【浪淘沙】（協寒山）、【犯思園】（協蕭豪，不見曲譜，中呂引子有【思園春】，疑為其犯調）、商調引子【繞池游】（協魚模），則顯然此五曲係雜綴而成，可作「雜綴」最早之例子。

其二為循環聯用，即二或三支曲牌按序輪用或不固定雜用，但只限於此二三支曲牌。若論其來源，則是宋樂曲之「纏達」。傳奇兩曲循環者頗多，而見於戲文者僅如影鈔本《荊釵記》四十一齣【下山虎】、【亭前柳】，第三十二齣【風入松】、【急三鎗】（亦見於《殺狗》第十八齣）；三曲循環者為數不多，見於戲文僅《趙氏孤兒》第五齣【畫眉序】、【滴溜子】、【神仗兒】一例。其為北曲雜劇，則鄭師因百（騫）《北曲套式

⑯〔明〕徐渭：《南詞敘錄》，《中國古典戲曲論著集成》第三冊，頁二三九。

彙錄詳解》謂仙呂宮「【金盞兒】、【醉中天】、【後庭花】三曲可迎互循環。」⑰又謂正宮「【滾繡球】、【倘秀才】兩調常循環使用，可多至四五次，是為正宮套之特點。」而「《正音譜》於【滾繡球】、【倘秀才】兩調名下均有注云：『亦作子母調。』」

「纏達」在北宋原稱「傳踏」或「轉踏」，由一詩一詞構成；南宋以後將詩易作詞，由兩詞迎互循環，乃謂之「纏達」。在戲文中，如《荊釵記》第十八齣〈閨念〉聯套作：

【破陣子】【四朝元】七絕【四朝元】七絕【四朝元】七絕【四朝元】七絕【尾聲】七絕。⑱

其三為截取大曲自「入破」至「出破」這段「曲破」作為套曲。據史浩〈採蓮〉大曲「壽鄉詞」，其「曲破」結構是：

【入破】、【袞遍】、【實催】、【袞】、【歇拍】、【煞袞】。⑲

而《張協狀元》第十六齣〈李大婆為媒張協成婚〉中間一場套數作：

【菊花新】、【後袞】、【歇拍】、【終袞】。⑳

---

⑰ 鄭師因百：《北曲套式彙錄詳解》，頁四一。

⑱ 收入〔明〕毛晉編：《六十種曲》第二套第二本，頁五四—五七。

⑲ 見〔宋〕史浩：《鄮峰真隱大曲》，收入朱祖謀校輯：《彊村叢書》第三冊，卷一（臺北：廣文書局，一九七〇），頁一八七一—一八七四。

⑳ 錢南揚：《永樂大典戲文三種》，頁八四—八五。

此套顯然截取「曲破」末三曲而外加【菊花新】一曲，【菊花新】亦為宋曲，㉑故相聯為用。

又陸氏影鈔元刊本《琵琶記》第十五段演〈丹陛陳情〉一場，套數作：

【入破第一】、【破第二】、【衮第三】、【歇拍】、【中衮第四】、【煞尾】、【出破】。

較諸〈採蓮〉曲破多【破第二】、【出破】二曲而少【實催】一曲，也許它是保存曲破更完整的形式。

又《南九宮十三調曲譜》、《南曲九宮正始》、《南詞定律》等引錄戲文《董秀英花月東牆記》、《賽金蓮》兩套佚曲，前者後者皆作：

越調近詞 【入破】、【破第二】、【衮第三】、【歇拍】、【中衮第四】、【煞】、【出破】。

顯然是沿襲《琵琶記》而來。這種沿襲大曲曲破的套數，從現存戲文與傳奇看來，極其罕見；其故雖然那是「舞遍」，但以其總為「重頭變奏」，音樂變化不大，所以鮮能適應戲曲排場。

其四為依宮調、管色、板眼規矩的一般聯用，其表象形式與「雜綴」不殊，但在規矩之中會逐漸形成傳承

㉑〔宋〕周密《齊東野語》卷一六「菊花新曲破」條：「思陵朝，掖庭有菊夫人者，善歌舞，妙音律，為仙韶院之冠，宮中號為『菊部頭』。然頗以不獲臨幸為恨。即稱疾告歸。宦者陳源以厚禮聘歸，蓄於西湖之適安園。一日，德壽按〈梁州〉曲舞，屢不稱旨。提舉官關禮知上意不樂，因從容奏曰：『此事非菊部頭不可。』上遂令宣喚。於是再入掖禁。陳遂憾恨成疾。有某士者頗知其事，演而為曲，名之曰【菊花新】以獻之。陳大喜，酬以田宅金帛甚厚。其譜則教坊都管王公謹所作也。陳每聞歌，輒淚下不勝情。未幾物故。園後歸重華宮，改名小隱園。」（北京：中華書局，一九八一，頁二六四）則【菊花新】為宋曲無疑。

的固定「套式」。而若論其來源，則為宋樂曲之「纏令」。宋樂曲「纏令」，如前文所舉南宋陳元靚《事林廣記・遏雲要訣》中收錄〈圓裡圓賺〉一套，㉒首有引子，後有尾聲，中為過曲，可見已係完成之「套式」，可視為纏令之祖。茲舉各宮調中最被習用的「套式」如下：㉓

(1)黃鍾宮

【引】、【啄木兒】二支、【三段子】、【歸朝歡】（有影鈔本《荊釵記》第三十八齣等四十二例）。

【引】、【畫眉序】四支、【滴溜子】、【鮑老催】、【滴滴金】、【鮑老催】、【雙聲子】、【尾聲】（有陸鈔本《琵琶記》第十八齣等七十六例）。

【引】、【獅子序】、【太平歌】（或【東甌令】）、【賞宮花】、【降黃龍】、【大聖樂】（有元鈔本《琵琶記》第三十齣等二十五例）。

【引】、【降黃龍】四支、【黃龍袞】二支、【尾聲】（有影鈔本《荊釵記》第十五齣等五十八例）。

(2)仙呂宮

【桂枝香】二支、【大迓鼓】二支（有元鈔本《琵琶記》第十四齣等十六例）。

【不是路】（或作【賺】）、【掉角兒】（或誤作【皂角兒】、【掉角兒序】）（有影鈔本《荊釵記》第二十二齣等五十二例）。

【引】、【八聲甘州】二支、【解三醒】二支（影鈔本《荊釵記》第十九齣等二十六例）。

(3)正宮

㉒〔宋〕陳元靚：《事林廣記》，辛集卷上（北京：中華書局，一九九九），頁一九七－九八。

㉓據許子漢：《明傳奇排場三要素發展歷程之研究》，頁五四八－五八一。

【四邊靜】四支、【福馬郎】二支(陸鈔本《琵琶記》第三十二齣等十七例)。

(4)中呂宮

【粉孩兒】、【福馬郎】、【紅芍藥】、【耍孩兒】、【會河陽】、【縷縷金】、【越恁好】、【紅繡鞋】、【尾聲】(世德堂本《拜月》第二十九齣等二十四例)。

【引】、【漁家傲】、【剔銀燈】、【攤破地錦花】、【麻婆子】(《小孫屠》第三齣等二十八例)。

【大環著】、【越恁好】(《趙氏孤兒》第四十一齣等二十三例)。

【山花子】四支、【大和佛】、【舞霓裳】(《張協狀元》第五十三齣等五十八例)。

【引】、【泣顏回】二支、【撲燈蛾】二支、【尾聲】(影鈔本《荊釵記》第四十齣等二十四例)。

(5)南呂宮

【引】、【梁州序】四支、【節節高】二支、【尾聲】(陸鈔本《琵琶記》第二十一齣等一百一十五例)。

【引】、【香遍滿】、【懶畫眉】、【梧桐雨】、【浣溪沙】、【劉潑帽】、【秋夜月】、【東甌令】、【金蓮子】(影鈔本《荊釵記》第三十六齣等三十例)。

【引】、【懶畫眉】四支、【桂枝香】二支(陸鈔本《琵琶記》第二十一齣等十二例)。

【引】、【紅衲襖】四支、【江頭金桂】二支(陸鈔本《琵琶記》第二十九齣等十二例)。

(6)大石調

【引】、【念奴嬌序】四支、【古輪臺】二支、【尾聲】(陸鈔本《琵琶記》第二十七齣等二十二例)。

(7)小石調

【引】、【漁燈兒】、【漁家燈】、【錦漁燈】、【錦上花】、【錦中拍】、【錦後拍】、【尾】(【漁家燈】、【錦漁燈】二支可無，有多例於其後接【罵玉郎帶上小樓】，有李日華《南調西廂》第十七齣等十三例）。

(8) 越調

【引】、【小桃紅】、【下山虎】、【蠻牌令】、【尾聲】（汲古閣本《白兔記》第六齣等四十九例）。

【引】、【章臺柳】、【醉娘子】、【雁過南樓】、【山麻稭】、【尾聲】（世德堂本《拜月亭》第七齣等十三例）。

【引】、【入破】、【破第二】、【袞】、【歇拍】、【中袞第五】、【煞尾】、【出破】（陸鈔本《琵琶記》第十五齣等二十例）。

【引】、【憶多嬌】二支、【鬥黑麻】二支（影鈔本《荊釵記》第十一齣等四十一例）。

(9) 商調

【引】、【集賢賓】二支、【琥珀貓兒墜】二支、【尾聲】（汲古閣本《拜月亭》第三十六齣等十七例）。

【引】、【集賢賓】二支、【鶯啼序】二支、【琥珀貓兒墜】二支、【尾聲】（影鈔本《荊釵記》第四十二齣等十三例）。

【引】、【二郎神】二支、【囀林鶯】二支、【啄木鸝】、【黃鶯兒】二支（陸鈔本《琵琶記》第三十四齣等二十例）。

【引】、【黃鶯兒】二支、【簇御林】二支（影鈔本《荊釵記》第六齣等三十例）。

(10) 雙調

【引】、【金絡索】二支、【劉潑帽】二支（陸鈔本《琵琶記》第十齣等二十例）。

【引】、【錦堂月】四支、【醉翁子】二支、【僥僥令】二支、【尾聲】（影鈔本《荊釵記》第四齣等八十例）。

【引】、【夜行船序】二支、【惜奴嬌】二支、【黑麻序】二支、【錦衣香】、【漿水令】、【尾聲】（【夜行船序】、【黑麻序】可無，【黑麻序】或作【鬥黑麻】、【鬥寶蟾】、【蝦蟆序】；影鈔本《荊釵記》第十二齣等六十一例）。

【引】、【錦衣香】、【漿水令】、【尾聲】（《小孫屠》第二齣等二十八例）。

【引】、【園林好】、【嘉慶子】、【尹令】、【品令】、【豆葉黃】、【玉交枝】、【六么令】、【江兒水】、【川撥棹】、【尾聲】（世德堂本《拜月亭》第二十八齣等四十八例）。

【步步嬌】、【忒忒令】、【沉醉東風】、【園林好】、【江兒水】、【五供養】、【玉胞肚】、【玉交枝】、【川撥棹】、【尾聲】（可加入【醉扶歸】、【好姐姐】、【僥僥令】、【六么令】等曲，世德堂本《拜月亭》第三十八齣等九十二例，另有雜用其他曲牌者七十四例）。

其五一調單用者，又分兩類，一為疊用前腔，一為獨用一曲。

疊用前腔者即上文所謂單調重頭，唐宋大曲即一曲調之反覆使用，其間則濟以變奏。又若唐代民間【五更轉】亦然；宋代鼓子詞，如趙令時重複商調【蝶戀花】十二支演《會真記》，歐陽脩以【采桑子】十一支詠西湖，又有〈十二月鼓子詞〉以【漁家傲】十二支詠之；又無名氏〈九張機〉亦重疊九曲。可見其源流綿長。

單曲疊用者如：

(1)仙呂

【一封書】二支（《錯立身》第二齣等十九例）。

【皂羅袍】四支（影鈔本《荊釵記》第四十五齣等三十例）。
【引】、【桂枝香】（富春堂本《白兔記》第十二齣等三十四例）。
【引】、【八聲甘州】二支（陸鈔本《琵琶記》第七齣等三十例）。
(2)正宮
【引】、【玉芙蓉】二支（影鈔本《荊釵記》第二齣等三十五例）。
(3)中呂
【引】、【駐馬聽】二支（富春堂本《白兔記》第六齣等五十例）。
(4)南呂
【引】、【三樂士】二支（影鈔本《荊釵記》第五齣等十三例）。
【香柳娘】四支（《趙氏孤兒》第三十四齣等四十六例）。
【引】、【懶畫眉】四支（影鈔本《荊釵記》第二十齣等二十六例）。
【金錢兒】三支（富春堂本《白兔記》第十八、三十二齣等二十例）。
【紅衲襖】四支（《小孫屠》第十七齣等二十四例）。
(5)越調
【引】、【祝英臺】二支（陸鈔本《琵琶記》第三齣等二十七例）。
【引】、【綿搭絮】二支（《張協狀元》第三十八齣等十四例）。
【水底魚兒】五支（《趙氏孤兒》第四十齣等二十五例）。
【引】、【豹子令】三支（世德堂本《拜月亭》第十二齣等三十六例）。

【引】、【鏵鍬歌】二支(影鈔本《荊釵記》第二十五齣等二十例)。

(6)**商調**

【引】、【高陽臺】四支、【尾聲】(陸鈔本《琵琶記》第十二齣等四十例)。

【引】、【黃鶯兒】二支(富春堂本《白兔記》第二齣等二十七例)。

【引】、【排歌】四支(《錯立身》第十四齣等十七例)。

(7)**雙調**

【風入松】四支(《張協狀元》第十七齣等二十九例)。

【鎖南枝】四支(《黃尋親》第二十五齣等四十六例)。

【四朝元】四支、【尾聲】(影鈔本、汲古閣本《荊釵記》同第十八齣、富春堂本《白兔記》第二十五、三十八齣等二十二例)。

【玉交枝】二支(影鈔本《荊釵記》第四十四齣等十七例)。

其次單用一曲者，多為大型集曲，以其一調中實集多曲而成，足以應付完整場面之用，故不必疊用前腔，如【雁魚錦】、【九疑山】、【巫山十二峰】、【十樣錦】等，此種聯套方式戲文僅見於正宮：

【引】、【雁魚錦】(陸鈔本《琵琶記》第二十三齣、汲古閣本《琵琶記》第二十四齣、影鈔本、汲古閣本《荊釵記》第二十七齣等十七例)。

而其疊用較短之集曲者，戲文中亦僅見於：

(1)**南呂**：

【引】、【鎖窗郎】二支(陸鈔本《琵琶記》第十一齣、汲古閣本《琵琶記》第十二齣等三十二例)。

(2)**商調**：

【引】、【鶯集御林春】四支、【四犯黃鶯兒】四支、【尾聲】（世德堂《拜月亭》第三十二齣、汲古閣本《拜月亭》第三十五齣等十二例）。

(3)**雙調**：

【二犯江兒水】二支（富春堂本《白兔記》第二十齣等五例）。

【風雲會四朝元】四支（陸鈔本、汲古閣本《琵琶記》第八齣、第九齣等十九例）。

【朝元歌】四支（汲古閣本《荊釵記》第三十三齣等二十六例）。

其六南北合套者，戲文僅見於：

(1)**仙呂宮**：

【引】、北【賞花時】、南【排歌】、北【哪吒令】、南【排歌】、北【鵲踏枝】、南【樂安神】、北【六么序】、【尾聲】（僅《錯立身》第五齣一例）。

(2)**雙調**：

南【風入松】、北【滴滴金】、南【風入松】、北【水仙子】、南【風入松】、北【折桂令】、南【風入松】、北【殿前歡】、南【風入松】、北【雁兒落】、南【風入松】、北【離亭宴歇拍煞】、【清江引】（《小孫屠》第九齣等三例）。

【引】、北【新水令】、南【步步嬌】、北【折桂令】、南【江兒水】、北【雁兒落帶得勝令】、南【園林好】、北【收江南】、南【僥僥令】、北【沽美酒帶太平令】、【尾聲】（影鈔本、汲古閣本《荊釵記》同第三十五齣、汲古閣本《白兔記》第四齣等一百二十三例）。

按元鍾嗣成《錄鬼簿》「沈和」條云：

和字和甫，杭州人。能詞翰，善談謔。天性風流，兼明音律。以南北調合腔，自和甫始，如《瀟湘八景》、《歡喜冤家》等曲，極為工巧。㉔

《瀟湘八景》今存，其套式為：

北仙呂【賞花時】、南【排歌】、北【哪吒令】、南【排歌】、北【鵲踏枝】、南【桂枝香】、北【寄生草】、南【安樂神】、北【六么序】、南【尾聲】。

通套協魚模韻。其實合套並非創自沈和甫，元初杜仁傑的〈集賢賓〉合套為最早，其套式為：

北商調【集賢賓】、南【集賢賓】、北【鳳鸞吟】、南【鬥雙雞】、北【節節高】、南【耍鮑老】、北【四門子】、南【尾聲】。

通套協支思韻，另外元代早期作家像王實甫、貫雲石也都有合套，顯示在元世祖至元八年大一統以後，南北曲快速的合流。

綜觀以上戲文聯套而作為「套式」者，《永樂大典戲文》極為少數，但《琵琶記》與《荊釵記》均有全本百分之五十左右之套數成為明以後傳承之「套式」，足見戲文之曲牌性格至《琵琶》、《荊釵》始趨固定，也因此二

㉔ 〔元〕鍾嗣成：《錄鬼簿》，《中國古典戲曲論著集成》第二冊（北京：中國戲劇出版社，一九五九），頁一二一。

記堪為後世「傳奇」之祖。

戲文的套數論其長短，顯然由短而長不斷發展。如《張協》七齣生唱 仙呂引子【望遠行】、二十二齣生唱 黃鍾引子【女冠子】、三十一齣生唱 仙呂引子【似娘兒】、三十四齣生唱 中呂引子【青玉案】，【太師引】；《錯立身》三齣外唱 正宮引子【梁州令】、七齣外唱大石慢詞【西地錦】（【西地錦】又入黃鍾引子），皆由單一引子組場；又如《張協》二十二齣生唱 南呂過曲【女冠子】、三十六齣生唱 南呂過曲【太師引】；《錯立身》生唱 仙呂入雙調過曲【江兒水】；皆由一支過曲組成。由引子組場在傳奇不合規律；由一支過曲組場，在傳奇中不獨立成齣，至多作為一齣之引場；但在「諸宮調」中，這兩種情形皆習見，顯示戲文係襲自「諸宮調」。

戲文套數用曲之多少，短套比長套多，一般都在三五曲，譬如《張協》一劇，第二齣至第八齣依次是四、三、四、七、三、一、七曲，《錯立身》一劇，除第五、八（佚）、十、十二齣外，分別是四、一、六、二、一、五、一、六、四曲。但也有長套，如《張協》第九齣十二曲、第十齣十七曲、第十二齣十三曲、第十四齣十一曲、第十六齣十八曲、第二十齣十七曲、第二十七齣十八曲、第四十一齣十四曲、第四十五齣十二曲、第五十三齣十二曲，五十三齣中有十齣超過十曲；《錯立身》第五齣十三曲、第十二齣十五曲，十四齣中有二齣超過十曲；《小孫屠》亦然，其二十一齣中超過十曲者僅第三齣十五曲、第八齣十四曲、第九齣十九曲、第十齣十三曲、第二十一齣十二曲，共五齣超過十曲。

戲文原本不用北曲，但元代北曲盛行，戲文自然有逐漸「北曲化」的趨向。譬如南宋戲文《張協狀元》中無北曲，㉕但元代戲文的《錯立身》第十二齣就用了這樣的套數：

㉕ 楊棟、時俊靜〈論南北曲在創生期的交流互滲〉謂經過《張協狀元》的考察，在創生階段的北曲並非即「北地之曲」，而事實上有南方音樂的成分；南曲也並非純然為宋詞而益以南方里巷村坊小曲，而有北地音樂的滲入。南北曲的交流互

北越調【鬥鵪鶉】、【紫花兒序】、雙調引子【四國朝】、中呂過曲【駐雲飛】四支、北越調【金蕉葉】、【鬼三臺】、【調笑令】、【聖藥王】、【麻郎兒】、【么篇】、【天淨沙】、【尾聲】。

則本齣在北越調【鬥鵪鶉】套中，插入以【四國朝】為引子，由中呂過曲【駐雲飛】四支組成之南曲套數。其間各居排場，北越調【鬥鵪鶉】、【紫花兒序】二支由生引場，其後南套生旦相見，北越調【金蕉葉】以下，生見末說其所具之戲曲修為。似此北套中插入南套，在雜劇中如明周憲王朱有燉《神仙會》皆作插曲而實各自成套，傳奇中南北曲混用，照例北曲、南曲各自在前或在後，而無互相包容之例。又如《小孫屠》第九齣：

正宮引子【梁州令】旦、商調過曲【梧桐樹】旦、【前腔】旦、北雙調【新水令】旦、南【風入松】旦、北【折桂令】旦、南【風入松】旦、北【水仙子】旦、南【犯衮】旦、北【雁兒落】旦、南【風入松】旦、北【得勝令】旦、南【風入松】旦、中呂過曲【石榴花】旦、【前腔】淨、【駐馬聽】生、【前腔】末、【前腔】旦、【前腔】旦、【前腔】生。

此齣前後兩排場各用一套南曲，中間用合套為主場，旦不止獨唱前場南套、主場合套，還與淨末生分唱後場南套，這在傳奇中是不可能有的；傳奇照例在合套中一人獨唱北曲，南曲則由其他腳色獨唱或分唱。

由於曲牌有「性格」，所以所組成的套數乃有宜於歡樂者、宜於遊覽者、宜於悲哀者、宜於幽怨者、宜於行動者、宜於訴情者；另有屬普通用者、屬武劇用者、屬過場短劇用者、屬文靜短劇用者。凡此適宜套式舉例，

滲在其創生之時其實即已開始。見二〇一二年黑龍江大學明清文學與文化研究中心所舉辦《古典戲曲辨疑與新說國際學術研討會論文集》，頁四四四－四五三。

已見許之衡《曲律易知》。26而誠如王季烈《螾廬曲談》卷二〈論作曲〉云：

其中訴情一類，皆屬細膩慰貼、情致纏綿之曲，且多大套長曲，一部傳奇中主要之折，宜用此種套數，宜於生（謂小生）旦所唱；歡樂一類，宜於同唱；遊覽及行動二類，亦多宜於同唱；悲哀幽怨二類，則多宜於旦唱，小生唱亦可用之。至生淨（此生謂老生，淨謂大面）遇哀劇，以用北曲為宜，如北南呂之各套，最適於闊口（即生淨外之總稱）悲劇之用。總之闊口所唱，北詞居多，南詞僅十之二三，蓋南曲柔靡，少雄壯之音，故不適於生淨之口吻也。過場短劇，俗謂之過脈戲，曲雖不多，然非此則情節不貫，線索不聯，為傳奇中所決不可少，宜用短曲急曲，而決不可用長套之慢曲。此外尚有粗曲，如【普賢歌】、【光光乍】之類，則限於丑淨（此淨謂二面、白面）所唱。27

王氏所論雖係「傳奇」，但其理路與規矩實源自戲文，只是這些理路與規矩，有的沿襲自戲文，有的至傳奇始建立；而其間乃有兩不相侔者。如《張協》第二、三齣，《錯立身》第二、四齣若在傳奇不過為過場短戲之用，而在戲文卻都用於生旦首次登場的正戲。但至元末戲文《小孫屠》第二、三齣和《琵琶記》第二齣生旦登場的套曲就要長得多，已開傳奇的面貌和規矩。又如以上所舉《戲文三種》的「長套」，雖然有因「移宮換羽」排場轉變而累積加長的現象，如《張協》第十二、十六齣；但像第九齣、第十齣就是明顯的長套了；這種長套現象如上文所示，至元代以後就更加明顯了。而其適用「性格」也漸趨穩定了。如《張協》末齣、28《小孫屠》

26 參見許之衡：《曲律易知》，頁九八－一三三。

27 王季烈：《螾廬曲談》，卷二，頁二六。

28 《張協狀元》末齣套數為：引【迎仙客】二【山花子】二【和佛兒】【紅繡鞋】【越恁好】二。

末齣，㉙都用於大團圓；《琵琶記》第二齣用作慶壽，其第九齣用作杏園春宴，第十八齣用於牛宅招贅，二十七齣用於中秋賞月；㉚凡此之聯套皆用於歡樂排場。又如《張協》第三十齣為貧女思夫，㉛《小孫屠》第十八齣為梅香鬼魂訴冤，㉜《琵琶記》第十齣為饑荒公婆爭吵，第二十齣為趙五娘吃糠，第二十三齣為蔡伯喈思鄉，第二十八齣為五娘乞丐尋夫，第三十六齣為書館悲逢；㉝凡此皆用於悲哀情調。

以上可見，南北曲的聯套方式都是在宋代樂曲的傳統之下，進一步的發展和應用；而從前文的論述看來，北曲直接繼承宋樂曲的現象，較諸南曲要來得多。

㉙《小孫屠》末齣套數為：引【縷縷金】四【山花子】六。

㉚《琵琶記》二齣套數為：引【錦堂月】四【醉公子】二【僥僥令】二尾聲；第九齣套數為：引【山花子】四【大和佛】【舞霓裳】【紅繡鞋】尾聲；第十八齣套數為：引【畫眉序】四【滴溜子】【鮑老催】【滴滴金】【鮑老催】【雙聲子】；第二十七齣套數為：引【念奴嬌序】四【古輪臺】二尾聲。

㉛《張協狀元》第三十齣套數為：【山坡裡羊】二【哭妓婆】【沉醉東風】三。

㉜《小孫屠》第十八齣套數為：引南【山坡羊】北【後庭花】南【水紅花】北【折桂令】。

㉝《琵琶記》第十齣套數為：引【金索挂梧桐】三【劉潑帽】三；第二十齣套數為：【山坡羊】二【孝順歌】四【雁過沙】四【玉抱肚】三；第二十三齣套數為：引【雁漁錦】【二犯漁家傲】【雁漁序】【漁家喜雁燈】【錦纏雁】；第二十八齣套數為：引【三仙橋】三【憶多嬌】二【鬥黑麻】二；第三十六齣套數為：引【解三酲】二【太師引】二【鏵鍬兒】四【賺】二【山桃紅】四。

第柒章　論說戲曲「曲牌」（之四）
傳奇套式與排場之建構

小引

由上所述，可見南北曲牌之「聚眾成群」所發展之極致為「套曲」。「套曲」之建構本隨「排場」之所需而賦形；但由於關目排場有漸成「類型」的現象，於是作家相沿成習，使得排場主要載體之一的「套數」終於趨為「套式」。南北曲各宮調所屬之套式已見諸上文，其與排場之關係，著者亦已在〈論說「戲曲之內在結構」〉中，❶舉關漢卿雜劇與洪昇《長生殿》〈定情〉、〈賄權〉、〈禊遊〉、〈復召〉、〈進果〉、〈罵賊〉等六齣說明。由於《長生殿》乃集元明以來耐唱耐聽之曲而為集戲曲文學藝術大成之作，其運用各宮調套式建構排場又獨多，因之這裡更以之為例，並於齣目之下注明韻協與排場類型，以見南曲套式與排場建構之關係：

❶ 拙作：〈論說「戲曲之內在結構」〉，《藝術論衡》復刊第六期（二〇一四年十二月），頁一－四八。

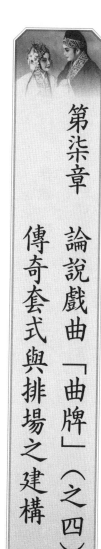

一、排場類型舉例

第一齣〈傳概〉開場

南呂引子【滿江紅】末。中呂慢詞【沁園春】末。

本齣以末角開場，依傳奇通例，念詞兩闋，首闋【滿江紅】為作者發抒題旨，點出「情」字；次曲【沁園春】述通部關鍵大要，末後以七言四語總括，謂之題目正名，乃襲雜劇之舊規。

按張堅《玉獅墜》、黃振《石榴記》亦皆以【滿江紅】、【沁園春】二詞開場，或襲自《長生殿》。乾隆以後，如夏綸《廣寒梯》第二齣〈覆榜〉用雙調【新水令】合套，沈起鳳《報恩緣》首折用雙調【新水令】合套，《才人福》、《文星榜》首折用中呂【粉蝶兒】合套，《伏虎韜》首折用黃鍾【醉花陰】合套，蔣士銓《空谷香》首折用中呂【粉蝶兒】合套，而皆不用副末開場。其內容例皆以天庭為背景，寫仙男仙女思凡下界，而以之為因果報應之開端。其思想之陳腐，遂開詞場惡例。

第四齣〈春睡〉歌戈　文細正場

越調引子【祝英臺近】旦唱。越調過曲【祝英臺】旦唱，老旦、貼接合唱。【前腔（換頭）】旦唱，老旦、貼接合唱。【前腔（換頭）】生唱，老旦、貼接合唱。【前腔（換頭）】旦唱，生接唱。七言四句下場。

此齣緊承〈定情〉折而來，疊用【祝英臺】四支組場。前二支寫楊妃承寵、嬌嬾理妝，既而春困晝眠。後二曲寫明皇駕到，見狀愈加愛憐。排場細膩。

按【祝英臺】例用四支聯套，《琵琶・牛氏規奴》折始開其端，爾後作者皆遵守之。如《雙珠・僧榻傳音》、《西廂・窺簡玉臺》、《懷春・春閨寄簡》、《紅梨・閨處》、《八義・猜忌趙宣》、《西樓・砥志》、《種玉・夢俊》、《雙烈・引狎》、《南陽樂・舟憶》、《石榴記・哭變》等是。或有省為二支者如《霞箋・探音獲實》、《想當然・再訪》等是。亦有衍為六支者，如《明珠・閨歎》是。又疊數曲組套例不用尾聲，但亦有用尾者，如《殺狗・孫華家宴》、《紫釵・諷鮑述嬌》、《玉獅墜》〈留幕〉與〈悞祭〉是。此套曲大都用於文靜、哀怨的場面，以為敘懷寫意之詞。唯《殺狗記》寫孫華（生）與妻（旦）、妾（貼）飲宴賞玩，用以表歡樂之情。

又按《南西廂・窺簡玉臺》折寫紅娘（貼）趁鶯鶯（旦）困睡之際，偷將張生書柬置於妝臺，鶯鶯醒來，對鏡梳妝，見書而佯怒。後經紅娘之解釋，乃作書覆張生。其排場與《長生殿》此折頗似。

第六齣〈傍訝〉皆來　文靜短場

中呂過曲【縷縷金】丑唱。【前腔】老旦唱。【剔銀燈】老旦唱。【前腔】丑唱。七言四句下場。

此齣承上折虢國承恩而來，以力士（丑）與永新（老旦）之旁觀閒論，見出明皇貴妃間之齟齬。《曲律易知》云：

> 凡以【縷縷金】領起之曲，均含有過場性質。若【剔銀燈】乃普通短劇宜用，《長生殿・傍訝》折，是其例也。❷

---

❷ 許之衡：《曲律易知》，卷下〈論排場〉，頁一一八。

【縷縷金】可單用，則作為淨、丑衝場之曲，若入聯套，則例居【會河陽】之後。按《帝女花・醫窮》與《伏虎韜・學鬨》之聯套與本齣相同，排場亦相似。又以【剔銀燈】二支為普通短劇者如《還魂・旁疑》、《燕子箋・購倖》等是。

第八齣〈獻髮〉侵尋真文　文細半過場

仙呂過曲 【望吾鄉】旦唱。【一封書】丑唱，副淨接合唱。中呂引子 【行香子】旦唱。中呂過曲 【榴花泣】旦唱。【前腔】旦唱。【喜漁燈犯】旦唱。【榴花燈犯】老旦、貼同唱。【尾聲】旦唱。七言四句下場。

本齣緊承上折而來。【望吾鄉】過曲兼引，【一封書】單用，二曲叶侵尋韻，寫貴妃遺歸，力士與國忠謀挽救之道，是為引場短戲。其下以中呂集曲叶真文韻組場，寫貴妃幽怨之情，其間又凡三轉折：其一【榴花泣】二支訴被遣之後，猶含望幸之心；其二【喜漁燈犯】一支敘以獻髮來感動君心，為本折主曲；其三【榴花燈犯】一曲寫韓、虢二夫人前來探視，虢國半嘲半訕，總是怨毒語。

按此中呂集套創自吳石渠《畫中人・魂遇》折，其後李元玉《太平錢》與《長生殿》此折皆仿之。唯石渠【榴花燈犯】一曲誤題作【瓦漁燈】，徐麟校正之（詳〈斠律〉❸）。此下如《無瑕璧・邸逐》、《梅花簪・簪憶》並從《長生殿》題名。其排場皆表文細幽怨之情。

又按傳奇中時有以【榴花泣】、【漁家燈】（或用【喜漁燈】）聯套者，如《雙珠・姑婦相逢》、《浣紗・吳刎》、《南西廂・猜詩雪案》、《還魂・急難》、《梅喜緣・祝髮》等，其聯套方式與本折類似，且亦皆表文細哀

❸ 拙著：《洪昇及其長生殿・肆　長生殿斠律》（臺北：國家出版社，二〇〇九），頁一八六－一八九。

怨之情。其中〈祝髮〉折寫王氏（旦）欲落髮，為尼所止，排場與《長生殿》此折更似。

第十齣〈疑讖〉魚模　雄壯北口正場

商調【集賢賓】、【逍遙樂】、【上京馬】、【梧葉兒】、【醋葫蘆】、【么篇】、【金菊香】、【柳葉兒】、【浪來裡】、【高過隨調煞】外獨唱。

此折以北曲組場，由外獨唱。吳梅《簡譜・集賢賓》注云：「商調曲皆纏綿低咽，宜施生旦之口；若激昂慷慨之作，可取正宮、雙調等詞，非所語於商調矣。洪昉思號稱知音，而〈疑讖〉一折，以老生唱此套，未免鑿枘，不得不改用尺調以遷就之，乃至宮調凌亂，余甚惜焉。」❹

按此齣北套組場，習見於元明雜劇與諸傳奇。唯其聯套方式罕有與之完全相同者，殆昉思據其音程銜接之大要略加縮減而成。如《玉簫女》用【集賢賓】、【逍遙樂】、【尚京馬】、【梧葉兒】、【醋葫蘆】、【金菊香】、【浪來裡】、【後庭花】、【金菊香】、【柳葉兒】、【浪來裡】、【高過隨調煞】。較此多【金菊香】、【浪來裡】、【後庭花】三曲。

第十一齣〈聞樂〉廉纖　群戲半過場

南呂引子【步蟾宮】老旦唱。南呂過曲【梁州序犯】貼唱。小石過曲【漁燈兒】旦唱。【前腔】貼唱。【錦漁燈】貼、旦同唱。【錦上花】旦唱。【錦中拍】四雜同唱。【錦後拍】旦唱。【尾聲】貼唱，旦接唱。七言

❹ 吳梅：《南北詞簡譜》，收入王衛民校注：《吳梅全集》，卷四，頁二二一。

四句下場。

此齣前半以南呂小套寫仙女寒簧入唐宮，是為引場短劇。後半以小石【漁燈兒】套表群戲歡場，其間凡三曲折，首以【漁燈兒】二支敘寒簧見貴妃並說明來意；次以【錦漁燈】、【錦上花】寫楊妃到達月宮；其下【錦中拍】、【錦後拍】二曲表眾仙女之霓裳羽衣舞。

按小石【漁燈兒】套創自李日華《西廂・琴心寫恨》折。《太霞曲話》云：

世所傳李日華《西廂記》，有〈漁燈兒〉一套，蓋即王實甫北詞，而被之南聲者，《九宮譜》舊所不載。第其詞音調悽惋，人喜歌之。偶閱《吳騷集》，擬有〈閨怨〉一套，刻陸包山，雖未必然，……亟為傳之。❺

未知然否，唯此後仿效者頗多，如《水滸・冥感》、《畫中人・畫現》、《桃花扇・拒媒》、《伏虎韜・巧合》、《報恩緣・鼎圓》、《茂陵絃・忌夢》、《香祖樓・守情》、《才人福・辭諍》、《秦樓月・疑姻》等，皆表文靜訴情之場面。其出以同場歡劇者如《瑞筠圖・旌節》、《風箏誤・釋疑》、《荷花蕩・荷花蕩》等是。

又按【錦後拍】下夾進【罵玉郎帶上小樓】一支或二支者為數頗多。推其源殆始於《水滸》。【錦中拍】前有【錦前拍】一曲者，唯見於《芝龕記・江還》折。

❺〔明〕馮夢龍評選，俞為民校點：《太霞新奏》，收入魏同賢主編：《馮夢龍全集》第一四冊，卷三（南京：江蘇古籍出版社，一九九三），頁五一。

第十二齣〈製譜〉家麻　文細正場

仙呂過曲【醉羅歌】老旦唱。正宮引子【新荷葉】旦唱。正宮過曲【刷子帶芙蓉】旦唱。【漁燈映芙蓉】生唱。【普天賞芙蓉】旦唱，生接唱。【朱奴折芙蓉】生唱。【尾聲】生、旦接唱。七言四句下場。

此齣緊承前折，先以永新（老旦）唱仙呂【醉羅歌】引場。其下正宮芙蓉套又凡四轉折：【刷子帶芙蓉】一曲表貴妃製譜正文，而以更衣安頓貴妃，再以【漁燈映芙蓉】寫明皇看譜，既而以【普天賞芙蓉】表明皇貴妃相見，【朱奴折芙蓉】寫並肩按譜，最後以薄暮進宮作結。

按此套蓋仿自《燕子箋・寫像》折。唯此將其次曲【山漁燈犯】易作【漁燈映芙蓉】稍異耳。此下如《脊令原・依叔》、《香祖樓・觴芰》皆襲《長生殿》之體式。其排場均表文細欣賞之情。

又按【玉芙蓉】之犯調常見者尚有【錦纏綴芙蓉】、【傾杯賞芙蓉】、【金桃帶芙蓉】、【芙蓉紅】等。或有可與【玉芙蓉】相犯，而卻與他曲相犯者如【朱奴剔銀燈】、【朱奴帶錦纏】、【普天樂犯】等。凡此皆可相聯成套，統謂之「芙蓉聯套」。此見於傳奇者如《牡丹亭・寫真》、《桃花扇・題畫》、《療妒羹・禮畫》、《小忽雷・曲江題句》、《無瑕璧・分璧》、《廣寒梯・填榜》、《南陽樂・起程》、《賣情札囤・市貨》、《夢中緣・帕訂》、《玉獅墜・狎餞》、《錯姻緣・議婚》、《雷峰塔》〈開行〉〈煉塔〉、《虎口餘生・詢墓》、《雙金榜・挂蝶》等。其排場亦皆表文細歡賞之情。

第十三齣〈權鬨〉蕭豪　普通過場

雙調引子【秋蕊香】副淨唱。【玉井蓮後】淨唱。仙呂入雙調過曲【風入松】副淨唱。【前腔】淨唱。【急三鎗】淨唱。【風入松】副淨唱。【前腔】淨唱。【急三鎗】淨唱。【風入松】副淨唱。

此齣直承第三折與第五折而來，將安、楊的關係，由賄賂求赦到勢均力敵，而發展為正面的衝突。前半寫安、楊互相奚落攻訐，後半寫面奏當今，終於祿山外放漁陽，以啟叛亂之端。

按以【風入松】、【急三鎗】子母調聯套者，傳奇中屢見之。大抵《荊釵・祭江》折始肇其端。其輾轉配搭每因排場繁簡而有所差異。今以A代表【風入松】二支，a代表一支；B代表【急三鎗】二支，b代表一支，歸納諸傳奇的聯套方式大略有如下數種：

1. Abab：《蕉帕・陷差》、《雷峰塔・獲贓》、《風箏誤・拒奸》（其【急三鎗】每曲僅五三字句，恰為十句正格之半）等。
2. Ababa：《荊釵・祭江》、《殺狗・窰中拒奸》、《義俠・委囑》、《贈書・旅病託棲》、《小忽雷・挾策從軍》、《桃花扇・偵戲》、《秦樓月・忠諫》、《廣寒梯・闈陷》、《南陽樂・賄璫》、《花萼吟・起贓》、《元寶媒・豪飲》、《人獸關・設計遷居》等。
3. AbAba：《南西廂・跪媒求配》（刊本泯滅牌名，經考訂後，得知為此式）、《長生殿・權閧》（刊本將【急三鎗】混入【風入松】）等。
4. Ababa：《杏花村・阻控》、《無瑕璧・大索》、《虎口餘生・步戰》等。
5. ababa：《比目魚・誤擒》。
6. AbA：《千鐘祿・搜山》、《伏虎韜・喬逼》等。
7. Aba：《報恩緣・觸貞》、《才人福・遇差》、《石榴・改婚》、《再生緣》（不注折名者乃取材於《讀曲小識》，以下同）等。

8. ABA：《享千秋》。

9. ABa：《萬年瓊》。

10. ABab：《幻緣箱》。

11. ababab：《生辰綱》。

12. AbAba：《未央天》、《錦衣歸》、《長生樂》。

13. AbaBa：《紫觴瑤》、《後尋親記》。

可見【風入松】與【急三鎗】的配搭雖然沒有定式，但還是以始肇其端的《荊釵・祭江》格為最多。《西廂・跪媒求配》折寫鄭恆（淨）求親，與紅娘（貼）鬥口，為過場劇，《長生殿》此折非但襲取其套式兼亦仿其排場。又縱觀上列諸劇，此子母調除可供作普通過場劇外（如《荊釵》、《蕉帕》、《義俠》、《殺狗》……等），亦可作行動急遽之過場（如《杏花村》、《小忽雷》、《虎口餘生》等）。

第十四齣〈偷曲〉庚青　群戲同場

仙呂過曲【八聲甘州】老旦、貼同唱。道宮近詞【魚兒賺】末唱。仙呂過曲【解三酲犯】道宮近詞【應時明近】小生唱。【前腔】小生唱。【雙赤子】小生唱。【畫眉兒】老旦、貼合唱，小生接唱，老旦、貼接合唱。【前腔】老旦、貼同唱，小生接唱。【鵝鴨滿渡船】小生唱。【尾聲】小生唱。七言四句下場。

本齣承〈製譜〉折而來，前半以【八聲甘州】、【魚兒賺】、【解三酲犯】三支單曲由各腳色轉折引場。後半【應時明近】套方是偷曲本意，用以表行動之歡場。

按【應時明近】套蓋襲自明人〈天長地久〉散套。其各曲牌名諸家異說紛紛，莫衷一是（詳見〈斠律〉）。

其間或因排場繁簡有別，而其聯套亦略有變易，如《懷沙‧蝶宿》作：【秋蕊香】二支、【解三酲】二支、【鵝鴨滿渡船】二支、【赤馬兒】二支、【拗芝麻】、【曉行序】二支、【尾】。《元寶媒‧庭審》作：【甘州歌】二支、【解三酲】、【鵝鴨滿渡船】二支、【赤馬兒】、【尾】。《空谷香‧絲引》作：【九迴腸】、【鵝鴨滿渡船】、【拗芝麻】、【步金蓮】、【尾】。《玉獅墜‧苗逆》作：【鎖南枝】二支、【點絳唇】、【鵝鴨滿渡船】、【赤馬兒】二支、【拗芝麻】、【尾】。其排場皆表群戲歡場。

第十七齣〈合圍〉寒山　北口武場

越調【紫花撥四】淨唱。【胡撥四犯】淨唱。【煞尾】淨唱。七言四句下場。

按此套諸曲牌，各家題名每有異同，此姑仍其舊（詳見〈斠律〉）。始創於若士《邯鄲‧西諜》，首闋題【絳都春】，次闋題【混江龍】。至《長生殿》此折非但襲其套式，亦且仿其排場。唯徐靈昭依當時俗唱將牌名改易，此下如《玉抿堂四種曲》中之《夢中緣‧牝綱》、《梅花簪‧進寶》、《懷沙‧昇天》亦皆沿襲其名，例用作行動過場。此折寫安祿山打圍，情景次第畢現，其曲文汪洋浩肆，足見昉思之筆力直入元人堂奧。

第十八齣〈夜怨〉先天　文細正場

正宮引子【破齊陣】旦唱。仙呂入雙調過曲【風雲會四朝元】旦唱。【前腔】旦唱。【前腔】旦唱。【前腔】旦唱。【尾聲】旦唱。七言四句下場。

此折純以集曲組場。首曲敘輦駕遲遲未歸，企望無聊之狀；次曲知明皇宿翠華西閣，乃轉入怨情；三、四曲驚聞召幸梅妃，由怨而怒。筆法井然，細密宛轉。

按此套自《琵琶・臨妝感嘆》創始後，諸家多仿之。如《夢中緣・拾帕》、《帝女花・草表》、《香祖樓・殉情》等，亦皆寫空閨幽怨。又【風雲會四朝元】四支或有以【四朝元】（如《荊釵・閨念》、《琴心・空閨永歎》、《懷香・夜香祈祐》等）、【朝元歌】（如《玉簪・寄弄》）代之者，排場亦同。此外如《情郵・旅行》、《運甓・廣州運甓》、《冬青・禍逃》，則皆於行動中敘情寫意。【風雲會四朝元】亦有三支聯套者，如《海虬記・毫餞》，二支者如《梅花簪・箴女》。

第十九齣〈絮閣〉蕭豪　南北大場

北黃鍾【醉花陰】旦唱。南【畫眉序】丑唱。北【喜遷鶯】旦唱。南【畫眉序】生唱，內侍接唱。北【出隊子】旦唱。南【滴溜子】生唱。北【刮地風】旦唱。南【滴滴金】丑唱。北【四門子】旦唱。南【鮑老催】老旦唱。北【水仙子】旦唱。南【雙聲子】生唱。北【尾煞】旦唱。七言四句下場。

此折緊承上折，由旦主唱纏綿幽怨之北曲，自始至終貫串其間，而以南曲分由各腳色施唱，生一上一下之際，代以丑和老旦，以為排場之轉折。觀貴妃之語語逼人。明皇因愛生畏，煞是傳神。

按傳奇中除以二三北套調劑聆賞外，亦兼濟以合套。此黃鍾【醉花陰】合套與〈驚變〉折中呂【粉蝶兒】合套，〈冥追〉折雙調【新水令】合套，皆為傳奇中最習用者。此合套所表現的，大都幽怨纏綿之情，如《東郭・出而哇之》、《玉合・還玉》、《金蓮・釋憤》、《桃谿雪・墜崖》、《梅花簪・駕辯》、《第二碑・書表》、《桂林霜・歸骸》、《元寶媒・義贖》等是。但亦有用於觀賞者如《海雪唫・猺宴》、《雪中人・賞石》等是。又此合套，有用於首齣以開場者如《四絃秋・茶別》、《伏虎韜・開宗》等。又有用於末齣以收場者，如《還魂・圓駕》、《才人福・福圓》、《西園記・道場》、《元寶媒・天緣》、《比目魚・駭聚》、《石榴記・團花》等是。

又按合套之聯套方式例皆北先南後，惟《彩毫・救主出圍》折，南先北後。

又按《療妒羹・假醋》折寫楊不器（生）藏小青（小旦）於書房，為其妻（旦）發覺，大責怪之，北曲由旦主唱。排場與此折略似。

第二十齣〈偵報〉車遮　北口正場

雙調【夜行船】小生唱。【喬木查】小生唱。【慶宣和】小生唱。【落梅風】小生唱。【風入松】小生唱。【撥不斷】小生唱。【離亭宴歇拍煞】小生唱。七言四句下場。

此折以北曲組場，聲情健捷，頗宜於採子（小生）之口；又安置於前後四折之生旦戲中，非但便於爨色搬演。且有調換排場，醒人耳目之效。至於聯套方式，全襲馬東籬〈百歲光陰〉散套規格。

第二十二齣〈密誓〉支思 庚青　神怪文細正場

越調引子【浪淘沙】貼唱。越調過曲【山桃紅】貼唱，二仙女接合唱。商調過曲【二郎神】生唱。【前腔】旦唱，生接唱。【集賢賓】生唱，旦接唱。【黃鶯兒】生唱。【鶯簇一金羅】旦唱。【簇御林】生唱，旦接合唱。【琥珀貓兒墜】生、旦同唱，旦接唱，生接唱，旦接合唱。【尾聲】生唱，旦接唱。越調過曲【山桃紅】小生、貼同唱。七言四句下場。

〈密誓〉為本齣之重要關目，故以正場應之。首以【浪淘沙】引曲與【山桃紅】犯曲由貼引場。末後又再以【山桃紅】一支由小生、貼收場。歌場截取此牛女之事演之，謂之「鵲橋」。其間【二郎神】套則專寫生、旦之乞巧與密誓。又貴妃於濃情蜜意之際，忽恐日久恩疏，不免白頭之嘆，排場因此轉於悲戚，故特於套中插入

【鶯簇一金羅】集曲一支以濟之。此下二曲乃〈密誓〉之主曲，排場又恢復歡樂。

按【二郎神】套戲曲家用以組場者甚多。大抵以【二郎神】、【集賢賓】、【鶯啼序】、【黃鶯兒】、【囀林鶯】、【簇御林】、【琥珀貓兒墜】等斟酌排場之需要以為配搭。其間亦可參入集曲，如【鶯簇一金羅】、【黃鶯皂羅】、【二犯二郎神】、【集賢畫眉】等以為排場之轉折。以上諸曲例以【二郎神】與【集賢賓】居首位。此外次序並無一定，其所表現之劇情，皆為文細正場，並無例外。如《明珠・回生》、《玉簪・幽情》、《還魂・玩真》、《運甓・紉衣被賊》、《玉合・贈處》、《瑞筠圖・札露》、《無瑕璧・獻璧》、《買笑局金・送珠》、《錯調合璧・巧諧》、《人鬼夫妻・病訣》、《梅花簪・縊奸》、《懷沙・泣耕》、《憐香伴・狂喜》、《伏虎韜・說法》、《報恩緣・偽試》、《西園・庭讌》、《綠牡丹・閨晤》、《療妬羹・病雪》、《畫中人・壁畫》、《秦樓月・心許》、《秣陵春・思鏡》、《玉獅墜・毀奩》、《冬青樹・浩歌》……等皆然。

第二十四齣〈驚變〉寒山　南北大場

北中呂【粉蝶兒】生、旦同唱。南【泣顏回】旦唱。北【石榴花】生唱。南【泣顏回】旦唱。北【鬥鵪鶉】生唱。南【撲燈蛾】旦唱。北【上小樓】生唱。南【撲燈蛾】生唱。南【尾聲】生唱。七言四句下場。

此折係承〈密誓〉、〈陷關〉而來，為哀樂之關鍵，故以南北合套組成大場。生唱北曲，旦唱南曲。但開首【粉蝶兒】生、旦合唱，末後南【撲燈蛾】一曲，因為排場之需要，又由生主唱，雖屬破格，要亦權變。唯今歌場皆將南【撲燈蛾】作北曲唱，不知何故。其排場有二轉折，【上小樓】以前為宴樂歡娛，此下急轉為驚變哀愁。故劇場搬演亦有截【上小樓】以上為〈小宴〉者。

按此合套蓋肇始於賈酸齋〈西湖遊賞〉套。其套式為北【粉蝶兒】、南【好事近】、北【石榴花】、南【料峭東風】、北【鬥鵪鶉】、南【撲燈蛾】、北【上小樓】、南【撲燈蛾】、【尾聲】。其中【好事近】實即【泣顏回】，【料峭東風】一曲，後此諸家皆改作【泣顏回】。其餘均無變易。至於《邯鄲・極欲》、《憐香伴・請封》、《元寶媒・奏聖》、《秣陵春・仙婚》等之易【鬥鵪鶉】以下四曲牌名為【黃龍袞犯】、【撲燈蛾犯】、【上小樓犯】、【疊字犯】者，則是湯若士始開惡例，殊不足據（詳見〈斠律〉）。此合套大抵皆以組文細大場。有表歡樂者，如《金雀・玩燈》、《揚州夢・驚座》以及上述《邯鄲》、《秣陵春》等，其內容以宴賞為多。亦有表幽怨者，如《繡襦・逼娃逢迎》、《帝女花・觴敘》等。《杏花村・破妖》竟以之演為武劇大場，堪稱特出。

第二十五齣〈埋玉〉魚模、家麻、廉纖　文武正場

南呂過曲【金錢花】末唱。中呂過曲【粉孩兒】生唱。【紅芍藥】生唱。【耍孩兒】旦唱。【會河陽】生唱，旦接合唱。【縷縷金】旦唱，生接合唱。【攤破地錦花】生唱。南呂引子【哭相思】旦唱。中呂過曲【越恁好】旦唱。【紅繡鞋】生唱，丑接唱。【尾聲】生唱。仙呂入雙調【朝元令】眾合唱。七言四句下場。

本齣緊承上折而來。首以末快板乾唱【金錢花】一支引場。【粉孩兒】套寫軍變逼妃為本齣骨幹。末後轉以【朝元令】繞行合唱作散聲收場。吳梅《簡譜》【粉孩兒】、【紅芍藥】注略云：

> 凡用【粉孩兒】、【紅芍藥】、【耍孩兒】、【會河陽】、【縷縷金】、【越恁好】、【紅繡鞋】、【尾聲】套者，自【紅芍藥】起，便用快唱，至【越恁好】、【紅繡鞋】二支，改用撞板；所謂撞板者，有板無眼，快之至也。❻

---

❻ 吳梅：《南北詞簡譜》，收入王衛民校注：《吳梅全集》，卷六，頁四〇六。

觀此折情節之緊迫，層層逼人，曲文亦快板激促，自覺十分熨貼合理。其間又以【哭相思】略作轉折，此即所謂哭頭，蓋上以結明皇、貴妃之難分難捨，下以啟縊妃之場面。而【越恁好】、【紅繡鞋】二至快之曲用以寫軍士之逼迫，不得已自縊身死，以及明皇哭倒痛切之情，均極為傳神。

按此【粉孩兒】套為傳奇中習用之套數。《崑曲粹存》中姚茂良《精忠記・刺字》一折所用之套式為：【粉孩兒】、【福馬郎】、【紅芍藥】、【耍孩兒】、【會河陽】、【縷縷金】、【越恁好】、【紅繡鞋】、【尾聲】，大概是最完整的套式。其中【福馬郎】一曲屬正宮，《大成譜》云：

> 【福馬郎】本正宮曲，因【粉孩兒】套內，用之甚協，故收入中呂宮，正宮內仍錄之，蓋不欲失其舊也。❼

可見【福馬郎】所以亦入中呂，是因在聯套上很和協的緣故。《精忠記》以後，仿之者頗多，如《蕉帕・鬧婚》、《杏花村・仙救》、《瑞筠圖・西市》、《無瑕璧・赴救》、《南陽樂・丕執》、《橘浦記・矢志》、《風箏誤・婚變》、《秦樓月・拯救》、《元寶媒・恩酬》、《秣陵春・影釁》等。但亦有不入【福馬郎】，而於【縷縷金】下增入【攤破地錦花】者，如《西樓・計賺》及《長生殿》此折、《帝女花・割慈》、《香祖樓・緣終》等。或有減去套中數曲以應付排場者，如《雷峰・贈符》、《奈何天・驚醜》、《才人福・交逼》、《文星榜・宴拏》、《雁鳴霜・貞和》、《空谷香・文靜》、《四絃秋・改官》、《臨川夢・哼叛》、《桂林霜・投轅》、《冬青樹・辭官》等是。其中唯【粉孩兒】、【紅芍藥】、【尾聲】三曲不得省減，此外均可酌意為之。

---

❼〔清〕周祥鈺、鄒金生編：《九宮大成南詞宮譜》，收入《善本戲曲叢刊第六輯》，卷之一一〈中呂宮正曲〉（臺北：臺灣學生書局，一九八七年據清乾隆內府本影印），頁一一一，總頁一三二九。

按此【粉孩兒】套用於表哀怨者，如《香祖樓》、《西樓》、《瑞筠圖》、《橘浦記》等。而以用為文武大場者為多，如《南陽樂》、《臨川夢》、《南西廂》、《帝女花》、《杏花村》、《冬青樹》、《秦樓月》等。其中《帝女花》非但聯套自始至終完全仿自《長生殿》，即其排場之轉折亦相同。蓋《帝女花》寫賊兵圍城，皇后賓天，內容情節與《長生殿》頗似，故乃全仿之。

第二十六齣〈獻飯〉江陽　文靜正場

黃鍾引子【西地錦】生唱。黃鍾過曲【降黃龍】外唱。【前腔（換頭）】生唱。【前腔（換頭）】外唱。【前腔（換頭）】生唱。中呂過曲【太平令】副淨唱。【前腔】生唱。黃鍾過曲【黃龍袞】生唱。【前腔】眾唱。【尾聲】生唱。七言四句下場。

本齣又緊承上折而來。中間以【太平令】二支過場小曲寫使臣獻綵，分開前後，前半【降黃龍】四支用贈板慢唱，音調極其柔媚，以表郭從謹獻飯，並諷諫明皇。後半以【黃龍袞】二支寫明皇分綵以固軍心。

按此套自《荊釵・分別》折後，諸家仿效者甚多。如《明珠・由房》、《春蕪・獻賦》、《金蓮・歎聖》、《水滸・謀成》、《曇花・公子受封》、《西園・立女》、《療妒羹・匿寵》、《情郵・賒許》等是。亦有省【降黃龍】為二支者，蓋始於《繡襦・偕發劍門》折，此下如《蕉帕・防險》、《邯鄲・驕宴》、《雙烈・受職》、《獅吼・談禪》、《花萼・驚惡》、《梅花簪・鬩訟》、《橘浦・應試》、《虎口餘生・上朝》、《雙金榜・鬥草》、《憐香伴・驚懼》、《凰求鳳・心離》、《桃花扇・逼婚》、《風箏誤・鷂誤》、《伏虎韜・賣身》、《才人福・訪訛》、《文星榜・彙計》、《元寶媒・陷盜》等亦省為二支。此外如《西廂・情傳錦字》以【降黃龍】二支、【黃龍袞】五支；《香祖樓・埋蚓》、《脊令原・三捷》、《居官鑑・爭賑》以【降黃龍】四支、【黃龍袞】一支；《冬青樹・疑還》以

【降黃龍】、【黃龍衮】各一支聯套，則又別出心裁。此套尾聲可以省略，其所表現者，除《蕉帕・防險》折寫胡章練兵作武場外，均用以組文靜之正場。

第二十七齣〈冥追〉歌戈　南北神怪大場

商調過曲【山坡五更】魂旦唱。北雙調【新水令】旦唱。南【步步嬌】生唱。北【折桂令】旦唱。南【江兒水】貼唱。北【雁兒落帶得勝令】旦唱。南【僥僥令】副淨唱。北【收江南】旦唱。南【園林好】副淨唱。北【沽美酒帶太平令】旦唱。【尾聲】旦唱。七言四句下場。

本齣承〈埋玉〉、〈獻飯〉折而來。首以【山坡五更】集曲一支引場，點明楊妃之鬼魂。接著以【新水令】合套寫明皇、土地及虢國、國忠之鬼魂雜沓上下，因之每支南曲即改換一場面。而以魂旦唱全套之悲傷北曲貫串其間，使整個場面籠罩在哀怨淒厲的氣氛之中。

按此合套傳奇中最為常見，幾乎每一本傳奇都要用上。若溯其源流，蓋始於《荊釵・時祀》折。其中【雁兒落帶得勝令】、【沽美酒帶太平令】兩支帶過曲各用單曲亦可，尾聲或南或北，則視排場而定。

此合套例表悲傷之場面，但亦有用於歡賞者，如《彩毫・遊翫月宮》、《風箏誤・艱配》、《同亭宴・設宴》、《荷花蕩・遂蓮盟》等。亦有用於武場者，如《蕉帕・打圍》、《水滸・縱騎》、《雙烈・道逢》、《想當然・赴塞》等。

合套中之北曲按規矩應由一腳色主唱到底，但明清作者已有不遵守者，如上述《彩毫》及《南柯・情盡》、《曇花》〈雲遊遇師〉與〈真君顯聖〉、《春燈謎・沉誤》、《蜀錦袍・鳴冤》等。

又以此合套組場而與《長生殿》此折之排場相似者如《雙烈・道逢》、《情郵・追車》、《秦樓月・訝遺》、

《空谷香・心夢》、《玉搔頭・微行》、《伏虎韜・採風》等。又《石榴記・雙探》折非但合套之排場與此折相似，且亦以【山坡五更】為引曲，蓋直接仿效《長生殿》。

第三十齣〈情海〉江陽庚青　神怪文細正場

仙呂入雙調過曲【普賢歌】副淨唱。雙調引子【搗練子】魂旦唱。南呂過曲【三仙橋】旦唱。【前腔】旦唱。【前腔】旦唱。越調過曲【憶多嬌】副淨唱。【前腔】旦唱。【鬥黑麻】副淨唱。【前腔】旦唱。七言四句下場。

本齣上承〈冥追〉折，首以土地（副淨）唱【普賢歌】一曲引場；其次魂旦上場以【三仙橋】三曲寫情悔本意，首惜芳顏、次哭釵盒、末悔前愆，由癡入悟，章法井然；末後再以【憶多嬌】、【鬥黑麻】各二曲寫土地見憫、付與路引，其情真意至，讀之令人為之悽然。

按此折自【搗練子】以下之聯套與排場全仿《琵琶・乞丐尋夫》折。《夢中緣・閨敘》折亦仿之。其【三仙橋】必疊三支成套（如《明珠・寫詔》、《桃谿雪・迫和》等），而三曲間句法輒復不同（詳〈斠律〉）。【憶多嬌】、【鬥黑麻】各疊二支即可自成套數，傳奇中用之以組場者極多，例表哀怨之情。如《雙珠・從軍別意》、《東郭・與其妾訕其良人而相泣於中庭》、《浣紗・聖別》、《明珠・驚破》、《運甓・辭親赴任》、《鳴鳳・南北分別》、《錦箋・分箋》、《雙烈・惜別》、《千金・懷刑》、《贈書・女妝避緝》等是。亦有將此二牌相間聯用者，如《玉合・砥節》、《金蓮・就逮》、《玉玦・截髮》、《龍膏・砥節》等。又《琴心・夜亡成都》以四支【憶多嬌】、二支【鬥黑麻】；《飛丸・誓盟》各以三支，則屬變化運用了。

第三十二齣〈哭像〉江陽　北口文細大場

正宮【端正好】生唱。【滾繡鞋】生唱。【叨叨令】生唱。【脫布衫】生唱。【小梁州】生唱。【么篇】生唱。【上小樓】生唱。【么篇】生唱。【滿庭芳】生唱。【快活三】生唱。【朝天子】生唱。【四邊靜】生唱。【耍孩兒】生唱。【五煞】生唱。【四煞】生唱。【三煞】生唱。【二煞】生唱。【一煞】生唱。【煞尾】生唱。七言四句下場。

本齣上承〈聞鈴〉折，【小梁州】以前寫明皇回顧馬嵬之變，懊恨痛悔，以下寫為楊妃建廟供神，對像哭祭。曲文感嘆哀傷，兼以服色布置，一例白素，乃構成一幅令人淒涼欲絕的畫面。

此折聯套蓋仿自《北西廂・長亭送別》。上小樓以下入中呂，【耍孩兒】以下借般涉調。【快活三】首二句用快板，第三句用散板，第四句用慢板，蓋緊接【朝天子】慢唱，由此而得抑揚緩急之妙。傳奇中用此北套表悲哀之場面者極多。大抵前三曲不可移易，其餘則視排場之需要以為配搭增減。尾聲可多至五煞，少至單用一曲。

第三十四齣〈刺逆〉蕭豪　行動過場

雙調【二犯江兒水】丑唱。【前腔】丑唱。七言四句下場。

本齣為故事發展必經之過脈戲。昉思將宮禁之森嚴與豬兒行刺之心理動作細膩寫出，非但筆墨簡淨，亦見其排場安頓之妙。【二犯江兒水】本南調集曲，但例唱作北腔，以二支表行動過場。如《彩毫・湘娥訪道》、《春蕪・尋真》、《紅拂・俠女出奔》、《東郭・其良人出》、《燕子箋・合圍》、《桃花扇・誓師》、《桃谿雪・遣援》、《梅花簪・復命》、《帝女花・駭遁》、《霧中人・散練》、《臨川夢・星變》、《桂林霜・平寇》等是。其中〈俠女出奔〉折為紅拂夜出公府，排場與本折頗似。又【二犯江兒水】亦有省作一支者，如《夢中緣・雌反》、《虎口餘生・演陣》、《秦樓月・嘯聚》等是。

第三十七齣〈尸解〉尤侗　神怪文細正場

正宮引子【梁州令】魂旦唱。正宮過曲【雁魚錦】魂旦唱。【二犯漁家傲】魂旦唱。【二犯傾杯序】魂旦唱。【喜漁燈犯】魂旦唱。【錦纏道犯】魂旦唱。南呂引子【生查子】四雜同唱。南呂過曲【香柳娘】副淨唱，旦接唱。【前腔】旦唱，淨接唱。【前腔】旦唱。【前腔】旦唱。【單調風雲會】旦唱。七言四句下場。

本齣上承〈神訴〉、下啟〈仙憶〉，計三換排場。首以【雁魚錦】寫楊妃魂遊，【二犯漁家傲】以下四支集曲，實應包括在【雁魚錦】之下，蓋【雁魚錦】計分五段，詞隱始各別題名，以致訛亂名實（詳見〈斠律〉）。此【雁魚錦】中排場又凡四轉折，首段寫遊魂順風飄蕩，次段進西宮睹舊物而悲傷，三段登渭橋望西川，四段、五段飛轉馬嵬驛中。其次以【香柳娘】四支寫〈尸解〉正文，末後以【單調風雲會】一曲代尾聲收場。

按以【雁魚錦】組場者蓋始自《琵琶・宦邸憂思》，此後《荊釵・憶母》、《浣紗・思越》、《紅梨・路敘》、《臨川夢・敘夢》、《香祖樓・哭諫》、《梓潼傳・奉表漢室》等皆仿之。又《帝女花・魂遊》寫坤興公主（旦）遊魂回嘉定伯府、《南陽樂・泣樓》寫崔妃（旦）帶病敘述愁懷。其套式與排場蓋直接襲取《長生殿》此折。《簡譜》【香柳娘】注云：「此調在南呂宮中，最不美聽，亦有用贈板細唱者，仍不佳也。」❽但傳奇中

❽ 吳梅：《南北詞簡譜》，收入王衛民校注：《吳梅全集》，卷七，頁四六八。

疊用【香柳娘】數支以組過場者為數甚多，其疊四支者如《還魂・索元》、《金蓮・偕計》後半、《贈書・認女作子》、《玉簪・搶親》、《西園・訛驚》、《綠牡丹・疑見》、《畫中人・畫變》、《春燈謎・沉誤》、《風箏誤・夢駭》、《意中緣・見父》、《脊令原・鬥周》、《瑞筠圖・獻圖》、《廣寒梯・浼薦》、《元寶媒・媼愬》等。疊用五支者如《尋親・省夫》、《燕子箋・誤認》、《人獸關・園中掘藏》等。疊用六支者如《玉合・道遘》、《紅梨・豪讌》、《南陽樂・權降》、《療妬羹・弔蘇》、《情郵・客窘》、《憐香伴・聞試》等。亦有用七支者如《桃花扇・逃難》。亦有八支者如《明珠・橋會》。亦有十支者如《霞箋・驛亭奇遇》。或有減用三支者如《夢中緣・訪悞》、《文星榜・失帕》，或有減為二支者如《桃花扇・和戰》、《報恩緣・賣錄》等。要皆視排場之需要而定。

又按《西園・訛驚》折以四支【香柳娘】末加一單調【風雲會】組場，本折或襲自於此。又以單調【風雲會】為收場者，如《鸞鎞・途逅》、《報恩緣・急計》等是。

第三十八齣〈彈詞〉 皆來、寒山、家麻、蕭豪、江陽、魚模、車遮、齊微 北口大場

南呂【一枝花】末唱。【梁州第七】末唱。轉調【貨郎兒】末唱。【二轉】末唱。【三轉】末唱。【四轉】末彈唱。【五轉】末彈唱。【六轉】末彈唱。【七轉】末彈唱。【八轉】末彈唱。【九轉】末唱。【煞尾】末唱。七言四句下場。

本齣為作者寄意所在，又隨筆與〈偷曲〉折照映，曲文聲情感嘆哀傷，頗能在繁絃別調中見出興亡之夢幻與滿眼淒涼之故國幽思。鄭師因百〈李師師流落湖湘道雜劇〉（附【九轉貨郎兒】譜）云：

【九轉貨郎兒】首見於元無名氏《貨郎旦雜劇》，再見於明初周憲王朱有燉《義勇辭金雜劇》；但二者作

法並不同。第一、套式不同，《貨郎旦》全套包括：南呂【一枝花】、【梁州第七】、正宮【九轉貨郎兒】、南呂【煞尾】，共曲十二支。《義勇辭金》全套包括：正宮【端正好】、【滾繡球】、【倘秀才】、【九轉貨郎兒】、【煞尾】，共曲十三支。《貨郎旦》用的是「夾套」，把南呂【一枝花】、【梁州第七】、【煞尾】，這一整套分在首尾，中間夾入屬於另一宮調（正宮）的【九轉貨郎兒】，這在元曲中是絕無僅有的變格。《義勇辭金》則全套屬於同一宮調，乃是正常形式。第二、曲的格式（即句法平仄）不同。這兩種【九轉貨郎兒】中的第五、六、七等三轉，格式有很多差別，特別是第六轉。《義勇辭金》體從來無人學步，仿作《貨郎旦》體的，最初有清洪昇的《長生殿傳奇．彈詞》折。《長生殿》是一本風靡一時的名劇，從他開始以後，仿作【九轉貨郎兒】的人就多起來。據我所見，有清內府編的《勸善金科傳奇．冥判》、楊潮觀《吟風閣雜劇》中的《快活山》、瞿頡《鶴歸來傳奇》的〈訪菊〉、蓉鷗漫叟《青溪笑傳奇》的〈醒芳〉，許鴻磐《六觀樓北曲》中的《儒吏完城雜劇》第四折，及近人顧家相《勵堂樂府》中的〈哀思曲散套〉，顧隨《陟山觀海遊春記雜劇》的第四折等七種，都是用《貨郎旦》體。《青溪笑》、《哀思曲》、《遊春記》三種寫的很好，其餘稍差。❾

按《石榴．琴嘆》折亦用《貨郎旦》體，實全仿《長生殿．彈詞》。又《仙官慶會》第二折僅用【三轉貨郎兒】。吳梅〈霜崖曲跋〉云：「第二折用【三轉貨郎兒】，亦不見他劇，自《貨郎旦》用九轉後，於是《古城記．挑袍》、《義勇辭金》之〈餞別〉，皆用九轉，即《長生殿》之〈彈詞〉、《鶴歸來》之首折，亦皆九支，今讀

❾ 鄭師因百：〈李師師流落湖湘道雜劇〉，原載《幼獅學報》第三卷第二期（一九六一年四月），頁一—四三；收入《鄭騫戲曲論集》（臺北：國家出版社，二〇一二），頁二八四—二九六，引文見頁二八五—二八六。

此劇，始知【貨郎兒】轉數，不拘多寡也。」唯其三轉之調式與此不同，詳鄭因百師《北曲新譜》。

第三十九齣〈私祭〉江陽　文細短場

南呂引子【小女冠子】老旦、貼同唱。雙調過曲【孝南枝】老旦、貼同唱。【前腔】老旦、貼同唱。【鎖南枝】末唱。【前腔（換頭）】末唱。【供玉月】老旦、貼同唱，末接合唱。【前腔】末唱，老旦、貼接合唱。七言四句下場。

本齣寫宮女永新、念奴避難江南，修道女貞觀中。排場凡三曲折，首【孝南枝】二曲寫二人檢曬經函，感清明而奠祭楊妃，其次【鎖南枝】二曲敘李龜年進入觀中見楊妃牌位而哭拜。末後【供玉月】二曲寫永、念、李相見感舊悲嘆。

按【孝南枝】、【鎖南枝】係集曲，疊用即可成套，例作過場。如《投梭・出關》、《茂陵絃・琴媒》、《空谷香・利遷》、《伏虎韜・撲蝶》等皆然。

第四十一齣〈見月〉皆來　文細正場

仙呂雙調過曲【雙玉供】生唱。【攤破金字令】生唱。【夜雨打梧桐】生唱。【攤破金字令（換頭）】生唱。【夜雨打梧桐】生唱。七言四句下場。

本齣上承〈哭像〉，又與前折對照。〈仙憶〉表楊妃思念明皇，〈見月〉敘明皇追悼楊妃，兩情之鍾，自然而見。

按此折仿自《邯鄲・閨喜》折，其後《帝女花・殯玉》又全仿之。亦有將下半二支【攤破金字令】、【夜雨打梧桐】易作【金水令】、【四塊金】者，如《鴛鴦鏡・迎榜》、《雁鳴霜・寫經》、《臨川夢・訪夢》等，亦皆表文細正場。

第四十四齣〈慫合〉齊微　神怪文場

[南呂引子]【阮郎歸】小生唱。[南呂過曲]【香徧滿】小生唱。【朝天嬾】貼唱，小生接合唱。【二犯梧桐樹】小生唱，貼接合唱。【浣溪紗】小生唱。【劉潑帽】貼唱。【秋夜月】小生唱。【東甌令】貼唱。【金蓮子】小生唱。【尾聲】小生唱。七言四句下場。

本齣遙承〈密誓〉折，並啟此下〈補恨〉、〈重圓〉二折。以南呂【香徧滿】全套，寫牛郎慫恿織女為明皇、貴妃重續未了之緣。

按此套自《還魂・幽媾》前半折而下，諸家多仿之。如《投梭・訂盟》、《秣陵春・杯影》、《才人福・姻明》、《玉搔頭・締盟》、《梅花簪・悔悟》、《人獸關・豪家占產》、《無瑕璧・互媒》、《截舌公招・完貞》、《錯調合璧・窺繡》等。其中【嬾畫眉】或代以【朝天嬾】，【二犯梧桐樹】或代以【梧桐樹】、【梧桐犯五更】，【浣溪紗】或代以【浣紗劉月蓮】，兼亦有省用一二曲者，然皆表文細之正場。

第四十五齣〈雨夢〉蕭豪　文細正場

[越調引子]【霜天曉角】生唱。[越調過曲]【小桃紅】生唱。【下山虎】小生唱。【五韻美】生唱。[南呂引子]【哭相思】生唱。[越調過曲]【五般宜】小生、副淨同唱。【山麻稭（換頭）】生唱。【蠻牌令】生唱。【黑麻令】生唱。【江神子】生唱。【尾聲】生唱。七言四句下場。

本齣上承〈見月〉，下啟〈覓魂〉。以【哭相思】二句為排場之轉折處。上半為梧桐夜雨，哭悼妃子；下半轉入夢境，而幻化出貴妃未死、玄禮阻駕、豬龍作怪等情節，排場隨起隨失，變幻莫測，終以亂雨飄蕭，驚破殘夢作結，更使通折籠罩在愁苦悲涼的氣氛之中。

按【小桃紅】套大抵以【小桃紅】、【下山虎】、【五韻美】、【五般宜】、【蠻牌令】、【江頭送別】、【山麻稭】、【黑麻令】、【江神子】、【尾聲】等曲牌視排場之需要而相聯成套。此套例表悲哀之場面，如《西樓・情死》、《西園・呼魂》、《療妬羹・梨夢》、《情郵・私贈》、《鳳求凰・阻兵》、《奈何天・逼嫁》、《桃谿雪・慟訃》、《帝女花・香夭》、《茂陵絃・應詔》、《居官鑑・化玉》、《橘浦記・起病》、《虎口餘生・別母》等。亦有出於調笑歡賞者，如《水滸・野合》、《雪中人・蝶聚》等。其中【黑麻令】一曲，南曲譜所無，自《長生殿》後乃多沿用之。

第四十八齣〈寄情〉寒山、支思　文靜短場

南呂過曲 【嬾畫眉】末唱。【前腔】貼唱，末接唱。【前腔】旦唱，末接唱。【宜春令】末唱。【前腔】旦唱。【三學士】旦唱。【前腔】旦唱。七言四句下場。

本齣緊承前二折而來。【嬾畫眉】三支寫道士來訪，楊妃歸自璇璣；【宜春令】二支寫通幽代白上情，玉妃對客敘意，末以【三學士】二支敘分劈釵盒、殷勤寄詞。此三牌均屬南呂中佳曲，其聲調溫雅柔婉，頗能曲盡玉妃纏綿悱惻之情。

按【嬾畫眉】、【宜春令】、【三學士】均疊數支即可自成套數。其各疊二、三支以聯套者，傳奇中亦屢見不鮮，諸如《玉合・參成》、《雙烈・訪道》、《贈書・花燭猜謎》、《燕子箋・拒挑》、《秣陵春・話玉》、《慎鸞

交・論心》、《玉搔頭・情試》、《伏虎韜・托賄》等，要皆視排場之需要而定聯用、疊用曲牌之多寡（又如【太師引】、【繡帶兒】諸曲亦可疊用數支與此三牌聯套）。其所表現者，皆為文靜之場面。

二、無懈可擊的「排場」

由以上已大體可以看出元明清傳奇諸家運用「套式」建構排場的情形。而《長生殿》之排場最為劇論家所稱道，認為「無懈可擊」，經著者研究統計觀察，可舉出以下兩點作為說明：

1. 總計《長生殿》分場的情形為大場九折，正場二十五折，過場十二折，短場三折。正場為骨子排場，故占全劇之半；大場分配於二、十四、十六、十九、二十四、二十七、三十二、三十八、五十等齣，使全劇看來有波浪起伏之妙，而其他之過場、短場則上下承遞，骨架線索細密銜結，井然有秩，故甚覺結構嚴謹。若以其表現形式分場，則文場計有三十四折，武鬧場計有十五折調配其間，亦足以調劑其冷熱了。對於《長生殿》的排場，假如我們硬要指出一點毛病的話，那麼其三十四、三十五、三十六連用三折過場，且三十三折又屬粗口北曲鬧場，於觀眾之聆賞未免間歇過久，倘能將〈收京〉與〈尸解〉二折置換，則似較為勻當。

2. 在聯套排場上對於前人有所承襲或模仿者，計得三十五齣，茲條列如下：

定情——《琵琶・中秋望月》、《浣紗・採蓮》。

春睡——《琵琶・牛氏規奴》、《西廂・窺簡玉臺》。

禊遊——《蕉帕・鬧婚》。

獻髮——《畫中人・魂遇》。

復召——《運甓・廬山會合》。
疑識——元雜劇《玉簫女》。
聞樂——《西廂・琴心寫恨》。
製譜——《燕子箋・寫像》。
權鬨——《荊釵・祭江》、《西廂・跪媒求配》。
偷曲——明人〈天長地久〉散套。
合圍——《邯鄲・西諜》。
夜怨——《琵琶・臨妝感嘆》。
絮閣——《療妒羹・假醋》。
偵報——馬東籬〈百歲光陰〉散套。
密誓——傳奇中習見。
驚變——貫酸齋〈西湖遊賞〉散套、傳奇中習見。
埋玉——《精忠・刺字》、《西樓・計賺》。
獻飯——《荊釵・分別》。
冥追——《荊釵・時祀》、《雙烈・道逢》、《情郵・追車》。
聞鈴——《金印・往魏》。
情悔——《琵琶・乞丐尋夫》。
哭像——傳奇中習見。

神訴——《北西廂・鄭恆求配》。
刺逆——《紅拂・俠女出奔》。
收京——《畫中人・之任》、《明珠・拒奸》。
看襪——《紅拂・秋閨談俠》。
尸解——《琵琶・宦邸憂思》、《西園・訛驚》。
彈詞——元雜劇《貨郎旦》。
見月——《邯鄲・閨喜》。
改葬——《精忠・冥途》。
慫合——《還魂・幽媾》。
雨夢——傳奇中習見。
覓魂——元劇《老生兒》、《灰闌記》、《尉遲恭》、《還魂・冥報》。
寄情——傳奇中習見。
得信——《還魂・移鎮》。
由此可見《長生殿》對於前人的涵茹與博取。而其直接影響後人之排場聯套，亦有十五折之多：
傳概——《玉獅墜》、《石榴記》之〈開場〉。
禊遊——《伏虎韜・結案》、《鴛鴦緣・完聚》。
傍訝——《帝女花・醫窮》、《伏虎韜・學鬩》。
獻髮——《梅喜緣・祝髮》。

製譜——《脊令原・依叔》、《香祖樓・觴芰》。
窺浴——《才人福・和箋》。
埋玉——《帝女花・割慈》。
冥追——《石榴記・雙探》。
剿寇——《帝女花・殲寇》。
尸解——《帝女花・魂遊》。
仙憶——《伏虎韜・催試》。
見月——《帝女花・殯玉》。
改葬——《帝女花・哭墓》。
覓魂——《帝女花・敵花》。
得信——《帝女花・訪配》。

另外其自創之集曲有【八仙會蓬海】、【杯底慶長生】、【羽衣第二疊】、【千秋舞霓裳】、【鳳釵花絡索】、【清商七犯】、【羽衣第三疊】諸曲。昉思對於那些襲取前人的成套，在排場運用上，往往有超越前賢的地方；其所創之新套，亦頗諧婉可喜，這也是乾嘉以後作者每多蹈襲的原因。

結語

總上所論之「曲牌」，可知：

1.曲牌始於漢代，傳播變化頗大。宋詞源於唐五代；南北曲牌來自唐宋詞調、諸宮調、民歌俚曲，以及本身衍變之集曲犯調。其名義似有可考者，但終致符號化，象徵粗細固定、具有主腔性格的語言旋律。《九宮大成南北詞宮譜》將曲牌網羅殆盡，收北曲五百八十一調，南曲一千五百一十三調。

2.曲牌類型，以作用分，有散曲、劇曲。散曲無科白，又分散套、小令；劇曲有科白，大別為南戲、北劇。其體製類別：小令有尋常小令、摘調、帶過曲、集曲；散套有南北合套、重頭，其中又有加尾與無尾之分。南戲傳奇曲牌以引子、過曲、尾聲構成套數，有三者並具，無引子，無尾聲，引子尾聲俱無但有過曲等四種類型；其過曲又有粗曲、可粗可細、細曲（亦即無贈板、可贈板、贈板）之分。北曲套數由首曲、正曲、尾曲組成，其「三部曲」類似南曲套數，其與漢樂府之「豔、解、趨或亂」，唐大曲之「散序、排遍、入破」實一脈相傳。

3.若論「曲牌之聚眾成群」，實由簡單而繁複而為套數，其發展之名稱是：普通單一曲牌、集曲、犯調、子母調、帶過曲、姑舅兄弟、重頭、重頭變奏、民歌小調雜綴、聯套、合腔、合套。

4.北曲聯套有七種類型：一般單曲聯接、參用兩曲循環相間、么篇變體連用、結尾「煞曲」運用、運用「隔尾」、一曲著重運用、轉調。而總觀北曲之聯套，有以下共性：其一，有明顯的首曲、正曲、尾曲「三部曲」；其二，首曲幾於固定；其三，套中以「曲組」與「隻曲」、「尾聲」組套，有五種組合形式：(1)曲組、隻曲、尾聲。(2)曲組、曲組、尾聲。(3)曲組、隻曲。(4)曲組、曲組。(5)隻曲、隻曲。

5.周備的曲牌建構元素，應有以下八律：正字律、正句律、長短律、平仄聲調律、句中音節單雙律、協韻律、對偶律、詞句特殊語法律。具此八律，曲牌乃各具主腔精粗之性格，詞曲系曲牌體之歌樂藝術乃經此而體現。

6.曲牌雖然由上面所說的「八律」構成，但是北曲格律變化多端，難於捉摸。因為北曲除本格正字外，尚有增字、襯字、減字、增句、減句、帶白、夾白等混雜其中；這種現象，宋詞中也已有所謂「減字」和「偷聲」，「偷聲」即曲中之「增字」。而其實這些混雜曲中促使曲牌格律發生變化的諸多因素，皆有律則可循，明白其律則，則即使其變化如神龍，亦可迎刃破解。就南曲而言，其變化之因素，不過襯字、增字為主而已。因之，如果持此「八律」，明其原則以檢驗「曲譜」所謂之「又一體」，則不難發現譜律家所謂的「又一體」，其實不過是本格的一種變化而已。

7.宋代樂曲，從其嘌唱和叫聲，唱賺中的纏達、纏令、覆賺，諸宮調和鼓子詞，可以看出南北曲聯套方式都是在其傳統下的進一步發展和運用；而北曲直接繼承宋樂曲的現象，較諸南曲要來得多。

8.而傳奇排場之建構實與所依存之套式有極密切之關係。此由所舉之例，可以清楚看出。

由對南北曲牌各種層面而周延的詳細討論之後，可見詞曲系曲牌體所產生的「歌樂」，自然較諸詩讚系板腔體的「歌樂」要優雅精緻得多，而這種優雅精緻，其實已融入精心的人工造設在其中。

第捌章　戲曲歌樂雅俗的兩大類型
——詩讚系板腔體與詞曲系曲牌體

曾永義
施德玉　著

前言

二〇一〇年六月施德玉教授於臺北國家出版社出版《板腔體與曲牌體》，收入《國家戲曲研究叢書》第五十三種，我為她作的序說：

「板腔體與曲牌體」是我研究戲曲以來，一直想要探討的題目。因為戲曲大戲，就音樂而言，不外這兩種體式。其間由於唱詞載體一為詩讚齊言，一為曲牌長短句；而產生迥然有別的音樂性格，歌者在運轉腔口的制約上也有寬嚴的差異。就中精微的道理，實有深入剖析的必要，何況學界迄今未有實得我心的著作出現。只是天生音盲，於樂理又避之唯恐不及，以致歲月蹉跎，未嘗從事。

施德玉教授旁聽本人所授戲曲專題有年，於二〇〇三年負笈香港新亞研究所攻讀博士學位。我建議她以《板腔體與曲牌體之研究》為論題，經我稍加提點，以她長年從事戲曲音樂教學之修為，必可輕而易舉，完成論文，裨補戲曲研究久懸之罅漏。德玉乃孜孜矻矻，以一年時間密集修畢學分，以兩年時間撰具初稿，於二〇〇五年七月獲得博士學位。其後因膺任臺灣藝術大學中國音樂系主任、學務長、表演藝術學院院長等職，公務煩劇，無暇重拾舊業。而今既已辦理退休，轉任私立中國文化大學音樂系教授，課餘多暇，乃將初稿重新刪定，交付本叢刊，以饗讀者。

我觀德玉此書，於〈緒論〉梳理學者對板腔體、曲牌體之觀念與研究成果，並將其名義界定之後，即從文獻建構板腔體與曲牌體之載體文類發展之情況。而由於曲牌體為精緻藝術歌曲，成長完成較緩慢，故又別為三章，以諸宮調套式為曲牌體成立之前奏曲，以南北曲牌與套式為曲牌體規律之成立，以集曲體式為曲牌體發展之極致，而終結於板腔體與曲牌體之音樂特色，凡此似皆未見諸其他相關學者之論述，則此論題雖係篳路藍縷，然蓋有以啟山林之功矣。

而若欲求備責全於德玉，則板腔體與曲牌體之建構歷程，其現象則如所舉之例矣，然尚未言明其逐漸完成之原理與因由；而後世戲曲，亦有由曲牌體崩解為板腔體者，如弋陽腔之變為徽池雅調；亦有由歌謠小調雜綴而發展為板腔體者，如今之歌仔戲；亦有由小調雜綴而發展為曲牌體者，如早期之梆子腔；亦有板腔體、曲牌體雜然並存者，如臺灣之亂彈福路戲。凡此皆有待進一步探討。

但無論如何，德玉對此「板腔體與曲牌體」，已經開發不少子題，並獲得可觀的成果。譬如由她對板腔體與曲牌體音樂特色的詮釋，便容易使我們體悟到，何以板腔體戲曲如皮黃京戲，能夠產生輝煌的流派藝術；而曲牌體的戲曲如水磨崑劇，便難於甚至無法產生。其關鍵便在於兩者音樂性格和制約腔口寬嚴有

所不同的緣故。則德玉此書自有其學術之意義與價值矣。❶

可見我與施德玉教授這本書的著作頗有關聯，而且也有些意見。二〇一三年春間我整理相關舊作，刪繁補缺，重新撰述《「戲曲歌樂基礎」之建構》，迄今大抵完成，凡三十萬餘言。其第捌章〈戲曲歌樂雅俗的兩大類型〉，即以施教授《板腔體與曲牌體》為基礎，撮其要義予以增訂而成。因之本文之著作權，同屬施教授與我；但由於我改寫，故文中口脗出諸本人，讀者鑑之。

戲曲是韻文學發展的極致。韻文學的發展，可以說齊言與長短句同時並進，分不出孰先孰後。但齊言往「俗」發展，以「詩讚」為頂點；長短句往「雅」提升，以「詞曲」為造極。於是齊言韻文學有所謂「詩讚系」，長短句韻文學有所謂「詞曲系」。「詩讚系」和「詞曲系」都成為戲曲大戲中「歌」的一種類型，分別和戲曲音樂中的「板腔體」和「曲牌體」作為歌樂的結合。於是戲曲文學和音樂便有兩大類型：「詩讚系板腔體」和「詞曲系曲牌體」。

一、詩讚系板腔體與詞曲系曲牌體的源生和成立

學界一般認為先有「詞曲系曲牌體」，後有「詩讚系板腔體」。但其實不然，它們應當是齊頭並進的。我們只要稍加探索，便足以說明。

就齊言的詩讚系而言，歷代傳統韻文學發展概況，可說由四言而五言而七言。

❶ 施德玉：《板腔體與曲牌體》（臺北：國家出版社，二〇一〇），頁七－八。

四言詩以《詩經》為代表，分析其構成語言旋律的要素為：⑴句長四言，⑵音節為二二之雙式，⑶基本上隔句押韻。

五七言詩以「唐詩」為代表，分析其構成語言旋律的要素為：五言：⑴句長為五言，⑵音節為二三或二二一之單式，⑶隔句押韻。七言：⑴句長為七言，⑵音節為四三或二二二一之單式，⑶隔句押韻。此外，其五七言近體詩，講求聲調之句中「平仄律」和頷頸二聯之「對偶律」。其「平仄律」講求平聲、仄聲正反之均勻分配，使聲情抑揚有致。其基本原理為：其一，音節間平仄以相同之和諧為主要；其二，音節與音節間平仄相反；其三，句與句間之平仄先相反或大抵相反，謂之「對」，接著二三兩句平仄相同或大抵相同，謂之「黏」；如此對黏相遞而下。其平仄律又已發展出「拗救」，有「本句自救」與「隔句自救」，為的是要使平仄布置不出現三仄或三平以上之連用，避免聲情過重或過輕，過曲折或過平直之弊病。因之像「｜一｜｜一」或「｜｜｜一｜｜一」五七言之第二、第四字的「孤平」現象就必須避忌，而要代之以「｜一一｜一」或「｜｜｜一一｜一」的本句自救。七言首句押韻外，採隔句押韻，其五七言古體詩可以轉韻。對此，上文論戲曲歌樂之語言基礎時，已有詳細的論述。

就長短句的詞曲系而言，傳統韻文學中只有宋詞與元明清散曲。

宋詞有宮調及其所屬之詞牌，詞牌分單調、雙調、三疊、四疊，亦即一個詞牌有含一個樂章、兩個樂章、三個樂章、四個樂章等四種結構類型，兩個樂章以上之詞調，如次章以後之開頭第一個韻長與首調不同，便叫「換頭」。詞調由正字律、正句律、長短律、平仄聲調律、音節單雙律、協韻律、對偶律等七個律則所構成，其協韻還出現平仄同押，平上為韻，去入為韻或上去為韻之現象。詞調如轉成曲調，詞之樂章變為曲之一支，其第二樂章以下，如不換頭，北曲稱「幺篇❷」，南曲稱「前腔」；其換頭者，北曲稱「幺篇（換頭）」，南曲稱「前腔（換頭）」。

元人散曲分「樂府北曲」與「葉兒北曲」。樂府北曲雅，如同宋代文人詞；葉兒北曲俗，發展為北曲雜劇。宋代南曲戲文起於「鶻伶聲嗽」之里巷歌謠，降及元明，師法大曲之聯章變奏與宋樂曲和金元北曲之聯套形式而逐次完成；其散曲如元人之樂府北曲，乃在戲文之後。明清以後之散曲又分南北。

南北曲牌之體製規律師法宋詞詞牌又更進一步發展，韻協平仄四聲通押，韻部分合不同，更加講求聲調律和對偶律，並開始講求句中語法律。

(一)歷代齊言體俗文學

再就齊言之歷代俗文學來觀察其概況。其齊言之歌謠，先錄其資料如下：

《吳越春秋・句踐外傳》載〈古孝子歌〉，一名〈彈歌〉，云：

> 斷竹、續竹，飛土，逐肉。❸

《列子・仲尼篇》載堯時〈康衢童謠〉：

> 立我蒸民，莫匪爾極。不識不知，順帝之則。❹

---

❷ 「幺」為「後」之省文，意為「後篇」；又形近訛寫作「么篇」。

❸ 見〔漢〕趙曄：《吳越春秋》，收於《景印文淵閣四庫全書》第四六三冊，卷五〈句踐陰謀外傳第九〉（臺北：臺灣商務印書館，一九八六），頁六〇。

《史記・項羽本紀》載項羽〈垓下歌〉：

力拔山兮氣蓋世，時不利兮騅不逝。騅不逝兮可奈何，虞兮虞兮奈若何！❺

《後漢書・五行志》載〈獻帝初京都童謠〉：

千里草，何青青？十日卜，不得生。❻

《三國志・吳書・陸凱傳》載孫皓時〈童謠〉：

寧飲建業水，不食武昌魚；寧還建業死，不止武昌居。❼

《樂府詩集》卷八六引〈巴東三峽歌〉：

巴東三峽巫峽長，猿鳴三聲淚沾裳。

巴東三峽猿鳴悲，猿鳴三聲淚沾衣。❽

---

❹〔周〕列禦寇著，〔晉〕張湛注，〔宋〕林希逸口義，〔明〕閔齊伋評：《列子選輯三種》，《中國子學名著集成・道家子部》，珍本初編第六四冊，卷四（臺北：中國子學名著集成編印基金會，一九七八），頁一三三。

❺〔漢〕司馬遷著，〔日本〕瀧川龜太郎考證：《史記會注考證》，卷七〈項羽本紀〉第七，頁六九，總頁一五一。

❻〔宋〕范曄：《後漢書・志第十三・五行一》（臺北：鼎文書局，一九七七），頁三三八五。

❼〔西晉〕陳壽：《三國志》，卷六一（臺北：鼎文書局，一九七七），頁一四〇一。

❽〔宋〕郭茂倩：《樂府詩集》，頁一二〇八。

以上可見在古代民間歌謠裡，二言、三言、四言、五言、七言以及騷體帶兮者皆能成體，未講平仄律，可句句押韻，亦可隔句押韻。近世歌謠基本上七言四句，押韻如七絕，不拘平仄。

其次再看齊言的說唱文學。一向被認為是東漢敘事五言詩的〈孔雀東南飛〉和北朝〈木蘭辭〉，乃至於漢樂府歌辭中的五言〈日出東南隅〉，應當已都是那時的說唱文學。只是它有韻文而無散說，屬於齊言唱故事類。而像春秋時代的《逸周書・太子晉解篇》則只有散說而無歌唱，屬於說故事類。但無論如何，說唱入唐始發達則是事實。其齊言者如敦煌遺書中有〈大漢三年季布罵陣詞文〉一卷，自稱「詞文」，其結尾云：「具說《漢書》修製了，莫道詞人唱不真。」可見其法以歌唱，而歌唱者自稱「詞人」❾。其體製只有韻文沒有散文，韻文為七言句，隔句押韻，一韻到底。每兩句一韻的上句末字仄聲，下句末字平聲。據此衡量，可以斷定遺書中題名為〈季布詩詠〉和被擬名為〈董永變文〉兩篇也屬詞文一類。

〈季布詩詠〉雖有說白，但僅寥寥數句，只出現在開頭，唱詞全是七言，唱詞之前特別標明「詞曰」字樣，明其只唱不說。但全文轉韻幾次，亦應屬變例。像這樣的「詞文」，實在〈孔雀東南飛〉和〈木蘭辭〉五言唱詞的基礎上向七言說唱藝術發展的先驅，同時的變文和往後的陶真、寶卷、詞話、彈詞、鼓詞、子弟書、大鼓等等以七言為基本唱詞的詩讚系說唱文學藝術，可以說明此為先河。而直接承襲詞文的是宋代的「陶真」，可惜沒有作品傳下來。現存十六種《明成化說唱詞話叢刊》有〈包龍圖斷白虎精傳〉，全篇九百多句皆為七言，沒有說白，體例與「詞文」相同；而《成化詞話》也有自稱「詞文」的，如〈張文貴傳〉：「莫唱大王多風采，詞文聽唱好因緣，……前本詞文唱了畢，聽唱後本事緣因。」❿則可能是「詞文」為陶真和詞話的根源，所以在詞

❾〈大漢三年季布罵陣詞文〉，收錄於馮志文主編：《中國西北文獻叢書續編・敦煌學文獻卷》第一六冊《敦煌掇瑣》（蘭州：甘肅文化出版社，一九九九），頁一三三。

話中有的尚保留其原本體式，有的則尚保存其原有的稱呼。

唐代變文是「三教論衡」⓫中釋家一支的派生物，講述內容非宗教而趨世俗。《變文集》中有原題者：〈舜子變〉、〈破魔變〉、〈降魔變文〉、〈大目犍連冥間救母變文〉等。「變」當為「變文」之省稱。至於何以此種俗講底本名為「變文」？鄭振鐸《中國俗文學史・第六章・變文》云：

像「變相」一樣，所謂「變文」之「變」，當是指「變更」了佛經的本文而成為「俗講」之意。（變相是

⑩ 見上海博物館編：《明成化說唱詞話叢刊》第七冊（上海：上海博物館藏，文物出版社出版，一九七九），頁七、一六。

⓫ 「三教論衡」源於北周。〔唐〕李延壽《北史》卷一〇〈周本紀下〉：「十二月癸巳，集群官及沙門道士等，帝升高座，辨釋三教先後。以儒教為先，道教次之，佛教為後。」（臺北：鼎文書局，一九八五）頁三五九。又唐文宗誕日，詔白居易於麟德殿會安國寺沙門義休，大清官道士楊弘元，論三教異同。白氏作《三教論衡》，載《全唐文》卷六七。〔唐〕高擇《群居解頤》：「咸通（唐懿宗年號，八六〇—八七九）中，優人李可及滑稽諧戲，獨出輩流。……嘗因延慶節，緇黃講論畢，次及優倡為戲，可及褒衣博帶，攝齊以升座，稱三教論衡。……」收錄於楊家駱主編：《俗文學叢刊》第一集《中國笑話書》（臺北：世界書局，一九六一），頁五一。又〔宋〕洪邁《夷堅志・支乙卷四》「優伶箴戲」條云：「崇寧（宋徽宗年號，一一〇二—一一〇六）初，……嘗設三輩為儒、道、釋，各稱論其教。儒曰：『吾之所學，仁義禮智信，曰五常。』……次至道士。曰：『吾之所學，金木水火土，曰五行。』……末至僧，僧抵掌曰：『二子腐生常談，不足聽，吾之所學，生老病死苦，曰五化。』……曰：『敢問苦。』其人瞑目不應，陽若惻悚然，促之再三，方蹙額曰：『只是百姓一般受無量苦。』徽宗為惻然長思，弗以為罪。」（臺北：明文書局，一九八二），第二冊，頁八二二—八二三。又〔元〕陶宗儀《輟耕錄・三教》卷五云：「上問曰：『三教何者貴？』對曰：『釋如黃金，道如白璧，儒如五穀。』上曰：『若然，則儒賤邪？』對曰：『黃金白璧，無亦何妨？五穀於世，豈可一日闕哉！』上大說。」收入《讀書劄記叢刊》第二集（臺北：世界書局，一九八七），頁七八。

變「佛經」為圖相之意。）後來「變文」成了一個「專稱」，便不限定是敷演佛經之故事了。（或簡稱為「變」）⓬

按唐代有所謂「變相」，即將佛經故事繪在佛舍壁上，張彥遠《歷代名畫記》卷三「記兩京外州寺觀畫壁」條記之甚詳，吳道子便是一位最善繪〈地獄變〉（變相也簡稱變）的大畫家。⓭所以鄭氏之說言簡意賅，可以破除學者糾纏附會之論。「變文」雖然有許多歷史傳說和人物故事，但那是後來講唱變文職業化以後的內容，它最早還是用在宣揚佛教，所以起初取義還是轉變佛典舊形式而為通俗故事的意思。若從韻散組合的形式來看變文，則和講經文一樣：有韻散重疊的，亦即韻文和散文所敷衍的內容相同，散文用以說明，韻文用以歌唱以強化記憶，如〈漢將王陵變〉、〈張淮深變文〉、〈八相變〉、〈破魔變〉、〈降魔變文〉、〈目連緣起〉、〈頻婆娑羅王后因緣變〉等；有韻散相成的，亦即韻文和散文內容有部分重疊也有部分開展的，如〈王昭君變文〉、〈張義潮變文〉、〈大目乾連冥間救母變文〉、〈歡喜國王緣〉等；有韻散相生的，亦即韻文散文間互相觸發連續，如〈太子成道經〉、〈伍子胥變文〉等。

變文的散文，有用駢偶體敘寫的，像〈八相變〉、〈降魔變文〉、〈破魔變〉等，它們大概都屬於演繹佛經故事一類的變文。有用淺近文言敘寫的，像〈太子成道經〉、〈張淮深變文〉等。有用幼稚白話敘寫的，像〈伍子胥變文〉、〈漢將王陵變〉、〈舜子變〉等。至於韻文之協韻，大抵都換韻，但也有一韻到底的，像〈捉季布傳文〉

⓬ 鄭振鐸：《中國俗文學史》（上海：世紀出版集團，二〇〇六），頁一五四。

⓭ 〔唐〕張彥遠：《歷代名畫記》，收錄於嚴一萍選輯：《原刻影印百部叢書集成》第七三八冊（臺北：藝文印書館，一九六七年據《學津討原》本影印），頁八－一二三。

通篇協真韻、〈董永變文〉通篇協陽韻、〈王昭君變文〉每一段落協一韻。韻文句式以七言為主，間雜以四、五、六、八、九言，或亦有以五言、六言構成段落的。

宋代「陶真」沒有傳本，現在可見的，最早是元末高明《琵琶記》第十七齣〈義倉賑濟〉中有一段淨丑唱陶真：

(淨)……大的孩兒不孝不義，小的媳婦逼拗離分，單單只有第三個孩兒本分，常常搶去了老夫的頭巾，激得我老夫性發，只得唱個陶真。(丑)呀！陶真怎的唱？(淨)呀！到被你聽見了。也罷，我唱你打和。(丑)使得。(淨)孝順還生孝順子，(丑)打打咍蓮花落，(淨)忤逆還生忤逆兒，(丑)打打咍蓮花落，(淨)不信但看簷前水。(丑)打打咍蓮花落。(淨)點點滴滴不差移，(丑)打打咍蓮花落。⓮

從這段唱詞看來，陶真為七言句式，與明郎瑛《七修類稿》卷二二「小說」條⓯和明周清源《西湖二集》卷一七〈劉伯溫薦賢平浙中〉⓰所舉陶真唱詞之例相同，皆為七言句。而此段以蓮花落打和，可能為便於劇中淨丑對演，非陶真體例之本然。《西湖老人繁勝錄》，謂「唱涯詞，只引子弟；聽淘真，盡是村人。」⓱按明人田汝成在《西湖游覽志餘》

⓮ 見〔元〕高明：《琵琶記》，收入〔明〕毛晉編：《六十種曲》第一套第一本，頁六六－六七。

⓯ 〔明〕郎瑛：《七修類稿》，收於《續修四庫全書》子部第一一二三冊雜家類（上海：上海古籍出版社，一九九五年據北京圖書館藏明刻本影印），頁一五五。

⓰ 〔明〕周楫：《西湖二集》，收於國立政治大學古典小說研究中心主編：《明清善本小說叢刊初編》（臺北：天一出版社，一九八五），頁一。

卷二〇〈熙朝樂事〉裡提到元末明初人瞿守吉路過汴梁時曾聽藝人說唱「陶真」，並有詩云：「陌頭盲女無愁恨，能撥琵琶說趙家。」田氏並謂當時杭州「男女瞽者，多學琵琶，唱古今小說、平話，以覓衣食，謂之陶真。大抵說宋時事，為汴京遺俗也。」⓲可見「陶真」亦即「淘真」，而其所以為名之故，蓋以其用來陶寫人娛樂人性情而言。宋代涯詞，《都城紀勝》作「崖詞」。《繁勝錄》謂「唱涯詞，只引子弟」，《都城紀勝》和《夢粱錄》都說傀儡敷演烟粉靈怪故事、鐵騎公案、史書歷代君臣將相故事，其話本可以用涯詞；據此也可見涯詞的內容，而其所以「只引子弟」，較之「聽淘真，盡是村人」，則似有雅俗之別。

至於「崖詞」之名義，可能出自《莊子・天下》，云：

> 莊周聞其風而說之。以謬悠之說，荒唐之言，無端崖之辭，時恣縱而不儻，不以觭見之也。⓳

所謂「其風」，緣上文是指關尹老聃。這裡「無端崖之辭」的意思是：無端無緒的言辭，可以放任為說不求同於人，更不拘泥一隅來表現自己。這樣的「無端崖之辭」，省約下來不就是「崖詞」嗎？不就可以表現說唱「崖詞」的人，其技藝不正是以「無端崖之辭，時恣縱而不儻，不以觭見之也」嗎？至於「崖」作「涯」者，山邊、水邊，其意本可相通，何況形近音近，俗文學之通假，習慣如此。涯詞和陶真一樣，唱詞應當也是七言。它們的關係應當和清代的彈詞、鼓詞一樣。

明代「詞話」，明徐渭《徐文長佚稿》卷四〈呂布宅詩序〉云：

⓱〔宋〕西湖老人：《西湖老人繁勝錄・十三軍大教場》（北京：文化藝術出版社，一九九八），頁一〇五。

⓲〔明〕田汝成：《西湖游覽志餘》（臺北：世界書局，一九六三），頁三六八。

⓳黃錦鋐注釋：《莊子讀本》（臺北：三民書局，一九九六），頁三七四。

始村瞎子習極俚小說，本《三國志》，與今《水滸傳》一轍，為彈唱詞話耳。⓴

又明錢希言《獪園》卷一二「傜祀」之「花關索」云：

雲貴間有關索祠幾處，相傳一鉅緪常夜作聲，時人以為靈響，于此建屋立祠，名曰「花關索」。衣冠鐘鼓，千年不斷，往來行旅莫不禱祈，至今尚在。傳奇小說中常有花關索，不知何人。東瀛耿駕部橋少時常聽市上彈唱詞話者，兩句有云：「棗核像小花關索，車輪般大九條筋。」後以語余，共相擊節。㉑

由徐渭記載，可知明代有盲藝人彈唱《三國志詞話》和《水滸傳詞話》；由錢希言記載，可見有人彈唱《花關索詞話》，則詞話亦有說有唱，《明成化說唱詞話叢刊》可以為證㉒。又明萬曆間人諸聖鄰所著《大唐秦王詞話》（有天啟間刊本）㉓，韻散交替，韻文部分多為七言詩讚體，應該也是彈唱詞話的一類。

彈唱詞話的省稱應即「彈詞」，其前身應即宋代的「陶真」。在梁辰魚和陳忱的《二十一史彈詞》之前，已有楊慎（孝宗弘治元年生，世宗嘉靖三十八年卒，一四八八－一五五九）《歷代史略十段錦詞話》，亦稱《二十

⓴〔明〕徐渭：《徐文長文集》（據清宣統辛亥三年（一九一一）青藤書屋原刊石印本無該條資料）。轉引自胡士瑩：《話本小說概論》，上冊（北京：中華書局，一九八〇），頁一八七。

㉑〔明〕錢希言：《獪園》，收於《四庫全書存目叢書》子部第二四七冊（臺南：莊嚴文化事業有限公司，一九九五年據北京圖書館藏清鈔本影印），頁六八八。

㉒此書收有《新編全相說唱足本花關索出身傳等四種》。

㉓〔明〕諸聖鄰：《大唐秦王詞話》，收於《古本小說集成》（上海：上海古籍出版社，一九九三年據傅惜華碧蕖館藏明刊本補訂鄭振鐸藏明刊本影印）。

一史彈詞》。由此亦可見「詞話」與「彈詞」不殊。但鄭振鐸《中國俗文學史》第十二章〈彈詞〉中指出謂《二十一史彈詞》「那唱文，全部是十字句，和鼓詞極相近，而和一般的彈詞不甚同。」㉔按：十字句謂之「讚」，七字句謂之「詩」，合稱為「詩讚」。七字句時代早，唐變文多已如此；十字句較晚，但《明成化說唱詞話》已見多處，則至嘉靖間之楊慎，自可全用讚體而自稱「詞話」或「彈詞」。

寶卷是一種與民間信仰相結合的說唱文學，可以追溯到唐代佛教的俗講。寶卷之名出現於元代，現存最早的卷本是元末明初彩繪抄本《目連救母出離地獄生天寶卷》，北元宣光三年（即明洪武三年，一三七二）蒙古脫脫氏抄寫施捨。

宗教寶卷的形式繼承俗講散說夾唱的傳統，唱詞主要是五七言詩讚體，也有少量佛曲如〈金字經〉、〈五更洞〉，其韻散內容重複，說說唱唱，形成明顯的段落，民間寶卷一般分上下冊或若干回，唱詞主要是十字和七字的詩讚體，用吟唱式的韻誦或改編各地民歌小調演唱而不標出曲調名。

清代「彈詞」雖擁有廣大聽眾，但以太湖流域江浙接壤的蘇、松、太、杭、嘉、湖舊稱六府的城鄉為範圍，杭州以南、常州以西就不能通行，也就是它是以吳語方言為制限。趙景深《彈詞研究・導言》「二、彈詞的體製」云：

> 彈詞分為敘事、代言二種。大約先有敘事，後有代言。敘事的可以稱為「文詞」，只能夠在書齋裡看，完全是用第三身稱作客觀敘述的。代言的可以稱為「唱詞」，其中的一部分是在茶館裡唱給大眾聽的，除第三身稱外，也用第一身稱，已經由小說進而為小說與戲劇混合了。這一種兼用第一身稱主觀敘述的，可

㉔ 鄭振鐸：《中國俗文學史》，頁四七九。

以稱之為「唱詞」。本書即依此分為「文詞編」和「唱詞編」，再明白一點說，彈詞的成分有三種，即說、表和唱。說即說白，須酷肖生旦淨丑的身分，完全像他們自己說的一樣。表即由說書人代為表白，唱即是唱句。「文詞」只有表與唱而無白，「唱詞」則表、白、唱三者都有。此外還有一種「開篇」，普通都是唱句，間有說白，也只是插一兩句在裡面，占極少數，只能作為襯字看。所以「開篇」可說是有唱而無表與白的。㉕

李家瑞〈說彈詞〉云：

彈詞的體裁，有敘事代言兩種。但這不是同時並起的，是先有敘事彈詞，然後漸漸的變出代言彈詞一種。我們看楊升庵仿作的《二十一史彈詞》，通體都是敘事……清初洪昉思作《長生殿》，記著彈詞，也還是記敘體的彈詞，以至於雍正乾隆時作的《梅花夢》、《陶朱富》，也還是用作書人的口氣，講述一段故事，所以當時人說彈詞的體裁，是「以記敘行文，用聲詩作曲」。（見《梅花夢》第一回）繼後出的《十玉人傳》、《珍珠塔》等，纔合敘事代言雜用；及至嘉慶時代，《雲琴閣》、《文明秋鳳》等出，始有純粹代言體的彈詞。㉖

㉕ 趙景深：《彈詞研究》，收於婁子匡編：《國立北京大學中國民俗學會民俗叢書》第四輯第六二冊（臺北：東方文化書局，一九七六），頁六。

㉖ 原刊《中央研究院歷史語言研究所集刊》第六本第一份（一九三六年一月），頁一〇三－一二〇。後收入李家瑞：《李家瑞先生通俗文學論文集》（臺北：學生書局，一九八二），引文見頁七五。

結合趙李二氏之言，可以看出彈詞體裁有敘事代言二種不同形式，李氏更說出了其間變化的軌跡，其分野當在清嘉慶間。

至於彈詞的內容，近人所作《彈詞開篇選粹・序》云：

彈詞得七言詩之遺意，襯字似詞曲，而無詞曲按填之繁。所傳之事，都為長編，情節則不外才子佳人之遇合，忠臣義士之窮通，離合悲歡，盡屬理想；嬉笑怒罵，悉係文章。

《描金鳳・序》：

近今來彈詞，名作如林，……然總不外乎旖旎風情，表出一段溫柔佳話，曾無忠孝節義中流傳音律，以鼓人情興志者也。㉗

《蘇州快覽》云：

說書分二種……一為彈詞，即說《三笑姻緣》、《描金鳳》、《珍珠塔》、《雙珠鳳》等，皆為兒女情愛事，故少年男女，愛聽彈詞。㉘

以上可以說眾口一聲，彈詞內容不外才子佳人旖旎風情。

清代「鼓詞」，楊蔭深《中國俗文學概論》第十六章〈鼓詞〉：

㉗ 此據〔清〕佚名：《新鐫繡像描金鳳》（清光緒丙子二年重刊本，現藏於中央研究院傅斯年圖書館善本書室），頁一。

㉘ 陶鳳子：《蘇州快覽》（上海：世界書局，一九二六），頁四六—四七。

鼓詞的體例與彈詞一樣，也以韻散文合組的，大底議論敘事則用散文，記景寫情則用韻文。又因為是敘事體，所以沒有代書中人的說白，只有說書人自己的表白。唱詞通常也分七言與十言兩種，參差互用，其實都是七言，十言中的三言乃是襯字。取材多為歷史與義俠的故事，這大約是北方人性情較烈，特嗜所在的緣故。著名的如《左傳》、《春秋》、《前後七國志》、《三國志》、《北唐傳》、《薛家將》、《粉妝樓》、《綠牡丹》、《楊家將》、《呼家將》、《水滸傳》、《濟公傳》、《包公案》、《英雄大八義》、《小八義》、《大明興隆傳》、《施公案》、《劉公案》等等，或由小說所改編，或為後來小說所由出，都是長篇大幅，有多至一百回以上的，所以全書很長，非唱至幾十天或幾個月不能完的。㉙

鼓詞雖多敘這種武勇故事，但也非絕對沒有寫兒女風月故事的，不過這些都比較簡短，主要的如《西廂記》、《二度梅》、《蝴蝶盃》、《三元傳》、《紫金鐲》、《繡鞋記》。

(二)歷代長短句體俗文學

再說到長短句之古代歌謠。如《易經・文辭》：

賁如，皤如，白馬翰如。匪寇，婚媾。（〈賁・六四〉，卷第三頁一五）

屯如，邅如，乘馬班如。匪寇，婚媾。（〈屯・六二〉，卷第一頁二九）

乘馬班如，泣血漣如。（〈屯・上六〉，卷第一頁三一）

㉙ 楊蔭深：《中國俗文學概論》，楊家駱主編：《中國俗文學叢刊》第一集，頁一一六。

女承筐，无實；士刲羊，无血。（〈歸妹・上六〉，卷第五頁三四）
突如其來如，焚如、死如、棄如。（〈離・九四〉，卷第三頁三八）
出涕，沱若。戚，嗟若。（〈離・六五〉，卷第三頁三八）[30]

劉向《說苑・善說》載〈越人歌〉：

今夕何夕兮，搴中洲（舟）流。今日何日兮，得與王子同舟。蒙羞被好兮，不訾詬恥。心幾煩而不絕兮，得知王子。山有木兮木有枝，心悅君兮君不知。[31]

晉葛洪《抱朴子・察舉》引桓靈時童謠：

舉秀才，不知書。察孝廉，父別居。寒素清白濁如泥，高第良將怯如雞。[32]

《樂府詩集》卷一六載〈鐃歌十八曲・有所思〉：

---

[30] 見〔魏〕王弼、韓康伯注，〔唐〕孔穎達疏：《周易正義》，收於〔清〕阮元校刻：《重刊宋本十三經注疏附校勘記》第一冊（臺北：藝文印書館，一九五五年據清嘉慶二十年江西南昌府學開雕本影印），分別見總頁六三、一二二、一二三、一一九、七四。

[31] 〔漢〕劉向：《說苑》，收錄於嚴一萍選輯：《原刻影印百部叢書集成》第一四七冊，卷一一（臺北：藝文印書館，一九六七），頁八－九。

[32] 〔晉〕葛洪：《抱朴子》，收於《四部備要・子部》（臺北：中華書局，一九六六年據平津館本校刊），頁一一。

有所思，乃在大海南。何用問遺君，雙珠玳瑁簪，用玉紹繚之。聞君有他心，拉雜摧燒之，摧燒之，當風揚其灰。從今以往，勿復相思！相思與君絕，雞鳴狗吠，兄嫂當知之。（妃呼豨！）秋風肅肅晨風颸，東方須臾高知之。㉝

〈鐃歌十八曲・上邪〉：

上邪！我欲與君相知，長命無絕衰！山無陵，江水為竭，冬雷震震夏雨雪，天地合，乃敢與君絕。㉞

以上皆為古歌謠，其句法參差不齊，即使其帶「兮」字之騷體亦然；有如明清以後之雜曲小調〈山坡羊〉、〈駐雲飛〉、〈鎖南枝〉、〈羅江怨〉、〈剪靛花〉、〈疊斷橋〉等。

接著來觀察歷代長短句的說唱文學。其最古者為《荀子・成相篇》。茲節選篇中部分，再作說明：

請成相，世之殃，愚闇愚闇墮賢良！人主無賢，如瞽無相何倀倀！

請布基，慎聖人（之），愚而自專事不治。主忌苟勝，群臣莫諫必逢災。

論臣過，反其施，尊主安國尚賢義。拒諫飾非，愚而上同國必禍。

曷謂「罷」？國多私，比周還主黨與施。遠賢近讒，忠臣蔽塞主勢移。

曷謂「賢」？明君臣，上能尊主愛下民。主誠聽之，天下為一海內賓。

主之孽，讒人達，賢能遁逃國乃蹷。愚以重愚，闇以重闇成為桀。

㉝〔宋〕郭茂倩：《樂府詩集》，卷一六，頁二二三〇。

㉞ 同上註，頁二二三一。

世之災，妒賢能，飛廉知政任惡來。卑其志意，大其園囿高其臺。
武王怒，師牧野，紂卒易鄉啟乃下。武王善之，封之於宋立其祖。
世之衰，讒人歸，比干見刳箕子累。武王誅之，呂尚招麾殷民懷。
世之禍，惡賢士，子胥見殺百里徙。穆公任之，彊配五伯六卿施。
世之愚，惡大儒，逆斥不通孔子拘。展禽三絀，春申道綴基畢輸。㉟

以上是〈成相篇〉第一章。什麼叫「成相」呢？《禮記．曲禮》：「鄰有喪，舂不相。」㊱俞樾《荀子平議》引〈曲禮〉以為：「鄭注曰：『相謂送杵聲。』蓋古人於勞役之事，必為歌謳以相勸勉，亦舉大木者呼邪許之比。其樂曲即謂之相。『請成相』者，請成此曲也。《漢志》有〈成相雜辭〉，足徵古有此體。」㊲從其體製觀察，每段一韻，作三三七四七句式，韻腳在一二三五句，全篇應當是一支完整曲調的「重頭」。班固《漢書．藝文志》將〈成相篇〉歸屬辭賦中的「雜賦」一類，項下著錄有「成相雜辭十一篇」。㊳其實就《荀子．成相篇》之體製觀之，顯然為歌曲，與「辭賦」之大體為散文並不相侔；因之其所歸屬並不合適。

㉟ 見〈成相卷一八〉，〔唐〕楊倞注，〔清〕王先謙集解：《荀子集解》（臺北：蘭臺書局，一九八三），頁二一五。

㊱ 〔漢〕鄭玄注：《禮記注》，〔唐〕孔穎達疏：《禮記正義》，收於〔清〕阮元校刻：《重刊宋本十三經注疏附校勘記》第七冊，（臺北：藝文印書館，一九五五年據清嘉慶二十年江西南昌府學開雕本影印），卷三〈曲禮上〉，頁五，總頁五五。

㊲ 俞樾：《諸子平議》，卷一五《荀子平議》（臺北：世界書局，一九六二），頁一六九。

㊳ 〔漢〕班固撰，〔唐〕顏師古注，收錄於楊家駱主編：《新校本漢書集注并附編二種》，卷三〇，〈藝文志第十〉，頁一七五三。

〈成相篇〉是《荀子》第二十五篇，是荀子利用民間說唱形式所寫的一篇宣傳自己政治主張的唱詞。其內容總結歷史經驗教訓並分析治亂之由，向人君闡明正確的治國之道，也對人臣說明如何克盡厥職。

其次像漢樂府古辭中的〈婦病行〉、〈孤兒行〉也是明顯的長短唱詞。

宋代屬於長短句之說唱有鼓詞、唱賺、覆賺、諸宮調。簡說如下：

「鼓子詞」，因用宋代當時最為盛行的詞調歌唱，以鼓為主要伴奏樂器而得名。它無論長短，只用一個詞調反覆演唱亦可，多至十二段亦可。如呂渭老〈聖節鼓子詞〉只用一首〈點絳唇〉，侯寘〈金陵府會鼓子詞〉只用一首〈新荷葉〉，姚述堯〈聖節鼓子詞〉用兩首〈減字木蘭花〉，歐陽脩用〈采桑子〉十一首「詠西湖」，用〈漁家傲〉十二首作〈十二月鼓子詞〉。[39]

鼓子詞有唱而不說和既說且唱的兩類，呂渭老和歐陽脩的兩種都是純歌唱的，歐陽脩〈采桑子〉十一首，在開頭有一段「西湖念語」，只能算是小序，而不能算說白。說唱兼用的鼓子詞現存的有兩種，一種是保存在宋趙令時《侯鯖錄》卷五中的《元微之崔鶯鶯商調蝶戀花詞》，這篇鼓子詞，把唐代元稹〈鶯鶯傳〉傳奇加以裁汰，裁為十段，首尾各加一段議論文字，即作為散文部分；另填十二首〈蝶戀花〉詞，分別插入說白中間，作為唱詞部分。如此說唱交替，用以敘述〈鶯鶯傳〉故事。[40]在由說轉唱的地方都有演唱者請伴奏者奏樂的話，如初由序轉入唱的地方是「奉勞歌伴，先聽格調，後聽蕪詞。」以下各段說白結束時是「奉勞歌伴，再和前聲。」另一種是載於明人洪楩編的《清平山堂話本》卷三，其中《刎頸鴛鴦會》，學者認為是宋人作品，此作兼有話本和鼓子詞兩種體製特點，它應是由鼓子詞改進而成的話本，它在敘事的說白中穿插了十首〈商調醋葫蘆〉

---

[39] 以上參見劉宏度：《宋歌舞戲曲考》（臺北：世界書局，一九六二），頁四七－五三。

[40] 〔宋〕趙令時著，孔凡禮點校：《侯鯖錄》，《唐宋史料筆記叢刊》第三七冊，卷五，頁一三五－一四三。

小令，在每段說白結尾處，亦有「奉勞歌伴，先聽格律，後聽蕪詞」，或「奉勞歌伴，再和前聲」的話，與〈商調蝶戀花〉如出一轍。41

「唱賺」，那是由「轉踏」演變而來的纏達和纏令。根據上文引錄的《都城紀勝》，纏達是套曲形式的一種，其組織是引子之後兩支曲子迎互交替循環，沒有尾聲；纏令則是引子之後接以若干支銜接曲牌而結以尾聲。其所以名為賺，乃是曲調美聽，教人不覺於曲之已終。據說那是南宋初年一位叫張五牛的藝人在臨安創立的，其演唱內容不僅有「花前月下之情」，而且有「鐵馬金戈之事」。至南宋末，有人又把這種唱賺的賺詞一套一套重複的運用，有如諸宮調之以各種宮調的套曲組成一般，把它叫做「覆賺」，這種「覆賺」其實可以叫做「南諸宮調」，也因此它的音樂最難也最複雜，兼有慢曲、曲破、大曲、嘌唱、耍令、番曲、叫聲等各家門派的腔譜。王國維《宋元戲曲考》謂宋人陳元靚《事林廣記》中所載的一套《圓社市語》是現存的唯一「賺詞」之例。42此賺詞之前有一段〈遏雲要訣〉和〈遏雲致語〉，後邊有一段〈駐雲主張〉。其中〈遏雲要訣〉講唱賺規則，〈遏雲致語〉用一首〈鷓鴣天〉詞，為筵前唱賺開場詞；〈駐雲主張〉則用來描述唱賺情形，如其中一首詩寫道：「鼓似珍珠綴玉盤，笛如鸞鳳嘯丹山。可憐一片雲陽木，遏駐行雲不往還。」可見唱賺是用鼓笛和拍板來伴奏的。〈圓社市語〉則是一套歌詠蹴踘的賺詞，其題目叫「圓裡圓」，用中呂宮【紫蘇花】、【縷縷金】、【好孩兒】、【大夫娘】、【好孩兒】、【入賺】、【越恁好】、【鶻打兔】、【尾聲】等九支曲子組成。43

諸宮調是北宋時興起，一直到金元時期還在流行的詞曲系說唱文學。宋人王灼《碧雞漫志》云：

41 〔明〕洪楩編，譚正璧校：《清平山堂話本》（上海：古典文學出版社，一九五七），頁一五四—一六九。
42 王國維：《宋元戲曲考》，收於《王國維遺書》第九冊，頁三五，總頁五六三。
43 見〔宋〕陳元靚：《事林廣記》，辛集卷上，頁一九七—一九八。

熙寧、元祐間（宋神宗、哲宗年號，一〇六八—一〇九四）……澤州孔三傳者，首創諸宮調古傳，士大夫皆能誦之。㊹

前文引錄《都城紀勝》和《夢粱錄》也都說：「說唱諸宮調，汴京有孔三傳編成傳奇靈怪，入曲說唱。」㊺可見孔三傳在北宋神宗哲宗時創立諸宮調，那是「入曲說唱」的文學和藝術，內容有如小說之傳奇靈怪；孔三傳籍貫應是澤州（今山西晉城、沁水一帶），他後來到汴京（今開封）去發揮他的藝術，頗享盛名。據《夢粱錄》，諸宮調用鼓、板、笛伴奏。

諸宮調曲本已見前文，宋代有《永樂大典》戲文《張協狀元》開場一段雜綴體，金代有董解元《西廂記諸宮調》、西夏有無名氏《劉知遠諸宮調》，元代有《天寶遺事諸宮調》流傳下來。

由於諸宮調曲體宏大，曲調豐富，所以適宜敘述曲折複雜的長篇故事。像《西廂記諸宮調》共用十三個宮調，一百九十三個套數（絕大多數為短套，有兩套甚至為單曲）、一百三十九支不同的曲子；其曲調來源很廣，有唐菰樂大曲、宋教坊大曲、唐宋詞調，以及當時民間說唱音樂。南宋唱賺藝人張五牛有《雙漸蘇卿諸宮調》，此本雖然無法覓得，但曾盛行一時，《水滸傳》第五十一回〈插翅虎枷打白秀英〉中記白秀英說唱這個故事，可據此見出說唱諸宮調的情形。㊻

現存四種諸宮調，《張協狀元》和無名氏《劉知遠》應是最早的藝人話本；董解元《西廂記》和王伯成《天

㊹〔宋〕王灼：《碧雞漫志》，俞為民、孫蓉蓉主編：《歷代曲話彙編・唐宋元編》，頁六二一。

㊺詳參〔宋〕吳自牧：《夢粱錄》，周峰點校：《東京夢華錄（外四種）》，卷二〇「妓樂」條，頁三〇二—三〇四。

㊻參見〔元〕施耐庵、羅貫中著，林峻校點：《水滸傳》，頁四七〇—四七一。

寶遺事》都是文人作品。

《劉知遠諸宮調》是光緒三十三、四年（一九〇七—一九〇八）俄國柯智洛夫探險隊在我國黑水故城發現的殘本。由同時同地發現的其他古書刊本年代，它很可能是相當於南宋光宗元年、金章宗明昌元年，西元一一九〇年的刻本。它雖然只殘存四十二頁，但可看出其體製較其他二種原始，現在七十六套中，就有六十三套是由隻曲和尾聲構成；此外，聯數曲附尾聲的只有三套，僅有隻曲的有九套。其文字極為質樸，顯然為勾肆藝人所用的腳本。

《董西廂》是唯一的完本，它使我們明白由詞入曲的發展過程，是承上啟下的一種過渡體製。

董解元，元代鍾嗣成《錄鬼簿》和陶宗儀《輟耕錄》都說他是金章宗（一一九〇—一二〇八）時人。鍾氏並認為他對北曲有創始之功，而把他列於「前輩已死名公，有樂府行於世者」之首。「解元」是當時對一般讀書人的稱呼，不能用以證明他在鄉試中居榜首。從《董西廂》卷首的〈引辭〉和〈斷送引辭〉可知他流連於「秦樓楚館」、「醉時歌，狂時舞」、「平生情性好疏狂」，是一位風流瀟洒的文人。他把元稹三千字的〈鶯鶯傳〉擴充為五萬言的說唱文學，使故事情節更為生動，人物形象更為突出，主題思想更為不俗，根本的否定了鶯鶯為「尤物」，張生始亂終棄為「善補過」的可笑觀點，使往後凡以崔張故事為題材的文學作品，莫不接受《董西廂》的全新觀點。他敘事中有抒情氣息，抒情中又能情景交融，刻畫人物心理尤能細緻入微。其語言之運用質樸深厚，高雅優美，莫不恰如其分。難怪前人會說「金人一代文獻盡此矣」。

《天寶遺事諸宮調》，其書久佚，散見於各種曲譜與曲選之中。其作者王伯成，元初涿州人，另有《貶夜郎》和《泛浮槎》雜劇兩種。其《天寶遺事》雖名為「諸宮調」，但套曲體製與元人北曲不殊，所述唐明皇楊貴妃故事，頗涉淫穢語。諸宮調的演出，金元時相當盛行，除上述四種外，《董西廂》還提到《崔韜逢雌虎》、《鄭子遇妖狐》、《井底引銀瓶》、《雙女奪夫》、《離魂倩女》、《謁漿崔護》、《柳毅傳書》。元雜劇《諸宮調風月紫雲亭》還提到《三國志》、《五代史》、《七國志》等劇目。元代以後就被雜劇取代而消沉了。

小結

元人楊維楨《東維子文集・漁樵譜序》云：

> 《詩三百》後，一變為騷賦，再變為曲引，為歌謠，極變為倚聲製辭，而長短句平仄調出焉。至於今樂府之靡，雜以街巷齒舌之狡，詩之變蓋於是乎極矣。[47]

楊氏認為長短句的詞曲體是由齊言的詩體變化而來的；這種看法如果就中國韻文學主流體製的發展來說，可以說是很明顯的，這也是古人共同的觀念。但由以上對於齊言、長短句傳統文學和俗文學的簡單回顧，卻可見齊言體和長短句體皆古已有之，很難論其先後；因為齊言可以二、三、四、五、六、七言為體式，和長短句可以短至一字一句，亦可長至七言為句。齊言與長短句本來就是人類運用語言的兩種方式，各有其韻致，可以互補有無。但若就詩詞而言，則晚唐五代詞調，顯然是由五七言詩稍作變化而來；而元人樂府北曲也有不少與宋詞難於分辨者。所以南北曲所構成的戲曲南戲北劇繼承發展了詞曲長短句的大傳統被稱作「詞曲系」；而由其俗文學如唐變文、宋彈詞、齊言七言詩，與明詞話、十言讚所構成的戲曲如梆子戲與皮黃戲繼承齊言的大傳統被稱作「詩讚系」。以此「詞曲系」、「詩讚系」唱詞作為曲牌和板腔的載體，也就成了戲曲音樂的兩大結構體「曲

---

[47]〔元〕楊維楨：《東維子文集》，《四部叢刊初編》第三一二冊，卷之一〈漁樵譜序〉（臺北：臺灣商務印書館，一九六五年據上海商務印書館縮印江南圖書館藏鳴野山房舊鈔本影印），頁一〇。

牌體」和「板腔體」。若合歌樂而言之，則一為詩讚系板腔體，一為詞曲系曲牌體。

二、詩讚系板腔體與詞曲系曲牌體之音樂特色

㈠詩讚系板腔體之音樂特色

學界對板腔體與曲牌體音樂作深入探討的，似乎只有及門施德玉《板腔體與曲牌體》。但學者對於板腔體和曲牌體也都有他們的概念。就中對板腔體而言，可以孫玄齡之說為代表，見於繆天瑞主編《音樂百科詞典‧板式變化體》，云：

> 中國戲曲音樂中的一種曲式，用於梆子、皮黃劇種，和大量新興劇種。它以對稱的上下句為基本結構單位，通過節奏、節拍的變化形成各種不同的板式，運用各種板式間的轉換變化，以構成一場戲或整齣戲的音樂。它是中國戲曲音樂中與曲牌聯套體並列的一種曲式；它的形成年代雖遠較曲牌聯套為晚，卻以其通俗易解、易於掌握而為近代興起的戲曲劇種普遍採用。這種曲式的形成，源於民間音樂的變奏方法。48

孫氏說「板腔體」，言簡意賅。他認為板腔體遠較曲牌體為晚，是一般學者的共識。但鄙意以為，只要有詩讚系

48 繆天瑞主編：《音樂百科詞典》（北京：人民音樂出版社，一九九八），頁四一。

出現的文學體式，如上文所云之唐變文、宋陶真等，都有可能配以板腔體音樂。而北曲雜劇雖以詞曲系曲牌體為其呈現之主體歌樂；但超過百種以上之劇本，同時運用「詩云」、「詞云」之詩體，㊾其配搭之音樂即應為板腔體。也就是說，在宋元明三代之說唱與戲曲歌樂，因為以詞曲系曲牌體在士大夫社會中作為主流，而忽略了民間說唱藝術中其實另有詩讚系板腔體也同時在流行。

而施德玉所研究認知的板腔體是：

「板腔體」是以一段上下句結構之音樂為基準，進行各種板式變化，又運用唱腔的特色呈現音樂性格，以配合唱詞情節的音樂曲體。唱詞是以整齊的七字或十字句之「詩讚系」為主，其音樂是以上下對句為基本單位。一般運用中庸速度的上下兩句樂句【原板】為基準，進行各種不同音高、旋律、節奏、速度、力度的變奏，形成另外一個新的曲調。以京劇而言，基本上以一【原板】曲調為動機或骨幹音，變化成曲調較快而有力的【快板】或【流水板】音樂；反之則產生動機相同，曲調較慢而有力的【搖板】或曲調較慢而曲折多音的【慢板】音樂。其他還可以變化成各種不同板式的音樂，如【導板】、【二六板】、【帶板】等。

「板腔體」音樂雖有調高、調式、樂句、旋律、板眼（拍號、節奏）、速度、力度的因素，但是各種板式的音樂本身並無「調性」的規範，而是以同動機，不同板式的變奏曲，配合戲曲劇情內容，藉由演員運用其個人藝術修為的唱腔特色和聲情，加上音樂本身旋律、節奏特點，和速度、力度產生的效果，搭配唱詞詞情，所呈現出各種不同的情感。因此演唱者的行腔運轉藝術，重要的影響所演唱之音樂性格。使

㊾其讚體皆明人所加。

得此曲體的「板式」和「行腔」，成為音樂與劇情內容緊密結合的關鍵因素，所以此種曲體稱為「板腔體」。[50]她因為經研究，又結合本人對「唱腔」的觀念，所以對「板腔體」的認知自較深入而周延。

對於板腔體音樂的基本特徵，以音樂內容而言，施德玉認為：

一、基本旋律以屬於各腔系的特定曲調，或當地的音樂曲調為主。例如皮黃腔體系以【西皮】、【二黃】為主要的曲調；梆子腔體系，運用「苦音」、「歡音」的兩種不同音階形式，所組成具有當地色彩的曲調為主。

二、音樂曲調以調式規則呈現，以兩個等長對稱的樂句為一個單位，是齊言唱詞的上下句，以四句的音樂為一段落。每種曲調的樂句或音節在相同邏輯性的規律中，句末都有固定的落音，並且每個樂句之內的樂節落音，都有對稱的規律。例如京劇老生、老旦和淨的【西皮原板】上句落音為Re、下句落音為Do；青衣與小生的【西皮原板】上句落音為La或Re、下句落音為Sol或Do。

三、運用各種不同「板式」的變化，擴充或緊縮衍生新的旋律，所謂「板式」的不同，包含節拍、小節數、音符、節奏、力度、速度的變化，並非單指節拍和節奏不同而已。例如京劇【西皮原板】是2/4拍號，【西皮二六】也是2/4拍號，但是兩種板式的音樂不同，速度、力度也不一樣。

四、樂句或樂節間有過門，通常板腔體音樂每個樂句七小節，每個樂節中間有一個小過門，每個樂句之

50 施德玉：《板腔體與曲牌體》（臺北：國家出版社，二〇一〇），頁二一一。

後有一個大過門。曲牌體音樂中間是沒有過門的，一曲唱到底。

五、板式的銜接自由，板腔體各個劇種都有多種板式的曲調，每種板式的曲調也都有適合呈現的情感特色，彼此在銜接組合上，沒有特定的規律約制，因此可以視情節的需要而自由安排。

以上五種板腔體音樂的特徵，使此類型的音樂在自由中有規範，又在特定的規範中擁有自由發揮的空間。不僅定腔者有許多選擇的空間，演唱者和伴奏者也都有各自可以發揮的空間，所以板腔體音樂才會大量的運用於各地和各劇種中。[51]

施德玉又認為板腔體音樂有其基礎規律性，靈活變化性與調適性。她說：

明清以後板腔體音樂之所以能成為許多地方戲曲劇種音樂的主要曲體，就是因為此音樂形式，能在規律中求變化，又在變化中發揮特色。在唱腔上使唱者易於表現，使聽者感受深刻，並且能彰顯戲劇張力；在伴奏音樂上能發揮演奏特色，贏得喝采。這其中可以分析出因為板腔體音樂擁有嚴謹的基礎規律性、特殊的靈活變化性與寬廣的調適性。試分述如下：

(一)基礎規律性

從本文對於板腔體音樂的探討，可以整理出板腔體音樂的一些基礎規律現象，其一，唱詞是詩讚系統的齊言體，字數多以七言和十言為主；其二，唱詞的音節形式，七言體以二二二一為主、十言體以三三四為主；其三，唱詞以上下兩句協韻為一個單位，通常上句為仄聲，下句為平聲。音樂也是以唱詞上下句

[51] 同上註，頁二七八—二七九。

的樂句為一個單位，每一種曲調有固定的句末落音。其四，一種板式一般以四句為一個段落。其五，曲調單一性，板式多樣性。其六，依字行腔。其七，唱腔中經常加入過門。其八，板式的銜接很自由，沒有宮調的限制，沒有組合規律的限制。其九，每一種曲調的板式只有骨幹的約制，自由加花的空間很大。其十，伴奏者有很多自由發揮的空間。

㈡靈活變化性

板腔體在音樂曲調上，雖然不如曲牌體多樣，以一個唱腔而言，主要是由一個上下句為結構動機的曲調，運用擴充加花或刪減緊縮之法，發展出不同情感不同性格的曲調，配合詩讚系的齊言體唱詞，演唱故事。由於詞格的約制少，音樂動機的變化又多樣而靈活，所以比較能呈現強烈濃郁的表情，而具體表達詞情。所以板腔體的音樂是以骨幹音為曲調基準，可以任由定腔者、演唱者、樂師或相關人員提供變化音形的設計，有時完整一齣戲的音樂，都是透過集體創作完成的。

一般一齣戲或一段唱腔都不強調定腔定譜，由不同演唱者唱同一段音樂，也會有所不同，每一次演唱都有再創造的空間。早期京劇的傳統劇目有些經過前輩藝人長期演唱，定出腔譜，而後輩藝人在學習和繼承唱腔上，常因各人的藝術修為和詮釋感受上有所不同，而對於同一唱腔同一板式的音樂進行不同的改變，產生新的腔譜版本。只要是合乎邏輯的別出心裁設計，又能受到一般大眾喜愛的唱腔，往往都能傳承下來，被大量運用。

板腔體的唱腔音樂，既然有如此大的空間給演員自由創作，所以有想法、有能力又有經驗的演員，便能運用其各人音色的特質、演唱技巧的方法，結合聲情的特色，創造出他特有的唱腔，再經過多人的認同與長時間的流傳，那麼便形成了流派。

㈢調適性

曲牌體的音樂，可以保留曲調內容，重新填詞，因為唱詞的格律約制都非常嚴謹，尤其句數和平仄都很講究，因此音樂曲調與唱詞的配合是緊密而聲情與詞情配合的。然而板腔體卻完全不同，經常使用一個曲調的音形，在節拍和旋律上進行變化，就能呈現出許多不同的情感，例如京劇【二黃原板】是【二黃】的基礎曲調，本身旋律級進多，大跳少，節奏比較平穩，所以比較優美、平和、深沉，具有抒情性、歌唱性；【二黃慢板】適於表現感嘆、憂傷的情節；【二黃導板】適合表現激烈、憤慨的情節等。又同一種唱腔，同一種板式，卻要用於不同的故事中，有不同的唱詞，表達不同的情感。例如京劇【西皮慢板】，在《空城記》諸葛亮敘述身世時唱：

我本是臥龍崗散淡的人，論陰陽如反掌保定乾坤。
先帝（呀）爺下南陽御（呀）駕三請，算就了漢家業鼎足三分。

在《三擊掌》王寶釧與父爭執時唱：

老爹爹請息怒容兒細講，兒命苦怎配著狀元才郎。
父道那薛平貴（是那）化郎模樣，這樣人得了志比父還強。

此二曲就唱詞的格律平仄而言，有許多不同之處；就詞情而言也有不同內容；就演唱者而言一老生，一旦角，這樣多的相異之處，卻可以使用相同的音樂曲調演唱，可見得板腔體的音樂具有寬廣的調適性。52

以上施德玉所說的「曲調」如西皮、二黃，論其原本應當是我〈論說「腔調」〉中的「腔調」，由方言旋律構成，但一旦板式化以後，就與之成為一個「曲調」。另外，施德玉也說到板腔體板式變化的情況：

板腔體音樂是以一段上下樂句的音樂為動機，運用變化節拍、音形、節奏等形式，演變出多種不同特色情感的新樂段音樂，稱為「板式變化」。例如京劇的【西皮原板】可以變化出【西皮慢板】、【西皮快三眼】、【西皮二六】、【西皮快二六】、【西皮流水】、【西皮快板】、【西皮散板】、【西皮搖板】、【西皮滾板】和【西皮導板】等。

【二黃原板】可以變化出【二黃慢板】、【二黃快三眼】、【二黃碰板】、【二黃散板】、【二黃搖板】、【二黃滾板】和【二黃導板】等。秦腔的【二六】可以變化出【塌板】、【安板】、【截板】、【留板】、【倒板】、【歇板】等【慢板】類的形式；又可以變化出【垛板】、【帶板】、【快帶板】、【起板】、【尖板】等不同的音樂曲調。

雖然這些板式有的只是名稱不同，變化的手法相同，例如京劇的【西皮原板】可以變化出【西皮散板】，【二黃原板】可以變化出【二黃散板】，秦腔的【二六】可以變化出【尖板】。但是好些曲調因為唱腔屬性不同而有特定的板式，例如京劇的【二黃原板】可以變化出【二黃碰板】，而【西皮】卻沒有此種板式。53

52 同上註，頁二七九－二八二。

53 同上註，頁二八二、二九四。

(二)詞曲系曲牌體之音樂特色

對於詞曲系曲牌體，學者的概念，以武俊達為代表，見於《中國大百科全書・戲曲・曲藝》「曲牌」條：

傳統填詞製譜用的曲調調名的統稱。俗稱「牌子」。……曲牌的文字部分須「倚聲填詞」，多作長短句，少用齊言。各曲的句數、用韻、定格(何處可加「也囉」之類的和聲)，以及每句的字數，句法和四聲平仄等，都有一定格式，從韻文文體來說，曲牌即為此種文體的格律譜。每支曲牌唱腔的曲調，都有自己的曲式、調式和調性，以及本曲的情趣。各曲的分句分讀，和唱詞常相一致；曲調進行的高低升降，可因唱字的四聲調值和曲詞的思想感情不同，而有所變化。曲牌有長短，節拍有定有散，但都有首有尾，自成起訖。[54]

而施德玉對於曲牌體的看法是：

一個「曲牌」原是一首有唱詞的音樂，唱詞以長短句為主，音樂旋律、節奏與唱詞平仄四聲互相配合，音樂性之聲情與詞情融合相得益彰，因此曲牌名稱與內容相符，是「選詞配樂」的階段。曲牌在發展中形成另一種創作，採保留曲牌名稱和音樂骨幹而「依聲填詞」，是使用原牌名、原音樂架構，重新創作不同唱詞內容之新曲。由於原音樂的基本樂句、旋律、節奏都予以保留，因此新創作的唱詞必須遵循原唱詞的格律，才能與原音樂緊密配合，形成另一首同名曲牌。這就關係著原詞的句數、字數、句長、韻長、

[54] 《中國大百科全書》(北京：大百科全書出版社，一九八三)，頁三〇一。

音節、協韻、平仄、聲調、對偶等因素。

在音樂方面，初期「選詞配樂」的階段，是依唱詞的詞情和語言旋律，而譜以同性格之曲調，因此在調高、調式以及音形、節奏的運用上都符合原唱詞的情感。而「曲牌」進行唱詞再創作時，也就是「依聲填詞」的階段，基本上仍因循原曲牌唱詞之格律和情感填詞，但是由於唱詞與原曲不同，為配合新詞的語調，在樂句中可增加一些裝飾音或經過音等，使得新舊二曲有些微之變化，形成骨幹音樂相同，但是又不完全相同的曲調，這也是曲牌音樂的特色之一。而伴奏者的繁簡加花搭配，更增添了曲牌音樂變異上的豐富性。

那麼所謂「曲牌體」，就是在說唱與戲曲音樂中，運用這樣的「曲牌」來作一音樂的主體，唱腔的載體，便稱為「曲牌體」。[55]

施德玉對於曲牌音樂的特色又有所說明：

「曲牌體」之曲牌，依其唱詞內容的約制多寡，可分為粗曲、細曲和可粗可細之曲三類，這三類曲牌唱詞內容之雅俗，與詞格形式亦各有所分別。「粗曲」是指一般民歌中小調的曲體，唱詞可為齊言體，可為長短句，句數不固定，但講究句末押韻，有字數、句數和協韻律的規範。由於唱詞與音樂的約制少，一曲可以有多種性格。「細曲」是屬於「詞曲系」的長短句，每個曲牌有固定的字數、句數、句長、韻長、音節形式、協韻律、聲調律、對偶律等，以一個完整的曲牌為一個單位，由於唱詞與音樂的約制多，每

[55] 同上註，頁二五—二六。

曲的性格比較明顯。「可粗可細之曲」，其規範比粗曲多，但是又不似細曲般嚴謹，是由粗曲過度到細曲的中間階段曲體，雖有字數、句數、協韻律、平仄律的約制，但性格尚不明顯。

曲牌體音樂就是在不同詞格的形式中，產生多樣的音樂形式，屬於細曲的曲牌音樂，幾乎都有宮調的規範，所以每一曲牌在調高、調式和音樂性格上，都有明確的歸屬。而粗曲和可粗可細的曲牌，音樂旋律雖然已固定，基本上有特定的調式，但是調高可以移調而改變，尤其音樂性格也可以運用聲情，而任意調整喜怒哀樂等不同的情感，所以曲牌音樂也是有相當靈活的變化空間。不論細曲、粗曲或是可粗可細的曲牌音樂，整體而論都有其構成的基本要素。56

施德玉又說到長短句唱詞與音樂的配合：

曲牌體的唱詞以長短句為主，發展成熟的精緻細曲曲牌，在詞的格律上有相當多的規範與約制，前已論及包括句數、字數、句長、韻長、音節、協韻、平仄、聲調、對偶等，因此每一個曲牌都有特定的格式。在「倚聲填詞」時，也都能保留原曲牌的特色。在唱詞與音樂的配合上有以下幾個特點：㈠宮調的規範。㈡旋律與唱詞的聲調緊密配合。㈢句末韻腳字是調式的主音為主。57

施德玉接著說到曲牌在音樂曲調與唱詞聲調緊密配合上有幾個特點：

㈠宮調的規範；㈡音樂曲調與唱詞的聲調緊密配合；㈢句末韻腳字是調式的主音或屬音。而本文所探究

56 同上註，頁二九五。

57 同上註，頁三〇〇。

的《牡丹亭・遊園》套曲，都能達到符合曲牌套曲的意義；反向探究，我們也可以從《牡丹亭・遊園》套曲，了解曲牌體音樂套曲形式的規範和體製規律。[58]

總而言之，由於詞曲系曲牌體，無論在語言旋律和音樂旋律上的制約性較詩讚系板腔體要縝密精嚴得很多，所以就產生了優雅藝術性極高的精緻歌曲；相對的詩讚系板腔體，由於歌者唱腔可以自由騰挪變化運轉的空間很大，所以就產生了通俗而個人特性充分發揮易於動人的庶民化歌曲。兩者其實難分高下，只是任人取其所需而已。

三、詩體之演化為詞曲體與曲牌體之破解為板腔體

(一)詩體之演化為詞曲體

前文已說過詩體以五七言為主，五言音節形式作二三，七言作四三。五七言絕句各四句，有平起和仄起兩種平仄格式，有首句協與否兩種隔句協韻律。五七言律詩八句，頷頸二聯須對偶外，亦有與絕句同原理之平仄格式與協韻律。

晚唐五代之詞調，其格律可以說是逕從五七言詩或稍作變化而來，前者如楊蔭瀏《中國古代音樂史稿》所舉之例：

---

58 同上註，頁三〇五。

如唐劉禹錫〈紇那曲〉詞：

踏曲興無窮，調同詞不同。願郎千萬壽，長作主人翁。

又如無名氏〈小秦王〉詞：

柳條金嫩不勝鴉，青粉牆東道韞家。燕子不來春寂寞，小窗和雨夢梨花。

又宋孫光憲〈竹枝〉詞：

門前春水（竹枝）白蘋花（女兒），岸上無人（竹枝）小艇斜（女兒）。商女經過（竹枝）江欲暮（女兒），散拋殘食（竹枝）飼神鴉（女兒）。59

像前二首實質上保持五、七言絕句的體製和規律，後一首也止在七言絕句的段落處，加上泛聲「竹枝」和「女兒」。以下再舉例如下：

1. 溫庭筠〈菩薩蠻〉

小山重疊金明滅，鬢雲欲度香腮雪。懶起畫蛾眉，弄妝梳洗遲。　照花前後鏡，花面交相映。新帖繡羅襦，雙雙金鷓鴣。

59 詳參楊蔭瀏：《中國古代音樂史稿》第二冊，第六編第十二章〈曲子——詞的更大發展〉，「詞牌的變化」條，頁九六—九九。

這闋〈菩薩蠻〉是以五言八句詩為基礎，並作以下變化：首兩句改作七言相同之平仄律。其餘六句五言保留平仄對黏遞進，但在協韻上和首七言二句一樣，皆兩兩轉韻。

2. 溫庭筠〈南歌子〉

嬾拂鴛鴦枕，休縫翡翠裙。羅帳罷鑪薰。近來心更切，為思君。

這闋〈南歌子〉是以五言四句詩為基礎，但二三句平仄故作失黏，且三句協平韻，末句增五言下半音節為八字句。

3. 溫庭筠〈夢江南〉

梳洗罷，獨倚望江樓。過盡千帆皆不是，斜暉脈脈水悠悠，腸斷白蘋洲。[60]

這闋〈夢江南〉以五七言平仄律為基礎，首句由七言增一字，攤破為三、五兩句。

4. 韋莊〈天仙子〉

蟾彩霜華夜不分，天外鴻聲枕上聞。繡衾香冷嬾重薰。人寂寂，葉紛紛。纔睡依前夢見君。[61]

這闋〈天仙子〉形式看似七絕，但平仄律不守對黏，第三句之後增一句又減一字破為三字對偶句。

---

[60] 溫氏三闋詞見張璋、黃畬編：《全唐五代詞》（上海：上海古籍出版社，一九八六），頁一九四、二二七、二三五。

[61] 韋氏詞見張璋、黃畬編：《全唐五代詞》，頁五四七。

5. 顧夐〈虞美人〉

深閨春色勞思想，恨共春蕪長。黃鸝嬌囀泥芳妍，杏枝如畫倚輕烟，瑣窗前。　凭欄愁立雙蛾細，柳影斜搖砌。玉郎還是不還家，教人魂夢逐楊花，繞天涯。

這闋〈虞美人〉六句七言、兩句五言，皆守五七言詩平仄律。兩句三言亦可視為五七言句之下半音節。

6. 顧夐〈醉公子〉

漠漠秋雲澹，紅藕香侵檻。枕倚小山屏，金鋪向晚扃。　睡起橫波慢，獨望情何限。衰柳數聲蟬，魂銷似去年。[62]

這闋〈醉公子〉貌似五律，但平仄不守對黏，又句句押韻，三四句又轉韻。

7. 孫光憲〈浣溪紗〉

蓼岸風多橘柚香，江邊一望楚天長。　片帆烟際閃孤光。目送征鴻飛杳杳，思隨流水去茫茫。蘭紅波碧憶瀟湘。[63]

這闋〈浣溪紗〉可以看作減去第四句和第八句的七律。

8. 馮延巳〈鵲踏枝〉

---

[62] 顧氏兩闋詞見張璋、黃畬編：《全唐五代詞》，頁六九九、七二四。

[63] 見張璋、黃畬編：《全唐五代詞》，頁七九〇。

誰道閑情拋棄久，每到春來、惆悵還依舊。日日花前長病酒，不辭鏡裏朱顏瘦。　河畔青蕪堤上柳，為問新愁、何事年年有。獨立小橋風滿袖，平林新月人歸後。

這闋〈鵲踏枝〉又作〈蝶戀花〉可以看作是一首在上下闋第二句各加了兩個襯字「每到」、「為問」的七言八句守平仄格式，句句押韻的詩。

9. 馮延巳〈采桑子〉

馬嘶人語春風岸，芳草綿綿。楊柳橋邊，落日高樓酒旆懸。　舊愁新恨知多少，目斷遙天，獨立花前，更聽笙歌滿畫船。[64]

這闋〈采桑子〉可以看作上下闋第三四兩句各刪去下半音節的七言八句詩。平仄皆合調法。

我想從以上這九個例子，已足以概見講求規律的五七言齊言詩，對於後來講求長短句「倚聲填詞」而有牌調的詞體，基本規律是從詩體規律經由「減字」、「偷聲」、「增減句」、「攤破」，以及轉韻等變化出來的。只是詩體在音節形式上五七言皆屬單式音節，詞體在晚唐五代也是如此，但後來發展為三二和三四的五七言雙式音節，兼備了單雙句式，使得詞體節奏變化多樣化。同時在平仄律上又進一步講求聲調律，使四聲在語言旋律的地位和作用更加提升。

64 馮氏兩闋詞見張璋、黃畬編：《全唐五代詞》，頁三六三、三七四。

(二)曲牌體之破解為板腔體

那麼，曲牌體又如何破解為板腔體呢？這在南戲四大聲腔中，終於形成崑山水磨調與弋陽、青陽、徽池雅調對抗的局面。水磨調越來越趨人工的雅化，結果「以字音定腔」；而弋陽腔則一步步的將曲牌破解而板腔化越來越往歌者發揮自我唱腔的路途邁進。

由於弋陽腔所用的曲牌多屬原本民歌小調，曲律的制約性很寬鬆，歌者不止可以自由運轉、依字行腔，而且慢慢的從寬鬆的曲律中，發展出滾白和滾唱。對此流沙在《從南戲到弋陽腔》中，舉了以下兩個例子：

一為明弋陽腔劇本《珍珠記》【江兒水】一曲：

【江兒水】(旦)憶昔爹娘嬌養，愛奴如掌上珍，誰知今日受此情況？夫！你遇著奸相，逼做東床。(白)你在溫府中呵，(唱)穿的是綾羅錦繡，吃的是百味珍饈。朝朝筵宴穩坐高堂，怎知道妻房到此銜冤枉！(滾白)爹娘呵，你倚定門兒牢望。你那裡掛念兒行，兒在京城思想爹娘。正是人居兩地，天各一方。多應是阻隔這煙水雲山，兩地一般情況。(唱)恨只恨溫氏太心狠，高文舉！你是箇薄倖郎！將我恁般磨瘴。奴不憚千里迢遙，指望尋夫返故鄉，誰知朝沒下場。(合)誤了我青春年少，耽擱我佳期多少，悶得人有上稍來沒下稍。[65]

對此，流沙說：「這支曲牌中的滾白詞句夾在音樂曲牌之中，似念非念，似唱非唱，通俗易懂。這對於表

[65] 引自明萬曆金陵文林閣刻本《高文舉珍珠記》第二十齣〈逢夫〉，流沙文中誤作第二十二齣。收入《古本戲曲叢刊第二集》第一函，頁一七。

現人物和烘托環境是恰到好處的。」

二為明弋陽腔劇本《珍珠記》【駐雲飛】一曲：

（夫唱）【駐雲飛】【前腔】暫息雷威，聽我從容說事因。老奴只在廚房裡，那曉真端的！嗏，何用苦憂疑。（滾唱）自古道：千里未為遠，十年歸未遲；總在乾坤內，何須嘆別離！（唱）你與夫人，終有箇團圓日，何必叨叨究是非。[66]

對此，流沙說：「後來在滾白的基礎上發展為『滾唱』，而滾唱形式是採用五、七言詩句或慣用成語，以流水板的節奏來歌唱。……滾白與滾唱形式，可以說是弋陽腔的獨特創造，形式尤為新穎。」另外《六十種曲》葉憲祖《鸞鎞記》第二十二齣〈廷獻〉寫科場考試，其中一支【駐雲飛】用弋陽腔唱，帶有滾調，刊本正襯不明，滾白、滾唱不分，茲錄之，並訂正如下：

（雜）黃字號生員領題。（丑應介，末）你的題是愛妾換馬。（丑）生員有了，只是異乎三子者之撰。（末）卻怎麼。（丑）他們都是崑山腔板，覺道冷靜，生員將【駐雲飛】帶些滾調在內，帶做帶唱何如。（末）你且念來看。（丑唱弋陽腔帶做介）

【駐雲飛】懊恨兒天，（末）怎麼兒天？（丑）天者夫也。辜負我多情（重唱）鮑四絃。（滾白）孔聖人書云：「傷人乎？不問馬。」那朱文公解得好，說是貴人賤畜。如今我的官人將妾換馬，卻是貴畜賤人了。他把《論語》來翻變，畜貴到將人賤。嗏！怪得你好心偏。（滾唱）記得古人有言：槽邊生口枕邊

66 同上註，第十九齣〈詢奴〉，前揭書，頁一五。

妻；晝夜輪流一樣騎。若把這媽換那馬，怕君暗裡折便宜。為甚麼捨著嬋娟，換著金韉，要騎到三邊，掃盡胡羶。（滾唱）標寫在燕然，圖畫在凌烟。全不念一馬一鞍，一馬一鞍，曾發下深深願。（帶白）如今把馬牽到我家來，把我擡到他家去呵！教我滿面羞慚怎向前，啐！且抱琵琶過別船。（末笑介）好一篇弋陽，文字雖欠大雅，到也鬧熱可喜，左右開門，放舉子出去。（眾應介）[67]

流沙雖未具引此曲，但他說此曲「已經是把滾白與滾唱結合起來。但是這種滾調在贛劇弋陽腔的曲牌中尚無他例，可見弋陽腔加滾還處於草創階段，不僅滾白和滾唱是分開使用，而且也只有極少數曲牌，才可以見到『加滾』唱調，儘管如此，這種加滾形式的出現，對於弋陽腔後期的發展，已經開拓出寬闊境地。」[68]後來在弋陽腔和青陽腔的基礎上發展為徽池雅調，並且將弋陽腔和青陽腔的滾唱創發為「滾調」，更由此而終於將曲牌體破解為板腔體，成為戲曲音樂的一件大事。請詳下文。

對於弋陽腔的「滾白」和「滾唱」，著者在一九七八年所寫〈北曲格式變化的因素〉[69]中已經論及；又文中，認為北曲曲牌的「增句」，其不押韻者近似「滾白」，其押韻者近似「滾唱」，以其皆介於賓白與歌唱之間，含有「數唱」或「帶唱」的性質。[70]而今既知弋陽腔吸收北曲曲牌，頗受其影響，則其滾白滾唱，乃仿北曲曲牌增句之例而來，似乎言之成理。對此，一九九七年李殿魁在「明清戲曲國際研討會」上所發表的〈論北曲的

[67] 〔明〕葉憲祖：《鸞鎞記》，〔明〕毛晉輯：《六十種曲》第三套第七本，頁五四－五五。
[68] 本段論證參考流沙：《從南戲到弋陽腔》，〈明代南戲聲腔源流考辨〉，頁四九－五〇。
[69] 原載《古典文學》第一集（臺北：學生書局，一九七九）；收入拙作：《說俗文學》，頁三二五－三四五。
[70] 見拙著：《說俗文學》，頁三三四－三三九。

增句〉，其結論亦說類同滾唱；二〇〇四年十二月俞為民在《戲曲・民俗・徽文化論集》中所發表的〈青陽腔與俚歌北曲的融合〉中，亦謂青陽腔之滾唱實受樂府（文人散曲）以外的「俚歌北曲」（包括民歌和劇曲）中句數不定變化之曲（即可增句之曲）的影響。[71]

而明代中葉後，弋陽腔流入安徽池州府[72]青陽縣而為青陽腔，更有進一步發展，不止與崑山腔抗衡，而且成為在民間流傳最廣的南戲聲腔。其見諸記載的有湯顯祖〈廟記〉、[73]王驥德《曲律》、[74]沈寵綏《度曲須知》，[75]其形成時代當為明嘉靖間。

青陽腔在弋陽腔說唱的基礎上發展為「滾調」，成為青陽腔的最大特色。其間應當還受餘姚腔「雜白滾唱」的影響。由此而使文人傳奇向通俗化方向發展，對於戲劇情節的表現張力和人物思想情感的抒發，更起了酣暢淋漓的作用。而這種滾調運用「滾板」（流水板）唱法，不受曲牌音樂的限制，可以視需要隨意使用，以產生「一唱三嘆」的效果。如此較之謹嚴的崑山水磨格律，自然更富藝術感染力。譬如上文所舉明葉憲祖《鸞鎞記》第二十二齣〈廷獻〉中帶滾調的【駐雲飛】，凡是標有「滾唱」或「滾白」的，都是加滾詞句。這種滾白與五

[71] 俞為民：〈青陽腔與俚歌北曲的融合〉，《戲曲・民俗・徽文化論集》（安徽：安徽大學出版社，二〇〇四），頁二〇六－二一一；亦見氏著：《曲體研究》，頁一二九－一四一。

[72] 明代徽、池二府屬南京，清康熙六年（一六六七）始置安徽省。

[73] 〔明〕湯顯祖：〈宜黃縣戲神清源祖師廟記〉，《湯顯祖全集》第二冊，詩文卷三四（北京：古籍出版社，一九九九），頁一一八八。

[74] 〔明〕王驥德：《曲律・論腔調第十》，《中國古典戲曲論著集成》第四冊，頁一一四－一一八。

[75] 〔明〕沈寵綏：《度曲須知》，《中國古典戲曲論著集成》第五冊，上卷〈曲運隆衰〉，頁一九七－一九九。

七言詩句結合，就是青陽腔的滾調。劇作家把滾調與冷靜的崑山腔板相比，說它雖欠大雅，卻熱鬧可喜。而這種熱鬧可喜，正是刻畫人物精神面貌最生動的地方。由此也可見，青陽腔滾調是非常生動活潑的。

王驥德《曲律》卷二〈論腔調第十〉所云：「今則『石臺』、『太平』梨園幾遍天下」，76可見流傳在石臺、太平的腔調勢力之強盛，連蘇州的崑曲也無法抗衡。據王氏《曲律・自序》所署為萬曆庚戌冬，當明神宗萬曆三十八年（一六一〇），則石臺、太平腔調之盛，當在萬曆三十八年之前。按石臺、太平兩縣，地處安徽南部池州府與徽州府之間，而石臺（即石埭）和青陽同屬池州府，太平雖屬寧國府，但亦鄰近徽、池二府，所以自然會受到嘉靖間（一五二二－一五六六）就已盛行流播的徽州腔和青陽腔的影響，而將二者合而為一，稱作「徽池雅調」。也因此，萬曆末年，閩建書林熊稔寰彙輯、湋水燕石主人刊梓的《新鋟天下時尚南北徽池雅調》77和由明教坊司扶遙程萬里選、後學庠生沖懷朱鼎臣集、閩建書林拱唐金魁繡的《鼎鍥徽池雅調南北官腔樂府點板曲響大明春》78二書，應當就是石臺、太平二腔的選集。

選入這兩種《徽池雅調》的劇目和萬曆元年（一五七三）刊的青陽腔選集《詞林一枝》、《八能奏錦》79的劇目大多數同名；但其間實有明顯的差異，因為《徽池雅調》畢竟在池州腔（亦即青陽腔）之外又融入了徽州腔。

---

76 〔明〕王驥德：《曲律》，《中國古典戲曲論著集成》第四冊，頁一一七。

77 〔明〕熊稔寰編：《新鋟天下時尚南北徽池雅調》，收於《善本戲曲叢刊》第一輯第七冊（臺北：臺灣學生書局，一九八四年據清康熙文靖書院刊本影印）。

78 〔明〕程萬里選：《鼎鍥徽池雅調南北官腔樂府點板曲響大明春》，收於《善本戲曲叢刊》第一輯第六冊。

79 兩本青陽腔選集同上註，見於《善本戲曲叢刊》第一輯第四、五冊。

由青陽腔（亦名池州腔）與徽州腔結合而形成的徽池雅調，其中之青陽腔又進一步發展了滾調。從明刊戲曲選集可以看出在萬曆元年的《詞林一枝》，滾調在青陽腔中剛剛形成，但到了萬曆三十八年前後，正是石臺、太平梨園遍天下之時，滾調便被大量採用，甚至有些刊本標目就題作「時興滾調」、「滾調樂府」或「徽池滾唱新白」。其中有的青陽腔原未加滾的曲牌，到徽池雅調時便加進滾調詞句；有的比起青陽腔滾調詞句又有新的增加。徽池雅調的滾調，或是滾白加用五七言詩句，或者只用滾白詞句。

由於滾調詞句在徽池雅調中大量出現，使謹嚴的曲牌格律逐漸破解，如浙江新昌調腔的一些曲牌，變成這樣的結構：套板－（鑼鼓）－起調－疊板（正曲）－合頭或尾聲。這種新曲體，由上下兩個基本樂句反覆或變化運用，只有起調和合頭（或尾聲）保留原有曲牌的唱腔。也因此曲牌規律完全失去作用，也就沒有保留的必要；所以有些出於青陽腔的劇種，乾脆就使用青陽腔作為曲牌的名稱。

由於徽池雅調採用官話演唱，所以明刊選集中，凡標明「官腔樂府」和「滾調樂府官腔」的都屬其劇目，也因此可以向南北各地迅速發展。

徽池雅調流布發展的結果，發展為浙江新昌調腔、廣東海陸豐正音戲、浙江婺劇、福建詞明戲、山西萬泉清戲、山東大絃戲。

徽池雅調中既然將曲牌用五七言的「滾調」破解，則所唱之五七言句就自然用板腔體歌唱而板腔化了。再就近現代地方戲，其由曲牌體演化為板腔體者，亦有以下十七種：

(1)河北老調梆子：由河西調，即元代時尚小令【耍孩兒】（亦稱娃娃調）發展而來，經山陝梆子之詩讚板腔化而成。

(2)河北絲絃戲：由杖頭木偶所用【耍孩兒】等宮調曲牌和鼓兒詞等所用越調曲牌，清中葉板腔化。

(3)河北蔚縣秧歌：小戲唱曲牌【順調】，【踏歌】吸收河北、山西梆子而為板腔體，大戲由曲牌體到板腔體。
(4)孩兒戲：小調演小戲，板腔演大戲。
(5)上堂落子：落子演小戲，梆子演大戲。
(6)滬劇：花鼓戲時期小調山歌，灘頭說唱時期板式變化。
(7)蘇劇：前灘由崑劇長短句改為板腔七字句。
(8)松陽高腔：曲牌體破解為上下句板式變化。
(9)嗨子戲：小戲曲牌，大戲為板腔。
(10)文南詞：小戲小調，大戲板腔。
(11)含弓戲：小戲小調，大戲套曲板腔。
(12)湖陽曲：小戲灘簧，大戲曲牌板腔化由曲牌體到板腔體。
(13)撫州採茶戲：小戲花鼓採茶，大戲板腔。
(14)河南越調：原曲牌體，清中葉漸變為板腔體。
(15)湖北越調：小戲曲牌體，大戲板腔體。
(16)瓊劇：早期曲牌體演化為板腔體。
(17)昆明曲劇：由曲牌曲藝到曲牌板腔化。

據此可見自從明代弋陽腔之後，藝術性較高的曲牌體大有「日趨下流」，往簡易而可發揮的板腔化的現象。

四、地方戲曲的曲牌體與板腔體

著者與施德玉合著《地方戲曲概論》，其地方戲曲音樂部分出自施教授之手。而若論地方戲曲種類之多，請看以下諸書：

一九八一年《中國戲曲曲藝詞典》：四百六十多種。

一九八二年《中國大百科全書》：三百一十七種。

一九八七年《中國戲曲劇種手冊》：三百六十種。

一九九五年《中國戲曲劇種大辭典》：三百三十五種。

一九九九年《中國戲曲志》：三百九十三種。

可見各家統計不一，緣故是劇種本身的複雜性，加上劃分時的意見分歧，因此每次所得的數字有所增減。雖然時代變遷，戲曲劇種頗有逐漸凋零乃至滅絕之現象，但其花果競繁、爭妍鬥豔的景況則依舊存在。

(一)地方小戲的曲牌體與板腔體

地方小戲由於為戲曲之雛型，其音樂未趨穩定，因之內涵種類亦多樣化。施教授對於地方小戲探討的前提是：

由於小戲主要是以所謂「踏謠」之鄉土歌舞所形成，所以探討小戲之音樂結構，便以秧歌戲、花鼓戲、採茶戲、花燈戲四大小戲系統為主要對象；然而生養視息於臺灣，對於自己鄉土現存之小戲音樂如車鼓戲、客家三腳採茶戲、竹馬戲，又不可不知，因而別立一單元加以探討。[80]

施教授探討地方小戲後，所獲得的結論是：

小戲之音樂在中國大陸有四個系統，分別為華北一帶的秧歌戲劇種、長江流域一帶的花鼓戲劇種、西南邊陲的花燈戲劇種和東南丘陵一帶的採茶戲劇種；而在臺灣所見小戲劇種不多，僅見以中南部為主的車鼓戲、桃竹苗一帶的客家三腳採茶戲和臺南縣土庫里的竹馬戲等，本文將各系統之小戲劇種音樂排比分析，得出以下結論。

就秧歌系劇種音樂而言，唱腔音樂是由流行於當地民歌曲調基礎上形成的，本身汲取性極強，常借吸收各地民歌小調、皮影音樂、大鼓、單鼓、蓮花落、什不閑以及梆子腔等，使其音樂豐富而多變化。音樂曲式有單曲重頭、雜綴板式變化以及綜合等曲體，並以一劇一曲專曲專用體為主，大量運用泛聲為其特點。旋律起伏大、跳躍性強，節奏閃賺歡快，活潑開朗，有單一調式和調式交替等情形。使用民歌聲腔演唱，吟唱和說白都用當地方言，早期只有打擊樂伴奏，後加入管絃樂器。

就花鼓系劇種音樂而言，已從「小戲」所特有的地方性極強的民歌小曲結構，一劇一曲，專曲專用的形式，發展到多曲雜綴，板式變化體和雜曲與板式變化混合體，甚至有運用南北曲曲牌精緻大戲所使用的曲牌體音樂結構形成。雖然在音樂曲式上分為以上五大類型，但屬於花鼓系的劇種是同時包含其中數種

80 曾永義、施德玉：《地方戲曲概論》（臺北：三民書局，二〇一一），頁五三三。

類型，即使是發展成熟板腔體與曲牌體的劇種，也仍然有一劇一曲的單曲重頭曲式，保留了小戲的基本音樂形態。而發展完備的曲牌體音樂多用於大型的劇目或歷史劇中，並未與純樸的民間小調雜綴綜合使用。如本文所論蘇劇，雖已發展為曲牌體形式，但其因應劇目的不斷創新、演進，而逐漸發展豐富中，但屬於「小戲」風格的民間歌謠、小曲的基礎曲調仍然繼續傳承；發展成熟的音樂曲式結構不斷深入、精緻，單曲重頭和多曲雜綴的曲式仍然廣受歡迎，這說明「花鼓戲」已在傳承中不斷精進，但發展中不失其傳統本質。

就花燈系劇種音樂而言，保留較多民間歌舞特點，但在傳唱、表演的過程中，仍融匯了一些說唱音樂、宗教音樂（包括儺腔）及當地地方大戲的音樂，使其音樂曲式多樣而豐富。有單曲重頭體、多曲雜綴體，並已從民間小調雜曲發展為板式變化，和吸收汲取其他劇種音樂，形成曲牌體的音樂曲式結構，更有雜曲與板式變化混合體的複雜曲式，使原先極具鄉土氣息的民間小調雜曲，獲得很好的發展，讓花燈戲音樂曲式有更多的類型和變化。

就採茶系劇種音樂而言，諸多採茶戲劇種中都運用了曲牌體的音樂結構，不論用於唱腔或過場音樂、伴奏音樂，都幾乎是從外地或其他劇種中傳入的。尤其好些劇種還重新創作曲牌，並被廣泛運用，足見採茶系的劇種音樂曲式結構的發展相當成熟，這是秧歌系、花鼓系劇種所沒有的音樂現象。可以說採茶系劇種在小戲劇種中音樂結構最細膩、最複雜也最精緻，約制性嚴格個性較明顯、藝術性自然強。然而越是如此，小戲的特點就相形減弱，但是採茶戲音樂保留了小戲的特質，儘管好些劇種已發展成大戲、歷史劇、現代戲等，屬於小戲的劇目仍然保留許多，並廣泛流傳，這可從曲牌體音樂結構在許多劇種中已少用或不用了的情形顯示出來。說明了採茶戲劇種採雙向發展，一方面強調小戲的特色，另一面也擁有板式變化體和雜曲與曲牌體綜合音樂結構，使採茶戲音樂逐漸向大戲發展。

就臺灣車鼓戲音樂而言，是屬於南管系統音樂，其音樂曲體，以單段體為主，並經常使用重頭曲式，幾乎每曲都是由一段旋律經多次反覆結合而成，因此旋律主題經常出現，使人感覺熟悉、親切，偶爾有一點變化，更增加了熟識中的新鮮感。頗有「既是初見的親朋，又是熟識的舊友」之情境，無怪乎能在民間扎根並廣為流傳。

隨著戲曲的發展，南管音樂體製中有許多曲牌體的音樂，也廣被運用於「車鼓戲」中，本文所論車鼓戲音樂曲式中多曲雜綴體與曲牌體的曲例，多為曲牌曲體。雖然唱詞格律約制不如南北曲之嚴謹、講究，但從音樂類型、「門頭」曲調的分類，實具有曲牌體的特點。另外屬於民歌系統的【桃花過渡】、【駛犁歌】、【三月三】、【二八佳人】等，更能顯現民間色彩，是小戲音樂的基礎。臺灣車鼓戲音樂不僅完整的保留民歌單曲重頭的曲風，還擁有複雜曲體、悠久歷史的南管音樂，此二者的結合，在藝術中既有較精緻的一面，同時也有不失樸實之鄉土氣息的一面，實為臺灣車鼓戲在小戲中的特色。

就臺灣客家三腳採茶戲之音樂而言，雖然在曲體曲式結構上與中國大陸的採茶小戲音樂基本相同，有單曲重頭體、多曲雜綴體和曲牌體等曲體，但由於地域差別、長時間的傳承，在音樂旋律的音階形式、音程使用、演唱性格、方言和裝飾唱腔上又形成了另一種特色，並分別有特定的調式結構。中國大陸採茶戲的音樂戲劇性較濃，起承轉合較明顯，功能性極強；而臺灣客家山歌民謠，常用於喜慶、以及各種活動時演唱，較委婉甜美易於上口，又因與生活息息相關音樂較樸實傳統，形成獨特的風格。

就臺灣竹馬戲之音樂而言，是閩南一帶流行的民歌曲調，受到南管音樂影響而形成，曲調類別以調門來區分，分別有C調、D調、F調和C調轉F調等，以五聲音階為主。曲牌系統音樂均為「粗曲」。曲式上為一劇一曲的單段體。伴奏以大廣絃、殼子絃、三絃、笛等文場為主，很少用到武場樂器，經常是以邊歌邊舞的踏謠形式演出。

臺灣目前所見的小戲有車鼓戲、客家三腳採茶戲、竹馬戲等三種，論其音樂性質，車鼓戲和竹馬戲皆屬於南管音樂系統，與近代中國大陸小戲音樂的秧歌、花鼓、花燈、採茶等四大系統差異極大。由於此二劇種是從閩南南宋小戲嫡派傳承，應是極古老的小戲系統。而客家三腳採茶戲則是屬於大陸採茶戲系統，由於在臺灣長久發展，又形成九腔十八調等獨特的風格。

總而言之，中國地方小戲之音樂結構及其特色，可歸納為以下數端：

一、由流行於當地民歌曲調基礎上形成的，即使是吸收其他地區的曲調，也與本地腔調相結合，使其具有親和力。

二、曲式上有一劇一曲（曲名即劇名）、單曲重頭體、多曲雜綴體、板式變化體、曲牌體以及上述體式綜合體等。雖然音樂結構已逐漸向大戲精緻化發展，但仍以單曲重頭體和多曲雜綴等曲式為主，並廣受歡迎，使傳承中不斷精進，發展中不失傳統。

三、大量使用泛聲，增強音樂特色和民間鄉土色彩。

四、調高、旋律、調式、節奏，因不同劇種、不同劇情發展而有不同的形式內容。

五、多數劇種早期只有打擊樂伴奏，無管絃樂，並以當地流行的樂器為主。逐漸發展而增加了傳統國樂器和少部分西洋樂器。

六、音樂唱腔，多用民歌唱法，有男女同腔和男女分腔二種，唱詞和說白多使用當地方言，通俗易懂，經常有幫腔等情形。[81]

由此可見小戲的龐雜多樣性，其曲牌體、板腔體同用，或曲牌體變而為板腔體的情形也不少。

㈡地方大戲的曲牌體與板腔體

現存大戲腔系，崑山腔系為曲牌體，皮黃腔系為板腔體，高腔為弋陽腔遺緒，用曲牌體但有破解為板腔體者。梆子腔系一般係為板腔體，但秦腔又與「西調」有密切的關係，清初陸次雲〈圓圓傳〉云：

> 自成驚且喜，遽命歌，奏吳歈。自成蹙額曰：「何貌甚佳，而音殊不可耐也！」即命群姬唱西調，操阮、箏、琥珀，己拍掌以和之，繁音激楚，熱耳酸心。❽❷

陳圓圓所唱的吳歈崑曲不被李自成欣賞，自成喜歡的還是自己家鄉陝西米脂，繁音激楚，使人熱耳酸心的土曲「西調」，它是用阮（月琴）、箏和西域傳入的琥珀（火不思，一名渾不似）等絃樂器來伴奏的；自成以拍掌取代梆子節奏。

這種「西調」，正是「秦腔」的載體，本身不是一種腔調，它應是陝西一帶的小調雜曲。清康熙間黃之雋《庵堂樂府》所收《忠孝福》傳奇第三十齣〈福緣〉演戲中戲《斑衣記》，原注：「內吹打秦腔鼓笛」，下面唱句標為「西調」，則秦腔可以用來唱「西調」，只是其伴奏樂器為鼓笛管樂而非絃樂。❽❸它應當就是所謂「秦吹

---

❽❶　同上註，頁六四一－六四五。

❽❷　〔清〕陸次雲：《圓圓傳》，《筆記小說大觀》，第五編第七冊，頁四二六六。

❽❸　案：該唱詞內容為：「（俺）年過七十古來稀，上有雙親百歲期。不願（去）為官身富貴，只願（俺）親年天壤齊。」見〔清〕黃之雋：《忠孝福》，收於《傳惜華藏古典戲曲珍本叢刊》第二七冊（北京：學苑出版社，二〇一〇年據清康

腔」，亦即梆子腔用管樂伴奏後的腔調名稱。可知一般人將「西調」作為梆子腔系的一種腔調是錯誤的。如劉文峰〈多源合流・分支發展——梆子戲源流考〉便是如此。

又康熙時，蒲松齡《通俗俚曲》中收有時調小曲數十種，如《翻魔殃》第三回〈弟費錢魏名獻計　母生氣仇福分家〉、《禳妒咒》第八回〈花燭〉、《磨難曲》第四回〈軍門枉法〉等，[84]均稱「西調」；乾隆時《綴白裘》所選輯之〈出塞〉、〈過關〉、〈打麵缸〉等折子戲中，也有題作「西調」、「西調小曲」、「西調寄生草」的曲子。[85]而乾隆六十年（一七九五）刊行的王廷紹《霓裳續譜》一書，收錄西調二百一十四首，占全書約三分之一，其中有「秦腔」、「秦吹腔」的注記。[86]可見「西調」這樣的雜曲小調是用「秦腔」或「秦吹腔」來歌唱。所云「秦吹腔」明指用管樂鼓笛伴奏，有如黃之雋所記，其句型正為三五七詞格；而「秦腔」則當如李自成之用絃樂伴奏，以見保持秦腔「繁音激楚，熱耳酸心」之特色，故但云「秦腔」。

若此，則用秦腔來歌唱的「西調」，在康熙間已有用絃樂和管樂來伴奏的兩種情況。由此亦可見「西調」實

熙五十七年刊本影印）。

84 〔清〕蒲松齡著，盛偉編校：《聊齋俚曲集》，《蒲松齡全集》，第三冊（上海：學林出版社，一九九八），頁一二〇（總二五六〇）、頁二五三（總二七九三）、頁五五六（總二九九六）。

85 可參見錢德蒼編選，汪協如點校：《綴白裘》（北京：中華書局，二〇〇五），第三冊第六集，卷三《青塚記・出塞》，頁一七五—一七八；卷四《雜劇・過關》，頁二四七—二五〇；第一一集卷四《雜劇・打麵缸》，頁一九七—二〇六。

86 〔清〕王廷紹《霓裳續譜》卷之一收有西調七十九曲、卷之二收有西調七十七曲、卷之三收有西調五十八曲，卷之七雜曲六十七曲之中收有「秦吹腔花柳歌」等曲。見王廷紹：《霓裳續譜》，收入國立北京大學民俗學會編：《民俗叢書》第四輯（臺北：東方文化供應社，一九七一），頁一九三。

非腔調之名，而是用秦腔來歌唱的西方雜曲小調的總稱，亦即「西調」是秦腔的一種載體。而我們知道，秦腔所以又名梆子腔，乃因為它原本只有打擊樂「梆子」，故以為名。其後配絃樂名「琴腔」，配笛低唱而為「吹腔」，對此，以下資料，亦可證明。

魏荔彤〈京路雜興三十律〉云：

夜來花底沐香膏，過市招搖裘馬豪。學得秦聲新倚笛（原注：近日京中名班皆能唱梆子腔），粧如越女競投桃。漢廷司馬終三褫，淇水前魚早二毛。金紫銀青誇四座，書生相對一綈袍。⑧⑦

又清康熙間四川綿竹知縣陸箕永〈綿州竹枝詞〉云：

山村社戲賽神幢，鐵撥檀槽柘作梆。一派秦聲渾不斷，有時低去說秦腔。（原注：俗尚亂談。余初見時頗駭觀聽，久習之，反取其不通，足資笑劇也。）⑧⑧

由魏氏、陸氏這兩段資料，可見河北柏鄉人魏荔彤約作於康熙四十八年（一七〇九）的詩，其時北京已傳入秦腔亦稱梆子腔，除以梆子擊節外，不久之前也用上了笛子伴奏，喜學秦腔的人多是裘馬輕肥的公子哥兒。

---

⑧⑦ 魏荔彤：《懷舫詩續集》，收於《四庫全書存目叢書補編》第四冊，卷一（濟南：齊魯書社，二〇〇一年據清康熙雍正間刻本影印），頁四。原詩有序云：「此己丑年詩，舊曾刊行，今為改本。」（頁一 a）引自廖奔：《中國戲曲聲腔源流史》（臺北：貫雅文化公司，一九九二），頁一三九－一四〇。

⑧⑧ 出自《綿州縣志》卷三六，收入王利器等輯：《歷代竹枝詞》，乙編第一冊（西安：陝西人民出版社，二〇〇三），頁七六四。

陸箕永於康熙五十一年（一七一二）任四川綿竹縣令，其〈竹枝詞〉寫的是綿竹民間社火演唱秦腔，由「鐵撥檀槽柘作梆」一句，可知用的是銅綽板、鐵琵琶唱東坡大江東去的典故，意味是用彈撥樂器和柘木梆子唱高亢的秦腔。而末兩句說的是綿延不絕的秦腔流派，也有轉為聲情較低的「吹腔」；「吹腔」所以為名，實以管樂主奏的緣故，亦即魏氏所云「學得秦腔新依笛」之「笛」。

又李調元《劇話》卷上云：

> 又有吹腔，與秦腔相等，亦無節奏，但不用梆，而和以笛為異耳。此調蜀中甚行。[89]

《劇話》約成書於乾隆四十年（一七七五），所云吹腔以笛伴奏，盛行蜀中，正可與陸詩相映發。而戲曲史上眾所周知，乾隆間，蜀中魏長生以秦腔入京，魏氏之「秦腔」實為「琴腔」。則梆子腔在四川同時具有「秦腔」和「吹腔」。而四川之秦腔，即四川梆子，亦即「琴腔」。

由以上可知，原始的梆子腔但有打擊樂器梆子，故以為名；其後加入管樂者乃名「吹腔」，加上絃樂者乃名「琴腔」，而最後絲竹合奏，乃名之為「崑梆」，明顯是崑腔與梆子腔合流的結果。

若此則秦腔（梆子腔）同時兼具板腔體與曲牌體。然而誠如拙作〈梆子腔系新探〉之結論所云：

---

[89] 〔清〕李調元：《劇話》，《中國古典戲曲論著集成》第八冊，卷上，頁四七。按嚴長明《秦雲擷英小譜》云：「金元間始有院本，院本之後，演而為弦索，弦索流於北部，安徽人歌之為樅陽腔（今名石牌腔，俗名吹腔），湖廣人歌之為襄陽腔（今謂之湖廣腔），陝西人歌之為秦腔。」嚴一萍選輯：《叢書集成續編》第二五七冊「小惠」條，頁一〇，總頁六四六。此中所云之「吹腔」或認為《綴白裘》中之「梆子腔」即吹腔。見齊森華、陳多、葉長海主編：《中國曲學大辭典》「吹腔」條（杭州：浙江教育出版社，一九九七），頁五九。若此亦當是秦吹腔之衍派。

秦腔晚近之載體一方面發展原有之詩讚，一方面將詞曲系西調之長短句雜曲小調演變為三五七字之體式；又由此合併三字五字兩句而成上下兩句七言或十言為單元之詩讚板腔體，而將雜曲小調乃至曲牌套數變為器樂曲，伴奏樂器也由吹奏樂改為絃樂。而若論其完全改為板腔體的時間，應當始於乾、嘉之世。[90]

則秦腔也有破解曲牌體為板腔體的現象。

再從臺灣亂彈戲、古路戲中之曲牌體與板腔體運用的情況，也可以看出板腔體與曲牌體同時並合用的現象。

臺灣亂彈戲之古路戲，由拙作〈梆子腔系新探〉，既知與西秦腔有源流之關係，因之若從觀察臺灣亂彈古路戲之曲牌聯套，乃至其曲牌體與板腔體之運用結構，應當也可推知秦腔在源生地運用載體的情況。

秦腔既原本以「西調」為載體，為長短句詞曲系之曲牌體無疑，而臺灣亂彈之古路戲與新路戲，其曲牌腔板運用之情形卻頗為繁複，有六種情況，分別為：南北合腔、北曲聯套＋板腔體、南北合套＋板腔體、南北合腔＋板腔體、套中夾套＋板腔體、獨立曲牌＋板腔體。分述如下：[91]

1.南北合腔

由於亂彈戲之曲牌唱腔有逐漸消逝之變遷現象，故目前僅知有二齣戲全由曲牌唱腔組成，分別為《水漫》與《大鬧天宮》。此二齣戲，除少數對曲目認知豐富之資深樂人知曉外，[92]一般人多未聽聞。茲轉引葉美景所藏

---

[90] 拙著：《戲曲腔調新探》，頁二〇一。

[91] 參見劉美枝：〈臺灣亂彈戲之曲牌套式初探〉，《臺灣戲專學刊》第一二期（二〇〇六年一月），頁一一八—一三三。

[92] 據蔡瑋琳指出，賴木松曾於其老師之抄本見過此二齣戲，而葉美景則擁有此二齣戲之抄本，見蔡瑋琳：《北管醉花陰聯

抄本之曲牌如下。[93]

(1)《水漫》：《水漫》由二十支曲牌串聯而成。其中【醉花陰】、【喜遷鶯】、【出隊子】、【刮地風】、【四門子】、【水仙子】為北黃鍾套式之主要曲段，【畫眉序】、【滴溜子】、【滴滴金】、【鮑老催】、【雙聲子】屬南黃鍾宮，自第五支曲牌始，便依一北一南之次序排列，為黃鍾宮之南北合套。此與許子漢於《明傳奇排場三要素發展歷程之研究》中整理之襲用套式「北【醉花陰】、南【畫眉序】、北【喜遷鶯】、南【畫眉序】、北【出隊子】、南【滴溜子】、北【刮地風】、南【滴滴金】、北【四門子】、南【鮑老催】、北【水仙子】、南【雙聲子】、北【尾】」[94]完全相同。至於第一至第四支曲牌，【二犯江兒水】屬南雙調，而【三仙序】之曲牌屬性，尚無法判定。故將此似為南北合套之套式暫歸為南北合腔。

(2)《大鬧天宮》：《大鬧天宮》由二十一支曲牌組成，由於許多牌名闕如，尚難確知其套式結構。

2.北曲聯套＋板腔體

(1)《王英下山》：《王英下山》由〈油葫蘆〉套[95]與福路板腔之【彩板】（【倒板】）、【流水】（【二逢】）組成。〈油葫蘆〉套與元雜劇之仙呂套式部分雷同。據許子漢之研究，仙呂套式為A—(B)—(C)—(D)—(E)—(F)—X，( )指非必要曲段。其中B曲段由【油葫蘆】與【天下樂】組成，C曲段由【那吒令】、【鵲

套研究》（臺北：臺灣師範大學音樂研究所碩士論文，一九九八），頁三七。

[93] 同上註，頁三七—四四。

[94] 許子漢：《明傳奇排場三要素發展歷程之研究》（臺北：國立臺灣大學出版委員會，一九九九），頁六一九。

[95] 【油葫蘆】套，為民間樂語，指由【油葫蘆】為首曲之聯套牌子，此類牌子套曲曲目不少，如【大報】套、【拾牌】套等。下文遇此聯套牌子皆不再註明為民間樂語。

踏枝】及一至二支非必要性曲牌組成，D曲段由【村裏迓鼓】、【元和令】、【上馬嬌】與非必要之【遊四門】、【么篇】、【寄生草】、【么篇】及必要之【六序】、【么篇】組成。[96]《王英下山》之〈油葫蘆〉套由【油葫蘆】、【天下樂】、【那吒令】、【喜遷鶯】、【遊四門】、【寄生草】、【尾聲】七支曲牌組成，其中除【喜遷鶯】外，【油葫蘆】、【天下樂】與元雜劇仙呂套式之B曲段同，【那吒令】為C曲段之曲牌，【遊四門】、【寄生草】為D曲段之曲牌，【尾聲】為X尾曲。故〈油葫蘆〉雖與元雜劇之仙呂套式未完全符合，但曲牌之排序，大致與B、C、D曲段之曲牌順序相符。

(2)《雌雄鞭》：《雌雄鞭》由〈大報〉套與福路板腔之【彩板】、【緊中慢】等組成。〈大報〉套由【醉花陰】、【喜遷鶯】、【四門子】、【水仙子】、【尾聲】串聯而成。據許子漢之研究，元雜劇之黃鍾套式為A—B—C，其中A為必用曲段，A曲段為【醉花陰】、【喜遷鶯】、【出隊子】、【刮地風】、【四門子】、【古水仙子】。[97]比對〈大報〉套與元雜劇之黃鍾套式，除中間【出隊子】、【刮地風】二支曲牌外，二者之牌名與次序皆相同。〈大報〉套於劇中由探子演唱，此亦與元雜劇黃鍾套式之A曲段多為「探子出關目」[98]相同。

(3)《白登城》：《白登城》屬罕見劇目，據蔡氏《北管醉花陰聯套研究》指出，此為帶有〈白登城〉套之新路戲，元雜劇之黃鍾套式之A曲段為【醉花陰】、【喜遷鶯】、【出隊子】、【刮地風】、【四門子】、【古水仙子】。[99]將〈白登城〉套與元雜劇之黃鍾套式比對，其版本二之曲牌聯綴次序與北黃鍾套式大致相同。

[96] 許子漢：《元雜劇聯套研究：以關目排場為論述基礎》（臺北：文史哲出版社，一九九八），頁五三。

[97] 同上註，頁一五九。

[98] 同上註，頁一五九。

(4)《逃關》：據《北管醉花陰聯套研究》可知其為帶有〈逃關〉套之福路戲，〈逃關〉套由【醉花陰】、【喜遷鶯】、【四門子】、【刮地風】、【水仙子】、北【尾聲】組成，其與元雜劇之黃鍾套式【醉花陰】、【喜遷鶯】、【出隊子】、【刮地風】、【四門子】、【古水仙子】曲牌相同，惟曲牌次序略有差異。

(5)《美良川》：《北管醉花陰聯套研究》將其列為帶有〈大報〉套之福路戲，〈大報〉套之曲牌與元雜劇黃鍾套式之A曲段之曲牌，除曲牌數目較少外，曲牌連接之順序大致相符。

(6)《全家祿》之〈求乞〉(賜馬渡江)：〈求乞〉由〈鬥鵪鶉〉套與福路板腔之【平板】組成。〈鬥鵪鶉〉套由【鬥鵪鶉】、【天王令】、【騁驊騮】、【復救差】、北【尾聲】五支曲牌串聯而成。將〈鬥鵪鶉〉套與元雜劇越調之套式比較，除首曲皆為【鬥鵪鶉】外，其他並無相同處。

3. 南北合套＋板腔體

《夜奔》[100]由〈拾牌〉套與福路板腔之【彩板】、【平板】等組成。〈拾牌〉套由【新水令】、【步步嬌】、【折桂令】、【江兒水】、【雁兒落】、【僥僥令】、【收江南】、【園林好】、【沽美酒】、【尾聲】十支曲牌串聯組成，此與明傳奇雙調南北合套之常用套式北【新水令】、南【步步嬌】、北【折桂令】、南【江兒水】、北【雁兒落帶得勝令】、南【僥僥令】、北【收江南】、南【園林好】、北【沽美酒帶得勝令】、南【尾聲】[101]相較，除【僥僥令】、【園林好】二曲之位置顛倒，及〈拾牌〉無帶過曲外，其餘皆相同。

4. 南北合腔＋板腔體

---

[99] 同上註，頁一五九。

[100] 另有西路戲《新夜奔》，其唱腔為【倒板】、【西皮】、【刀子】、【緊板】組成，沒有曲牌體，見二水振樂軒三。

[101] 許子漢：《明傳奇排場三要素發展歷程之研究》，頁六二四。

南北合套之劇目，目前僅見《扈家庄》一劇，由〈扈家庄〉套與西路板腔之【倒板】、【西皮】等組成。〈扈家庄〉套由【醉花陰】、【畫眉詞】、【刮地風】、【四門子】、【鮑魚雁】、【水仙子】、【尾聲】串聯而成，其與明傳奇之黃鍾宮之南北合套北【醉花陰】、南【畫眉序】、北【喜遷鶯】、南【畫眉序】、北【出隊子】、南【滴溜子】、北【刮地風】、南【滴滴金】、北【四門子】、南【鮑魚雁】、北【水仙子】、南【雙聲子】、北【尾聲】[102]相較，〈扈家庄〉之曲牌數目較少，但牌名與順序皆在此規範中。但並非一北一南之完整結構，只是南北曲並用，故著者將之命名為「合腔」，使之與南北組合有秩之「合套」有所區別。

5.套中夾套＋板腔體

《秦瓊倒銅旗》由〈拾牌倒旗〉套與福路板腔之【流水】組成。〈拾牌倒旗〉套由十支曲牌之〈拾牌〉套與四支曲牌之〈倒旗〉交錯聯綴而成。〈拾牌〉套為雙調之南北合套（見上文《夜奔》之〈拾牌〉套），〈倒旗〉套由【醉花陰】、【喜遷鶯】、【四門子】、【水仙子】組成，屬黃鍾宮之北套。〈拾牌倒旗〉套之組成為：北【新水令】、南【步步嬌】、北【折桂令】、北【醉花陰】、南【江兒水】、北【喜遷鶯】、北【雁兒落】、北【四門子】、南【僥僥令】、北【收江南】、北【水仙子】、南【園林好】、北【沽美酒】、南【尾聲】。此形式為〈倒旗〉套插入〈拾牌〉中，即黃鍾北套插入雙調南北合套中，為套中夾套。

6.獨立曲牌＋板腔體

(1)【新水令】＋【清江引】＋板腔體：《醉酒》由【新水令】、【清江引】與福路板腔之【彩板】、【平板】組成，為「曲牌－板腔－曲牌」之形式。

[102] 許子漢：《明傳奇排場三要素發展歷程之研究》，頁六一九。

(2)【崑頭】+板腔體：

①《望兒樓》：《望兒樓》由【崑頭】與福路板腔之【緊中慢】、【彩板】（【倒板】）、【二逢】組成。其形式為「板腔—曲牌—板腔—曲牌—板腔」。

②《訪普》：《訪普》由【崑頭】與福路板腔之【平板】、【四空門】組成，其結構為「曲牌—板腔」。茲節錄唱詞如下：

【崑頭】：水晶宮溼透了絞消金帳，光射斗水晶宮。（集樂軒二四）

③《碧遊宮》：《碧遊宮》由【新水令】與板腔體唱腔組成，由於抄本僅註唱腔代號，未註明唱腔種類，無法得知板腔體之唱腔為何。

④《哭靈》：《哭靈》由【崑頭】與福路板腔之【彩板】（【倒板】）、【二逢】組成，其結構為「板腔—曲牌—板腔」。其唱詞為：

【崑頭】：為江山不安寧，為社稷些些不太平，想朝朝暮暮孤單，勞李良賊反心，龍國太將江山托付李良賊，某只得在皇靈嘆先王早發陰靈。（集樂軒二三）

⑤《困南唐》：[103]《哭靈》由【崑頭】與福路板腔之【彩板】、【二逢】等組成。其結構為「板腔—曲牌—板腔」。

[103] 另有西路戲《新困唐》，唱腔為【西皮】、【倒板】等，見集樂軒二二三等。

(3)【耍孩兒】+板腔體：

①《戲叔》：《戲叔》由【耍孩兒】與福路板腔之【緊板】、【平板】、【流水】組成。其結構為「板腔—曲牌—板腔」。

②《萬里侯》之〈遊園耍鎗〉：〈遊園耍鎗〉由【耍孩兒】與福路板腔之【平板】，再加小曲【鬥草】等組成。其結構為「板腔—曲牌—小曲—板腔—曲牌—板腔」。

(4)北【尾聲】+板腔體：

①《蘆花》：《蘆花》由北【尾聲】與福路板腔之【彩板】、【平板】組成。其結構為「板腔—曲牌」。

②《打桃園》：《打桃園》由北【尾聲】與新路板腔之【梆仔腔】與小曲【鬥草】組成。其結構為「板腔—小曲—曲牌—板腔」。

(5)【不是路】+板腔體：《全家祿》之〈織絹〉由【不是路】與福路板腔之【平板】組成。【不是路】由母身、清、讚串聯而成，屬「一宮牌子」。清、讚為由母身之旋律變化形成，故視為一支曲牌。〈織絹〉之唱腔結構為「板腔—曲牌」。

臺灣亂彈戲之古路戲腔調既源自西秦腔，而既已知西秦腔曲牌體與板腔體並行，則臺灣亂彈戲古路戲以上所敘之現象，也許正合乎了所謂「禮失而求諸野」，則早期之西秦腔除以「西調」為載體之外，應當也如臺灣亂彈的古路戲以南北曲牌或出諸合腔、合套乃至北套或雜綴等各種形式作為載體，甚至於其曲牌體也和板腔體交相運用，而若以曲牌之南北而言，顯然以北曲作為載體為主要，南曲獨立運用，只有【不是路】，其他未見其例。

然而何以今日所見之秦腔載體為七字、十字之詩讚而為板腔體呢？對此，誠如臺灣亂彈戲已故藝人葉美景

（一九〇四—二〇〇〇）所云：

《長生祿》之〈賜馬〉，周昌唱〈鬥鵪鶉〉套，四首，大吹伴奏。《黑四門》唱〈大報〉套曲，報馬子唱的。《王英下山》王英下山站四門要唱【油葫蘆】，但是現在已經不唱，只吹嗩吶。《水淹金山寺》算是崑曲，屬武戲，王錦坤有傳抄本，但沒演過，只聽過上一輩的人排場過。[104]

由此可見臺灣亂彈戲隨著時代變遷，部分劇目之曲牌唱詞，後來都省略不唱，而改由吹奏嗩吶帶過，如所舉《王英下山》等，無形中減損並破壞曲牌體的演出歌唱，乃自然而然的向簡易的板腔體方面發展。以上所舉的例子，可以說被幸運的保存下來而已。

又何為〈梆子聲腔與板式變化體〉[105]謂吹腔句式結構為三、五、七，即一曲字數分別是三字、五字、七字的句子所組成，是長短句形式；後來受上下句「滾調」的影響，三字句與五字句合併，乃逐漸發展成上下句形式。如再在節奏上予以變化，則曲牌之吹腔就變成板腔體之吹腔了。

至於「板式變化體梆子腔」始於何時？劉文峰〈多源合流．分支發展——梆子戲源流考〉謂乾隆中葉至嘉慶間。因為現存最早板式變化體梆子劇本，有乾隆三十八年手抄本《回府刺字》，另有嘉慶十年手抄本《畫中人》、嘉慶十三年手抄本《刺中山》。[106]

---

[104] 洪惟助主持：《臺灣北管崑腔之調查研究期末報告》（桃園：中央大學中國文學系、所執行，一九九六），頁九一—一〇。

[105] 見何為：《戲曲音樂散論》（北京：人民音樂出版社，一九八二），頁九四。

[106] 有關梆子腔源生之說，劉文峰在〈多源合流．分支發展——梆子戲源流考〉（《中華戲曲》第九輯（一九九〇年三月），頁一六四—一七四）舉諸家源流之說如下：⑴先秦燕趙悲歌之遺響：持此說者有清人楊靜亭《都門紀略．詞場門序》、

而王依群〈秦腔聲腔的淵源及板腔體音樂的形成〉[107]認為黃河東西兩岸流行的一種「勸善調」民歌，句式為七字、十字，板數、上下句落音都與秦腔基調二六板相似。又明清時山陝說唱藝術有說書、曲子、道情、大鼓、琴書、三絃調、寶卷等，秦腔受這些板腔體說唱文學的影響，應是不小的。而現存梆子戲演歷代故事劇，大多是說唱演義改編的，也可以證明其受說唱文學很大的影響。王氏之說，應當有很大的可能性。

另外任光偉〈梆子聲腔探源——兼談戲曲板腔體製之形成與發展〉認為至遲在北宋中葉真宗、仁宗朝（九九八—一〇六四）的民間雜劇「從文學體製上它源於五代及北宋初年盛行於我國長江以北的俗講與評話話本，為半敘事半代言的連臺本戲，其吟、誦詞為七字上下句結構；其唱腔則源於五代、北宋之吟詩、誦偈之聲調；其伴奏則屬於當時流行民間、軍中之鼓吹樂，唱時不吹，吹時不唱謂之斷送。其武打場面則源於唐、五代描寫

徐慕雲《中國戲劇史》、王紹猷《秦腔記聞》、焦文彬《秦聲初探》等四家。(2)唐代梨園樂曲：持此說者有清嚴長明《秦雲擷英小譜》、田益榮〈秦腔史探源〉、范紫東〈法曲之源流〉等三家。(3)由民間俗曲說唱發展而成：持此說者有墨遺萍〈蒲劇小史〉、張庚、郭漢城《中國戲曲通史》、寒聲〈論梆子戲的產生〉、楊志烈〈秦腔源流淺識〉等四家。(4)由鐃鼓雜劇孕育而成：持此說者有劉鑒三〈蒲劇源流簡介〉一家。(5)由元雜劇發展而成：持此說者有焦循《花部農譚・序》、張守中〈試論蒲劇的形成〉、王澤慶〈從河東文物探蒲劇源流〉等三家。(6)由弋陽腔衍變而成：持此說者有劉廷璣《在園雜志》、周貽白《中國戲曲史長編》二家。(7)由西秦腔發展而來，而西秦腔則出自吹腔（隴東調）：持此說者有流沙〈西秦腔與秦腔考〉一家。(8)劉文峰本人之意見：土戲→亂彈→梆子腔→山陝梆子→秦腔。以上諸家皆不明「腔調」源生之理，及其與載體之關係、流播所產生之種種變化，對此拙著〈論說「腔調」〉論之已詳，因之，除第一說差可採得根本外，其餘皆置之可也。

[107] 王依群：〈秦腔聲腔的淵源及板腔體音樂的形成〉，收入《梆子聲腔劇種學術討論會論文集》（太原：山西人民出版社，一九八四）。

戰爭之武舞。因為劇目主要是以描寫歷代戰爭興廢為內容，所以是典型的末本雜劇，而劇本中反映的事件與人物大多與山、陝、豫有關。」[108]他又說：

這種北宋吟誦體的雜劇……目前仍保存於晉西南與豫北的「鑼鼓雜戲」（又稱鐃鼓雜戲），雁北的「賽戲」、晉東南的「隊戲」（亦稱「樂戲」）以及五十年前尚流行於陝東及陝北的跳戲（亦稱「倮戲」）。這四個劇種……其基本表演形式一致，唱詞統稱「吟」、「誦」，聲腔同屬吟誦體製，句式結構基本上也同為七字句，因而雖然名稱各異，但確屬於同一劇種之歷史演變。目前保持比較完整並具有代表性的當屬於鑼鼓雜戲。[109]

於是任氏將鑼鼓雜戲、跳戲與蒲州、西府二梆子作比較，以其句式結構以七言為體，蒲州梆子一直把鑼鼓雜戲稱作「祖戲」，其劇目幾乎全都同為「歷代戰爭興廢」之歷史故事，其劇本如《忠保國》、《三家店》、《關公戰蚩尤》等甚至兩者皆相同；蒲劇之鑼鼓經尚與鑼鼓雜戲相似。兩者基本上都是上下句句式結構。為此任氏斷定梆子腔來自鐃鼓雜戲等陝西吟誦體古劇。

任氏之說雖未能證據確鑿，譬如其說北宋中葉民間雜劇之體製，亦未說明梆子戲如何由曲牌體轉化為板腔體；但以所舉之鑼鼓雜戲，學者認為係屬古劇，[110]蒲州梆子又稱之為「祖戲」，且為七言、十言之詩讚系，內容

---

[108] 任光偉：〈梆子聲腔探源——兼談戲曲板腔體製之形成與發展〉，《中華戲曲》第四輯（一九八七年十二月），頁一五—二九。

[109] 同上註，頁二五—二六。

[110] 見中國戲曲劇種大辭典編輯委員會編：《中國戲曲劇種大辭典》（上海：上海辭書出版社，一九九五），頁二八九—二九

大多為「帝王將相」，更以其地緣相近，彼此影響轉化自有可能。又其所云板腔體早於曲牌體實為必然之事，縱使元雜劇，實亦板腔體（詩讚系）、曲牌體（詞曲系）並用，板腔體在元雜劇中稱「詩云」、「詞云」，亦當為吟誦體。111

如此說來，秦腔在發展過程中，有可能既用「西調」那樣的雜曲小調和由此發展到像臺灣亂彈戲那樣用曲牌之雜綴乃至聯套、合套作為載體來歌唱，則自屬曲牌體，如成書於乾隆末葉之《綴白裘》第六集之西秦腔《搬場拐妻》一劇，仍多是詞句長短的曲牌體，便是明顯的例證；但也有可能同時用俗講話本、鑼鼓雜戲那樣的七字、十字的詩讚作為載體來說唱，則自屬板腔體，如《鉢中蓮》所用的【西秦腔二犯】便是運用七言上下句形式，共用了二十八句。其情況正如元雜劇之兼容並蓄。

然而晚近板腔體秦腔之伴奏樂器主要為二絃子、板胡、月琴、琵琶、京胡、二胡等絃樂，而不用吹腔之管笛；民國以後廢二絃子改用板胡為主奏樂器和指揮樂器，其原有之雜曲小調，則改為曲牌音樂。可見秦腔在伴奏樂器上的變化是很大的，而且走上板腔體的趨勢很明顯。

可是在臺灣的亂彈戲中，另有作用等同曲牌的「梆子腔」，以「噠子」主奏，故亦稱作「噠子腔」、「噠子曲」，而「噠子」又有「海笛」之稱，乃小型嗩吶。所以此「梆子腔」（抄本中又作「梆子空」、「邦仔空」、「邦仔啌」、「梆子啌」、「房子腔」、「扈子江」等）之伴奏樂器以吹管為主，其與亂彈戲中新路、古路之以胡琴、殼仔絃主奏不同，並以「△」符號表示為「一板三撩（眼）」之曲。其在劇本中使用之情形有以下幾種：

(1)全部演唱「梆子腔」，如《櫻桃記》用十三支、《盤絲洞》用九支。

二。

111 詳見拙作：〈元雜劇體製規律的淵源與形成〉，《參軍戲與元雜劇》，頁一五五—二二一。

(2)「梆子腔」+曲牌：如《五蟲會》、《長生祿》加曲牌【瑣南皮】；如《太極圖》「梆子腔」二支加【瑣南皮】、「梆子腔」、【泣顏回】、【崑頭】、【上下小樓】。

(3)「梆子腔」+板腔體+曲牌體：如《五福天官》之結構為：【崑頭】、【倒板】、「梆子腔」六支、新清板、北【尾聲】。

(4)「梆子腔」+新路板腔：如《新雷神洞》之結構為：【二黃】、【緊板】、【緊板】、【刀子】、【西皮】、【花腔】、【花腔】、【頭板】、【花腔】、【西皮】、【花腔】、「梆子腔」、【二黃平】、【西皮】、【花腔】、【雙板】、【西皮】、【西皮】、【刀子】、【花腔】、【雙板】、【雙板】、【花腔】、【雙板】。

(5)「梆子腔」+古路板腔：如《花研記》之結構為：「梆子腔」、【瑣南皮】、【反雙板】、【反彩板】、「梆子腔」。

以上是及門劉美枝在她二〇〇五年下學期交給我的報告〈試論臺灣亂彈戲之「梆子腔」〉，她所歸納的現象，我據之撮要而成的。由於這種臺灣亂彈戲的「梆子腔」，其唱詞以七言為主，並以一對上下句為旋律單位，而唱詞多數為四句一單位，與一般歌謠相同；它也不具板腔體板式變化的性質。

而經劉美枝分析，發現亂彈戲「梆子腔」雖無板式變化，但唱腔分「公調」、「母調」二種，演唱依腳色不同而分以本嗓或小嗓唱之，並以「啊」或「咿」音拖腔，同時唱段結束另以「煞韻」行之，凡此卻皆為板腔體唱腔之特點。又如上所述，此「梆子腔」劇目中，除見「梆子腔」與曲牌體、板腔體串聯運用外，亦見全劇以「梆子腔」演唱的情況，可知其獨立性。

劉美枝又透過將此「梆子腔」與不同劇種、鈔本比對分析，發現其與西秦戲《梅玉配》之「梆子」、秦腔

《紅梅山》之「秦腔」、安徽安慶彈腔之「吹腔原板」、徽劇之「吹腔正板」之骨幹曲調相同，如以唱腔旋律、過門、結音三要素合觀，則《紅梅山》之「秦腔」與此亂彈戲之「梆子腔」最為接近，而《紅梅山》已確知為秦吹腔之系統，故知此亂彈戲之「梆子腔」之用小型嗩吶「海笛」演奏，亦實為秦吹腔之一派。另從安徽安慶彈腔、徽劇之吹腔分別命名為「吹腔原板」、「吹腔正板」，可知吹腔已朝板式變化之路發展，從而彰顯亂彈戲之「梆子腔」具板腔體之性格卻無板式變化，乃因屬較早期之秦吹腔音樂，是秦吹腔音樂板式化之前的原始面貌。

劉美枝之分析驗證相當縝密而科學，其說既創發又可信。若此，則臺灣亂彈戲中之古路（福祿、福路）音樂，既保存了早期西秦腔曲牌體與板腔體的面貌，同時也在其「梆子腔」中保持了秦腔管樂化後被稱為「吹腔」的原始面貌，所謂「禮失而求諸野」於此又得到了一個實證。而此「梆子腔」於亂彈戲中，既可獨立重複運用以歌唱全劇，又可與其他曲牌聯綴運用以全本演出；此種現象，前者有如單曲體之「重頭」，後者可以視作曲牌與曲牌間之聯綴；則此「梆子腔」實質上與一般「曲牌」類似。諸如此類，在青陽腔破解其載體曲牌以後，也有「曲牌化」的現象，所以在泉州的「南樂」和臺灣的「南管」，才有所謂「北青陽」的曲調。

由以上可見現存地方戲曲小戲中，歌謠小調雜然並存，曲牌板腔既然混沌未開，尚難分野，也就交錯運用不悖。而曲牌體發展為板腔體的現象，可從十七個劇種看出。而從臺灣亂彈戲之古路戲並用曲牌體與板腔體的例證，也可以推測早期梆子腔應當也是曲牌體與板腔體合流並用。

㈢板腔體產生流派藝術

著者曾有〈論說「戲曲雅俗之推移」〉112與〈論說「京劇流派藝術」之建構〉113，獲得以下概念：

中國戲曲自南戲北劇成立以後，乃至於花部亂彈，都是在雅俗爭衡推移、交融合一的徑路中進展，皮黃戲就在花雅爭衡中，於進京的徽班中孕育成立，時間約在清道光二十年（一九四〇）前後；咸豐間皮黃戲外傳至天津，同治中由天津傳至上海，「皮黃戲」乃被外埠觀眾稱作「京劇」。「京劇」之成熟在光緒至民初，也由於京劇的成熟才能發展為流派藝術；從此流派藝術紛采競呈，至民國二十六年（一九三七）間，成為京劇鼎盛的局面。而流派藝術於此階段，固然與京劇成長相表裡，同時也是京劇藝術的具體內涵。

而筆者認為，所謂「京劇流派藝術」，是京劇演員所創立表演藝術的獨特風格，被觀眾所喜愛認可，所共鳴模擬，終於薪傳有人而成群體風格，流行劇壇的一種京劇表演藝術。它是隨著開創者的成熟而建立，隨著徒眾的薪傳而完成。

京劇流派藝術本身雖是綜合性錯綜複雜的有機體，但也必然有其建構的共同背景因素，有其建構的共同基本因素和個別因素；也有其建構為獨特風格的歷程，最後則由獨特風格發展為群體風格，流行劇壇，於是流派才算完成。

任何一位創立京劇流派藝術的演員，都必須在京劇藝術的共同背景之下，營造個人堅實的基本藝術修為和個人藝術特色；其共同背景應當包含以下三個因素：其一，戲曲寫意程式和演員腳色化的表演方式；

112 本文原載《戲劇研究》第二、三期（二〇〇八年七月、二〇〇九年一月），頁一－四八、二四九－二九五；後收入拙著：《戲曲之雅俗、折子、流派》（臺北：國家出版社，二〇〇九），頁一七一－一六九。

113 原載中央研究院：《中國文哲研究通訊》卷一九第一期（二〇〇九年三月），頁一一七－一五五；後收入拙著：《戲曲之雅俗、折子、流派》，頁四八九－五四九。

其二，詩讚系板腔體的藝術特質；其三，京劇進入成熟鼎盛期才是流派藝術建立和完成的時機。因為寫意程式演員腳色化的表演方式，是戲曲劇種的共性，在此「共性」制約之下，演員仍有許多由此而自我生發的空間，這空間就可以創出自己的特色，其詩讚系板腔體的藝術特質，較諸詞曲系曲牌體有更多的自由可以發揮一己的特殊風格；而京劇藝術如非發展到成熟鼎盛時期，其藝術既未臻堅實，就很難水到渠成的建構其進一步以演員特色為號召的流派藝術，遑論完成由獨特風格為群體風格。所以沒有這三方面作背景、作前提，流派藝術就無法在京劇裡起步建構。

在此三背景之下，高明的京劇演員就能憑藉其先天的嗓音和後天淬礪的口法去提升西皮二黃板腔的藝術質地，創造出自己唱腔的藝術特色，這種具有自己特色的「唱腔」，就是京劇演員開創流派藝術的基礎。而京劇演員在開創其獨特的唱腔之際和其後，又要不停的由主客觀環境中，接納吸收對自己表演藝術有益的滋養。直到有一天形成了獨特的表演風格，其所開創的流派藝術也才真正建立起來。也就是說，京劇流派藝術形成獨特的表演風格，開創的演員是要經過層層磨礪的，其層層磨礪的過程大抵是：其一，經名師指點，轉益多師，成就所長；其二，在班社中掛頭牌，名腳配搭同演，組織創作團體，開創專屬劇目；其三，演員透過腳色創造獨特鮮明之劇中人物，也因而創發了新行當、新妝扮、新程式；其四，流派藝術由獨特風格到群體風格。經過這四段進階，京劇的流派藝術才算真正的完成。[114]

其中所云「詩讚系板腔體的藝術特質，較諸詞曲系曲牌體有更多的自由可以發揮一己的特殊風格」，可以說是京劇流派藝術的最前提的基礎。對此藝術特質，前文已詳。也因此只要是詩讚系板腔體的說唱和戲曲，都可

[114] 《戲曲之雅俗、折子、流派》，頁五四七－五四九。

以產生流派藝術，不只京劇為然。如評劇、梆子戲、越劇和蘇州彈詞等也莫不如此。

結語

由本章可知戲曲歌樂終於發展為雅俗兩大類型。俗是詩讚系板腔體，雅是詞曲系曲牌體。詩讚系板腔體，應當在唐說唱變文時代就已成立，宋陶真、元北曲雜劇中之詩云、詞云是其嫡傳，至《明成化說唱詞話》，始見十言「讚」體，可謂發展完成。詞曲系曲牌體，則由五七言近體律絕為基礎，向長短句發展，經宋詞、諸宮調迄南北曲而完成。所以詩讚系板腔體與詞曲系曲牌體，應當是雅俗並進，也往往同用而互為主客。如果硬要分辨孰先孰後，那麼成立於唐代的變文，說唱時應當用板腔體，就要比宋金諸宮調的曲牌體要早約百年了。而板腔體與曲牌體既判然有別，其音樂自然各具情味，面目大異其趣。總而言之，由於詞曲系曲牌體，無論在語言旋律和音樂旋律上的制約性較之詩讚系板腔體要縝密精嚴得多，所以就產生了優雅而藝術性極高的藝術歌曲；相對的詩讚系板腔體，由於歌者唱腔可以自由騰挪的空間很大，所以就產生了通俗而具個人音色口法且可以充分發揮的唱腔，甚至於從而創立了獨樹一格的流派藝術。所以兩者各有所長，很難以其雅俗而軒輊優劣。

第玖章《牡丹亭》「拗折天下人嗓子」評議
——以本書所建構之「戲曲歌樂基礎」為依據

前言

明代戲曲作家湯顯祖以「四夢」著名，尤其以《牡丹亭》最為出色，但也因此遭受最多的批評。這也說明了「盛名所至，謗亦隨之」，正是古今一轍的「人情世故」。

湯顯祖《牡丹亭》最受推崇的是詞采高妙，最受非議的是韻律多乖。他和並世曲家沈璟，正成了鮮明的對比。對湯沈作鮮明對比首先提出立說的是呂天成，相為呼應的是王驥德。呂天成《曲品》卷上：

> 吾友方諸生曰：「松陵具詞法而讓詞致，臨川妙詞情而越詞檢。」善夫，可謂定品矣！乃光祿嘗曰：「寧律協而詞不工，讀之不成句，而謳之始叶，是曲中之工巧。」奉常聞之，曰：「彼惡知曲意哉！予意所至，不妨拗折天下人嗓子。」此可以觀兩賢之志趣矣。予謂：二公譬如狂、狷，天壤間應有此兩項人物。

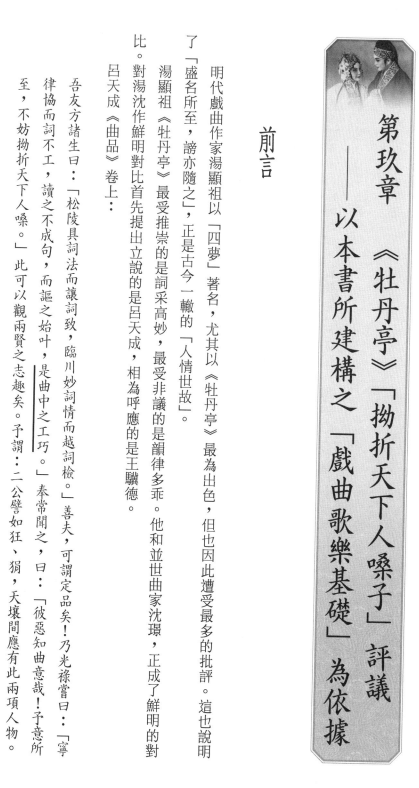

不有光祿，詞硎不新；不有奉常，詞髓孰抉？倘能守詞隱先生之矩矱，而運以清遠道人之才情，豈非合之雙美者乎？而吾猶未見其人；東南風雅蔚然，予且旦暮遇之矣。予之首沈而次湯者，挽時之念方殷，悅耳之教寧緩也。略具後先，初無軒輊。允為上之上。❶

所云松陵、光祿、詞隱先生俱指沈璟，臨川、奉常、清遠道人俱指湯顯祖，方諸生則指王驥德。由呂氏之語，可見他主張「以臨川之筆協吳江之律」，用意在調和兩家的衝突。

王驥德《曲律》卷四〈雜論第三十九下〉云：

臨川之於吳江，故自冰炭。吳江守法，斤斤三尺，不欲令一字乖律，而毫鋒殊拙。臨川尚趣，直是橫行，組織之工，幾與天孫爭巧；而屈曲聱牙，多令歌者齚舌。吳江嘗謂：「寧協律而不工，讀之不成句，而謳之始協，是為中之之巧。」曾為臨川改易《還魂》字句之不協者，呂吏部玉繩（原注：鬱藍生尊人）以致臨川，臨川不懌，復書吏部曰：「彼惡知曲意哉！余意所至，不妨拗折天下人嗓子。」其志趣不同如此。鬱藍生謂臨川近狂，而吳江近狷，信然哉！❷

所云臨川即湯顯祖，吳江即沈璟，鬱藍生即呂天成。湯氏《玉茗堂尺牘．答呂玉繩》書，並無是說，但於卷三〈答孫俟居〉書，則有是語：

弟在此自謂知曲意者，筆懶韻落，時時有之，正不妨拗折天下人嗓子。兄達者，能信此乎？❸

❶〔明〕呂天成：《曲品》，《中國古典戲曲論著集成》第六冊，卷上（北京：中國戲劇出版社，一九五九），頁二一三。

❷〔明〕王驥德：《曲律》，《中國古典戲曲論著集成》第四冊（北京：中國戲劇出版社，一九五九），頁一六五。

據此，則王氏或為誤記。又其中「是為中之之巧」，據上舉呂天成《曲品》之作「是曲中之工巧」，知此句當作「是為曲中之工巧」。

就因為有呂王二氏之說，尤其是王驥德「臨川之於吳江故自冰炭」之語，加上王氏以下論說，其《曲律》卷四〈雜論第三十九下〉又云：

> 自詞隱作詞譜，而海內斐然向風。衣鉢相承，尺尺寸寸守其矩矱者二人：曰吾越鬱藍生，曰檇李大荒逋客。鬱藍《神劍》、《二媱》等記，并其科段轉折似之；而大荒《乞麾》至終帙不用上去疊字，然其境益苦而不甘矣。（頁一六五）
>
> 詞隱之持法也，可學而知也；臨川之脩辭也，不可勉而能也。大匠能與人規矩，不能使人巧也。其所能者，人也；所不能者，天也。（頁一六六）

若此，則王氏既以「持法」與「脩辭」區分沈璟與湯顯祖之異同，又舉鬱藍生（呂天成）和大荒（卜世臣）為沈氏傳人。甚至於沈璟之侄沈自晉在所撰《望湖亭》第一齣【臨江仙】亦說：

> 詞隱登壇標赤幟，休將玉茗稱尊。鬱藍繼有槲園人。方諸能作律，龍子在多聞。香令風流成絕調，幔亭彩筆生春。大荒巧構更超群。鯫生何所似，顰笑得其神。❹

---

❸〔明〕湯顯祖：〈答孫俟居〉，《玉茗堂尺牘》，收於徐朔方箋校：《湯顯祖全集》（北京：北京古籍出版社，一九九九），詩文卷四六，頁一三九二。

❹〔明〕沈自晉：《望湖亭》，《古本戲曲叢刊第二集》（上海：商務印書館，一九五五年據長樂鄭氏藏明末刊本影印），頁

依次舉出呂天成（鬱藍）、葉憲祖（槲園）、王驥德（方諸）、馮夢龍（龍子）、范文若（香令）、袁于令（幔亭）、卜世臣（大荒）、沈自晉（謙稱為鯫生）等人在沈璟（詞隱）旗幟下，休要使湯顯祖（玉茗）唯我獨尊。這支儼然「點將錄」的曲子，大概是所謂「吳江派」的由來。可見與湯沈二氏並世曲家呂天成、王驥德、沈自晉都有如此這般的說法，則自吳梅以下的學者，如青木正兒、周貽白、俞為民、郭英德等，焉能不認為湯沈因主張不同，水火不能相容，導致萬曆劇壇形成臨川與吳江二派之爭？但事實上真是如此嗎？且看以下現象：

湯顯祖在〈答孫俟居〉書中說到沈璟「曲譜諸刻」，不諱言「其論良快」；在〈答呂姜山〉書中，也說「吳中曲論良是」。❺雖然湯氏有許多批評的話，但起碼也承認沈氏有可取的地方。至於沈璟之對湯顯祖，除了以吳江之律要來範疇湯氏外，對湯氏其實是極佩服的。沈自晉《重定南詞全譜．凡例》云：

> 前輩諸賢，不暇論。新詞家諸名筆（原注：如臨川、雲間、會稽諸家），古所未有。真似寶光陸離，奇彩騰躍。及吾蘇同調（原注：如劍嘯、墨憨以下），皆表表一時。先生亦讓頭籌（原注：見《墜釵記》【西江月】中推稱臨川云），予敢不稱膺服。❻

所云「先生」即指沈璟，因為沈自晉這部書的全稱是《廣輯詞隱先生增定南九宮詞譜》。上引〈凡例〉中，最可

一。

❺〔明〕湯顯祖：〈答孫俟居〉，《玉茗堂尺牘》，收於徐朔方箋校：《湯顯祖全集》，詩文卷四六，頁一三九二；〈答呂姜山〉，《玉茗堂尺牘》，收於徐朔方箋校：《湯顯祖全集》，詩文卷四四，頁一三〇一。

❻〔明〕沈自晉：《南詞新譜》（《重定南九宮詞譜》），收於《善本戲曲叢刊》第三輯（臺北：臺灣學生書局，一九八四年據清順治乙未（一六五五年）刊本影印），頁三三。

注意的是原注中「見《墜釵記》【西江月】中推稱臨川云」這句話，是用來證據「先生亦讓頭籌」的。沈氏《墜釵記》有順治七年鈔本，為傳惜華舊藏；《古本戲曲叢刊初集》據姚華所藏康熙鈔本影印，無【西江月】一語，但沈自晉所云應屬不虛。又王驥德《曲律》卷四〈雜論第三十九下〉有云：

> 詞隱《墜釵記》，蓋因《牡丹亭》記而興起者，中轉折極佳，特何興娘鬼魂別後，更不一見，至末折忽以成仙會合，似缺鍼線。余嘗因鬱藍之請，為補又二十七盧二舅指點修煉一折，始覺完全。今金陵已補刻。（頁一六六）

若此，可見沈氏對湯氏戲曲文學的成就是極推崇的，尤其對湯氏《牡丹亭》倍感興趣，一則改編為《同夢記》，一則仿作為《墜釵記》。從這些跡象看來，他們之間是不可能「勢同水火」的。戲曲史上有所謂「臨川派」、「吳江派」壁壘分明之說，恐怕也是因緣王驥德「故自冰炭」一語，所衍生出來的吧！關於這個問題，周育德《湯顯祖論稿．也談戲曲史上的湯沈之爭》一文，❼已詳列資料，說明被劃為「吳江派」的呂天成、王驥德、馮夢龍等人對湯顯祖都有極高的評價，對沈璟於肯定之外，也有不少微詞；而被劃為「臨川派」的凌濛初和孟稱舜對湯、沈二氏也各有「不滿意」的批評。據此，則臨川、吳江如何能壁壘分明，甚至於那裡有什麼臨川派、吳江派？周氏既已言之甚詳，這裡就不多說了。何況縱使吳江派有沈自晉的「點將錄」，但卻從未見「臨川派」有相對等的「名單」；可見「臨川」壓根無派可言，則又如何「壁壘分明」對立相爭呢？也就是說「湯沈之爭」不過是王驥德以一己之見造設出來的而已。

❼ 周育德：〈也談戲曲史上的湯沈之爭〉，《湯顯祖論稿》（北京：文化藝術出版社，一九九一），頁二六四－二八〇。

一、湯顯祖講究自然音律

著者對此吳江、臨川二派分立勢同水火說，已有〈論說「拗折天下人嗓子」〉、〈再說「拗折天下人嗓子」〉、〈再探戲文和傳奇的分野及其質變過程〉、《牡丹亭》排場的三要素〉、《牡丹亭》是「戲文」還是「傳奇」〉等與之相關的論文詳論其事。❽

在〈論說「拗折天下人嗓子」〉中先舉諸家對《牡丹亭》之非議，次舉湯顯祖對諸家非議的反應，也論及《牡丹亭》實為宜伶歌場而作，並探究湯顯祖不懂音律嗎？

對此音律問題，著者從湯氏所體悟的觀念看來，他所講求的其實是「自然音律」而非「人工音律」。所謂「人工音律」是經由人們的體悟逐漸約定俗成終於製定的韻文學的體製規律。體製規律是由字數、句數、長短、句式、聲調、韻協、對偶、語法等八個因素所構成。就詩詞曲而言，可以說規律越來越謹嚴。譬如聲調，古詩不講求，近體詩產生平仄律，詞仄聲分上去入，北曲平聲又別陰陽而入聲消失。所謂「自然音律」，是指人工音

❽ 拙作：〈論說「拗折天下人嗓子」〉，《王叔岷先生八十壽慶論文集》（臺北：大安出版社，一九九三），頁三七九－四〇六。拙作：〈再說「拗折天下人嗓子」〉，二〇〇四年發表於中央研究院中國文哲研究所主辦「湯顯祖與《牡丹亭》國際學術研討會」，後收入拙著：《戲曲與歌劇》（臺北：國家出版社，二〇〇四），頁二九一－三七二。拙作：〈再探戲文和傳奇的分野及其質變過程〉，《臺大中文學報》第二〇期（二〇〇四年六月），頁八七－一三三。拙作：〈《牡丹亭》排場的三要素〉，《湯顯祖研究通訊》總第一一期（二〇一〇年四月），頁一－二一。拙作：〈《牡丹亭》是「戲文」還是「傳奇」〉，《戲曲研究》第七十九輯（二〇〇九年九月），頁七〇－九七。

律之外，無法訴諸人為科範的語言旋律。丁邦新先生〈從聲韻學看文學〉一文中，稱「人工音律」為「明律」，「自然音律」為「暗律」。他對於「暗律」有極其精闢的見解，他說：

> 暗律是潛在字裡行間的一種默契，藉以溝通作者和讀者的感受。不管散文、韻文，不管是詩是詞，暗律可以說無所不用。它是因人而異的藝術創造的奧祕，每個作家按照自己的造詣與穎悟來探索這一層奧祕。有的人成就高、有的人成就低。❾

可見自然音律的道理是相當奧祕而不可明確掌握的。而我們可以斷言的是，文學成就越高的作家，越能掌握自然音律，使得聲情與詞情相得益彰。著者有〈中國詩歌中的語言旋律〉一文，❿詳論詩詞曲中的人工音律與自然音律。指出「拗句」、「選韻」、「詞句結構」、「意象情趣的感染力」都屬「自然音律」的範圍，都是格律家說不出道理而其實是構成語言旋律的重要因素。所以如果只「斤斤於曲家三尺」，也未必能使聲情詞情完全相得益彰。

著者另有《九宮大成北詞宮譜》的又一體〉一文，⓫以其仙呂調隻曲為例，檢視九宮大成之「又一體」滋生繁多的原因，發現有「誤於句式所產生的又一體」，有「誤於正襯所產生的又一體」，有「因增減字所產生的又一體」，有「因攤破所產生的又一體」，又有「合乎本格而誤置的又一體」和「併入么篇而不自知所產生的又

---

❾ 丁邦新：〈從聲韻學看文學〉，《中外文學》卷四第一期（一九七五年一月），頁一三一。

❿ 拙作：〈中國詩歌中的語言旋律〉，《鄭因百先生八十壽慶論文集》（臺北：臺灣商務印書館，一九八五），頁八七五－九一五；收入拙著：《詩歌與戲曲》（臺北：聯經出版事業公司，一九八八），頁一－四七。

⓫ 拙作：《九宮大成北詞宮譜》的又一體〉，《陳奇祿院士七秩榮慶論文集》，收入拙著《參軍戲與元雜劇》一書。

一體」。也就是說，譜律家於「曲理」未盡了了。若此，所製定的「格律」焉能一一教人遵循？

於此，我們再來回顧一下諸家對湯顯祖不守「曲律」的非議：沈璟譏刺他韻協不謹嚴四聲不諧調。臧懋循說他北曲「音韻少諧」。王驥德說他「詘於法」，包括「賸字累語」和「字句平仄」的訛誤，以及字音字義的偶然錯失。沈德符指他不遵循譜律製曲和混用韻部。張琦指他不講求平仄律以致「入喉半拗」。黃圖珌也批評他「調甚不工，令歌者低眉蹙目。」到了吳梅更認為《牡丹亭》在曲律上有出宮犯調、聯套失序、句法錯亂和襯字無度等毛病。

綜觀這些「非議」，無不就「人工音律」的立場出發，而誠如上文所云，曲譜所製定的格律，未必可完全遵守，而湯顯祖重視「自然音律」，使之與「人工音律」巧妙諧調，若一味以「人工音律」來衡量，就難免有時格格不入了；更何況「譜律」越來越森嚴，執此以考究諸家，何人能逃避批評？王驥德《曲律》卷四〈雜論第三十九下〉：

> （詞隱）生平於聲韻、宮調，言之甚毖，顧於己作，更韻、更調，每折而是，良多自恕，殆不可曉耳。（頁一六四）

王驥德對沈璟頗為心儀，對他都有如此批評，何況其他！可見「詞隱」講了一輩子格律，不止因之「文采不彰」，而且也落得嚴於責人卻「良多自恕」的批評。王氏《曲律》卷四又說到「詞隱《南詞韻選》，列上上、次上二等。所謂上上，亦第取平仄不訛，及遵用周韻者而已，原不曾較其詞之工拙；又只是無中揀有，走馬看錦，子細著鍼砭不得。」（頁一七三）接著舉友人吳興關仲通「帙中人所常唱而世皆賞以為好曲者，如『窺青眼』、『暗想當年羅帕上曾把新詩寫』、『因他消瘦』、『樓閣重重東風曉』、『人別後』諸曲」（頁一七四），加以仔細的

「評頭論足」，其中提到諸曲語句，有云：

詞隱亦以為「不思量寶髻」五字當改作仄仄仄平平，「花堆錦砌」當改作去上去平，「怕今宵琴瑟」，琴字當改作仄聲，故止列次上。（頁一七四－一七五）

像這些「人所常唱而世皆賞以為好曲者」，譜律家如沈璟、王驥德者，執其「斤斤三尺之法」以衡量，而竟亦紕纇繁多，則曲壇並世無出其右的湯顯祖，既享盛名，「樹大招風」，焉能不受較諸他人為多的非議？

我們於此又再進一步回顧南戲初起時的情況。徐渭《南詞敘錄》云：

今南九宮不知出於何人，意亦國初教坊人所為，最為無稽可笑。……「永嘉雜劇」興，則又即村坊小曲而為之，本無宮調，亦罕節奏，徒取其畸（當作疇）農、市女順口可歌而已，諺所謂「隨心令」者，即其技歟？間有一二叶音律，終不可以例其餘，烏有所謂九宮？必欲窮其宮調，則當自唐宋詞中別出十二律、二十一調，方合古意。是九宮者，亦烏足以盡之？多見其無知妄作也。⑫

可見南曲戲文初起時只是雜綴時曲小調搬演，根本無宮調聯套之事，而且「順口可歌」即可，亦無所謂調律與韻書限韻。慢慢的，應當是從北曲雜劇取得師法吧！經過音樂家和譜律家的琢磨研究，才逐漸訂出許多規矩來。所以如果拿出後世形成製定的森嚴「法律」，去挑剔前代作品的話，那麼《琵琶記》只好是「韻雜宮亂」了。張師清徽（敬）《明清傳奇導論》一書，於三編第一章〈明代傳奇用韻的研究〉中，以毛晉（一五九九－一六五

⑫〔明〕徐渭：《南詞敘錄》，《中國古典戲曲論著集成》第三冊，頁二四〇。

九)編《六十種曲》為範圍，以《中原音韻》為標準，考察明人傳奇用韻的情況，發現「十九韻部中，除了東鍾、江陽、蕭豪三部沒有和其他韻部發生糾葛的表現之外，其餘十六部……相互間的鉤簾纏繞，不一而足，令人耳迷目亂。統計下來，共得三十八目，一千一百四十七條。……犯韻最多的是支思、齊微、魚模，這一項有三百一十七條；真文、庚青一百四十三條次之；先天、寒山、桓歡一百三十八條又稍次之。」⓭則明人於傳奇之用韻，幾乎無一人無毛病。這是什麼緣故呢？因為舊傳奇時代，作者製曲大抵「隨口取協」；萬曆以後沈璟等譜律家，方才提倡以北曲晚期形成的韻書《中原音韻》作為押韻的依據，直到清代李漁尚且有相同主張。⓮若以《中原音韻》為「斤斤三尺」加以衡量，則焉能不犯韻乃至出韻者？明乎此，那麼《牡丹亭》在那「譜律」尚未建立絕對權威的時代，湯氏創作時保有南戲「遺習」也就很自然的了。而如果欲以沈璟所認定的譜律，乃至於往後因戲曲之演進更轉趨森嚴的律法來「計較」《牡丹亭》，則其格格不入，也自是意料中事了。而如果拘泥譜律之聲韻格式打成曲譜，再以《牡丹亭》之曲詞以就此曲譜，則焉能不拗盡天下人嗓子？

二、諸家非議《牡丹亭》之道理

其次著者〈再說「拗折天下人嗓子」〉，首先歸納「諸家」非議《牡丹亭》的大要：

其一謂其句字平仄四聲不合聲調律：有沈璟、沈自晉、臧懋循、王驥德、黃圖珌等。

⓭ 詳見張師清徽(敬)：《明清傳奇導論》(臺北：華正書局，一九八六)，頁六九－七一。

⓮ 周維培：《論中原音韻》(北京：中國戲劇出版社，一九九〇)，考察明萬曆以後的傳奇用韻，基本上是以《中原音韻》為準。頁七一。

其二謂其韻協混用不合協韻律：有沈璟、沈自晉、馮夢龍、臧懋循、沈德符、凌濛初、葉堂、李調元等。

其三謂當汰其臢字累語：王驥德、范文若、張大復。

其四謂其宮調舛錯、曲牌訛亂、聯套失序：吳梅、王季烈。

其五謂其不協吳中拍法：王驥德、張琦、臧懋循、沈寵綏、萬樹。

以上五條，前四條可以說是「因」，後一條可以說是「果」；而無論是「因」是「果」，其實都是站在以崑山水磨調作為腔調的「傳奇」律法之基準來論說的。

其認為《牡丹亭》乃至「四夢」之不合聲調律乃因平上去入四聲，拿它發聲的方法和現象來觀察，具有三項特質，其一，有平與不平兩類，平為平聲，不平即仄，含上去入三聲；其二，有長短之別，平上去三聲為長音，入聲為短音；其三，有強弱之分，上去入三聲屬強，平聲屬弱。

就因為四聲具有這樣的三個特質，所以四聲間的組合，由其音波運行時升降幅度大小的變化和發聲時無礙與阻塞的長短異同，便會產生不同的旋律感。所以唐代的近體詩，其所講求的平仄律，基本上只是運用聲調的平與不平，使之產生抑揚曲直的旋律感。但仄聲中的上去入三聲，其升降幅度其實頗為懸殊，併為一類，不免粗疏。所以謹嚴的詩人，便在仄聲中又講究上去入的調配，有所謂「四聲遞換」。⓯而杜甫「晚節漸於詩律細」，除了在恪守格律中更求精緻外，也從突破格律中更求精緻。崔顥和李白也都擅長於此。

就因為四聲各具特質，不止關係聲情，而且兼顧詞情，所以詩以後的詞和南曲便明白的規定某句某字該上

⓯ 著者有〈舊詩的體製規律及其原理〉一文，原載《國文天地》第一四（一九八六年八月），頁五六—六一、一五期（一九八六年七月），頁五八—六二；收入拙著：《詩歌與戲曲》，頁四九—七七。這裡取其大要，但對平仄律原理已有所修正。

該去該入，而四聲的精緻便也完全納入體製格律的範疇。凡是這些嚴守四聲的句子，都是音律最諧美，足以表現該詞調該曲調特色的地方，即所謂「務頭」，高明的作家都能在此施以警句，使之達到聲情詞情穩稱的地步。就因為「聲調」在語言旋律上如此重要，所以如果不守聲調律，歌唱起來便容易「撓喉捩嗓」。也因此，如上文所舉，沈璟《南九宮十三調曲譜》，縱使於〔仙呂過曲〕【月上五更】引《還魂記》曲文為調式，沈璟之侄沈自晉《廣輯詞隱先生增定南九宮詞譜》更錄湯顯祖「四夢」十五支為調式，但對其不合聲調律者，仍一一舉出。

而我們若將《牡丹亭》⑯按之以譜律，就聲調律而言，如第四齣〈腐嘆〉之【雙勸酒】「寒酸撒吞」，「吞」字韻腳，應作仄聲。第十齣〈驚夢〉之【步步嬌】「裊晴絲吹來閒庭院」，應作「仄仄平平平仄」，而此句作六平一仄。【醉扶歸】「可知我常一生兒愛好是天然」應作「仄仄平平仄平平」，而此句作「仄平仄仄平平」。【皂羅袍】「賞心樂事誰家院」，應作「仄仄平平仄平平」，而此句作「仄平仄仄平平仄」。第十二齣〈尋夢〉【品令】「便日煖玉生煙」，應作「平平仄平平」，而此句作「仄仄仄平平」。【川撥棹】「一時間望眼連天」，應作「平平仄平」，而此句作「仄仄平平」。舉此可以概見其餘，也難怪譜律家要以不合聲調律來責難他。

其次諸家認為《牡丹亭》不合協韻律，乃因為南朝梁劉勰《文心雕龍‧聲律第三十三》云：「異音相從謂之和，同音相應謂之韻。」范文瀾注：「同音相應謂之韻，指句末所用之韻。」⑰則韻協是運用韻母相同，前後複沓的原理，把易於散漫的音聲，藉著韻的迴響來收束、呼應和貫串，它連續的一呼一應，自然產生規律的節奏；它好比貫珠的串子，有了它，才能將顆顆晶瑩溫潤的珍珠，貫成一串價值連城的寶物；它又好像竹子的節，將平行的纖維素收束成經耐風霜的長竿，而其嬝娜搖曳的清姿，完全依賴那環節的維繫。也因此，如果該

⑯ 此用徐朔方校注本：《牡丹亭》（臺北：華正書局，一九七九）。

⑰ 〔梁〕劉勰著，〔清〕范文瀾註：《文心雕龍註》，註一二，頁五五九。

押的韻不押，或韻部混用，便成了詩詞曲家大忌。周德清《中原音韻・正語作詞起例》云：

> 《廣韻》入聲緝至乏，《中原音韻》無合口，派入三聲亦然。切不可開合同押。《陽春白雪集・水仙子》：「壽陽宮額得魁名，南浦西湖分外清，橫斜疏影窗間印，惹詩人說到今。萬花中先綻瓊英。自古詩人愛，騎驢踏雪尋，忍凍在前村。」⑱開合同押，用了三韻，大可笑焉。詞之法度全不知，妄亂編集板行，其不知恥者如是，作者緊戒。⑲

因為儘管韻部庚青、真文、侵尋三韻相近，但畢竟收音有 -n、-ŋ、-m 之不同，就會影響了迴響的美感，所以古人以此為忌。

作詩協韻必須四聲分押，亦即平聲韻和平聲韻押，上去入三聲也一樣。詞則平聲、入聲獨用，上去兩聲合用、獨用均可，有時平聲也可以和上去押在一起；又有平仄換協之例，即某幾句協平聲韻，某幾句協仄聲韻，平仄聲則彼此不必協韻。北曲則是三聲同押，即平上去三聲的韻字可以押在一起。南曲起初隨口取協，有如歌謠，後來規矩大致與詞相同，而平上去三聲通押的情形遠較詞為多，則又近於北曲。至於詩讚系大抵兩句為一單元，上句仄聲韻下句協平聲韻。

---

⑱〔元〕楊朝英編：《明抄六卷本陽春白雪》（瀋陽：遼寧書社，一九八五），「凍在前村」首字應增補「忍」字（頁四〇）。據鄭師因百（騫）：《北曲新譜》（臺北：藝文印書館，一九七三），雙調【水仙子】末三句格律為「三・三・四。」（頁二〇一），故當作「自古詩人愛，騎驢踏雪尋，忍凍在前村」。按：楊朝英之作，係由襯字提升為增字，此處仍依本格正字而標示襯字。

⑲〔元〕周德清：《中原音韻》，《中國古典戲曲論著集成》第一冊（北京：中國戲劇出版社，一九五九），頁二二一。

就因為協韻律是韻文學與散文學最基本的分野，所以既稱為韻文學，就非講求協韻律不可。但是中國地域廣闊，方言歧異，誠如元人虞集《中原音韻・序》云：

五方言語，又復不類，吳楚傷於輕浮，燕冀失於重濁，秦隴去聲為入，梁益平聲似去，河北河東取韻尤遠；吳人呼「饒」為「堯」，讀「武」為「姥」，說「如」近「魚」，切「珍」為「丁心」之類，正音豈不誤哉！（頁一七三）

五方言語既然不類，則以各具特色的語言旋律所產生的「腔調」也就各有其韻味。如就各自方音作為填詞協韻的基準，則必然各自為政，雜亂不堪；而南曲戲文在還沒發展成為傳奇以前，正是如此。如律以《中原音韻》，不難看出這種現象。如清人劉禧延《中州切音譜贅論》「江陽韻」條云：

弋陽土音，於寒山、桓歡、先天韻中字，或混入此韻。如關、官作「光」；丹、端作「當」；班、般作「幫」；鑾、瞞作「茫」；蘭、鸞作「郎」；山作「傷」，音似「桑」；安作「映」，難作「囊」，完作「王」，年作匿杭切之類。明人傳奇中，盛行如《鳴鳳記》用韻，亦且混此土音，而並雜入他韻。⑳

劉氏正說明了弋陽土音如律以《中原音韻》必然出現寒山、桓歡、先天三韻與江陽韻混押的現象。若律以《中原音韻》，則支思、齊微、魚模之間，真文、庚青、侵尋之間，先天、寒山、桓歡、監咸、廉纖之間，因為它們的主要元音相同或相近，而其藉資分別者，主要的只是韻尾的差異而已。所以曲家製曲，假如不基準「官話」

⑳〔清〕劉禧延：《中州切音譜贅論》，收入任訥編：《新曲苑》，第六冊，第三十六種（北京：中華書局，一九四〇年據聚珍仿宋版影印），頁六。

的韻書，而隨口以方音取叶，則異方之人歌之，便難免有錯雜混亂的毛病。其歌之於口，至其歇腳處，即令人有散漫無所歸的感覺。也因此，曲中的叶韻，向來很被重視。馮夢龍《太霞曲話》云：

> 詞學三法，曰調、曰韻、曰詞；不協調則歌必捩嗓，雖爛然詞藻無為矣。自東嘉沿詩餘之濫觴，而效顰者遂藉口不韻。不知東嘉寬於南，未嘗不嚴於北。謂北詞必韻而南詞不必韻，即東嘉亦不能自為解也。[21]

調、韻、詞為構成曲學的三要素，調指四聲平仄，如不協，則如《牡丹亭》之「歌必捩嗓」；《琵琶記》則素有韻雜宮亂之譏，也為論者嘆為白璧之瑕。

而若考《牡丹亭》之用韻，二齣〈言懷〉用齊微，而雜入支思之「字」與魚模之「宿」。三齣〈訓女〉用魚模韻，而雜入齊微之「西」，支思之「二」、「兒」。四齣〈腐嘆〉【雙勸酒】用侵尋韻，而雜入真文之「吞」。五齣〈延師〉齊微、魚模混用。八齣〈勸農〉用家麻韻，【八聲甘州（前腔）】雜入歌戈之「箇」。三十三齣〈祕議〉用齊微韻，【遶地遊】雜入支思之「齒」，【五更轉】雜入魚模之「主」，【五更轉（前腔）】雜入支思之「士」。四十二齣〈移鎮〉用魚模，而【夜遊朝】雜入齊微之「北」，【似娘兒】雜入齊微之「遲」。四十五齣〈寇間〉【駐馬聽】用寒山韻，雜入先天之「旋」。四十六齣〈折寇〉用齊微韻，而【破陣子】雜入支思之「施」，【玉桂枝】雜入支思之「是」。四十八齣〈遇母〉【針線廂】用齊微韻，雜入支思之「兒」，仙呂【月兒高】套用寒山韻與先天韻混用。五十二齣〈索元〉用先天韻，而【吳小四】雜入寒山之「萬」，【香柳娘】雜入寒山之「貫」。

[21] 見〔明〕馮夢龍：《太霞新奏．發凡》第二則，收入王秋桂主編：《善本戲曲叢刊》第七七冊（臺北：學生書局，一九八七），頁一。

可見《牡丹亭》之協韻，除齊微、支思、魚模三韻易於混用，寒山、先天、家麻、歌戈亦偶有出入外，其他如四、四十一、四十九、五十等四齣之用尤侯韻，七、八、二十一、二十八、四十一、四十七、四十九、五十等八齣之用家麻韻，九、二十七、二十九、四十等四齣之用江陽韻，十一、二十一、二十四、二十六、三十、四十一、四十四等七齣之用歌戈韻，十四、十五、二十、二十二、四十三、四十四、四十七等七齣之用蕭豪韻，二十三、三十六、三十七、三十九、五十五等五齣之用皆來韻，二十、三十八、四十六、五十三之用東鍾韻，三十二、五十四等二齣之用車遮韻，十六、二十七等二齣之用庚青韻，二十五齣之用真文韻，皆未有混韻之現象，可見《牡丹亭》之於協韻是頗為謹嚴的，未知何以明清論者每每以此詬病，如不仔細考索，真要厚誣賢者了。

只是其韻協每有連續兩折用同一韻部的現象，如七、八兩折連用家麻，十四、十五和四十三、四十四連用蕭豪，四十九、五十連用尤侯，三十六、三十七連用皆來，這種情形在用心講究聲情的作家，如後來的洪昇《長生殿》是都要避忌的。

其諸家認為《牡丹亭》加襯不得其法，乃因為每支曲牌格式中所必須有的字叫「正字」，此外又有所謂「襯字」，鄭師因百（騫）〈論北曲之襯字與增字〉云：

> 在不妨礙腔調節拍情形之下，可於本格正字之外添出若干字，以作轉折、聯續、形容、輔佐之用。蓋取陪襯、襯托之意。㉒

㉒ 鄭師因百（騫）：〈論北曲之襯字與增字〉，《幼獅學誌》第一一卷第二期（一九七三年六月），頁一—一七；又收入《龍淵述學》（臺北：大安出版社，一九九二），頁一一九—一四四。

鄭師前揭文中列舉有關襯字之原則十二條，其第四條云：

襯字只能加於句首及句中。句首襯字，冠於全句之首，如水桶之提梁；句中襯字須加於句子分段之處，如庖丁解牛，在關節縫隙處下刀。《螾廬曲談》云：「句末三字之內不可妄加襯字。」即因此三字為一整段，不能分開。

其第八條云：

每處所加襯字以三個為度。所謂「襯不過三」，雖為南曲說法，實亦適用於北曲。一句之中所加襯字之總數，則可多於三個，但須分布各處。例如《西廂記》【叨叨令】曲：「見安排著車兒馬兒不由人熬熬煎煎的氣。」襯字至十個之多，然集中一處者僅「不由人」三字，其餘或一字或兩字，零星分布。

其第四條說明加襯字之位置，第八條說明加襯字之限度。補充如下：韻文學的句子，其音步停頓處自然形成音節的縫隙，首句的開頭為音節將啟，各句的開頭不是上文的句末就是韻腳，其音節縫隙最大，故詞曲加襯字多半在句子的開頭。其次七言句粗分為四三、三四，六言句為三三、二二二，五言句為二三、三二，四言句為一三、二二，亦即將句子分為大抵相等的兩截，其間之音節亦有相當之縫隙，故亦於此處加襯字；至於上述音節段落，「四」可細分為「二二」，「三」可細分為「二一」，其音節縫隙更為狹小，雖亦可於此加襯字，但已屬少數，尤其「三」之為「二一」其在句末者更是少之又少。為清眉目，茲以起首的兩七言句為例，以符號標示如下：

1 4 3 5 2 2 4 3 5 1
*○○ *○○ *○○*(句)*， *○○ *○○ *○○*(韻)*。

上例有「*」號者皆為音節縫隙，其阿拉伯數字即表示其縫隙大小之等級，數字越小者，縫隙越大，可加之襯字越多；數字越大者，縫隙越小，可加之襯字越少。而由此亦可見，以七言為例，其第三四字間、第五六字間絕不可加襯字，因為其間沒有音節縫隙。但是帶詞尾和疊字衍聲的複詞有如上文所舉的《西廂記》正宮【叨叨令】中的「車兒馬兒」、「熬熬煎煎」等則為例外，因為詞尾本身即為附加成分，與該詞不可分離，而疊字衍聲複詞的下字，事實上等於詞尾。

以上說的是有關襯字和加襯的一般法則，但事實上曲家製曲，每有逾越規矩者，王驥德《曲律》卷二〈論襯字第十九〉云：

> 古詩餘無襯字，襯字自南、北二曲始。北曲配絃索，雖繁聲稍多，不妨引帶。南曲取按拍板，板眼緊慢有數，襯字太多，搶帶不及，則調中正字，反不分明。大凡對口曲，不能不用襯字；各大曲及散套，只是不用為佳。細調板緩，多用二三字，尚不妨；緊調板急，若用多字，便躲閃不迭。凡曲自一字句起，至二字、三字、四字、五字、六字、七字句止。惟【虞美人】調有九字句，然是引曲，又非上二下七，則上四下五；若八字、十字以外，皆是襯字。今人不解，將襯字多處，亦下實板，致主客不分。如《古荊釵記》【錦纏道】「說甚麼晉陶潛認作阮郎」，「說甚麼」三字，襯字也；《紅拂記》卻作「我有屠龍劍釣鼇鉤射雕寶弓」，增了「屠龍劍」三字，是以「說甚麼」三字作實字也。《拜月亭》【玉芙蓉】末句「望當今聖明天子詔賢書」，本七字句，「望當今」三字係襯字，後人連襯字入句，如「我為你數歸期畫損掠兒梢」，遂成十一字句。……又如散套〈越恁好〉「鬧花深處」一曲，純是襯字，無異纏令，今皆著板，至不可句讀。凡此類，皆襯字太多之故，訛以傳訛，無所底止。（頁一一二五－一一二六）

凌濛初《南音三籟・凡例》云：

曲每誤於襯字。蓋曲限於調而文義有不屬不暢者，不得不用一二字襯之，然大抵虛字耳。如「這、那、怎、著、的、個」之類。不知者以為句當如此，遂有用實字者，唱者不能搶過而腔戾矣。又有認襯字為實字，而襯外加襯者，唱者又不能搶多字而腔戾矣。固由度曲者憎於律，亦從來刻曲無分別者，遂使後學誤認，徒按舊曲句之長短、字之多寡而倣以填詞；意謂可以不差，而不知虛實音節之實非也。相沿之誤，反見有本調正格，疑其不合者。其弊難以悉數。㉓

對於襯字問題，明清曲籍加以討論說明的，只有上引王、凌二家，而且偏於南曲略於北曲。元人論曲，僅周德清《中原音韻・作詞十法》提出「切不可用襯墊字」，並云：

套數中可摘為樂府者能幾？每調多則無十二三句，每句七字而止，卻用襯字加倍，則刺眼矣。（頁二三四）

他所說的「樂府」是指小令而言。小令文字謹嚴、體製短小，固以少用襯字為佳，若謂切不可用，則過矣。王、凌二氏雖旨在說明南曲之襯字逐漸演變為正字，致使本格訛亂的緣故，但南北曲之曲理其實不殊，故北曲之襯字亦有寖假而與正字不分之現象。

北曲中與正字不易分別之「襯字」，因百師謂之「增字」。鄭師〈論北曲之襯字與增字〉云：

襯字既為專供轉折、聯續、形容、輔佐之「虛字」，似應容易看出。但常有時全句渾然一體，字數雖較本

㉓〔明〕凌濛初：《南音三籟》，收入王秋桂主編：《善本戲曲叢刊》（臺北：臺灣學生書局，一九八七），頁九一一〇。

格應有者為多，而諸字勢均力敵，銖兩悉稱，甚難從語氣上或從文法上辨識其孰為正孰為襯。前人每云北曲正襯難分，即謂此種情形。細推其故，實因正字襯字之外，尚有予所謂增字。㉔

可見「增字」就是指本格正字之外所添加出來的字，它在地位上其實是襯字，但由於其意義分量與正字「勢均力敵，銖兩悉稱」，後人又在其上加上板眼，所以在全句中便有與正字渾然一體的關係。

增字之理，其百變不離其宗的，是句子的音節形式，也就是單式句增字後，不能變為雙式句；同理雙式句增字後，也不可變為單式句。就單式句而言，其作二一音節的三字句，增一字為四字句，其音節形式止能作一三而不能作二二；同理，就雙式句而言，其作三四音節的七字句，增一字為八字句，其音節形式止能作四四而不能作三五。舉此不妨類推，以見增字之原理。至其減字之理亦然，如三四之七字句減一字為六字句，其音節形式止能作二二二；如四三之七字句減一字為六字句，其音節形式則止能作三三。

吳梅《顧曲麈談．論南曲作法》云：

余謂《牡丹亭》襯字太多。……板式緊密處，皆可加襯字；板式疏宕處，則萬萬不可。湯臨川作《牡丹亭》，不知此理，任意添加襯字，令歌者無從句讀，當時凌初成、馮猶龍、臧晉叔諸子為之改竄，雖入歌場，而文字遂遜於原本十倍。此由於不知板也。㉕

㉔ 鄭師因百（騫）：〈論北曲之襯字與增字〉，《幼獅學誌》第一一卷第二期（一九七三年六月），頁一一。

㉕ 吳梅：《顧曲麈談》，收入王衛民編校：《吳梅全集．理論卷上》（石家莊：河北教育出版社，二〇〇二），頁六〇、六六。

又其《曲學通論》云：

> 【尾聲】結束一篇之曲，須是愈著精神，末句尤須以極俊語收之方妙。凡北曲【煞尾】定佳，作南曲者往往潦草收場，徒取完局，戲曲中佳者絕少。惟湯若士「四夢」中【尾聲】首首皆佳，顧又多襯字。㉖

可見加襯當視板式與音節縫隙處，不可亂加。再由前引周、王、凌三家對「襯字」的看法，可見都不希望製曲用太多襯字。

我們且來按核《牡丹亭》在這方面的現象：

二齣〈言懷〉【真珠簾】末句作「且養就這浩然之氣」，句首用四襯字。【九迴腸】中「還則怕嫦娥妒色花頽氣」、「等的俺梅子酸心柳皺眉」、「有一日春光暗度黃金柳」、「籠定個百花魁」，諸句皆於句首加三襯字。

三齣〈訓女〉【遶地遊（前腔）】中「寸草心、怎報的春光一二」，【玉山頽（前腔）】中「他還有念老夫、詩句男兒，俺則有學母氏、畫眉嬌女」，諸句或於句首或於句中加三襯字。

四齣〈腐嘆〉【雙勸酒】中，「可憐辜負看書心」當作三四雙式句，而此作四三單式句。因百師〈論北曲之襯字與增字〉云：

> 單式雙式二者聲響之不同，或為健捷激裊，或為平穩舒徐。……詩中五言七言皆用單式，古風拗句偶可通融或故意出奇，近體如用雙式即為失律。詞曲諸調如僅照全句字數填寫而單雙互誤，則一句有失而通篇音節全亂。㉗

㉖ 吳梅：《曲學通論・十知》，收入王衛民編校：《吳梅全集・理論卷上》，頁二一九。

可見音節形式對於詞曲的「旋律」很重要。湯氏在音節形式的拿捏上大抵不差，但有時亦不免失誤。

八齣〈勸農〉【八聲甘州】末句應作三四之七字句，而此作「有那無頭官事誤了你好生涯」，其【前腔】則作「村村雨露桑麻」。就前腔而言，則為減字格，無妨音節形式之為雙式句；就本曲而言，如此正襯分析法，則將雙式句誤作單式句；但如分作「有那無頭官事誤了你好生涯」，作三四之七字句增一字作四四之八字句，則合乎曲格變化之法。而徐朔方校注本之分正襯，每多不按章法，譬如此句作「有那無頭官事，誤了你好生涯」，分為四、三兩句，未知何所據而云然。

十齣〈驚夢〉【皂羅袍】，如分析其句法正襯可作：

原來姹紫嫣紅開遍，似這般（都付與）斷井頹垣。良辰美景奈何天，賞心樂事誰家院。（合）朝飛暮捲，雲霞翠軒；雨絲風片，煙波畫船。錦屏（人）忒看的這韶光賤。

其中第二句和末句不止有襯字還有增字，這些在馮夢龍眼裡，便都是贅字累語。又【隔尾】末二句「便賞遍了十二亭臺是枉然，到不如興盡回家閒過遣。」也是多用了些襯字。又【山桃紅】後半作：

〔小桃紅〕轉過這芍藥欄前，緊靠著湖山石邊。和你把領扣鬆，衣帶寬，〔袖梢兒〕搵著牙兒苫，也。〔下山虎〕則待你忍耐溫存一晌眼。（合）是那處曾相見，相看儼然，早難道這好處相逢無一言。

上曲每句開頭都有三個以上之襯字，更有襯字之外加增字者；尤其「芍藥欄前」、「湖山石邊」二句應作二三之

㉗ 鄭師因百（騫）：〈論北曲之襯字與增字〉，《幼獅學誌》第一一卷第二期（一九七三年六月），頁八。

五字單式句，此作雙式音節之四字句，更不合調法。又【綿搭絮】其首句「雨香雲片，纔到夢兒邊」本是七字句，自《浣紗記》作「東風無賴，又送一春過」在首句第四字下一截板後分作四、五兩句，諸家皆仿之，便成新體。但諸家於首句第四字皆不用韻，如《長生殿》「這金釵鈿盒，百寶翠花攢」亦然。又此曲末句諸家皆作四三七之字句，而湯氏於此作「坐起誰忺，則待去眠」，亦因第四字用韻而破為四、三兩句矣。

十二齣〈尋夢〉【忒忒令】末句應是二三之五字句，此作「線兒春甚金錢弔轉」，其中弔字作襯不自然。【月上海棠】中「陽臺一座登時變」，應為二二雙式四字句，此作四三之七言單式句，不合調法。

由上面這些例證，一方面可以看出馮氏所謂「賸字累語」的情況和湯氏有時對句式未檢點的地方；而若謂句首加三個襯字就算「賸字」，則《牡丹亭》中正不煩枚舉，只是這一來也太為難湯氏了。

而將《牡丹亭》的音律說成宮調舛錯、曲牌訛亂、聯套失序這樣嚴厲批評的是吳梅先生，其《顧曲麈談・論南詞作法》云：

> 玉茗「四夢」，其文字之佳，直是趙璧隨珠，一語一字，皆耐人尋味。惟其宮調舛錯，音韻乖方，動輒皆是。一折之中，出宮犯調，至少終有一二處。學者苟照此填詞，未有不聲律怪異者。在若士家藏元曲至多，但取腕下之文章，不顧場中之點拍。若士自言曰：「吾不顧捩盡天下人嗓子。」噫！是何言也！故讀「四夢」者，但當學其文，不可效其法。尤西堂目「四夢」為南曲之野狐禪，洵然！用特表而出之。
>
> （頁六九）
>
> 前曲與後曲聯綴之處，不獨與別宮曲聯絡有卑亢不相入之理，即同宮同調亦有高低不同者。同一商調也，【金梧桐】之高亢，與【二郎神】之低抑，相去不可以道理計也。故自來曲家，卒未有以此二曲聯為一

套者。《牡丹亭．冥誓》折所用諸曲，有仙呂者，有黃鍾宮者，強聯一處，雜出無序。《納書楹》節去數曲，始合管絃。以若士之才，而疏於曲律如是，甚矣填詞之難也。（頁六三―六四）

又其《曲學通論》云：

詞牌諸名，備載各譜。茲所謂體式者，蓋自來沿誤之處，自應辨別而已。每一牌必有一定之聲，移動不得些微。往往有標名某宮某曲，而所作句法全非本調者。令人無從製譜，此不得以不知音三字諉罪也。（此誤，《牡丹亭》最多，多一句、少一句，觸目皆是。故葉懷庭改作集曲。）（頁一九三）

王季烈《螾廬曲談》卷二〈論作曲〉云：

玉茗「四夢」，其文藻為有明傳奇之冠，而失宮犯調，不一而足。賓白滿略，排場尤欠斟酌。

玉茗「四夢」，其所填之曲，每不依正格。多一字，少一字；多一句，少一句，隨處皆是。㉘

玉茗「四夢」排場俱欠斟酌。《邯鄲》、《南柯》稍善，而《紫釵》排場最不妥洽。㉙

由上錄加上前引吳氏論襯字，可見吳氏認為《牡丹亭》在曲律上有出宮犯調、聯套無序、句法錯亂和襯字失度等毛病。王氏亦謂其失宮犯調、句法無度、排場不妥。則《牡丹亭》曲律上的缺失，在越往後的人眼中，似乎是「越來越嚴重」。

㉘ 轉引毛校同編：《湯顯祖研究資料彙編》，下冊「四夢」條（上海：上海古籍出版社，一九八六），頁七一八。

㉙ 見王季烈：《螾廬曲談》，卷二（臺北：臺灣商務印書館，一九七八），頁二一、一一一、三二一。

以下且來檢驗《牡丹亭》是否果然「宮調舛錯、曲牌訛亂、聯套失序」。

第二齣〈言懷〉【真珠簾】，葉堂《納書楹曲譜》改作【遶池簾】。

第三齣〈訓女〉【玉山頹】，沈自晉《南詞新譜》作【玉山供】，謂【玉抱肚】犯【五供養】。吳梅《南詞簡譜》題【玉山頹】，乃據呂士雄《南詞定律》，亦作【玉抱肚】犯【五供養】。

第五齣〈延師〉【浣沙溪】，《納書楹曲譜》改作【搗練子】。《南詞定律》、《南詞簡譜》作【浣溪紗】。此止用前半四句。【鎖南枝】，《納書楹曲譜》改作【孝南枝】，謂【孝順歌】犯【鎖南枝】。《南詞定律》、《南詞簡譜》引《琵琶記》曲，此合之。

第六齣〈悵眺〉【番卜算】，《九宮大成》、《南詞簡譜》作【卜運算元】。《簡譜》云：「此與詩餘同。舊譜又有【番卜算】一體，句法與此同，不當別立一格。」㉚又【鎖寒窗】，《南詞新譜》云：「【鎖窗寒】與詩餘不同，今作【鎖寒窗】，非也。」㉛

第七齣〈閨塾〉【掉角兒】，《南詞簡譜》南仙呂過曲即引此曲為例，作【掉角兒序】。㉜

第八齣〈勸農〉之聯套如下：[雙調引子]【夜遊朝】外—【前腔】生、末—[雙調過曲]【普賢歌】丑、老旦—[羽調過曲]【排歌】外—[仙呂過曲]【八聲甘州】外—【前腔】外—[雙調過曲]【孝白歌】淨、合—【前腔】丑、合—【前腔】旦、老旦、合—【前腔】老旦、丑—[北借作南尾]【清江引】眾合。計用雙調、羽調、仙呂、雙調等三個宮調。《南詞簡譜》引此【孝白歌】第四支作式，題作【孝金歌】為集曲。按此齣排場類似《長生殿・禊遊》，

㉚ 吳梅：《南北詞簡譜》，收入王衛民編校：《吳梅全集》，卷六，頁三四三。

㉛ 〔清〕沈自晉：《南詞新譜》，收入王秋桂主編：《善本戲曲叢刊》，頁四三六。

㉜ 吳梅：《南北詞簡譜》，收入王衛民編校：《吳梅全集》，卷六，頁三五七—三五八。

而《長生殿》但用［仙呂入雙調］【夜行船序】套，不入其他宮調。又【夜遊朝】，徐朔方箋校謂當作【夜遊湖】；又《南詞簡譜》收【孝白歌】第四支改題【孝金歌】，以【孝順歌】犯【金字令】。

第十齣〈驚夢〉之聯套如下：［商調引子］【遶池遊】旦、貼—［雙調過曲］【步步嬌】旦—［仙呂過曲］【醉扶歸】旦—【皂羅袍】旦、合—［雙調過曲］【好姐姐】旦、合—【隔尾】—［商調過曲］【山坡羊】旦—［越調集曲］【山桃紅】生—［中呂過曲］【鮑老催】末—［越調集曲］【山桃紅】生、旦合—［越調過曲］【綿搭絮】旦—【尾聲】旦。計用雙調、仙呂宮、商調、越調等四個宮調。其間排場有所轉折。

第十四齣〈寫真〉，首用［正宮過曲］【刷子序犯】，至【玉芙蓉】轉入［越調集曲］【山桃紅】，再轉入［中呂過曲］【尾犯序】，計用三個宮調。其間排場無轉折。

第十五齣〈虜諜〉用北曲南呂【一枝花】、雙調北【二犯江兒水】、北【尾】成套。按北南呂套，以【一枝花】、【梁州第七】、【尾聲】為基本形式，散套中使用極多，但劇套無用之者，以太短故也。【一枝花】之後接以【梁州第七】，例外甚少；此另作【二犯江兒水】，雖可南調北唱，為若士始創，但宮調畢竟不同。

第二十齣〈鬧殤〉之聯套如下：［雙調引子］【金瓏璁】貼—［仙呂引子］【鵲橋仙】旦—［商調過曲］【集賢賓】旦—【前腔】貼—【前腔】旦—【前腔】老旦—【囀林鶯】老旦—【前腔】老旦—［仙呂入雙調］【玉鶯兒】旦—【前腔】旦—［越調集曲］【憶鶯兒】外、老旦—【尾聲】旦—［南呂過曲］【紅衲襖】貼—【前腔】淨—【前腔】老旦—【前腔】外—【意不盡】外。按此齣用曲兩套，商調套混入［仙呂入雙調］【玉鶯兒】二支，排場未轉折，又加入［越調集曲］【憶鶯兒】寫杜麗娘臨終，訣別父母，因其為集曲，有獨立排場之作用。

第二十一齣〈謁遇〉用［仙呂過曲］【光光乍】、［越調過曲］【亭前柳】、［中呂過曲］【駐雲飛】、［南呂過曲］【三學士】，計用宮調四種，無關排場轉換。

第二十三齣〈冥判〉用北曲仙呂【點絳唇】套，計十曲，大抵合北曲聯套規矩；惟其中【混江龍】、【後庭花滾】運用增加滾調，衍為長篇，以逞才情，為若士所創；此後《長生殿・覓魂》，尤侗《讀離騷》首折，蔣士銓《臨川夢・說夢》，黃韻珊《帝女花・散花》，吳錫麒《有正味齋》散曲〈中元夕觀盂蘭會〉仙呂【點絳脣】套，皆為模倣〈冥判〉之作。

第二十四齣〈拾畫〉用中呂過曲【好事近】、正宮過曲【錦纏道】、中呂過曲【千秋歲】聯套。不合章法。

第二十六齣〈玩真〉次曲商調過曲【二郎神慢】按聯套章法，應作首曲。其後【鶯啼序】與【集賢賓】連用，吳梅《南詞簡譜》謂「【鶯啼序】與【集賢賓】腔格相似，凡用【集賢賓】者不必再聯用【鶯啼序】」。[33]

第二十七齣〈魂遊〉用商調過曲【水紅花】接越調過曲【小桃紅】諸曲由旦唱，不合章法。

第二十八齣〈幽媾〉在南呂套曲【嬾畫眉】與【浣沙溪】之間插入商調過曲【二犯梧桐樹】，不合章法。又南呂過曲【宜春令】之後，轉入中呂過曲【耍鮑老】接黃鍾過曲【滴滴金】，均不合章法。

第二十九齣〈旁疑〉雙調過曲【步步嬌】二支，接中呂過曲【剔銀燈】二支，再接仙呂過曲【一封書】，其間排場無明顯轉折，不合章法。【一封書】《南詞簡譜》引此，作黃鍾集曲【畫眉帶一封】。

第三十齣〈歡撓〉南呂過曲【稱人心】、【繡帶兒】下接正宮過曲【白練序】等曲，其間排場未轉折，不合章法。

第三十七齣〈駭變〉南呂過曲【朝天子】下接正宮過曲【普天樂】，不合章法。

第四十齣〈僕偵〉南呂過曲【金錢花】下接中呂過曲【尾犯序】，不合章法。

[33] 吳梅：《南北詞簡譜》，收入王衛民編校：《吳梅全集》，卷九，頁六七二。

第四十一齣〈耽試〉，聯套作：[商調引子]【鳳凰閣】淨—[仙呂過曲]【一封書】淨—[黃鍾過曲]【神仗兒】生—[中呂集曲]【馬蹄花】生—【前腔】淨—[黃鍾過曲]【滴溜子】外—【前腔】淨。由黃鍾宮轉入中呂宮，排場未轉，不合章法；但中呂之後再轉入黃鍾則排場已轉，合章法。

第四十六齣〈折寇〉聯套如下：[黃鍾過曲]【破陣子】外—[仙呂集曲]【玉桂枝】外—[南呂過曲]【浣溪沙】末—[仙呂集曲]【玉桂枝】外—[中呂集曲]【榴花泣】外、末—【尾聲】末。排場未轉而宮調四用，不合章法。

第四十九齣〈淮泊〉聯套如下：[南呂引子]【三登樂】生—[正宮過曲]【錦纏道】生—[仙呂過曲]【皂羅袍】丑—【前腔】丑—[商調集曲]【鶯皂袍】生。仙呂以下排場無明顯改變，不合章法。

以上舉二、三、五、六、七等五齣以「窺豹一斑」，見其在曲牌方面之可議者。此後至五十五齣，其宮調舛錯、聯套失序者，居然有十七齣之多，也難怪吳梅有那樣的批評。大抵說來，《牡丹亭》之聯套，亦如明人戲文，以一般異調聯套和疊腔聯套為主要；只是其套中所用曲牌每忽略同宮調同管色之基本法則，以故導致宮調舛錯之譏。

三、《牡丹亭》難於用崑山水磨調演唱

最後，說《牡丹亭》難於用崑山腔演唱的有王驥德《曲律》卷四〈雜論第三十九下〉云：

> 臨川尚趣，直是橫行。組織之工，幾與天孫爭巧，而屈曲聱牙，多令歌者齚舌。（頁一六五）

張琦《衡曲麈譚》云：

今玉茗堂諸曲，爭膾人口，其最者，《杜麗娘》一劇，上薄《風》、〈騷〉，下奪屈宋，可與實甫《西廂》較勝，獨其宮調半拗，得再協調一番，辭、調兩到，詎非成事與？惜乎其難之也。近日玉茗堂《杜麗娘》劇，非不極美，但得吳中善按拍者調協一番，乃可入耳。惜乎摹畫精工，而入喉半拗，深為致慨。若士茲編，殆陳子昂之五言古耶？㉞

沈寵綏《絃索辨訛・序》云：

臨川胸羅二酉，筆組七襄，玉茗四種，膾炙詞壇，特如龍脯不易入口，宜珍覽未宜登歌，以聲律未諧也。㉟

萬樹《念八翻・番訂》之〈眉批〉云：

義仍先生，詞情妙千古，而于曲調則多聱牙。吳中老伶師加以剪裁垛疊之功，方可按拍。故《牡丹》劇，非有祕本授受，不能登場。㊱

以上四家，皆在說明《牡丹亭》難於用崑山水磨調演唱。

㉞〔明〕張琦：《衡曲麈譚》，收入《中國古典戲曲論著集成》第四冊，頁二七〇、二七五。
㉟〔明〕沈寵綏：《絃索辨訛》，收入《中國古典戲曲論著集成》第五冊（北京：中國戲劇出版社，一九五九），頁一九。
㊱〔清〕萬樹：《念八翻傳奇》，《擁雙豔三種曲》，收於《久保文庫》第七三八冊（清康熙二十五年粲花別墅刊本），頁二七。

但我們要弄清楚所謂「崑腔」，就其廣義而言實包括「崑山土腔」、「崑山腔」、「水磨調」三個演進階段，而今日之所謂「崑腔」、「崑曲」、「崑劇」之腔調自是專就「水磨調」而言。即就「崑劇」而言，亦有廣狹二義，廣義指「水磨調」創發之前用崑山腔歌唱的「南戲」和其後用「水磨調」歌唱的「戲曲」，其狹義自是今日專指用「水磨調」歌唱的戲曲。㊲

而「腔調」是方言的語言旋律，其作為內部構成成分並影響「腔調」的因素有字音的內在要素、聲調的組合、韻協的布置、語言的長度、音節的形式、意義的形式、詞句結構的方式等七種，這七種因素固然影響自然音律，同時也是憑藉作為人工音律的要件。而我們知道「崑山水磨調」是經由像魏良輔那樣不世出的音樂家和像梁辰魚那樣傑出的戲曲音樂文學家，用極為敏銳的感悟力和極為精細的分析力所創造出來的，也就是他們除了掌握自然音律的奧妙之外，同時也運用人工音律的成果，將語言旋律與音樂旋律的配搭達到融合無間的境地。也因此在適應「崑山水磨調」的戲曲作品中，自然要講究「字音的內在要素」等七項因素；也因此，曲牌規律化，字數、語句長短外，聲調律、協韻律、對偶律，乃至於曲牌性格的選擇、曲牌聯綴間板眼過脈的靈動、宮調笛色的考量，也都隨著崑山腔、崑山水磨調的藝術提升而越來越考究，否則聲情詞情間便會扞格不適，甚至於歌唱時產生拗喉捩嗓的現象。

然而根據顧起元《客座贅語》㊳可以考見崑山水磨調真正崛起而逐漸稱霸歌場與劇壇是在萬曆以後；請看

㊲　拙作：〈從崑腔說到崑劇〉，《臺靜農先生百歲冥誕學術研討會論文集》（臺北：國立臺灣大學中文系編印，二〇〇一），收入拙著：《從腔調說到崑劇》，頁一八二—二六〇。

㊳　〔明〕顧起元《客座贅語》卷九「戲劇」條：「南都萬曆以前，公侯與縉紳及富家，凡有宴會小集，多用散樂：或三四人，或多人唱大套北曲；樂器用箏纂、琵琶、三絃子、拍板。若大席，則用教坊打院本：乃北曲大四套者，中間錯以撮

用水磨調歌唱的「傳奇」劇本，皆為萬曆以後刊本，亦可證明此種現象。而湯顯祖《牡丹亭》是在萬曆二十六年戊戌（一五九八）秋天㊴，湯氏四十九歲時寫成的。雖然那時崑山水磨調已流布廣遠，也有流布到宜黃的跡象㊵，但湯顯祖在〈答淩初成〉書中有「不佞生非吳越通」㊶的話語，所以他寫作《牡丹亭》乃至「四夢」時，不理會吳門諸譜律家為水磨調所講究的格律，是很自然的事；亦即就體製劇種而言，他尚屬宋元戲文進化至明初經北曲化和文士化的「新戲文」，而非進一步經崑山水磨調化、呂天成《曲品》中所謂之「新傳奇」，也就是現在戲曲史所說的「傳奇」㊷。就腔調劇種而言，如用「崑山水磨調」來歌唱，尚無法避免「拗喉捩嗓」的毛病。亦即如果他堅持用「新戲文」的體製格律去創作，而不拘於吳江三尺之法，則自然不合乎崑山水磨調之板眼而難於歌唱了。

墊圈、舞觀音，或百丈旗，或跳隊子。後乃變而用南唱：歌者祗用一小拍板，或以扇子代之；間有用鼓板者。今則吳人益以洞簫及月琴，聲調屢變，益發悽惋，聽者殆欲墮淚矣。大會則用南戲：其始止二腔，一為弋陽，一為海鹽。弋陽則錯用鄉語，四方士客喜閱之；海鹽多官語，兩京人用之。後則又有四平，乃稍變弋陽，而令人可通者。今又有崑山，較海鹽又為清柔而婉折，一字之長，延至數息。士大夫稟心房之精，靡然從好，見海鹽等腔，已白日欲睡，至院本北曲，不啻吹篪擊缶，甚且厭而唾之矣。」（北京：中華書局，一九八七）頁三〇三。

㊴ 見徐朔方：《湯顯祖年譜》（上海：上海古籍出版社，一九七九），頁一三八。

㊵ 湯顯祖〈唱二夢〉詩：「未學儂歌小楚天，宜伶相伴酒中禪。纏頭不用通明錦，一夜紅氍曰百錢。」所謂「宜伶相伴」，「未學儂歌」，大概是指演員從海鹽腔或宜黃腔的基礎上習唱崑山腔的情況。「儂歌」指的就是吳儂軟語的崑山腔。

㊶ 〔明〕湯顯祖：〈答淩初成〉，《玉茗堂尺牘》，收於徐朔方箋校：《湯顯祖全集》，詩文卷四七，頁一四四二。

㊷ 《牡丹亭》尚屬「新戲文」，即就其第二齣但由生腳開場「言懷」，但用一支引子與一支集曲組場來觀察，與「傳奇」之必用大場應之，顯然有很大差別。也就是說《牡丹亭》尚保持戲文開場模式。

著者關於《牡丹亭》的另外兩篇：〈《牡丹亭》之排場三要素〉、〈《牡丹亭》是「戲文」還是「傳奇」〉，前者藉用構成排場三要素之「關目布置」、「腳色運用」、「套式建構」，說明其全劇之內在結構「排場藝術」未臻妥貼，尚多新南戲之習染；後者旨在說明由「南戲」蛻變為「傳奇」所需之「三化」：北曲化、文士化、崑山水磨調化，《牡丹亭》尚缺少崑山水磨調化，因從文獻考查，有清楚的證據：

其一，萬時華《溉園詩集》卷三〈棠溪公館同舒苞孫夜酌二歌人佐酒〉云：

野館清宵倦解裝，村名猶識舊甘棠。松鄰古屋□華□，虎印前溪月影涼。寒入短裘連大白，人翻新譜自宜黃。酒闌宜在嵩山道，並出車門夜未央。[43]

其二，熊文舉《雪堂先生詩選·宜伶秦生唱《紫釵》、《玉合》，備極幽怨，感而贈之》，其第五首云：

淒涼羽調咽霓裳，欲譜風流箏硯荒；知是清源留曲祖，湯詞端合唱宜黃。

詩有注云：

宜黃有清源祠，祀灌口神，義仍先生有記。予擬《風流配》，填詞未緒。[44]

---

[43] 〔明〕萬時華：《溉園詩集》，收入《叢書集成》（上海：上海書店，一九九四），續編集部第一七七冊，見中研院文哲所參考室《豫章叢書》，頁六七四。然此版本第三句字跡不甚清晰，經請教江西藝術研究所研究員蘇子裕先生，所提供資訊為江西省圖書館藏一九二三年南昌退廬刻本得知內容為「松鄰古屋霜華淨」。

[44] 國內館藏（中研院、臺大圖書館）熊文舉《雪堂先生詩選》，據清初刻本，首都圖書館藏，收入《四庫禁毀叢刊補編》第八二冊（北京：北京出版社，二〇〇五），收有《雪堂先生詩選》四卷、《恥廬近集》二卷，然首頁卷首寫「以上原

以上兩段資料，萬時華，字茂先，明萬曆間江西南昌人，以文名聞海內幾數十年。熊文舉，江西新建人，明崇禎進士。他們兩人皆籍隸江西南昌府（新建為屬縣），所言「人翻新譜自宜黃」和「知是清源留曲祖，湯詞端合唱宜黃」自是可以據以說明，海鹽腔流傳到江西宜黃後，終於被融入江西宜黃土腔而流傳在外被稱為「宜黃腔」；而湯顯祖《臨川四夢》用宜黃腔歌唱，其江西同鄉已如是說，且此處「宜伶」自是湯氏詩文集中一再提及的「宜伶」，都是指宜黃地方唱宜黃腔的伶人，今人實可不必再為「四夢」是否曾用宜黃腔演唱而爭論不休了。甚至於宜黃腔之所以能留播馳名，實有賴於其「載體」「四夢」之盛名。

熊文舉詩第三首云：

「四夢」班名得得新，臨川風韻幾沉淪。為君掩抑多情態，想見停毫寫照人。

按萬曆四十二年（一六一四），湯顯祖派遣宜伶赴安徽宣城梅鼎祚家鄉演出，梅氏〈答湯義仍〉云：「宜伶來三戶之邑，三家之村，無可援助。然吳越樂部往至者，未有如若曹之盛行，要以《牡丹》、《邯鄲》傳重耳。」正可說明這種現象。㊺也就是說《牡丹亭》等「四夢」原本用「宜黃腔」來歌唱，尚為未及崑山水磨調化，而實為明人之「新南戲」。

㊺ 以上參考蘇子裕：《中國戲曲聲腔劇種考・海鹽腔源流考論》，頁一四。

缺」；翻檢原書，並無此詩，此據蘇子裕《中國戲曲聲腔劇種考・海鹽腔源流考論》（北京：新華出版社，二〇〇一），頁一四；並請教蘇先生所據文獻來源為《雪堂先生詩選》之三《侶鷗閣近集》卷一，清康熙刻本，江西省圖書館藏善本書。

結語

湯顯祖為有明一代最受矚目的戲曲家，是不爭的事實。他受批評緣於不守吳江律法，他受推崇由於曲詞高妙傑出。而由上文論述，我們知道，湯顯祖的戲曲觀，乃至於文學藝術觀，無不以自然臻於高妙。所以他所顧及的不完全是譜律家斤斤三尺的「人工音律」，而重視的是「歌永言，聲依永」，發乎「情志」的「自然音律」；加上他的《牡丹亭》根本不為水磨調而創作，只為宜伶傳習的「宜黃腔」而施之歌場；所以如果執著於考究聲調律、協韻律，乃至於宮調聯套等律則來衡量《牡丹亭》，甚至於以此等律法打成的工尺譜來歌唱《牡丹亭》，則自然要平仄失調、韻協混押、宮調錯亂、聯套失序，終至「拗折天下人嗓子」。而我們也知道，音律之道玄妙無比，高才穎悟者，自能運用靈動，隨心所欲；如若欲執以為是之「不二法」以「吹毛求疵」，則盡古今之律法家，亦必「作法自斃」。因之，我們於明清戲曲論者所嘵嘵不休的「《牡丹亭》音律」，也就不必過分重視了。

結論

綜合以上的探討，可知本人認為欲探討「戲曲歌樂」，必須兼顧歌與樂之關係，戲曲歌樂本身的構成元素，戲曲歌樂的語言基礎，戲曲歌樂的載體，曲牌之建構、變化、類型、發展、聯套與套式，戲曲歌樂雅俗的類型，曲譜、宮譜對戲曲歌樂的典範作用等七大層面，如此對戲曲歌樂的認知或研究，才算周延而無罅漏。而由本書的論述，也已可知：

首先，歌樂關係當從創作與呈現兩方面觀察，前者從創作可以分析出：從群體創作而源生之號子、歌謠、小調，一己即興以新詞套入號子、歌謠、小調之腔型的民歌，有譜無詞、製詞以配樂，采詩製譜，倚聲填詞，摘遍，自度曲等七種創作方式；其後三種是宋詞的創作方式，而宋詞之令引近慢素來為學者所迷惑，其實它也是以一詞牌在歌遍中翻出新調的創作方法，它可以翻出令引近慢四種音樂類型，令原是樂曲之美善者，與後來據唐人酒令而衍生之「小令」有別；引在歌遍前頭部分，為曼引其聲，使樂曲由散序進入有板有眼歌唱之排遍；而近又稱近拍，為過度有板有眼之樂曲，由一板三眼而一板一眼，使樂曲接近舞曲入破之部分；而慢曲節奏舒緩，則用之於散序開頭之器樂曲；但慢曲摘用於歌唱，則為極講究腔口之藝術歌曲。而後者從呈現可以分析出誦讀、吟詠、依腔型傳字、依聲調行腔、依字音定腔等五種歌樂呈現之關係。其依腔型傳字見於歌謠、小調；依聲調行腔見於詩讚、曲牌；依字音定腔是崑山水磨調分解字音，將語言旋律與音樂旋律融而為一的至高圓融境界。

其次，戲曲音樂本身的構成元素含宮調、管色、板眼、腔調與唱腔，宮調用以統攝曲牌，組織犯調、集曲和套數，管色以簫笛定調，板眼用以節奏。腔調為方音憑藉方言所產生的語言旋律；其未流播他方者稱土腔，一經流播，乃以源生地為名。腔調會因為人口遷徙、戲路隨商路、官員之鄉班、演唱方式，由鄉村進入城市、由藝術家唱腔改良等而發生變化；腔調更會經由流播而產生種種質變，與某地腔調結合而有本身為強勢者、本身為弱勢者、本身與之勢均力敵者以及保存原汁原味者四種現象。也有發生重大質變者，也有因合流而產生新腔者，也有導致名義混亂者，也有因管絃樂器加入而發生變化易名者。而腔調流播既廣，其用自殊；流播既久，不免為新興腔調所取代。而若論古今重要腔系，則有溫州、海鹽、崑山、弋陽、餘姚等五大腔系。崑山腔發展為水磨調，迄今尚為雅樂之代表，弋陽腔蛻變為青陽腔、徽池雅調、四平腔而破解為板腔體，乾隆間弋陽腔改稱高腔，其在北京者京化為京腔。今日則尚有崑山、高腔、梆子、皮黃等四大腔系。

其三，戲曲音樂的語言基礎，包括以下六項：

1. 字音之內在要素：漢語一字之音節含聲母、韻母、聲調，韻母又有介音、元音、韻尾，介音更有開齊合撮，元音亦有高低響度之大小，韻尾亦有陰陽之別，字音不同，語言旋律自然有別。

2. 聲調之組合：漢語有四個聲調平上去入，就其音波運行方式而言，可分作平與不平（仄）、長短、強弱三種類型，三種類型與六個因素，可以配搭布置出無窮數之語言旋律；配搭布置得宜，旋律優美；否者則詰屈聱牙。

3. 韻協之組合：韻協是運用韻腳字音的部分複沓，產生呼應共鳴的現象所形成的一種優美的語言旋律。如果是隔句押韻，由於韻腳本身的迴響而有收束聲音的作用，同樣由於非韻腳本身無迴響而有鬆弛聲音的現象；

如此一來，又會加上一鬆一緊的交替，語言旋律反較句句押韻來得豐富；因此五七言律絕，便以隔句押韻為格律。而韻協亦有疏密之分，疏者聲情鬆散，密者聲情緊密，對於語言旋律同樣產生影響。

4. 句長、韻長及其語言旋律：韻文學一個語義完足的句子有其長度，一字一音節，因此五七言詩的句長就是五個音節和七個音節；而韻長就是一個韻腳出現以前的音節總數，如果超過七個音節以上便會攤破成兩個以上的句子。又韻文學的一個句子同時會有意義形式和音節形式，前者用以解釋其意義情境，後者用以呈現其語言旋律。音節形式又有單雙之別，單式音節健捷激褭，雙式音節平穩舒徐，其間聲情殊異，絕不可錯置或更易，否則一句音節有失，便全篇皆亂。而攤破之法，雖可不同，但絕對要保持正確的音節形式。

5. 詞句結構：複詞之組成可以分由音義兩方面，由義組成之詞組、同義、反義、偏義、詞結、子句，皆一字一音節，於複詞之語言旋律沒有影響；而由音構成的複詞，如：雙聲、疊韻、帶詞尾、疊字衍聲、狀聲等則對語言旋律頗具影響力；又疊詞成句，詞與詞之間，句與句之間，如有特殊語法和結構關係，也都會產生特殊的語言旋律。

6. 意象情趣的感染力：語言旋律無論直接經由語言本身，或透過作曲家音符由腔口流露，都自然的會注入誦歌者對於語言本身所含蘊意象情趣的感染後，投射於聲音之高低長短強弱而傳達出來，如果感染力鮮明而真切，則其音聲之感人必較大，否則就會使聆賞者無動於衷。而其感染力之深淺與厚薄，端賴誦歌者之涵養與修為之高低。

以上這六個因素雖然同時並存，但有顯隱之別。某個或某些因素呈現特別強烈時，其語言旋律便受到絕對的左右。

其四，戲曲音樂的載體，有號子、山歌、小調、詩讚、曲牌等五種。號子、山歌尚屬自然語言旋律，曲牌則為人工化的語言旋律；小調、詩讚居中，偏於自然而趨向人工。戲曲音樂之於其載體，猶如刀刃之於刀體。刃之鋒利度，依存於刀體之為鋁、銅、鐵、鋼、鑽之材質；也就是說戲曲音樂之以號子、山歌、小調為載體者，大抵皆為地方小戲，尚為戲曲之雛型；而縱使以詩讚發展為大戲，亦不出俚俗之地方戲曲。必須以講究人工語言旋律以曲牌為載體，乃能提升為藝術性之雅樂崑腔。至若弋陽腔、餘姚腔，雖亦以曲牌為載體，但日趨下流，以粗曲小調為主，自然難以登於大雅之堂。

其五，曲牌之建構、變化、類型、發展、聯套與套式。由於曲牌用於南戲北劇而為其主要之載體，地位最為重要，其本身與應用亦最為複雜。因之特與拈出作詳細之說明。

建構一個曲牌，可以歸納為正字律、正句律、長短律、音節單雙律、平仄聲調律、協韻律、對偶律、句中語法律等八個律則。曲牌之為細曲、可粗可細之曲、粗曲，全由其所具律則之多寡輕重而定。

而曲牌除本格正字正句之外，尚有襯字、增字、減字、增句、減句、帶白、夾白等現象。這些都是促使曲牌格式發生變化的因素，其中襯字、增字、增句是主要因素，次要因素是夾白、減字、減句、犯調和曲牌之入套與否。而曲譜於正格之外，又每有「又一體」，仔細考察，其實它們不少是誤於「句式」所產生的「又一體」，或誤於正襯所產生的「又一體」，或因增減字所產生的「又一體」，或因「攤破」所產生的「又一體」，其實它們多數都是合乎格式變化的「本格」。

若論曲牌之類型，則北曲可分作小令專用曲、小令散套兼用曲、小令雜劇兼用曲、帶過曲、曲組、雜劇專用曲等六類。如就北曲套數結構而論，則有首曲、正曲、煞尾三種。南曲就粗細及其增板有無而分，則細曲有增板，可粗可細之曲則可增可不增板，粗曲無增板。南曲有其性格，呈現不同之曲情，有歡樂類、悲哀類、遊覽類、行動類、訴情類、過場短劇類、急遽短劇類、文靜短場類、武裝短劇類等九種不同的曲情套式。其套數結構有四種類型：其一引子、過曲、尾聲兼具；其二引子、過曲；其三過曲、尾聲；其四過曲。曲牌由隻曲可發展為重頭、重頭變奏、子母調、帶過曲、曲組、民歌小調雜綴、聯套、合腔、合套、集曲、犯調。而若論南北曲之聯套，則都是在宋代樂曲的傳統之下，進一步的發展和應用。對此，北曲直接繼承宋樂曲的現象，較諸南曲要來得多。

「套曲」之建構本隨「排場」之所需而賦形；但由於關目排場有漸成「類型」的現象，於是作家相沿成習，使得排場主要載體之一的「套數」終於趨為「套式」。

其六，戲曲歌樂終於發展為雅俗兩大類型。俗是詩讚系板腔體，雅是詞曲系曲牌體。詩讚系板腔體，應當在唐說唱變文時代就已成立，宋陶真元北曲雜劇中之詩云詞云是其嫡傳，至《明成化說唱詞話》，始見十言「讚」體，可謂發展完成。詞曲系曲牌體，則由五七言近體律絕為基礎，向長短句發展，經宋詞、諸宮調迄南北曲而完成。所以詩讚系板腔體與詞曲系曲牌體，應當是雅俗並進，也往往同用而互為主客。如果硬要分辨孰先孰後，那麼成立於唐代的變文，說唱時應當用板腔體，就比宋金諸宮調的曲牌體早約百年了。而板腔體與曲牌體既判然有別，其音樂自然各具情味，面目大異其趣。總而言之，由於詞曲系曲牌體，無論在語言旋律和音樂旋律上的制約性較之詩讚系板腔體要縝密精嚴得多，所以就產生了優雅而藝術性極高的藝術歌曲；相對的詩讚系板腔體，由於歌者唱腔可以自由騰挪的空間很大，所以就產生了通俗而具個人音色口法且可以充分發揮的唱腔，甚至於從而創立了獨樹一格的流派藝術。所以兩者各有所長，很難以其雅俗而軒輊優劣。

本文從六個層面論述戲曲音樂，已大體可見其包羅之廣大與複雜；希望負日之暄，一得之愚，能有參考的價值。

附錄一　曲譜提要

金雯*

一、北曲譜

(一)周德清《中原音韻》

周德清《中原音韻》一書，始作於元泰定甲子（一三二四）秋，歷經十八年，於至正二年（一三四二）前後始正式刊行。除韻譜十九韻外，別有〈正語作詞起例〉，以〈作詞十法〉為中心，對北曲曲律、曲論有精要之論述。任訥《作詞十法疏證》云：

> 按周氏原書體裁，本為曲韻；而卷末附此「十法」，則以曲韻而兼曲論矣。「十法」之末又俱定格。「定格」云者，乃譜式也。……又以曲論而兼曲譜。……又，按其所列四十首定格，多聲文並美者，不同後人之譜，僅顧韻律，不顧文律也。則周氏茲作，蓋以一書而兼有曲韻、曲論、曲譜、曲選四種作用，覽

* 世新大學中國文學系博士。

者更未可以淺量之矣。❶

任氏所論極是。周維培《曲譜研究》云：

《中原音韻》中的北曲譜內容，主要包括兩項：一是三百三十五章北曲調名譜，以及關於「名同音律不同」和「句字不拘可以增損」一類曲牌的歸納、十七宮調聲情特徵的總結；二是作詞法「末句」欄內所列六十八首曲牌之末句譜式，以及「定格」欄所舉三十六首例曲的格律分析，可稱作北曲格律簡譜。以上兩項構成了大行於後世的北曲格律譜之雛型。❷

這三百三十五個北曲曲牌，周德清將之分屬於十二宮調，依次為黃鍾二十四章、正宮二十五章、大石調二十一章、小石調五章、仙呂宮二十四章、中呂宮三十二章、南呂宮二十一章、雙調一百章、越調三十五章、商調十六章、商角調六章、般涉調八章，周氏《曲譜研究》認為《中原音韻》中的「調名譜」，具有以下四點意義：

1. 在曲牌之歸屬上，反映北曲雜劇和散曲之創作實況。其對北曲宮調統轄曲牌的鑑定是準確而精當的。
2. 每宮調之內，排斥借宮轉調之曲牌，專輯本宮本調之曲，從而反映了早期北曲宮調轄曲之原貌。
3. 每宮調轄曲之次序，大抵呈現北曲聯套的基本框架。
4. 對於所輯錄調名，注意到「名同音律不同」的曲牌【水仙子】等十六章，也注意到句子可以增損的曲牌【端

❶ 任訥：《作詞十法疏證》（北京：中華書局，一九二四），頁一。

❷ 周維培：《曲譜研究》，頁四一、四二。

正好】等十四章。

周氏《曲譜研究》又分析《中原音韻‧作詞十法》，得其要點有三：

1. 其北曲列譜關鍵在調有定格、句有定式、字有定聲。
2. 遴選文律兼美之曲作為譜例。
3. 在「定格」評語中用了音律、音調、平仄、務頭、陰陽、對偶、俊語、用韻、命意、意度、下字等十一個術語，可以歸結其講究在音律與造語兩方面。

(二)朱權《太和正音譜》

舊題朱權《太和正音譜》是現存最古老的北曲文字譜，依據北曲的十二宮調，列舉出每一宮調裡的每一支曲牌，注明四聲平仄，標清正襯字；每支曲牌並選錄元代或明初的雜劇、散曲作品為例，共收三百三十五支曲牌，以此而作為填製北曲的規範。其後范文若的博山堂《北曲譜》和清代王奕清等合編的《欽定曲譜》北曲部分，都是取材於《太和正音譜》。而對於《太和正音譜》的作者，自從王國維先生的論曲諸書一再認定是明寧獻王朱權所作之後，學者從沒有懷疑過。同時由於卷首有一篇「洪武戊寅」的序，也因此被認為成書在洪武三十一年。對於這兩點，曾師永義於細讀《正音譜》、考述寧獻王朱權的生平之後，發現了可疑之處。❸因此撰寫《《太和正音譜》的作者問題》，認為《太和正音譜》是獻王晚年門客所依託之作。❹

周維培亦有《《太和正音譜》成書考論》一篇，認為《正音譜》在洪武三十一年有一種稿本，其內容主要為

❸ 曾永義：《說戲曲》（臺北：聯經出版社，一九七六），頁七七－九八。

❹ 曾永義：《《太和正音譜》的作者問題》，《書目季刊》第九卷第四期（一九七六年三月），頁三五－四四。

北曲譜式；改封南昌後，朱權對稿本進行整理增補，添入了北曲曲目文獻等大量內容，遂成今天我們見到的《正音譜》面貌。而自序則寫於洪武三十一年，增補本刊行時，朱權並未做增改修訂，便出現了與書中內容相矛盾的地方。❺

就《太和正音譜》內容而言，依其目次為：〈樂府體式〉、〈古今群英樂府格勢〉、〈雜劇十二科〉、〈群英所編雜劇〉、〈善歌之士〉、〈音律宮調〉、〈詞林須知〉、〈樂府〉等八項。可以大別為有關古典戲曲、散曲的理論和史料與北曲曲譜兩個部分。曲譜屬於較刻板的製曲法式；〈群英所編雜劇〉，對於雜劇作品的目錄雖然可以與《錄鬼簿》參校，互補不足，但僅屬史料性質；〈善歌之士〉、〈音律宮調〉，以及〈詞林須知〉中的大部分言論，雖然對於戲曲聲樂理論，歌唱方法，宮調性質的論述，歌曲源流，以及歷代歌唱家的片段掌故都有扼要的記載，但大部分是割裂燕南芝庵的《唱論》和小部分沿襲周德清《中原音韻》的成說而已，作者所新添的資料究竟有限。

至於其曲論如〈樂府體式〉、〈古今群英樂府格勢〉與〈雜劇十二科〉亦未臻細密完整，且頗有可議之處；但其對於曲文的風格、雜劇的類別，首建系統，予以劃分；對於作家的體勢，又有頗為精當的議論；加上其對於戲曲史料，保存豐富；尤其始立北曲法式，使製曲者有規矩可循。凡此都足以使《太和正音譜》成為一部不朽的名著。

《太和正音譜》完全按照《中原音韻》所列舉之十二宮調三百三十五個曲牌，實以例曲，標示平仄協韻而為第一部北曲文字格律譜。周維培《曲譜研究》認為有以下兩點意義：

❺ 周維培：〈《太和正音譜》成書考論〉，《南京大學學報（哲學・人文・社會科學）》一九九〇年第四期，頁三八－四一。

第一，《太和正音譜》確定了北曲十二宮調以曲牌例曲為音律格式的定則，其後《九宮大成北詞宮譜》、吳梅《北詞簡譜》、鄭騫《北曲新譜》等都依循其體例。

第二，《正音譜》確立了譜式例曲的具體標注方法。即全曲樂字標注平仄、某些樂句指明正襯。尤其是朱權根據北曲聲律特點，在樂字標注上反映出入聲派入三聲後的聲類，對今天曲律學、音韻學的研究，都有一定幫助。❻

《太和正音譜》有此兩點意義，但周氏也指出其例曲缺乏正格、變格之區分，其例曲也有難於代表「正格」的缺失。

而無論如何，《太和正音譜》所輯之曲，同樣成為《北詞廣正譜》、《九宮大成》、《曲譜大成》、《北詞簡譜》等同調選用之曲。另一方面，明清還出現了《欽定曲譜》北曲譜、《嘯餘譜》北曲譜、《博山堂北曲譜》等等，都與《正音譜》如出一轍的嫡派曲譜。❼

(三)徐于室、李玉《北詞廣正譜》

《北詞廣正譜》吳偉業〈序〉云：

李子元玉，好奇學古士也。其才足以上下千載，其學足以囊括藝林。……閑采元人各種傳奇、散套及明初諸名人所著中之北詞，依宮按調，匯力一書。復取華亭徐于室所輯，參而訂之。此真騷壇鼓吹，堪與

❻ 周維培：《曲譜研究》，頁五四、五五。

❼ 同上註，詳參頁五五、五六。

漢文唐詩宋詞並傳不朽矣。❽

似乎李玉編譜在前，而參訂徐稿在後。其實，吳序說法並不準確。現存《廣正譜》之刊本均題：「華亭徐于室原稿，茂苑鈕少雅樂句，吳門李玄玉更定，長洲朱素臣同閱。」明確指出該譜是李玉等人在徐于室原稿基礎上參補增訂而成的，著作權至少應歸徐、李兩人。❾

徐于室的原稿為《北詞譜》。《北詞譜》在體例、總目、譜式、例曲已經定型，李玉等人的主要貢獻是刊布而使之流傳，並增入新曲牌四百四十七調；又將小令專用曲別出於套數曲牌之外。而《廣正譜》與《正音譜》以及明季其他南曲譜比較，其優點主要是：「定格」具有典型性，「變體」羅列詳備；有關「句字不拘，可以增損」的曲牌，格律詮釋精當；譜式例曲點板精審，反映了北曲聲文之美。❿

㈣鄭騫《北曲新譜》

鄭騫（因百）先生的曲學專著中，用力最深、費時最長，最為學界推崇的要算《北曲新譜》。此書編撰原委與方法，可見《戲曲學㈡・戲曲學要籍述論》。先生在〈凡例〉中又說：

六、北曲共有：黃鍾、正宮、仙呂、南呂、中呂、道宮等六宮，大石、小石、般涉、商角、高平、揭指、

---

❽〔清〕徐慶卿輯，〔清〕李玉更定：《一笠菴北詞廣正譜》，收入《續修四庫全書》第一七四八冊（上海：上海古籍出版社，一九九五），頁一三七、一三八。

❾周維培：《曲譜研究》，頁六七、六八。

❿同上註，頁七五。

宮調、商調、角調、越調、雙調等十一調，合稱十七宮調。其中揭指、宮調、角調三者，只有名目而無作品，舊譜謂之「有目無詞」，自來存而不論。道宮、高平二者則僅諸宮調中有之，俱收入《諸宮調訂律》。故本譜僅收黃鍾等十二宮調，各為一卷，全書共十二卷，宮調先後次序則從《北詞廣正》。諸舊譜所收牌調，共四百有零，今歸併各宮互見，並刪去僅見於諸宮調或應屬南曲或與詞全同者，下餘三百八十二調。所有刪併之調，均附列其名目於各卷目錄之後。

十四、有若干牌調，可於固定句數之外增加若干句，是即所謂「增句」，乃北曲之一特點。《太和正音》於此全未提及；《廣正譜》則於可以增句之牌調概云「此章句字不拘，可以增損。」其說大謬。增句自有一定法則，且各調所守法則不同，並非隨意增加，豈可如此籠統言之。本譜於各調增句之數量、句式、平仄、韻協等項，均比較眾作，詳為註明，例如仙呂【混江龍】是也。[11]

即此可以想見《北曲新譜》一書是如何的精密謹嚴，而先生耗時幾達四分之一世紀，其用心用力又是如何的黽勉辛勤；也因此稱之為北曲格律的經典之作，較諸前輩時賢，自可當之無愧。譬如周維培認為「《廣正譜》句字不拘，可以增損之牌調，格律詮釋精當」，而先生則斥之為「其說大謬」。此外，先生尚有：《北曲套式彙錄詳解》用以明北曲聯套的法則和變化增損的形式；《校訂元刊雜劇三十種》使最古老的元劇刊本得能明其字句，成為可讀之書；《曲選》則選取名家代表作而為大學用書。凡此對學界也有相當大的貢獻。

[11] 鄭因百先生：《北曲新譜》，頁二、四。

二、南曲譜

其為南曲譜者：

(一)《元譜》與徐于室、鈕少雅《南曲九宮正始》、張彝宣《寒山堂曲譜》

《元譜》指元人《九宮十三調詞譜》。

《九宮正始．臆論》謂「茲選俱集天曆至正間諸名人所著傳奇套數，原文古調，以為章程。」可見《正始》以元人戲文為例曲。周氏《曲譜研究》謂《元譜》有以下作用：

其一，以《元譜》為準，探求曲調格律之原貌，糾正「時譜、今譜」所時見的錯訛。

其二，根據《元譜》材料，考訂犯調源流及不同曲牌出處。

其三，按照《元譜》體例，確定某些曲牌的宮調歸屬。

其四，按照《元譜》線索，考訂曲牌原稱以及牌名變遷。

《正始》引用元人戲文二十五劇、曲牌六十一支時，每每所引係屬「《元譜》原詞」、「元規元詞」，周氏《曲譜研究》認為其用意有三：

1. 以《元譜》曲辭論證譜式輯曲必須文律合一。

2. 用《元譜》所引校訂後世曲譜、刻本同題曲辭的句律。

3. 以《元譜》為準，釐定時譜坊本的字格。

從《正始》所引用的《元譜》，周氏《曲譜研究》對其體例，歸納了以下三點：

1.《元譜》劃分為《九宮譜》與《十三調譜》兩部分，它們的曲牌有部分相重。

2.《元譜》譜式相當嚴整。調名之下，備有例曲，並注釋格律，點明板式。

3.《元譜》中有不少曲調有目無例曲，其《十三調譜》尤為明顯。

錢南揚《戲文概論・形式第五・宮調》考證《十三調譜》應遠在《九宮譜》之前，因為《十三調譜》尚無引子、過曲之名，稱引子為慢詞，稱過曲為近詞，直接用宋詞名稱。⑫

周氏又謂如果我們將此《元譜》與時人蔣孝所稱《陳白二氏所藏九宮十三調譜》對看，發現以下三點：

1.兩者宮調系統完全一致，惟前後排列秩序有所不同。

2.蔣孝《舊編南九宮譜》所列的〈十三調南曲音節譜〉與《元譜》之十三調譜目，在調名、調數及排列上也大體脗合。

3.有關十三調譜式內的許多例曲文字幾無差別，似為同一曲譜的不同版本。

至於題為「雲間徐于室輯，茂苑鈕少雅訂」的《匯纂元譜南曲九宮正始》，正如吳亮序文所云：「雲間徐于室先生殆詞家之龍象也；吳門鈕翁少雅，則又律中鼻祖矣。」徐氏用力在輯錄古劇，考較曲文，辨訂作者，拾綴曲調；鈕氏功在譜式分析、格律推敲、板式釐定和曲牌處理。若論其譜式特徵，則有兩點：

1.曲調蒐集豐富，有曲牌一千一百五十三章，見於《九宮》者六百零一章，見於《十三調》者五百五十二章，所舉曲例古質，保存大量罕見之文獻。

⑫ 錢南揚：《戲文概論》（臺北：里仁書局，二〇〇〇），頁二二二—二二七。

2.正變體羅列詳備，格律選擇精當實用。以《元譜》為據；從而剔抉沈璟曲譜曲律之弊端，批評當時曲壇普遍性之錯誤。

其次說到張彝宣所撰曲譜的最後定本《寒山堂新定九宮十三攝南曲譜》，其旨在說明其源出《元譜》及陳白二氏所藏《九宮十三調譜》。但在宮調系統上張氏已明確了解「宮」與「調」並非對立並存，超越了《九宮正始》和沈璟《南詞全譜》而予以合併。其次刪去引子，單列尾聲定格，專收過曲而附錄犯調。其三取消曲譜罕見的標註名目，如：平仄四聲與閉口、穿齒、撮唇等字。

(二)沈璟《南詞全譜》與沈自晉《南詞新譜》

沈璟《南詞全譜》是在蔣孝《九宮譜》及其附錄〈音節譜〉基礎上增補修訂而成。王驥德《曲律．論調名第三》：

> 南詞舊有蔣氏《九宮》《十三調》二譜，《九宮譜》有詞，《十三調》無詞。詞隱於《九宮譜》參補新調，又並署平仄，考定訛謬，重刻以傳。卻消去《十三調》一譜，間取有曲可賞者，附入《九宮譜》後。⑬

又云：

> 詞隱校定新譜，較蔣氏舊譜，大約增十之二三；即《十三調》諸曲，有為後世所通用者，亦間採並列其中矣。⑭

⑬〔明〕王驥德：《曲律》，《中國古典戲曲論著集成》第四冊，頁六一。

詞隱除了辨別體製，分釐宮調，參補新調，考定四聲，並署平仄外，還分清正襯、附點板眼。王驥德《曲律・論板眼第十一》云：

> 詞隱於板眼，一以反（返）古為事。其宮調清唱則板之長短，任意按之，試以鼓板夾定，則錙銖可辨。又言：古腔古板，必不可增損。歌之善否，正不在增損腔板間。又言：板必依清唱，而後為可守；至於搬演，或稍損益之，不可為法。具屬名言。⑮

可見詞隱是按照古人法度，而且是依循清唱的謹嚴規矩點定的。南曲曲譜之點定板眼，自詞隱開始。沈德符《顧曲雜言・填詞名手》云：

> 年來俚儒之稍通音律者，伶人之稍習文墨者，動輒編一傳奇，自謂得沈吏部《九宮正音》之祕；然悠謬粗淺，登場聞之，穢溢廣坐，亦傳奇之一厄也。⑯

雖然沈氏意在嘲諷，但即此也可見當時戲曲作家普遍以詞隱《南詞全譜》為圭臬。

《南詞全譜》刊本，其保存原譜面貌的有明麗正堂刊本與三樂齋之《新定九宮詞譜》、明文治堂之《增定查補南九宮十三調曲譜》；其經後人增刪者有《嘯餘譜》與《欽定曲譜》所收本、張漢重校北大石印本。

師承詞隱而亦著作南曲譜的有馮夢龍《墨憨齋詞譜》（佚）和沈自晉《南詞新譜》。沈譜全稱為《廣輯詞隱

---

⑭ 同上註，頁七七。

⑮ 同上註，頁一一八、一一九。

⑯ 〔明〕沈德符：《顧曲雜言》，《中國古典戲曲論著集成》第四冊，頁二〇六。

先生增定南九宮十三調詞譜》，有不殊草堂原刻本。沈自晉為沈璟親侄，他在《新譜・凡例》中說他「增補」的十項原則是：「遵舊式，稟先程，重原詞，參增注，嚴律韻，慎更刪，采新聲，稽作手，從詮次，俟補遺。」據此可見沈自晉在沈璟原譜基礎上增輯大量新集曲犯調曲調共二百七十四章；改換沈璟原譜之例曲，以「先輩名詞」、「諸家種種新裁」充之者二十四調；對沈璟原譜的格律標注及分析文字，參酌增注；也因此《新譜》成為匯聚新舊、兼併古今的重要曲學著作。

(三)《九宮譜定》與《南詞定律》

而清初在沈璟《南詞全譜》影響下的曲譜著作，又有《九宮譜定》與《南詞定律》。《九宮譜定》題「東山釣史、鴛湖逸者」同著，有清初金閶綠蔭堂刻本。東山釣史為明末查繼佐（一六〇一－一六七七）別號，鴛湖逸者不可考。此譜查繼佐〈序〉云：

舊《九宮譜》大略耳。其中錯紊頗多，且甚俚率。余友沈子曠、宋遂聲、宋彥兮相依數十年。子曠每有特解，而數子歌最工……亙有發明。今來嶺南，與鴛湖逸者偶及聲事，遂取故譜釐正之。意欲再增許目錄未及也。顧即是可以歌矣，可以作歌矣。⑰

在這樣的情況下，此譜標注平仄、釐正板眼、題識襯字，並附綴格律釋文；例曲之上又有眉批，分析用韻、下字、板腔等有關的問題。但刪減沈譜冷僻曲牌，譜式一調一曲，排斥變格異體，成為實用簡便的曲譜。而查

⑰〔清〕東山釣史（鴛湖逸者）輯：《九宮譜定》，收於《烏石山房文庫》七七七冊（四冊一函，清初金閶綠蔭堂刊本，藏於臺大圖書館五樓善本書室），序文無頁碼。

氏於〈總論〉中又從「套數論、務頭論、引子論、過曲論、換頭論、犯論、賺論、尾聲論、板論、平仄論、韻論、字論、腔論、各宮互換論、程曲論、用曲合情論」等十六方面發表其對戲曲格律的見解，對後世吳梅、許之衡、王季烈之曲論頗有影響。

《新編南詞定律》為清呂士雄、楊緒、劉璜、唐尚信等人合編。有內府刻本及香芸閣刻本。楊緒〈序〉云：

> 今庚子歲，諸識音者一時振作，採取諸譜，然亦多取於《隨園》。舉向來失傳者，悉薈萃一堂。芟其繁蕪，正其訛謬，審節按板，分類定音。……顏曰《新編南詞定律》。視向之《隨園譜》者，覺考核愈詳愈備而畫一始出。⑱

可見《定律》完成於康熙庚子五十九年（一七二〇），主要以胡介祉增補沈自晉《南詞新譜》而成的《隨園譜》為底本，除清呂士雄、楊緒、劉璜、唐尚信等人會編外，還有「識音者」，金殿臣點板、鄒景僖、張志麟、李芝雲、周嘉謨同校，徐應龍重校，則成於眾家之手，編輯頗為審慎。其卷首題識云「其中文辭、句讀、正襯、字眼、板式務必從古從今。」可知其編輯立場折衷古今。於是《定律》周氏謂有以下成就：

1. 輯錄豐富，體式完備，共輯曲牌一千三百四十二章，正變體凡二千零九十曲。
2. 分類合理，切於實用。
3. 分析允當，標準統一，反映在曲牌異名的分辨，以及犯調之曲的釐定上。
4. 在每曲格律釋文方面，用比較研究、擇善而從的方法，解決聚訟紛紜的問題。

⑱〔清〕呂士雄等輯：《新編南詞定律》，收於劉崇德主編：《中國古代曲譜大全》第一冊〈卷之首・序〉（瀋陽：遼海出版社，二〇〇九年據康熙五十九年朱墨套印帶工尺譜影印），頁二—三，總頁二四。

於是吳梅〈王瑞生《南詞十二律崑腔譜》跋〉謂《南詞定律》出，「考訂異同，糾核板式」，「度曲家始有準繩」。對後來之《九宮大成南北詞宮譜》也產生很大的影響。

(四)王正祥《十二律崑腔譜》與《十二律京腔譜》

盡棄宮調不用，以十二律配十二月令統轄曲牌。《京腔譜》編撰於康熙二十三年，全面反映北京弋陽腔之格律、音樂、劇目和演唱的情況。《崑腔譜》於次年完成。均有停雲室原刊本。

周氏綜觀《京腔譜》、《崑腔譜》之可注意者如下：

1. 歸納南曲套式，為南曲譜首見。
2. 吳梅〈王瑞生《南詞十二律崑腔譜》跋〉云：「各律中又分聯套、單調、兼用諸類……全書體例，悉更沈、潭之舊，依類排次，時多創獲。南詞各譜，此為僅見。」
3. 每調僅列一曲為正格，不收變體；其例曲以宋元戲文和明散曲為主，兼採傳奇作品，例曲不注平仄韻否，僅點板眼，凡侵尋、纖廉、監咸韻等閉口字，悉以六角弧圈標識之。⑲

(五)《欽定曲譜》與《九宮大成南北詞宮譜》

《欽定曲譜》王奕清、陳廷敬纂修於康熙五十四年（一七一五），有內府殿本、掃葉山房影印本。前四卷為北曲譜，五至一二卷為南曲譜。以明程明善《嘯餘譜》為藍本，略加剪裁刪芟而成，其中北曲取自朱權《太和

⑲ 詳參見周維培：《曲譜研究》，頁一八五－一八七。

正音譜》，南曲取自沈璟《南詞全譜》。

《九宮大成南北詞宮譜》，由莊親王允祿主持，周祥鈺、鄒金生等合作，於乾隆十一年（一七四六）完成。全書八十二卷，綜合南北曲，兼容格律譜式與音樂譜式之集大成者。雖名「九宮」，實含「十三調」。南曲分引、正曲、集曲；北曲分隻曲、套曲。南北曲每一曲牌下，先列正格、次列變格，稱作又一體，於例曲俱標注工尺樂譜，附點板、板眼，標示韻句，並附有格律釋文。

全書保存四千四百六十六支戲文雜劇、散曲、傳奇和宮廷大戲的曲調樂譜。為後來葉堂《納書楹曲譜》、王季烈《集成曲譜》取資之淵源。又全書輯南曲曲牌一千五百一十三章，北曲曲牌五百八十一章，南北曲變體二千三百七十二章，南北合套三十六章，堪稱廣蒐博采，甚具文獻價值。吳梅對本書之〈敘〉云：

> 自此書出，詞山曲海匯為大觀，以視明代諸家，不啻爝火之與日月矣。⑳

所言甚是，但是因為內容龐大，也難免有正格擇例，博而不精，宮調系統紊亂，肆意枉改曲調格律等弊病。曾師永義有〈《九宮大成北詞宮譜》的又一體〉論其所謂「又一體」，多因不明格律變化原理所產生的誤解。㉑

(六)吳梅《南北詞簡譜》

十卷，從一九二〇年至一九三一年前後經十年完成。首四卷為北詞簡譜，後六卷為南詞簡譜。取法王奕清《欽定曲譜》。周維培《曲譜研究》謂具有以下特點：

⑳〔清〕周祥鈺、鄒金生等編：《九宮大成南北詞宮譜》，《善本戲曲叢刊》第六輯第三冊。

㉑見一九九一年九月揚州師範學院國際散曲會議論文集，收入《參軍戲與元雜劇》，頁三二五－三三八。

1. 要言不繁，簡明實用：僅收北曲曲牌三百二十二章，南曲曲牌八百六十九章，北套式五十六章，南套式八十九章，合套六章。
2. 獨下論斷，校訂舊譜沿襲之訛誤。舉凡宮調、調名、音韻、平仄、板式、腔格等……莫不梳理歸納，成一家之言。
3. 譜式注文兼有曲話、曲品、曲論、曲律多種批評功能，往往有精闢的見解。

三、宮譜

以下具工尺譜，為可供歌唱之宮譜：

(一)《納書楹曲譜》

清乾隆中後期因折子戲大行，以《九宮大成》為底本，反映當時曲壇傳唱劇目的工尺譜有十數種，其中以葉堂（廣明）《納書楹曲譜》最為重要，影響最大。

《納書楹曲譜》有乾隆五十七年至六十年納書楹原刊本，分正集、續集、補遺各四卷，另有外集二卷，以及《西廂記》、《臨川四夢》全譜。其體例標注工尺，提示板眼，題識腔調為主。〈凡例〉云：「宮譜字分正襯，主備格式。此譜欲盡度曲之妙，間有挪借板眼處，故不分正襯，所謂死腔活板也。」又每一調曲文之首選酌情題注所用調式。至其貢獻，周維培調有以下四項：

1. 首度為《西廂記》、《紫釵記》製訂全本工尺譜，使之傳唱舞臺。

2. 對《牡丹亭》等劇舊譜進行全面考校訂正，解決湯氏失律捩嗓之處，使《臨川四夢》具有權威性的譜式。

3. 其譜全面反映康乾時期戲曲舞臺之盛況。

4. 輯錄時曲二十一支，反映花部亂彈和俗曲。

(二)《吟香堂曲譜》與《遏雲閣曲譜》

《吟香堂曲譜》有吟香堂藏版原刻本，乾隆間馮起鳳定譜，收入《牡丹亭》、《長生殿》全本樂譜。至其貢獻，周維培謂有以下二項：

1. 為目前傳世較早的單劇譜。

2. 《長生殿》樂譜部分，參酌了《九宮大成》所輯樂章，較全面反映當時舞臺傳唱該劇的情況。[22]

《遏雲閣曲譜》，同治間王錫純輯，有同治九年掃葉山房刻本；現今較常見的則為一九二五年上海著易堂本，錄有著名折子戲樂譜八十七種，與《納書楹曲譜》齊名。至其貢獻，周維培謂有以下三項：

1. 《遏雲閣曲譜》兼採《納書楹曲譜》與《綴白裘》兩書優點，既有曲文又備賓白，為帶樂譜的折子戲。

2. 《遏雲閣曲譜》改變了《納書楹曲譜》以來的訂譜製律以清唱為準的風氣，突出了舞臺演出和流行的特點。

3. 其唸白與唱腔記載詳細，工尺板式完備，具實用性。[23]

[22] 周維培：《曲譜研究》，頁二五〇。

(三)《集成曲譜》

王季烈、劉鳳叔輯訂，一九二四年商務刊本。分金、聲、玉、振四卷，輯錄崑劇傳統折子戲四百五十齣。至其貢獻，周維培謂有以下三項：

1. 為現代崑曲音樂史上出現的最豐富、最龐大的工尺譜。
2. 注明小眼，分清正版與贈版，對豁腔等裝飾小腔也一一注明。
3. 對於鑼鼓、笛色、賓白、科介、音讀皆詳盡標注。㉔

(四)近現代崑曲工尺譜

《崑曲粹存初集》：宣統元年（一九〇九）由崑山國樂保存會編輯，輯錄《鐵冠圖》、《千鍾祿》、《鳴鳳記》、《精忠記》等五十齣折子戲的工尺譜。

《六也曲譜》：光緒三十四年（一九〇八），共收十四種傳奇中的三十四齣折子戲。

《異同集》：宣統年間抄錄本，依照劇本存留齣數多寡編次，搜羅範圍廣泛。㉕

《崑曲大全》：怡庵主人輯，一九二五年刊行，為《六也曲譜》的續集。

㉓ 同上註，頁二五一。
㉔ 同上註，頁二五四、二五五。
㉕ 同上註，頁二五三。

《春雨閣曲譜》：一九二一年石印本，共收《玉簪記》、《浣紗記》、《豔雲亭》三種傳奇之工尺譜。
《天韻社曲譜》：一九二一年油印本，共輯一百二十齣崑曲傳唱的折子戲工尺譜。
《與眾曲譜》：一九四〇年王季烈輯訂，為《集成曲譜》之簡本。
《崑曲集淨》：一九四三年沈傳錕輯訂，為一部以崑劇腳色應工劇目為專輯的曲譜。㉖
《正俗曲譜》：一九四七年王季烈編，選劇百折，皆言忠孝之事。
《粟廬曲譜》：一九五三年出版，輯錄了崑曲藝術家俞宗海擅長的二十九齣戲的工尺譜。㉗
《崑劇手抄曲本一百冊》：張鍾來家藏，蘇州圖書館館藏，二〇〇九年揚州廣陵書社影印出版。
《崑曲集存・甲編》：二〇一一年黃山書社出版，周秦主編，收四百一十一齣崑腔折子戲，含曲詞、宮譜、念白、科介，依原書影印。

四、周維培〈曲譜製作與南北曲格律〉提要

舉凡宮調、曲牌、套數、句法、平仄、字音、板式、工尺、襯字等方面，都是戲曲格律所包含並重點解決的問題，而這些又都是戲曲曲譜建構的材料與基石。曲譜的意義與作用，就在於通過圖式法和例證體，簡明扼要地解釋戲曲格律之精粹要點，清晰實用地為作家填詞、樂工度曲提供摹仿學習的範本。因此，曲譜又堪稱主體的、濃縮的、實用的戲曲格律論，是各種經過創作和演出實踐檢驗並上升為規則體例的

㉖ 同上註，頁二五六。
㉗ 同上註，頁二五七。

南北曲格律的集大成者。㉘

(一)南北宮調系統論

1. 宮調在曲譜中的意義與作用

(1)所有曲牌及曲調格式，都必須在某一宮調的統轄下，才能組合成曲譜。

(2)宮調是曲牌聯套的構成單位。

(3)宮調在曲譜中標誌著某類音樂風格、程式化的聲情特徵。㉙

2. 上古樂律與宮調的歷史變遷

我國古代樂律有十二律呂，樂音有七聲音階，與現今西方音樂中的自然律有相通之處。而十二律呂與五音二變是古代樂律的兩大支柱。春秋戰國時期出現了「旋宮」理論，合十二律為八十四調；西漢郎中京房依照三分損益法，使律數與曆數相結合，推算出六十律。而與南北宮調有直接關聯的是唐代燕樂二十八調；然此至宋代時已不再全部流通使用，據《宋史・樂志》與《詞源》所載，宋教坊所用實為十七宮調。宋金時期諸宮調所用的宮調數目，也證實俗樂宮調數目減少及其基本上沒有突破宋燕樂宮調系統。㉚

3. 北曲宮調系統

戲曲所用宮調，北曲與南曲並不相同。北曲宮調系統最早見諸於芝庵《唱論》與周德清《中原音韻》，共十

㉘同上註，頁二六〇。

㉙同上註，頁二六一。

㉚同上註，頁二六一—二六五。

七宮調，然僅十二宮調為時所用，且散曲可通用十二宮調，但劇曲一般只用五宮四調。

至於北曲十七宮調的來源及其名稱取法，周維培在《曲譜研究》中則針對明以後曲學家代表性觀點歸類出有省略說、元人誤用說、音樂變遷說、音樂名稱說四種說法。㉛

4.南曲宮調系統

鈕少雅《南曲九宮正始》所引元人《九宮十三調詞譜》為最早記載南曲宮調情況的曲譜。然而此實為《九宮譜》與《十三調譜》的匯合。因此在南曲曲譜製作史上，實際出現了此兩種宮調系統。除此之外，還出現了第三類古律系統，即王正祥《十二律崑腔譜》與《十二律京腔譜》，摒除宮調，採用上古十二律呂。㉜

5.宮調聲情略說

對於宮調聲情說，周維培在《曲譜研究》中提出了三點肯定的說法：

(1)每四個字的品評，只是提出其宮調聲情的類別。相對於某一宮調來說，既有劇曲與散曲的不同，又應有長套與小令音樂風格上的差異。

(2)認為十七宮調聲情的描述，似乎主要從音樂形式上通過總體感受獲得的，並沒有考慮到劇曲、散曲內容對聲調的相對制約作用。因此當我們把現存的元人北曲作品拿來印證，往往不符合其所選擇的宮調聲情。

(3)從修辭學角度，十七宮調的某些聲情文字的組合也是很難清楚解釋其含義的。㉝

㉛ 同上註，頁二六六、二六七。

㉜ 同上註，頁二六八。

㉝ 同上註，頁二七三、二七四。

(二)南北曲牌系統論

1. 曲牌性質淺說

曲牌的性質主要有三個層面：

(1)曲牌標誌著某一種調式音樂的固定旋律。

(2)曲牌是構成套數最基本的音樂單元，而聯套體作為古代戲曲藝術的音樂體裁，其唱腔特徵又是建立在曲牌主腔的基礎上。

(3)曲牌同時又是一種格律符號，代表著這個音樂調類在文辭格律上的要求。[34]

2. 南北曲牌的來源及命名

(1)吸收唐宋燕樂、詞調、諸宮調、唱賺等藝術體裁所用。

(2)來自南北曲聲調劇種發源地的民歌俗樂、地域俚曲以及宗教佛曲道情和少數民族的歌曲。

(3)南北曲曲牌中還有一些僅見於早期南戲而不被明清傳奇採用者，如：《張協狀元》。[35]

3. 北曲曲牌的功用與區分

北曲曲牌在功用上，主要區分為小令專用、套數選用、小令套數兼用三類。關於小令與套數的分辨，最早可見於《中原音韻》：

[34] 同上註，頁二七七。

[35] 同上註，頁二七八—二八一。

有尾聲名套數，時新小令喚葉兒。

其最初採用的牌名多是單用曲，不與套曲所用相混。後來隨著有些名套的傳唱流行，有些文人仿詞例，從聯套曲中摘取某些曲調來寫作，因此又有了北曲摘調的出現。而有關小令專用曲調的總結，主要開始於《北詞廣正譜》，該譜在類別一欄專立小令名目。至於近代相關研究則有吳梅《南北詞簡譜》分析小令選調之法；任中敏《散曲概論》區分小令專用者五十餘種，小令與套數兼用者六十九種；汪經昌《南北小令譜》歸納北曲小令及摘調共九十六章，網羅最為豐富。

北曲曲牌還有一種帶過曲形式，即把二三支宮調相同、宮調相近、聲情統一的曲牌聯綴在一起，組成新調。[36]

在性質上，除了尾聲以外的曲調，統稱之為隻曲。隻曲的說法，最早見於《九宮大成北詞宮譜》。至於「尾聲」，其實際上可分做兩個層面：一是全篇尾聲，即聯套曲體的最後一支曲牌所代表的樂章；二是末句，指每一首曲牌音樂的最後樂句，此處則以《中原音韻》論述最為詳備。[37]

4.南曲曲牌的功用與區分

南曲曲牌的性質與用法，因體裁性質而出現的調用分類，遠不如北曲系統那麼嚴謹與固定化。主要按照引子、過曲、尾聲三類進行。一般來說，引子有以下幾個特點：

(1)南曲引子，在牌名稱謂上又作慢詞。

---

[36] 同上註，頁二八三—二八五。

[37] 同上註，頁二八六。

(2)南曲引子在聯套上一般不拘宮調。
(3)南曲引子在實際運用中，有時只選某一調的一部分或首尾數句。
(4)某些南曲引子，在聯套中還可以當作尾聲使用。
(5)某些腳色如淨、丑之類，上場不用規定的引子曲調，而選用某些過曲中的短曲代替。
(6)關於引子的填法，明清曲家多從整齣戲情及人物聲口個性方面討論之。㊳

至於過曲之性質，主要與聯套與否以及在聯套中的位置有關。王驥德《曲律》謂各宮調過曲，應分細、中、緊三類。而《南詞新譜》和《南詞定律》諸譜則將過曲中的原調與集曲分列開來。在音樂節奏和腳色選用上分析，集曲多是細曲，而原調中則有不少專供淨丑選用的粗曲。過曲中的粗細之分，主要表現在聯套上，且粗曲一般不宜生旦腳色選用。㊴

從板式來看，王季烈《螾廬曲談》謂：

過曲聯絡之次序，總須慢曲在前，中曲次之，急曲在後。慢曲即細曲，皆有贈板。中曲則無贈板，而一板用三眼。急曲則一板一眼，或流水板。㊵

南曲尾聲，各曲譜羅列及分析最為繁細。在南曲早期，各宮調均有固定的尾聲格式，不容混淆；至於九宮所列，從蔣孝曲譜開始，多抄錄轉換元譜文字。沈璟、沈自晉諸譜又專門設立欄目，討論各宮調尾聲的格律要

㊳ 同上註，頁二八九—二九〇。
㊴ 同上註，頁二九一。
㊵ 王季烈：《螾廬曲談》，頁一八。

點，從而使南曲尾聲更趨深奧繁瑣。

至明清傳奇，尾聲呈現出相對簡化的趨勢，如：

(1)一本傳奇中有許多套曲根本不用尾聲。

(2)明清傳奇在創作實踐中形成了尾聲的統一格式。

(3)明清戲曲家更重視的是南曲尾聲在意境文辭上的填法。[41]

5.南北曲牌的某些特殊使用規則

(1)借宮轉調的曲牌。

(2)名同音律不同的曲牌。

(3)句字不拘可以增損的曲牌。[42]

而在南曲曲牌系統中，最能反映其格律變化和生成能力的，當推集曲。由《九宮大成南北詞宮譜》所定；犯調之名，則在宋詞中已經出現，其主要方法有二：一為宮調相犯。二為詞調相犯。南曲繼承了詞調相犯的方法。

至於明清南曲譜對集曲的分析主要有二：

(1)尋繹其所集曲調的來源出處，標示於調名之下。

(2)研討集曲格律句法，並給予優劣評價。[43]

---

[41] 周維培：《曲譜研究》，頁二九二－二九四。

[42] 同上註，頁二九五、二九六。

[43] 同上註，頁二九六。

而其相關論述則可見於張彝宣《寒山堂曲譜・凡例》、《九宮大成》、李漁《閒情偶寄》。至於從演唱風格語調聲情方面的論述，則可見於魏良輔《南詞引正》和劉熙載《藝概》。[44]

㈢南北曲聯套論略

1. 南北曲聯套的歷史回顧

2. 南北曲聯套的繼承性與構成因素

宋代樂曲的類別主要有以下三種：

(1)宮廷大曲。

(2)宋代民間曲藝和俗樂中的聯套體製。共有：纏令、纏達與唱賺兩種形式。

(3)興起於北宋末年講唱體曲藝形式的諸宮調。[45]

3. 北曲聯套的一般規則

(1)曲牌組合基本上按照一宮一套的原則。

(2)北曲聯套無論中間組曲如何變化，但其首尾幾調是嚴格固定的。

(3)在音樂旋律上，北曲套數首先出現的是節奏舒緩的慢曲。

(4)北曲套式有劇曲專用、散曲專用之分。有時劇曲專套可借用於散套，但散套一般不得用於劇套。[46]

---

[44] 同上註，頁二九八、二九九。

[45] 同上註，頁三〇二—三〇四。

[46] 同上註，頁三〇五、三〇六。

4.南曲聯套的階段性與一般規則

南戲聯套與北雜劇相比，其最大的不同有三：

(1)曲牌編排上並未形成定式。

(2)每齣音樂可由多種套曲組成。

(3)短套多而長套少。㊼

而南曲聯套主要可以劃分為兩個階段：

早期階段：

(1)編排上具不穩定性。

(2)南戲脫胎於村坊小曲，結構鬆散，場次繁多，各類腳色均能演唱，因而特別強調聲情的喜怒哀樂與劇情悲歡離合之間的密切配合。

(3)短套多而長套少。

然而到了《琵琶記》某些套式的相對穩定性便表現出來了，且在內容形式上都發生了重大變化。崑曲傳奇確立以後，套曲雖無一定之規，但在編排上一般依循著各宮各調自相為次的原則。具體而言，則有以下三項：

(1)加贈板的慢曲牌在最前面，三眼一板的慢曲次之，一板一眼的急曲在最後。

(2)淨丑所用之粗曲，一般不能與生旦所用細曲聯套。

㊼ 同上註，頁三〇八。

(3)聯套主曲必須與劇情相協調。[48]

5.南北合套略說

據《九宮大成》所列合套譜式，共有三項主要特點：

(1)合套必須選用南北同一種宮調，在曲牌編排上應為一北一南或一南一北相間，並綴以尾聲。其相間的形式有三種：

a.各不相同的北曲與南曲交替出現。

b.在一套北曲中反覆插用同一支南曲曲牌。

c.在一個完整的北曲套內分別插入幾支不同的南曲曲牌。

(2)在演唱上，成熟期的合套形式，雜劇為末傳唱北曲，旦傳唱南曲。

(3)合套中的北曲曲調在押韻上依北曲慣例，一韻到底。而南曲曲調則可以換韻，但幅度不宜過大。又，南北曲牌要盡量地保持旋律上的銜接，在唱詞數量分配上南曲也比北曲要少一些。同時，在板式限定方面，合套內的南北曲調也必須作到一致性，不可相差太大。[49]

(四)南北曲韻律釋要

1.曲譜韻律分析與詩詞韻律概說

最早的韻書為魏李登《聲類》和晉呂靜《韻集》。後由陸法言《切韻》對韻書作了定型。繼之又有宋代《廣

---

[48] 同上註，頁三〇八—三一二。

[49] 同上註，頁三一三、三一四。

韻》（一〇〇八）、《韻略》（亡佚）、《禮部韻略》（一〇三七）；南宋《壬子新刊禮部韻略》（一二五二）的平水韻系統，成為明清兩代詩韻韻書的慣用體系。而詞韻韻書編纂較遲，保留至今最早的是明胡文煥《會文堂詞韻》。[50]

至於曲韻專書則以周德清《中原音韻》為最早，將韻分十九部，平分陰陽，入派三聲；後又有元黃公紹《古今韻會》（一二九二）和熊忠刪改本《古今韻會舉要》（一二九七）以及用八思巴文字譯寫漢語服務的《蒙古字韻》。[51]

2. 明清南北曲譜的檢韻標準

明清曲譜用來審音校律的韻書體製。無論是北曲格律譜，如：《太和正音譜》、《北詞廣正譜》，還是沈璟以下的南曲格律譜，以及清代湧現的戲曲工尺樂譜，它們使用的韻書，都是《中原音韻》或是根據《中原音韻》修訂而成的裔派韻書。[52]

3. 《中原音韻》與南北曲作家

以下歸納周維培《曲譜研究》中所提及《中原音韻》的內容與特點：

(1)按照十九個韻部編排。

(2)《中原音韻》所集北曲韻字及分韻依據，是按照元前期的散曲作品，而不是雜劇作品。

(3)為推動南方作家填製北曲而編纂的。

---

50 同上註，頁三一七。

51 同上註，頁三一八。

52 同上註，頁三二四。

(4)《中原音韻》問世之前，北曲作家選字押韻並無正規的曲韻專書可憑藉，他們填製劇曲樂府，可能按照平水詩韻而放寬了通押的範圍，或者模仿詞韻通押的方法，而加以靈活運用。

(5)《中原音韻》反映了北曲韻律的五項特徵：

a. 北曲無入聲字。

b. 北曲平聲字分作陰平、陽平。

c. 北曲以平仄通押為常規。

d. 無論小令、套數均要一韻到底，不換韻，亦不避重韻。

e. 劇套多用寬韻，少用或迴避險韻。[53]

4. 南曲韻律的階段性及其特徵

周維培《曲譜研究》中認為南北曲的分野有二：

(1)南曲以江浙一帶的方言為基礎音，平、上、去、入四聲獨立；北曲以大都為中心的北方語言為主，入聲消逝，歸派於平上去三聲之中。

(2)南曲平上去入四聲皆分陰陽；北曲只有平聲分辨陰陽。[54]

南曲韻律的階段性可分為兩階段：

第一階段：以《琵琶記》為代表的南戲系統。

(1)入聲以單押為主。

---

[53] 同上註，頁三二五—三二九。

[54] 同上註，頁三三一。

(2)既有一齣首尾一韻的，也有一齣兩韻以上的。

(3)總體上，南戲韻律中音路較為清晰的有東鍾、江陽、蕭豪、尤侯諸種。

(4)與北曲相比，南戲雜韻、犯韻的現象很嚴重。

第二階段：明代萬曆年間以後。

(1)強調一齣一韻，以不換韻、少換韻為上。

(2)入聲不再單押，悉與三聲同用。

(3)糾正了南戲混韻、雜韻現象。

(4)用韻範圍擴大。[55]

5.「北諳中原，南遵洪武」考辨

周維培《曲譜研究》中批評沈寵綏《度曲須知》及沈乘麟《韻學驪珠》當中北諳中原，南遵洪武的觀點，提出「《正韻》一書，原不為填詞度曲而設。在實際創作中，《洪武正韻》從來沒有成為南曲押韻的工具，反而是《中原音韻》及其裔派曲韻，成為明代中後期南曲家案頭必備之書。」[56]

6.南曲曲譜的韻律標記

從沈璟開始，南曲曲譜對例文標注主要分樂句與樂字。樂句標注韻腳，但樂字則相對複雜；一般樂字，標出平仄；南曲樂字的平仄依牌調而定，頗繁瑣。而王驥德也在其《曲律．論平仄第五》當中對此有相關論述。至黃周星《製曲枝語》總結為「三仄更須分上去，兩平還要辨陰陽」。

[55] 同上註，頁三三三—三三六。

[56] 同上註，頁三三八。

而樂字標注的第二方面，是有關閉口字的圈識。南曲曲譜一律圈注例文中侵尋、廉纖、監咸三韻字。其相關論述另可見於《南詞定律・凡例》、《度曲須知》、《曲律》和《正吳編》等論述曲譜之書。57

(五)工尺板眼的淵源及在曲譜中的運用

1.工尺譜的意義及歷史演變

南北曲所用的工尺字譜主要有七個：上、尺、工、凡、六、五、乙。而南北曲所用音階並不相同。南曲只有五音而無二變，即缺凡、乙二音；北曲通用七聲音階。古代所用的七字工尺譜符號，屬於首調唱名法，是以曲笛音為標準的。

關於七種調式的用法，古代度曲家認為：「近代用工尺等字以名聲調。四字調乃為正調，即宮音也。是調皆由正而翻。七調之中，乙字調最下，上字調次之；五字調最高，六字調次之。今度曲者用工字調最多，以便其高下。惟遇曲音過抗，則用尺字調，或上字調；曲音過哀，則用凡字調或六字調。」清代戲曲樂譜在輯錄南北曲譜時，往往注明該齣所用之調式。

戲曲所用的工尺字譜，與元以前音樂所用的字譜並不相同，但兩者之間又有著明顯的繼承關係，而律學史上多認為其產生於屈原時代。唐以前古樂記譜，主要靠文字解注；隋唐時期，音樂家們創造了古琴減字譜的形式，即用若干個減筆符號來標誌指法。至遲在唐五代時期，工尺字譜便開始出現。如：敦煌出土的【傾杯樂】等，就是屬於工尺譜的早期形式（又稱半字譜）。而工尺譜的大量出現，歸功於宋代教坊的提倡以及民間俗樂的

57 同上註，頁二三八、二三九。

運用，配合律呂宮調使用，從十字工尺譜（五、凡、工、尺、上、一、四、六、勾、合）衍變出十六字譜，一直沿用到明代宮廷的太常樂。而清代的宮廷音樂仍延續明代，但常用的工尺字譜減少為七。58

2.戲曲工尺譜的形式與口法標記

戲曲工尺譜出現在清乾隆初年以後，官修合譜《九宮大成》開其濫觴。王季烈《螾廬曲談・論譜曲》認為工尺譜的流行，標誌著文人作家與伶工曲師的分離以及崑劇的衰落。

而戲曲樂譜的工尺編排，一般有立柱式、斜列式、橫排式三種代表樣式。至於工尺字譜與戲曲曲詞的配合，則有三個重要方面：

(1)工尺譜配合字調必須按照一定的格式（即腔格）。

(2)工尺配樂字時，還要兼顧該字的平仄陰陽。

(3)在配製工尺時，還必須考慮到南北曲牌在長期演唱中形成的主腔風格。

另外，在度曲的過程中還要考慮到工尺與樂字反切之間的調值關係以及與工尺配搭的板眼和唱曲口法符號。59

3.戲曲板眼略說

板眼，是南北曲中標誌音樂節奏的符號，也是構成南北曲樂譜的主要形式之一，此在後世戲曲工尺譜中的作用是一致的。而板與眼的組合稱作「板式」。「拍板」開始是一種控制節奏的打擊樂器；後來逐漸衍化成一種音樂節奏的記譜形式。

58 同上註，頁三四一－三四四。

59 同上註，頁三四六－三四八。

北曲在元明時代，就有關於拍板的記載，只是在明代末年一般曲家認為它不容易掌握，遂用南曲板式的成法來限定它而已。關於南曲拍板的記載，最早見於《南詞敘錄》對《琵琶記》成書的描述。明萬曆以後的南北曲創作史上，曲詞板眼的標識與研究成為風尚。曲譜之例曲點板，開始於沈璟的《南曲全譜》，並被後代曲譜家視作製譜的常規通例。而對南北曲板眼的研究，貢獻最為突出者當推《北詞廣正譜》、《九宮大成南北詞宮譜》、《納書楹曲譜》諸種。而有關板眼的符號，古代曲譜與近現代曲譜略有不同，可見於《九宮大成南北詞宮譜》當中。60

五、周維培〈曲譜的文獻價值與理論價值〉

(一)古劇舊曲輯佚鉤沉的寶庫——曲譜的文獻價值

在近現代學者對曲譜文獻的輯佚利用上可見於一九〇八年王國維《曲錄》，後繼者如：錢南揚、趙景深輯錄南戲佚文，趙景深鉤輯雜劇、傳奇佚文，隋樹森、淩景埏、謝伯陽匯編元明清三代散曲文獻。另外，周維培在《曲譜研究》當中也詳述了曲譜當中的散曲佚文、元雜劇佚文、南戲佚文以及傳奇佚文。61

60 同上註，頁三四九—三五一。
61 同上註，頁三五四—三五九。

㈡古典詞曲的音樂化石——曲譜在古代音樂史上的地位

周維培在《曲譜研究》當中依《九宮大成》對宋詞樂譜作了全面的統計，以供讀者能更深一步的了解宋詞樂譜的真偽及總目，認為其對於我們研究諸宮調音樂風格以及金元時期曲藝音樂成就，具有重要的文獻價值。

另外，在南戲與元雜劇樂譜的存佚情況上，除了本身根據元曲四大家與王實甫雜劇樂譜作了統計外，亦提出了五本重要著作如下：

⑴楊蔭瀏《中國古代音樂史稿》：統計元雜劇現存樂譜。

⑵曹安和《現存元明清雜劇傳奇全折全齣樂譜目錄》、《元明散曲留存樂譜全目》：保存戲曲和散曲樂譜之全目。

⑶《九宮大成》、《納書楹曲譜》：保存少數散曲樂譜。62

㈢填詞之粉本、刺繡之花樣——曲譜與劇作家關係論

首先周維培透過李漁《閒情偶寄》當中肯定了曲譜對曲家填詞製曲的示範作用與限制性，同時，又闡述了才情與譜式、劇情與定格之間的辯證關係；同時透過他本身的劇作《笠翁十種曲》來作印證，道出古代曲學對曲譜實用價值的評價。

再者其透過《中原音韻》、《太和正音譜》、《北曲譜》、《嘯餘譜》、《九宮大成》等曲譜，來論述並印證出曲

62 同上註，頁三六六－三七八。

譜對劇作家的培養和對劇本創作的推動的功不可沒。

最末，周維培亦透過諸多戲曲理論來闡述明代著名曲家在創作的過程中與曲譜之間的關係，強調出南曲曲譜的製作促進了崑腔傳奇的繁榮。[63]

[63] 同上註，頁三七九－三八九。

附錄二　戲曲「腔」論——從音樂結構學的視野❶

王耀華*

曾先生永義院士〈論說「腔調」〉，就腔調的命義、從自然語言旋律到人工語言旋律、構成與影響腔調的要素、腔調的載體、歌唱者如何運轉載體產生「唱腔」、促使腔調變化的緣故、腔調流播所產生的現象等方面，論述了中國傳統戲曲腔調的涵義、內在構成要素、外在用以依存的載體、所以呈現的人為運轉、腔調的變化和流播。這是迄今為止，對中國傳統戲曲「腔調」作全面深刻探討的一篇宏論。耀華拜讀後，受益匪淺。作為學習心得，在此奉上拙文〈戲曲「腔」論〉，試圖從中國傳統戲曲音樂結構學的視野對戲曲之「腔」作一初步論述，以求教於曾先生永義院士和諸位方家。

一、「腔」在中國傳統戲曲音樂中的意義

在中國傳統音樂、尤其是中國傳統戲曲音樂及其結構中，「腔」是一個具有音樂形態學、音樂結構學和音樂

❶ 刊登《戲曲學報》第十五期（二〇一六年十二月），頁一－二七。

* 福建師範大學音樂學院教授。

美學諸多方面意義的概念。

在音樂形態學方面，沈洽指出：「所謂腔，指的是音的過程中有意運用的，與特定的音樂表現意圖相聯繫的音成分（音高、力度、音色）的某種變化。」❷單音，猶如語言學中的「字」一樣，是音樂結構活體中的一種最小元素。中國傳統戲曲音樂中，單音作為一個音過程來理解時，可能出現的音高變化通常是一種「遞變數」，形成「曲線狀」的音過程。並且這種貫穿著音高、力度、音色變化的音過程的單音，成為其主流樂音。然而，在歐洲傳統音樂中，單音是一種「直線式」的音過程，音與音之間構成「躍進」的關係；雖然在歐洲的某些傳統音樂樂種中也存在著「歌腔」，但是，這種歌腔指的是一個起主導作用的音樂主題，是一句有特色的旋律，即使其中個別樂音有音高、力度、音色的變化，也並沒有成為主流，因為其樂音基本生成因素之一的語言屬於重音語言，而不同於中國音樂體系大多數民族使用的是漢藏語系的聲調語言，這種「腔」音在歐洲傳統音樂中不具備普遍意義，沒有上升到占據主導地位。

在音樂結構學意義方面，中國傳統戲曲音樂的「腔」，從字義上看，具有框架（曲牌、曲調框架）的意義。《辭海》中，對「腔」字的第一種解釋是：「動物體內的空隙或室。如體腔、胸腔、腹腔、圍心腔、圍腮腔、血腔、外套腔、生殖腔等。」❸《現代漢語詞典》中，「腔」也是這種意義：「（腔兒）動物身體內部空的部分：口腔、鼻腔、胸腔、腹腔、滿腔熱血、爐腔兒。」❹指的都是動物體內的空的部分，並且具有框架的意義。《辭海》和《現代漢語詞典》中，對「腔」的另外一種解釋，就更明確地指出：「腔」是「曲調；唱腔。如：崑腔；

❷ 沈洽：〈音腔論〉，《中央音樂學院學報》一九八二年第四期，頁一四。

❸ 辭海編輯委員會編：《辭海》（上海：上海辭書出版社，一九七九），頁一五一八。

❹ 中國社會科學院語言研究所詞典編輯室編：《現代漢語詞典》（北京：商務印書館，一九九六），頁一〇一六。

字正腔圓。」❺「(腔兒)樂曲的調子:高腔、花腔、崑腔、唱腔兒、唱走了腔兒。」❻這裡的「腔」,主要指的是戲曲音樂中的一種曲調框架,曲調樣式。這種框架、樣式,既具有一種約定俗成的規式性,甚至提煉概括為「程式」,成為行內人必須遵循的某種藝術的法式、規範,形成程式性;又具有可以根據唱詞內容、感情的變化和演唱者情緒、靈感作即興發揮的變易性。所謂「樂之筐格在曲,而色澤在唱。」❼這種「筐格」就是「腔」,在音樂結構層次中就包括:腔音、腔音列、腔節、腔韻、腔句、腔段、腔調、腔套、腔系的約定俗成的規式性,或程式性;「色澤」就是演唱演奏時的即興變易性,包括各結構層次內部的可變性,在一定筐格內的變易和創新。

在音樂美學意蘊方面,「腔」已經成為中國傳統戲曲音樂的一種基本美學追求。聲樂中的「依字行腔,字正腔圓」,「腔依調行」,「以腔傳情」等;器樂中的「定板正腔」,「死曲活腔」,「腔不韻則不美」等,都表現出對「腔」的重視,對「神韻」的追求。在此,神韻在很大程度上是與「腔」聯繫在一起的,神韻是腔的目標和內涵,腔是神韻的外顯和載體。試想,如果在現實音樂生活中,將戲曲的唱腔和過場曲的演奏,都按鋼琴上「直線式」、「躍進式」的固定音高來呈現的話,那將會是一種什麼樣的效果呢?人們肯定會認為,這是一種「洋腔」、「洋調」,失卻了中國傳統戲曲音樂的神髓和韻味。就像是品慣了鐵觀音的人,突然喝一杯白開水那樣,感到索然無味。這就從另一個側面證明,「腔」在中國傳統戲曲音樂及其結構美學中的基礎地位。

❺ 中國社會科學院語言研究所詞典編輯室編:《現代漢語詞典》,頁一〇一六。

❻ 辭海編輯委員會編:《辭海》,頁一五一八。

❼ 〔明〕王驥德:《曲律》,《中國古典戲曲論著集成》第四冊〈論腔調第十〉(北京:中國戲劇出版社,一九五九),頁一一四。

正是基於以上這三個方面的原因，所以，筆者在《中國傳統音樂結構學》❽第一版中，對中國傳統音樂的各結構層次，都冠以「腔」為定語，分別稱之為：腔音，腔音列，腔節與腔韻，腔句，腔段，腔調，腔套，腔系。該書出版以來，一些同行專家提出了他們的看法，認為，在中國傳統音樂中，音的帶腔性固然是很重要的特點，甚至於占主流地位，但是還有許多是不帶腔的音，不能以偏代全。筆者聽完這一意見後，接受了其中的一部分，因此，在與王州君一同修改《中國傳統音樂結構學》時，準備分成兩種版本，一是以中國傳統音樂整體為研究物件的《中國傳統音樂結構學》，將各橫向結構層次改為：音、三音列、樂節、樂句與腔韻、樂段、隻曲、套曲。一是以中國傳統戲曲音樂（含曲藝音樂）為研究物件的《中國傳統戲曲音樂結構學》，因為「腔」已經在其音樂中不僅具有主流地位，而且幾乎影響全域，所以，仍然堅持原有的結構層次命名：腔音，腔音列，腔節與腔韻，腔句，腔段，腔調，腔套，腔系。並且據此論述各結構層次的特點。

二、中國傳統戲曲音樂結構層次中的「腔」

㈠腔音

在中國傳統戲曲音樂中，對於單個樂音來說，帶有普遍性的特點就是音過程中有意識的音高、力度、音色的變化，這種變化不僅出現在單音的音過程內部，而且在樂音與樂音之間的連結過程中也形成一種遞變數，並

❽ 王耀華：《中國傳統音樂結構學》（福州：福建教育出版社，二〇一〇）。

且上升為具有審美意義的一種形態特徵。沈洽在〈音腔論〉中對中國音樂體系樂音的這一特點作了全面深入的論述，稱之為「音腔」或「帶腔的音」。筆者認為，沈洽的論述是合乎實際而科學的。其中用「音腔」來表述這一音樂現象也是恰當的。但是，在傳統戲曲音樂結構層次的場合，如果作為「帶腔的音」的簡化，還是應當用「腔音」來表述中國傳統戲曲音樂的單音較為確切，因為在這裡，「音」是核心落腳點，「腔」是對「音」的本質特性的修飾和形容，同時，也可以用「腔」來修飾中國傳統戲曲音樂的其他結構層次。

在中國傳統戲曲音樂結構層次中，「腔音」（帶腔的音）與歐洲傳統音樂的單音一樣，都是音樂結構活體中的一種最基礎的元素。它們的主要區別在於：歐洲傳統音樂的單音作為一種過程來理解時，是一種音高感的持續，是「直線式」的音過程，音與音之間構成「躍進」關係；而「腔音」（「帶腔的音」）可能出現的音高變化則通常是一種「遞變數」，是「曲線狀」的音過程，同時還有「與特定的音樂表現意圖相聯繫的音成分（音高、力度、音色）的某種變化。」❾

中國傳統戲曲音樂的腔音在音高方面的曲線狀，主要表現為兩種情況：一是以基本音位為中心的曲線；二是在兩個基本音位之間連結的曲線。如果把每一個腔音都作為一個「體」的話，那麼，這個「體」的音高感是明確和穩定的，它構成腔音的基本音位，在音樂活體中通常就是腔音的基本音級。在中國傳統戲曲音樂中，這一基本音級在樂譜裡往往以骨幹音的形式表現出來。而骨幹音（基本音位）又有首碼音位和尾碼音位，因此，一個完全的腔音往往包括首碼音位、基本音位、尾碼音位三種結構成分。基本音位是核心音位，首碼音位和尾碼音位是輔助音位。根據這三種成分的不同結合方式，腔音的結構形式可以分為：完全結構腔音、不完全結構

❾ 沈洽：〈音腔論〉，《中央音樂學院學報》一九八二年第四期，頁一四。

腔音和單體結構腔音。完全結構腔音，指的是首碼音位、基本音位、尾碼音位三種成分齊全的腔音；不完全結構腔音，指的是有首碼音位無尾碼音位或有尾碼音位無首碼音位的腔音；單體結構腔音，指的是只有基本音位而無首碼音位也無尾碼音位的腔音。前尾碼部分有兩種形式：滑音式和擻音式。滑音式指的是由較高或較低的音位向核心音位的滑行，或由核心音位向較高或較低音位的滑進。擻音式指的是在核心音位之前或之後帶上擻音。

　對於以上這些「曲線」變化，可用如下線狀表明：

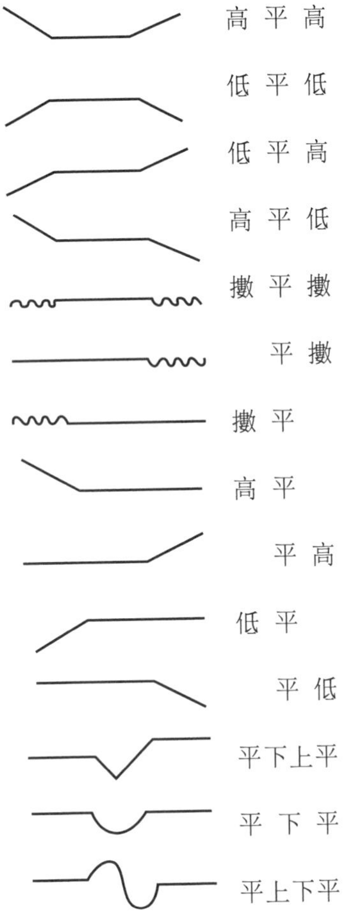

　輔助因素與核心音位之間的音高變化幅度，在振動頻率的幾赫茲、幾十赫茲（俗稱微分音）到半音、3/4音、或在半音與全音之間遊弋，全音，甚至一個半全音之間。

　兩個基本音位之間連接的曲線狀態，主要表現在音與音的轉換之間，振動頻率的漸變，引起音高感覺的滑進。在許多記錄傳統戲曲音樂的譜本中，往往有眾多的演奏法、演唱法和裝飾音的記寫，如：吟、揉、綽、注、撞、推、拉、扳、前倚音、後倚音、波音（包括波幅在小二度以下（含小二度）的小波音，波幅在大二度以上（含大二度）的大波音，速率在每秒六次以上的快速率波音，速率在每秒鐘六次以下的慢速率波音）、滑音（含長滑、短滑、剛滑、柔滑、微分滑、快滑、慢滑、顫音滑、平直滑等）等，其譜面上是兩個音或多個音，實質上都是一個音過程中的音高變化，其變化方式大致與上列線狀基本相同。

以上這種音過程中的音高變化，在不同地域、不同方言區的戲曲劇種和不同流派的戲曲藝術家中有不同的表現形態和變化幅度。

音過程中的音色和力度的變化，指的是一個腔音「體」內部，在其呈現過程中發生的音色、音強、音量的改變。

在音色方面，主要有阻音與非阻音、直音與顫音、不同聲母韻母、複音與單音等變化。此外，尚有噪音與樂音的變化、真聲與假聲的變化等。

在力度變化方面，有特強之後的弱、漸強、漸弱、由弱到強再到弱、由強到弱再到強等。

對於一個單音的音過程中來說，有可能同時兼具音高、音色、力度的變化；也有可能以三者中的某一種變化為主導，兼具其餘變化；還可能只具有其中的某一種或兩種因素的變化。而且這些音高、音色、力度的變化，往往與演唱、演奏方法有關。例如：演唱過程中「通過口形的改變，使唱腔在運行（主要是拖腔和延長音）中發出不同的音色」、「通過共鳴位置或者說是發聲位置的改變，使得音色得以變化」⑩；用噴口唱法來突出特強力度，用入聲字的斷唱來產生促聲的效果等。使中國傳統戲曲音樂的「腔音」顯現出獨特的繽紛色彩。

⑩ 董維松：〈論潤腔〉，《中國音樂》二〇〇四年第四期，頁七二。

「腔音」的產生當與中國境內民族絕大部分語言都屬漢藏語系語言系統有關，這些語言具有以單音節構成的字為基本表意單位，字分頭、腹、尾，一個字一個音節，伴隨著一個自然重音，字音之間沒有必然的輕重音區分，字調具有區別字意的功能，因此對「腔音」觀念的形成起了直接的影響。由於字調的自然要求，所以對樂音的音過程在音高方面產生了與之相適應的變化要求，為適應單音節的頭、腹、尾結構，在音樂的單音中經常出現與之相對應的音高、音色和力度的變化。因此，我們可以說，「腔音」觀念是在漢藏語系語言的特定基礎上形成的音意識。它對中國傳統戲曲音樂尤其是唱腔風格特點及其神韻的形成，起了結構基礎的作用。此後的結構層次都是在此帶「腔」性單音基礎上的深化和提升。

㈡腔音列

腔音列，指的是由兩個或兩個以上腔音所構成的音樂結構的基本單位。如果說，「帶腔的音」所包含的音成分變化是「音自身的變化」的話，那麼，如同詞是語言結構中可以獨立應用的基本單位一樣，在這裡，腔音列指的就是「不同音的組合」的最小單位。它最少包括兩個音，一般由三個音或四個音組成，但是最具典型性意義的是有三個音組成的音列，故也稱三音列。樂音之間的音程關係是腔音列的基礎，無半音五聲性的腔音列並置是中國五聲性調式的基礎。腔音列的節奏組合並不強調輕重拍的變化，而只強調緊鬆、鬆緊的組合關係，正是在這節奏的鬆緊之間，便於腔音列的音與音連結之間作音高、音色、力度的高低、明暗、強弱的呈現，品吟其神韻，體悟其意境。

中國傳統戲曲音樂中的腔音列，按分類目的和分類標準，大致有如下分類：

一是按樂音之間的音程距離關係分為：寬腔音列、超寬腔音列、窄腔音列、大腔音列、小腔音列、近腔音列、中近腔音列、小近腔音列、減腔音列等。

中國戲曲音樂腔音列系統表

類別	三音列
大腔音列	do、mi、sol、mi、sol、高音do，中音sol、高音do、mi
超寬腔音列	do、re、la (si)、re、mi、si（高音do）、fa、sol、高音re (mi)、sol、la、高音re (mi)
寬腔音列	mi、la、高音re
	re、mi、la、la、高音re、mi
	re、sol、高音do
	do、re、sol、sol、高音do、re
近腔音列	do、re、mi
小近腔音列	re、mi、fa、la、si、高音do
中近腔音列	re、mi、←fa、la、→si、高音do
窄腔音列	低音la、中音do、re
	mi、sol、la
	低音sol、la、中音do
	re、mi、sol
小腔音列	la、高音do、mi
減腔音列	升do、mi、sol、la、高音do、降mi

二是按腔音列對音樂風格特點的影響程度，分為：典型性腔音列和一般性腔音列。

典型性腔音列，指的是對音樂風格起直接影響作用，能代表該戲曲劇種風格特點的腔音列。例如：在崑劇中，有許多以羽、角為中心音的腔音列，稱為「羽、角類色彩腔音列」，成為其典型性腔音列。它們與豁腔、帶腔、擻腔、譃腔、撮腔、疊腔、啜腔、滑腔、墊腔、連腔等潤腔手法相結合，更增添其柔婉細膩的風格特徵。

又如：廣東粵劇的中立二度助音式中近腔音列和跨越型寬腔音列。

助音式中二度，指的是在 mi 與 fa 之間、si 與 do 之間構成的助音式進行，因其間隔距離常在 3/4 全音左右，故稱其為「中二度」。在粵劇中，這種中立二度音程經常出現在近腔音列的開頭，用三度框架冠音的上方二度音，對冠音作上助音潤飾，而形成中二度助音式中近腔音列。跨越式跳進超寬腔音列或寬腔音列，指的是在粵劇唱腔中，經常出現 si 與高音 sol、sol 與 do、sol 與高音 sol、mi 與低音 sol、do 與低音 mi、la 與高音 mi、do 與低音 sol、re 與低音 la 之間的跳躍進行，凡是含有這些音程的腔音列，均可稱之為跨越型腔音列。這種跨越型寬腔音列與中二度助音式近腔音列相連接的旋法，經常出現在粵劇唱腔中。如：粵劇《二黃慢板》。

〔譜例 2–54〕崑曲「羽、角類腔音列」

再如：被梨園戲、高甲戲所運用的泉州南音唱腔中的「多重大三度並置」腔音列。

例中，以 d^1 和 $\sharp f^1$、a^1 與 $\sharp c^2$、g^1 與 b^1、c^1 與 e^1 之間構成的幾對大三度並置及其腔音列為特徵。從總體來看，泉州南音的四個管門中，多重大三度並置大致有兩類：⑴五空管中，有四重大三度並置，以首調唱名記為：do－mi、re－#fa、sol－si、la－#do，上例即是。⑵四空管、五空四伬管、倍思管為三重大三度並置，以首調唱名記為：do－mi、re－#fa、sol－si。

從各唱段的局部看，有四度五度關係的雙重大三度並置、二度關係的雙重大三度並置、三重大三度並置和四重大三度並置。

以宮商角三音為例，各單一腔音列大三度內部的組成因素和進行方向大致為：

〔譜例 2-57〕廣東粵劇《二黃慢板》

一般性腔音列指的是除典型性腔音列之外的其他腔音列。例如：在泉州南音中，有「商、角、徵」（re、mi、sol）、「角、徵、羽」（mi、sol、la）、「徵、變徵、角」（sol、#fa、mi）、「宮、變宮、羽」（do、si、la）、「商、宮、羽」（re、do、la）、「角、變徵、羽」（mi、#fa、la）等三聲腔音列及其變體。崑劇唱腔中，有「徵、角、商」（sol、mi、re）、「宮、羽、徵（do、低音la、sol）等三聲腔音列及其變體。它們與中國傳統戲曲的其他劇種相同的，是這些三聲腔

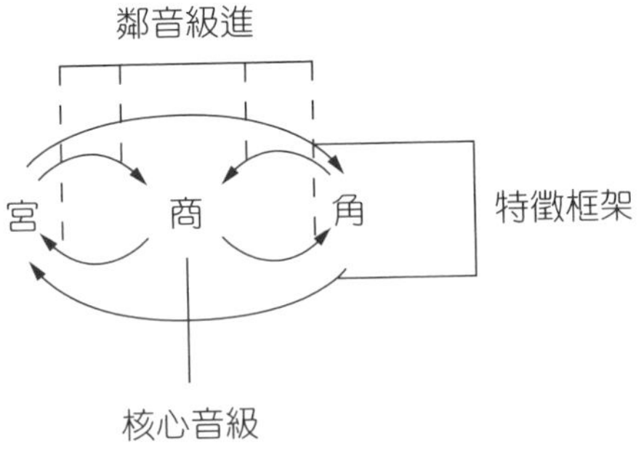

〔譜例2—65〕泉州南音各單一腔音列大三度內部的組成因素和進行方向

〔譜例2–64〕福建南音《為伊割吊》

音列一般都具有五聲性的特點，即：以大二度、小三度進行為基礎，還有大三度、純四度、純五度、小六度、大六度、小七度等。在一些感情性、色彩性場合和某些地區如河南、廣東等地，也有小二度上行進行，並形成特性強音列。

由於各種腔音列的產生都與傳統地方戲曲劇種形成所在地的歷史、文化、自然環境、社會環境、居民的性格氣質、方言、音樂審美觀、習慣性音樂語彙等多種人文、自然、社會因素緊密相關，各地的這些因素又多有差異，所以，使腔音列內部所含樂音、樂音與樂音之間的連接方式、樂音呈現過程中的音高音色力度變化方法幅度都不相同，產生了各具特色的腔音列，形成了獨具特點的典型性腔音列，這就使得腔音列的「腔」為劇種邁向音樂風格特點形成的路途上又推進了一步。

(三)腔節、腔韻

在中國傳統戲曲音樂中，腔節是由兩個以上腔音列組成的具有相對頓逗標誌的音樂結構層次。腔節與歐洲傳統曲式中的樂節相類似，是介於腔音列與腔句之間的結構單位，由數個腔音列組成，有一個停頓，但尚未像腔句那樣是「完整的一句話」，而是相當於語言中的頓號或逗號。

在中國傳統戲曲音樂中，有一種較為特殊的腔節：腔韻。

腔韻，是樂曲中最具特性，因而也是最為典型的音調。從結構上看，它與按一定語法規則組合成的片語相似，但是這個片語按一定的韻腳規式出現在一定的結構位置，形成「同聲相應」的押韻。腔韻就與韻唱文學中的韻腳般地在曲調的反覆迴圈中，在一定的結構位置保持不變或基本不變，成為該結構個體的特性旋律。從規模看，與歐洲傳統音樂中的樂節所不同的，是樂節只限於某一樂句中的某一組成部分，而腔韻卻在許多樂句、或結構的其他部分反覆出現，並且在較為固定的位置反覆出現，成為一種貫穿性的結構單位，甚至於具有某一腔調或腔系的重要標識的意義，以此區別於其他腔調或腔系，因此，有曲牌系統性（或聲腔系統性）腔韻、曲牌性（或板式性）腔韻，和曲目性插句等。並且按其所使用的音區有：高韻，中韻，低韻等。按其篇幅有：大韻，長韻，短韻，嵋韻等。腔韻本身的音樂形態特徵是：由多個腔音列組合而成的特性旋律音調，由多個單體型或複合型節奏組合而成的節奏型，基本定格的落音，相對固定的篇幅規模等。腔韻的這些特點，都表現出戲曲唱腔與戲曲唱詞中的押韻和韻腳運用的緊密聯繫，以此腔中之韻，使詩詞格律中的聲調和諧、聲音回環之美在唱腔旋律中得到體現。

(四)腔句

在中國傳統戲曲音樂結構中，腔句與語言學中的「句」有類似之處。「句」，包含有詞、語法、句式、音調（平仄）等內容。腔句在曲調中所包括的板式、句幅和句式等內容，也與歐洲音樂的樂句有一定的對應關係，而且兩者關係甚為密切。只是，中國傳統戲曲音樂的各種不同曲牌、板式，其約定俗成的規則更為嚴格，有一定的起落音、開唱和結束的板眼位置、唱詞句式的字數和平仄要求、旋律音調的骨幹音、節奏的大致模式等規制。而歐洲傳統音樂中的樂句，除了方整性句式和非方整性句式中的前者要求結構上的對稱，以及古典音樂各樂句的功能性規律之外，比較少程式性的規制。腔句的類型，如果以所含腔節數及其形態特徵為依據進行劃分的話，大致有：連貫性腔句、兩節式腔句、三節式腔句、變體腔句（含搭腔、加襯、加垛、重句、壓縮等）和特殊腔句等。腔韻在腔句中的運用形式有：句頭韻、句中韻、句尾韻和上下句首尾呼應，而以句尾韻為主。腔句的以上特點，使其開始具有某種規式性的特點，而使「腔句」的「腔」字除了有音高、音色、力度變化的「帶腔的音」的音過程意義之外，還有部分「曲調框架」的意義，之所以是「部分」，因為其規式性還只是開始，還被限定在腔句這一範疇，只有經過腔段之後，到了腔調，這種規式性與變易性的辯證統一及其功能性才得到充分發揮。

(五)腔段

在中國傳統音樂結構層次中，腔段指的是樂意完整或相對完整的結構單位。一般由兩個或兩個以上的腔句組成。也有只用一個腔句的。所謂「樂意完整」，指的是有些短小的器樂曲或聲樂曲的「腔調」只有一個腔段，這一腔段與腔調相重疊相統一，表達了完整的樂意。所謂「樂意相對完整」，指的是有些器樂曲或聲樂曲的腔調由多個腔段組合而成，各腔段僅表達了部分樂意，腔調的整體樂意乃由眾多腔段的綜合才得以完整表達。

在表達完整或相對完整樂意這一點上，中國傳統音樂結構層次中的腔段與歐洲音樂中的樂段相同。但是，由於中國傳統音樂創作方式的一曲多變運用，腔段含有一定曲調框架或曲調框架組成部分的意義，所以，在所含腔句數、腔句組合形式、腔韻運用等方面都有約定俗成的規式，而與歐洲音樂專曲專用的樂段相區別。

在中國傳統音樂中，腔段與歐洲傳統音樂的樂段相對應。但是，腔段在所包含的腔句數量、各腔句的句幅、骨幹音、起落音、起落板眼位置等方面，都有較為嚴格的規定。根據腔段內部所含的腔句數，腔段大致有：一句體，含腔節連續變奏、短腔句連續變奏、腔句反覆與變化反覆；兩句體，含重複式和變化重複式兩句體、擴充式兩句體、移位式兩句體、衍展式兩句體、展開式兩句體，以及連貫式兩句體、分腔節兩句體與連貫式分腔節式綜合性兩句體；三句體，含上下句擴展型、重複引伸型和貫穿發展型等；四句體，含起承轉合式四句體，重複式四句體、移位式四句體、貫穿發展式四句體、正反合式四句體等；五句體，含重複式五句體、起承轉合式五句體、加垛式五句體等；多句體，有六句體、七句體、八句體、九句體，甚至更多句數的。這眾多的腔段形式，為中國傳統戲曲音樂表達完整或相對完整樂意提供了音樂結構層次的載體。

(六)腔調

在中國傳統音樂中，腔調有三種意義：一是作為各地方言特性聲調的稱呼，所謂「拿腔拿調」；二是以此聲調為基礎而產生的戲曲唱腔特性旋律稱為腔調；三是作為戲曲聲腔或聲腔系統的稱呼，如二黃腔、西皮腔等。

在中國傳統戲曲音樂結構層次中，腔調指的是表達完整樂思的音樂結構單位。腔調與腔段的主要區別在於：腔調表達完整的樂意，腔段可能是腔調的組成部分之一，只表達部分樂意，也可能與一段體腔調相等同，表達完整的樂意。在板腔體音樂中，腔調指的是某一板式的完整的上下句或四句體；在曲牌體音樂中，腔調指的是某一曲牌，並且往往有自己的牌名，自成一個單體。

在「表達完整樂意」這一點上，腔調和歐洲音樂中的獨立樂曲、套曲中的樂章相類似。但是，其篇幅規模往往有一定限制，正如中國古典文學的「詞」中的「令」，字數最少的是【十六字令】，為十六字，最多的是【六么令】，為九十六字，而不能像歐洲創作詩歌那樣毫無限制。作為中國傳統音樂結構層次的腔調，其個體雖有一段體、二段體、三段體，甚至多段體，但其板數、句幅均有相對的規式，所謂「樂之筐格在曲，而色澤在唱。」腔調的「筐格」還具有旋律「筐格」(框架)的意義，要結合具體唱詞進行演唱，或者是通過演奏，才能成為鮮活的音樂。所以，腔調具有音樂形態的規定性和可變性。腔調的這一規式性特點，使其「腔」字，不僅具有「帶腔的音」的音高音色力度變化的「腔」的涵義，而且具有表達完整樂意的「曲調框架」(規式性)的意義，與此相對應的還有可變性的可能。曲調框架的規式性指的是在各特定腔調中，對於腔韻的運用，腔句的數量，各腔句的字數、平仄、起落音、骨幹音、起落音的板眼位置、句式長短等都有一定的程式規範。可變性指的是在具體運用時可以根據唱詞內容、感情表達的需要，在遵循一定規範的框架內，作即興性的行腔、潤腔處理，使之變得更為豐富動人。這種規式性和可變性的有機結合，既為戲曲音樂工作者對於優秀傳統戲曲音樂遺產的傳承、繼承提供了良好的基礎，又為他們充分發揮藝術創造力展現了寬闊的餘地。只要是吃透了內中的規律，就能在「筐格」內畫出最美的圖畫，帶著腳鐐跳出最美的舞步。對於觀眾聽眾來說，這種規式性的曲調框架，為他們對戲曲音樂的品味、體悟提供了基本的參照系，並以此為基礎來品鑑藝術家們的創造和出新，追求絃外之音、韻外之致。

腔調按其所包含的腔段數，有一段體腔調；二段體腔調，含引伸式二段體、貫穿發展式二段體以及對比式二段體等；三段體腔調，含引伸衍展式三段體腔調、貫穿發展式三段體腔調、對比式三段體腔調、有再現三段體腔調和合尾式三段體腔調等；多段體腔調，含起承轉合式多段體腔調、迴圈式多段體腔調、起平落式多段體腔調等。

(七)腔套

在中國傳統戲曲音樂結構層次中，腔套指的是以一個腔調作兩次或兩次以上變化反覆，或者以兩個或兩個以上腔調的聯綴，來表現比較複雜、完整的樂意的結構單位。

在「表現比較複雜、完整的樂意」這一點上，中國傳統戲曲音樂的腔套與歐洲音樂中的組曲、套曲有相通之處，但是，在規式性與可變性方面有不同的內涵。例如：在歐洲，各地、各時期、各種體裁的組曲、套曲都有一定的樂章數和曲式要求，如古典交響套曲一般由四個樂章構成，第一樂章一般必須是快板、奏鳴曲式，第二樂章慢板、複三部曲式，第三樂章行板、小步舞曲，第四樂章快板、奏鳴曲式（或迴旋奏鳴曲式）。但是，在中國傳統戲曲音樂中，除在古代雜劇有四折、主腳演唱的規定外，對於折、場、演唱者、各腔套的結構並無規定。各戲曲劇種對腔套的規式性主要表現在：腔套內部所運用的腔調（曲牌、板式），在宮調、板式、節奏型、腔音列、腔韻等方面的統一與對比，並由此形成了腔調之間在模式內部使用時的場合、連接順序、連接方式的規式性。因此，在腔套中的「腔」字所含的「曲調框架」，是比腔調更寬廣意義上的超越性「框架」，既為戲曲表演藝術家提供了更為豐富多樣的繼承傳統的基礎，又為他們發揮藝術創造力展現了更為廣闊的天地。

中國傳統戲曲樂中的腔套，從其所含腔調數看，大致可以分為：單腔調疊體腔套和多腔調聯體腔套兩大類。

單腔調疊體腔套，指的是只用一個腔調為基礎，作多次反覆或變化反覆來表達樂思的腔套。戲曲音樂中的板腔體音樂，多以一個腔調為基礎，演化為各種板式和多種行當、各種類型的唱腔、音樂，而以它們之間的連接來表現樂思，屬於以變化反覆為基礎的單腔調疊體腔套。因此，這種單腔調疊體所使用的腔調都是「疊中有變」，在變化中疊唱、疊奏，以此來推動樂思的展開。根據單腔調疊體腔套中所強調的變化方面的不同，大致可以分為如下類型：板式變化類單腔調疊體腔套、行腔移位類單腔調疊體腔套、移宮換調類單腔調疊體腔套、特性音級變化類單腔調疊體腔套和展衍類單腔調疊體腔套等。

多腔調聯體腔套，指的是以兩個或兩個以上腔調為基礎，由這些腔調及其變體聯綴而構成的腔套。戲曲音樂中的曲牌聯套的唱段，用兩種或兩種以上聲腔來構成的腔套或聯套，屬於多腔調聯體腔套。多腔調聯體腔套，根據其各部分中所包含的音樂素材的關係，大致可以分為：頭身尾型多腔調聯體腔套、起展落型多腔調聯體腔套、起承轉合型多腔調聯體腔套、迴圈型多腔調聯體腔套、展衍型多腔調聯體腔套等。

無論是單腔調疊體腔套，或者是多腔調聯體腔套，它們的腔調聯綴也都有一定的規式。如：在單腔調疊體腔套中，有「散、慢、中、快、散」的板式連接規律，不同聲腔（如：西皮、二黃）不能直接連用等；在多腔調聯體腔套中，按各腔調的感情氣質、宮調歸屬、旋律特性等，分為多種腔調類別，並形成了較為嚴格的、約定俗成的連接規範。並且關注腔套內部的宮調、板式與節奏、腔韻與腔音列以及音色等方面的對比統一和整體布局，通過各種音樂表現手段的共同作用，來推動樂思的展開。

(八) 腔系

在中國傳統戲曲音樂結構層次中，腔系指的是由一個或多個腔調及其各種變體所組成的腔調體系。這一音樂結構層次當與傳統戲曲音樂「一曲多變運用」的創作方式和「寫意為主，寫意中的寫實」的音樂美學觀相關。腔系，按其所含基礎腔調的數量，大致可以分為單腔調腔系和多腔調腔系兩大類。

單腔調腔系，指的是以一個腔調為基礎作多種變化發展，這種由基礎腔調及其多種變體所組成的腔調體系就叫單腔調腔系。它包括戲曲、曲藝唱腔體式中，同一腔調的多種板式變體，如：京劇二黃腔系中的【二黃原板】、【二黃慢板】、【二黃垛板】、【二黃散板】、【二黃導板】、【回龍】等。曲牌體戲曲唱腔中也有單腔調腔系存在，如歌仔戲（薌劇）的【七字調】就有【七字正】、【七字低調】、【七字高調】、【七字哭調】、【七字反調】、【七字中管】等⓫。川劇中的【駐雲飛】有【老苦駐雲飛】、【苦駐雲飛】、【苦駐雲飛二流】、【甜駐雲飛】、【甜駐不飛】、【駐雲半邊飛】⓬等。

⓫ 詳見王耀華：〈歌仔戲七字調的形成與發展〉，《樂韻尋蹤》（上海：上海音樂學院出版社，二〇〇七），頁三四八—三七二。

⓬ 中央音樂學院音樂研究所編：《民族音樂概論》（北京：人民音樂出版社，一九八〇），頁一九六。

多腔調腔系，指的是多種腔調及其變體構成的腔調體系。它大量地存在於戲曲、曲藝音樂的曲牌體唱腔體式中。如：贛劇弋陽腔作為一個大腔系，包括「駐雲飛腔系」、「江兒水腔系」、「香羅帶腔系」、「新水令腔系」、「漢腔腔系」。各腔系又有若干腔調，如：「駐雲飛腔系」包括【駐雲飛】、【半天飛】、【駐馬聽】、【風入松】、【一江風】、【黃鶯兒】、【一封書】、【剔銀燈】、【甘州歌】、【紅繡鞋】、【出隊子】、【尾聲】，「江兒水腔系」包括【江兒水】、【四朝元】、【江頭金桂】、【下山虎】、【尾犯】、【撒帳歌】、【煞尾】，「香羅帶腔系」包括【香羅帶】、【紅納襖】、【皂羅袍】、【掉角兒】、【天下樂】、【煞尾】，「新水令腔系」有【新水令】、北【新水令】、【朝天子】、【滴流子】、【滾繡球】、【意難忘】、【桂枝香】、【三春錦】、【尾聲】，「漢腔腔系」包括【漢腔】、【醉太平】、【鶯啼序】、北【點絳唇】、【孝順歌】、【鎖南枝】等⑬。

中國傳統戲曲音樂的這一結構層次，當與傳統創作方式的「一曲多變運用」有關，即往往在原有熟悉的曲調之中填入新的唱詞，而形成新的唱腔。久而久之，一首腔調由不同地區的藝術家在不同戲曲劇種中，運用來表現不同的唱詞或不同的感情，由此而衍化成多種變體，這些變體集合在一起，於是就形成了腔調體系，並且在長期的藝術實踐中形成了自身的一套獨特的變化發展規律。如：腔系內部各腔調及其變體的關聯性主要表現在：一是共同的或相類似的腔韻、腔句落音或腔句落音的音級關係。二是共同的或相類似的旋律音調、腔音列。三是共同的或相類似的句式結構形式。四是共同的或相類似的節奏樣式。在以上關聯性的四個方面中，「相同或相似的腔韻、腔句落音或腔句落音的音級關係」是最重要的條件，因為它在中國傳統戲曲音樂的腔調、腔系結

⑬ 乘舟：《贛劇弋陽腔曲牌選編》（南昌：江西省戲曲研究所，一九八二年油印本）。

構層次中具有旋律基因的意義。其次是「共同的或相類似的句式結構形式」，它體現了人的音樂思維方式。再次就是旋律音調、腔音列和節奏樣式，它們是音樂形態的基本構成要素。

由此可見，腔系作為中國傳統戲曲音樂的重要而具特殊意義的結構層次，其內部的各腔調及其變體，並不是隨心所欲的偶然組合，而是有其內在的關聯性規律。正是由於各腔調及其變體的這些內在關聯，所以使腔系內部的各腔調及其變體之間保持著緊密的聯繫而構成一個整體。在分析它們之間的關聯性的同時，我們也應當關注各腔調及其變體的變易性，正是由於這些變易性，所以使腔系內部的各腔調及其變體具備個性，保持相對的獨立意義，而在腔系內部獲得其存在的價值，為腔系的豐富和發展作出貢獻。

因此，在這裡，腔系的「腔」字，不僅包含著「帶腔的音」的音過程中的音高音色力度變化的「腔」義，以及用腔音、腔音列、腔節、腔韻、腔句、腔段、腔調來構建腔套這一大「曲調框架」的意義，更重要的是，它超越於單一個體的「曲調框架」，而創造了表現力更為豐富得多的由眾多腔調及其變體構成的「曲調系統」（聲腔系統）。這就是千百年來中國傳統戲曲音樂先驅們為我們留下的最為寶貴的「腔」的創造。

以上戲曲「腔」論，祈望曾先生永義院士暨諸位方家教正。

附錄三　曾王二氏「腔調論」之要義及其同異之比較❶

施德玉*

前言

曾教授論文〈論說「腔調」〉原載中央研究院中國文哲研究所二〇〇二年出版《中國文哲集刊》第二〇期。該論文收錄於曾著《從腔調說到崑劇》❷，內容從腔調的命義論起，探討腔調的要素、結構、變化和流播的現象，對於「腔調」有宏觀視野和深厚的論述。王教授於二〇一六年四月二十二日參加「曾永義先生學術成就與薪傳國際學術研討會」發表論文〈戲曲「腔」論——從音樂結構學的視野〉，是從音樂結構學的角度，將「腔」進行由小到大的分野論述，脈絡非常清晰，界定明確。王氏另有相關專著《中國傳統音樂結構學》❸，內容更

* 國立成功大學藝術研究所特聘教授。

❶ 施德玉：〈曾王二氏「腔調論」之要義及其同異之比較〉，通過《戲曲學報》第一六期之審查，預計於二〇一七年刊登。

❷ 曾永義：《從腔調說到崑劇》（臺北：國家出版社，二〇〇二）。

❸ 王耀華：《中國傳統音樂結構學》（福州：福建教育出版社，二〇一〇）。

詳細的論述腔音、腔音列、腔節、腔韻、腔句、腔段、腔調、腔套和腔系。

從這兩篇論文題目觀之，是探討「腔」和「腔調」，基本上是研究相同的論題，但是從這兩篇論文的章節架構和內容的呈現，卻大為不同。筆者多年研究戲曲音樂，「腔調」論題是戲曲音樂中非常重要的一環，而許多相關研究，都沒有完全論清楚和說明白。而今拜讀兩位重量級學者鴻文，知是分別從不同面向、不同角度探析「腔調」，筆者敢試從其論述中，梳理其各自研究的內容和論點，再進行交叉比對，羅列其異同。期望有關於戲曲的「腔調」，能有更完整、更清晰的面貌。

一、曾永義教授〈論說「腔調」〉之要義

（略）❹

二、王耀華教授〈戲曲「腔」論——從音樂結構學的視野〉之要義

（略）❺

❹ 施文本小節在節錄著者〈論說「腔調」〉之要義，即本書第貳章〈戲曲音樂本身的構成元素〉、第參章〈戲曲腔調的語言基礎及其載體〉之內容，此不贅引。

❺ 施文本小節在節錄王耀華〈戲曲「腔」論——從音樂結構學的視野〉之要義，王氏全文見於本書附錄二，此不贅引。

三、曾王二氏「腔調論」同異之比較

從以上對於曾、王二氏「腔調論」的內容闡述中，了解曾氏是從「腔調」的基礎命義論起，以語言的字音論到腔調的載體、唱法、變化型式，和流播現象，涵蓋的面向比較廣，內容涉及多層面。而王氏主要是從音樂結構學的視野論「腔調」，主軸置於中國傳統戲曲音樂「腔」的音樂結構，因此更多篇幅的論述各種不同層次「腔」的體製。有關於王氏論文中所述之不同音樂結構「腔」的名詞，有些是沿用歐洲傳統音樂中本身已存在的名詞，例如音、音列、音節、樂句、樂段、套曲等，王氏在這些既有名詞前加一個「腔」字，而成為：腔音、腔音列、腔節、腔句、腔段和腔套等，並引用其部分原意，來闡述「腔調」結構的體製，筆者認為音樂學者以音樂的角度，詮釋新的論題，這是非常明智又清楚的說明論述，只要是學音樂者，皆能明白王氏所謂「腔調」不同結構的型態與含意。

其中曾氏和王氏同樣認為「腔調」之基礎概念實為方言的「語言旋律」，並且相同的提及「字音」的多種平仄和曲線狀態，曾氏從字音的內在要素、聲調的組合、韻協的布置、語言長度、音節形式、詞句結構、意象情趣的感染力等七方面進行分析探討；王氏從核心音位的高低變化、振動頻率，和崑曲的唱法、行腔的旋律音型，以及器樂演奏法、裝飾音等進行論述。可以明顯的看出曾氏是從文學的角度、王氏是從音樂的角度討論「語言旋律」。其二人有許多相同的概念和觀點，只是各自從其專業出發，行文寫法不同，真可謂英雄所見略同。但是二位大學者在從不同角度論述「腔調」之際，各自又有許多名詞出現，有時是名異實同、有時是名同實異，本章節首先分析其二人論述之對象、基準與範圍之不同，進而探究二論文中名異實同與名同實異的部分。

(一)曾王二氏「腔調論」論述之角度、基準與範圍之不同

曾氏之〈論說「腔調」〉將「腔調」看作是方音憑藉方言為載體所產生之「地方性語言旋律」，其所舉之歌謠、小調、詩讚、曲牌等，即是方言所形成之各種文學形式，其形式之所以不同，源於對「語言旋律」之「人工制約性」的寬嚴程度之不同。王氏之〈戲曲「腔」論——從音樂結構學的視野〉，則就戲曲語言音樂化後之「腔調」論說，就板腔體而言，是指其上下兩句為單元之音樂旋律；就曲牌體而言，是指曲牌本身所具之音樂旋律。更多篇幅是在「腔調」的不同層次結構上進行論述。

由於他二人論述的角度不同，所以論述的基準自然有別，曾氏以單字之字音結構元素為基準，即聲母、介音、元音、韻尾、聲調為形成語言旋律之基礎；緣此而進一步論由單字而複詞、句子、篇章之各種語言旋律現象，即為聲調組合、韻協布置、句長、韻長、音節形式、複詞結構、詞句結構、詞句意象情趣之感染力等產生之各種影響語言旋律（腔調）之要素，這七要素同時也是構成語言旋律「腔調」之要素。而王氏則以一字之音樂化後之音為「腔音」，緣此為基礎而發展論述腔音列、腔節、腔韻、腔句、腔段、腔調、腔套和腔系，因此著重於戲曲不同結構的「腔調」現象。所以此二論文雖然議題相同，但是論述的基準點是不同的。

曾氏是以方音方言為範圍，除了論述語言之要素之外，還論及地方腔調因流播而與其他地方腔調碰撞之後之種種現象，以及腔調與歌者唱腔之關係。而王氏除了論述字音的各種變化現象之外，是以一段唱句、一首曲子或一套曲子就其音樂化之現象立論。因此二者所論的範圍也是不同的。

(二)曾王二氏「腔調論」之名異實同

由於曾王二氏論腔調之角度、基準與範圍之不同，所以在二篇論文的比較上，共同的內容並不多。又因為曾氏論腔調的面向比較寬，所涉及的內容多樣，許多是王氏論文中所未提及者；而王氏的戲曲腔論，主要聚焦於腔的結構型態，因此創發許多新的名詞，並且將各名詞內容又依不同劇種之應用，再予以細分。又其論文中常將各種腔型與相關歐洲傳統音樂進行比較，因此如未有音樂修為者，難免要墜入五里霧中。但仔細觀察二氏之論述，其見解其實也頗有「名異實同」者。筆者因之且以王氏之名詞為基準，將歐洲傳統音樂和曾氏理論中相同意義之不同名詞列表如下，以清眉目。（見表10）

表10　王氏、歐洲傳統音樂、曾氏名異實同的名詞相對應表

名稱	排序	王氏名詞	歐洲傳統音樂	曾氏名詞	王氏名詞詮釋
名詞相對應表	1	腔音	單音	聲調	帶腔的音
	2	腔音列	兩音以上組合	聲調的組合	音程距離
	3	字腔		聲調	字的四聲
	4	過腔	加入裝飾音之音型		唱詞字與字之間的音樂旋律
	5	腔節	樂逗	音節形式	有頓逗標誌的音樂結構層次
	6	腔韻		主腔	偏重主腔意義
	7	腔句	樂句	句長	與歐洲傳統音樂樂句不完全相同
	8	腔段	樂段	韻長	多句體有多種變體
	9	腔調	樂章	曲牌	曲牌、板腔變奏曲
	10	腔套	組曲、套曲	套數	單腔調、多腔調
	11	腔系		1.板式變化 2.纏令套曲	同唱腔多種板式變化【二黃】…… 同體系曲牌套曲

施德玉製表

從表10可以知道王氏對於「腔」的多種結構論述，是與歐洲傳統音樂的結構相對應，但是在其論文中，更明確的提出這些名詞與歐洲傳統音樂的名詞雖然相近似，但是不完全相同之處，並舉例說明。而歐洲傳統音樂中也沒有王氏的「字腔」和「腔系」等同意義之名詞，所以王氏的論文中更強調中西方的音樂中，對於「腔」相關的音樂，是有許多差異性的。這些王氏論文中的「腔」結構名稱，雖然有部分與曾氏論說腔調的名詞不同，但是有些名詞的確有相近似的意義，例如：腔音和聲調、腔節和音節形式、腔韻和韻長、腔句和句長、腔套和套數等，並且幾乎都是曾氏論「腔調」構成與影響腔調的要素和腔調的載體中所論及的部分。

(三)曾王二氏「腔調論」之名同實異

在分析曾永義和王耀華二位老師的論文中，很明確的梳理出二位大學者從不同面向論「腔調」，雖然他二人的基本觀點非常近似，但是由於研究角度不同，所以行文和舉例都大不相同，他們對於「腔調」也分別有各自的解讀。在詞彙的名稱上卻也有一些名同實異的情形，其中最明顯的就是「腔調」和「腔系」。

1. 腔調

關於本文所引用二位學者論腔調的基本材料，曾氏論文名稱為〈論說「腔調」〉，也就是他整篇論文九萬餘言都在討論「腔調」，他認為「腔調」是方音以方言為載體的「語言的旋律」，而歌者口腔發出的聲音旋律稱「唱腔」；王氏論文名稱為〈戲曲「腔」論——從音樂結構學的視野〉，則是從「腔」出發，而「腔調」是其論述中的一種類型，是一首表達完整樂意的樂曲。這是他二人使用相同名稱，而內容卻大不相同之處。

曾氏論腔調是進行全面性的探討，首先解釋清楚「腔調」這一複詞的基礎命義。他從文獻追究語源，論述一地之土音所依存之土語自有其特殊之旋律，即謂之「土腔」，土腔亦可依存於土曲、土戲之中；也就是說「腔調」之基礎概念，實為方言的語言旋律，而土曲、土戲為其載體。接著曾氏回顧前人對「腔調」的體會和認知的歷程，認為可以簡約為「從自然語言旋律到人工語言旋律」。所謂「自然語言旋律」是指本於情、生於心純由個人才質感悟的語言音樂美；「人工語言旋律」則是經由分析歸納定為律則所欲達成的語言音樂美。在「人工語言旋律」階段裡，古人經由感悟所認知的「腔調」，或稱「宮商」，或稱「氣」，或稱「聲畫」，它們與「腔調」可以算是「異名同實」。

進而探討腔調所關涉的三個層面，包含：其一，腔調內在構成要素：字音的內在要素、聲調的組合、韻協的布置、語言長度、音節形式、詞句結構、意象情趣的感染力等七方面。其二，腔調所依存的載體，號子、山歌、小調、曲牌與套數。其三，腔調所以呈現的人為運轉，即所謂「唱腔」，他從前人相關理論中，觀察歌唱者如何運轉腔調，最後強調歌者受到載體中意象情趣感染力大小的影響很大，亦即意象情趣的感染力是影響唱腔最重要的因素。

最後又討論到腔調的變化和流播，他引用前輩時賢的理論及其個人見解，分析「促使腔調變化的緣故」分五節八點說明，「腔調流播所產生的現象」分九節舉例論述，可以見到曾氏企圖對近年兩岸新興而熱門的戲曲課題之所謂「腔調」作全面性的觀照和探討。

王氏論「腔調」之論文〈戲曲「腔」論——從音樂結構學的視野〉，是從「腔」出發，而「腔調」是其論述中的一種類型，他認為在中國傳統戲曲音樂結構層次中，「腔調」指的是表達完整樂思的音樂結構單位。他引用比較音樂學的方法，論述「腔調」與「腔段」的主要區別在於：

> 腔調表達完整的樂意，腔段可能是腔調的組成部分之一，只表達部分樂意，也可能與一段體腔調相等同，

表達完整的樂意。在板腔體音樂中，腔調指的是某一板式的完整的上下句或四句體；在曲牌體音樂中，腔調指的是某一曲牌，並且往往有自己的牌名，自成一個單體。❻

繼而將腔調和歐洲音樂中的獨立樂曲、套曲中的樂章進行比較，說明其差異性。又提出作為中國傳統音樂結構層次的腔調，其個體有一段體、二段體、三段體，甚至多段體，其板數、句幅均有相對的規式，所謂「樂之筐格在曲，而色澤在唱」，其中唱的部分和曾氏所論腔調是有相同意義。但是王氏強調腔調的「筐格」還具有旋律「筐格」（框架）的意義，又說明：要結合具體唱詞進行演唱，或者是通過演奏，才能成為鮮活的音樂。據筆者觀察，這與曾氏所論腔調歌者之「行腔」頗為近似；但曾氏僅提及語言旋律，因為曾氏認為器樂在襯托歌者之行腔，本身為語言旋律之附從，故並未涉及器樂的演奏，這又是二位學者所論不同之處。

王氏認為腔調具有音樂形態的規定性和可變性，腔調的規式性特點，使其「腔」字，不僅具有「帶腔的音」的音高音色力度變化的「腔」的涵義，而且具有表達完整樂意的「曲調框架」（規式性）的意義，與此相對應的還有可變性的可能。所以王氏所提的腔調具有二層意義，其一為曾氏所謂的語言旋律的腔調；其二是指曲調框架之意。

王氏在他所論腔調的第一層意義時，認為曲調框架的規式性指的是在各特定腔調中，對於腔韻的運用，腔句的數量，各腔句的字數、平仄、起落音、骨幹音、起落音的板眼位置、句式長短等都有一定的程式規範。可變性指的是在具體運用時可以根據唱詞內容、感情表達的需要，在遵循一定規範的框架內，作即興性的行腔、潤腔處理，使之變得更為豐富動人。雖然王氏強調腔調的規式性，但是從內容觀之，是曾氏所論「腔調內在構

❻ 王耀華：〈戲曲「腔」論——從音樂結構學的視野〉，頁一四。

成要素」再加上音樂的曲調規範；王氏強調的可變性，是曾氏所論「人為運轉的唱腔」和「歌者意象情趣的感染力」。也就是二位學者從不同的著眼點，都提到了腔調的內在要素和外在表現手法。只是曾氏是將這些元素使用不同章節來敘述，而王氏則集中於一種結構型態來敘述。

而王氏提出腔調的第二層意義是指曲調框架之意，說明腔調按其所包含的腔段數，有一段體腔調；二段體腔調，含引伸式二段體、貫穿發展式二段體以及對比式二段體等；三段體腔調，含引伸衍展式三段體腔調、貫穿發展式三段體腔調、對比式三段體腔調、有再現三段體腔調和合尾式三段體腔調等；多段體腔調，含起承轉合式多段體腔調、迴圈式多段體腔調、起平落式多段體腔調等。這是曾氏所沒有討論的曲式結構部分。

從以上對於曾氏和王氏二位學者論腔調的差異性，可以分析其二人雖然對於腔調有相同的認知，但是對於腔調這一名詞，卻有不同的觀察角度與研究範圍。筆者閱讀王氏近日新著，由國家出版社出版的新書《兩岸戲曲音樂論——形態・結構・傳播》第二編第十二章〈「腔調」說〉中第二節〈腔調的規式性〉：

根據初步分析，這種規式性大致包括如下幾個方面：

1. 段數、段式、句數、句幅、句式（含唱腔與過門）
2. 板式、板數、板位、節奏
3. 旋法：含腔音列、腔韻、起落音
4. 樂器定弦、過門的特定旋律音調以及伴奏手法等等。❼

其中第四點，指的是器樂的部分。

❼ 王耀華：《兩岸戲曲音樂論——形態・結構・傳播》（臺北：國家出版社，二〇一六），頁二六〇。

在該著作同一章的第四節〈腔調與腔段〉：腔調按其所包含的腔段數，有一段體腔調、二段體腔調、三段體腔調和多段體腔調。❽其中二段體腔調舉例廣東音樂器樂曲《旱天雷》、《雨打芭蕉》，琵琶曲《陽春白雪》，三段體腔調舉例琵琶曲《魚兒戲水》、《春江花月夜》，華彥鈞《聽松》、廣東音樂《雙聲恨》、四川民歌《跟著太陽一路來》、琵琶曲《小月兒高》，和上海絲竹樂曲《普天樂》等。❾這些音樂作品中只有四川民歌《跟著太陽一路來》是歌曲，其他都是器樂曲。可見王氏所謂的「腔調」更廣泛的包含了器樂曲的曲式結構，這是和曾氏所謂以語言旋律為核心的「腔調」極大不同之處。

2. 腔系

曾永義老師〈論說「腔調」〉中，基本上沒有特別論述「腔系」或「聲腔」，但是文中有引一九八六年十二月他在中央研究院第二屆國際漢學會議發表一篇〈中國地方戲曲形成與發展的徑路〉有相關的論述：

所謂「聲腔」、「腔調」、「曲調」都屬戲曲音樂的範疇。中國戲曲音樂是建立在宮調、曲牌、腔調、板眼四個基礎之上。……聲腔或腔調乃因為各地方言都有各自的語言旋律，將此各自特殊的語言旋律予以音樂化，於是就產生各自不同的韻味。也因此原始聲腔或腔調莫不以地域名，如海鹽腔、餘姚腔、弋陽腔、崑山腔等。……這四個因素，在詞曲系的戲曲❿如雜劇、傳奇都具備，因此就音樂而言，也可以稱之為曲牌系戲曲；因為每個曲牌必然有它所屬的宮調和它兼具的腔調和板眼。而詩讚系的戲曲⓫如京劇和多

---

❽ 同上註，頁二六二。

❾ 同上註，頁二六三－二七九。

❿ 劇種分類的基礎，如就唱詞而分，其用詞曲長短句者叫「詞曲系戲曲」。說唱文學之唱詞據此亦有「詞曲系說唱文學」，如諸宮調、賺詞、覆賺、牌子曲等。

數地方戲曲，則止具腔調和板眼兩個因素，因此就音樂而言，也可以稱之為腔板系戲曲。

「腔調」和「聲腔」其實是一事異名，所以要作分別的緣故是因為「腔調」流傳到某地以後，往往受當地語言的影響而產生某種程度的變化，如果仍以此為劇種的基礎腔調，那麼便產生另一新腔調劇種。譬如陝西梆子流傳到山西便形成山西梆子；流傳到河南，便形成河南梆子；流傳到河北，便形成河北梆子；流傳到山東，便形成山東梆子；於是就把這些新腔調劇種歸入梆子腔的聲腔系統。也就是說，「腔調」是戲曲歌唱時所以顯現方言旋律特殊韻味的基礎，而「聲腔」則是對於那些流播廣遠具有豐富生命力的腔調而言。所以「梆子腔」如在陝西的發祥地而言，就是「腔調」，但一經流布加入流布地的語言因素後就會略有變化，然因本身強勢，百變不離其宗自成體系，就稱之為「聲腔」而為「梆子腔系」。⓬

曾氏明確的指出戲曲音樂的構成因素，腔調與方言的密切關係，以及腔調與聲腔的關聯性。曾氏認為「腔調」是用來歌唱的，被戲曲採用後，流播出去而保留其音樂形態為強勢，又加入新流播地的方言，形成新的體系，稱為「聲腔」，也就是「腔系」。因此曾氏所謂「腔系」，指的是系統性的腔調，例如：陝西梆子、山西梆子、山東梆子、河南梆子等。

王氏論「腔」的結構層次中，「腔系」是最後一項，他認為「腔系」，指的是由一個或多個「腔調」及其各

⓫ 劇種分類的基礎，如就唱詞而分，其用七言詩或十字讚，就叫「詩讚系戲曲」。詩讚系說唱文詞，據此亦有「詩讚系說唱文學」，如變文、鼓詞、彈詞等。

⓬ 曾永義：〈中國地方戲曲形成與發展的徑路〉，收入《中央研究院第二屆國際漢學會議論文集》，亦收入曾永義：《詩歌與戲曲》（臺北：聯經出版公司，一九八八年四月初版），頁一一五－一一五一。

種變體所組成的「腔調體系」。他又以「腔」所含基礎腔調的數量，大致的將「腔系」分為「單腔調腔系」和「多腔調腔系」兩大類。

其中單腔調腔系，指的是同一腔調的多種板式變體，如：京劇二黃腔系中的【二黃】各種板式變體、歌仔戲（薌劇）的【七字調】各種板式變體、川劇中的【駐雲飛】各種板式變體等。多腔調腔系，指的是多種腔調及其變體構成的腔調體系，如：贛劇弋陽腔作為一個大腔系，包括「駐雲飛腔系」、「江兒水腔系」、「香羅帶腔系」、「新水令腔系」、「漢腔腔系」等。

王氏舉例【二黃】的板式變化、歌仔戲（薌劇）的【七字調】板式變化、川劇中的【駐雲飛】等，曾氏也有相同觀點，認為是板腔體中「同一腔調的多種板式變體」，但是曾氏並不稱為「腔系」。又王氏所述「多腔調腔系」，舉例贛劇弋陽腔的大腔系中「駐雲飛腔系」、「江兒水腔系」、「香羅帶腔系」、「新水令腔系」、「漢腔腔系」等。曾氏的理論中這是贛劇弋陽腔一齣戲中，許多曲牌體的「套數」，而不稱「腔系」。這是曾氏和王氏論腔調中，使用名稱相同，但是內容不同的論述。

結語

本文以曾永義和王耀華兩位專家學者的論文，梳理他們對於「腔調」的觀念和理論，試圖更全面的歸納出「腔調」的樣貌。曾氏從語言角度、文學角度、歌者演唱角度和腔調的變化以及流播的角度論「腔調」。王氏以音樂形態學、音樂結構學和音樂美學諸多方面論「腔調」。雖然各有不同的體悟與理論的建構，並且這其中有許多相同的理論，也有一些相異的用詞，但是結合這二位學者的觀點，可以互補有無，讓「腔調」的論述達到學界較能接受的共識。更期望透過筆者的分析，能釐清「腔」與「腔調」的許多現象，此後對於有關腔調的種種研究，可以袪除不必要的爭議。

曾氏的論文大量引用前人的文獻，一方面作為理論基礎；另一方面作為他理論的例證，更重要的是他補充前人論述之不足，或糾正前人理論的錯誤，提出自己的論點，使「腔調」能有更全面性的觀照和探討。王氏的論文雖然是以「腔調」的結構為主要論述，但是文中許多篇幅將「腔調」的結構細部分類，並且與歐洲傳統音樂進行比較分析，論述中西音樂的差異性，提供音樂界對於「腔調」的理解。筆者透過仔細閱讀兩位大師從不同面向不同角度論「腔調」，實在獲益匪淺、學習良多！

參考書目

王耀華：〈戲曲「腔」論——從音樂結構學的視野〉，二〇一六年四月二十二日發表於「曾永義先生學術成就與薪傳國際學術研討會」。

王耀華：《中國傳統音樂結構學》，福州：福建教育出版社，二〇一〇年五月。

王耀華：《兩岸戲曲音樂論——形態・結構・傳播》，臺北：國家出版社，二〇一六年一月。

曾永義：〈論說「腔調」〉，《中國文哲研究集刊》第二〇期（二〇〇二年三月），頁一一一一一二。

曾永義：《從腔調說到崑劇》，臺北：國家出版社，二〇〇二年二月。

曾永義：〈中國地方戲曲形成與發展的徑路〉，收入《中央研究院第二屆國際漢學會議論文集》，亦收入曾永義：《詩歌與戲曲》，臺北：聯經出版公司，一九八八年四月初版，頁一一五一一一五一。

參考書目

一、古籍

〔日〕弘法大師原撰，王利器校注：《文鏡秘府論校注》（臺北：貫雅文化事業有限公司，一九九一）。

〔周〕列禦寇著，〔晉〕張湛注，〔宋〕林希逸口義，〔明〕閔齊伋評：《列子選輯三種》，《中國子學名著集成・道家子部》珍本初編第六四冊（臺北：中國子學名著集成編印基金會，一九七八）。

〔周〕莊子著，黃錦鋐注釋：《莊子讀本》（臺北：三民書局，一九九六）。

〔秦〕呂不韋輯，〔清〕畢沅輯校：《呂氏春秋》，《叢書集成初編》五八二冊（北京：中華書局，一九九一）。

〔漢〕孔安國傳，〔唐〕孔穎達疏：《尚書正義》，收於〔清〕阮元校刻：《重刊宋本十三經注疏附校勘記》第二冊（臺北：藝文印書館，一九五五年據清嘉慶二十年江西南昌府學開雕本影印）。

〔漢〕毛亨傳，鄭玄箋：《毛詩傳箋》，〔唐〕孔穎達疏：《毛詩正義》，〔清〕阮元校刻：《重刊宋本十三經注疏附校勘記》第三、四冊（臺北：藝文印書館，一九五五年據清嘉慶二十年江西南昌府學開雕本影印）。

〔漢〕司馬遷著，〔日〕瀧川龜太郎考證：《史記會注考證》（臺北：大安出版社，二〇〇七）。

〔漢〕班固撰，〔唐〕顏師古注，收於楊家駱主編：《新校本漢書集注并附編二種》（臺北：鼎文書局，一九八一）。

〔漢〕趙岐注，〔宋〕孫奭疏：《孟子注疏》，收於〔清〕阮元校刻：《重刊宋本十三經注疏附校勘記》第一四冊（臺北：藝文印書館，一九五五年據清嘉慶二十年江西南昌府學開雕本影印）。

〔漢〕趙曄：《吳越春秋》，收於《景印文淵閣四庫全書》第四六三冊（臺北：商務印書館，一九八六）。

〔漢〕劉向：《說苑》，收錄於嚴一萍選輯：《原刻影印百部叢書集成》一四七冊（臺北：藝文印書館，一九六七）。

〔漢〕劉向編著，〔清〕石光瑛校釋，陳新整理：《新序校釋》（北京：中華書局，一九七五）。

〔漢〕劉安：《淮南子》，王雲五主編：《萬有文庫》（臺北：臺灣商務印書館，一九三〇）。

〔漢〕劉歆撰，〔西晉〕葛洪集，向新陽、劉克任校注：《西京雜記校注》（上海：上海古籍出版社，一九九一）。

〔漢〕鄭玄注：《禮記注》，〔唐〕孔穎達疏：《禮記正義》，收入〔清〕阮元校刻：《重刊宋本十三經注疏附校勘記》第八冊（臺北：藝文印書館，一九五五年據清嘉慶二十年江西南昌府學開雕本影印）。

〔三國〕何晏集解：《論語集解》，〔宋〕邢昺疏：《論語義疏》，收入〔清〕阮元校刻：《重刊宋本十三經注疏附校勘記》第八冊（臺北：藝文印書館，二〇一一年據清嘉慶二十年江西南昌府學開雕本影印）。

〔三國〕王弼、韓康伯注，〔唐〕孔穎達疏：《周易正義》，收入〔清〕阮元校刻：《重刊宋本十三經注疏附校勘記》第一冊（臺北：藝文印書館，一九五五年據清嘉慶二十年江西南昌府學開雕本影印）。

〔三國〕韋昭註：《國語》（臺北：藝文印書館，一九七四）。

〔三國〕阮籍著，陳伯君校注：《阮籍集校注》（北京：中華書局，一九八七）。

〔三國〕嵇康：《嵇中散集》（臺北：臺灣中華書局，一九八七）。

〔三國〕魏文帝撰：《魏文帝集》，〔明〕張溥輯：《漢魏六朝百三名家集》（臺北：文津出版社，一九七九）。

〔西晉〕杜預注，〔唐〕孔穎達正義：《春秋左傳正義》，收於〔清〕阮元校刻：《重刊宋本十三經注疏附校勘記》第一〇冊（臺北：藝文印書館，一九五五年據清嘉慶二十年江西南昌府學開雕本影印）。

〔西晉〕陳壽：《三國志》（臺北：鼎文書局，一九七七）。

〔西晉〕陸機著，〔明〕汪士賢校：《陸士衡集》，收於《四庫備要》集部四五一冊（臺北：臺灣中華書局，一九六五年據二十名家集本校刊）。

〔西晉〕葛洪：《抱朴子》，收於《四部備要・子部》（臺北：臺灣中華書局，一九六六年據平津館本校刊）。

〔宋〕范曄：《後漢書》（臺北：鼎文書局，一九七七）。

〔梁〕沈約：《宋書》（北京：中華書局，一九七四）。

〔梁〕劉勰著，〔清〕范文瀾註：《文心雕龍註》（北京：人民文學出版社，一九五八）。

〔梁〕蕭子顯：《南齊書》（臺北：鼎文書局，一九七五）。

〔梁〕鍾嶸著，曹旭集注：《詩品集注》（上海：上海古籍出版社，一九九四）。

〔北周〕庾信著，〔清〕倪璠注：《庾子山集》，收入《景印摛藻堂四庫全書薈要・集部》別集類三五七冊（臺北：世界書局，一九八六年據摛藻堂本影印）。

〔唐〕王勃著，〔清〕蔣清翊注：《王子安集注》（上海：上海古籍出版社，一九九五）。

〔唐〕王維著，〔明〕顧起經注：《王右丞詩集》，收於《四庫全書薈要》集部第一二冊，總三五九冊（臺北：

世界書局，一九八六，景印摛藻堂本）。
〔唐〕李延壽：《北史》（臺北：鼎文書局，一九八五）。
〔唐〕李延壽：《南史》（臺北：鼎文書局，一九七六）。
〔唐〕李善注：《文選》（臺北：文津出版社，一九八七）。
〔唐〕杜甫著，〔清〕楊倫箋注：《杜詩鏡銓》（臺北：華正書局，一九八六）。
〔唐〕杜牧：《杜牧詩選》（臺南：王家出版社，一九八八）。
〔唐〕房玄齡等撰，楊家駱主編：《新校本晉書并附編六種》（臺北：鼎文書局，一九七六）。
〔唐〕段安節：《樂府雜錄》，俞為民、孫蓉蓉主編：《歷代曲話彙編・唐宋元編》（安徽：黃山書社，二〇〇六）。
〔唐〕高擇：《群居解頤》，收錄於楊家駱主編：《俗文學叢刊》第一集《中國笑話書》（臺北：世界書局，一九六一）。
〔唐〕張彥遠：《歷代名畫記》，收錄於嚴一萍選輯：《原刻影印百部叢書集成》第七三八冊（臺北：藝文印書館，一九六七年據《學津討原》本影印）。
〔唐〕張素臣：《珊瑚鈎詩話》，收錄於〔清〕何文煥編：《歷代詩話統編》第一冊（北京：北京圖書館出版社，二〇〇三）。
〔唐〕陸德明：《經典釋文》，《叢書集成新編》三九冊（臺北：新文豐出版社，一九八五）。
〔唐〕楊倞注，〔清〕王先謙集解：《荀子集解》（臺北：蘭臺書局，一九八三）。
〔唐〕蕭穎士：《蕭茂挺文集》，嚴一萍選輯：《原刻影印叢書菁華》（臺北：藝文印書館，一九六八）。

〔唐〕韓愈撰，〔北宋〕宋景文公等撰集傳，〔清〕陳景雲撰點勘：《韓昌黎集》（《朱子校昌黎先生集傳》），收於《萬有文庫薈要四百種》一三九冊（臺北：臺灣商務印書館，一九六五）。
〔唐〕魏徵等撰：《隋書》，《二十四史》第七冊（北京：中華書局，一九九七）。
〔五代蜀〕何光遠：《鑑戒錄》（據臺灣大學圖書館藏清嘉慶十年虞山張氏照曠閣刊本）。
〔宋〕史浩：《鄮峰真隱大曲》，收入朱祖謀校輯《彊村叢書》第三冊（臺北：廣文書局，一九七〇）。
〔宋〕周密：《齊東野語》（北京：中華書局，一九八一）。
〔宋〕陳元靚：《事林廣記》（北京：中華書局，一九九九）。
〔宋〕王灼：《碧雞漫志》，俞為民、孫蓉蓉主編：《歷代曲話彙編・唐宋元編》（安徽：黃山書社，二〇〇六）。
〔宋〕王溥：《唐會要》（北京：中華書局，一九五五）。
〔宋〕王應麟，〔清〕翁元圻注：《困學紀聞》（臺北：臺灣中華書局，一九九六）。
〔宋〕朱長文：《琴史》，《文淵閣四庫全書》八三九冊（臺北：臺灣商務印書館，一九八三年據國立故宮博物院藏本影印）。
〔宋〕吳自牧：《夢粱錄》，周峰點校：《東京夢華錄（外四種）》（北京：文化藝術出版社，一九九八）。
〔宋〕沈括著，胡道靜等譯注：《夢溪筆談全譯》（貴陽：貴州人民出版社，一九九八）。
〔宋〕周密：《蘋洲漁笛譜》（上海：上海古籍出版社，一九八五）。
〔宋〕洪邁：《夷堅志・支乙卷四》第二冊（臺北：明文書局，一九八二）。
〔宋〕洪邁：《容齋續筆》，《四部叢刊續編》（臺北：臺灣商務印書館，一九六六年據上海涵芬樓影印宋刊本配北京圖書館藏宋刊本)。
〔宋〕耐得翁:《都城紀勝》,周峰點校:《東京夢華錄(外四種)》(北京:文化藝術出版社,一九九八)。
〔宋〕高承:《事物紀原》,王雲五主編:《人文文庫》(臺北:臺灣商務印書館,一九七一)。
〔宋〕張耒:《張右史文集》,收於《四部叢刊初編縮本》五五冊(臺北:臺灣商務印書館,一九六五年據上海商務印書館縮印舊鈔本影印)。
〔宋〕張炎:《詞源》,收於唐圭璋編:《詞話叢編》第一冊(北京:中華書局,一九九三)。
〔宋〕郭茂倩:《樂府詩集》(臺北:里仁書局,一九八〇)。
〔宋〕陳暘:《樂書》,《四庫全書珍本》九集經部樂類一六五—一八八冊(臺北:臺灣商務印書館,一九七九)。
〔宋〕陳鵠:《耆舊續聞》,收錄於《宋元筆記叢書》(上海:上海古籍出版社,一九九三)。
〔宋〕陶岳:《五代史補》(北京:書目文獻出版社,一九九六年據明末虞山毛氏汲古閣刊本)。
〔宋〕曾敏行:《獨醒雜志》,嚴一萍選輯:《原刻影印百部叢書集成》第四五三冊(臺北:藝文印書館,一九六六年據清乾隆鮑廷傅校刊《知不足齋叢書》本影印)。
〔宋〕趙令畤著,孔凡禮點校:《侯鯖錄》,《唐宋史料筆記叢刊》三七冊(北京:中華書局,二〇〇四)。
〔宋〕歐陽脩、宋祁撰,楊家駱主編:《新校本新唐書附索引》(臺北:鼎文書局,一九八一)。
〔宋〕蔡啟:《蔡寬夫詩話》,收入郭紹虞輯:《宋詩話輯佚》(臺北:華正書局,一九八一)。
〔宋〕謝采伯:《密齋筆記》,《筆記小說大觀・三十編》第一〇冊(臺北:新興書局,一九七九)。
〔宋〕蘇軾:《東坡志林》,《景印文淵閣四庫全書》第八六三冊(臺北:臺灣商務印書館,一九八三年據國立故宮博物院藏本影印）。

〔宋〕蘇軾：《東坡集》，收於《四庫備要》集部五一二冊（臺北：臺灣中華書局，一九六六年聚珍仿宋版影印本）。

〔金〕劉祁：《歸潛志》，嚴一萍選輯：《原刻影印百部叢書集成》第四六〇冊（臺北：藝文印書館，一九六六年據清乾隆鮑廷傅校刊《知不足齋叢書》本影印）。

〔金元〕芝庵：《唱論》，俞為民、孫蓉蓉主編：《歷代曲話彙編．唐宋元編》（安徽：黃山書社，二〇〇六）。

〔元〕鍾嗣成：《錄鬼簿》，《中國古典戲曲論著集成》第二冊（北京：中國戲劇出版社，一九五九）。

〔元〕方回：《瀛奎律髓》，王雲五主編：《四庫全書珍本．八集》（臺北：臺灣商務印書館，一九七八）。

〔元〕周德清：《中原音韻》，俞為民、孫蓉蓉主編：《歷代曲話彙編．唐宋元編》（安徽：黃山書社，二〇〇六）。

〔元〕施耐庵、羅貫中著，林峻校點：《水滸傳》（上海：上海古籍出版社，二〇〇四）。

〔元〕夏庭芝：《青樓集》，《中國古典戲曲論著集成》第二冊（北京：中國戲劇出版社，一九五九）。

〔元〕高則誠：《新刊元本蔡伯喈琵琶記》，收錄於《古本戲曲叢刊初集》（上海：商務印書館影印本，一九五四）。

〔元〕脫脫等撰，楊家駱主編：《新校本宋史并附編三種》（臺北：鼎文書局，一九八〇）。

〔元〕陶宗儀：《輟耕錄》，收入《讀書劄記叢刊》第二集（臺北：世界書局，一九八七）。

〔元〕楊維楨：《東維子文集》，《四部叢刊初編》第三一二冊（臺北：臺灣商務印書館，一九六五年據上海商務印書館縮印江南圖書館藏鳴野山房舊鈔本影印）。

〔元〕劉壎：《水雲村稿》，《四庫全書珍本・四集》第二八九冊（臺北：臺灣商務印書館，一九七三）。
〔元〕薩都剌：《薩天錫詩集》，《四部叢刊初編集部》第二四二冊（上海：上海書店印行，一九八九年據上海涵芬樓明弘治癸亥刊本）。
〔明〕《重刊五色潮泉插科增入詩詞北曲勾欄荔鏡記戲文》，收入泉州地方戲曲研究社編：《荔鏡記荔枝記四種》（北京：中國戲劇出版社，二〇一〇）。
〔明〕《高文舉珍珠記》，《古本戲曲叢刊第二集》第一函（上海：商務印書館，一九五五）。
〔明〕卜世臣：《冬青記》，《古本戲曲叢刊第二集》（上海：商務印書館，一九五五）。
〔明〕方以智：《通雅》，《文淵閣四庫全書》子部十・雜家類二，八五七冊（臺北：臺灣商務印書館，一九八三）。
〔明〕毛晉編：《六十種曲》（北京：中華書局，一九九〇年據上海開明書店原版重印）。
〔明〕王世貞：《曲藻》，《中國古典戲曲論著集成》第四冊（北京：中國戲劇出版社，一九五九）。
〔明〕王驥德：《曲律》，《中國古典戲曲論著集成》第四冊（北京：中國戲劇出版社，一九五九）。
〔明〕朱彝尊：《詞綜》，收於《四庫薈要》（臺北：世界書局，一九八八）。
〔明〕朱權：《太和正音譜》，《中國古典戲曲論著集成》第三冊（北京：中國戲劇出版社，一九五九）。
〔明〕吳炳：《綠牡丹傳奇》，《古本戲曲叢刊第三集》第二函（上海：商務印書館，一九五七）。
〔明〕李玉：《北詞廣正譜》，收入於王秋桂主編：《善本戲曲叢刊》第六輯第一冊（臺北：臺灣學生書局，一九八七年據清康熙文靖書院刊本影印）。
〔明〕李攀龍編選，〔日〕森大來評釋：《唐詩選評釋》（臺北：河洛圖書出版社，一九七四）。

〔明〕沈德符：《萬曆野獲編》（北京：中華書局，一九五九）。
〔明〕沈德符：《顧曲雜言》，《中國古典戲曲論著集成》第四冊（北京：中國戲劇出版社，一九五九）。
〔明〕沈璟：《增定南九宮曲譜》，《善本戲曲叢刊》第三輯第二冊（臺北：臺灣學生書局，一九八四年據明末永新龍驤刻本影印）。
〔明〕沈寵綏：《度曲須知》，《中國古典戲曲論著集成》第五冊（北京：中國戲劇出版社，一九五九）。
〔明〕周楫：《西湖二集》，收於國立政治大學古典小說研究中心主編：《明清善本小說叢刊初編》（臺北：天一出版社，一九八五）。
〔明〕洪楩編，譚正璧校：《清平山堂話本》（上海：古典文學出版社，一九五七）。
〔明〕范文若：《花筵賺》，《古本戲曲叢刊第二集》（上海：商務印書館，一九五五）。
〔明〕范文若：《夢花酣》，《古本戲曲叢刊第二集》（上海：商務印書館，一九五五）。
〔明〕范濂：《雲間據目鈔》，《筆記小說大觀》第二十二編第五冊（臺北：新興書局，一九八一）。
〔明〕施紹莘：《秋水庵花影集》，收入《四庫全書存目叢書》集部詞曲類第四二二冊（臺南：莊嚴文化，一九九七年據北京大學圖書館藏明末刻本影印）。
〔明〕凌濛初：《二刻拍案驚奇》，《明清善本小說叢刊》（臺北：天一出版社，一九八五）。
〔明〕凌濛初：《譚曲雜箚》，《中國古典戲曲論著集成》第四冊（北京：中國戲劇出版社，一九五九）。
〔明〕凌濛初：《南音三籟》，收於《善本戲曲叢刊》第四輯第七冊（臺北：臺灣學生書局，一九八四年據清康熙文靖書院刊本影印）。
〔明〕徐子宣：《九宮正始》，收於《善本戲曲叢刊》第三輯第四冊（臺北：臺灣學生書局，一九八四年據清康熙文靖書院刊本影印）。

〔明〕徐渭：《南詞敘錄》，《中國古典戲曲論著集成》第三冊（北京：中國戲劇出版社，一九五九）。

〔明〕徐渭：《徐文長文集》（據清宣統辛亥三年（一九一一）青藤書屋原刊石印本）。

〔明〕郎瑛：《七修類稿》，收於《續修四庫全書》子部第一一二三冊雜家類（上海：上海古籍出版社，一九九五年據北京圖書館藏明刻本影印）。

〔明〕祝允明：《猥談》，收入〔明〕陶珽編：《說郛續》，見《說郛三種》第一〇冊（上海：上海古籍出版社，一九八八）。

〔明〕陸容：《菽園雜記》（北京：中華書局，一九八五）。

〔明〕傅一臣：《蘇門嘯》（據明崇禎壬午（十五年），三王大年序敲月齋刊本影印，現藏於中央研究院傅斯年圖書館善本書室）。

〔明〕湯顯祖著，〔清〕吳震生、程瓊批評，華瑋、江巨榮點校：《才子牡丹亭》（臺北：臺灣學生書局，二〇〇四）。

〔明〕程萬里選：《鼎鍥徽池雅調南北官腔樂府點板曲響大明春》，收於《善本戲曲叢刊》第一輯第六冊（臺北：臺灣學生書局，一九八四年據清康熙文靖書院刊本影印）。

〔明〕馮夢龍評選，俞為民校點：《太霞新奏》，收入魏同賢主編：《馮夢龍全集》第一四冊（南京：江蘇古籍出版社，一九九三）。

〔明〕楊慎：《升庵詩話》，周維培集校：《全明詩話》第二冊（濟南：齊魯書社，二〇〇五）。

〔明〕熊稔寰編：《新鍥天下時尚南北徽池雅調》，收於《善本戲曲叢刊》第一輯第七冊（臺北：臺灣學生書局，一九八四年據清康熙文靖書院刊本影印）。

〔明〕潘之恆：《鸞嘯小品》，汪效倚輯注：《潘之恆曲話》（北京：中國戲劇出版社，一九八八）。

〔明〕蔣一葵：《堯山堂曲紀》，任仲敏編：《新曲苑》第二冊（臺北：臺灣中華書局，一九七〇）。

〔明〕諸聖鄰：《大唐秦王詞話》，收於《古本小說集成》（上海：上海古籍出版社，一九九三年據傅惜華碧蕖館藏明刊本補訂鄭振鐸藏明刊本影印）。

〔明〕鄭仲夔：《冷賞》，嚴一萍選輯：《原刻影印百部叢書集成》第五一五冊（臺北：藝文印書館，一九六六年據清道光蔡氏紫黎華館重雕乾隆金忠淳輯刊《硯雲甲乙編》本影印）。

〔明〕錢希言：《獪園》，收於《四庫全書存目叢書》子部第二四七冊（臺南：莊嚴文化事業有限公司，一九九五年據北京圖書館藏清鈔本）。

〔明〕魏良輔：《曲律》，《中國古典戲曲論著集成》第五冊（北京：中國戲劇出版社，一九五九）。

〔明〕顧起元：《客座贅語》，《四庫全書存目叢書》子部小說家類第二四三冊（臺南：莊嚴文化事業有限公司，一九九五年據清華大學圖書館藏明萬曆四十六年自刻本）。

〔明〕顧從敬編：《草堂詩餘》，《四部叢刊初編集部》第一一〇冊（臺北：臺灣商務印書館，一九六五年據上海商務印書館縮印杭州葉氏藏明本影印）。

〔清〕周祥鈺、鄒金生等編：《九宮大成南北詞宮譜》，《善本戲曲叢刊》第六輯第三冊（臺北：臺灣學生書局，一九八四年據清康熙文靖書院刊本影印）。

〔清〕東山釣史（鴛湖逸者）輯：《九宮譜定》，收於《烏石山房文庫》七七七冊（四冊一函，清初金閶綠蔭堂刊本，藏於臺大圖書館五樓善本書室）。

〔清〕曹雪芹撰，護花主人評，大某山民加評：《精批補圖大某山民評本紅樓夢》（臺北：廣文書局，一九七三）。
〔清〕蒲松齡著，路大荒整理：《蒲松齡集》（上海：上海古籍出版社，一九八六）。
〔清〕《御定全唐詩》，收錄於《景印文淵閣四庫全書》第一四二三－四一三一冊（臺北：臺灣商務印書館，一九八三）。
〔清〕孔尚任：《桃花扇》（臺北：學海出版社，一九八〇）。
〔清〕毛先舒：《填詞名解》，收錄於查培繼輯：《詞學全書》（臺北：廣文書局，一九七一）。
〔清〕毛奇齡：《西河詞話》，唐圭璋編：《詞話叢編》第一冊（北京：中華書局，一九八二）。
〔清〕王正祥：《新定十二律京腔譜》，收入《歷代曲話彙編：新編中國古典戲曲論著集成‧清代編》（合肥：黃山書社，二〇〇九）。
〔清〕王正祥：《新定宗北歸音京腔譜》，《續修四庫全書》第一七五三冊（上海：上海古籍出版社，二〇〇二）。
〔清〕王廷紹：《霓裳續譜》，收入國立北京大學民俗學會編：《民俗叢書》第四輯（臺北：東方文化供應社，一九七一）。
〔清〕王奕清等奉敕撰：《欽定曲譜》，《景印文淵閣四庫全書》（臺北：臺灣商務印書館，一九八六）。
〔清〕王德輝、徐沅澂：《顧誤錄》，《中國古典戲曲論著集成》第九冊（北京：中國戲劇出版社，一九五九）。
〔清〕左潢：《蘭桂仙》，《傅惜華藏古典戲曲珍本叢刊》六九輯（北京：學苑出版社，二〇一〇年據清刻本影印）。

〔清〕何琇：《樵香小記》，收錄於《文淵閣四庫全書》（香港：迪志文化出版有限公司，二〇〇七）。

〔清〕佚名：《新鐫繡像描金鳳》（清光緒丙子二年重刊本，現藏於中央研究院傅斯年圖書館善本書室）。

〔清〕呂士雄等輯：《新編南詞定律》，收於劉崇德主編：《中國古代曲譜大全》第一冊（瀋陽：遼海出版社，二〇〇九年據康熙五十九年朱墨套印帶工尺譜影印）。

〔清〕李斗撰，汪北平、塗雨公點校：《揚州畫舫錄》，收入《清代史料筆記叢刊》（北京：中華書局，一九六〇）。

〔清〕李玉：《李玉戲曲集》（上海：上海古籍出版社，二〇〇四）。

〔清〕李漁：《李漁全集》（浙江：浙江古籍出版社，一九九一）。

〔清〕李漁：《閒情偶寄》，《中國古典戲曲論著集成》第七冊（北京：中國戲劇出版社，一九五九）。

〔清〕李調元：《雨村劇話》，《中國古典戲曲論著集成》第八冊（北京：中國戲劇出版社，一九五九）。

〔清〕杜文瀾輯，周紹良校點：《古謠諺》（北京：中華書局，一九五八）。

〔清〕沈德潛評選：《清詩別裁集》（臺北：廣文書局，一九七〇）。

〔清〕周春著：《杜詩雙聲疊韻譜》，嚴一萍選輯：《原刻影印百部叢書集成》第五六九冊（臺北：藝文印書館，一九六八年據清吳省蘭輯刊《藝海珠塵》本影印）。

〔清〕和邦額：《夜譚隨錄》，史仲文主編：《中國文言小說百部經典》（北京：北京出版社，二〇〇〇）。

〔清〕俞樾：《諸子平議》（臺北：世界書局，一九六二）。

〔清〕昭槤撰：《嘯亭雜錄》，收入《清代史料筆記叢刊》（北京：中華書局，一九八〇）。

〔清〕凌廷堪：《燕樂考原》，紀健生校點：《凌廷堪全集》（合肥：黃山書社，二〇〇九）。

〔清〕孫郁：《雙魚珮》，朱傳譽主編：《全明傳奇續編》（臺北：天一出版社，一九九六）。
〔清〕徐大椿：《樂府傳聲》，《中國古典戲曲論著集成》第七冊（北京：中國戲劇出版社，一九五九）。
〔清〕徐釚：《詞苑叢談》（上海：上海古籍出版社，一九八一）。
〔清〕徐慶卿輯，〔清〕李玉更定：《一笠菴北詞廣正譜》，收入《續修四庫全書》一七四八冊（上海：上海古籍出版社，一九九五）。
〔清〕張玉書等奉敕編撰：《康熙字典》（臺北：啟明書局，一九六一年據殿刻銅版影印）。
〔清〕張爾田：《遯堪文集》（民國間抄本，一九四八鉛印本）。
〔清〕陸次雲：《圓圓傳》，《筆記小說大觀》第五編第七冊（臺北：新興書局，一九八一）。
〔清〕富察敦崇：《燕京歲時記》，《筆記續編》（臺北：廣文書局，一九六九）。
〔清〕彭定求等編：《全唐詩》（北京：中華書局，一九六〇）。
〔清〕程演生（別號天柱外史）：《皖優譜》（安徽：安徽省文化局劇目研究室翻印，一九三九年春撰者識於上海）。
〔清〕黃之雋：《忠孝福》，收於《傅惜華藏古典戲曲珍本叢刊》第二七冊（北京：學苑出版社，二〇一〇年清康熙五十七年刊本影印）。
〔清〕黃旛綽：《梨園原》，《中國古典戲曲論著集成》第九冊（北京：中國戲劇出版社，一九五九）。
〔清〕楊恩壽：《詞餘叢話》，《中國古典戲曲論著集成》第九冊（北京：中國戲劇出版社，一九五九）。
〔清〕楊恩壽：《續詞餘叢話》，《中國古典戲曲論著集成》第九冊（北京：中國戲劇出版社，一九五九）。
〔清〕蒲松齡著，盛偉編校：《聊齋俚曲集》，《蒲松齡全集》（上海：學林出版社，一九九八）。

〔清〕趙翼：《檐曝雜記》，《歷代史料筆記叢刊・清代史料筆記》（北京：中華書局，一九八二）。

〔清〕劉廷璣：《在園雜志》，嚴一萍選輯：《叢書集成續編》之《遼海叢書》（臺北：藝文印書館，一九七一）。

〔清〕劉廷璣撰，張守謙點校：《在園雜志》（北京：中華書局，二〇〇五）。

〔清〕劉禧延：《中州切音譜贅論》，任仲敏編：《新曲苑》第二冊（臺北：臺灣中華書局，一九七〇）。

〔清〕嚴長明：《秦雲擷英小譜》，嚴一萍選輯：《叢書集成續編》第二五七冊（臺北：新文豐出版社，一九八九年據《雙楳景闇叢書》本長沙葉氏刊本影印）。

二、專書

《中國戲曲志・安徽卷》（北京：中國ISBN中心，一九九三）。

《中國戲曲志・湖南卷》（北京：文化藝術出版社，一九九〇）。

《漢語大詞典》（上海：漢語大詞典出版社出版發行，一九八六－一九九三）。

《中國大百科全書》（北京：大百科全書出版社，一九八三）。

《梆子聲腔劇種學術討論會論文集》（太原：山西人民出版社，一九八四）。

上海博物館編：《明成化說唱詞話叢刊》第七冊（上海：上海博物館藏，文物出版社出版，一九七九）。

中國戲曲劇種大辭典編輯委員會編：《中國戲曲劇種大辭典》（上海：上海辭書出版社，一九九五）。

江蘇省博物館編：《江蘇省明清以來碑刻資料選集》（北京：三聯書店，一九五九）。

浙江藝術研究所：《戲曲音樂種類》（杭州：藝術與人文科學出版社，二〇〇二）。
湖北省博物館編：《曾侯乙墓》（北京：文物出版社，一九八九）。
于會泳：《腔詞關係研究》（北京：中央音樂學院，二〇〇八）。
王古魯：《明代徽調戲曲散齣輯佚》（上海：古典文學出版社，一九五六）。
王正強：《秦腔音樂概論》（北京：人民音樂出版社，一九九五）。
王光祈：《中國音樂史》（上海：中華書局，一九三四）。
王守泰：《崑曲格律》（江蘇：江蘇人民出版社，一九八二）。
王利器等輯：《歷代竹枝詞》（西安：陝西人民出版社，二〇〇三）。
王季思主編：《全元戲曲》（北京：人民文學出版社，一九九九）。
王季烈：《螾廬曲談》（臺北：臺灣商務印書館，一九七一）。
王芷章：《腔調考原》，附於《中國京劇編年史》下冊（北京：中國戲劇出版社，二〇〇二）。
王國維：《王國維遺書》（上海：上海古籍出版社，一九九六）。
王夢鷗：《禮記校正》（臺北：藝文印書館，一九七六）。
王衛民編校：《吳梅全集》（石家莊：河北教育出版社，二〇〇二）。
任訥：《作詞十法疏證》（北京：中華書局，一九二四）。
任訥：《教坊記箋訂》（北京：中華書局，一九六二）。
任訥：《散曲概論》，《散曲叢刊》第四冊（臺北：中華書局，一九六四）。
何為：《何為戲曲音樂論》（北京：文化藝術出版社，一九九八）。

何為：《戲曲音樂散論》（北京：人民音樂出版社，一九八二）。
余從：《戲曲聲腔劇種研究》（北京：人民音樂出版社，一九八八）。
吳釗、劉東升：《中國音樂史略》（北京：人民音樂出版社，一九八三）。
吳梅：《南北詞簡譜》（臺北：學海出版社，一九九七）。
吳梅：《顧曲麈談》（臺北：臺灣商務印書館，一九七三）。
宋大純：《民間歌曲概論》（北京：人民音樂出版社，一九七九）。
宋運超：《戲曲樂譚》（貴陽：貴州民族出版社，一九九七）。
李昌集：《中國古代散曲史》（上海：華東師範大學出版社，一九九九）。
李家瑞：《李家瑞先生通俗文學論文集》（臺北：學生書局，一九八二）。
李惠綿：《元明清戲曲搬演論研究》（臺北：文史哲出版社，一九九八）。
李惠綿：《王驥德曲論研究》，《國立臺灣大學文史叢刊》之九十（臺北：臺大出版委員會，一九九二）。
周大風：《越劇音樂概論》（北京：人民音樂出版社，一九九五）。
周志芬、趙一萍：《戲曲與音樂》（北京：科學普及出版社，一九九八）。
周貽白：《中國戲劇史》（上海：中華書局，一九五三）。
周貽白：《戲曲演唱論著集釋》（北京：中國戲劇出版社出版，一九六二）。
周維培：《曲譜研究》（南京：江蘇古籍出版社，一九九九）。
林玫儀：《詞學考詮》（臺北：聯經出版社，一九八七）。
林鶴宜：《晚明戲曲劇種及聲腔研究》（臺北：學海出版社，一九九四）。

武俊達：《崑曲唱腔研究》(北京：人民音樂出版社，一九九三)。
武俊達：《戲曲音樂概論》(北京：人民音樂出版社，一九九九)。
俞平伯：《唐宋詞選釋》(北京：人民文學出版社，一九七九)。
俞為民：《曲體研究》(北京：中華書局，二〇〇五)。
俞為民：《中國古代曲體文學格律研究》(北京：中華書局，二〇一二)。
施德玉：《中國地方小戲音樂之探討》(臺北：學海出版社，二〇〇〇)。
施德玉：《板腔體與曲牌體》(臺北：國家出版社，二〇一〇)。
洛地：《詞樂曲唱》(北京：人民音樂出版社，一九九五)。
洪惟助：《崑曲宮調與曲牌》(臺北：國家出版社，二〇一〇)。
洪惟助主持：《臺灣北管崑腔之調查研究期末報告》(桃園：中央大學中國文學系、所執行，一九九六)。
流沙：《宜黃諸腔源流考：清代戲曲聲腔研究》(北京：人民音樂出版社，一九九三)。
流沙：《明代南戲聲腔源流考辨》，收於王秋桂主編：《民俗曲藝叢書》(臺北：財團法人施合鄭民俗文化基金會，一九九九)。
胡士瑩：《話本小說概論》(北京：中華書局，一九八〇)。
唐圭璋：《宋詞三百首箋注》(臺北：西南書局，一九九二)。
唐圭璋編：《全宋詞》(北京：中華書局，一九九八)。
孫玄齡：《元散曲的音樂》(北京：文化藝術出版社，一九八八)。
徐扶明：《元代雜劇藝術》(臺北：學海出版社，一九九七)。

徐麗紗：《莆仙戲音樂之探究》（臺中：國立師範學院，一九九三）。
時白林：《黃梅戲音樂概論》（北京：人民音樂出版社，一九九三）。
海震：《戲曲音樂史》（北京：文化藝術出版社，二〇〇三）。
常靜之：《中國近代戲曲音樂研究》（北京：人民音樂出版社，二〇〇〇）。
張璋、黃畬編：《全唐五代詞》（上海：上海古籍出版社，一九八六）。
莊永平：《戲曲音樂史概述》（上海：上海音樂出版社，一九九〇）。
許子漢：《元雜劇的聲情與劇情》（臺北：里仁書局，二〇〇三）。
許子漢：《元雜劇聯套研究：以關目排場為論述基礎》（臺北：文史哲出版社，一九九八）。
許子漢：《明傳奇排場三要素發展歷程之研究》（臺北：國立臺灣大學出版委員會，一九九九）。
許之衡：《中國音樂小史》（長沙：商務印書館，一九三九）。
許之衡：《曲律易知》（臺北：郁氏印獎會，一九七九年據民國壬戌（十一年，一九二二）飲流齋刊本影印）。
許德寶：《戲曲音樂思辨》（西安：陝西旅遊出版社，二〇〇二）。
陳幼韓：《戲曲表演美學探索》（北京：中國戲劇出版社，一九八五）。
陳幼韓：《戲曲表演概論》（北京：文化藝術出版社，一九九六）。
陳新雄編著：《新編中原音韻概要》（臺北：學海出版社，二〇〇一）。
陶鳳子：《蘇州快覽》（上海：世界書局，一九二六）。
曾永義、施德玉：《地方戲曲概論》（臺北：三民書局，二〇一一）。
曾永義：《參軍戲與元雜劇》（臺北：聯經出版社，一九九二）。

曾永義：《從腔調說到崑劇》（臺北：國家出版社，二〇〇二）。
曾永義：《詩歌與戲曲》（臺北：聯經出版公司，一九八八）。
曾永義：《說俗文學》（臺北：聯經出版事業公司，一九八〇）。
曾永義：《說戲曲》（臺北：聯經出版社，一九七六）。
曾永義：《論說戲曲》（臺北：聯經出版社，一九九七）。
曾永義：《戲曲之雅俗、折子、流派》（臺北：國家出版社，二〇〇九）。
曾永義：《戲曲本質與腔調新探》（臺北：國家出版社，二〇〇七）。
曾永義：《戲曲腔調新探》（北京：文化藝術出版社，二〇〇九）。
曾永義：《戲曲源流新論》（臺北：立緒出版社，二〇〇〇）。
曾永義注：《中國古典戲劇選注》（臺北：國家出版社，二〇〇七）。
曾永義編：《蒙元的新詩：元人散曲》（臺北：時報文化出版企業股份公司，一九九八）。
曾永義：《洪昇及其長生殿》（臺北：國家出版社，二〇〇九）。
曾永義：《戲曲學㈠》（臺北：三民書局，二〇一六）。
童斐：《中樂尋源》（上海：上海商務印書館，一九二六）。
隋樹森編：《全元散曲》（北京：中華書局，二〇〇〇）。
馮光鈺：《戲曲聲腔傳播》（北京：華齡出版社，二〇〇〇）。
馮志文主編：《中國西北文獻叢書續編・敦煌學文獻卷》第一六冊《敦煌掇瑣》（蘭州：甘肅文化出版社，一九九九）。

黃侃：《文心雕龍札記》（上海：上海古籍出版社，二〇〇〇）。
楊米人等著、路工編選：《清代北京竹枝詞（十三種）》（北京：北京古籍出版社，一九八二）。
楊蔭深：《中國俗文學概論》，楊家駱主編：《中國俗文學叢刊》第一集（臺北：世界書局，一九九五）。
楊蔭瀏：《中國古代音樂史稿》（臺北：丹青圖書公司，一九八六）。
葉德均：《戲曲小說叢考》（北京：中華書局，一九七九）。
路工：《訪書見聞錄》（上海：上海古籍出版社，一九八五）。
廖奔：《中國戲曲聲腔源流史》（臺北：貫雅文化公司，一九九二）。
廖珣英校注：《劉知遠諸宮調校注》（北京：中華書局，一九九三）。
廖蔚卿：《六朝文論》（臺北：聯經出版社，一九七八）。
趙景深：《彈詞研究》，收於婁子匡編：《國立北京大學中國民俗學會民俗叢書》第四輯第六二冊（臺北：東方文化書局，一九七六）。
齊如山著，梁燕主編：《齊如山文集》（石家莊：河北教育出版社，二〇一〇）。
齊森華、陳多、葉長海主編：《中國曲學大辭典》（杭州：浙江教育出版社，一九九七）。
劉吉典：《京劇音樂概論》（北京：人民音樂出版社，一九九三）。
劉宏度：《宋歌舞戲曲考》（臺北：世界書局，一九六三）。
劉德崇：《元雜劇樂譜研究與輯釋》（石家莊：河北教育出版社，二〇〇三）。
蔡仲德：《中國音樂美學史》（北京：人民音樂出版社，一九九五）。
蔡景康編選：《明代文論選》（北京：人民文學出版社，一九九三）。

蔣青：《中國戲曲音樂》（北京：人民音樂出版社，一九九五）。
鄭西村：《崑曲音樂與填詞》（臺北：學海出版社，一九九九）。
鄭振鐸：《中國俗文學史》（上海：世紀出版集團，二〇〇六）。
鄭覲文：《中國音樂史》（上海：大同樂會，一九二九）。
鄭騫：《北曲套式彙錄詳解》（臺北：藝文印書館，一九七三）。
鄭騫：《北曲新譜》（臺北：藝文印書館，一九七三）。
鄭騫：《景午叢編》（臺北：臺灣中華書局，一九七二）。
鄭騫：《龍淵述學》（臺北：大安出版社，一九九二）。
鄭騫：《鄭騫戲曲論集》（臺北：國家出版社，二〇一二）。
錢南揚：《永樂大典戲文三種》（臺北：華正書局，二〇〇三）。
錢南揚：《戲文概論》（上海：上海古籍出版社，一九八一）。
錢德蒼編選，汪協如點校：《綴白裘》（北京：中華書局，二〇〇五）。
龍建國：《諸宮調研究》（江西：江西人民出版社，二〇〇三）。
繆天瑞主編：《音樂百科詞典》（北京：人民音樂出版社，一九九八）。
謝伯陽編：《全明散曲》（濟南：齊魯書社，一九九四）。
魏荔彤：《懷舫詩續集》，收於《四庫全書存目叢書補編》第四冊（濟南：齊魯書社，二〇〇一年影印清康熙雍正間刻本）。

三、期刊論文

丁邦新：〈從聲韻學看文學〉，《中外文學》四卷一期（一九七五年六月），頁一二八－一四五。
王安祈：〈傳統與創新的迴旋折衝之路——臺灣京劇五十年〉，《國文天地》卷一五第七期總一七五期（一九九九年十二月），頁四－一一。
王德威：〈新世紀，新京劇——國光京劇十五年〉，《中國文哲研究通訊》卷二一第一期總號八一（二〇一一年三月），頁七－一〇。
任光偉：〈梆子聲腔探源——兼談戲曲板腔體製之形成與發展〉，《中華戲曲》第四輯（一九八七年十二月），頁一五－二九。
朱芳慧：〈臺灣「跨文化」戲曲改編劇目研究——以河洛歌仔戲《彼岸花》為例〉，《藝術論衡》復刊號第三期（二〇一〇年十一月），頁一－二〇。
朱芳慧：〈論析《慾望城國》之改編過程與藝術成果〉，《藝術論衡》復刊號第二期（二〇〇九年十一月），頁一－二〇。
周維培：〈《太和正音譜》成書考論〉，《南京大學學報（哲學・人文・社會科學）》一九九〇年第四期，頁三八－四一。
孟繁樹：〈論乾、嘉時期長江流域的梆子腔〉，《中華戲曲》第九輯（一九九〇年三月），頁一四七－一六三。
施德玉：〈形變質不變——戲曲音樂在當代因應之道〉，《戲曲學報》第六期（二〇〇九年十二月）頁二四五－

二六六。
施德玉：〈論客家戲《霸王虞姬》之「三下鍋」腔調〉，《戲曲學報》第十四期（二〇一六年六月），頁一四七－一七七。
徐煜：〈崑曲步入當代的斷想〉，《戲曲研究通訊》第四期（二〇〇七年一月），頁一五九－一六七。
張民：〈從京劇聲腔的構成看戲曲風格的統一〉，《戲曲研究》第十二輯（一九八四年六月），頁二四八－二五〇。
張育華：〈試論傳統戲曲的時代走向〉，《臺灣戲專學刊》第二期（二〇〇〇年九月），頁七一－八二。
張庚：〈北雜劇聲腔的形成和衰落〉，《戲曲研究》第一輯（一九八〇年七月），頁一－三六。
陳芳：〈「梆子腔」釋名〉，《輔仁國文學報》第十四集（一九九九年三月），頁二二三－二五五。
陳靜儀：〈文化匯流：以臺灣二個公部門國樂團的音樂現象為例〉，《臺灣音樂研究》第一七期（二〇一三年十二月），頁三九－六六。
陸小秋、王錦琦：〈論高腔的源流〉，《戲曲研究》第四十八輯（一九九四年三月），頁一四九－一六五。
寒聲：〈關於山陝梆子聲腔史研究中的一些問題〉，《中華戲曲》第二輯（一九八六年十月），頁一三一－一四五。
曾永義：〈論說「建構曲牌格律之要素」〉，《中華戲曲》二〇一一年二期，頁九八－一三七。
曾永義：〈論說「腔調」〉，《中國文哲研究集刊》第二〇期（二〇〇二年三月），頁一一一－一一二。
曾永義：〈論說「戲曲之內在結構」〉，《藝術論衡》復刊第六期（二〇一四年十二月），頁一－四八。
曾永義：《李香君》，《戲劇學刊》第一一期（二〇一〇年一月），頁三三一－三五七。

曾永義：《楊妃夢》，《戲劇學刊》第一五期（二〇一二年一月），頁二一五－二三二。
曾永義：《魏良輔》，《戲劇學刊》第一四期（二〇一一年七月），頁一八五－二〇二。
劉文峰：〈多源合流．分支發展——梆子戲源流考〉，《中華戲曲》第九輯（一九九〇年三月），頁一六四－一七四。
劉美枝：〈臺灣亂彈戲之曲牌套式初探〉，《臺灣戲專學刊》第一二期（二〇〇六年一月），頁一一八－一三三。
鄭騫：〈北曲格式的變化〉，《大陸雜誌》一卷七期（一九五〇年十月），頁一二－一六。
鄭騫：〈論北曲之襯字與增字〉，《幼獅學誌》卷一一第二期（一九七三年六月），頁一－一七。
戴不凡：〈論「迷失了的」餘姚腔——從四個餘姚腔劇本的發現談起〉，《戲曲研究》第一輯（一九八〇年七月），頁三七－七八。
謝明彧：〈領傳統走進時代的傳奇戲曲大師吳興國：從京劇的雙瞳，看見世界的舞臺〉，《經理人月刊》二五期（二〇〇六年十二月），頁一七二。

四、會議論文

王依群：〈秦腔聲腔的淵源及板腔體音樂的形成〉，收入《梆子聲腔劇種學術討論會論文集》（太原：山西人民出版社，一九八四）。
朱芳慧：〈論析歌劇《弄臣》、京劇《弄臣》之改編過程與藝術成果〉，《第四屆兩岸韻文學學術研討會論文集——創作與格律》（臺北：世新大學中國文學系，二〇一二），頁三八七－四一六。

朱芳慧：〈臺灣「跨文化」戲曲改編劇目研究——以《杜蘭朵》為例〉，《戲曲國際學術研討會論文集》（二〇一〇年十一月），頁八九－一〇六。
朱芳慧：〈論「跨文化戲曲」改編四要素〉，發表於「曾永義先生學術成就與薪傳國際學術研討會」（臺北：國立臺灣大學中國文學系，二〇一六年四月二十二－二十三日）。
楊棟、時俊靜：〈論南北曲在創生期的交流互滲〉，《古典戲曲辨疑與新說國際學術研討會論文集》（黑龍江：黑龍江大學明清文學與文化研究中心，二〇一二），頁四四四－四五三。
魏洪洲：《北詞廣正譜》著作權歸屬研究——兼論《九宮正始》的作者〉，《古典戲曲辨疑與新說國際學術研討會論文集》（黑龍江：黑龍江大學明清文學與文化研究中心，二〇一二），頁三九三－四〇七。

五、學位論文

吳岳霖：《擺蕩於創新與傳統之間：重探「當代傳奇劇場」（一九八六－二〇一一）》（嘉義：國立中正大學中國文學系暨研究所碩士論文，二〇一二）。
林顯源：《傳統戲曲在臺灣現代化之過程探討》（臺北：中國文化大學藝術研究所碩士論文，一九九八）。
倪雅慧：《臺灣新編京劇中現代劇場——以「國立臺灣戲專國劇團」為例》（臺南：國立成功大學藝術研究所碩士論文，二〇〇〇）。
蔡瑋琳：《北管醉花陰聯套研究》（臺北：臺灣師範大學音樂研究所碩士論文，一九九八）。

地方戲曲概論(上)(下)

曾永義、施德玉／著

中華民族是戲曲的民族，地方戲劇、戲曲源遠而流廣，劇種豐富，變化相承，迄今不衰。時至今日，各種地方戲曲仍舊深入社會各階層，脈動著廣大群眾的心靈，闡發著共同的民族意識、思想、理念和情感。

本書是坊間首次對「地方戲曲」全面論述之著作，內容包羅古今與兩岸，綱目周延而詳備。全書完整論述古今地方戲曲之形成與發展徑路、劇目題材與特色、主要腔系及小戲大戲之音樂特色、戲曲與小戲大戲之藝術質性、戲曲與小戲大戲腳色之名義分化及其可注意之現象、大陸重要地方戲曲劇種簡介、臺灣地方戲曲劇種說明，並深入考述臺灣南北管戲曲與歌仔戲之來龍去脈，兼及大陸戲曲改革、戲曲與宗教之關係、歷代偶戲概述、臺灣跨文化戲曲改編劇目等問題之探索。注釋詳明，論述井然，可供學者參考，亦可作初學之津梁。

俗文學概論

曾永義／著

本書為作者積年之研究成果。書中建構，頗見新穎。其開宗明義，商榷民間文學、俗文學、通俗文學三者之命義，並予以融通之，以祛學者之疑，有名正則言順之深意。論述俗文學之各類別，首釋名義、次敘源流，據此以見概要；然後舉例說明其體製、語言、內容以見其特色和價值。可供初學入門之津梁，亦可供學者治學之參考。

戲曲學（一）

曾永義／著

本書第一冊含七論子題十六：或論述兩岸戲曲在今日因應之道，文獻文物田調訪問觀賞五種戲曲研究資料必須兼顧；宋元瓦舍勾欄之樂戶歌妓與書會才人實為促成戲曲大戲之兩大推手；廣場踏謠、野臺高歌、氍毹宴賞、宮廷慶賀與勾欄獻藝五種戲曲劇場類型，各有質性；腳色名目根源市井口語，其符號化由於形近省文與音同音近之訛變；戲曲外在結構為其體製規律，內在結構為其排場類型；南北曲之語言質性風格頗不相同。